八閩文庫

專題彙編
第三種

涂秀虹 主編

福建通俗文學彙編

4

春秋五霸七雄列國志傳

［明］余邵魚 著
鄧雷 點校

海峽出版發行集團
THE STRAITS PUBLISHING & DISTRIBUTING GROUP
海峽文藝出版社

本書整理説明

《春秋五霸七雄列國志傳》是現存最早描寫春秋列國故事的章回小説。作者余邵魚，福建建陽人，大約生活在明嘉靖、隆慶年間，是著名書坊主余象斗的叔翁。

《春秋五霸七雄列國志傳》現存最早的建陽刊本是萬曆三十四年（一六〇六）三台館刊本，首内封，兩側大字題「按鑒演義全像列國評林」，次余邵魚《題全像列國志傳引》，次萬曆三十四年（一六〇六）余象斗序，次《凡例》，次《目録》。正文八卷，卷一卷端題「新刊京本春秋五霸七雄全像列國志傳卷之一」，署「後學畏齋余邵魚編集　書林文台余象斗評梓」。

本書以日本蓬左文庫所藏萬曆三十四年三台館刊本爲底本，主要參校本爲日本内閣文庫所藏萬曆四十三年龔紹山刊本，其餘參校本有柏林國立圖書館所藏楊美生刊本與稽古堂刊《夏商合傳》本。

三台館刊本殘缺葉面有第四卷第八十八葉、第六卷第七葉、第七卷第六十葉、第七卷第七十三葉、第八卷第十一葉、第八卷第六十葉上半闕文，均據龔紹山刊本補。

三台館刊本總目與分目略有不同，現目録均以正文分目録之，個别目録據龔紹山刊本補之。

正文基本依據三台館刊本，異體字、俗體字改爲正體字，古今字、通假字則不加改易，極爲明顯的誤字、漏字、衍字等則據龔紹山刊本改之，並出注。

正文部分文字，如「巳」之爲「已」，「已」之爲「己」，「毋」之爲「毌」，「拆」之爲「折」，「儻」之爲「攩」，「噉」之爲「喊」等，則逕改。

承擔本書點校整理工作者：鄧雷，文學博士，福建師範大學文學院副教授，碩士生導師。

目録

卷之四

卷之五

題全像列國志傳引

士林之有野史，其來久矣。蓋自春秋作而後王法明，自《綱目》作而後人心正，要之，皆以維持世道，激揚民俗也。故董、丘以下，作者疊出，是故三國有志，水滸有傳，原非假設一種孟浪議論以惑世誣民也。蓋騷人墨客，沉鬱草莽，故對酒長歌，逸興每飛雲漢，而捫虱談古，壯心動涉江湖。是以往往有所托而作焉。凡以寫其胸中蘊蓄之奇，庶幾不至湮没焉耳。奈歷代沿革無窮，而雜記筆札有限。故自《三國》《水滸傳》外，奇書不復多見。抱朴子性敏強學，故繼諸史而作《列國傳》。起自武王伐紂，迄今秦併六國，編年取法麟經，記事一據實錄。凡英君良將，七雄五霸，平生履歷，莫不謹按五經並《左傳》《十七史》《綱目》《通鑒》《戰國策》《吳越春秋》等書而逐類分紀。且又懼齊民不能悉達經傳微辭奥旨，復又改爲演義，以便人觀覽。庶幾後生小子，開卷批閲，雖千百年往事，莫不炳若丹青，善則知勸，惡則知戒，其視徒鑿爲空言以炫人聽聞者，信天淵相隔矣。繼群史之遐縱者，舍兹傳，其誰歸。

時大明萬曆歲次丙午孟春重刊，後學畏齋余邵魚謹序。

題列國序

粤自混元開闢以來，不無紀載，若十七史之作，班班可睹矣。然其序事也，或出幻渺，；其意義也，或至幽晦。何也？世無信史，則疑信之傳固其所哉。於是吊古者未免簧鼓而迷惘矣。是傳詎可少哉？然列國時，世風愈降，事實愈繁，倘無以統而紀之，序而理之，是猶痛迷惘者不能藥砭，復置之幽窔也。不榖深以爲惴。於是旁搜列國之事實，載閲諸家之筆記，條之以理，演之以文，編之以序。胤商室之式微，迫周朝之不臘，炯若日星，燦若指掌。譬之治絲者，理緒而分，比類而其毫無舛錯，是誠諸史之司南，吊古者之鴳鸙也。詎可少哉！詎可少哉！是書著，幻渺者躋之光明，幽晦者登之顯易，寧復簧鼓迷惘之足患哉。謹序。

時大明萬曆歲次丙午孟春重刊，後學仰止余象斗再拜序。

列國併吞凡例

戰國諸侯，相併滅國，自越王勾踐吞吴，因陳國閔公會盟移兵助吴王夫差，敗走，遇楚將公孫朝途中殺之，打入陳城，盡滅其國，自此始也。
〇次，即越王滅吴國也。
〇三，齊國乃姜太公之後，至周烈二十二年，被田和奏旨廢齊王於海濱，田和即齊國。
〇四，晉自唐叔虞受封三十九世，至周烈王二十二年，韓、趙、魏三家將晉廢爲庶民，分晉地爲韓、趙、魏三國。
〇五，周赧王五十九年十一月中旬，因秦遣將章邯困城，周赧王盡獻其邑歸秦，秦乃遷西周公於軍狐聚。
〇六，秦王十七年，韓國使人入秦，獻國願爲藩臣，秦王假准其奏，令將秦勝帶兵五萬，稱言同守韓城，入韓即捉韓主，逐其家族，出榜安民，改韓國爲潁川郡。
〇七，癸酉，十九年，秦兵王剪困趙，趙王出劫其寨被擒，因入見秦王，庶趙爲庶臣，遂平卻趙國。
〇八，燕國因太子丹行計殺樊於期，使荊軻獻秦，欲刺秦王。其事不成，秦王大怒，即遣蒙驁困燕，兵久不還，秦王見王剪滅楚歸國，調去幫蒙驁滅燕。剪辭老，秦王用其子賁出征，生擒燕王入秦，秦王將燕主廢爲庶民，徙置邊遠。

〇九，丙子，二十三年，秦兵王賁滅魏，以魏城爲郡。

〇十，秦王又令將蒙恬、李信爲將伐楚，楚用項燕殺退，秦復用王翦出兵斬卻項燕，打入城，將楚王負芻革爲黔首，徙置異邊，以其地改爲楚郡。

〇十一，庚辰，秦二十六年，秦王命王賁領兵伐齊，詐稱巡燕，齊不出戰，被王賁假秦詔招降引出捉之，齊王家族至共城皆死，齊遂滅矣。秦始皇有此得一統天下。

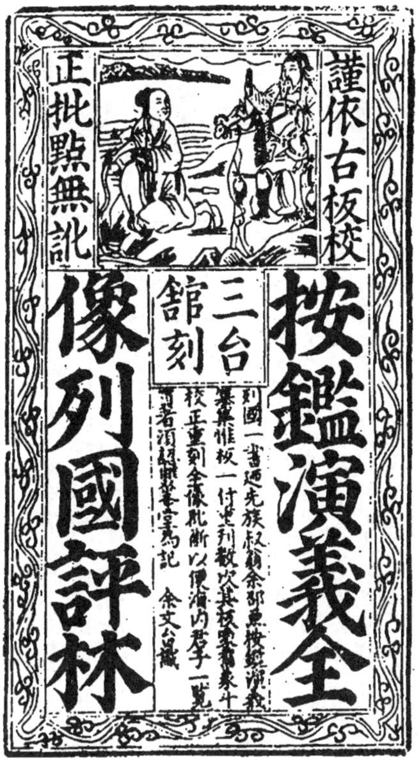

謹依古板校正批點無訛

按鑑演義全像列國評林

三台館刻

列國一書迺先族叔翁余邵魚按鑑演義纂集惟板一付些刊數次其板蒙舊象斗校正重刻全像批斷以便海内君子一覽買者須認雙峯堂爲記　余文台識

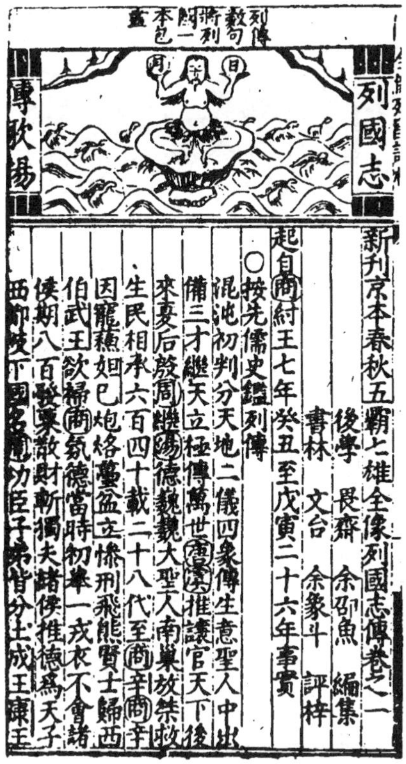

新刊京本春秋五霸七雄全像列國志傳卷之一

後學　畏齋　余邵魚　編集

書林　文台　余象斗　評梓

起自商紂王七年癸丑至戊寅二十六年事實

〇按先儒史鑑列傳

混沌初判分天地二儀四象傳生意聖人中出
備三才繼天立極傳萬世唐虞推讓官天下後
來夏后殷周繼湯德巍巍大聖人南巢放桀救
生民相承六百四十載二十八代至商辛商辛
因寵藕妲己炮烙蠆盆立慘刑飛熊賢士歸西
伯武王欲歸商紂德當時初舉一戎衣不會諸
侯期八百發粟散財斬獨夫諸侯推德爲天子
西郊陟下國名周功臣子弟皆分土成王康王

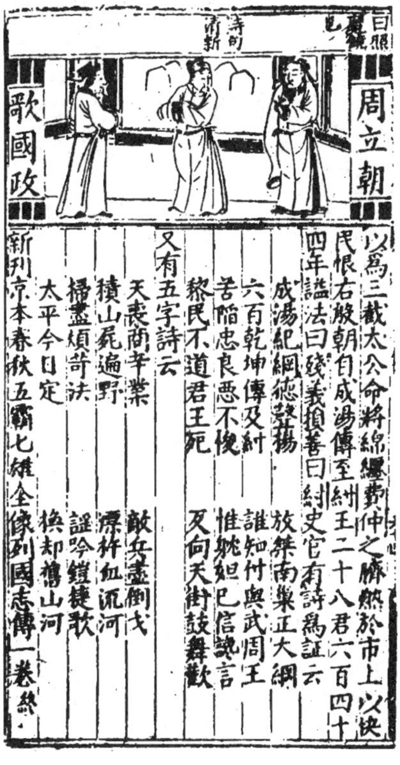

以爲三截太公命將綿纆費仲之膂然於市上以快
民恨右殷朝自成湯傳至紂王二十八君六百四十
四年謚法曰殘義損善曰紂史官有詩爲証云

成湯紀綱德鼎揚　放桀南巢正大綱
六百乾坤傳及紂　誰知付與武周王
苦陷忠良惡不悛　惟就妲己信讒言
黎民不道君王死　又向天街鼓舞歡

又有五字詩云

天喪商辛業　敵兵盡倒戈
積山屍遍野　漂杵血流河
掃盡煩苛法　謳吟鎧捷歌
太平今日定　換却舊山河

新刊京本春秋五霸七雄全像列國志傳一卷終

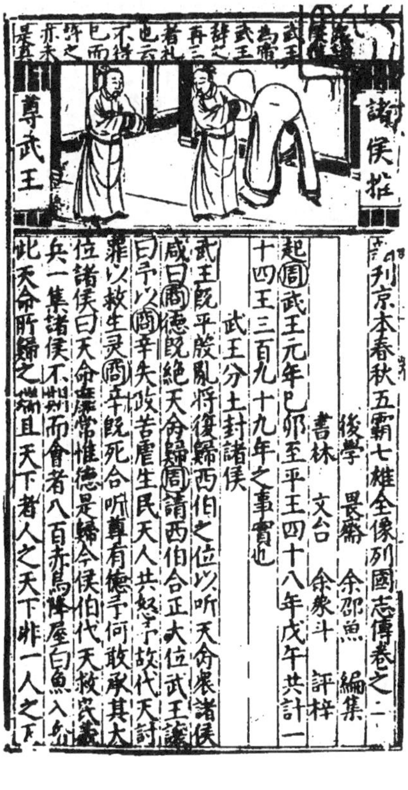

新刊京本春秋五霸七雄全像列國志傳卷之二

後學　畏齋　余邵魚　編集

書林　文台　余象斗　評梓

起周武王元年己卯至平王四十八年戊午共計一
十四王三百九十九年之事實也

武王分土封諸侯

武王既平殷亂將復歸西伯之位以聽天命衆諸侯
咸曰商德既絕天命歸周請西伯合正大位武王謙
曰予以商辛失政苦虐生民天人共怒予故代天討
罪以救生靈商辛既死合聽尊有德予何敢承其大
位諸侯曰天命無常惟德是歸今侯伯代天救民義
兵一集諸侯不期而會者八百赤烏降屋白魚入舟
此天命所歸之瑞且天下者人之天下非一人之下

文王遂崩群臣奉息嬀之長子熊囏即位以爲杜敖 楚人謂石殺昆者爲杜敖

新刊全像列國志傳二卷終

新刊京本春秋五霸七雄全像列國志傳卷之三

後學 畏齋 余邵魚 編集

書林 文台 余象斗 評梓

起自周僖王元年

○按魯假丘伯左丘明春秋傳

齊桓公北杏大定霸

周僖王元年春正月齊桓公設朝文班管仲鮑叔牙甯越高奚王子城父甯胥無公孫隰朋武班東郭子竪刀開方易牙管至甫仲孫湫雍廩連稱等朝賀禮畢桓公問管仲曰寡人承仲父之教今國中兵甲雄多粮料充足百姓皆知禮義意欲立盟定霸此道何如管仲奏曰當今諸侯强於齊者甚衆然皆自送威雖不知尊周爲義所以不能成其大事周雖衰弱亦

邵魚余先生又一絶以嘆子魚有先見之賢云

戰國君臣相弑誅　謙而讓位有誰知

襄公不納當時諫　至死方知嘆子魚

新刊京本春秋五霸七雄全像列國志傳三卷終

新刊京本春秋五霸七雄全像列國志傳卷之四

後學 畏齋 余邵魚 編集

書林 文台 余象斗 評林

起自周襄王元年庚午至定公癸丑五年

按魯假丘伯左丘明春秋傳

晋子圉逃歸嗣位

却說晋惠公有疾宣群臣狐突等問曰寡人疾已至危太子又委質在秦此事若何區處突曰先君之子九人因驪姬之亂悉亡於外今主公倘有吉凶何不招集群弟擇其賢者立之待與秦通舊好太子歸晋然後復承其位則鄰國聞之豈不以主公為賢乎公曰吾之兄弟雖衆惟重耳獨賢今聞出亡於齊誰能奉詔以迎之郤芮進曰臣請奉詔往迎公子惠公許

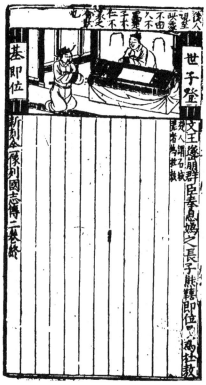

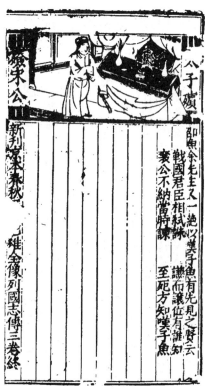

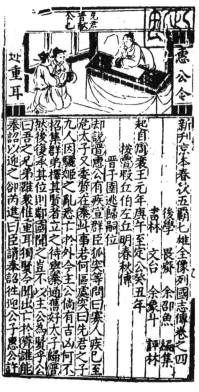

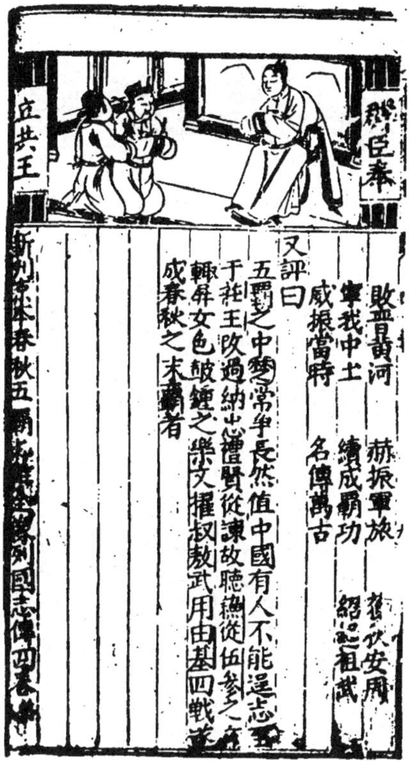

敗晉黃河　赫振軍旅　復伏安用
寧我中土　續成霸功　紹紀祖武
威振當時　名傳萬古
又評曰
五霸之中楚常爭長然值中國有人不能逞志至
于莊王改過納忠禮賢從諫故聽蘇從伍參之言
輒屏女色破鍾之樂文擢叔敖武用由基四戰并
成春秋之末霸者

新刊京本春秋五霸七雄全像列國志傳四卷終

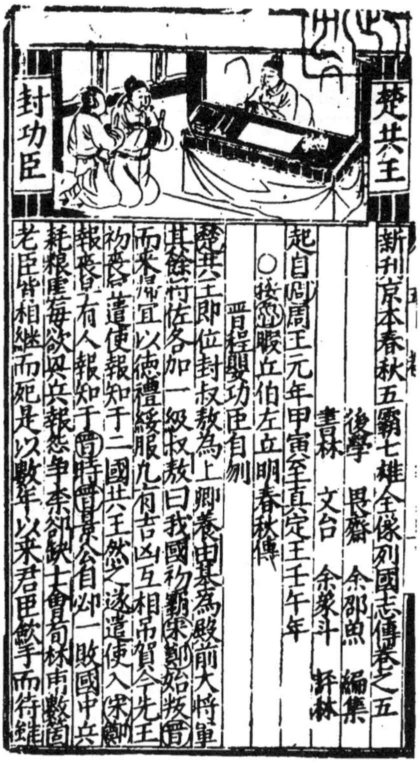

新刊京本春秋五霸七雄全像列國志傳卷之五
後學　畏齋　余邵魚　編集
書林　文台　余象斗　評林
起自周簡王元年甲寅至貞定王壬午年
○按魯史丘伯左丘明春秋傳
晉程嬰功臣自刎
楚共王即位封叔敖為上卿養由基為殿前大將軍
其餘將佐各加一級叔敖曰我國初霸宋鄭始叛晉
而來歸宜以德禮綏服凡有吉凶互相吊賀今先王
初喪宜遣使報知于二國共王然之遂遣使入宋鄭
報喪旨有人報知于晉時晉景公自邲一敗國中兵
耗糧虛每欲興兵報怨爭奈缺士會荀林甫數箇
老臣皆相繼而死是以數年以來君臣歛手而待雖

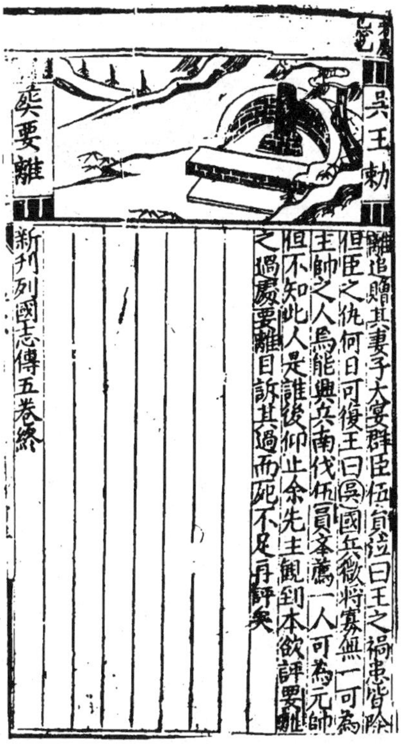

離追贈其妻子大宴群臣伍員泣曰王之禍患皆除
但臣之仇何日可復王曰吳國兵微將寡無一可為
主帥之人焉能興兵南伐伍員奏薦一人可為元帥
但不知此人是誰後仰止余先生觀到本欲評要離
之過處要離自訴其過而死不足再評矣

新刊列國志傳五卷終

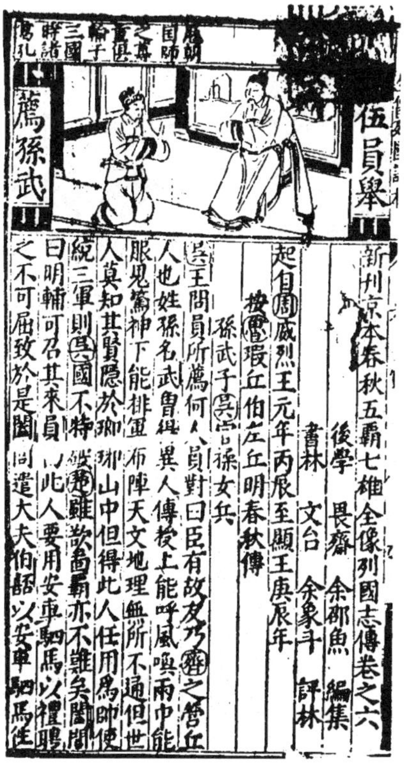

新刊京本春秋五霸七雄全像列國志傳卷之六
後學　畏齋　余邵魚　編集
書林　文台　余象斗　評林
起自周威烈王元年丙辰至顯王庚辰年
按魯史丘伯左丘明春秋傳
孫武子吳宮操女兵
吳王問員所薦何人員對曰臣有故友乃齊之管丘
人也姓孫名武曾與異人傳授上能呼風喚雨中能
服鬼驚神下能排兵布陣天文地理無所不通但世
人莫知其賢隱於瑯琊山中但得此人任用為帥使
統三軍則吳國不特敵楚雖欲爲霸亦不難矣闔閭
曰明輔可召其來員曰此人要用安車駟馬以禮聘
之不可屈致於是闔閭遣大夫伯嚭以安車駟馬往

載功稍[illegible]至微禮乞和[illegible]自今以後[illegible]不得要助他国以侵[illegible]界吾始與盟否則不必議儀休回愿從公命於是田和設宴請魏斯至寨同議和好[illegible]日收拾班師

新刊京本春秋五霸七雄全像列國志傳卷之七

書林　余象斗　校評

敘列國傳下卷曰六卷以上演左氏春秋傳記之義其事則說五霸七卷以下因呂氏史記詳節之規其事則說七雄七雄者秦楚齊燕趙韓魏是也當是時列國猶存者如宋如衛如魯如鄭比比尚多然獨以七雄為說者何也蓋是時兵甲地土七國為最攻戰併吞七國為上其他小國盡聽七國號令而已故以七國之事為正小國有干於事者則因而引之否則不能全奎其後小國滅亡或不能引者則亦置而不取況當時尚有周王在上然其政令無權事不相干故畧而不悉且有是事干於七國當引之處則

得出囚中遂將前馳驛過關之符驗改其姓名曰姜武又力疾趨直至函谷關宿關法鷄鳴出客秦王既釋孟嘗君之因隨即悔之命左右趕之追者將至而鷄尚未鳴客有能為雞鳴者謝冠假作雞鳴而關前關後群雞皆鳴關吏遂開關而孟嘗君得出關而歸[illegible]托此又足以見其養士之報也

君子讀史而作詩曰

孟嘗養士已多年　恩義人人性本天
雖然狗盜鷄鳴者　函谷關中亦顯然

新刊全像列國傳卷之七終

新刊京本春秋五霸七雄全像列國志傳卷之八

後學　思齋　余邵魚　編集
書林　文台　余象斗　評梓

子噲傳位子之

却說燕國姬姓乃召公奭之所封也三十餘世傳至於子噲有一大臣身長八尺腰大有圍肌肥肉重面闊口方手掉飛燕走如飛馬淮西人也姓子名之見任丞相之職爵居二品為天子之股肱權總百官為朝廷之耳目廟堂寵任朝野聞名威振六邦才兼文武常有欺罔之心子噲受其制挾結連黨伍敗壞朝綱動賞封爵所其裁處子噲每慮有此佞臣覩其動靜常有篡國之心旦夕侍立左右惧之如坐針氈滿朝文武盡其牙爪更無一人與朕分憂仗義討賊國

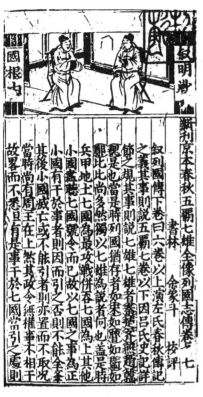

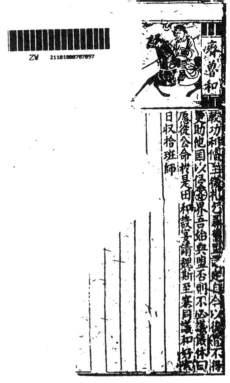

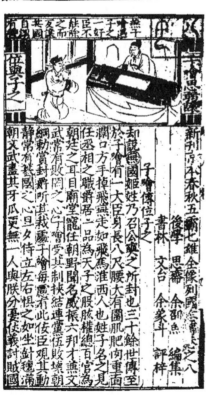

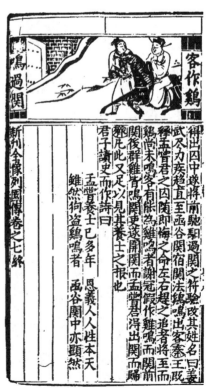

新刊京本春秋五霸七雄全像列國志傳卷之一

後學畏齋余邵魚編集
書林文台余象斗評梓

起自商紂王七年癸丑至戊寅二十六年事實

○按先儒史鑒列傳

混沌初判分天地，二儀四象傳生意。聖人中出備三才，繼天立極傳萬世。
唐虞推讓官天下，後來夏后殷周繼。湯德巍巍大聖人，南巢放桀救生民。
相承六百四十載，二十八代至商辛。商辛因寵蘇妲己，炮烙蠆盆立慘刑。

飛熊賢士歸西伯，武王欲掃商氛德。當時初舉一戎衣，不會諸侯期八百。
發粟散財斬獨夫，諸侯推德爲天子。西都岐下國名周，功臣子弟皆分土。
成王康王皆稱賢，昭穆傳來數十年。厲王頗亂周綱紀，宣王再整中興天。
幽王只爲寵褒姒，戲侯舉火傾西土。平王東遷至洛陽，君漸弱兮臣漸強。
諸侯不奉周家貢，各相吞併裂封疆。五霸迭出定乾坤，齊桓居首繼晉文。
宋襄秦穆相踵起，楚莊去後亂紛紛。吳越相吞經幾秋，伍員奔報父兄仇。
韓趙魏自強横起，周家不討反封侯。自是諸侯相爭奪，天下紛紛號戰國。
鬥智孫龐尚詐謀，掉舌蘇張逞遊説。列國縱横俱失計，不及西秦有形勢。
鯨吞虎噬經數世，英雄去後六王畢。始皇兼併周天下，天下茫茫定於一。

蘇妲己驛堂被魅

話説商紂王名受辛紂乃謚也，帝乙之幼子，湯王二十八代之孫。都朝歌，國號商。帝乙有三子，長曰微子啟，次曰微仲衍，皆是庶出，三曰受辛，即正宫所生。帝乙常欲立微子啟爲太子，群臣皆諫，宜立正宫之子。於是，立受辛爲太子。及帝乙既崩，群臣奉受辛嗣位爲紂王。紂王爲人聰明勇猛，才力過人，手能格禽獸，身能跨駿馬，智足拒諫，言足飾非，常自以天下之人出於己下。當時天下小鎮諸侯共有八百餘國，四方各設一大鎮，爲諸侯之伯，每歲一貢，三年一朝。則各方大鎮，率其小國入商，兩班文武，乃有王子比干、微子、微仲、箕子、膠鬲、梅伯、雷開、商容、蜚廉、惡來、費仲等，相與輔弼。即位七年，是歲癸丑，諸侯合當大朝。於是東伯侯姜桓楚、西伯侯姬昌、南伯侯鄂宗禹、北伯侯崇侯虎，各率本方小國，賫寶入朝。

當時，紂王頗好聲色，不理國政，及諸侯來朝，紂令四方諸侯各舉美女五十名，選入後宫灑掃。北伯侯崇侯虎出班奏曰：「臣聞冀侯蘇護，有女儀容絶世，美貌無雙，可充掖庭歌舞。」紂王大悦，即詔蘇護歸冀，送女入朝。蘇護出朝謂同僚曰：「主上無道，貪淫女色，必有亡國之患，吾女豈作宫庭之妾，而陷喪身之禍乎？」遂回冀州，絶貢不朝。不覺一年，各方俱進美女，獨蘇護之女不至，又絶一年之貢。蜚廉奏曰：「蘇護故違王旨，不進宫女，又絶朝貢，王如不征，難以控馭列國。」紂王然之，遂令蜚廉，操練將卒，發駕親征。左司空箕子諫曰：「蘇護誠有大罪，不可不討，然調本方侯伯征之足矣，何必親勞聖駕。」紂王納其言，遂詔西伯侯姬昌，北伯侯崇侯虎，兩鎮合兵，以征蘇護。

使者至岐州，姬昌接詔，管待王使，謂群下曰：「蘇護忤旨失貢，天子詔我合兵征之。兵者兇器，吾不好用，今欲遺書，令其入貢待罪，誰願一往？」大夫散宜生出班願往，姬昌即遣宜生往冀州，一面又遣使止崇侯虎之兵。散宜生直投冀州，蘇護延入府堂，序賓主而坐。護曰：「大夫辱臨敝邑，有何見諭？」散宜生曰：「賢侯累失朝貢，天子詔西伯，加兵征伐，西伯體好生之德，按甲未動，先命宜生督公入朝，公能從之，入商待罪，庶可保全首領。否則二鎮之兵合至，〔一〕則公之妻子，亦成齏粉矣。」蘇護曰：「主上失道，聞吾女頗有姿色，前歲入朝，挾吾進女於後宮，此吾所以惡其失道，故絕朝貢，今詔西伯征吾，吾寧死於西伯臺下，豈可更入無道之朝？」宜生曰：「王上既慕令愛姿色，明公即送入宮，女受掖庭之寵，公爲椒房之貴，豈不美哉。何必抗拒王制而取大禍？」護曰：「夫婦乃人倫之首，商王不選令德，而強奪官民之女，棄禮失道，必有亡國喪身之咎。吾豈貪富貴而陷愛女哉。」宜生曰：「明公之見差矣。普天之下，皆是王臣，公當曲從王命，親送令愛入朝，反兇成吉，不可偏執。」蘇護俛思良久曰：「吾本誓不朝商，今承西伯明教，敢不奉從。煩托大夫復命，來日吾即親送小女入商待罪。」散宜生大喜，相辭而別。

蘇護次日收金帛，修謝表，香車輦，壯士二百名，親送愛女入商。其女名妲己，年方十七，姿色冠世，繡工音樂，無不該備。登車之日，父母兄弟，俱各痛哭，不忍輕別，護即麾車馬出城。行不數月，至故恩州館驛安歇。本驛首領稟曰：「此驛幽僻，淫邪所聚之地，往來遊宦被魅者多。賢侯不宜安寢於內。」蘇護叱

〔一〕「否則」，余象斗刊本作「否若」，據龔紹山刊本改。

曰：「吾送後妃入朝，天子有詔在此，何魅之有？」即令妲己寢於正堂，數十婢妾，各持短劍，密衛榻之左右，燃燭焚香，親封其户。户外又令壯士皆持利器，互相替換，巡綽不息。將及半夜，忽有一陣怪風，從户隙而入中堂。侍妾有不臥者，見一九尾狐狸，金毛粉面，遊近臥榻，其妾揮劍斬之，忽然燈燭俱滅，其妾先被魅死。狐狸盡吸妲己精血，絶其魂魄，脱其軀殼而臥於帳中。

殆及天明，蘇護啟户，問夜來動靜，衆妾告曰：「一夜寒風滅燭，邪氣襲人，然窗扉户牖不動如故。」蘇護怪之，令壯士巡搜驛内前後，果見一妾被其魅死於青草池邊。蘇護大驚，遂不少留，即發車馬起程，不知妲己早被狐狸所魅耳。車馬行至朝歌，先進表章，延頸待罪於朝外。紂王覽罷表章，宣妲己入朝，見其儀容妖艶，花貌絶群，不勝歡忭，曰：「此女足贖前罪，何必更貢金帛。」遂赦蘇護，歸復原職，又遣使賚金帛，賞分姬昌。崇侯虎聞知，怨恨姬昌專功受賞，遂有陷害姬昌之意。竟不知後來如何。

雲中子進斬妖劍

紂王即日立妲己爲貴妃，妲己謝恩侍宴。紂王熟視其貌，卓冠宮庭，令其歌，操百樂，無所不通。紂王大喜，嬖臣師涓曰：「大王得此貴妃，不啻天仙下降，宜在掖庭建受仙宮，獨處貴妃，以昭隆寵。」紂王納其言，即建受仙宮，與妲己朝夕喧歌。令師涓作靡靡之樂，其音隱北鄙殺伐之意。每令師涓歌彈，妲己嬌舞，紂王即鼓掌大笑曰：「觀卿等歌舞，誠若天仙下降也。」於是，紂王遂荒朝政，日與妲己宴遊不息。

時終南山有煉氣之士，號雲中子者。一日出遊，見冀州之分妖氣湧湧，上冲室壁二星。〔一〕即令道童取照魔鏡引之。其妖出没不常，乃千年老狐之狀，落在商都。雲中子觀罷，〔二〕浩然歎曰：「吾不掃除此魅，則陷生民，喪商國。」遂令道童砍山下枯柏木，削成一劍，入朝歌。道童曰：「吾師欲除邪魅，何不帶照魔鏡？而用此枯木之劍如何？」雲中子曰：「千年老狐，非千年枯木不能以觸其形，焉以寶鏡爲哉。」遂扮爲遊方道士，直至朝歌。遍觀都内之氣，其妖出於宮掖。

〔一〕「室壁」，余象斗刊本作「室壁」，龔紹山刊本夾注作「室壁」，據改，後同之。

〔二〕「觀罷」，余象斗刊本作「觀」，據龔紹山刊本改。

次日，具表獻劍。紂王宣入，問其何來。雲中子曰：「小道方外煉氣之士，昨觀妖氣冲於室壁。及小道至京都，遍詢下落，則此妖已藏大王宫掖，特請除之。」紂王笑曰：「先生之言妄矣。寡人深宫縝密，衛林虎賁，〔一〕殺氣騰騰，雖有妖穢，從何而入？」道士曰：「臣觀妖非小，若不早除，二十年後必主覆亡家國。」紂王大驚曰：「然則先生何術可除？願聞其教。」道士曰：「臣進神劍一口，大王請懸宫中，百魅自然消滅。」紂王受劍，封賞道士。道士曰：「臣獻此劍，特爲社稷生民而進，非圖富貴而來也。」遂謝恩出朝。

紂王即將木劍懸於後宫。妲己其實深谷老狐，因吸天地之精，啖日月之華，遂能通變萬狀，托物成人。及聞紂王帶木劍入宫，〔二〕恐觸出本像，〔三〕即昏臥於榻。紂王聞妲己臥痛，即入省視。妲己迎告王曰：「小妾生長深閨，一睹劍戟，心驚目駭，恐懼成疾。今聞大王帶劍入宫，小妾輒驚成病，萬乞除之。」王笑曰：「此遊方道士獻木劍，與寡人驅邪，何必驚懼？」妲己曰：「大王玉堂金屋，有何祟魅？此方外邪術蠱惑聖聰、扇摇天下，乞王火速焚之，勿陷其迷。」紂王曰：「善。」即令出木劍，焚於宫外。次日，太史令杜元銑奏：「妖氛直貫紫微，乞搜宫禁邪魅。」紂王又以此説問於妲己，妲己曰：「妾幼頗習星曆，略達天文。妾觀數夜以來，紫微輝朗，並無妖氛。此太史與方士交結，巫言傾陷社稷。請先斬元銑，禁止妖言。再建高樓於宫中，凡百災祥，妾願逐一明奏。」紂王大悦，令斬杜元銑之首，號令都城，再有妖言者夷三族。

〔一〕「衛林虎賁」，余象斗刊本作「衛林此虎賁」，龔紹山刊本作「羽林虎賁」，據改。

〔二〕「木劍」，余象斗刊本作「個劍」，據龔紹山刊本改。

〔三〕「恐觸出本像」，余象斗刊本、龔紹山刊本均無，據夏商合傳本增。

卻説雲中子未歸終南山，只在都城。見宮中妖氣未除，再欲入朝。及聞斬太史，號令都城，仰天歎曰：「不二十年，都城即爲戰場矣。」遂書二十四字於西門城外，拂袖而去。

妖氛穢亂宮庭，聖德播揚西土。
要知血浸朝歌，戊寅歲中甲子。

百姓爭觀其句，莫知意味，恐紂聞知，即塗抹之。時宮中建樓，高十餘丈，號曰「摘星樓」，朝夕與妲己遊宴其上。妲己精通書史，貫博百家。紂王見其舉止，遂有廢皇后立妲己爲正宮之意。一日，詔正宮皇后會宴於受仙宮。皇后姓姜氏，東侯伯姜桓楚之女。性好雅重，不樂淫亂。見妲己諂媚得寵，本不欲往，然聞詔，只得強赴。妲己親迎就宴，酒過數巡，紂王令師涓奏靡靡之樂。師涓拊節而歌，妲己舉袖而舞，紂王左顧右盼，不勝歡悦。宦官嬪御皆稱萬歲，獨有姜后俛首不觀。紂王問曰：「寡人新制此樂，又得師涓善歌，妲己善舞，誠若天仙洞府之賓，朕之所寶，〔一〕爾何不觀不樂？」姜后對曰：「妾聞明王所寶者賢臣君子，未聞以淫樂邪色爲寶者。若寶淫邪，必有宮闈之患。」紂王頗有怒色，曰：「何謂淫樂邪色、宮闈之患？」姜后曰：「太史累奏妖貫紫微，其氣落在深宮。大王全然不省，反聽妲己邪色，信師涓淫樂，斬杜元銑以塞忠諫之口，妾憂社稷傾亡而不暇，何暇觀此淫邪乎？」紂王默然不語。姜后辭歸本宮。嬖臣費仲知紂有廢立之意，乘機奏：「皇后嫉妒蘇妃，妄誹聖樂，大王豈可置而不問？」紂王曰：「吾欲廢姜后而立蘇氏久矣，止恐群臣諫諍。今其抗拒百端，吾必廢之。」

〔一〕「朕之所寶」，余象斗刊本、龔紹山刊本均無，據夏商合傳本增。

次日，王與妲己宴於摘星樓，命妲己歌奏新聲，妲己辭曰：「妾感大王恩遇，故承旨歌舞。今正宮以小妾爲邪淫諂媚，再不敢奉詔歌舞耳。」紂王曰：「卿且勿以此介意，不如吾將册卿爲正宮耳。」妲己再拜，侍側。少頃，姜后復具諫表，直上摘星樓，劾妲己爲妖邪，師涓爲讒佞。紂王覽罷，擲表於地，唾罵：「妒婦，焉敢妄謗吾之左右。」喝令斬之。姜后叱退武士，大罵：「無道昏君，寵嬖妾而斬正宮。焉能以主社稷。」紂王大怒，左手攬衣，右手揪髪，振其四肢，仰投十丈樓下。不知性命如何。

西伯入商得雷震

姜后墜於樓下，頭破腦裂，頃刻而殂。時，太子商郊姜后之子名郊，年方十三，聞母后被刑，直奔樓下，抱屍號哭。紂王撫慰曰：「爾母嫉妬忤旨，故自殞於樓下，不必痛哭，以傷情性。」太子告曰：「母后未聞失德，父王信讒而陷至死，今又不收葬其屍，何棄結髮而絶重倫乎。」紂王聞太子之言亦爲動情，即收姜氏之屍，以厚禮葬之。遂册蘇氏爲正宫，群臣廷議，紛紛皆諫不可，紂王不從廷議，竟立妲己。太子慟母死於非罪，又見立妲己爲正宫，晝夜號哭不止。費仲奏曰：「姜后之父姜桓楚，見爲東方侯伯，鎮大兵雄，若聞大王殺皇后，立妲己，太子哀思，必擁東方甲兵乘機謀反，不如詐稱國有大政，宣四侯伯入朝同議。桓楚若至，即擒斬首，以絶後患，有何不可？」紂王大悦，即遣諸使，遍宣四方侯伯。

卻説西伯侯，姓姬名昌，其先帝嚳之后，嚳名棄，事唐堯，封爲農師，號曰后稷，又數代，至公劉者，修后稷之業，居於豳，又數代，有古公亶甫者，積德行義，國人多歸之。戎狄攻豳，亶甫去豳，徙於岐山之下，豳人攜幼扶老從居岐下。亶甫生季歷，季歷生昌，守岐州，紂封昌爲西方侯伯。生得龍顔虎眉，身長一丈，有四乳，目角豐隆。承祖父遺政，布德行仁，專恤鰥寡孤獨，西方小邦諸侯，各各傾心服德以朝焉。兩班群臣有太顛、閎夭、散宜生、辛甲、鬻子等，皆賢明君子，以輔相治道。及聞紂王失德，每欲入朝進諫而未及殆。使者賫宣詔來至，遂問群下曰：「商王此詔，非宣議政，當有異論。吾嘗觀先天之數，吾有七年之厄。此行倘陷不測，爾等宜布德政，匡服西土，不必遣人訪我。若待災滿，自當西回。」群臣曰：「主公既知此行不吉，辭而勿往何如？」西伯曰：「君命所召，焉敢故拒？」即日發駕出岐州，群臣餞送於城外，忽一後生擁住馬頭哭諫：「吾父不可赴召。」百官視之，乃西伯侯之長子伯邑考也。西伯撫慰曰：「吾兒不必憂慮，爾弟兄和睦，共守國家，不日吾即西歸也。」伯邑考曰：「吾父必欲入商，不肖願從同往。」西伯亦不許，且曰：「七年不返，然後汝來借問。」於是父子痛哭，百官無不揮淚，車馬遂出潼關。

行至燕山下，西伯止住從者曰：「暫停鈞亭，少刻當有大風雨至。」從者告曰：「今乃日正中天，雲收四塞，風雨從何而來？」西伯曰：「吾演先天之數，今日乙巳辰，若遇己卯時，不特有大風雨，抑且當有蓋世英雄從地而出。」從者請問其故，西伯曰：「乙乃木也，巳乃風之宮也。巳乃土也，卯爲雷之宮也。節值春半，雷當發聲，木動風生，雷從地出，是以知之。」從者曰：「何謂有出蓋世英雄？」西伯曰：「震爲長男，以是知之。」言未訖，雷霧四合，暴雨淋漓，平地水滿三尺。忽然燕山西北一聲霹靂，火光散亂，林中有胎兒啼哭。西伯急令巡之，見古墓穴中，雷震棺木，有女屍破胎，墜一嬰兒，呱呱而泣。西伯謂從者曰：「此子非常下之士，他日必爲西方出力。」乃詢本處鄉村之人乳之。行至數里，未得乳婦，忽前有一道士，布袍麻鞋，手揮羽扇。將近車前，長揖曰：「侯伯何往？」西伯曰：「吾承王詔，將入朝歌。先生何方人氏？」道士曰：「小道終南山煉氣之士，號雲中子也。」西伯慌忙下車相見，曰：「素仰高風，今始得遇。然子欲何往？」雲中子曰：「小道因觀天象，見妖氣落於商王宮内，吾進木劍請掃除之。不料商王昏德，反斬太史以禁方士，所以吾欲遍遊天下，以尋破魅之士。今觀將星落在燕山之西，故徒步以詢所在。早辰霹靂發於本方，此象從雷而出。今詢至此，則又隱而不見。」

西伯聞其言，有符嬰兒之事，即抱嬰孩度與雲中子，曰：「先生所尋將星者，莫非此子乎？」雲中子視其豐神骨節大異，曰：「賢侯從何而得此子？」西伯以雷震之事相告。雲中子曰：「此子非俗，他日長大，必能蕩掃商家氛穢。然民間不能鞠育，小道願收入本山，恩養成人。教其演習兵機，以候扶真主破妖魅，以援陷溺之民。」西伯曰：「然則可呼何名，以爲他年相會之記？」雲中子曰：「即從雷震而呼之，有何不可。」西伯忻然曰：「先生命名最爲合義。」遂相辭而别。

西伯行至數日，車馬遂入朝歌。時姜桓楚、鄂宗禹、崇侯虎陸續到京，四侯相會，約次日入朝。時都城百姓皆哀姜后死於非罪，而惡妲己立爲正宮，議論紛紛，傳於桓楚耳中。桓楚詢問士夫之中，知姜后被投摘星樓而死，放聲大哭。次日，即具表入朝，數紂王斬正宮、寵妲己、嬖費仲、荒國政四事。紂王大怒，曰：「寡人欲除老賊，尚未降詔，焉敢先謗吾過。」喝令斬卻桓楚。不知性命如何。

西伯侯陷囚羑里城

姬昌、鄂宗禹及滿朝文武皆諫：「桓楚爲東方侯伯，縱使有罪，不可極刑，况其所諫皆是，大王何可加以重罪？」紂王猶豫不決。妲己在簾内忙告紂王曰：「群臣皆桓楚之黨，故妄諫諍，交抗王刑，大王若不醢桓楚之屍，何以示法？」紂即令醢桓楚爲肉醬，貶其子姜文煥以守潼關。以楊越奇爲東方侯伯，代守青州。又下令群臣，再諫者梟首示衆，群臣退。鄂宗禹會集姬昌、崇侯虎曰：「吾等世食國祿，今主上溺於酒色，妄廢皇后而醢大臣，豈可懼死而陷君主乎？」擬定三人次日合表，必冒死諫其黜妲己，以理國政。雖加斧斤之誅，不可緘口而止。姬昌曰：「吾觀商德將衰，不出二十年後，有革命之象。公言雖是，只恐主上執迷不悟耳。」宗禹曰：「天命雖有常數，然爲人臣不可不盡其職，吾必冒死而諫。」

崇侯虎心本懼死畏誅，又恨西伯專功受賞。次日，先奏紂王曰：「大王昨醢姜桓楚，群臣皆服王刑，獨鄂宗禹與姬昌互相誹謗。且姬昌妄稱能演先天之數，言國家不出二十年而喪。若不除此二侯，終爲大王之患。」紂王大怒，正欲令武士監捉二侯，而二侯合表來諫。紂王覽其表曰：

具諫表臣鄂宗禹、臣姬昌，誠惶誠恐，稽首頓首，百拜上表。臣聞聖人御極，行正道以防心；天子司民，握乾綱而宅志。所以唐堯不下階而治，虞舜惟垂拱而理。未聞有嬖寵奸淫，殄絶夫婦，輕醢大臣，妄斬太史而能平理天下者也。伏自大王御極以來，災星歷變於天下，妖氣累出乎宮中，正大王憂國愛民之秋，防心宅志之日〔一〕。是故皇后乃母儀天下，無瑕玷而加極刑；妲己穢污宮室，有妖媚而寵重位。刑不上大夫，則醢姜桓楚，而虧先王之典；官不曠太史，則梟元銑，以失司天之監。內聽師涓之樂，襲惑聖聰；外信費仲之言，盲蔽電眼。且臣聞明王不自治，而聽治於民；不自德，而信德於天。今大王廢朝綱，變典法，上激天變，下興民怨，社稷危亡，在於旦夕。故臣等不避斧鉞之誅，直進逆耳之言，伏望繼明主之行，〔二〕恢聖人之德，親君子而遠費仲，黜妲己以贈正宮。廣納忠諫，痛革前非，如此則天變可消，民怨可弭，而社稷穩如太山，國祚安如磐石。臣等不勝恐懼戰慄，奉表以聞。

紂王覽罷，裂碎表章，大罵：「匹夫焉敢妄進謗言，有司推出斬首。」監斬押出二人。鄂宗禹當廷大罵：「昏君，吾死無恨，可惜成湯宗廟變爲丘墟矣。」群臣諫曰：「姬昌素有德政，以服西方諸侯。大王今宣入朝，一旦殺之，西土軍民必然生變。萬乞寬恩，以赦其死。」紂王令斬鄂宗禹，解還姬昌。紂謂昌曰：「本欲將汝同斬，姑念爾有德於西民，暫赦歸國，毋得曠我朝貢。」姬昌再拜出朝，群臣皆退。崇侯虎、費仲獨奏曰：「姬昌善理伏羲之數，能知未來之事，況其國大兵強，此來不殺而赦其西歸，何異縱虎歸山，放龍入海。若不興兵作亂，臣等甘受妄言之罪。」王曰：「吾已赦矣，焉可反覆？」崇侯虎曰：「姬昌西歸，城中士夫料必皆行餞送，臣請行餞，觀其有怨望之言，則王可乘此殺之，以絶後患。」紂王然之。

次日，西伯發駕西歸，滿朝士夫，果設餞於朝天橋，崇侯虎亦在群中。酒至數巡，西伯告衆士夫曰：「主

〔一〕「防」，余象斗刊本作「坊」，據龔紹山刊本改。
〔二〕「明主」，余象斗刊本作「明王」，據龔紹山刊本改。

上偏信妲己而誤社稷，不出二十年而其身作煨燼矣。」群臣聽罷，各皆失色，但惟惟不出言，宴罷相辭而別。崇侯虎即以姬昌之言忙告紂王，紂王大怒，即令雷開率數十刀斧手，追捉姬昌。時姬昌出城三十里，在馬上自思：「身有七年之厄，又何安樂而回？」正疑思間，馬後喊殺連天，一彪人馬追至。西伯視之，乃殿前都校尉雷開也，知其必然捉己，乃抽馬候問。雷開曰：「侯伯且住行旌，天子有旨抽回。」西伯並無懼色，驅馬轉入朝歌，與雷開見紂。紂王大罵：「匹夫，吾赦爾回，焉得反謗吾喪於煨燼？」西伯頓首對曰：「非臣敢謗，此亦天數已定。」紂曰：「寡人之喪，已有定數。爾知己數絶於何地？」西伯曰：「臣之氣數過十二年後安床而死。」紂曰：「吾爲萬乘之君，尚殁煨燼之下，汝又安床而死，何其誣妄之甚。」喝令斬之。大司徒膠鬲奏曰：「生死一系於天，西伯雖有輕言之罪，亦不至死，大王焉可斬之。」紂王曰：「姬昌妄言，豈合天數？寡人斬之，亦不爲過。」膠鬲曰：「大王必欲以昌之言爲妄，可令其演察目前禍福。驗則赦之，不驗臣甘代其死。」

紂即命姬昌占朝廷今日主何吉凶，姬昌袖傳一課曰：「以臣占之，今日酉時，成湯宗廟，當有火災。」紂王弗信，囚昌於南牢，以驗凶吉。殆及黄昏，巡城兵馬果奏祖廟發火。紂王盡發衛士以救之。風威火勢互相激烈，軍士不能救護。須臾之間，七廟皆成焦土。紂王默羡姬昌之神。次日欲放西歸，費仲又奏曰：「西伯精靈，終成大患，王既不殺，亦請囚之，待其臣子來贖，然後赦回，庶幾服其叛意。」紂王納其言。次日，降詔囚西伯於羑里城在相州湯陰縣。膠鬲苦諫，紂皆不聽。西伯謝罪，以赴羑里。羑里百姓聞西伯之聖，含冤被貶，相爭遠接，願上表請赦其罪。西伯止曰：「吾罪當誅，賴天子聖明，免死以謫此城，豈敢再瀆聖顔？」百姓皆拜曰：「真聖人也。」於是西伯入於城中，仰天自歎曰：「七年之厄，誠有定數，吾敢怨君而私民乎？」遂杜門不出，取伏羲氏六十四卦，次序而演之，爲卦下之辭，垂世立教其辭詳見大易。

宋賢道原劉先生有詩云：〔一〕

七載艱難羑里城，卦爻一一辨分明。

玄機打透先天秘，萬古傳名號聖人。

唐人韓退之作《文王拘囚幽琴操》曰：

目窈窕兮，其凝其盲；耳肅肅兮，聽不聞聲；朝不日出兮，夜不見乎月與星；有知無知兮爲死爲生，

嗚呼臣罪當誅兮天王聖明。

卻説紂王自醯姜桓楚，斬鄂宗禹，又囚西伯侯，留崇侯虎在朝議政。滿朝文武，盡皆緘口不言，其所言

獨有崇侯虎、費仲、蜚廉、雷開、惡來一班佞臣而已。故紂王略無忌憚，無所不作。畢竟何如。

〔一〕「宋賢道原劉先生有詩云」，余象斗刊本無，據龔紹山刊本增。

紂立酒池肉林

紂王每欲建造高臺，廣開苑囿，又恐群臣諫議，先建宗廟，復遣蜚廉、費仲，在都城南陽社，圜三里之地築臺。高千尺，上造玉門瓊室，盡飾金珠白璧；下建瓊林御庫，收貯貨物。又令在都城建造鉅橋，大倉數千餘間。費仲督併人力府庫財用皆空，三年未能成就，仲乃回奏紂王，紂王不悦。崇侯虎曰：「以萬乘之尊，建一臺榭，何憂不就！臣請將外郡糧税户役，各增一倍，都城百姓，則税役不增，但調其用工服役。如此財力具備，不上三年，臺榭可成，庫藏亦滿。」紂王大喜，即出詔書，重斂勞民。

費仲、蜚廉將畿内之民，三丁抽一，單丁獨役。富者雖少壯則賣而不調，貧者雖老弱必驅而用之。替換督工，晝夜不息，民有不勝疲苦，勞死於臺下者，縱横枕藉。外即不勝重斂者，賣妻鬻子，至於逃亡。及至七年，始得成功。費仲、蜚廉請紂王遊玩。紂王駕至臺上，一見此臺，高聳廣闊，畫飾琅玕，白玉皆絡，翡翠珠璣，忻然歎曰：「非崇侯虎獻謀，費仲、蜚廉效力，則寡人又豈有高臺之樂？」遂名其臺爲鹿臺，封崇侯虎爲大司徒，費仲、蜚廉爲左右鎮殿大將軍，使其重斂民財，以充鹿臺之庫；厚收粟麥，以實鉅橋之倉。日與妲己賞宴其上，自謂天下崇臺美室，皆不能及。然不知乃焚燎天下之財，疲苦萬民之力，始能成就。怎生見得？後人曾有四六之辭一篇，以譏之云：

臺高插漢，榭聳淩雲。九曲闌杆，飾玉雕金光彩彩；千層樓閣，朝星映月影溶溶。怪卉奇花，香馥四時不卸；珍禽異獸，〔一〕聲揚十里傳聞。遊宴者，姿情歡樂；供眾者，勞力艱辛。〔二〕塗壁脂泥，盡是萬民之膏血；華堂彩色，皆收百姓之精神。綺羅錦席，空盡織女機杼；絲竹弦歌，變作野夫啼哭。真個以天下奉一人，須信因獨夫殘萬姓。

一日，紂王與妲己，宴於鹿臺，調六宮嬪妃，赴於臺下，令其盡去裙襴，裸身歌舞，互相歡謔。紂與妲己望見，撫掌大笑。獨有姜后一宮中嬪御七十二人，揮涕掩淚，不肯裸體歌舞。紂王召問其故，眾宮女但悲而不答。妲己曰：「此姜后之宮女，每怨大王殺其主母，欲謀作亂，以弑大王。妾始不信，今違王命，誠有此意。」紂王大怒，喝令斬之。妲己奏曰：「宮女謀亂，當要重責，以戒將來。」王曰：「斬刑極矣，又何更重？」妲己曰：「依小妾之見，可在摘星樓前穵地方數百步，深高五丈餘，令取百般蛇蠍蜂蠆之類，群聚穴中。將此宮女投落坑穴，與百蟲嘬咬，號作『蠆盆』之刑，方可警眾。」紂王大悦，即令費仲開成蠆盆，收聚百蟲，將此七十二名宮女，一齊投落坑中，悲哀號哭，不忍見聞。紂王大笑曰：「非皇后之計，則不能滅此叛妾。」

殷郊太子名聞知，忙入鹿臺進諫曰：「天子者，民之父母也；刑法者，國之治具也。民不可虐，法不可變。今眾妾無謀逆之罪，而加以極慘之刑，此皆妲己誤惑聖聰，使天下談父王爲無道，請斬妲己以正朝綱。」妲己忙奏：「太子與眾妾同謀，故敢強辭，妄毀小妾。」紂王喝令搥死殷郊。王子比干聞知，慌忙入諫曰：「太子，國之根本，大王何忍加刑？」紂王俛思半晌，令謫太子與姜文煥共守潼關。太子悲號，甘死不願遠出。比干又

〔一〕「珍禽異獸」，余象斗刊本作「珍禽獸」，據龔紹山刊本改。
〔二〕「供眾者，勞力艱辛」，龔紹山刊本作「供力者，勞悴艱辛」。

諫曰：「太子乃社稷之主，不可遠謫邊潼關。」紂王大怒，喝令：「如不速退，必推出斬首。」比干見諫不從，挽殷郊出朝，撫諭之曰：「君父之命，不可違忤。殿下暫出潼關，不日父王回意，吾當保奏還朝。」太子泣辭比干而出。忽一人叩住馬頭，諫不可往。衆視之，乃大夫梅伯也。太子曰：「吾知不可出國，但君命已出，不可有違。」梅伯曰：「殿下請回東宮，臣奏主上。倘有疏虞，臣甘代死。」殷郊不從，驅馬出城，直奔潼關，不在話下。

梅伯解下衣冠，延頸入見紂王曰：「皇后無失德而被刑，太子無罪過而遭謫。我主若不追回太子，復立東宮，臣願解還冠帶，甘代其死。」妲己又奏曰：「梅伯皆太子之黨，故互爲相救。」紂曰：「當何如可絶此黨？」妲己曰：「群臣輕侮朝權，皆由刑法輕薄故也。依妾之見，可鑄銅柱，內煽焰火，外塗脂膠。令犯人梅伯裸體抱柱，即皮肉朽爛，觔骨粉碎。如此下方畏懼，朝無奸黨矣。」紂王曰：「善。」即立銅柱，塗膠煽火，將梅伯解衣抱柱。梅伯痛哭受刑，頃刻肉焦骨碎，化爲飛灰。後潛淵《讀史詩》云：

炮烙當庭標，火威乘勢熱。
四肢未抱搏，一膽先摧裂。
須臾化骨觔，頃刻鎔膏血。
吾知紂山河，隨此煙燼滅。

梅伯既死，衆皆心驚膽落。而紂方大笑曰：「此刑極美。可號何名？」妲己曰：「可名爲炮烙之刑。」又曰：「炮烙不可概用，可制銅斗，亦加火其中，名曰熨斗。罪不至死者，令以手持熨斗，則手足燋爛，方別重輕。」紂然之。即立銅柱、銅斗各數十號，置於殿前，但有罪者，即加此刑。滿朝群臣緘口畏懼。妲己見群臣畏刑不諫，乃恣意任爲，與紂旦夕歡宴不息。

一日，宴於摘星樓，又令宮女裸衣歌舞，風動羅裙，各相爭戲。妲己又告紂曰：「此戲不足以盡聖歡，可在臺下開二坑穴。一則中間壘糟爲丘，四圍引酒爲池；一則懸肉爲林，令各宮嬪妃，裸衣戲於酒池，各相撲打，勝者隨浸死池中，敗者投於蠆盆内。」紂王即依其所行，令宮女戲撲。往來出没，死者浮沉，不計其數。紂與妲己撫掌大笑曰：「此樂尤稱吾意。」遂令費仲南距朝歌，北抵邯鄲，縱横數千里内，五里建一離宮，十里建一別館，自與妲己同乘逍遥車，絲竹歌樂擁於前後。晝眠夕宴，宮中號作長夜之飲。不拘官民，纔有諫者，不投蠆盆，則抱銅柱，於是天下騷然摇動，百姓逃亡，諸侯亦有叛者。後邵魚余先生有八句詩云：

先王制律爲民憂，商紂奢淫禍自求。
炮烙刑標屍骨朽，蠆盆法立血膏流。
離宮別館生民釁，舞榭歌臺動寇仇。
可惜成湯錦繡業，年末斂手屬西周。

西伯侯脱囚歸岐州

卻説西伯囚於羑里將近七年，群臣在岐州者商議贖還。大夫散宣生曰：「主公離岐下之時，曾言有七年之厄，令群臣子弟不得入朝探訪，候在七年災滿，然後方可贖還。」群臣皆以爲然，獨伯邑考曰：「君父久困於外，臣子全無憐念之意，忍心害倫，大不可也。」遂攜數從者，直出岐州。時姬發武王名也、姬旦周公也向前阻曰：「父侯有命，不許吾等省問，吾兄姑停數月，待其災滿，方可迎還。」伯邑考不從，直投朝歌，具贖罪之表，先見紂王。

紂王宣入，伯邑考曰：「臣父總鎮西方，西方諸侯稱爲仁德。今違忤天威，囚系七年，臣痛父囚苦，願以身代。」紂謂妲己曰：「此忠孝之士，即令釋西伯之罪。」妲己曰：「吾聞伯邑考善彈琴，妾欲聞其雅操，大王試令操一曲，然後放回。」紂王然之。即取琴與伯邑考，令操一曲。伯邑考辭曰：「臣聞父母有疾，不御琴瑟。今父囚七年，臣心痛如刀割，焉敢彈琴？」紂曰：「此皇后愛汝雅操，不必忤辭，試操一曲，即放父回。」伯邑考強推不從，只得受琴在膝，操之以求赦父。然自思紂王無道，因在琴中寓音以諫之。其辭曰：

明君作兮，布德行仁；未聞忍心兮，重斂煩刑；炮烙熾兮觔骨粉，蠆盆慘兮肺腑傾。萬民精血，以灌酒池；百姓膏脂，以懸肉林。機杼空兮，鹿臺財滿；犁鋤折兮，鉅橋粟盈。我願明王，去讒逐淫，振頓綱紀兮，而天下和平。

大罵：「伯邑考專刺時政，謗誹王非，若不除卻此子，必助西伯爲亂。」伯邑考唾面大罵：「淫妬賤婦！蠱惑我王，我死青名不朽，但可惜成湯之社稷矣。」又以琴擊妲己，妲己越席而避，紂王大怒，喝令斬之。妲己曰：「妾聞聖人不食其子，西伯素稱先知，可將伯邑考醢爲肉醬，送與西伯，西伯不食，必是先知聖人，斬而勿放。倘其不知而食，則亦常人而已，放其西歸，以免妄殺侯伯之議。」紂即醢伯邑考，邑考罵不絶口，頃刻死於亂刀之下。後邵魚余先生詩哀曰：

孤身出西岐，萬里探親災。
未入羑里城，先登紂王臺。
辭琴孝志在，擊王怒心摧。
可惜青年傑，化爲異國灰。

紂王差使，賚肉醬入於羑里。時，西伯囚系七年，杜門不出，鎮日獨演伏羲之卦。忽一日，有怪鳥鳴於庭前，西伯即演卦象，便知當損一子。顧謂從者曰：「數日以來，心驚肉戰，吾懼長公子即伯邑考也入朝，告贖吾罪，必中妲己之計矣。」從者對答未終，忽報王使至。西伯迎接入堂，使者呈肉醬曰：「主上以侯伯無甚太過，拘於僻城數年，故賜奇味，不日將復詔西歸。」西伯接肉在手，心知是子之肉，然又知妲己試挾之謀，乃對使者盡啖其肉，望北謝恩。使者相辭而出，謂其從者曰：「世謂西伯有先知之聖，子肉尚不知而啖之，何足道哉！」從者問起何故，使者曰：「此西伯長子伯邑考。因上贖父之表，彈琴忤旨，蘇皇后命醢爲醬，來試西伯而已。」從者歸告西伯，西伯哭曰：「吾非不知是子之肉，若不勉強食之，則吾亦死矣。」悲號嘔吐，悶倒於地。左右慌忙救治，始得安起，謂從者曰：「吾災將滿，況商王見吾食邑考肉，必有釋囚意。爾等且宜收拾，以伺西歸。」又遣使入岐州，報知伯邑考之事。

使者直奔西岐，入見群臣，便將伯邑考之事報知，舉朝哀哭。或議出兵攻紂，迎還西伯者。散宜生曰：「長公子多因不守父訓，故得大禍。今主公厄數已滿，只宜具表贖還，不可興兵以生他變。」群臣曰：「然則用何物可贖主罪？」宜生曰：「吾聞商王荒廢朝綱，惟色是務，可選精麗美人十個、良馬十乘、金寶各十車，遣閎夭入商，必能贖出君主。」姬發然之。即具已上貢物，遣閎夭入商。

閎夭領貢物直投朝歌館驛安下，訪得朝中政柄皆在費仲之手，乃以良馬八匹、金寶一車、美女二名，先見費仲。費仲延入府中，閎夭曰：「吾主陷囚七年，國中政事盡廢，臣子晝夜悲號，仰望西歸。今以小物敬獻，願司寇在主上邊贊一美言，則西土君臣感德不淺。」費仲忻然受其金寶曰：「大夫次日進上貢物，小官力當保奏。」閎夭相辭出府。

次日，即上表貢。紂王覽罷，宣美人上殿，大悦曰：「欲贖姬昌，十美人足矣。何必更用他物？」遂遣使赦出姬昌。妲己諫爲不可，費仲進曰：「姬昌雖有罪過，然已囚七年，西方百姓無主，若不釋歸，必然生變。」紂納費仲之言，赦出西伯。西伯即日受詔，出羑里。百姓鼓舞大悦，相送出城，西伯入朝謝罪。紂王曰：「寡人念卿爲西方民主，頗聞德政，今赦爾前罪，賜爾白旄黃鉞，得專征伐，火速西歸治民，無得再違。」姬昌謝恩出朝，遂與閎夭西歸。後史臣有詩一律，單道周朝之興，在西伯脱厄於羑里之時也：

商德滋昏周德昌，脱囚羑里系興亡。
神龍獨爲祥雲起，靈鳳偏因瑞氣翔。
他日飛熊來入夢，此時文豹早亡商。
戎衣不舉傳孫子，八百蒼姬祚肇光。

皇明東屏居士《詠史詩》云：

盛德拘幽國步艱，天心無系獨夫殘。

卦辭必系閎夭入，鐵鉞彤弓一路還。

西伯車馬歸至岐州，群臣聞知，罄國出迎數百里外，滿城百姓牽牛擔酒，鼓舞而迎，曰：「今日復見我之父母矣！」

西伯入朝，先謁宗廟，〔一〕再受朝賀。群臣諸子各相問安已畢，右班一人忿然奏曰：「臣觀商辛失政，殄絕人倫，吾主無辜，而受七年囚系，今者聖駕全歸，何不舉西岐之眾，打入朝歌，與民除害。」畢竟此人是誰。

〔一〕「先謁宗廟」，余象斗刊本誤作「先揭宗廟」，據龔紹山刊本改。

西伯建臺鑿池沼

衆視之，將軍辛甲也。西伯大驚曰：「卿何妄發此言？商王乃君也，孤乃臣也，君雖失道，臣子當盡守其職，豈敢興兵犯上？卿等無得再言伐商。」群臣皆曰：「謹尊聖命！」於是，西伯廣行仁政，厚恤下民，使耕者十一而稅，仕者世食其祿，畫土爲牢，刻木爲吏，不動刑罰，而民自勸。百姓有男不能婚，有女不能嫁者，則出公錢而嫁娶之。有老而無子者，幼而喪父者，皆給錢帛而賑恤之。於是西方百姓家給人足，歌頌太平。又令辛甲，率壯兵二百名，建高臺於都城高台在陝西鄠縣，以觀災祥。辛甲領命出朝，將要興工，百姓皆曰：「父母欲建一臺，何必役兵勞士哉？」乃爭先搬泥運木，服役無休。西伯聞知，乃遣上大夫太顛，以酒食親賞百姓，宜誡其暫停休息，不須急就。百姓聞詔，愈加用力，此臺不日而成。

辛甲請西伯觀臺，西伯與數群臣發駕至於臺下，登臨玩畢，慘然不樂。散宜生曰：「此臺高大，足可觀望災祥，主公何爲不樂？」西伯曰：「吾欲在此臺下開囿鑿沼，以備遊覽。今此臺高大，百姓皆爲吾而疲，何樂之有？」百姓在臺下聞知此語，即便鑿爲池沼。西伯下令禁止曰：「吾興土木之工，自有士卒服役，爾等且歸休息，不可再勞。」百姓不從，爭先開鑿，至深五尺，忽見枯骨一付，百姓揮拋於沼外，西伯在臺下望見，急問：「是何人骸骨？」軍吏曰：「遠年枯骨，不知何方人氏。」西伯忙令埋之。軍吏曰：「此無主守，何必埋掩。」西伯勃然變色曰：「有天下者，天下之主，有一國者，一國之主。今此枯骨，寡人即是其主，焉得棄之。」乃脱短衣，命裹其骨，改葬他所。百姓踴躍，拜於臺下，曰：「吾主恩澤及於枯骨，我等敢不奉役，即時效力。」不滿三日，沼囿皆成，更收麋鹿、鴻雁、魚鱗、鳥獸置於沼囿，西伯大宴群臣於臺上。又以金錢散賞百姓，百姓歡喜，而指臺沼曰：「此吾主之靈臺靈沼也！」古人曾有詩云：

沼鑿深深囿僻開，經營不日萬民來。
要知商喪西周振，須察靈臺與鹿臺。

西伯自葬枯骨，仁政馳於四方。時虞、芮二國百姓，相爭界上之田，積年不決，虞侯乃遣書與芮侯，曰：「我等有此疑獄，難以判決。當今西伯乃仁人君子，澤及枯骨，西方鰥寡孤獨不至失所。若不朝西伯則不明決，敢約大駕相期西入。」芮侯得書忻然，便與從者會虞侯入於峭山。至岐州界上，見農夫耕於隴上者，相讓而遺其畔。二侯召而問之，農夫曰：「西伯以仁讓爲教化，我等焉敢爭畔？」二侯嘖嘖稱羡，遂驅車馬沿路遍察，但是耕者皆相讓畔，行者皆相讓路。及至都城，百姓往來者，男則行左，女則行右。年至五十以上者，肩不負重，手不提挈。二侯訪問鄉民，鄉民曰：「此西伯之教化也。」

二侯安於公館。次日，將見西伯。天色未明，侍立朝外。少頃，文武百官擁擁而至。士讓大夫，大夫讓卿，相推相遜，序職而入。虞、芮二侯自相告曰：「我等不能躬率教化，使民積年爭訟，誠乃小人。不若今西伯之教，自朝廷以及山野，皆有君子之風。我等既爲小人，焉可輕踐君子之庭乎。」即便抽身東回，相辭各歸本國。虞侯以所爭之地送與芮侯，芮侯不受，又送至虞。二國相推不已，遂讓爲閑田。天下聞知，感曰：「西伯教化，使人遷善而不自知，真聖人也。」相率而朝於岐者四十餘國。更有彩鳳鳴於岐山，以昭仁政之瑞。後史臣有詩云：

教化默融遠國民，風行草動縱歸仁。
朝鳴彩鳳岐山下，靈瑞須昭大聖人。

當時西伯日行仁政，民爭歸順。紂王日行暴虐，民多背叛。

時商都城東有民姓姜名尚，字子牙，其先祖常爲四岳，佐禹平水，士虞夏之際，封爲呂姓姜氏，尚其苗裔也。年過七十，家道寂寞。有經天緯地之才，排兵佈陣之術。但時未遇，甘守清貧而不干仕。及紂王恣行強暴、殘虐生民，浩然歎曰：「吾聞君子不處亂世，今商王殄絶人倫，焉可再居此地。」乃挈家屬徙居東海之濱，釣魚爲生。畢竟如何。

姜子牙避紂隱磻溪

其妻馬氏見其老而不遇，終朝求去：「姜子今七十以上，竟無顯達，吾請與子訣別。〔一〕」子牙曰：「吾年八十位至封侯，爾且暫守目下之貧，富貴之樂終有在也。」馬氏怏怏不悦。

一日，出釣海濱，馬氏饋餉，子牙迎而受餉，恭敬如賓。子牙乃按竿垂釣，坐石磯而啖飯。馬氏私視籃簹，並無片鱗。及以釣視之，則其釣不曲啖，但直針而已。馬氏怒而言曰：「吾以子爲時未遇，甘守窮困，然不知子乃嗤嗤之士，何足怪其貧落？」子牙曰：「何謂也？」馬氏曰：「絲不設餌，釣不曲鈎，其魚從何而得？子將窮困至死，又何尚望封侯乎？」子牙笑曰：「吾絲不設餌，釣不曲鈎，不釣魚鱉，獨鈎王侯，此非婦人之見所能知也。」馬氏曰：「雖釣王侯，亦必曲釣而得，焉有直釣而能取者乎？」子牙又曰：「吾寧向直中取，不向曲中求。爾暫歸家，再過數年不遇明王而取富貴，誓不立於天地間。」馬氏不對而歸。

子牙終日垂釣，只見民有扶老負幼擔囊挈餉，紛紛西行，接踵不息。子牙怪而問之，行者曰：「商王無道，苦虐生民。我等欲投岐，以作太平百姓。」子牙曰：「西岐如何太平？」行者曰：「西侯伯以仁政施於西方，

〔一〕「訣别」，余象斗刊本誤作「決别」，據龔紹山刊本改。

鰥寡孤獨各得其所，爲其民者，老則衣帛食肉，幼則不饑不寒，四民樂業，草木沾春，所以吾等欲避商而西投也。」子牙聞知，浩然歎曰：「西伯既善養老，吾盍西歸矣？」遂收綸竿，挈妻孥，奔入岐州。

行至潼關關下，約有二千餘人，老幼男女，悲號不得進關。子牙問其故，衆民曰：「關主以我等爲逃亡之民，故拒而不肯放關。」子牙問：「關主是誰？」衆民曰：「正主太子殷郊，副主乃國舅姜文煥也。」子牙乃擁開衆人，直扣關門，軍吏放入，求見關主。關主問曰：「汝何方人氏？」子牙曰：「小人乃商都之民姜尚也。」殷郊曰：「求見爲何？」尚曰：「吾聞良禽擇木而棲，良民擇世而處。方今商王失德，苦虐生民，民不堪命，故投西伯，以求樂此終年。」殷郊大怒，喝令閘關，押此一起逃民，入商請罪。姜尚雖被綁，顔色不動，但曰：「太子請息雷威，乞容具訴。常云國以民爲本，民以食爲先。今商王重斂民財，民間父母凍餓，妻子不能相保，故欲棄暴歸仁，以求自活，太子欲以我等爲躲役之民解還請罪，我等死不足惜。然民亡財竭，國家豈能獨安？且商王寵妲己、嬖費仲，姜皇后無罪見投，東侯伯因諫被醢，太子遭廢，國舅被謫，此乃三綱殄絶，倫理乖違，公等名呼君父，實皆仇敵，何自不察，更助無道，而殺陷害之民乎。」

太子默思不語，姜文煥被子牙説動。一遍放聲痛哭，大駡：「昏君，實我殺父之仇，何如更爲守關。」即令開關，放此流民。又説太子曰：「殿下有君父之義，不可棄職，吾願西投，求兵伐商。」殷郊曰：「我母因妲己而死，梅伯爲我而亡，我亦同母舅西投借兵，除此賤婢，以削母恨。」子牙止曰：「二公皆商家臣子，豈可背叛，况當今未有明主者出，公等必欲報父母之仇，不如暫守潼關，候待有兵東伐，會兵助陣，生擒妲己，以雪前仇可也。」殷郊嘉納其言，欲留子牙。子牙辭曰：「尚本細民，不足奉承左右，且商王聞知，必以殿下招亡納叛，得罪反重。」殷郊然之，放子牙下關而去。自是殷郊二人名爲關主，其實不慎檢點，終日專望東伐之兵，以圖抱怨而已。

卻說子牙，行不數日，將至岐州，前見二士峨冠博帶，狀貌非常，端坐息於道旁樹下。子牙進前長揖曰：「二公何方人氏？」其士曰：「吾乃孤竹國伯夷、叔齊也。」子牙忙拜於道曰：「公子何以至此？」伯夷曰：「吾之弟兄，因讓國而出，欲投於商，商王失政，故處北海之濱，亡世三丘，今聞西伯發政施仁，尤善養老，所以徒步而來，欲爲西方太平義士。」子牙歎曰：「得天下者得其民，吾知商德喪矣。」遂相辭而别，夷、齊竟隱岐山之西，不在話下。

且説子牙，入於岐州，遍遊都内山川，無一可棲之所。一日，遊於城外，見一樵夫，問曰：「吾乃遠方細民，漁釣爲生，今聞西伯仁政，故挈妻孥西投，路僻人生，不知何處可以垂釣，敢煩指引，使漁樵皆在春風之下，有何不可？」樵者曰：「此去西南九十里，有地名曰磻溪。源從渭河而出，此處石壁深邃，林木森森，兼有石室清幽，波濤洶湧，〔一〕乃魚鱗所聚之處，子欲漁釣爲生，非磻溪不能以爲長久之計。」子牙謝曰：「子試爲我指引，何如？」樵者辭曰：「吾有老母在堂，采樵爲活，不能遠出。今鄰友亦是漁者，〔二〕可令引子而行。」子牙曰：「感承子厚意，乞姓名，以爲他日相逢之志。」樵者曰：「吾家在岐山之西，姓武名吉是也。」

子牙辭謝武吉，遂攜妻子與漁者泝渭水而上，次日行至磻溪。果見石室清幽，波濤洶湧，浩然歎曰：「不因漁父引，豈得見波濤。」遂謝漁者，安居石室。

〔一〕「波濤洶湧」，余象斗刊本作「波濤」，據龔紹山刊本改。
〔二〕「鄰」，余象斗刊本誤作「僯」，據龔紹山刊本改。下同，不另出注。

子牙代武吉掩災

卻説磻溪上有大石，子牙終日立於石上，垂竿而釣。不覺三年之間，鬚眉皤白，並無賢士往來，獨有樵牧之夫相爲鄰友。然子牙甘守淡苦，以仁義之風化諸樵牧。磻溪前後村中民户皆服其化，亦有清高氣象。獨其妻馬氏不樂貧困，一日又詰子牙曰：「子言年至八十位已封侯，今者東遷西徙，寂寞如故。富貴不來，年光屢换，如之奈何？」子牙慰曰：「吾觀西北有祥雲瑞氣，三年之後，必有明王來此。汝宜暫守清寒，富貴屈指可得矣。」馬氏悻悻不樂。

一日出釣磻溪，見一樵者扣歌而至。近前視之，乃故人武吉也。姜尚曰：「子何至此？」吉曰：「吾乘閒訪親於前村，因來謁子。」尚即收釣，延入茅廬，煮魚酌酒以敘故舊。酒至數巡，姜尚熟視吉之相貌，大驚曰：「子何神彩俱散？」吉曰：「主何凶兆？」尚曰：「黑氣障天庭，非傷他人，則爲他人所傷。」武吉泣曰：「吾死不足惜，但有老母無養，子有何術，幸爲我圖之。」尚笑曰：「死生禍福皆系於數，固非人力所能遷改。然子倘有事變，即來磻溪，吾當與子謀議。」武吉辭謝而歸，怏怏不樂，其母根問因由，武吉恐唬母氏，竟托他故。

一日，采樵賣於城中，門吏攔索錢物。武吉曰：「西伯之政，關隘城市但察往來奸細，不收商賈之税，魚梁水利與民共而不禁。今吾鬻樵之夫，錢物僅足保身，爾敢背上而欺下乎？」門吏大怒，即欲毆吉。吉拔樵斧便打，這也是他合當有難，姜尚合當發跡。門吏措手不及，〔一〕門吏竟死於樵斧傷下，巡城兵馬綁武吉來見西伯。西伯令其供招，武吉即將始末具上。西伯曰：「噫，此吾教化未孚，以致奸吏欺壓下民。本當赦爾歸家，爭奈人命爲重。亦不治爾償死，但囚系三年，以贖死罪。」

衛士即押武吉入於土牢。只見門無鎖錮，不設監司，惟有木刻吏人而已。武吉怪問其故，衛士曰：「西伯德教，不以縲絏堅獄以拘罪徒。但有頑民不遵教化者，止畫土爲牢，刻木爲吏。罪徒雖欲逃亡，慕其德義，不敢虛脱，此西伯仁政所致也。」武吉淒然下淚，曰：「西伯仁化若此，吾罪雖死無恨。但有老母在堂，止吾一人旦夕無人侍養，豈能握度三年？」衛士曰：「汝既有老母，又無弟兄，吾即代爾奏聞，使伊免罪歸養。」武吉拜謝不已。

衛士即以武吉之事奏於西伯，西伯曰：「吾以仁孝治民，豈可囚人之子而絶其母乎？」遂令取出武吉，令其歸家安奉老母，然後赴獄。且誡吉曰：「旬日不至，必發兵捉到，決治死罪不赦。」武吉叩頭謝罪，忙奔歸家。

時母聞吉被囚，憂惶號哭，見吉歸家，且驚且喜，曰：「吾兒焉得逃回？」武吉具西伯德政以告。母曰：「上既如此，不可違刑，汝宜速赴囚繫。」武吉泣曰：「吾赴囚後，母之甘旨無人侍奉。」母曰：「不必慮，吾織紝足延歲月矣。」武吉不從，自思姜尚言語，即日投入磻溪，來見姜尚，求其保身之策。尚曰：「吾曾言死生凶吉，固非人力能保，然吾有小術，荷子厚愛，不可不施。」即在石室布一掩星局，縛一草人置於局中。燃燈一盞於腳下，尚即披頭跣足，密演神咒，口含清水，噴滅其燈。左手望西北一招，牽起黑雲，掩卻武吉之

〔一〕「這也是他合當有難，姜尚合當發跡。門吏」，余象斗刊本、龔紹山刊本均無，據夏商合傳本增。

身，投草人於渭水。乃告吉曰：「汝暫隱於家，七日不出，西伯再不拘子矣。」武吉辭謝歸家，七日不出。待過旬餘，西伯疑吉不至，群臣皆曰：「此乃頑民，重違犯罪，可令衛士捕獲，斬之以禁凶頑。」西伯曰：「吾演先天之數，武吉投河而死，其象已歿，何必搜尋？」君臣正議之間，有商都一萬三千流民投告西伯曰：「崇侯虎日與妲己蠱惑商王，剝削生民，使民凍餒。我等皆無天日，故投賢伯臺下，願乞處置。」西伯慘然不樂，閎夭奏曰：「主公廣行仁政，四海黎庶皆是赤子，今闢南堯山之下，其地廣闊肥饒，人煙稀少。可遷一起流民於堯山，因其家口，派與田地，使其耕布就食，庶可爲民父母。」西柏嘉納其言，即準施行。閎夭又曰：「商王失德，皆崇侯虎所致，吾主宜發精兵攻打崇邑，與民除去此害，有何不可？」西伯然之。遂令閎夭、辛甲、太顛各領精兵五千，分道而進，自督大兵五萬繼後。

即日，便出岐州，行不數日，三道之兵，會於石樓山，紮下營寨，打戰書入。崇侯虎在朝，其子崇應彪守國，得西伯戰書，即調部將孫鍾、姜皓各引五千精兵出拒西伯。二將領軍至石樓山對營下寨。次日，兩陣對圍，西兵門旗開處，擁出大將，人雄馬壯，盔甲鮮明，高叫：「誤國之賊，何不出馬受戮？」崇兵視之，乃征東將軍辛甲也。孫鍾拍馬殺出，更不打話，直取辛甲。二馬戰上十合，不分勝敗。太顛架滿弓箭，望孫鍾左膊端射一矢，孫鍾落馬，辛甲輪刀斬於地下。姜皓見孫鍾被斬，拔寨殺出。辛甲奮力迎敵，戰不數合，西陣鼓角齊鳴，左閎夭、右太顛，雙馬夾攻，姜皓力不能支，望本陣逃回。西兵承勢攻寨，姜皓即引敗兵尋夜密走入城。西兵長驅入崇，即將崇城重圍三匝，朝夕攻打。姜皓引敗兵入見應彪，應彪遂差使入商見父，自督將士巡守城池。

西兵朝夕攻城，困至三旬，城中矢石將盡，糧米頗空，百姓有餓死者，應彪即斬於兩截，丟下城外以驚西兵。西伯觀見，急傳令曰：「此吾德政未孚，所以不能攻崇，豈可強張兵勢，以陷良民。」即日發調各寨班師，諸將皆曰：「崇城破在目下，主公又何班師，以廢前功？〔一〕」西伯曰：「縱使吾得崇城，亦不忍見生民被害，理合退修德政，待其改過來降可也。」諸將不肯解圍，西伯下令有不退者斬首示衆，三軍只得振旅西還。且看後來如何。

〔一〕「以廢前功」，余象斗刊本作「以費前功」，據龔紹山刊本改。

西伯侯初聘姜尚

西伯既歸岐州，是夜西伯夢有一熊，自東南飛入殿陛，頃刻侍立座側，群臣各各拜伏。忽然驚覺，乃是一夢。次日，以夢訪問群臣。群臣皆莫能辨，獨散宜生賀曰：「主公當得賢相。」西伯曰：「何以知之？」散宜生曰：「熊本良獸，又生飛翼，其賢可知。侍立座側，百官拜伏，此必爲群臣之表，相君左右者也。自東南飛入殿陛，賢人出東南。主公宜獵本方，以求賢者。」西伯曰：「夢寐之事，何足深信？」散宜生曰：「昔者商高宗夢天神賜其良弼，乃畫賢人之相，遣使遍求於天下，果得傅説於版築之間。高宗命説爲相，君臣既合，政事修舉，而能中興商室。主公豈可輕夢寐而棄大賢哉？」西伯曰：「善！」乃卜之，因而喜曰：「今日出獵所獲非龍、非彪、非羆、非虎，其所得者，乃霸王之輔。」於是，命五百衛士引九龍車，與數文武即日出獵東南。駕至洛谷溪邊，有三五漁者或釣或網，休息於磐石之上。彈竿擊石，相與賡歌，曰：

憶昔成湯掃桀時，十一征兮自葛始。
堂堂正大應天人，義旗一舉全無敵。
經今六百有餘年，絶綱恩波將竭息。
懸肉爲林酒作池，鹿臺積血高千尺。
内荒於色外荒禽，嘈嘈四海沸呻吟。

我曹本是滄浪客，洗耳不聞亡國音。
日逐洪濤歌浩浩，夜觀星斗垂孤釣。
孤釣不如天地寬，白頭俯仰乾坤老。

歌罷，拍手大笑。忽見一簇車馬，循岸而至，漁家挈竿而起。辛甲聞其歌聲出俗，問其何人。漁者曰：「我等海濱釣夫，將軍何來？」辛甲曰：「西伯侯出獵，爾等何不回避？」眾漁者棄竿抛罟，投拜西伯駕下曰：「俗民不識父母，萬乞恕罪。」西伯問曰：「爾等既是釣夫，何其歌韻超俗？」漁者頓首曰：「非俗民能歌此韻，前去渭濱之西，有白髮釣翁，自言遺世之士，遁隱磻溪數年，常作此歌，以教臣等也。」西伯顧謂群臣曰：「賢者固在是矣。」群臣曰：「主公何知？」西伯曰：「古云：里有君子，而鄙俗化。今渭水漁家，皆有清高氣味，非有賢者所在而何？」車馬遂望磻溪而進。行至數里，又有一起耕牧之夫，荷鋤横笛，互相歌曰：

鳳非乏兮麟非無，但嗟世治有隆污。
龍興雲出虎生風，世人慢惜蓁賢路。
君不見兮莘野夫，心樂堯舜與犁鋤。
不遇成湯三使聘，竟抱經綸臥空谷。
又不見兮傅岩子，蕭蕭蓑笠甘寒楚。
當年不入高宗夢，霖雨終身藏版築。
古來賢達辱而榮，豈特吾人不遇春。
且横牧笛歌清晝，慢叱犁牛耜白雲。
王侯富貴斜暉下，仰天一笑皆春風。

西伯在車上聞之，撫膺歎賞，謂從者曰：「其中必有賢士，急宜訪問。」辛甲復將一起耕牧之夫擁至西伯駕下，西伯荒忙下車，曰：「賢明君子願與相見，俗眼不能深辨。」一起細民驚而頓首曰：「臣等乃僻谷耕牧野人，非是賢明之士。」西伯曰：「又何歌韻清絶，皆有賢明氣象？」細民曰：「非臣等有此清歌，前去渭水溪頭，有一漁翁，歌此以教臣等也。」西伯曰：「其人安在？」細民曰：「其翁絲不設餌，釣不曲鈎。〔一〕自言不釣魚鱉，只釣王侯，鎮日垂竿磻溪岸口。大王欲訪高賢，直至上流可見。」

西伯登車，又行數里，將近磻溪。不見釣叟，遂乃停驂，浩歎徘徊不已。少頃，碧岩背後轉出一樵夫，扣柯下山，曰：

春水悠悠春草奇，金魚未遇隱磻溪。
世人不識高賢志，看作溪傍老釣磯。

西伯視之，乃昔日逃囚武吉也。左右擁至駕前，西伯責曰：「吾以爾爲投河而死，焉敢罔上逃刑？」武吉頓首曰：「非臣敢罔上逃刑，此間有一漁翁，善理陰陽，頗知兵略。與臣結漁樵之交，代臣掩災，故臣得至今日，乞望赦罪。」西伯驚曰：「其人安在？」武吉曰：「現隱磻溪石室，小臣昨來訪謁，因宿一宵。大王欲見，小臣願引駕。」西伯大喜，遂赦吉罪，令其引駕直至磻溪。

卻説姜尚三日以前仰望西北，一道祥雲漸逼渭西，因知有賢王至此。特按釣竿於綠楊岸口，遂隱而不出。及武吉引西伯駕至，不見子牙，直到石室。果見林木蒼蒼，清幽雅淡，石泉交接，雲樹相映。須臾，有一小童

〔一〕「釣不曲鈎」，余象斗刊本作「釣不曲到」，據龔紹山刊本改。

出迎西伯與數從臣，同步入於草廳。問小童曰：「主翁安在？」小童曰：「今早有數雲樵之士相邀，入山采藥，要在三日後方返。」西伯喟然歎曰：「訪賢不遇，是何孤之不幸也。」乃取紙筆，書二十八字，置於琴案，曰：

宰割山河布遠猷，大賢抱負可充謀。
此來不見垂竿老，天下人愁幾日休。

書罷，散宜生告曰：「昔者湯聘伊尹於莘野，幣帛三至而後起。欲見賢者，非志誠不能得遇。主公暫退，與文武沐浴齋戒，三宿再至，方得遇此高賢。」西伯曰：「善。」遂出草廳，登車而歸。至綠楊岸口，見其釣竿，徘徊不進。又令取筆書四句，命使者送於石室曰：

求賢遠出到溪頭，不見賢人只見鈎。
一竹青絲垂綠柳，滿江紅日水空流。

使者領帖回投石室，西伯車馬至岐州，戒令滿朝文武，各要齋戒三日，沐浴再至磻溪。辛甲獨進曰：「主公以千乘之尊，權轄西州總鎮，名望著於天下，天下之民，三分而有其二，今欲見一釣叟，發數壯士，即能捕到，不然遺書一封，彼必引領赴闕。何必齋戒沐浴，敬之如神明，尊之如父母乎。」西伯笑曰：「卿何言也？古人入君子之鄉，在車必式，敬賢之禮，豈敢忽怠？」於是，辛甲亦退沐浴齋戒三日，以備遣調。

西伯侯再訪子牙

紂王十五年，歲次辛酉，秋九月，西伯再訪子牙。乃撤去戈矛劍戟，獨帶兩班文武，將出岐州。散宜生奏曰：「宜封武吉爲引駕將軍，以彰求賢之篤。」西伯然之。遂宣武吉，拜爲引駕將軍，令保安車滿輪，先投渭水。武吉謝恩而出，大駕徐徐而進。

時子牙疑西伯因獵而至，非有求賢誠心，故隱不出。及見西伯遺下之帖，信其心誠志篤，自思三日之後，必然再至，乃復出釣磻溪。果見一簇車馬，從北而至。子牙端坐釣磯，按竿不動。西伯駕至溪頭，令武吉先探在否，武吉見子牙獨釣溪頭，回告西伯。西伯下車，與群臣徒步行至釣邊。見其人童顏鶴髮，貌偉非常。即欲遥瞻下拜，子牙垂竿不顧，乃擊石歌曰：

西風起兮白雲飛，

歲已暮兮將焉爲？

陽春不轉兮吾誰與歸？

西伯端恭立於石側，待其歌聲已畢，與群臣一齊降拜。子牙見其恪敬之誠，慌忙投竿而扶。西伯曰：「孤乃西方侯伯姬昌是也。當今商王失政，天下萬民，溺於水火。孤不度德，欲拯民庶，爭奈智窮仁薄，不足以副民望。今聞先生道高德重，敢屈歸朝，輔孤不逮，實爲天下枯槁之幸。」子牙對曰：「臣乃海濱細民，素無深謀遠略，然承侯伯賜問，不敢不盡其愚。當今海內之地三分，侯伯獨有其二，其爲侯伯獻策者，皆曰可舉東征之兵，而取商家天下。依臣之見，商不可伐，其道有二。」西伯曰：「願聞明教。」

子牙曰：「商王失德，殄絕彝倫，人神共怒，四海共知。然侯伯乃祖乃父皆北面而爲商家之臣，不可行下弑上之兵，此以道論一不可也。臣嘗上考天文，下驗人事，商家天命未改，成湯恩澤未竭，又有微子、微仲、王子比干、箕子、膠鬲一班賢臣，相與輔弼，兵甲百萬，武夫千群，此以勢論二不可也。侯伯只宜盡守臣節，增修德政，撫字枯民，若夫商穢不悛，民陷既極，一舉弔民伐罪之師，〔一〕以振順天應人之旅，此時民心離叛，則商都不攻而破矣。」

西伯曰：「善，謹奉教。願乞先生名姓以慰懸仰。」子牙曰：「臣之祖貫本在商都，姓姜名尚，字子牙，號飛熊。因避商亂，徙居東海之濱。及聞侯伯善養貧老，復遷於此。」西伯大喜，顧謂群臣曰：「飛熊入夢，信不誣矣。昔吾先祖太公嘗言，數十年後，當有聖人適此，以興吾國，然則吾之太公久望子矣。」遂拜子牙爲太公望，因勸登車而歸。子牙苦辭，西伯不從，並收其家屬，載於後車而歸。時子牙年已八十二矣。唐胡曾先生《詠史詩》云：

岸草青青渭水流，子牙曾此獨垂釣。
當年未入飛熊夢，幾向斜陽歎白頭。

皇明東屏先生《詠史詩》云：

〔一〕「弔民伐罪」，余象斗刊本作「弔民罰罪」，據龔紹山刊本改。

清渭下下白髮翁，波光明月漾微風。

得璜妝斂絲綸晚，曾未思君到熱中。

又史臣詩云：

渭水溪頭一釣竿，鬢霜皎皎兩眉皤。

胸擴星斗沖天焰，氣吐虹霓掃日寒。

養老來歸西伯下，避危超出紂王關。

自從夢入飛熊後，造起周綱卻不難。

後子牙果能成周，唐人梁肅先生有一絶云：

一顧成周力有餘，白雲閑釣五溪魚。

中原莫道無麟鳳，自是皇家結網疏。

世傳子牙釣於磻溪溪邊之石，有兩腳跡尚在，宋賢東坡蘇先生，曾題其石云：

聞道磻溪石，猶存渭水頭。

蒼崖雖有跡，大釣本無鈎。

皇明余邵魚又有一絶獨題磻溪曰：

夜入磻溪如入峽，照人炬火落驚猿。

山頭孤月耿猶在，石上寒波曉更喧。

唐人梁肅先生有《磻溪銘》云：

至人無心，與道出處。

處則土木，出則雷雨。
惟殷道絶，粤有尚父。
爰宅於幽，盤桓草莽。
天地闔闢，陰陽運行。
明極而昏，昏極而明。
遇主水濱，謨泰八紘。
牧野桓桓，一麾而平。
惟彼日月，得天而光。
惟彼聖賢，得時而彰。
獨夫昏迷，我乃豹藏。
文武作周，我乃鷹揚。
大道無體，大人無方。
運用變通，至虚而常。
作銘磻溪，古今茫茫。

西伯引子牙歸朝，群臣進賀，西伯大悦。拜子牙爲鎮國大軍師，總領内政。子牙辭曰：「臣獻治國三策，王能受納，則臣敢任此職，不納臣不敢受也。」西伯曰：「願聞其教。」子牙曰：「治國之要，一敬天，二愛民，三親賢而已。」西伯曰：「然則爲天下爲何？」對曰：「王者之國富民，霸者之國富士，僅存之國富大夫，無道之國富倉廩，是謂上溢而下漏，爲國大要，不可不知。」西伯曰：「善。」子牙曰：「宿善不祥，宜行仁政之實。」西伯即日發倉廩之粟，以賑鰥寡孤獨，大排筵席以宴群臣。即以大政，一與子牙評議。行得一年之間，西方大治。

時崇侯虎倚紂王寵愛之勢，不敬父兄，苦虐百姓，百姓投告於西伯。西伯曰：「崇可伐矣。」遂調辛甲爲先鋒，親自出征崇國。子牙請曰：「臣自出磻溪，未建尺寸之功，願領精兵伐崇回報。」西伯大悅，即許子牙運籌，自督大兵出城。不知勝負如何。

子牙收服崇侯虎

時子牙行不數日，復屯石樓山下。子牙下令，誡諸將無得妄進，揭榜文於崇城外，數崇侯虎之罪曰：

崇侯虎蠱惑商王，陷害百姓，蔑侮父兄，不敬長上，決獄不平，百姓盡力不得衣食，此所謂爲臣不忠，爲子不孝，不可爲民父母。今西伯侯親率大兵五萬，前來與民除害，曾誡三軍，入城之日，毋得殺人，毋壞房屋，毋伐樹木，毋傷六畜，有犯一件，斬首不赦。爾等崇民，急早出降，免遭塗炭，榜文至示，軍民知悉。

百姓見榜，自相告曰：「此吾之父母也。」相率開城投降。三日之間，崇城百姓三分而降者去二。崇侯虎聞知大怒，急令姜皓、應彪截住四門，出城者亂斬，城中百姓，悲啼鼎沸，爭攻軍吏，突開而出。姜皓、應彪不能禁止，反被百姓所傷。逃入見崇侯虎，崇侯虎慌忙披掛，率將士殺出西，兵列開陣勢，以候廝殺。崇侯虎大罵：「姬昌逆賊，我等皆爲商家諸侯，焉敢興兵犯界？」辛甲聞知，更不打話，拍馬直取侯虎。二人戰至二十餘合，子牙麾太顛、姬旦雙馬夾攻，侯虎措手不及，被辛甲活捉而歸。崇應彪見父被捉，拍馬殺出。辛甲按住剛刀，架滿弓弦，望應彪直射一箭，應彪落馬，太顛捆縛而歸。大兵掩殺一陣。子牙忙令班師，遂請西伯之駕直入崇城。左右請斬崇氏父子，滅其社稷。子牙曰：「不可。崇侯虎作亂，此來正欲與除暴也，焉可覆其社稷？」西伯然之，令斬崇侯虎，懸於城下，釋崇應彪之縛，立其爲後。召集崇之群臣，安着百姓，即令大軍班師。崇應彪叩頭謝罪，率百官出送。西伯曰：「不勞遠送，但宜率德改行，愛恤下民，毋效爾父。」應彪受命，車馬即日西歸。此子牙一榜收崇侯虎，爲初出磻溪第一之功也。後仰止有詩一絕云：

渭水溪頭一釣翁，謀謨西伯扇仁風。
止憑片榜收崇邑，能顯先生第一功。

大駕歸至岐州，議功論賞，大宴群臣。過數月，西伯有疾，宣太公望托孤，又謂世子姬發曰：「商雖無道，吾之家世稱臣，必當盡守其職，且事太公望當如事父，睦愛兄弟，恤憫百姓，吾死亦不爲恨。」又曰：「見善勿怠，時至勿疑，去非勿處，此三者道之所以止也。」姬發再拜受命。是夕，西伯遂崩，年九十七歲，後謚爲周文王。時商紂王二十年也。史臣讚曰：

彼美文王德，巍然甲眾侯。
際遇昏君世，小心翼翼求。
商都三道諫，羑里七年囚。
卦發先天秘，易傳後世周。
飛熊勞入夢，丹鳳出鳴州。
仁風光后稷，德業繼公劉。
終盡守臣節，不遑伐商謀。
萬古岐山下，猶傳西伯侯。

又史臣評曰：

文王生無道之世，大修仁政，天下三分而有其二，以服事殷。孔子曰：「周之德其可謂至德也已！」

詩云：「惟此文王，小心翼翼。」此之謂也。程子曰：「文王德似堯舜是也。」

太公望率群臣奉姬發嗣西伯之位後謚爲武王，武王葬父既畢，尊太公望爲師尚父，其餘百官各加一等，君臣協心，繼志述事，盡遵先王之政，西方諸侯盡行朝貢。

當時，紂王不理朝政，與妲己日夜遊宴，妲己乃狐狸之怪，每譖紂王殺無罪之人，彼則夜吸其膏血，其貌愈妍。

一日，宴於摘星樓上，時當隆冬，遥見河邊有數人將渡，二三老者揭衣涉河中，有後生者逡巡不敢下岸。紂問妲己曰：「河水雖寒，老人尚敢涉，而幼者猶自怯冷，此爲何也？」妲己對曰：「妾聞人生一身，得父精母血，方得成胎。然陰陽道合，要在父壯母盛，故生子氣脈充足，髓滿其脛，雖至年老，耐寒傲冷。苟非陰陽交媾，父老母衰，故生子氣脈衰微，髓不滿脛，略至中年，必先怯冷怕寒也。」紂曰：「豈其然乎？」妲己曰：「大王不信，即將此一起渡河者，斮脛觀之，便知端的。」紂王然之，即令蜚廉活捉五人至於樓下，一人一斧斮去兩脛，果然老者髓滿，少者骨空。紂王撫掌大笑曰：「卿真神人也。」妲己曰：「妾不特能辨老幼陰陽，〔一〕雖孕婦腹内陰陽，妾亦能辨。」紂曰：「何以知之？」妲己曰：「此亦不外父母之精血而已。夫陰陽交媾之時，父精先至，母血後臨，是爲陰包陽，故其胎爲男；若待母血先至，父精後臨，是爲陽包陰，故其胎爲女。是以知之。」紂王不信，妲己曰：「大王不信妾言，可搜城中孕婦與大王驗之。」紂即令費仲捉得數十孕婦於樓下。妲己逐一指曰，某婦生男，某婦生女，紂令剖孕婦而視之，果皆應驗。紂王大喜，愈寵妲己。自

〔一〕「辨」，余象斗刊本作「辯」，據龔紹山刊本改。下不另出注。

是恣意任爲，無所忌憚。或斮人脛，或剖孕婦，妲己日伴游賞，夜則露其本相，吸此斮剖之血，以益花貌。

一日，紂宴群臣於瓊林苑，忽見一狐隱於牡丹叢下，紂王急令蜚廉射之。蜚廉曰：「但放金籠雕鳥，足可逐之。」紂即令開籠放雕，狐被抓破面，狐遁匿沉香架後不見蹤跡，令武士掘而搜之，但見一大土穴，堆積骨骸，狐則不見矣。紂亦不究是事，群臣宴罷各歸本府。不知後事如何。

武王與子牙說伐商辛

卻說紂王入宮見妲己兩腮俱破，以花葉貼之，乃問其故。妲己笑曰：「適早被白鶯兒抓破耳。」紂亦信之，然不知在牡丹下爲雕鳥所搏也。自是，妲己之形，夜夜出入宮庭，宦官嬪御，多有看見。城中謡讓，司空商容聞知，一日乃進一本。單說雲中子與杜元銑除妖之事，疑或可信。今城中百姓皆知王宮有妖，大王不省，反斮無辜之脛，剖孕婦之胎，以耗國家元氣，以召災變，臣之痛爲杜稷驚懼。紂王默思不語，妲己忙奏曰：「自有摘星樓以來，妾觀天象，並無災異，萬乘之主，殺數小民，豈爲累德，此亦群臣妄生異議。」紂即怒曰：「吾斬元銑，有禁在前，爾等又何忤旨。本當梟汝老匹夫，姑念爲先朝之臣，何不速退。」商容遂即解下官誥，謝罪出爲庶人，百官無一敢保。

妲己專寵，紂王惟言是聽，順之者生，逆之者亡。百姓入周者紛紛不息。武王升殿，聞知紂暴滋甚，問於群臣曰：「先君羑里之囚，吾兄醢醬之慘，此仇未常少置，然先君之命不敢違忽。今聞商王剖胎斮脛，民陷既極，欲舉弔民之師，東伐商辛，公等之議若何？」太公望奏曰：「臣曾對先君有言，不可行下弑上之兵，然商德滋昏，生民陷極，若舉兵東伐，乃代天救民，何所不可？況先君臨崩曾囑主公，謂時至勿疑，今商命當改，民心西歸，正其時也。東征之舉，不可遲疑。」

武王大悅，即令子牙，點集諸軍，操練講武，以備東征。子牙並不謝恩，散宜生曰：「古者明王命將出師，必須築壇拜將，親爲捧轂推輪，如此將得其用，所向皆捷。臣等請訪古制，拜將行師，名正言順。」武王曰：「善。」令姬奭音失、辛甲率壯士五百，築將壇於城南，高五丈，按金木水火土之數，歷三層，備天地人之儀，建龍鳳日月之旗，畫九宮八卦之列。又將二萬五千壯兵分爲五隊，各服五色衣袍，各執五色旗幟，辨按五星。又令二十八將分作四隊，環繞壇下，〔一〕以按二十八宿。燈燭熒熒，奇香馥馥，布擺整齊。

武王駕龍車與群臣來至南郊，戒令百官，各循規矩，勿得喧嘩。武王端恭立於壇下，散宜生執笏進曰：「主公先登，禱於天地，然後拜將。」武王歷階而上，禱罷天地。散宜生又請師尚父登壇，子牙摳衣而上，立於北面，武王請升將座，子牙三辭然後就位。武王親捧金印，降拜曰：「商辛失德，四海愁怨，今發兵順天應人，弔民伐罪，爭奈智微略短，莫知兵道，萬乞師尚父爲發謀之。」子牙接卻金印，曰：「天命靡常，惟德是歸，惟願愛民敬事，其運籌料敵，尚之職也。」於是，子牙降座，請武王升南之位，行君臣之禮拜謝恩。群臣在壇下者，各相告曰：「今日得見先王拜將之制也。」〔二〕武王下壇，命駕而歸。散宜生曰：「拜將之禮雖行，捧轂之禮未盡，望主公宜盡誠心，勿慕虛名。」於是，武王請子牙中軍之車，雙膝跪下，爲捧車之轂，推車之輪。命辛甲爲引車駕先行，自與群臣於後，揚揚歸朝。滿城百姓，咸皆稱羨。

武王升殿，封子牙爲東征大軍師，兼督内外諸軍事，〔三〕賜金牌一面，寶劍一口，自大夫以下，斬砍自由，

〔一〕「環」，余象斗刊本作「圜」，據冀紹山刊本改。
〔二〕「先王」，余象斗刊本作「先生」，據冀紹山刊本改。
〔三〕「諸軍事」，余象斗刊本作「請軍事」，據冀紹山刊本改。

子牙謝恩。武王曰：「克商之兵，尚父當用幾何？」子牙對曰：「東征之兵，止用三萬六千五百人，破商必矣。」武王曰：「商雖無道，其兵不下百萬，〔一〕戰將尚滿千員，今尚父以三萬六千五百之兵，何能克敵？」子牙對曰：「臣聞用兵之道不在衆多，而在仁智。今商辛無道，殘虐其下，雖有雄兵百萬，諒其必不盡力。主公以堂堂義兵，名正言順，以一當百，勇氣十倍。況臣用三萬六千五百之人者，法周天三百六十五度之數，自有克敵之術。」武王曰：「善。」即詔子牙，次日操軍揀練壯卒，以備東出。

次日，子牙升帳，召集辛甲、尹逸、祁宏、太顛、閎夭一班武將，戒令各率本部，屯於教場，操演韜略，定先鋒，然後調遣。諸將得令，各率本部，至教場中，分散屯立。第一隊，殿前車騎將軍，姓尹名逸字存道，錫甲青袍，方天畫戟，領兵七千三百，各服青衣，執青旗，屯於東方。第二隊，引車左將軍，姓辛名甲字繼先，紅袍銅鎧，耿日剛刀，領兵七千三百，各服紅衣，執紅旗，屯於南方。第三隊，耀威大將軍，姓祁名宏字子開，白袍銀鎧，丈八蛇矛，領兵七千三百，各服白衣，執白旗，屯於西方。第四隊，鎮西大將軍，姓閎名夭字英美，皂袍鐵甲，九節神鞭，領兵七千三百，各服皂衣，執皂旗，屯於北方。第五隊，鎮國大將軍，姓太名顛字守正，金甲黃袍，開山鉞斧，領兵七千三百，各服黃衣，執黃旗，屯於中央。子牙綸巾羽扇，升坐中軍，諸將參見已畢。

子牙令秤定鐵甲一付，計重八十斤，剛刀一柄，計重一百二十斤，高馬一匹。有能披鐵甲，舞剛刀，而飛上高馬者，便掛先鋒之印，諸將唯唯。列屯五方，軍吏擊鼓三通。紅旗隊下搶出一員將官，眉清目秀，齒

〔一〕「不下」，余象斗刊本作「天下」，據龔紹山刊本改。

白唇紅。衆視之，乃文王之子，武王幼弟姬叔度也。叔度走向場中，披鐵甲，持剛刀，拍鞍上馬，左顧右盼。鼓角齊鳴，衆軍喝采，子牙大悦，即令公子叔度下馬掛印。叔度正欲掛印，忽皂旗隊下突出大將，豹頭狐目，虎背雄腰，大叫：「公子留印，待我來掛。」衆人視之，乃殿前都校尉復姓南宮，名適也。叔度解甲釋刀，南宮適即披甲横刀，揚聲於場内曰：「大丈夫二百斤鐵從容馬上者，何足道哉。」乃離馬三百步，踴躍數次，飛身上馬。衆皆喝采稱羨。南宮適翻身下馬，欲奪叔度之印，青旗隊下閃出一員大將，狀貌魁梧，聲音響亮，高叫：「二公且勿相爭，此印須待我掛。」衆視之，乃車騎將軍辛甲也。南宮適卸甲放刀，辛甲本身之鎧重有五十餘斤，更不卸下，重披鐵甲，輪動剛刀，踴身跳跨馬上，左馳右突，舞動如飛，在教場内周圍遍遊一匝。衆皆曰：「此印非辛甲，他人不能掛也。」子牙即以辛甲爲先鋒，南宮適爲副將，令叔度、祁宏爲左右翼，閎夭、尹逸爲保駕。

次日，上表請武王發駕親征。武王即留二弟姬旦、姬奭與群臣守國。即日大兵出城，旗旛掩日，刀戟横空，浩浩蕩蕩，詐稱五十萬，殺奔朝歌。行至三日，忽有一陣狂風，從子牙馬前飛塵卷幕而起。子牙即袖傳一課，喜曰：「今日當有破商大將，從西而至。」衆皆不信，行近潼關，西北角上有一將，年約十五六歲，身長九尺，膊闊一圍，肩拖大斧，高叫：「西兵且住，等我來見軍師。」辛甲懼爲奸細，射住陣脚，問是何人。其將曰：「吾乃西伯侯所收之子雷震也。」辛甲莫知其故，引見姜尚，姜尚亦不知其故，奏知武王。武王曰：「吾聞昔者，先君入商之時，因避雨於燕山，忽然雷破棺中女胎，得一男子，因名雷震。莫非此子乎？」即召問之，果是雷震也。武王曰：「汝在何處，今日至此？」震曰：「臣自蒙先君恩救，當時有雲中子先生收臣，養於終南山一十五年，終日教臣演習武藝。日前吾師因觀天象，言商命當改，諒主公必然起兵東伐，故命臣下山助陣。臣願乞一先鋒印掛，力破無道。」武王對顧子牙曰：「此子先君所收，亦吾弟也。可改爲先鋒印乎？」子牙曰：「軍册已定，不可輕改，但立爲保駕大將軍，建功若多，然後改職。」武王然之。遂封雷震爲保駕大將軍。

兵進屯於關下，先鋒辛甲回稟：「潼關不開，何計進兵？」子牙曰：「關主與吾曾有舊約，兵至東伐，彼要相助。汝且按甲勿動，待我修書，招其來降，如不納降，然後進兵。」辛甲乃退，下寨。不知後事如何。

子牙檄降殷郊助敵

當時子牙即修書遣使，上關來見殷郊。殷郊與姜文煥朝夕操兵講武，專候合同東伐。有哨馬來報：「西伯兵至，未知真實，所以未敢放關。」及得子牙之書，拆而讀曰：

尚自違殿下，直至岐州，感西伯恩遇，位絶群僚。今聞商德滋昏，生民陷溺，惟我主侯，上敬天時，下恤民苦，築壇拜尚爲軍師，大發精兵，前欲東伐。前承合兵助陣之言，〔一〕敬有此告。倘殿下暨國舅憤雪重仇，深憂民溺，望乞倒關會議，共舉征旗，只此直明，引領而待。

殷郊覽罷大驚曰：「姜尚一貴如此耶？」即日同姜文煥收拾本關軍册糧簿，直詣子牙。子牙延入中軍，各敘款曲，即引見武王。武王受其軍册，即封殷郊爲東征大將軍，姜文煥爲各營都巡檢。大兵遂過潼關，直抵黄河。守將胡雷聞知，急引弓弩，列於河口，以拒西兵。子牙自督先鋒進兵。辛甲回告請計，子牙責曰：「逢山開路，遇水搭橋，乃前部之事，反來問我何計？」辛甲曰：「船隻已備，但不能當抵其箭。」子牙密書數行

〔一〕「助陣」，余象斗刊本作「職陣」，據龔紹山刊本改。

字與辛甲，領計而歸本寨。即令南宮適領五百船隻，密渡上流。自引數百船隻，〔一〕擺列河下。將至酉末，令各船燃起火炬，鳴金吶喊，〔二〕詐若犯岸之勢。胡雷急令萬弩齊射，西船漸漸撐進岸上之，箭發如雨點，然隔河面箭矢落空。將至二更，哨馬來報：「南宮適部兵，已渡上流。」胡雷大驚，抽兵來救上流。辛甲麾進諸船，一齊殺上東岸。南宮適引兵殺至，胡雷拍馬迎敵，戰不數合，辛甲之兵後攻，胡雷首尾被敵。正欲殺從僻路，走人負容城中，辛甲勒馬追及，大喊一聲，拖翻下馬。武王大駕亦渡黃河，辛甲解胡雷來見子牙。子牙斬卻胡雷，令辛甲速進兵攻澠池城。〔三〕澠池城主秦敬，聞知大驚，堅閉不出，修書入洛陽，問徐蓋求救。西兵攻打不息，城池將陷，秦驚懼，心中無計。

時澠池城東有軒轅廟，傾頹冷淡，廟中有木刻千里眼順風耳，二小鬼乃脱物爲人，前見秦敬曰：「吾乃城東小民，頗能武藝，今西兵攻城，聞主公欲降，小民願出力解圍。」敬曰：「汝姓甚名誰？」二人脱虚報曰：「小民姓高名明，弟名覺，至親兄弟。」敬賜盔甲兵器演武，慣習如飛。秦敬大悦，即令掛左右牙將之牌，部兵出敵，候在解圍之後，申奏商王，加封官職。

二將領兵出城。辛甲、南宮適列開陣勢以備廝殺，二將更不打話，拍馬殺入陣中。辛甲略抵數合，力不能支。南宮適拍馬夾攻，刀法又亂。祁宏、尹逸見前鋒不能抵敵，雙馬一齊殺出。高明、高覺馬膊相挨，左

〔一〕「船隻」，余象斗刊本作「船雙」，據龔紹山刊本改。
〔二〕「吶喊」，余象斗刊本作「納嗽」，據龔紹山刊本改。後此二字有誤，不另出注。
〔三〕「澠池」，余象斗刊本作「繩池」，據龔紹山刊本改。後不另出注。

衝右突，西兵披靡，敗入本寨。堅守營壘，直入中軍告曰：「高氏二將英勇出群，非設奇計不能打入澠池。」子牙大怒曰：「吾兵尚欲直攻朝歌，掃除無道。今攻一小城，何請設計？」喝令斬卻辛甲。諸將力保，子牙限三日，不能攻破城池，梟首示眾，辛甲唯唯而退。子牙即令殷郊、雷震各引本部伏於澠池城下，候在辛甲殺敗，高明兄弟追趕，許爾殺入城中。二將領計去。

次日，辛甲改換盔甲，抖擻精神，引兵挑戰。高明兄弟果然殺出，四馬戰上十合，南宮適偷射一箭，高明右手接箭，左手挽弓射回。又戰十合，辛甲按住剛刀，取出流星銅槌，偷打高覺。覺以刀隔退，大殺一陣。二將力乏，又不能抵，敗馬逃回。高明笑曰：「汝有埋伏，吾不來趕矣。」二將不知其故，雷震、殷郊來告子牙。子牙驚曰：「莫非爾等洩我兵機乎？」二將曰：「並無有失。」子牙默思良久，正欲設計，忽報高明使者遞書到，子牙召人。其卒手持一牌，書兩行曰：「姜尚不必深思苦索，汝之淺謀，皆在吾之胸臆。若不解圍速退，五萬精兵片甲不遺。」子牙讀之，叱退小卒，大異曰：「此莫非魅邪。」

是夜，仰觀澠池內妖氣湧湧，即取照魔鏡引之，二將果然露出本相。子牙笑曰：「原來是此二畜生也。」諸將請問曰：「是何怪也？」子牙曰：「東海度朔山有大桃樹，其根蟠出三千里，其柯向東北，號曰鬼門，蓋萬鬼出入之所。有四神，一名神荼，一名鬱壘，二人性能執鬼。又一名千里眼，一名順風耳，能觀聽千里之外。千里眼二神監察遠方邪魅，神荼二神即收而斬之。後軒轅黃帝令民間畫神荼、鬱壘二像懸於門首，以壓百邪。又刻千里眼二子於神廟，以察百邪。此乃千里眼二畜生也。」諸將曰：「然則何計可破？」子牙曰：「吾若設計，彼必聽見，不能得破。」即召殷郊、雷震二將，密囑其計，雷震受計而出。

次日，子牙親出陣前，大叫高明兄弟，何不出馬打話。高明曰：「釣魚野夫見識，焉敢出吾之手。」子牙曰：「你武藝頗高，吾今排下一陣，你敢來打陣乎？」高明曰：「你且排下，與吾觀看。」子牙即將各寨士卒分爲九隊開，八門内設日月二宮星辰垣位。又令南宮適、姬叔度、祁宏、尹逸各引四十九名壯士，分爲四隊排列紫薇垣之四方，以按二十八宿。又令雷震着青袍，執銅鎚；殷郊着紅袍，帶火箭，立於天門左右，以按雷電二神。又令太顛、武吉、閎夭、辛甲、姜文煥共引二千四百旗手，〔一〕旋繞陣内，以按五行二十四氣。高明看見，謂高覺曰：「此老賊排下天陣，又以旗鼓雜處以壅吾之聞見。」高覺曰：「然則當從何門打入？」高明曰：「直取天門打入。」〔二〕

次日，子牙大叫：「高明識吾陣乎？」高明出馬曰：「此乃天陣，焉有不識。」子牙曰：「敢打陣乎？」兄弟笑曰：「破此天陣，則猶返掌，焉爲不敢。」遂引高覺拍馬殺入天門。子牙將太白之旗一麾，諸將金鼓亂鳴，旌旗雜舞，九宮混亂，八門改變。高明弟兄欲尋武王之座，陣中昏黑，左衝右突不能得出。欲舒千里之眼，則有旗幡掩映，不能得見。欲開順風之耳，金鼓亂振，又不能聞。自辰至午，困於陣中。子牙指麾諸將，殷郊連放數枝火箭，高明、高覺將露本相。雷震輪起銅鎚，望高明一打，金光散亂，二將乘空而走。諸將亂殺一陣，遍搜不見高明兄弟，子牙急令乘勢打入澠池。秦敬聞高明不見，大驚無措，即欲從西門走洛陽。辛甲追及，斬之。西兵入城，收其府庫，出榜安民。忽報城東軒轅廟有木刻小鬼，俱被劈去頭顱。子牙曰：「端的是此二畜生耳。」即令焚卻破廟，大兵望洛陽而進。

先是，孤竹國王有二子，長名伯夷，幼名叔齊。叔齊賢，其父欲立爲君，及父卒，叔齊以天倫爲重，讓

〔一〕「旗手」，余象斗刊本作「旗設」，據龔紹山刊本改。

〔二〕「高明曰」，余象斗刊本、龔紹山刊本作「高明」，據夏商合傳本改。

伯夷，伯夷以父命爲尊，讓叔齊。二人相讓不已，俱逃歸周，西伯侯乃待其爲大賢，處居洛陽城。至是，武王車駕到洛陽，兄弟二人乃叩武王之馬首，而諫於前曰：「父死不葬，援及干戈，可謂孝乎？以臣弑君，可謂仁乎？」武王心知其賢人，亦不致罪。左右欲殺夷、齊，太公曰：「不可，此義人也。」命左右扶而去之。武王伐紂有天下，伯夷、叔齊恥食周地之粟，乃隱於首陽山采蕨薇而食。作歌曰：

登彼西山兮，采其薇矣；以暴易暴兮，不知其非矣。神農虞夏忽然没兮，安適歸矣。籲嗟徂兮，命之衰矣。

後遂餓死於首陽山。後人有《古風》以昌其義者，今並錄於此云：

商澤涸，商民苦萬狀，呻吟思樂土。〔一〕獨夫之心日益驕，周家沛作援民雨。噫嘻，此心將何舉。諄諄秉義留車輿，成湯宗廟已丘墟。收羽藏身隘周粟，君不見首陽山下人，至今千古揚芳譽。

〔一〕「樂土」，余象斗刊本作「樂上」，據龔紹山刊本改。

子牙收服洛陽城

卻說洛陽城乃徐方、徐蓋兄弟爲守，蓋有二子，長曰升，次曰變，俱有智勇。兄弟正在堂上商議戰守之策，忽衙卒報曰：「西兵五十萬，戰將一千員，今出潼關，梟高明之弟兄，逼澠池，殺秦敬，大軍已至洛陽城下。」徐方聽罷，大駭曰：「誰人前去敵住西兵？」其弟徐蓋請兵願往。徐方與軍五千，令左右從其出城。

太公聞洛陽城中徐家父子兵強，不可輕敵。乃傳令命祁宏、高毀以下六隊之兵，各執青、黃、赤、白、黑五色之旗，各披五色之衣，擺下一陣，名曰「六甲神陣」。命南宮適引戰徐蓋，將陣勢擺開。倚父子之兵，更不打話，手持長鎗，直望南宮適殺來。適即詐敗，走歸本陣。徐蓋追入陣內，太公用旗一麾，六隊精兵混作一團，將徐蓋圍在垓心。徐升、徐變正欲望陣殺去，以救其父，卻被殷郊擋其來路。二子忙奔歸城，告伯父發救兵。徐方不許，徐升兄弟怒氣沖冠，曰：「我父爲朝廷受困，不念弟兄之情，亦念朝廷之難，何故不發救兵以救我父？」升、變遂擒徐方來見太公，獻了洛陽城。太公擁武王車駕入城，斬了徐方，釋卻徐蓋之父子，加封官職。

大軍遂進汜水關，令人報與關主尤項得知。尤項只欲堅守不出，具表入朝歌取救。忽階下一人，身長九尺，膊闊十圍，〔一〕怒目填胸而進曰：「大丈夫當橫行天下，與國家出力，奈何欲效兒女子，縮首待擒耶！」眾視之，乃東海人氏，姓烏，名文畫。能在陸地行舟，勇名蓋世。尤項曰：「吾聞西兵有姜尚獻謀，殷郊效力。其兵自出岐州，一路破竹而下。今以區區小關之眾，欲抗五十萬雄兵，何啻以孤羊投群虎哉。」文畫曰：「關主何壯他人志氣，而滅自己威風。文畫視姜尚、殷郊不若肌上之肉，〔二〕汝堅意不出，文畫自出建功。」言罷，乃單馬殺下關來，尤項只得點兵隨助。

西兵先鋒南宮適橫眉怒氣，欲攻關城。只聽一聲鼓響，舉頭一望，烏文畫吶喊連聲，從關上殺奔。其人雄威壯大，鎧重袍新，手橫丈八蛇矛，身坐千里追風，昂昂凛凛。南宮適自思岐州以來，一路如風偃草，並無對手，今日此漢想是勍敵。抖擻精神，向前問來者何人。文畫曰：「豈不識吾陸地行舟烏文畫也？」南宮適更不打話，輪起神斧，直取文畫。文畫舞動蛇矛來刺，一個渾如鬧天宮之華光，神威凛凛，一個渾如混世界之魔王，怒氣衝衝。一來一往，兩馬相挨，鬥上六十餘合。南宮適神威少挫，西兵陣上突出辛甲，接出兵威。好個烏文畫，真蓋世之英雄，又與辛甲鬥上四十餘合，並無懼色。正所謂越殺越有力，越當越精神。辛甲心下思量，此人鎗法精妙，不能抵敵，當以鐵箭除之。佯兵敗走，文畫勒馬後追。辛申按住剛刀，挽滿月弓，一聲弦響，一箭正中文畫胸心。文畫眼力高強，翻身一閃，接住鐵箭。辛甲連發二十四弦，都被文畫左閃右避，盡行收了。文畫自思平生未遇此敵手，乃佯馬敗歸。辛甲拍馬忙追，文畫按住蛇矛，從掩心甲内取出流

〔一〕「十圍」，余象斗刊本作「有圍」，據冀紹山刊本改。
〔二〕「肌上」，余象斗刊本作「機上」，據冀紹山刊本改。

星銅鎚，認着額門回頭一打，卻被辛甲用刀一隔，鎚落空塵，文晝速放五鎚，如星趕月。辛甲用力閃退，似海拋毬。二人再欲合馬廝戰，紅日沉西，兩下鳴金收軍，各歸本寨。南宮適與辛甲來見太公，俱述交鋒之事。太公曰：「此人可以計破，不可與之抗力。」令退歇息，再作區處。

次日，太公升帳，聚集諸將各分付畢，令辛甲爲引戰，諸將各受命而行，太公與武王乃在雞鳴山頂以觀廝殺。次早，辛甲引五千兵離汜水關，南雞鳴山下擺開陣勢，令士卒大罵。烏文晝引精兵前來，謂辛甲曰：「昨者不是日色西沉，難饒你命，今日又敢出馬？」辛甲曰：「不必多言，今日與你決定雄雌。」二人拍馬相持，鬥上五十餘合，自辰至未，不分勝負，諸般兵器盡皆比試。將及申末，辛甲佯馬望荊索谷而走。文晝以其力弱不能支抵，加馬後追。辛甲且戰且怯，引至谷内。

時紅日沉西，東山月上。文晝追之不及，正欲勒馬收軍。太公從雞鳴山上將旗麾動，谷口將士盡用木頭大石塞斷歸路。紅光一起，四圍山上火勢連天。文晝進退無路，本部五千兵卒盡燒死於荊索谷口。此是太公先排下火煉紅爐之計，以待文晝也。後余仰止有詩歎曰：

陸地行舟倚勢強，橫行西陣莫能當。
子牙一試洪爐火，蓋世英雄爛額亡。

西兵回攻洛陽，尤項聞文晝敗死，開城出降。武王駕入洛陽，賞勞諸將，出榜安民，大兵遂渡孟津河在河南孟津縣。畢竟後事如何。

孟津河白魚入舟

先鋒創建大舟，接武王之駕，駕至中流，忽有白魚身長八尺，躍入武王舟中。子牙曰：「此吉兆也。」即令取之。駕登東岸，屯營下寨。是夜，又有火光一派自上而下，流行而復於武王之屋，頃刻又化爲烏，其聲魄，其色赤。各寨俱各觀見。次日，子牙進賀，武王問此主何吉凶。子牙曰：「白者商家正色，舟者國家正義。白魚入於王舟，此天命歸周之兆。火赤者，乃周家正色，火烏復於王屋，亦周室當興之兆也，是以進賀。」武王大悦。

諸侯聞西伯伐商，皆不期而會於孟津。武王停駕俟候，不數日陸續而至者八百餘國，皆獻玉帛而告武王曰：「商德滋昏，侯伯合宜征之，以救下民。」於是，武王將諸侯之兵分作八隊，前後相顧，緩緩而行。子牙之車將行，忽起狂風，飛砂走石，拔木揚塵，將子牙之蓋傘吹折其柄，衆皆驚懼。武王望見，急令前鋒旋師。諸侯請曰：「侯伯自出岐州，一路無敵，焉可因一陣之風，棄商不伐？」武王曰：「汝等未知天命耳。」即日班師，退修德政。諸侯各各辭歸本國，不在話下。

且説紂王内嬖妲己，外嬖費仲、蜚廉，遊宴不息，群臣緘口不諫。武王出兵，一路告急，表章連次不息。費仲截下，不以奏聞。及兵至於孟津，費仲驚懼，始奏紂王。紂王大罵：「豎子，焉敢興兵犯上。」遂召蜚廉、費仲、雷開督兵五十萬，生擒姬發。邊臣奏姬之師已退五日矣，紂亦令三將直追入岐，剿滅西鎮，然後班師。

群臣皆曰：「大王不務令德，偏信讒佞，繁刑重斂，苦虐生民。姬發承祖、父遺業，廣布仁政，天下三分，生民西歸其二。此來正欲救民撥亂，所以大兵一出，四方響應。大王正宜省修政刑，除去讒佞，焉可興兵以攻岐州？」

紂王默思半晌，令費孟領兵五千，出守潼關。又令雷開沿路增修營堡，以守澠池。二將領兵出朝，遂與妲己宴於摘星樓，絲竹管弦，樂音不絶。妲己見紂頗有不樂之色，復令宮女脱衣戲於酒池，百般逞戲，紂亦不悦。妲己曰：「大王欲觀孕婦乎？」紂但點頷，妲己即令費仲收數十孕婦，剖胎於樓下。紂又不悦，妲己曰：「大王莫非欲觀斮脛乎？」紂亦點頭，妲己復令費仲收老幼百姓三五個，斮脛於樓下。紂又不悦，妲己即令擺駕出獵。紂告妲己曰：「寡人今日實不欲獵。」妲己曰：「大王有何不樂，小妾願聞。」紂曰：「西伯侯姬發興兵五十萬，打出潼關。殷郊、姜文煥盡皆拜降，海内百姓三分而得其二，所以寡人深憂不樂也。」妲己曰：「何不出兵發敵？」紂曰：「姬發之兵已退，但百姓逃亡者至今不息。」妲己曰：「百姓既叛大王而西投者，皆由刑罰輕薄故也。大王宜遣衆使，查考各方百姓，西投者收其宗族而滅之，則民畏懼而不逃矣。」紂然之，遂遣蜚廉、惡來、彭矯、方相四臣循行四方，查考逃民。比幹、膠鬲皆諫不可，紂王叱退二臣，遂與妲己並車出獵。箕子歎曰：「社稷傾如朝露，尚且遊宴不止。」即具表追至離宫。

時蜚廉解到逃民六十五户，共計二百七十餘口。紂問妲己要加何罪，妲己曰：「男子投下蠆盆，女人丟下酒池。」紂即令施行，男女號哭，聲振天地。箕子止住監押，遂入奏曰：

> 臣聞禹王有訓曰：内作色荒，外作禽荒。甘酒嗜音，峻宇雕牆。有一於此，未或不亡。今大王内寵妲己，荒於色也；外獵不息，荒於禽也；長夜宴飲，甘於酒也；淫聲邪樂，鼎沸靡靡，甘於音也；高建樓臺，竭民財力，峻宇雕牆也。夫禹王以六事訓於子孫，言有一於此，未或不亡，況大王兼犯六訓，而

又剖孕、斮脛、炮烙焦民者乎？夫民猶赤子也，慈愛保惜，尚恐不悅，焉有慘酷煅煉而能得赤子之歡心乎？今西伯行仁，大王行暴。百姓棄暴投仁，本然之理。大王正宜率德改行，遷善去非，然後可振朝綱，可復亡民，焉可又將數百民户投於極刑乎？此臣痛爲社稷驚危，故獻此言，伏乞納臣之語，準臣之章，實存社稷萬幸。

紂王覽罷諫章，本欲加刑，奈是伯父，喝令囚箕子於南牢，戒再諫者斬。群臣諫曰：「箕子乃皇伯至親，有罪不宜囚辱。」紂赦箕子。箕子出離宫，即佯臥於地，披頭散髮，自哭自悲。妲己曰：「箕子妄毁大王，何不斬之以示衆？」紂令費仲捉箕子，而箕子蓬頭跣足，嘔血不止。費仲押見紂王，紂見箕子或啼或笑，語話顛狂，紂曰：「此廢棄，殺之何益。」遂放之。箕子即佯狂爲奴，隱而不出。王子比干歎曰：「君王有過，爲人臣不盡死而諫，與其陷害生民，則百姓何辜。」乃直具紂王殺后謫太子、嬖妲己，陷百姓數十件以進之。紂王大怒，喝令斬之。妲己曰：「妾聞聖人之心有七竅，試剖比干以視其心何如？」〔一〕紂然之，即殺比干，剖視其心。百姓聞之，無不哀痛。微子歎曰：「父子有骨肉之親，君臣有合義之宜，故父有過，子三諫不聽，則號泣而遁。君有過，人臣三諫不聽，則其義可去。今商王殺親戮戚，拒塞諫諍，吾不早去，則成湯之祀絶矣。」遂密投宗廟中，抱祭器，出奔外國。

後孔子歎曰：「微子去之，箕子爲之奴，比干諫而死，殷有三仁焉。」朱子曰：「三子之行不同，而同出於至誠惻怛之意，故不拂乎愛之理，而有以全其心之德也，故同謂之仁。」

〔一〕「以視其心何如」，余象斗刊本作「以試其心何如」，據龔紹山刊本改。

潛淵讀史至此，有哀三仁詩曰：

爲何披腹懇忠誠，忍覆商綱及陷民。

披髮佯狂歸遁後，生生充滿一腔仁。

右哀箕子佯狂詩曰：

逆耳忠言匪不知，人臣冒陷職當爲。

剖心去後魂何在，只有清名耿落暉。

右哀比干剖心詩曰：

人臣以義事君王，義不合兮止自傷。

抱器他時存祀典，以仁濟義義生光。

唐賢李翰先生有《太師比干贊》：

縻軀非仁，蹈難非知。

比干其死，然後爲義。

忠無二體，烈有餘氣。

正直聰明，至今猶示。

咨爾來代，爲臣不易。

又唐賢賈先生，有《微子啟之贊》曰：

天革元命，皇符在木。

吾天降災，上慘下黯。

人怨神怒，川崩鬼哭。
赫赫周邦，如臨深谷。
遏矣微子，逢時顛沛。
居亡念存，處否求泰。
諫以明節，仁以遠害。
作誥父師，全身而退。
龍戰於野，烏焚其巢。
桓桓周王，奄有商郊。
面縛就執，牽羊接庖。
祀商修器，啟宋分茅。
嗟爾宋人，來蘇是仰。
穆如雨潤，靄若春養。
以載以翼，是宗是長。
茫茫舊封，千載餘饗。
我來祠廟，永挹遺芳。
荒階蔓草，古木垂雲。
惆悵象賢，徘徊日曛。
鐫石紀德，用流斯文。

當時商王無道，每賴三子諫諍，所爲頗有忌憚。及三子或逃或死，紂益爲暴，無所不爲。群臣上表辭官甚眾，朝中獨有費仲、蜚廉專權，日以諂佞爲事，而紂王終是迷於酒色，不理國政，萬民怨望。

忽日，紂王升殿，問於群臣曰：「累有西兵犯界，邊關告急，此事若何?」費仲出班奏曰：「前者姬發逆天行師，不能成事，班師而還。臣料子牙，善於調理，必有東征之謀。望大王速遣良將，把守潼關，其兵若欲再來，終爲國家之患也。」紂王笑曰：「貨卜村夫，雖有百萬之師，何能成其大事。」言聲未了，哨馬前報：「傳上金鑾言，西伯侯大軍日出岐州，如水沖砂，似風送箭，一路關隘盡被打破，斬軍縛將，不盡其數。今大軍渡孟津河矣。」紂王聞西兵將渡孟津，始有懼色。

於是，聚集文武，以議迎敵之事。費仲奏曰：「我主不必憂慮，臣舉五將率大軍前去，則可退矣。」紂王問五將是何人，仲奏曰：「殿前左衛龍驤將軍鍾士才，右衛龍驤將軍史元格，中軍都尉姚文亮，中軍指揮使劉公遠，殿前中衛都指揮使趙公明。請王點兵二十萬與此五將，前去管取西兵，盡掃除之。」

於是，紂王使此五臣，各賜金花御酒，令趙公明爲都督，親率大軍二十萬，前抵孟津河，各各謝恩出朝，不知勝負如何。

太公遺計收五將

卻說五將引兵直抵河邊下寨，先令小卒遞書與太公，次日決戰。太公得書，傳令前部先鋒，量敵交鋒。次日，兩軍初戰，不分勝負。趙公明乃移寨，屯於戰船之上，欲以水戰，以遏西兵。哨馬報其事與太公。太公乃令左翼將軍祁宏，右翼將軍高毀二人，各領本部，移寨於河北。令保駕將軍南宫適、散宜生同移武王中寨於河口，旦夕令中軍作樂飲酒，並無鬥意。

卻說商將趙公明見西兵數日不動戰鼓，以其不慣水戰，不敢出陣。乃令哨馬探之，哨馬回報説：「西兵中寨，今屯於河口，朝夕作樂飲酒，不知爲何。」趙公明言曰：「此疑兵之計，欲我兵少急，彼即出戰，然彼姜尚才能，怎掩我來。」遂傳令諸將：「今夜披掛，準定三更上岸，殺入中寨，擒了姬發，則西兵不攻自走矣。」於是史元格爲先鋒，鍾士才、姚文亮爲左右翼，前去劫寨，劉公遠、趙公明只守水船。時夜三更，三將引兵上岸，俏無人聲，三將馬膊相挨，殺入西兵中寨。只見四壁無人，見杯盂盤饌，飲酒堆筵，三將相謂曰：「我等至此，腹空力竭，可盡將其酒肉飽食一餐，然後擊鼓搜營。」三將歡喜，以爲天賜飲食，以助氣力。

飲食未訖，只聽一棒鑼聲，西兵四面殺出，其三將方且嘔心噴血，如醉如癡，顛倒不知人事，盡被西兵綁縛。太公傳令，不許放走一個商兵。諸將盡解見太公。太公命一起降卒：「汝等能奉吾命行事者厚賞，如不遵依悉斬首示衆。」衆士卒皆唯唯願從命聽調。太公乃命一起降卒，詐報趙公明、劉公遠曰：「彼三人已劫了西兵中寨，縛了武王，請你等速部兵來接應。」一起降卒得命，直投水寨。

去時正五更，天色朦朧，二將在船上打探消息，得聞降卒報知，便點兵上岸前來接應。行不上五里程途，河北寨内衝出祁宏、高毀。蘆花岸畔，突出殷郊，兩兵截住歸路。趙公明、劉公遠知墮其計，正欲抽回，南宮適、散宜生從後殺來。四方八面盡是西兵，捉住二將，解見太公。太公教取出三將同斬。前三將已被毒酒酖死，太公令將趙、劉二將縛於河中溺死。〔一〕奪了商兵船隻，渡了孟津河。時春三月戊午日也。原來太公設下此宴，以擒商之五將者，號作將蝦餌鯉之計。當時余邵魚有詩爲證云：

姜尚神機絶世奇，商民淺見豈能知。
分明設下釣魚餌，不動鎗刀破五屍。

大軍渡河下寨，太公傳令：「今我兵已近朝歌，不可輕進，諸將務要依山靠水紮寨屯營，如有違令輕進者，斬首示衆。」於是，太公排下五營，名作五武寨。第一營，正先鋒南宮適，屯下廣武寨。第二營，左翼將軍祈宏，屯下名陽武寨。第三營，右翼將軍高毀，屯下名武德寨。第四營，左翼保駕將軍南宮適，屯下名武涉寨。第五營，右翼保駕將軍散宜生，屯下名修武寨。按甲休兵，命太公令使者遞書到朝歌，數商辛十罪。

卻説紂王升殿，有趙公明手下殘兵回報：「五將盡被西兵所擒，大軍已渡孟津河下寨。」紂王失色，正與群臣議取戰守之道，忽有近臣奏曰：「西伯侯元帥姜尚有書到。」紂王傳旨宣入，令近臣讀其書曰：

尚聞三皇立極，五帝承宗，未始不由以仁道而基天下。是故唐堯不下階而治，虞舜惟垂拱而理，夏

〔一〕「河中」，余象斗刊本作「黄中」，據龔紹山刊本改。

禹聞善言則拜，成湯立賢士無方。是皆以心傳心，允執厥中，所以天理合而人心順，萬民安而諸國朝。逮至商辛，不繼先王之德，惟行苦虐之政，據汝之德則無分毫，數汝之罪過於十件。其一，殺皇后，逐太子，殄絶三綱。其二，建臺榭，廣沙丘，苦虐萬民。其三，以酒爲池，以肉爲林，傷生害性。其四，蠆盆之張，炮烙之建，慘酷刑人。其五，剖賢人之心，斮朝涉之脛，滔天之惡。其六，破孕婦之胎，囚羑里之獄，悖地之愆。其七，欲亂黄飛虎之妻，君臣倒綱。其八，曾醢伯邑考之醬，父子慘商。其九，不敬天時，以致水澇災旱。其十，不重民事，以致罷業荒農。是皆内惑妲己之淫，外嬖費仲之佞，日滋月盛，穢德不悛。今西伯侯奉天明命，以興問罪之師，出岐州，濟孟津河，諸侯不期而會者八百。而過潼關，屯牧野，豪傑不檄而應者無窮。豈非天命人心惡惡歸仁乎？今令星使，遞書先達，理合束手出城，輿櫬待罪，别立新君，以應天人，庶免成湯宗廟不作丘墟。片言違忤，殺入朝歌，寸戮不仁，以謝天人之恨。只此先達，草草不宣。

某年某月某日征商大元帥姜尚書

近臣讀罷。紂王大驚言曰：「事已至此，誰人與朕領兵前去退敵西兵？」兩班文武，喪形失色，皆無所措。紂王又問數次，費仲出班奏曰：「臣保一人領兵前去，迎敵西兵。」紂王曰：「卿所保何人？」費仲曰：「此人乃是中軍都虞候崇應彪即崇侯虎之子也。大王可拜應彪爲征西大總兵，親發精兵八十萬，與之此人，必能破得兵矣。」紂王依其所奏，即封彪爲征西大總兵，以彭舉爲先鋒，彭矯、彭執副之，以薛延陀、申屠豹爲左右翼，大發精兵，即出朝歌，以拒西兵。不知勝負如何。

紂王拜將征西

卻說崇應彪，次日升帳，傳令謂諸將曰：「吾聞西師姜尚，謀謨用兵，神出鬼没。又加之以殷郊、雷震之智勇絶倫，諸將務宜遵吾節制，不得輕舉妄動，以挫兵威。如違令者斬首示衆。」諸將皆唯唯，遵其約束。崇應彪又曰：「吾觀西兵屯下五武之寨，甚有機變。今我兵要紮下五星之寨，以遏其鋭氣。第一營，前部先鋒彭舉，屯下名土星寨。第二營，左翼將軍薛延陀，〔一〕屯下名火星寨。第三營，右翼將軍申屠豹，屯下名水星寨。第四營，左帳中護將軍蜚廉，屯下名木星寨。第五營，右帳中護將軍蔚遲桓，屯下名金星寨。分付既畢，令小將校下戰書於西師帳下，約次日在牧野決定輸贏。

卻說太公升帳，東兵戰書投到，太公讀罷，歎曰：「崇應彪豈吾敵哉。」遂令前鋒量度兵勢，取勝回報。次日，兩陣對轅門，旗開處，東兵搶出先鋒彭舉，西兵擁出先鋒南宫適。東兵左右翼者則是彭執、彭矯，西兵左右翼者則是雷震、殷郊。各各人威馬壯，盔甲鮮明。通罷姓名，更不打話，二馬相馳，鬥上十合，不分勝負。只見西兵右翼雷震挽弓架箭，射中彭舉坐馬前蹄。馬蹶前足，彭舉落馬。東兵彭矯正欲前救，卻被殷

〔一〕「左翼」，余象斗刊本作「左翌」，據龔紹山刊本改。下不另出注。

郊大喝一聲，斧隨手起，彭矯已先被劈下頭來。南宮適用鎗刺殺彭舉，彭執見二兄弟俱被傷亡，拍馬衝入西陣。被西陣上三將圍住，鎗刀亂刺，彭執亦死於陣中。西兵掩殺一場，東兵前部先鋒共三萬餘人，殺得屍橫牧野，血溢河津，止留二三千帶殘兵敗卒，投本寨而去。西兵乘勢欲攻大寨，太公節制已到，鳴金收軍。

卻說東兵殘卒回報，崇應彪大怒曰：「貨卜村夫，焉敢挫動我前鋒，斬我三將。傳令諸將披掛，率大軍前進，掃除西兵，片甲不還，方顯吾之智勇。」傍有諸將校諫曰：「小不忍則亂大謀，元帥安可妄動？今西兵深入我境，輜重糧草不赴，我師只要堅守不出，待彼糧盡退兵，我師從後掩擊，則姬發、姜尚之首自懸於帳下矣。總兵何恥一小戰，遂欲敗其大事耶。」應彪不聽，遂發兵挑戰。太公聞應彪出陣，乃推坐小車，綸巾羽扇，親自出前來。遥謂崇應彪曰：「將軍乃知天命識時務之英雄。今商王無道之甚，西伯侯奉天命興兵伐之，將軍何不棄暗投明，前來納降，以圖富貴，反成爲彼率軍爲敵也？」應彪聞太公之語，鼓掌大罵：「貨卜村夫，商王有負你之處耶？你卻背恩負義，興兵以犯君上。若不下馬受吾綁歸以見商王，定教你目下受殃。」太公曰：「不必多言，汝既爲主將，識吾陣乎？」應彪曰：「你五武之陣，乃按五虎靠山之勢，何如不識？」太公曰：「汝既識陣勢，你敢破吾陣乎？」應彪曰：「商王拜我爲總兵，尚欲擒汝等而歸，又何不敢打陣哉。」

於是，應彪怒氣衝冠，輪動大刀，直奔西陣中來。太公以羽扇從車上指麾，五寨諸將一齊殺出。將應彪活捉，前來見太公，太公數其罪而斬之。東兵左帳中護將軍蜚廉見總兵被捉，拍馬衝入本陣。太公又指麾諸將，將五陣擺佈八卦之陣，蜚廉入陣，心荒膽落，忘其歸路，又被殷郊捉送太公，太公命推出斬之。東兵陣上有大將方相見二將被捉，乃橫鎗拍馬殺來打陣，直投入武王中寨。左衝右突，見傍無人，持起手中長鎗，望武王背後一刺，紅光燦爛，八爪金龍出見，繞住武王車駕。方相大驚，正欲抽鎗回馬，左邊衝出保駕。將軍散宜生、南宮適齊聲大喊。方相措手不及，被眾將活捉來見武王，武王欲釋其罪，太公曰：「不可。」命推出斬之。止留得方相步卒不上數十，回報朝歌。

紂王大驚失色，謂群臣曰：「誰敢出馬迎敵西兵？得勝加封官爵。」兩班文武各各默然無語，獨有費仲出班奏曰：「臣雖不才，願領精兵出城。若不活捉子牙，剿滅西兵，誓不回軍。」紂王大悅，即賜精兵八十萬出敵西兵。

費仲非能慣戰之將，奈受紂寵，只得領兵勉強出城。〔一〕西兵聞知，列開陣勢。眾視之，乃是諂佞費仲也。散宜生按住剛刀，大罵：「蠹國老賊，尚敢出馬與吾對敵，早早離鞍下馬受吾綁縛，解見武王，梟首示眾。」費仲聞言，更不打話，拍馬直取宜生。二將戰不上數合，費仲大敗，不能抵敵。正欲走入朝歌，卻被南宮適大喊一聲，截住歸路，二人戰上數合，南宮適將九節銅鞭望費仲心中一打，嘔吐鮮血不止，奔入皇城。太公傳令叫諸將不得休兵，乘勢殺入皇城，活捉商辛並妲己等。諸將得令，人人搶進，個個爭先。

卻說東兵陣上雖有精兵八十萬，皆怨商王之殘虐。連損三將，東兵皆無鬥志，倒戈自相攻擊，以至血流漂杵。又且朝歌百姓久怨紂王之虐，一聞西兵入城，鼓舞歡呼，猶如大旱之得甘霖，赤子之見父母，各各牽牛擔酒，爭來相勞。是以武王之兵直奔朝歌，無所阻攔，如入無人之境也。

卻說紂王自敗兵之日，奔入皇城。至甲子日，聞城已陷，手足無措，急宣羽林、神策等衛諸軍護駕。時諸衛軍兵皆無奮力廝殺，自相踐踏。文武各相奔竄，死者屍橫殿陛，不計其數。紂王自知大事已去，不能保

〔一〕「勉強」，余象斗刊本作「免強」，據龔紹山刊本改。

身，[一]乃舉火燒焚宮殿，自登鹿臺，身衣寶玉，投入火中而死。時春三月之甲子日也。後人有詩一絶云：

玉食錦衣皇帝居，九重尊寵鎮天衢。
只因侈肆残民政，投火昆虫反不如。

〔一〕「保身」，余象斗刊本作「保敵」，據龔紹山刊本改。

太公滅紂興周

太公傳令休要走了奸臣費仲、淫妃妲己，拿捉者重賞其功，賣放者同坐其罪。諸將得令，人人爭尋妲己與費仲，不知其所。只有殷郊太子原在國家之内，其宫室樓臺閒遊慣熟，知妲己只在摘星樓。妲己見宫中火勢漲天，正要起一陣怪風化作金毛狐子而走，卻被殷郊見其本相，不能變動。那殷郊與妲己之仇，正是戴天之冤，怎肯干休。妲己見殷郊忿然奔至，抱頭斂膝，正欲投下摘星樓。殷郊大喝一聲，輪起神斧一劈，金光燦爛，冷風逼人。殷效知是爲怪，按下神斧，將妲己揪向太公帳下。

卻説費仲見宫中火起，投後宰門而出，卻被雷震子喊聲活捉，亦解至太公帳下。太公請見武王曰：「商辛無道，皆由妲己、費仲之所致。今商辛自死，此二人可要建法場於朝歌市上，審問明白，分解其屍，與民快樂。」

於是，武王、太公及文武群臣詣於法場，數妲己、費仲之罪，令劊子手先斬妲己。妲己顔容精媚，劊子不忍斬之。太公命斬劊子，换過劊子。其次劊子亦愛其儀貌，亦不忍殺之。太公又命斬其劊子，於是者三次，劊子俱不忍殺妲己，而自受戮。太公曰：「吾聞妲己乃妖類，必得其形，然後方可除之。」命左右懸起照魔寶鏡以鑒之，妲己乃露出本相，卻是九尾金毛之狐狸，咆哮於場上。太公命曰：「誰人速代我除之？」殷郊跳出，大喊一聲，手起斧落，斷其狐狸以爲三截。太公命將綿纏費仲之臍，燃於市上，以快民恨。

右殷朝自成湯傳至紂王，二十八君，六百四十四年。謚法曰「殘義損善曰紂」，史官有詩爲證云：

成湯紀綱德聲揚，放桀南巢正大綱。
六百乾坤傳及紂，誰知付與武周王。
苦陷忠良惡不悛，惟耽妲己信讒言。
黎民不道君王死，反向天街鼓舞歡。

又有五字詩云：

天喪商辛業，敵兵盡倒戈。
積山屍遍野，漂杵血流河。
掃盡煩苛法，淫吟凱捷歌。〔一〕
太平今日定，換卻舊山河。

〔一〕「淫吟凱捷歌」，余象斗刊本作「淫吟鎧捷歌」，據龔紹山刊本改。

新刊京本春秋五霸七雄全像列國志傳卷之二

後學畏齋余邵魚編集
書林文台余象斗評梓

起周武王元年己卯至平王四十八年戊午共計一十四王三百九十九年之事實也

武王分土封諸侯

武王既平殷亂，將復歸西伯之位，以聽天命。衆諸侯咸曰：「商德既絶，天命歸周，請西伯合正大位。」武王讓曰：「予以商辛失政，苦虐生民，天人共怒，予故代天討罪，以救生靈。商辛既死，合聽尊有德，予何敢承其大位。」諸侯曰：「天命靡常，惟德是歸。今侯伯代天救民，義兵一集，諸侯不期而會者八百。赤烏降屋，白魚入舟，此天命所歸之瑞。且天下者，人之天下，非一人之天下也。昔者，唐虞禪位，皆是無德而讓有德，無道而遜有道，此周當代商命明矣。侯伯請正大位，勿辭。」武王辭之再三，不得已而許。於是，諸侯奉築壇三層，列布香燭，諸侯各服冠冕，立於壇下。武王登壇，諸侯奉册，竪制曰：維殷紂三十二年，歲在己卯冬十月甲子。四海臣庶，奉天宸運，咨爾姬發，乃值商綱之季，德墜政衰，慨生民塗炭，奉天命所歸，吊民伐罪，拯溺亨屯，上應天心，下合人意，理合代商而有天下，率德以司兆民。册立之日，即登太寶，毋致再辭。

武王在壇未受八般大禮，即降詔以示諸侯曰：「朕實不德，承此天位，恐墜天人之望，以貽簒逆之羞。咨爾侯衆，既尊朕位，各宜恪守乃職，以牧兆民。上合天心，下副民望，庶幾君臣得正，政治有成。」諸侯在壇下者，皆呼萬歲。武王方受八般大禮，改國號周，追謚父爲文王。自文王以上七世，皆追爲王。傳旨令閎夭奉太牢，祭王子比干之墓，召公奭釋南牢箕子之囚，畢公高奉勅旌表商容之間，及釋百姓之囚，令南宮適除去酒池肉林，推去蠆盆炮烙之刑，散鹿臺之財，發鉅橋之粟，賑濟黎民，大賚於四海，立紂王之子名武庚者爲商之後，以存商祀，命弟管叔鮮、蔡叔度二人相之，班師以歸西岐州。

朝歌百姓牽老負幼，遮拜於道路，留王鑾駕，不忍王歸。王親曉諭之曰：「吾今別立新王，以安汝等，汝等安農樂業，不必悲留。」百姓挽留不止，放聲大哭，震動天地。武王見百姓悲號不止，召武庚諭之曰：「百姓務宜存恤，不可如父虐害生靈，如有不善，我復來征。」又召叔鮮叔度，諭之曰：「武庚之事，咨汝二人相之，如有不善，傳於岐州，汝兄弟等難逃失相之刑。」二人再拜受命。大車出朝歌，行不數月，歸到岐州。升殿，文武朝賀禮畢，武王問群臣曰：「朕德不逮，今承衆諸侯尊朕爲天子，其國家儀制當何如。」御弟周公旦出班奏曰：「姬乃帝嚳之後，今政王朔，宜用建子之月爲正月，色要尚青服，當用冕。」王又問曰：「諸侯王子及功臣賞賚如何。」周公又奏曰：「諸侯功臣，有大勳勞者，宜分土封侯，以昭崇德報功之義。其親王子孫，亦宜分土封侯，以壯王室。至於上古三王五帝，唐虞夏后之後，亦宜分土封侯，以報立極之功。」於是，武王次日聚集文武諸侯，大封功臣王子，及先皇帝之後，各以列土封之。令御弟周公旦於金殿唱名：

太公姜尚，以功臣封諸侯，鎮營丘，國號齊即今山東青州府是也，後爲田氏所滅，田氏齊又爲秦所滅。

御弟周公姬旦，以王親封諸侯，鎮曲阜，國號魯即今山東兗州府是也。

御弟召公姬奭，以王親封諸侯，鎮北燕，國號燕即今北京順天府是也，其後爲秦所滅。

御弟畢公姬高，以王親封諸侯，鎮魏，國號魏即今河南開封府安縣是也。

御弟姬叔鮮，以王親封諸侯，鎮管，國號管後管叔作亂，其國遂滅以不續。

御弟姬叔度，以王親封諸侯，鎮蔡，國號蔡即今河南汝寧府上蔡縣是也，其後至春秋爲宋所滅。

御弟姬叔振鐸，以王親封諸侯，鎮曹，國號曹即今山東曹州是也。

御弟姬叔武，以王親封諸侯，鎮郕，國號郕即今山東兗州府汶上縣是也。

御弟姬康叔，以王親封諸侯，鎮衛，國號衛即今直隸冀州府是也，其後爲秦二世所滅，周之諸侯惟衛在後亡。

御弟姬叔處，以王親封諸侯，鎮霍，國號霍即今山東平陽府是也，其後至春秋爲秦楚所滅。

先聖王神農之後，封諸侯於焦即今弘農陝縣是也，後爲春秋戰國所併。

先聖王黄帝之後，封諸侯於祝即今山東濟南府是也，其後爲戰國所併。

先聖王帝堯之後，封諸侯於薊即今北京順天府是也，其後爲戰國所併。

先聖王帝舜之後，封諸侯於陳即今河南開封府是也，其後爲田氏齊也，爲秦所併。

先聖王夏禹之後，封諸侯於杞即今河南開封府是也，其後爲春秋戰國所滅。

故殷賢臣箕子，不肯臣事於周，但陳《洪範》一篇而去，武王封其子於朝鮮即今遼東是也，其後爲戰國所併。

其功臣南宮適、南宮列、散宜生、祁宏、高毀等各封官有差。共封兼制親王子弟及功臣爲諸侯者大小七十一國。大排筵宴，開庫藏，將收殷之寶物，悉分散於諸侯。次日，諸侯皆上謝表，各赴本國。後人有詩爲證：

一舉戎衣定大周，分茅裂土賜諸侯。
不如桀紂私天下，八百乾坤有自由。

衆諸侯各望本國以赴職。惟留御弟周公旦、召公奭在朝，以輔王室。武王謂周公曰：「鎬京爲天下之中，真乃帝王之居。」於是，命召公遷都於鎬京即今陝西西安府咸陽縣地是也。又曰：「當今海内清平，萬民樂業，朕當以德治民，不事刀兵，命有司與朕縱馬於華山之陽，放牛於桃林之野，收縛干戈，韜囊旗鼓。」自今群臣不得言兵，群臣皆唯唯受命。

忽一日，武王有疾，群臣驚懼。召公問周公曰：「今天子淹疾，太子年幼，倘有不諱，國家大事誰人可任？」周公曰：「骨肉之親，君臣之義，不幸遇王疾子幼，我當代王告死，以免王患。」於是，周公築壇於城南，親自登壇，焚香拜告於太王、王季、文王之靈，曰：「國君武王以德治民，今乃遇疾，太子年幼，旦願以身代王死。我祖有靈，共監我誠。」祝罷，史官錄周公所告之言，藏於殿内金藤匱中。次日，武王病即瘳起，諸侯、太公等聞之，皆來朝賀。武王命大排御宴，以待諸侯。

周公問姜太公曰：「公先年奉天子之命以鎮齊，何爲五個月遂成政來報績也？」太公曰：「吾治齊之政，簡省繁文，從其便俗，故百姓易治，是以政成之速也。」周公又問其子伯禽曰：「昔爾奉天子之命以鎮魯，何爲三年而後成政來報績之遲也？」伯禽對曰：「臣治魯國之政，革除鄙俗，使民終三年之喪禮，故民難效而報政，所以遲也。」周公歎曰：「後世齊國必強，魯國必弱，而魯終將北面事齊歟。」武王問：「其何以知之？」周公曰：「政簡故便民，而民易治，政繁故擾民，〔一〕而民難理。是以知之。」後世果然齊強魯弱，此周公有先見之知，所以爲聖人也。後人有詩爲證：

聖人見識本非常，即政猶能達大綱。
傳在春秋相併世，果然魯弱與齊強。

宴罷，百官退朝，武王命諸侯各返國治民。又越月，武王復有疾。不知性命如何？

〔一〕「擾」，余象斗刊本作「一」，據龔紹山刊本改。

周公秉政誅管蔡

武王病至危篤，宣周公旦、太子誦托孤寄命。二人既至，武王謂周公曰：「太子年幼，汝宜攝政，以朝諸侯，輔翌王室。」又謂太子誦曰：「汝宜事叔如父，修德推仁，以繼先王之政。」言罷而崩。在位七年，壽九十三歲，天命而盡。史官有詩贊曰：

商綱既頹，天命靡常，維我武王，赫震先光。
弓矢斯張，干戈戚揚，掃紂之穢，視民如傷。
大位既定，文德隆昌，分茅裂土，韜戈用良。
不顯文烈，光佑後行，千百世下，不泯其芳。

成王即位，年幼不能莅政，乃拜周公位居冢宰，攝行政事，大赦天下，諸侯來朝者，周公負扆相成王以朝諸侯。諸侯悦服。

卻説管叔、蔡叔相武庚以守殷。忽大朝使者賫赦書到朝歌，武庚等接了聖旨，問使臣曰：「天子年幼，不能位祚，國家政事，有誰攝行？」使臣曰：「冢宰公姬旦，總決政，相天子，以朝諸侯也。」二叔聽罷，送使臣出，乃相謂曰：「吾二人與周公共是武王之弟，天子之叔，遠守遐方，位居下職，而周公乃居冢宰，攝行朝政。天子年幼，朝綱一決於他，倘或一旦謀弑小君，遂奪大位，則吾二人豈不束手以觀他人受天子之福哉。」〔一〕叔度曰：「然則今日之計何如？」叔鮮曰：「合謀誅武庚，起兵打入鎬京，殺了周公，廢卻天子，同享富貴，豈不美哉。」蔡叔大悦，二人來見武庚，説其起兵。武庚曰：「周公雖居冢宰，以相天子，無過可窺，何敢動兵犯之。」二叔曰：「此事甚易，但制謡言歌幾句，説周公將有簒弑小君之心，不利社稷之意，使六街三市兒童，傳誦至鎬京。天子年幼，無所決斷，必廢周公，俺這裏即以此事爲周公之罪，興兵伐罪，則富貴唾手矣。」武庚大悦，二叔遂作謡言歌曰：

嗟彼鳳雛，羽短身孤。

初鳴高岡，鴟鴞在傍。

周公危社稷，主幼實堪傷。

令六街三市兒童不分晝夜，互相傳誦，不覺數月之間，此歌已鬧於鎬京街市。近臣錄其歌奏聞，成王覽罷，大怒曰：「冢宰公王室至親，受先王遺托，〔二〕勤勞蹇蹇，安有此事。此必京師妖言。」傳旨令兵馬司收京師兒童盡戮回報。周公見説，免冠叩首曰：〔三〕「臣罪當萬死，何可累及兆民，但賜臣死足矣，不足更戮無辜。」成王曰：「叔父憂勤國家，朕不能與叔父昭顯忠節，今反受小民讒語，何可令叔父被陷。」連傳聖旨，務要收京師兒童而殺之。周公再三請死，成王不許。兩班文武見周公平昔忠諒，被此誣讒，乃一齊跪下奏曰：「冢

〔一〕「福哉」，余象斗刊本作「福故」，據龔紹山刊本改。

〔二〕「先王」，余象斗刊本作「先生」，據龔紹山刊本改。

〔三〕「免冠」，余象斗刊本作「冕冠」，據龔紹山刊本改。

宰公之忠諒，天地神人所共監知，賴陛下仁明，全其大節，實社稷萬民之福。陛下不必盡戮京師小民，事有根源，陛下傳旨命兵馬司，排門查問，倘得其始傳之人，止戮此一民，以警其餘足矣。何必盡戮無辜，且陛下纘先王政教以仁覆天下，不宜妄殺一人，望準臣等之奏，庶得兩全其美。」成王聞奏，漸轉龍顔，傳旨各城兵馬，逐門查究回報。

聖旨未出，近臣奏有潼關有軍務急表到，言：「朝歌武庚、管叔、蔡叔，率兵十二萬殺上潼關，口口聲聲道，冢宰將篡社稷，故領兵前來，去讒輔國。今兵已到潼關，望陛下早賜定奪。」成王年幼，剛斷不定，初聞謡言，不疑周公，及聞二叔領除讒輔國之兵到，心遂疑周公有反之意，乃問群臣曰：「此事真假若何？」周公又頓首跪曰：「但望陛下賜臣一死，頒赦免京師小民之罪，止潼關二叔之兵，國家萬幸。」群臣忙奏曰：「即此兵事，便知謡言乃是二叔之流言也。」王曰：「何以知之？」群臣曰：「先王封親王子弟一十五國，同姓者四十餘國。先王崩，親寄百里之命於冢宰。冢宰憂勤王室，列國諸侯皆知敬服，如冢宰果有篡奪之心，今近京諸侯又不起兵討罪，滿朝文武又不動一彈章，朝歌在遐方小國，又能早知其事，預先興兵以去讒輔國哉？此必二叔之奸謀，舉此流言，先危其内，使陛下君臣悖忌，彼得乘機以謀社稷。望陛下仁明，決斷此事。」成王猶豫曰：「然則此事如何區處？」群臣又奏曰：「陛下不決此事，宜赦冢宰之罪，令督軍退得潼關之兵，即見冢宰無此反意。如不能退，則冢宰之叛著矣。」成王心疑周公得兵於外，恐其速叛，尚未肯許發兵東征，猶豫不定。群臣又奏曰：「陛下如疑冢宰，臣等以家口保冢宰。如若冢宰生變於外，臣等甘受滅族之愆。」成王見百官所奏甚切，乃傳旨點精兵十萬，與公東征，周公謝罪出殿。

次日，周公升帳，點兵練將，一面修書往魯国，命子伯禽會兵於潼關。即日兵發京城，成王與群臣送出鎬京。王在馬上口占一律以送云：

彩旆飄飄出鎬城，一杯煩汝往東征。
忠貞自信孚天地，貝錦何勞陷大臣。
拔劍掃開邊塞霧，揚旌收盡野煙塵。
三兵奏捷回朝日，鳳閣龍樓畫影形。

周公在馬上聽罷大悅，亦吟一律自表其忠節云：

平生忠諒有天知，仗節行藏志不虧。
神鬼伺人寧可逆，流言陷我實堪悲。
指麾未掃漫天穢，慷慨先吟報國詩。
東風若奏三軍捷，早把邊音報玉墀。

周公吟罷，君臣各相回駕，大軍望東而進，將近潼關二十餘里下寨。卻說魯公伯禽，得父之書，率本國精兵五萬，已到潼關，候大軍到日，然後交兵。聞父兵到，與關主皆出迎接。周公到關，謂伯禽曰：「手足之情，不可動兵相鬥，只宜修書曉諭之，令退兵以待朝廷處決，何如？」伯禽曰：「管蔡不念手足，流言陷父，將至極刑，此子宜速交兵而除之，回天子之怒，表我父之忠可也，豈可緩饒之。」周公然之，令伯禽爲先鋒，關主虞文達爲副將，率兵下關。

卻說二叔在關下，聞周公兵到，大懼，將欲抽兵。武庚曰：「不可。將錯就錯，只宜進兵決戰，不可退也。若不交兵而退，則事機漏泄，得罪反重。」二叔亦然。乃各披掛出陣，只見周兵陣上，閃旗開處，一將當先，面如傅粉，唇若塗硃，青年勇猛，盔甲鮮明，乃是周公之子魯國公伯禽是也。聲罵二叔曰：「逆天叛賊，焉敢流言誣陷我父，謀危社稷，今若下馬就縛，萬事俱休。半聲違逆，定教一命難逃。」二叔在東陣見是伯禽，欺其年幼，放聲大罵曰：「你父乃是篡弒老賊，我等故來除讒輔國。你父子尚不知罪，更要興兵與我相戰。今日若不投拜受縛，教你父子俱亡。」伯禽聽罷大怒，拍馬直取管叔，管叔輪刀就劈，二人鬥上十餘合。伯禽佯兵一走，管叔欺幼，勒馬後追趕上五里。伯禽使一拖刀之計，一聲喊處，刀隨手轉，管叔死於馬下。東兵大敗，蔡叔見管叔被誅，拍馬前來，被虞文達斷其來路。二人鬥上二十餘合，不分勝敗。只見潼關上，鑼鼓震天，推出一員老將，頭戴嵌玉鳳翅盔，身披鏤金魚鱗甲，蓋一領絳紅袍，跨一匹神駒馬，手輪光耀七星昆吾劍，在關上大聲曰：「休教走了蔡叔度也。」

蔡叔舉頭一望，只見繡旗上大書金字，乃是東征招討周公旦也。唬得魂飛魄落，抛戈棄甲，望東而走。又被伯禽攔絶歸路，掩殺一陣。武庚從後正欲來救蔡叔，虞文達搶出陣前，一鎗刺落馬下。不知蔡叔性命如何？

成王感變啟金縢

周公傳令，命大軍不得停留，趕上蔡叔到朝歌。蔡叔不分晝夜，走入朝歌城内。大軍奄至，蔡不及堅守，卻被虞文達搶入城中，活捉蔡叔，遂解來見周公。周公問曰：「汝等何得流言興兵犯闕，以負先王分土之恩？」蔡叔叩頭告曰：「皆是武庚、管叔之謀，小弟不能拒阻，以至於此，望兄救我殘生。」伯禽跪曰：「此是逆天之賊，宜斬首以示將來。」周公曰：「骨肉相傷，古今大惡，彼縱不仁，我不忍斬之。」令左右監於南牢，以待朝廷處決。

周公傳令，命關主虞文達轉鎮潼關，待奏朝廷升賞。其子伯禽，亦令轉鎮魯。且誡之曰：「我文王之子，武王之弟，當今天子之叔父也。然猶一沐三握髮，一飯三吐哺，起以待士，恐失天下之賢，辛勤如是，尚且遭讒狼狽，使無文武力奏，身猶難保。汝今鎮魯，行政宜憂恤良民，尊賢禮士，慎勿以國大而驕傲人也。」伯禽再拜，受命而退。周公謂左右曰：「我原被讒言出師，今二叔雖除，天子尚有疑我之心，我今不可回朝，只具表奏聞，以待天子回心，有旨宣我歸朝，方可班師，如今只宜居東，以避嫌疑可也。」於是差人奉表入京，出榜安民，居殷不轉。

卻說成王與群臣正論邊事，近臣奏曰：「冢宰公東征得勝，賫表回奏。」成王覽其表，龍顔大悦，謂文武曰：「叔父東征，既除二賊，其忠誠表表，固可尚矣。不班師隨駕而歸，又居東下，只具表回奏，此事爲何？」

群臣奏曰：「冢宰公以大忠見讒，不能自白，今幸天兵一到，二叔授首，此乃陛下之福，以表冢宰之誠，所以冢宰待罪於東，陛下宜整迎駕，差大臣出關迎接，庶可以全兩下之美。」成王沉吟不許。

延數月間，群臣累上表請迎周公，成王又不許。至秋末，時五穀大熟，只未收穫。忽一日，天昏日暗，狂風大作，驅雷閃電，城中揚砂走石，大树連根拔起，郊野禾稻，盡行偃倒，百姓驚怖。成王與百官大懼，不知所之。召公、畢公奏曰：「先王在日，曾遺卜筮之書，藏於殿前金藤匱，以備吉凶。今遇天變，王請禱告天地先王，啟金藤之匱，将卜筮之書告卜，以驗天變。」成王準奏，乃與群臣拜告天地先王，啟金藤之匱，搜卜筮之書，乃得周公昔日欲代武王身死之書，成王問史氏，史氏具述前事以奏。王大泣曰：「叔父功德隆盛，反被二叔讒言，見出於外三年，皆朕之過，是天變欲警朕之無知也。」群臣皆泣下。

王即整排車駕，差大臣召公奭、畢公高奉詔迎轉周公。又下詔於京師，以明周公無過。風雷遂止，天朗氣清，五穀被風偃倒者皆起，百姓鼓舞大悦。後宋丞相王荊公因感王莽之事，有詩爲證云：

周公恐懼流言日，王莽謙恭下士時。
假使當年身便死，一生真偽有誰知。

又潛淵居士《讀史詩》云：

左手旋乾右轉坤，群邪嫉正起流言。
安安不效狼胡足，幾幾常舒赤舄尊。
天變風雷昭大節，書藏金匱顯忠原。
成王一整迎歸駕，周室君臣孝義存。

召公、畢公奉旨直奔潼關，命人報於周公。周公聞聖旨到日，俯伏聽宣讀詔曰：

朕以幼沖，嗣承大統，愚昧未明，險失忠誠大節。孩提心志，混淆良輔謨謀，過雖已往，朕甚赧然。伏惟冢宰姬旦，王室至親，百僚總辟，其忠貞信義，表表昭著。蠢茲群小，嫉正流言，征駕久淹於東，皆是朕過，叛首隨傳於北，越顯公忠。今命使臣，賫詔奉輦，迎還征駕，輔弼王家，所有叛臣叔度，本該處死，朕念同本，權貶郭鄰。厥子胡仲，率德改行，可繼父封於蔡。關守虞文達，汗馬多勞，升授幽州都制。嗚呼。崇德報功，固朝廷之重典；效勞盡職，實臣子之當爲。詔書到日，各毋稽延。

周公接詔書，管待召、畢二弟。次日，分付叔度之子胡仲，守殷車駕，望京而進。行近京師，驛傳報於朝廷。成王率文武百官，出郊外迎接周公歸朝。王謂公曰：「朕以幼昧，不辯邪正，是以遠勞叔父，久淹外鎮，皆朕之過也。」周公頓首謝曰：「濟危冒險，人臣之職，有何勞焉。」成王大悦，令排御宴，以宴群臣。

一日，成王在後宮與其弟叔虞飲宴，庭前桐樹陰濃，王謂叔虞曰：「汝能吟詩乎？」叔虞曰：「頗識其意。」王曰：「朕削此桐葉爲珪璋，汝能吟此詩，朕即封汝爲侯。」叔虞遂吟曰：

桐葉落庭除，吾王削作珪。
如念連枝秀，春風共暢舒。

成王喜曰：「才思頗佳，但汝年幼，不能任諸侯之位，姑俟數年，我當封汝爲侯。」史佚在旁奏曰：「陛下何異言乎？」王曰：「朕與叔虞戲耳。」佚曰：「天子無戲言，天子一出言，則史官遂書於史册，望我王遂封叔虞，不可反覆。」成王乃命設宴，封叔虞爲諸侯，國號唐後春秋之世，即晉國是也。叔虞謝恩。文武酒將半酣，近臣奏：「有遠方夷人來貢。」王宣入朝，其人身長九尺，赤鬢藍面，鈎鼻翻唇，文身以金玉，不穿衣袍，只以錦帛纏身，語話不通，王問譯者曰譯者能言胡人之言，又能言中國之言語，蓋通方之使也：「此夷來自何國？」譯使奏曰：「此夷出於交趾之南，國名越裳，言自此數十年以來，其國中天無烈風淫雨，海不揚波，意者中國有聖人出，故不憚萬里之遥，來貢白雉白毛之雉鳥也、旅獒犬高四尺曰獒。」王問群臣曰：「遠人來貢方物，此可受否？」召公奭奏曰：「陛下以賢爲寶，仁服四夷，四夷來貢，臣以爲不可受，恐勞遠傷財。且臣聞玩人喪德，〔一〕玩物喪志，陛下思之。」群臣皆曰：「陛下仁德，加於蠻夷，故夷人不憚遠而來貢。古云，遠人不服，則修文德以來之，既來之則安之。今陛下不受此獻，恐塞四夷來路。」成王听奏，遂受其獻，命光祿寺設宴款待番使。

〔一〕「聞」，余象斗刊本作「死」，據龔紹山刊本改。

周公定鼎於郟鄏

次日，番使來謝告歸，王問譯使曰：「此來有幾多路程？」譯使奏曰：「有一萬三千之途，經要一年有餘，始至京師。」王命周公作指南車，賜番使以歸，止一年遂至本國。成王謂周公曰：「四夷來朝，各方路途遠近不齊，卿宜相天下地輿，孰爲中正可定都，以便四方朝貢。」周公奏曰：「洛邑洛陽也，爲天下之中，昔者先王嘗欲建都於洛而不果，今陛下定中正之方，宜繼先王之志，定都於此，則四方來者無遠近矣。」於是，成王傳旨遷九鼎禹王鑄九鼎以鎮國者，後桀失國，此鼎遷於商，紂王失國，武王載歸鎬京，至是成王復遷於洛陽，蓋是傳國之寶也，定於郟鄏在河南洛陽也，遂命鎬京爲宗周，命洛邑爲成周。命太史令梅仲宣定鼎卜世代久遠何如，仲宣乃告於神前。卜曰：「帝嚳之孫，鼎基鴻赫，傳世三十，歷年七百。」皇明東屏居士《詠史詩》云：

鼎入王畿者定時，卜年七百旋稽疑。
後來八百蒼姬業，天也人耶裕卜期。

周公既定鼎而歸，成王大喜。設御宴以待周公，周公謝宴歸第。是夜，夢一蟠龍，從天降入於深淵。公曰：「此夢乃應吾當盡之祥。」内臣曰：「家宰何以知之？」公曰：「蟠龍，無翼之龍也，有翼則爲飛龍，乃天子之像，吾位居冢宰，與天子差一等，乃是蟠龍也。自天而下深淵，吾身在天子之傍，今入深淵，乃是龍歸之所，是以知吾將盡也。」遂遇疾不起。

召公奭宣布王化

周公病篤。次日，王與群臣詣周公宅，問曰：「叔父臥病不起，倘有不諱，國家大政，誰復可保？」公曰：「國家政事，有召公畢公等在朝，王不必多慮。臣死之後，但願我王，親賢遠奸，憂國愛民，天下自然太平。」公又謂同僚畢公等曰：「我死之後，煩公等盡心輔佐國家以盡臣職也。」言罷，公有淚下。成王與群臣無不下淚，王駕還朝。是夕，周公卒，時年八十三歲。公在周朝，制禮作樂，忠貞大節，爲後世人臣之表。是夕，天昏日暗，風霧迷漫。後史官有詩贊曰：

倬彼姬公，爲周砥柱。制禮作樂，後人遵居。
輔弼幼主，盡心所事。雖遇流言，大節安舒。
節彼泰山，巍然中立。後世人臣，惟公是式。

成王聞訃大哭，謂伯禽曰：「汝父憂勤一世，朕不能報，今死之後，賜爾魯國祭祀，得用天子禮樂，庶表朕報叔父之恩也。」伯禽謝恩赴國。

是時，周公既死，成王慮四方百姓不沾王化，乃謂召公奭曰：「卿宜循行南方，代朕宣流教化，以安百姓。」召公奭承命出朝。次日，整齊車馬，望南而行至嵩山路下，忽聞深林中，鵲聲喧噪，以接群鳩於鵲巢中去。召公問左右曰：「前林中鳥聲喧噪，是何鳥也？」左右對曰：「近山方識鳥音，我等不知其音，焉識其鳥。

公宜拘此近山樵夫問之，即知其類。」公遂令喚樵夫來問，左右引一樵夫至駕前。公問其鳥名，樵夫對曰：「彼翅白而頭綠者名鵲，毛班而色褐者名鳩。」公曰：「鵲鳩二鳥也，何爲作一隊飛，共入巢中去？」樵夫對曰：「鵲性巧善，能爲巢。鳩性拙，不能爲巢，鳩共居於鵲巢之中。」公曰：「鳩與鵲不同其類，鵲何爲肯讓巢與鳩棲？」樵夫對曰：「當今天子，以仁德治天下，故其教化沾及禽獸。所以鵲鳩二鳥類雖不同，猶能以巧讓拙，以巢同居也。」左右對曰：「禽鳥尚能知義以巢相讓，則王之教化大行天下，百姓人倫有序，不問可知矣。」召公大悦，令重賞樵夫。

車馬遂行至雍縣，雍縣守臣君陳率左右出城迎接。召公入雍城，延至公廳坐畢。公問君陳曰：「汝治雍縣，百姓親睦，農桑樂業，獄訟平簡之事，可具述與吾知之。」君陳對曰：「小官無能，賴天子之教化，宰公之福蔭，小縣有三件異政。」公問其是何三件異政，君陳曰：「小縣郊外，有雉一群，童子與之狎戲，雉不驚飛，童子亦不捕捉，此第一件之異政也。又每歲五穀秋登之際，禾有一枝數穗者，此第二件之異政。又雍城南山有一獸，名作騶虞，身形似虎，其色黑，其性慈，每日遊於郊外，不踐生蟲草木，口不傷禽獸人命，朝出暮還，人人得而近之，此第三件之異政也。」召公聞説，命安排酒食。

次日出城，前往南郊，勸課農桑，令所屬官員，皆要相從，縣官君陳相從至南郊，無亭榭遮陰之所，見道傍有甘棠樹，綠葉陰濃，其高蓋如傘。君陳引公下馬，坐於甘棠樹下，令招四處農民，前來聽勸。須臾，一起農夫，荷鋤擔耜，前來跪下。公問農夫曰：「近年以來，五穀登乎？」農夫皆頓首曰：「賴宰公之福，年年成熟，歲歲豐登，我鄉村小民，暖衣飽食，女織男耕，安農樂業。」公問：「何以見之？」民中有一起高年能言者，前來具詩奉曰：

青山綠水白雲鄉，春到田疇老幼忙。

女事桑麻無凍苦，男耕田畝有餘糧。
公租早送柴門閉，村酒釀成晚稻香。
惟願皇王千萬歲，小民飽暖樂陶唐。

召公大悦，命取酒食，重賞其民。且誡之曰：「我今勸課，汝等歸家，各宜孝敬長上，各安生理。」衆民拜謝而退。須臾，一起兒童竹馬荷衣前來相見，又有一群雉鳥相逐相隨。君陳跪曰：「昨日所告之事，即此童雉是也。」召公徘徊良久，見童子相狎於雉，雉亦飛鳴於童子竹馬之前。其獸騶虞亦踴躍隨人而至。召公顧謂君陳曰：「異哉此事，皆縣官德行所致。」陳曰：「小官何德，皆宰公之福也。」公命取酒食賞其童子，車馬回朝，君陳送出雍城。公曰：「汝之德政，我已親見，汝宜愈加愛民之心，不日轉奏朝廷重加升賞。」車馬望京而轉。

南民不忍伐甘棠

召公車馬既轉京師，君陳回入雍衙內，思想：「下歲倘有王臣再來觀政勸農，郊外無亭榭居止。」乃傳命令郊外農民，開辟道路，伐木建亭。左右回報：「小民伐木建亭，近山樹木盡伐，止有南郊道傍甘棠樹，皆來合抱，不肯伐之。」縣官命拘一起抱樹之民前來，問曰：「吾欲伐去道傍之樹，建起勸農之亭，以待來年王臣下馬，汝等何得抱樹不與我伐？」小民稽首曰：「非小民爭樹之罪，前日召宰公曾止於此甘棠樹下，我等懷其德行，不忍伐去此樹，欲存之以思召宰公也。」縣官大喜，遂建亭於甘棠樹之旁，名曰召亭。其亭即今在雍縣城南，當時百姓有詩爲證云：

蔽芾甘棠，勿剪勿伐，召伯所茇。
蔽芾甘棠，勿剪勿敗，召伯所憩。
蔽芾甘棠，勿剪勿敗，召伯所存。

潛淵居士讀史至此有一絶云：

一樹甘棠藹道傍，召公遺德愈芬芳。
當年若使柯條剪，怎得清名萬古扬。

卻説召公回朝見王，王問：「南方教化何如？」公具鵲鳩共巢、雍城三異之事奏聞。成王大喜曰：「雍邑守臣君陳，周公在時，常薦此人，有孝友仁能，今果然也。」命使臣宣其回朝，拜爲上卿。當時，文武多士，左有太保召公，大司徒芮公，大宗伯彤公，右有大司馬畢公，大司寇衛公，大司空毛公。此六卿相與輔弼，天下太平。

一日，王有疾，内官奉旨宣召、畢二公入宫。拜畢，王曰：「托孤二公既至，朕年十三遂即天子之位，今承諸叔父恩誨，踐祚已經三十七年，壽登五十而死，亦何恨。但勞汝等，盡心輔朕太子，以承大統，無辱先王之政可也。」言罢遂崩。召公奉太子劍即位，是爲康王。康王頒詔，以先四方，四方諸侯咸來朝賀，王作誥命以示諸侯，諸侯大悦。

當時，康王承先王之遺政，得公卿之佐，海内升平，刑措不用，在位二十六年而崩。群臣奉太子瑕即位，是爲昭王。昭王升殿，當時五更侵早，星辰落落，尚未沉没，群臣朝賀未畢，惟見月色朦朧，漸有五色之光，直貫紫薇之垣。昭王大怒曰：「日月失叙，皆太史曠職，不預奏而救禳之。」遂令押太史柳長卿斬於市上。武士即推柳長卿出朝，不知性命如何？

楚子膠舟溺昭王

群臣止住武士，皆諫曰：「柳長卿雖曠日月失序之奏，然太史乃國家禍福所系，望陛下赦之。但令奏聞月朦之故，以驗禍福，如禍福不驗，然後殺之不遲。」王息怒，令推轉長卿，問其緣由。長卿奏曰：「月者人臣之象，紫薇是人君之象。今月色直貫紫薇，必主小人作釁，國家不寧。」王曰：「小人出於何方？」長卿曰：「依臣臺占，小人當出南方。」王問：「南方諸侯是誰？朕當巡狩以壓之。」司空毛公奏曰：「南方諸侯乃先主成王所封顓頊子孫姓羋名熊繹者於丹陽即湖廣南郡是也。今乃熊繹之子熊廉紹諸侯之位，以鎮南方，其國號楚是也。」王遂赦長卿之罪，望南而進。

有人報於楚侯曰：「周天子巡狩，車駕已至南方矣。」廉問群下曰：「當今天下同姓異姓諸侯共有七十一國，天子車駕不往他方，直至本國，必有主意歟。」謀士張策進曰：「臣前視天象，月色貫紫薇之垣，落在南楚。今天子獨行南方，必有削除楚爵之意。」楚侯曰：「如此何以處之？」張策曰：「吾聞鎬京至於楚地，水路多於陸路，主公宜大作王舟，前迎天子。令匠人以魚膠合其舟縫，主公可進此船於漢水界口，請王換舟。天子如駕此舟於江上，膠見水鎔，即使周王共此船而溺水身死，遂絕其遊，有何不可。」楚侯大悅，遂命匠人以膠合一大船，自領群下，前至漢水界口，以接聖駕。

卻說昭王鑾駕來到漢水界口，正欲渡河，本方守臣奏曰：「漢江之水洶湧不常，此舟難渡此河，請王換南船以濟。」昭王傳旨，正欲換南船以進。熊廉引膠舟至而奏曰：「今聞我王巡狩，車駕將幸丹陽，臣知此舟不可南渡，故具南船來迎聖駕，望我王移舟換楫，以渡漢水。」昭王大悦，命換楚船，舟至中河，漸覺沉溺。群臣奏曰：「此舟必有奸詐，遂命換舟，不然舟將沉江，王命難保。」王見舟板徐徐解裂，正欲傳旨招本方北船換轉，波濤大作，浪起如山。保駕將軍毛公，見勢危事迫，見隨從小舟與王舟隔丈餘水，勇身跳向小舟，連拖昭王過船，不覺洪濤一起，將王舟打落波心，連王帶文武隨從者，共溺死者二百六十餘人。在位五十一年。

唐人胡曾先生有詩爲證：〔一〕

漢江一帶若流長，兩岸悲風起緑楊。
借問膠舟何處没，欲停蘭棹紀昭王。

又皇明東屏居士《詠史詩》曰：

天子巡行匪慢遊，楚人那得試膠舟。
巍巍大駕無臣問，王道淩遲重可憂。

潛淵居士《讀史詩》曰：

岸草茸茸染翠煙，昭王駕逐海波天。
楚人奸起膠舟計，周紀中流不似前。

卻説昭王被水溺死，朝中大臣名祭公奉其太子滿，立是爲穆王。穆王升殿，諸侯來朝，王與群臣商議

〔一〕「胡曾」，余象斗刊本作「胡增」，據龔紹山刊本改。

曰：「叵耐熊廉無理，詐進膠舟，溺我父王，朕欲率大國之兵，征楚問罪，群臣意下何如。」祭公奏曰：「楚侯害先王，誠有大罪，不可不伐。然我王即位之初，軍兵未練，糧草未足，不可輕動，姑俟數年，積草屯糧，然後發問罪之師，則楚國不勞力而破矣。」王曰：「善。」近臣奏曰：「邊上有軍務急表到。」王問：「何表？」曰：「有青州徐哈達，率九夷之兵共三十餘萬，旌旗掩日，劍戟橫霜，殺奔西河而來，言欲打入鎬京，奪卻中國乾坤。」穆王大驚，急問群臣曰：「此事如何定奪？」右衛將軍李造父出班奏曰：「我周傳國至今，一百五十餘年，四夷拱服，百姓安寧，今東夷乘國家新立，敢此無理，陛下可發兵十萬，臣願往敵，使片無存，然後可懾四夷之威。」王即準奏，便拜其爲征虜大將軍，率兵十萬，出拒夷兵。

左司徒祭公忙奏曰：「不可，不可。楚侯詐進膠舟，溺死先王，乃殺父之仇，臣子不共戴天之冤，尚且兵微將寡，置罪不征。今若舍殺父之仇，以弱軍先攻夷狄，則民心不順，將士解體，必無得勝之理，恐招不測之禍。」造父又奏曰：「楚侯弑君，東夷叛國，皆逆天大罪。楚人弑君以謀，其勢未焰，東夷叛國，以兵逼近京師，今若不敵，終不然使大國君臣束手待擒？王請勿疑，發兵與臣，先除夷虜，再乘得勝之兵，以征楚國可也。」祭公又奏曰：「此事決不可動兵，如大軍一出，楚人乘我國虛，發兵後襲，那時諸侯亂起，進退無門，可不危哉。今臣觀東夷之地，轄於東方諸嬴徐子界内。依臣之奏，莫如差使臣前去東國，令嬴徐子收服東夷，重加升賞，如此則夷虜亦除，楚人不敢仰視中國，庶得兩全。」王悅，差使臣賫詔往青州。

王使至青州，報於東方諸侯嬴徐子。徐子接旨，使臣謂徐子曰：「今東夷之兵，已屯西河，王令諸使速發兵，以扼其後。」徐子曰：「東夷狼野，今兵屯於西河，我兵扼後，彼必奔入京師。煩使臣回奏天子，令發王師，截其前路，我兵後扼東夷，不日可破矣。」使臣然之，夤夜轉奏穆王，王遂令李造父帥兵五萬，屯於城下，以截夷路。

卻說徐子得旨伐夷，遂傳令長子嬴伯謨爲前部先鋒，自率大軍五萬，殺奔西河下寨。東夷主將徐哈達升帳傳令，命王林寨長麻里光吉，金林寨長呵嗒令公等，次日拔寨，打入鎬京。言罷，哨馬回報：「東方諸侯嬴徐子率軍五萬從後殺來。」哈達聞知大驚，問諸夷曰：「嬴諸侯何故起兵襲掩我後？」諸夷曰：「此必穆王有命，令徐子襲我，若奉書一道，與徐子約奪周朝，尊他爲大國，徐子貪得，必然許之。待破周之後，又作區處。」哈達大喜，遂修書令小將送與徐子。徐子覽其書曰：

東土大侯伯殿下，伏惟周王失德，百姓艱危，是以楚人詐舟，皆有吞併之意，達等不揣慵弱，發兵攻周，侯伯能借一旅之師，反周助我，他日削平列國，敬尊侯伯爲王，可不美哉。只此冒請，乞惟電鑒不宣。

徐子讀罷，大罵曰：「逆虜無知，吾乃大國王臣，奉命討賊，豈肯背主而助汝反哉。」遂命斬卻來使，下令命長子伯謨出馬交鋒。伯謨青年勇猛，得令遂身披重鎧，頭戴兜鍪，舞動畫戟，駕起烏騅，領本部二萬精兵，殺向門旗外，罵曰：「臊羯狗，何不出馬打話？」只見夷陣上突出一員大將喝罵：「乳臭孺子，汝識吾否，吾乃東夷寨主徐哈達也。」伯謨更不打話，拍馬直奔夷陣。二馬相交，鬥上二十餘合，哈達挽弓搭箭，望伯謨左眼射一箭，早被伯謨躲過，將雙刀便砍，哈達力不能敵，望本陣而逃。伯謨連鞭坐馬來趕，哈達坐下八駿，乃是日行千里之神馬，卻差十餘里之地矣。而東兵鳴金收軍，伯謨回營，告父曰：「正好廝殺，何早鳴金收軍？」徐子曰：「胡人弩勁箭強，我在高山望見虜營弓弩如林，恐我兒不識兵法，有誤大事，故令收軍。」伯謨曰：「哈達之馬往來快捷如風，進則直馳難敵，退則快捷難追，我父必須用一奇計，方可除之。」徐子遂令將卒，於兩河沙岸上開陷馬坑，各深數丈，將蘆葦青草復鋪其上，四面盡伏壯士，各執鈎刀短劍，以備斬馬拿人。諸將得令，漏夜裝成。

次日，伯謨挑戰，哈達果引各寨夷長，打扮前來，伯謨曰：「昨日放了汝等，今日又敢與吾交鋒乎？」哈達見伯謨孤出，與麻里光吉、呵嗒令公三馬齊殺奔東陣。伯謨鬥不五合，佯作刀法荒亂之態，望西河兩岸而走，三馬一齊趕上。只有哈達之馬先追，伯謨勒轉轠繩，又抵數合，將至河口，忽然一聲，如雷震地，哈達連人帶馬墮落坑中，諸壯士四面守住，將鈎刀拿起哈達，縛解本寨，其馬亦被收去。麻里光吉與呵嗒令公見哈達被陷，便欲抽兵，忽見山坡後喊聲大振，擁出一員大將，横鎗直馬，振鎧揚眉，乃是東土侯徐子，領大軍攔住歸路。二人盡力殺出，東兵追之不及。收軍入營，壯士解哈達來見。徐子問曰：「周天子有何負你，汝敢發兵叛國？」令推斬之。哈達再三哀求：「赦小夷殘生，再不敢舉兵犯境。」徐子曰：「天子詔我伐夷，若獲賊而放，是我之罪也。」令斬其首級解京請功。忽聽得哨馬回報說：「麻里光吉及呵嗒令公敗兵走向王城，卻被主帥李造父悉擒之，餘兵盡招撫矣。」徐子聞知，收軍具表，將哈達八駿馬及十萬降卒盡帶赴京奏聞。

穆王升殿與群臣正議之間，忽近臣奏：「大將李造父得勝回朝。」王令宣入，造父於殿下，王曰：「將軍汗馬功勞，正不知東夷之事如何？」造父奏曰：「賴陛下洪福，東夷卻被東土徐子殺得窮蹙，前來只有二寨主麻里光吉、呵嗒令公，被臣悉擒斬之，招撫降卒三萬，旗甲器械，盡封歸朝。」穆王大喜，近臣又奏：「東方諸侯有表到。」王讀表曰：

具表臣東方嬴徐子，誠惶誠恐，稽首頓首，再拜表聞，伏惟聖人御極，必憑法以收功；天子驅戎，亦爰兵而率服。自商德頹綱，周奉天命，王世已經六葉，國祚已過百餘，海宇清寧，華夷安堵。蕞爾荒夷，蠢茲小虜，逆天動無名之師，叛國生亂華之念。王赫斯怒，下詔驅戎。東兵直抵西河，哈嗟授首，王師安屯城下，各寨銷魂。振數萬之貔貅，操九群之騾羯，餘黨盡降，隻輪不轉。今招到降卒十萬，神駒一匹，輜重器甲盡封，隨表來朝，軍糧馬草，悉車載貢上。臣兵札於西河，俟聖旨以行。移短表奏於北闕，候玉音而處決。臣不勝忻忭之至，奉表以聞。

穆王覽罷，龍顏大悅，文武百官皆具表稱賀。王令設宴，以勞來使及賞群臣。即傳旨差使臣賫詔於西河界口，賜東土諸侯嬴徐子白旗黃鉞玉劍彤弓，得專征伐，金錢五十萬，縉彩帛二十餘車，犒勞三軍，令彼免朝歸國，以俟宣調，使臣賫詔去訖，文武皆退。王獨留造父問曰：「吾聞徐子進東夷八駿之馬，日行千里，朕欲試之，子可爲朕之御？」造父遂與御。王乘八駿，遊於上林苑中，果然快捷如飛。一息數里，一時間從上林苑轉至九華山下，將三十餘里。王大喜，停驂歸朝。

次日，問群臣曰：「朕得八駿神駒，一息千里，朕欲周遊天下，窮極名山仙跡，誰人爲引？」有司徒祭公諫曰：「不可，王不离寞。當今方削東夷，尚有楚仇未復，王若一出，天下刀兵亂起，社稷誠恐難保。」王怒曰：「朕以萬乘之尊，際此清平，欲遊天下，有何不可，何故多言。」下令：「自今有再諫者，滅族。」遂出榜於朝門外：「有能引天子之車，遊遍天下名山仙跡者，重加封賞。」

時有道士揭榜文，指揮擁道士入奏。王宣道士至殿下，問曰：「汝何人也，敢揭朕榜？」道士對曰：「臣西極國人也。自幼學修煉之術，名爲化人。」王曰：「汝能識盡天下名山仙跡否？」化人對曰：「臣幼朝出昆侖，暮遊閬苑，十洲三島，足跡無所不遍。任陛下聖意，欲往何方，臣敢引駕。」穆王大悅，遂封化人爲引駕大真君，封造父爲護駕大將軍，安排大輅，即日出宮西遊。

車騎摇摇，遂陟昆侖之頂。王問化人曰：「此何處也？」化人對曰：「此西昆侖山，乃泰岳之宗，天下高山大障，皆發於此。此固天下第一名山也。」王曰：「吾聞昆侖山近西王母所居，朕欲見之，可乎？」化人遂引王駕，渡赤水，升瑶池，見其宮室嵯峨，其額匾曰：「王母瑶池之所。」化人曰：「此即西王母所居之宮，王姑俟少時，小臣先進見王母。」化人先入宮，有青衣仙女數十人，引化人來見，王母曰：「來者何人？」化人曰：「中國周天子之使也。天子欲遊仙宮，遣臣前來報知。」王母遂引數十青衣，駕白雲仙輦，飄然而出，奇香光彩熒熒。須臾，王母下輦，前來見駕曰：「王辱幸敝宮，請王遊玩。」穆王乃下馬徒步，隨王母入宮，請賓主而坐，穆王再三辭位。王母曰：「陛下固中國萬民之主，此座何辭。」穆王乃就座。須臾，青衣進茶，其奇香異茗，皆非人間所有。茶畢，王母命張席以宴周王。酒至數巡，王母謂青衣仙女曰：「難得周天子駕至於此，汝輩按舞，我歌數章，以盡天子之歡。」青衣得旨，十數輩飄飄然按舞於筵前。王母乃自歌云：

昆山高兮赤水茫茫，瑶池萬里兮鸞駕鏘鏘。
殷勤獻緑醑清兮各請盡觴。

穆王大醉，見其宮殿稀奇，山明水秀，樂而忘返，遂傳旨令造父停驂於宮外，朝夕只與西王母遊玩。唐人胡曾有詩爲證云：

阿母瑶池宴穆王，九天仙樂送瑶漿。

漫誇八駿奔如電，歸到人間國已亡。

又皇明東屏先生有詩云：

龍驤八駿御長驅，識者深爲時事悲。

脱乏祭公謀父諫，蒼姬寶曆屬徐夷。

話分兩頭，卻説東方諸侯嬴徐子，得賜白旄黄鉞，以專征伐，歸本國，又聞穆王西遊不返。一日與其子徐伯謨議曰：「周王無道，耽於遊戲，不理朝綱，今天下諸侯，獨俺得專征伐，乘此周國無主，吾欲稱王號帝，打入鎬京，則天下反掌矣。」伯謨甚以爲然，遂聚集群下，自號爲偃王。即時興發精兵十萬，望鎬京而進。近東土小邦諸侯三十六國，皆截其朝周之路。

楚人大戰麒麟谷

東方三十六國盡被偃王攔阻，不能朝周。而穆王在瑤池飲宴喧歌，並無歸朝之意。有從駕司徒祭公，連上數道表章，穆王始令整駕，下於昆侖山下。京師守臣大司寇呂刑羽書報於駕前，言：「反了東土諸侯嬴徐子，望王速回車駕，商議戰守之道。」穆王聞之大驚，問於群臣。司徒祭公奏曰：「昔者王舍楚人之仇不報而西遊，今東土徐子若反，王宜出詔，差使臣往楚謂其兵東伐，使其兩國交戰，必有一失，此漁人收鷸蚌之計也。」王準其奏。一邊差使臣賫詔往楚國調兵，一邊令造父爲御，長驅轉朝。

使臣來到郢州，楚侯熊孟甫，乃是熊廉之子，接了聖旨，款待使臣。使臣曰：「前者汝父進膠舟，陷昭王，天子累欲興兵，前來征汝，群臣每諫，始緩數年。今東土嬴徐子，僭王謀反，王調楚國之兵東伐徐子，如若滅得徐子而歸，將功折罪，重加升賞。今東兵已離青州，你若稽遲，反誤大事，恐天子加罪不便。」楚侯聞說，送使臣出城。遂令車騎將軍姚文龍爲前部先鋒，長子熊叔茂爲第二隊，自率大軍五萬，殺奔湖口，東抵狼子山，與東兵相對下寨，約定次日交兵。

卻說偃王在帳中聞楚兵屯於狼子山，謂伯謨曰：「熊孟甫此來何故？」伯謨曰：「父王不記前歲調我兵以征九夷之事乎。此必周王所調與我戰也。」偃王曰：「然則此事何如？」伯謨曰：「楚人兵勢甚鋭，不可交鋒，父王可修書一封，挾以周王欲報膠舟之仇，詐約合兵破周室，共分天下之事，彼必從之。」偃王大喜，遂作書以貽楚侯。楚侯接書覽罷，笑曰：「吾豈癡愫者哉，助汝爲反耶。」遂裂書於地，大駡來使。約次日以決勝負，使者失色而退。歸報偃王，偃王大怒，命伯謨引兵迎敵，自率大軍繼後。伯謨裝扮出陣，大駡叫：「楚兵誰敢出陣？」道猶未了，只見楚兵陣上，門旗雙閃，搶出一員青年美將，齒白唇紅，眉清目秀，頭戴三尖勇字嵌金盔，身披兩摺玲瓏鎖子甲，蓋一領紅豔豔血染緑紗袍，横一柄光炳炳冲斗龍泉劍，左掛豹筋弓，右插狼牙箭，風卷出繡旗。

伯謨舉頭視之，乃楚公子熊叔茂也。「汝來者是何人？」「吾乃東偃王之子嬴伯謨是也。」叔茂曰：「周天子賜汝父白旗黄鉞，有何負汝，今乃僭王叛國而犯上，是何道理。」伯謨曰：「當今天子失德，縱遊無度，吾父興救民之兵，前來取周天下，汝等不識天道，何敢多言。」叔茂聽罷，發聲大駡：「反賊，休走。」輪刀直取伯謨，伯謨横鎗便刺，二馬交馳，往來鬥上五十餘合，不分勝敗。一個抖擻神威卻似五丁猛將，一個揚眉怒目渾如六甲天神。再戰再合，一遮一攔，二人又鬥三十餘合，又無勝敗。陣雲落日，兩軍各回本寨。

楚侯孟甫謂其子曰：「東兵陣上好一員青年將軍，卻是何人？」叔茂曰：「那青年將家原是偃王之子，昔日在河界上獨占東方九夷，徐伯謨是也。」楚侯曰：「東兵有此猛將，何時破得？」有謀士李光祚進曰：「我獻一計，此人一鼓而擒之。」楚侯問：「其計何如？」光祚曰：「伯謨慣戰之將，謀計難行於陣上，我觀離彭城之地三十餘里，有地名號麒麟谷口，其處茂林叢雜，峻嶺崎嶇，可令五千勁弩手，裝起箭臺，伏於茂林深處，我軍詐稱糧盡班師。伯謨必從後追，但以鴿哨爲號，四下弓弩亂動，定教此人死於亂箭之下。」楚侯大喜，傳令選五千勁弩手，伏於彭城地甬麒麟谷口，約次日班師，諸將受計而行。

哨馬入寨報於偃王，王聞知楚兵拔寨班師而回。偃王曰：「楚兵遠來，不數日即班師而歸，不是糧盡，必有詭詐。」伯謨進曰：「楚人與我連戰幾陣，鋭氣已挫，故稱糧盡班師，如有詭計，不施於交鋒所在，卻又施於班師乎。望父王與我精兵數萬，趕上楚兵，必斬楚侯父子之首，前來建功。」偃王笑曰：「我兒汝勇有餘而智不足，豈不聞兵法云，寧接速進，不追緩退。楚人必行詭計，我兒不可輕進以陷其計也。」伯謨曰：「料其材鄙，楚人焉知此計。父王不必多疑。」偃王見伯謨請之不已，只得點兵三萬與之西追，分付伯謨仔細，以察虛實，自率大軍在後，以爲接應。喊聲大振，直奔彭城西北趕來。楚兵掩旗息鼓，緩緩而退，東兵趕至麒麟谷口，前部副將告伯謨曰：「前去僻路崎嶇，樹林陰密，恐有埋伏，不可進兵。」伯謨大怒，叱曰：「楚兵止隔一望之地，有何疑哉。」催軍趕上東兵，遂入谷口三五里，忽聞鴿哨騰空，四下弓弩齊作，箭如雨下，伯謨正欲抽兵，谷口險峻，早被楚將姚文龍截住歸路，伯謨與部下精兵盡帶箭死於谷口，不知其數。後人有詩歎云：

東土堂堂大丈夫，九夷獨戰世間無。
可憐身死麒麟谷，千古令人歎伯謨。

偃王知前兵盡陷於麒麟谷内，在馬上大叫一聲：「孺子不聽我言，果中楚人圈套。」口吐鮮血，翻身落於馬下。左右急扶上馬走回。忽聽喊聲大震，一擁軍馬從東南角上殺出。偃王見是楚公子熊叔茂，唬得魂飛膽喪，勒馬望彭城而逃。叔茂趕至城下，亂殺一陣，東兵十喪八九，屍横遍野，血滚溝河。偃王大敗，引殘兵入城，堅閉不出，憂憤成疾，連日嘔血不止。不知性命何如？

周穆王趙城托孤

楚兵日夜攻城，偃王在城内憂憤成疾，又聞攻城將陷，遂嘔血而死。彭城守臣，開門迎接楚兵入城。楚侯傳令，斬偃王父子首級，差人送京，軍馬一面班師，安諭百姓，秋毫無犯，百姓大悦。楚使賫偃王父子首級到京，入朝呈上首級及表文上奏。穆王大喜，傳旨差使臣往楚國赦楚侯前罪，更賜金帛，賞勞三軍。

穆王乘東方初平，得降兵十萬人，〔一〕有征伐四方之志，問群臣曰：「朕聞犬戎所居長沙，其地多出珍禽異獸，此數年以來並不來貢，朕欲親率大軍征之，卿等何如？」司徒祭公諫曰：「不可。先王耀德不觀兵，陛下前者不聽臣等之諫，西遊昆侖山水，遂致東土諸侯僭王作反。今賴諸將掃蕩，東方初平，便欲驅瘡痍之卒，遠征夷狄，臣切以爲不可。」穆王怒曰：「犬戎數年絶我中國之貢，無端太甚，今若不征，恐四夷相攻，那時悔之何及。群臣敢有再諫者，斬首示衆。」王發師二十萬，以李造父爲先鋒，望長沙而進。

卻説犬戎乃黄帝之後，七代玄孫名犬者，其人生得人身犬面，不食五穀，惟打獵取諸禽獸而食之，身衣獸皮，驍勇絶倫，世居長沙武陵洞，號爲昆夷。犬戎至穆王時，族類繁多，聞王師將至，犬戎將白狼四牽，

〔一〕「得降兵十萬人」，余象斗刊本作「十萬人又得降兵」，據龔紹山刊本改。

白鹿四牽，其麞豝獸皮各十數車，前至河口見駕。穆王見犬戎之物大喜，問群臣曰：「犬戎奉法前來進貢稱降，卿等以爲受之班師耶，必欲驅兵前去剿除其類乎？」祭公進曰：「王師壓境，正欲征其不貢之罪，今犬戎奉法致物進貢，便爲順服，何故必欲剿除其類。王若卻其貢而滅其類，恐絕四夷來貢之心。受其物，赦其罪，班師回朝。」王大悅，回至趙城，得病將崩，宣司徒祭公托孤，封李造父爲趙城侯其後子孫至春秋之世，有名趙夙者，事晉獻公，後又數世，至趙獻子生列侯，周威王封其爲侯國，號趙，遂崩。在位五十五年，太子繄扈在朝，聞王喪至，與群臣大哭。是日遂登天子之位，號爲共王共音恭。

密康公因色亡國

共王即位，文武協心，諸侯來朝，天下太平無事。時密國有百姓莫繼先，家有一女，年方十七歲，未及適人。一日，在花園内賞花，見桃花一孕三蕊，女子異之，折歸以戴，是夕遂有孕。至次年乃一胎生養下三女，其父繼先怪之，令家人將此三女孩棄於涇水之上。有漁家夜聞小兒哭聲甚衆，艤舟救起育之，年至十五，三女一般儀容嬌媚，通盡歌舞繡工。一日，密康公見其姿容妖麗，遂令護駕將軍周鳳祥將漁舟攬向岸傍，捉漁翁前來見。康公問：「舟上三女子誰人也？」漁翁對曰：「小漁家之女也。」公令引來見孤。三女齊向前跪下，公見其三人體態極妍，儀容無異，曰：「孤欲帶你三女入宮，汝心何如？」漁翁叩頭曰：「公侯若不相棄微賤，願奉以備灑掃。」康公大悅，令取金帛以賞漁翁，遂載三女將入宮門。康公之母聞其説，引衆女嬪往宮門外拒之曰：「吾聞獸三爲群，人三爲衆，女三爲粲（粲是美物也）。汝小邦德微，不能享用，速令車馬將此三女子貢獻於周王，請功受賞，其福較長。」康公不從，遂引三女入宮朝夕作樂，不理國政。

一日，共王升殿，大小諸侯盡來朝賀，止有密康公不至。王問群臣曰：「今率土之濱，莫非王臣，今朕承先王餘業，而即天子之位，數年之間，各國諸侯不分大小，皆來朝賀，密侯有何緣故，俱不來貢？」趙侯李造父奏曰：「密侯失朝，有慢中國，王宜出巡狩，問其失朝之罪。然後可以鎮服諸侯。」共王依奏，令排鑾駕，即日離京西遊，至平涼，屯於涇水之上。

時康公與三女，朝夕在宮中飲宴，煩刑重斂，百姓不勝愁怨。聞天子駕至平涼，牽老負幼，相率至平涼訴於天子。近臣引入，王問曰：「汝等百姓，何國之民？」百姓曰：「小人密國之民，因密侯耽三女之色，苦萬民之命，全不勸課農業，只要煩刑重斂。民不堪命，是以冒死前來投告饑寒。」共王聞奏，大怒曰：「此妨民之賊，怎做得一國之主。」喝退一起流民，命趙侯李造父率三千鐵甲兵，直至密城，活捉密康公與此三女子。

時康公正與三女子作樂於後宮，聞天子鐵甲兵至，倉卒無措，李造父領兵打入宮殿，密侯走出於西宮簾下，造父活捉綁縛，又令甲兵搜三女子，同解至涇上見共王。共王問密侯曰：「汝妨民之賊，上欺朝廷，絶失數年之貢，下虐百姓，殘害幾多生靈，内淫三女之色，外廢四方之事，合該何罪？」密侯低頭無語，只叫乞留性命。共王傳旨，令斬了密侯，監卻三女歸朝處決。群臣奏曰：「不可。密侯喪國正爲三女之色，合將此三女子與密侯同斬於市，以誡將來，何爲獨斬密侯卻留三女歸朝。」王準群臣之奏，令押三女及密侯共斬於市，百姓鼓舞。東屏先生有詩云：

家國之綱忌女戎，女戎自伐笑康公。
貪歡粲聚違慈訓，禍慘身家一歲中。

群臣又奏曰：「臣等聞密侯之母賢而有智，密侯初得三女之時，其母曾誡以貢王，密侯不聽，乃至今日，王宜褒封，以詔後人。」共王傳旨，滅了密國，將山河圖輿、庫寶藏物，悉載入京，只存密侯之母，封爲密國夫人。鑾駕歸朝，大排御筵，以宴群臣。是年春二月王崩，在位一十二年，壽年八十四歲。群臣奉太子囏即位，是爲懿王，王在位二十五年，天下太平無事，壽五十而崩。群臣奉御弟辟方即位，是爲孝王。

嬴非子牧馬受封

孝王升殿，問群臣曰：「朕承先王餘緒，國家帑藏，不知充盈否耶？」太僕卿唐夢騮奏曰：「國家瓊林御庫器械衣甲帑藏俱各充盈，惟馬廄之中，數年以來，先王累出征討，今將空乏，乞陛下別選善養馬者，主其馬廄，調養蕃息，庶幾以備教用。」王曰：「馬政，國家大事，誰能任其調養？」夢騮奏曰：「臣聞大丘縣有民姓嬴名非子者，善能養馬，陛下不必宣入朝，只給牝馬三千匹，令調養於汧渭之下數年，馬若蕃息，然後宣入朝廷，以備應用。」王準其奏，差使臣賫詔往大丘縣，取嬴非子。

大丘縣守臣接得聖旨，拘得嬴非子到公廳，謂之曰：「朝廷有旨，着汝掌馬廄，給汝牝馬三千，調養於汧渭界上。候待馬若蕃息，然後宣汝入朝。」非子得旨，當官給出三千牝馬，直奔汧渭界口。伐茅架廠，積草屯糧，朝夕調護。汧渭界近西戎，西戎產馬最盛，非子往來界上，見西戎小卒，每日驅馬在汧渭河中飲浴，非子心生一計。着令左右，次日驅牝馬一千餘匹，浴於汧渭河中，將牝馬一千餘匹盡系於綠楊岸口，欲騙西戎之馬。西戎果驅良馬二千餘匹浴於上流，本廠牝馬浴於下流，見岸上牝馬不下河中，牡馬嘶鳴不已，上流西戎之馬，聞下流馬聲亂鳴，盡奔下流同浴，見岸上牝馬嘶鳴，河中眾馬一齊上綠楊岸口，戎卒不能濟渡，卻被本廠士卒不分華夷之馬，盡行驅入渭城。不數年間，馬大蕃息，得萬餘匹。非子驅入京師，來見孝王。孝王聞奏大喜，以秦地非子即秦穆公之始祖也封非子爲附庸附庸小國，附政事於大國諸侯，以通天子也。轉升唐夢騮爲大司徒。是歲冬王崩，在位一十五年，壽六十五歲。群臣唐夢騮等奉太子燮即位，是爲夷王。

十丈臺李巫監謗

夷王即位，楚衛二侯不朝，雖在朝者，驕傲無禮，王乃降階以接諸侯。虢公諫曰：「禮別尊卑，我王不宜降階而接諸侯，失卻君臣之禮。」王始升丹墀就御座，問曰：「楚熊渠、衛頃公二國諸侯，何爲不至？」虢公奏曰：「臣聞南楚熊渠甚得江夏民心，今已僭稱楚王，衛頃公挾大邦兵甲吞併邶鄘二國，皆叛王室，爲罪甚大，王請發兵征討之，以誡眾侯。」夷王然之。正欲傳聖旨起兵伐楚、衛。忽近臣奏曰：「太原虜金刀四大王，部領戎兵十萬，反至俞泉。」夷王聞奏大驚，曰：「諸侯有楚、衛之患，夷虜有太原之兵，教朕若何區處。」遂憂成疾而崩，在位十六年，壽年六十。遺詔命司寇虢公、司空虢仲立太子胡即位，是爲厲王。

厲王爲人暴虐，耽淫酒色，罷征楚、衛之兵，謂榮夷公曰：「朕欲征討楚、衛二邦，而國家財用不足，何以處之？」夷公奏曰：「當今諸侯失貢，國家財用不足，依臣愚見，必須將畿内之民，無分老幼，皆要成丁，每丁歲出賦錢十緡，不出數年，國家庫藏盡盈，然後可以養兵征討。」厲王大喜。大夫芮良諫曰：「不可利者，爲民之命，今國家重斂以取民利，民不堪命，國必耗亡。」王不聽，遂用榮夷公，以主其任，百姓怨謗，作詩以刺時政。王怒，使榮夷公率兵收怨謗之民，斬之。榮夷公曰：「萬民眾口，何可盡殺之。臣聞衛國有李巫者，善咒水之術，能知人間之事。王請宣李巫來朝，以監國人之謗者殺之，無謗者赦之，則百姓怨謗息。」王差使臣，往衛取得李巫至。王曰：「朕欲監國人之謗，汝有何術知之？」李巫對曰：「王欲監國人之謗，要在宮中築十丈高壇，用縛草人於四方，各執明鏡一面，臣用淨水噴此四人行法，七日然後國人之謗可盡知之。」王大喜，命後宮築十丈高壇，依法而行，李巫升壇，跣足披頭，口含清水，在壇上作法念咒，經七日下壇。奏王曰：「城中四方，怨謗之男女共有二萬五千餘人，各具姓名以上。」王大喜，遂傳旨錄謗人姓名於朝門外，令榮夷公率各城兵馬，將男女二萬五千餘人，盡戮於市。國人自是側目相視，口雖不敢出言，心下含怨。王喜謂召公召公六世孫也曰：「朕能弭謗矣。」召公奏曰：「此非能弭民之謗，乃障民之口也。夫民慮之於心，而宣之於口，成而行之，胡可壅也。今王塞下民之言，而逐上之過，臣恐百姓不敢言，而王爲過益深，社稷危矣。」

王不聽，日在宮中耽淫酒色，不理朝綱。使榮夷公重斂民財，百姓又不敢怨，乃相率操戈挺劍爲亂，王不知其由，出獵於北門，榮夷公爲御。城中百姓喧噪訕於北門，王命榮夷公捉之。榮夷公未動刀處，百姓先將夷公殺於馬下，爭前來刺厲王，即走歸朝，六街百姓遮擁來殺，不能前進，乃望彘而走。後人有詩爲證：

古云國本是良民，周厲昏庸枉殺生。
一旦蕭牆災禍起，不知身死霍州城。

召公穆、周公和聞城中百姓作亂，二公乃率衛林軍出朝救駕。百姓跪拜朝門外，號泣震天。二公見百姓跪拜號泣，札住將卒，令勿動刀兵，問百姓緣由，百姓咸訴曰：「天子無道，既重斂民財，使我父母凍餓，兄弟妻子離散，少出怨言，則信誣妄無辜之民二萬五千餘人，是以民不堪命，見王出遊，我等擊之，以泄其怨。望宰公放活以救民生。」二公自相謂曰：「欲問其逐君之罪，恐生異變，但撫慰之。」曰：「汝等歸家，我迎還聖駕，奏天子，赦汝之罪，改彼之過，何如？」百姓咸號泣曰：「如天子轉朝，我等必盡受誅，不如冒死生變。」二公只得回轉朝。時太子年幼，二公相與共和朝政。厲王竟死於彘，在位三十七年，二子奉太子靜即位，是爲宣王。

尹吉甫大征玁狁

宣王爲人，慈愛恭儉，又有周公和、召公穆、仲山甫，武有申伯、尹吉甫、方叔，兩斑賢相在朝輔弼，減賦稅，除苛法，以修文武成康之德。百姓安堵，諸侯復朝，王問文武曰：「胡夷亂華，不可不戒，今北有玁狁北狄之虜擾民，南有荊蠻作亂，朕欲伐兵以討南北二夷，卿等何如？」左司馬仲山甫諫曰：「先王之制，冬夏不興師，恐妨民也。今二夷雖當征討，奈時當季夏禾苗發秀之時，不可興兵，以殘稼穡，使民冬成失望，姑俟冬下起兵可也。」王不聽，傳旨命尹吉甫率兵十五萬，方叔副之。先征玁狁，然後乘得勝之兵，以討荊蠻。二臣領旨出朝。次日升帳，傳令曰：「玁狁狼暴，宜速進兵，若待秋高馬肥，弓強弩勁，難以挫其鋭氣。」令方叔爲先鋒，直奔陽曲而進。

時玁狁戎兵十六萬，屯於陽曲。聞王師至，其主將東寨酋長，問於三寨酋長曰：「尹吉甫遠來，將士勞苦，不待安寨，發精兵挫其前鋒，則十五萬兵，片甲無歸，此兵法以逸待勞之勢也。」西寨酋長曰：「不可。吾所倚者，弓馬而已。今當盛暑，馬瘦弓遲，交鋒恐有不利。」東寨主不聽，大發四寨之兵，來攻周營。哨馬馳報於吉甫。吉甫笑曰：「彼謂我遠來，將士勞苦，利於速戰，故用以逸攻勞之計。」即傳令命方叔本部精兵，屯於陽曲城西，我自率大軍，屯於陽曲城南，兩陣爲犄角之勢。又令各部分步卒五千，每人用員牌一扇，札馬刀一把，斬其馬足，抵其弓箭，只許進前，務令活捉玁狁四酋長。諸將得令，依計而行。

次日，玁狁果望陽曲大寨殺來，城西突出方叔，城南突出尹吉甫，兩兵夾攻，玁狁勢窮，令弓弩大發，箭如雨下。吉甫將剛刀在馬上一麾，兩陣步卒將員牌滾入夷陣，用札馬劍亂斫夷兵馬蹶，箭盡，自相蹂踐，死者不計其數。吉甫大喊曰：「休教走了四酋長。」四酋長領殘兵北走，西兵追至太原，奪其器械衣甲，收軍班師。方叔告吉甫曰：「玁狁勢窮氣奪，正好追及斬首，以建大功，何故收軍班師？」吉甫曰：「吾聞先王之御夷狄，來則伐之，去則舍之。今玁狁折軍北走，不爲中國之患足矣。何必追及斬首哉。」方叔大喜，遂傳令班師。

大軍回至京師，吉甫、方叔上表，宣王聞奏大喜，宣入二臣，親勞之曰：「國家多難，賴二將軍膂力以靖邊寇，多多勞苦。」設宴以待二臣。宴罷，吉甫又奏曰：「臣聞功者難成而易敗，時者難得而易失。今北狄雖破，荊蠻未除，王請乘得勝之兵，掃遐荒之虜，彼聞天兵破北而南征，則不攻自伏矣。」宣王大喜，犒勞三軍，復命吉甫、方叔，次日率兵伐荊蠻。

聖旨未出，近臣奏：「荊南蠻王差來使者，聞天兵破北狄，敬貢黃金十萬兩，錦段十五車，與王勞軍。又貢明珠一斗，玉帶五條，以贖失朝之罪。」王問群臣曰：「荊王無端數歲以來，絕我朝貢，今聞作亂，擾我南方之民，正欲發兵問罪，差臣奉貢，卿等議論受貢發兵之道何如？」左班周公和、召公穆奏曰：「臣聞中國之待夷狄，順則以德懷之，逆則以兵討之。今荊蠻知罪，前來奉貢，王當受其貢物，差使前去，諭其利害，許其自新可也。」王準其奏，待其來使，差使者赦荊蠻王之罪。畢竟如何？

姜后脫簪諫王

當時，天下太平，宣王遂有廢怠之志，朝夕與姜皇后在宮中飲宴，日高未起，百官在午門外待漏者，至午不開朝門。一日，王與姜皇后在宮中飲宴，百官連上諫章十道。其表曰：

具表臣召穆、臣尹吉甫等，誠惶誠恐，死罪再拜表上。臣聞聖主推仁，必乾乾終日；明王布德，乃兀兀窮年。是故，周公作無逸之詩，國基隆盛；成湯銘盤盂之訓，德行日新。恭惟陛下，稟聖明之德，纘文武之餘緒，續成康之胤祚，正際國步多艱，胡夷紛擾，賴陛下聖神文武，將士膂力謀謨。一征而玁狁遁逃，再舉而荊蠻奉貢。四方初靜，南北粗安，正陛下憂勤惕勵之秋，夙興夜寐之日。夫何戈甲未韜，晏安遽起，日斜方朝，非明王聽治之候，酒酣未出，豈聖主決機之時。此非陛下不克始終，皆由內宮多亂，臺諫失言。臣等不揣殘生，冒死而進，伏望陛下從諫如轉圜，恢復中興之盛業。受言如海納，拓固綿遠之鴻基。俾名追太古，國祚無疆，則社稷生民幸甚。臣等不勝戰慄之至，奉表奏聞。

宣王覽罷，投表於地，大怒而起。姜后見王變色而起，令嬪妃取表讀之，歎曰：「此非王之過，皆妾之罪也。」乃脫簪珥，卸衣裳，待罪跪於王前。王問曰：「卿何如脫簪卸衣而跪？」姜后叩頭曰：「陛下樂色而忘德，失禮而晏起，禍亂之興，皆由於妾。今卿大夫與國人不咎於妾，而歸罪於王，實妾所致也。願賜妾死，以理國政，幸甚，幸甚。」王曰：「此寡人之罪，非卿之過。」令嬪妃扶起姜后。

次日，侵早出朝聽政，文武百官皆大歡喜，上表稱賀。皇明東屏先生《詠史詩》云：

周道中興威赫然，萬邦齊頌一人天。

閨闈待罪脱簪夜，姜后賢名萬古傳。

時京城兒童不拘長幼，至晚皆拍手傳頌謡言歌數句於市上，其謡言歌曰：

月將升，日將没，檿弧箕服，實亡周國。

盧妃懷孕十八年

宣王出朝治政，近臣奏：「畿内兒童誦謠言四句，鼓舞於六街三市之中，兵馬司録其歌以聞。」王覽其歌曰：「檿弧箕服，實亡周國。」王大驚，問群臣曰：「此事主何吉凶？」左宗伯召公奏曰：「檿是山桑木名，可以爲弓。箕草名，可結之以爲箭袋。據臣愚見，國家後有弓箭之禍。」王曰：「若此，盡誅京師作弓箭之人，盡焚庫内之弧矢，何如？」太史令伯陽父奏曰：「臣觀天象，其兆落在陛下宫中，非干弓箭之事，必主後世有女主亂國之禍。况謡言曰月將升，日將没，日者，人君之象，將没不祥。月者，太陰之象，言升，女主得政亂國明矣。陛下豈可妄殺無辜之民而焚軍旅之器哉。」王宣姜皇后出朝，問其宫中嬪妃有誰怪異，姜后奏曰：「宫妃並無怪異，惟先王宫内一嬪妃盧氏，年方二十四歲，懷孕一十八年，至是方生一女。」王曰：「此誠異事。」傳旨宣盧氏問其故。盧氏到殿對曰：「妾聞夏桀王時，褒城有神人，化爲二龍，以降王庭，謂桀王曰，吾乃褒城二君，桀王恐懼，殺其二龍，留其漦以藏櫝中，自殷朝歷六百四十四年，年傳世二十八王，皆不敢發其櫝而視之。至先王謂厲王末年始開櫝，則龍漦横流於王庭，化爲玄黿，妾時年始有七歲，因踐黿跡遂有孕，至前夕方養一女兒。」王曰：「此女兒必怪物。」令抱出視之。

盧氏曰：「妾疑其爲怪物。是夕，命本宫火者，將此女孩棄於皇城御溝中浸死矣。」王曰：「此非爾之罪，皆先王所貽之禍。」喝退盧氏，又謂太史伯陽父曰：「此女孩已死，卿試占之，以觀妖氣消滅何如。」伯陽父占曰：「妖氣雖然出宮，然未常除也。」王傳旨，令各城兵馬司，帶領軍卒巡綽皇城御溝内外，但有所棄嬰孩在道路及溝中者，悉取而斬之。又出榜文，掛於各城門外，不拘官民軍匠諸色人等，但有收得御溝之嬰孩者賞，隱匿而不首者，滿門處死。

卻説西城兵馬巡至西長安街尾，見一男子負山桑木弓，一女子負箕草織成箭袋，賣於街上。兵馬司看見，心下思量曰：「前朝廷大臣斷謡言歌，乃是山桑木弓箕草之袋，今日見此二人，必應其事。太史令言日後有女人爲禍，況今又奉旨巡綽，只令搜捉女兒，此男子想不干事，乃放其男子歸去，捉此女子及所賣弓箭來見天子。」那男子得解其禍，亦不救其妻，抱頭便走，走至城外十里途中，聞深林中群鳥喧噪，亦有嬰兒啼哭之聲。此人奔林中覷之，乃百鳥覆倒一女嬰兒在青草上，其規模十分壯大。此人自思曰：「我妻被朝廷捉去，決無性命歸家，抱此女孩歸家，撫育成人，亦有所望。」乃趕去群鳥，抱此嬰兒，直奔褒城，逃難而去。

卻説西城兵馬，將此女人及弓箭，前來見宣王。王自想：「占者是此婦定矣。」令推出斬之，賞其兵馬。是歲秋七月，宣王有疾，宣左司寇尹吉甫、大宗伯召公穆托孤。王崩，在位四十六年。二臣受遺詔，奉太子宫涅即位，是爲幽王。幽王爲人暴戾寡恩，動静無常。召公、吉甫盡死，惟甫之子尹球、虢公、祭公三人在朝，皆讒邪欺君，以致喪國。幽王即位，拜尹球爲大夫，虢石父爲上卿，祭公爲司徒，大宴群臣。忽三川守臣有表到，言其地皆震。幽王笑曰：「山崩地震皆是常事，何必動表告朕。」遂退朝。太史令伯陽父執趙叔帶手，語曰：「昔者伊洛竭而夏亡，河竭而商亡，今周若二代之季矣。」叔帶駭然曰：「何以見之？」伯陽父曰：「源塞必川竭，川竭必山崩，山崩乃基土傾頹之兆，吾知周室天下，不出二十年當亡矣。」叔帶謂伯陽父曰：「天子不恤國政，我職居言路，必盡臣節以諫之可也。」

幽王舉火戲褒姒

是歲冬，三川又竭，岐山復崩，趙叔帶上表諫曰：「山崩地震，國家不祥之兆，望陛下憂恤下民，廣開賢路，以弭天變，庶幾社稷無危。」虢石父奏曰：「山崩地震，誠陛下所謂天道之常，有何不祥之兆。趙叔帶乃迂生，不達天道，望陛下詳之。」幽王聽石父之奏，罷叔帶之官，貶歸田里。叔帶罷官，往晉國後爲趙衰之祖是也，右諫議大夫褒姁諫曰：「不可罷叔帶之官，恐塞諫諍之路。」幽王大怒，令囚褒姁於獄中。自是無敢諫之臣，而王旦夕在宮中作樂。

卻說褒姁，褒人也。家中妻子聞姁進諫被囚，一家痛哭，其子洪德告母曰：「吾聞天子荒淫，惟樂女色。吾褒城中，有小民家即前賣弓箭之人，育一女子，十分清麗，家貧，衣食不足，每欲將此女子鬻於人，望母將百金買此女子，進上朝廷，以贖父罪，有何不可？」其母大喜，遂將百金，買得此女子。年方十四歲，令其梳洗，將新衣改妝。洪德即修表，將此女子齎到京師，以贖父罪。天子升殿，近臣奏：「右諫議大夫褒姁之子褒洪德到。」王宣入，洪德奏曰：「臣父因進諫得罪，現囚天牢，臣痛父陷死，不能復生，故將美人進上，以贖父罪，望陛下寬恩，赦臣父死，放歸田里，幸甚。」幽王聞奏，宣進美人於殿下，王見此美人儀容嬌媚，因褒地所進，賜名褒姒，宣入後宮。群臣諫曰：「不可。色傾人國，自古有之。夏因妹喜而亡，商因妲己而喪。陛下宜鑒前朝之失，不可受此美人於宮內。」尹球石父奏曰：「田舍郎多收禾麥，尚且重婚，陛下以天子之尊，受一宮人，群臣何故多言。」王大怒，傳命：「有再諫受美人者斬。」群臣遂不敢諫。

王退朝，與褒姒旦夕飲宴，其皇后申氏遂失寵。一日與褒姒宴於翠華宮，申后遽至，褒姒與王談笑自若，全不起身迎接，申后心雖怨而口不敢言，歸宮中，憂容不展。太子宜臼見母憂悶，跪而告曰：「吾母貴爲萬民之主，何如鎮日不樂？」后曰：「汝父寵褒姒媵婢，閨門失敘，我不能正其尊卑，今褒姒昨日與王宴於翠華宮，見我至，彼乃飲酒自若，全不退位相避，此吾所謂憂心悄悄，慍於群小是也，是以憂之。」太子曰：「此事易處，母親不必憂疑。明日可引數十宮人遊御苑賞花，若褒姒來，吾母令宮人將此賤婢亂打一頓，待他奏父王，父王不聽則罷，若有甚事，孩兒必殺死賤婢，方可干休。」

申后聽兒之言，次日引數十宮人來御苑賞花，褒姒果然與數十宮人前至御苑，其宮人與后之宮人相爭採花。申后一見大怒，喝將褒姒亂打。衆宮嬪將褒姒揪下，亂打一頓。天子不在身傍，褒姒不敢動聲，只含羞轉宮，宣虢石父問曰：「皇后無故欺我，令宮人將我亂打，此事若何區處？」石父奏曰：「娘娘即將此事奏於天子，臣當竭力保之，必廢申后方止。」褒姒見王退朝，垂泣奏曰：「妾不能奉帚於宮庭。」幽王見其髻横鬢亂，兩眼交流，問曰：「卿何故愁悶？」褒姒奏曰：「正宮皇妃無故令宮人毆打小妾。」王變色言曰：「皇后焉敢無端。」虢石父、尹球曰：「臣聞皇后失德，嫉妒太甚，此事或有之。」王問其何故，褒姒具述其事奏之。

王大怒，令虢石父拘皇后來問罪。石父奏曰：「皇后萬民主母，有罪當廢，必令傳旨告群臣共廢之，不可私擬其罪，恐起百官之諫。」王令姒退入宮中，謂群臣曰：「皇后失德嫉妒，朕欲廢之。」群臣皆拜曰：「夫婦人倫之大綱，皇后母儀天下，未聞失德，陛下不可輕廢。」尹球奏曰：「臣聞皇后嫉妒，每日在宮中鞭撻嬪妃，訕謗陛下，不可以爲萬民主母，褒姒德性貞靜，可立爲正宮。」王遂傳旨廢申后爲嬪御，囚冷宮三月，命册褒姒爲正宮，群臣爭議不息，幽王變色罷朝，石父奉詔入宮廢申后。申后在宮中與太子正議褒姒，忽報：

「聖旨到。」石父宣詔訖，皇后大哭，罵：「無道昏君，廢后立妾，國何不亡。」太子怒髮衝冠，罵石父曰：「父王失政，皆爾讒賊所致，先斬讒賊，後斬賤婢。」拔劍前來，要斬石父。石父抛詔便走，來見天子。天子大怒，命尹球來捕太子。

太子見尹球帶宿衛士卒入宮，從後宰門走出，奔於鄧州母舅家。王命發兵圍申，群臣諫曰：「太子雖違王命，來殺大臣，乃是爲母之故，一順一逆，今走入申，廢之足矣。何故更發兵圍申以殺之。」王準奏，令囚皇后於冷宮，廢太子宜臼，立褒姒爲皇后，立姒之子伯服爲太子。太史令伯陽父曰：「三綱絶矣。」告老歸田。群臣辭表求歸者甚衆。

王既立褒姒，忠臣去位，朝中惟尹球、虢石父、祭公等一班讒臣在側。王朝夕與褒姒作樂而千方百計，褒姒終不開口一笑。王問曰：「卿何爲不笑？」姒曰：「妾平生不笑。」王私與虢石父謀曰：「卿何計能動褒后一笑，賞汝千金。」石父獻計曰：「先王於皇城外，五里置一烽火墩，本備寇也，如有寇至，則舉烽火爲號，沿路相照，諸侯則發兵相救。今數年以來，天下太平，烽火皆息。來日令發烽火墩上之煙，諸侯援兵必至，援兵至而無寇在，皇后必笑矣。」王大喜。

次日傳旨，令發城下煙墩。群臣皆諫曰：「煙墩者先王制下，以備緩急，所以取信於諸侯，今無寇而舉烽火，是戲諸侯也。他日倘有不虞，將何物徵諸侯之兵以救急哉？」王不聽，遂舉烽火，與褒姒宴於望邊樓。不數日，近京列國諸侯皆領兵至，既至則無寇，褒姒於樓上見諸侯之兵不宣而至，撫掌大笑，衆諸侯大怒而歸。申侯在路獨遺表諫幽王棄皇后，廢太子，寵褒姒，戲諸侯四事。虢石父奏曰：「申侯欲與太子宜臼謀反，故訕王之過。」王曰：「如此何以處之？」石父奏曰：「宜速發兵以討之，庶幾免其後患。」王將發兵以討申，且聽下回分解。

鄭桓公驪山救駕

幽王正欲發兵以討申。忽人報申侯曰：「王將起兵伐申國。」申侯大驚曰：「國小兵微，何以當敵？」大夫呂章進曰：「今申國近西夷犬戎，主公速致書於犬戎，令起兵以伐無道，庶免申國之患。」申侯以書召西夷犬戎。西夷主曰：「中國天子失政，申侯召我以誅無道，此我志也。」遂發戎兵五萬，鎗刀塞路，旗旆迷空，殺奔京師而來，將皇城團圍三匝，水息不通。近臣奏於幽王，幽王大驚曰：「機不密，禍先發。我兵未起，戎兵先至，此事如何定奪？」虢石父奏曰：「速發煙墩以徵諸侯救兵。」王令發烽火數日，諸侯之兵俱無片甲入者。蓋因前被烽火所戲，故是時又以爲詐，所以皆不起兵也。幽王見救兵不至，犬戎日夜攻城，謂石父曰：「事急矣。卿速領守城將士出城迎敵，朕率六軍繼後，以破犬戎可也。」虢石父本非能戰之士，領旨只得勉強率部兵出陣，開西城門殺出。申侯在陣上見虢石父，指麾犬戎曰：「此欺君之賊，不可走了。」犬戎主聞之，拍馬直取石父，鬥不十合，石父被犬戎一鎗刺於馬下，戎兵亂殺入城。

幽王正率六軍出午門，聞石父敗死，驚懼無措，乃引六軍奔後宰門，望臨潼而走。戎兵在城中放火焚燒宮室，擄掠庫藏。申侯在火光中見幽王在後宰門，乃引一隊戎兵趕至驪山下斬之。在位一十一年。胡曾先生有詩爲證云：

恃寵嬌多得自由，驪山舉火戲諸侯。

祇知一笑傾人國，不覺胡塵滿玉樓。

東屏先生《詠史詩》云：

多方圖笑掖庭中，烽火光摇粉黛紅。
自絶諸侯由似可，忍俾國祚喪羌戎。

潛淵居士《讀史詩》曰：

女色常云喪國城，幽王何事苦迷心。
恣情貪笑輕烽火，縱欲忘憂召甲兵。
萬井生靈沾羯臊，千官冠蓋陷胡塵。
鄭桓不動勤王劍，八百蒼姬已盡傾。

又東屏先生有詩，以譏幽王失政，謡言有驗云：

易儲廢后敗綱常，烽火招戎勢獗猖。
哲婦傾城奇禍遠，壓胡箕服驗周亡。

中兵與戎卒殺入翠華樓，將褒姒斬於樓下。其宮中嬪妃士卒，死者不計其數。犬戎在城中大亂，剽掠民財，數月不歸，有滅周之意。鄭桓公（名友，周宣王之庶弟，宣王封爲諸侯，號鄭）與其子（名狐突，後爲武公）聞犬戎陷王城，發兵勤王。犬戎列陣於城下，桓公初至，聞幽王被陷，便欲進兵，其子諫曰：「不可。我兵晝夜奔來，疲弊勞苦，宜屯下以待諸侯兵集，然後交鋒可也。」桓公曰：「救君之難，迫於水火，大軍既至，安可疑遲。」催兵直抵城下，犬戎分兵以敵之，鬥不數合，桓公中箭落馬而死。潛淵居士《讀史詩》云：

臣子勤王水火師，君危臣陷豈宜遲。

鄭桓雖爲周幽殞，史册存名萬古馳。

鄭兵大敗，犬戎追上二十餘里。只見城西角上，鳴金大喊，擁出一簇人馬，旌旗閃閃，戈戟如霜，當先一員大將咬牙嚼齒，怒目揚鬚，攔住鄭兵之路，正欲交兵，見旗上書秦侯二字。鄭人始知救駕之兵，射住陣脚，高叫曰：「秦侯速來救應，吾等乃鄭侯父子之兵，前來救駕。我父死於戰陣，我等敗兵西走，犬戎後追甚迫，請速當之。」秦襄公聞知，引本國精兵擋住犬戎，大殺一陣，秦兵驍勇，犬戎不能抵敵，敗兵入城堅閉不出。

周平王棄鎬東遷

襄公引鄭國之兵屯於城下，至暮見一簇人馬，喊聲大震，從東奔來。衆兵視之，當先一面綣金繡字旗上，書衛侯二字。襄公與掘突前來迎接，下馬相讓而坐，議論破戎之策。襄公曰：「犬戎之志，在於剽掠女子金帛而已，彼謂我兵初至，必不謹防，今夜宜分兵從三門而入，一擄可滅矣。」

是夜三更，三國之兵，打入王城。犬戎將士果去剽掠民間財貨，不致防備，火光滿城，三國精兵大喊，殺入城陣，斬人如刈草芥，血滾六街成河。犬戎主逼太子西歸於申。襄公獨馬殺入宮中，問太子何在。有被傷宮人告曰：「已被胡人驅迫西門而去。」襄公引本部精兵殺出西城，追及犬戎，大殺一陣，搶太子回至京城，天已明矣。衆諸侯亦率兵前來接應，襄公謂衆諸侯曰：「天下不可一日無君，宜奉太子以即王位，庶幾諸侯有主。」

於是，宜臼即位，是爲平王。平王升殿，衆諸侯朝賀，群臣奏曰：「賞罰者人君之統馭，今國家亂定，望陛下黜罰有罪，賞賚有功可也。」王準奏，黜褒姒子伯服爲庶人，族其讒臣尹球、虢石父之家。鄭桓公死於王事，追封爲冢宰公。秦侯、衛侯、鄭侯三國來救京師者，俱各賞金帛數萬，標名於淩淵閣，立生像於功臣廟。諸侯歸國。國舅申侯尊封爲申國公，開冷宮之囚，以救主母申后。遂出安民榜，撫諭京師被虜百姓，大宴群臣歸國。

是時，京師自被犬戎喪亂之後，宫殿焚毁，倉庫空虚，邊境烽火連年不息。平王與群臣議曰：「鎬京迫近西戎，又且宫殿荒凉，朕欲遷都於成周，卿等何如？」群臣皆以鎬京逼近西戎，累被犬戎之害，况昔日成王營成周於洛邑，故以洛爲天下之中，王者所居之地，遷都是也。獨有太宗伯周公華諫曰：「不可。洛陽雖爲天下之中，四面受敵，乃用武之地，故有德易興，無德易亡。今觀鎬京，左有殽函，右有隴，披山帶河，沃野千里，四塞以爲固，所謂金城千里，天府之國，天下之勢，莫過於此。今若一旦棄之而東遷，臣切以爲不可也。」平王不聽，即日命收拾東遷於洛陽。後人有古風爲證：

千里金城形勝地，地方沃野民殷實。
殽山左障右横川，函谷巍巍天下極。
周室衰微氣奄奄，平王東徙盡抛棄。
秦得以霸周遂亡，始知地土國之綱。
文武成康基業墜，教人每每恨平王。

是歲，王駕東遷洛陽，文武百官扈從，百姓有願隨遷都者，咸接駕於後，而西岐州八百里形勢之地，盡棄於秦，故秦得此形勢之地，致能併吞列國也。王駕既至洛邑，修營宫室，盤給倉庫，文武百官，各加升賞。諸侯來朝者，悉厚禮而遣歸國。王獨以鄭武公掘突也之父桓公，因救駕死於王事，有大功於周，獨留武公在朝，輔政國事。

潁考叔輟羹悟主〔一〕

卻説鄭國武公之夫人武姜者，初生其長子甚艱難，因困後生，遂名其子曰寤生後爲莊公。武姜驚困，遂惡其長子。後生次子，名叔段，武姜偏愛之，累請於夫鄭武公，曰：「妾觀叔段舉止端詳，機過於寤生，大王宜立叔段爲太子，使其承位，必有大過人者矣。」武公不許，曰：「國家立長不立幼，古今之通義，叔段雖賢，寤生還是居長，不可失序。」武姜不敢復言，武公知夫人偏愛叔段，恐後兄弟相殘，遂立寤生爲太子。及武公卒，太子寤生立，是爲鄭莊公。武姜見叔段無權，恐被莊公所害，乃謂莊公曰：「汝承父位，享富貴，忍使小弟孤立無榮乎？」莊公曰：「唯命是從。」姜曰：「可於京城之内割地，以封叔段，弟兄同享富貴可也。」莊公唯唯而退。

次日升殿，正欲宣叔段而封之，大夫祭仲諫曰：「不可。天無二日，民無二王，若封叔段於京，是二君也，況叔段乃夫人之愛子，若封之於京，必得於民，他日爲患，安能保乎？」公曰：「吾母之命，奈何敢拒？」遂封叔段京畿百六十里，謂之京城大叔，叔段謝恩而退。次日升堂，有西鄙宰、北鄙宰西鄙、北鄙乃鄭之小邑名

〔一〕按：文中無此節目，以總目補之。

二人來賀。叔段謂二宰曰：「汝二人所掌之邑，如今屬我封土，自今貢稅朝賀，皆要朝我，毋得更入我兄大朝。」二宰見叔段丰采昂昂，不敢拒命，遂降於叔段。叔段得二鄙之地，遂不朝兄，乃完聚城郭，操練甲兵，將有襲莊公之意。一日，武姜謂段曰：「汝自受封賜，終日自安，設他日讒間一起，富貴能久保乎？」段低聲謂母曰：「子之思慮每及此，奈寡小固不可以敵眾大，今喜得二鄙之士民，練三軍，給糧料，將擇日襲兄大國，不知母意何如？」武姜大喜，擇取五月襲鄭。

卻說莊公問群臣曰：「西北二鄙之宰，何爲不朝不貢？」子封公子，字子封，官爲大夫曰：「吾聞二鄙之地，盡被叔段所侵，故二宰納降於段。且聞段完聚城郭，繕治甲兵，久失朝儀，必有叛意，急早除之。」莊公曰：「吾欲討之，則母親在上，恐陷不孝之罪，欲不除之，必有尾大不掉之愆，此事若何處之？」子封、祭仲咸曰：「彼既不恭，我方不友，況國君以社稷爲重，不可拘私恩，誤大事，請速加兵，以免後患。」公曰：「然。」遂命子封率甲兵一萬六千，以伐叔段。叔段聞莊公兵至，引二鄙之兵前來迎敵。遥謂段曰：「汝兄侯封汝京城之地，寵以太叔之名，有何負汝，敢有反意。」又謂段眾曰：「叔段乃叛兄辜義之徒，汝輩乃鄭之良民，何故不仁而從不義乎。若不速退，先斬汝等，後除叔段。」段之眾兵聞子封之言，咸抱頭竄耳，棄鼓拋戈而散。段大怒。子封用刀一招曰：「能擒叔段者重賞。」祭仲揮鎗直取叔段，鬥上二十合，不分勝負。子封拍馬前來夾攻，段力不加，望鄢邑而走，子封勒馬後追，段勢窮促，乃奔共國，子封追及斬首回報。莊公謂群下曰：「此事非吾母啟叔段之謀，叔段決不敢生叛意，母親何以處之？」子封曰：〔一〕「子母天性也。彼雖不慈，我必盡

〔一〕「子封曰」，余象斗刊本作「子封」，據龔紹山刊本改。

孝，何可失卻天倫？」公不聽，乃寘母亲武姜於城潁，且誓之曰：「不及黃泉，無相見也。」潛淵居士有詩以評莊公子母云：

　　母氏公如天地恩，一胞何起愛和憎。
　　莊公忍誓黃泉見，回視重華有愧顏。

又詩一絕評莊公之失教於弟而反殺之云：

　　魚非貪餌把身空，釣者無情設餌蒙。
　　失義雖然罪叔段，懷奸還是咎莊公。

宋呂東萊先生評云：

　　魚非有負於釣，釣負於魚也。獸非有負於獵，獵負於獸也。叔段非有負於莊公，莊公負於叔段也。由此論之，皆咎莊公，早不以大義曉諭其弟，時以冷眼觀叔段，釀成不義之事，然後乘此而殺之，非友愛之心如舜之待象也。

既而莊公悔悟曰：「子母之情天高地厚，一時忿戾遽誓之深。」然心雖悔悟，而終不迎還武姜。考叔爲潁谷封人，一日來見公，公賜考叔之羹，考叔再拜而食之，乃遺肉而不食。公曰：「長者之賜，何故食羹遺肉，莫非輕吾賜乎。」考叔拜曰：「小人有母，蒙君之賜，懷歸而奉之，使母得嘗君之賜，榮幸大矣。」公惕然曰：「爾有母懷羹而遺之，我獨無母乎。」考叔知莊公之將悔，乃請其故。公具其事語之。考叔曰：「何不迎太夫人以歸養？」公曰：「恨當初誓之太重也。」叔曰：「云何？」公曰：「人死及黃泉方可相見也。」叔曰：「此誠易事也。大王如悔之難及，但命掘地見泉，請從地穴中與太夫人相見，則掩前誓也，有何不可。」公從其說，乃命壯士五百人從潁城掘地穴，深十餘丈，見泉水。公遂於穴迎武姜而出。

當時，子母相見，其樂融融，其樂泄泄，備駕迎武姜而歸養，子母慈愛如初。潛淵居士讀史有詩一絶以贊潁考叔之善孝也：

潁封考叔孝真純，愛母猶能悟鄭公。

孝子古云堪錫類，令人猶自仰高風。

莊公既迎武姜歸養，修理國政來朝。周平王聞鄭伯即莊公也來朝，謂西虢公曰：「鄭侯謂莊公也父子，秉國政事，朕恐其權柄太重，日後有不測之患，欲分政事與卿，以爲何如？」西虢公叩首曰：「小臣不才，何可同聽國家大政。况鄭侯父子爲國大臣，若分政與小臣，鄭侯必取怨於陛下，致禍於小臣，臣不敢奉旨。」王默然退朝。有同僚者以王欲分政與西虢公之事告莊公，莊公不悦。

次日進朝，解簪笏於殿陛，叩首曰：「臣荷聖恩，父子相繼，以秉政事，臣恐下僚猜忌臣爲專權，願拜還歸鄭，以守臣職。」平王曰：「卿何出此言，朕昨者與西虢公共議，國家政事繁冗，恐勞卿等，欲分政與之同聽，西虢公再三辭讓，亦罷其事，卿且勿疑。」莊公再三叩頭，願罷政。平王又曰：「卿之先侯有大功於國，故付大政，今卿猜忌還政，朕心何安。卿堅意疑朕，朕即命太子名狐爲質於鄭，可乎？」莊公又拜曰：「從政罷政，乃臣下之職，焉有天子委質於臣之禮。誠若是，則小臣要君之罪不免，望陛下詳之。」平王曰：「否。此非朕委質於卿，姑釋目下之疑，而全君臣之義矣。」莊公再三不敢受旨。群臣奏曰：「陛下既恐傷君臣平昔之義，欲以太子質鄭，而鄭堅意不敢受者，懼失禮也。若依臣等之議，陛下既質太子於鄭，可令鄭亦使其子侍質於朝，於是君臣兩無猜忌，以全上下之恩。不亦美乎？」王曰：「可。」鄭莊公先使太子名忽侍質於朝，然後受恩，方受周太子歸國，所謂周鄭交質。不知後來如何，且聽下回分解。

州吁恃寵弑桓公

郤說叔段被誅，有一子名滑，投衛借兵復父仇。衛桓公問曰：「公子何爲單騎至於敵國？」滑哭曰：「因伯父無道，殺吾父於鄢，囚祖母於潁，滑孤窮無奔，特投賢侯，乞興一旅之師，代滑救祖母，雪父仇，則没世不忘也。」衛桓公不知叔段無義被誅，遂發甲兵一萬，與復父仇。滑得衛兵一萬，望鄭殺來。

莊公聞滑兵至，問於群下，子封曰：「斬草不去根，逢春復蔓延。今滑不知父爲其罪，反奔衛起兵，此衛侯不知叔段之非，故爲起兵，以救祖母爲辭。依臣之見，莫如奉尺書於衛侯，使衛侯抽回滑兵，則滑勢孤，不戰而擒矣。」公曰：「然。」遂修書遣使者，從間道投見衛桓公。桓公得書讀曰：

衛賢侯殿下，寤生自因家門不幸，骨肉相殘，誠有愧於鄰國，然封京賜土，非寡人之不友。聚兵懷亂，實叔段之不恭。故寡人舍骨肉之愛，念社稷之重，效周公以誅管蔡，循重華以去四凶。况叔段之亂，悉由母氏偏愛，天性在上，不敢虧倫，亦曾備駕迎歸。逆侄昧父之非，奔投大國，賢侯不知其爲非義，勞師遠降，敬奉寸牘，乞班三軍。爲擒逆滑，使唇齒之邦，不致傷和，人倫之分，無教乖戾。此非寡人敝國之幸，實後世亂臣賊子之昭鑒也。祇此直訴，伏惟虎視，幸甚。周王四十九年十二月上旬書。

衛公覽罷大驚曰：「錯行此兵矣。原是叔段不義，以致喪身傾土，今若興兵代滑復仇，則是助桀爲虐，大不可也。」遂差星使追回三軍，修書回報。

時滑兵已圍延廩，放火焚城，使者未到寨，鄭莊公見滑兵縱燒延稟，發大兵三萬救之。滑見鄭兵衆猛，乃從衛使班師，遂匿於衛。子封謂莊公曰：「衛侯既許抽軍，其軍又從逆滑焚我延廩，掠我人民，莫非其中懷詐，此從亂之兵不可放回。」公曰：「然。」號令諸軍將，衛兵盡行追斬。衛之殘兵，投回本國，報與衛侯。衛侯雖怨鄭伯坑兵，然亦是己錯助公孫滑之過，不敢復仇，但令含恨而已。乃問於群下，石碏曰：「不可。鄭雖坑吾兵一萬，皆我助滑爲亂之故，罪在我而不在彼，姑含忍以俟鄭有他故，然後會諸侯之兵以伐之，彼且無辭。」衛侯曰：「卿言是也。」

卻説衛桓公有庶弟名州吁，乃衛莊公嬖妾所生之子，莊公在時，常寵之州吁，性暴戾，好弄刀兵。石碏常諫莊公曰：「臣聞教子以義方，弗納於邪。」莊公不聽，吁又與石碏之子名厚遊俠，石碏每責厚勿與之遊，厚不聽。一日，州吁與石厚宴於花園，吁屏左右謂厚曰：「吾與兄同承父業，而兄獨承父位，子盍爲我謀之？」厚曰：「公子不見鄭叔之遲疑，反受鄭伯之誅乎。」吁曰：「然則若何？」厚正欲以箸畫計，忽左右入報曰：「周天子崩，新君即位。來日主上欲往周吊賀。」厚謂吁曰：「此計成矣。汝兄明日往周朝，可餞兄於西門，酒至半巡，抽出短劍而刺之。臣下有言者，命壯士斬數首示衆，則諸侯之位，唾手而得也。」吁大悦。次日，帶壯士五百，伏於西門，袖藏短劍而餞衛侯。衛侯謂吁曰：「我此回往周，有托賢弟與群下，可代治本國政事，我不日便回。」吁曰：「兄侯放心，政有弟，不必掛念。」酒至數巡，吁忽詐墜金盞於地，衛侯低頭忙拾。吁袖出短劍，刺侯之額，隨即而殂。

時周桓王元年春三月戊申也。從駕將軍宗守素大聲曰：「州吁弑君，衆人下手討賊。」吁之伏兵一起，將守素斬首，懸於旗上，鼓噪入朝，號令群下曰：「兄侯政弱，不能立國，故喪兵於鄭，我今奉母之命嗣位，群下有異議者，可觀宗守素之令。」群臣驚懼，皆聲千歲。潛淵居士《讀史詩》云：

教子由來美義方，純臣石碏每聲揚。
莊公寵孽忘忠諫，致使儲君刀下亡。

吁既即位，大宴群臣，拜石厚爲上大夫。且曰：「吾欲興兵報鄭之仇，卿等有何計策？」石厚奏曰：「當今鄭與齊結連，一衛之兵，難以復仇，莫若遣使於宋、魯、陳、蔡，四國結好，連兵以進，鄭可伐矣。」吁曰：「陳、蔡小國也，可挾以連，宋魯大邦，焉能結連？」厚曰：「吾聞魯之政事，乃公子翬秉之，若遣使厚賂公子翬，魯兵必起。又聞宋穆公將死，乃以大位不傳與子，而傳於其弟，馮怨父而嫉與夷，出奔於鄭。鄭伯納之，常欲與馮起兵取位，今若遣使於宋，説以伐鄭之利，在宋而不在衛，則宋兵必起矣。」吁大悦，即日遣三使於陳、蔡、魯。又問：「誰可奉使於宋？」石厚薦一人，乃伶牙利齒，博古通今，此人出使，不辱君命矣。

衛石碏仗義殺子

州吁問：「此人是誰？」石厚對曰：「此人乃中年人也，見爲下軍大夫，姓寗名翊字子騰是也。」吁即遣子騰奉使於宋。宋公即殤公與夷也問曰：「來使有何會議？」翊曰：「寡君慨鄭伯無道，誅弟囚母，似有吞併諸國之意，茲欲起兵以伐之，自不敢專征，請命於明公，願連大國之兵以征逆鄭。」公曰：「我宋與鄭，素無宿恨，豈可動無名之師，構怨鄰國，煩大夫拜上衛侯，是不奉命耳。」翊曰：「伐鄭之利在宋而不在衛，公何不察。」公曰：「何以言之？」翊曰：「明公令侄馮者，恨公奪父之位，怨入骨髓，故奔於鄭，鄭伯爲之繕甲蓄兵，不日將起鄭兵前來取位，故寡君忍見倚強淩弱，欲與明公掃除大害，此伐鄭之利在宋明矣。我何有焉？願大王熟思之。」

宋公默然良久，謂群下曰：「衛使之言何如？」大司馬孔父嘉諫曰：「衛使不可聽也。夫州吁欲報鄭伯坑兵之仇，恐力不敵，故使能言之臣，説我兵以助彼，如果若正鄭伯殺弟囚母之罪，代我除馮之患，則其自弒兄篡位之大罪，將何逃焉？願王思之。」子騰大聲曰：「宋有禍根在鄭，今寡君欲連四國之兵，與王除之，尚且疑遲不動，他日禍胎既長，鄭兵壓境，勿怪我鄰國不救也。」宋公遂諾會兵伐鄭，孔父嘉諫至再三，公不從。子騰回衛，見吁告以宋公諾起兵之事，吁大悅，即日發大兵二萬，以石厚、子騰爲左右隊，自率中軍，出城六十里，會蔡侯、宋公，四國合兵六萬，前至鄭境下寨。

卻説衛使至魯告曰：「衛侯欲起兵伐鄭，請明公助一陣之兵。」魯公問於群下，有大夫眾仲曰：「州吁弑其君，虐用其民，不務令德，何能濟事？夫兵，猶火也，不戰將自焚。况魯、鄭無仇，不可助亂以構怨。」忽一人大聲進曰：「鄭伯無道，有吞列國之意。衛若動兵，魯當助伐，有何不可。」公視之乃公子翬，字子羽也。曰：「叔父之言雖當，然眾仲所辯亦是。寡人決不起兵也。」翬乃隱公之叔父，受賂不待公命，翬自帥甲兵五千以會五國之兵於鄭。鄭伯聞之大駭，子封曰：「州吁弑君虐民，無故連兵來侵鄭境，士卒必不服心，此以羊投虎之兆，臣願帥一萬精兵以當之，衛必敗矣。」祭仲曰：「不可。彼眾我寡，難與爭鋒，但深溝高壘，堅守城池，一面往齊求救。齊兵一至，内外夾攻，五侯之首並可斬矣。」鄭伯然之，傳令子封守東門，祭仲守南門，〔一〕公自守西北二門，遣使於齊求救。

卻説五國諸侯在城外，朝夕攻城，又割鄭地未熟之禾。齊兵不至，鄭伯曰：「事急矣，奈何？」祭仲曰：「臣聞五國之兵雖多，然不推盟主，各相爭長，况州吁傲戾。若依臣計，寫一封詐書，報陳、蔡二主，欲俟伐鄭之後，以圖宋公，共分宋地。令一有膽略小卒帶於宋公寨外經過，詐稱吁書，宋人必捉見宋公，宋公一見，必怒而伐吁，使其自相攻擊，然後齊兵必至，圍可解矣。」公大悦，即命詐寫間書，選一壯士夜半將吊橋放下，其卒帶書從宋公寨過，假作驚懼之色，荒忙走過，被宋哨兵捉住曰：「汝何人也？」卒曰：「我衛兵也，奉衛侯之命往陳、蔡二國約來日攻城。」哨兵見其荒錯驚怖，疑其爲奸細，乃搜懷中得書一封，即扯此卒至帳下見宋公。公拆書讀之，大怒曰：「吾不聽孔父嘉之言，險被州吁所賣。數日以來，見此賊頗有爭長之意，原

〔一〕「祭仲」，余象斗刊本作「眾仲」，據龔紹山刊本改，下同之。

來起謀不善。」謂諸將曰：「先下手爲強。」即率本寨精兵殺投衛寨。

時州吁正在帳中與石厚議事，宋公突轅門而入。吁聞宋公來，將出帳迎，石厚見宋公挺鎗怒目，乃扯吁告曰：「宋人有變。」言未已，寨外喊聲大震，宋兵殺入。吁與石厚不知其故，慌忙披掛出寨。宋公大罵：「弒君逆賊，敢欺我耶。」直奔來殺吁、厚。吁、厚不能訴明，只得拍馬交鋒。陳、蔡、魯三寨主兵，不知宋、衛何故，皆欲前來解陣。鄭將子封突出東門，祭仲突出南門，鄭伯分兵自殺出西北二門。陳、蔡、魯三陣之兵，止得抵敵鄭兵。六國軍馬，兩虎交爭，混作一團。吁、厚見宋兵勢大，乃引殘兵，望本國逃回。陳、蔡本小邦，見衛敗兵，亦各引兵而歸。宋兵號令曰：「不斬州吁，勢不歸國。」孔父嘉拍馬來諫曰：「衛有陳、蔡相助，不可輕追，且班師另作區處。」宋公從之，班師而歸。魯翬亦引兵而歸。鄭兵既解重圍，見列國兵多，亦不敢追。修葺城池，遣使止齊救兵。

卻說石碏，時告老於家，常忿不能討州吁弒君之罪，及殺不肖子。正嗟歎間，忽石厚敗兵而回，碏責之曰：「汝家世相衛，不能盡忠扶主，乃從逆吁弒君，又無故構怨於鄭，今日事敗，見我何如？」喝令左右斬之，夫人救護甚力方免。厚哀告曰：「兒不肖，從衛侯伐鄭，鄭未下先亂，不日衛必傾亡，望父上念社稷，下念骨肉，籌畫以救一邦生靈。」碏乃思一計，一可保國，二可除此兩賊。乃詐教厚曰：「此事惟朝天子方可免難。」厚曰：「久失朝貢，何敢入周？」碏曰：「當今諸侯，惟陳得寵於周，汝二人必親往陳國，從陳公而朝周，倘得天子之旨，大可奉王命以征鄭，小可以保衛國。」

厚乃信其計，來見吁，告以父教之謀。吁悅，即日同厚投陳。碏先修書，遣人告陳公曰：「衛國褊小，吾耄無能爲也。州吁乃弒君之賊，吾兒亦從作亂。今兵敗失謀，老夫詐令從明公以朝周，望爲老夫出力，圖此二賊，實衛國之幸也。」陳公見石碏之書，歎曰：「此二人乃國之蠹，寡人亦被其誑，致怨於宋，不可不圖。

乃命右將軍淳於德，伏甲士於濮，候擒州吁、石厚。吁、厚二人果引從卒數百人直奔陳。至濮，淳於德引甲士捉吁、厚二人。吁大呼曰：「人难投仁，奈何乘我之危而陷我耶？」德曰：「汝之父有書，令斬汝二賊，以正弒君之罪。」乃囚二人見陳公。公曰：「寡人不斬汝，遣使請衛之諸大夫來議汝罪。」陳使至衛，告石碏赴陳，議吁、厚之罪。

當時，碏雖告老於家，聞陳使至，乃親入朝，謂衆大夫曰：「州吁弒先君，皆吾子釀成之故，今吾使陳人執此二賊，誰赴陳以誅之，别立新君以主社稷。」下大夫孺羊肩、右宰醜二人出班願往。既至，見陳公，公命取出吁、厚二賊，仗劍將斬之。吁大呼曰：「汝等皆吾之臣，何得動手？」羊肩與醜曰：「亂臣賊子，人人得而誅之。汝既弒君，我奉天命而討罪，汝尚何辭。」遂斬二人於庭下，囊其首級，辭陳公而歸。衛人大悅，奉桓公之弟而立之名晉，後謚宣公也。潛淵居士有詩贊美石碏云：

石碏衛純臣，仗忠不顧親。
既謀篡弒賊，復戮失身人。
赤膽貫金石，公威動鬼神。
巍巍春秋老，千古仰雄名。

說鄭伯既敗五國之兵，祭仲、子封、考叔、段叔等賀。公曰：「寡人以周之親國，無故而受諸侯侵淩，將欲報怨，卿等以五國何先？」公孫子都進曰：「五國諸侯，宋、衛爲強，陳、蔡不足慮，魯乃同姓之邦，况此禍實衛所啟，若伐則先宋、衛而後陳、蔡，魯姑置之。」潁考叔進曰：「壯國雪恥，此固當然。然我軍初戰，瘡痍未瘳，且人民老苦，城郭頽壞，不可輕動，依臣之言，莫若按甲休兵，安集百姓，公請朝於天子，和好宋魯，奉王師先伐衛國，則陳蔡不戰而下，而宋、魯反爲我援矣。」公曰：「然。」遂命整駕朝周。

陳穆公以婚救衛

周桓王聞鄭伯來朝，謂周公、虢公等曰：「昔者先王謂平王常惡鄭伯專政而未能除，故使太子交質。今朕即位數年，鄭伯今始來朝，豈非恃強而傲朝廷乎。朕欲奪鄭伯之政，卿等之意何如？」周公奏曰：「不可。我周東遷皆鄭武公之力，王當厚禮鄭伯而引諸侯，若無故而削其政，恐塞諸侯來朝之路。」王始宣入鄭伯。伯曰：「衛州吁弑君亂國，今雖被戮，其國綱紀蕩然，王如不征，恐失朝權。」王曰：「卿即率本國精兵，爲朕征之。」鄭伯得旨歸國，大發精兵三萬，以子封爲前鋒，原繁、泄駕二人爲左右翼，以公子曼伯子元爲後隊，自督中軍，殺奔衛來，至牧邑下寨。牧之卒報於衛侯。

時衛侯初立，聞鄭兵至境，手足無措，群臣曰：「明公請親出，鄭可退矣。」衛侯令孺羊肩爲先鋒，右宰醜爲保駕，親率大軍出城。鄭兵擺開陣勢，旗鼓鮮明，只見衛兵陣上捧出一騎青年主將，唇紅齒白，鎧耀袍新，挺鎗遥謂鄭伯曰：「諸侯封土，各守其疆，汝何無故興兵犯界？」鄭伯視其旗幟乃衛侯之號也，親出陣前，大聲應曰：「汝衛君不君，臣不臣，我奉天子之命，舉兵以正汝綱，何不下馬受誅。」道猶未了，衛侯横鎗直取鄭伯，鄭伯輪刀便砍，鬥不數合，鄭伯望西南而走，衛侯追上二十餘里，一聲哨角響處，左邊衝出公子曼伯，右邊衝出大將子封，前有鄭伯，後有原繁。衛兵被困，自辰至未，衛侯拚命力敵四圍，鄭侯傳令不要放箭，但有生擒姬晉者賞。所以衛侯得免全軀，將至申末，保駕將軍孺羊肩引一枝生力之兵，殺入重圍，二人馬膊相挨，殺開血路，望東門入城，大兵二萬六千，至收軍止存三百餘人，衛侯與二將各被重傷，堅閉不出。遣使求救於陳，陳侯便欲起兵以救衛。

公子名莊字五父，與大夫子鍼咸諫曰：「不可，親仁善鄰，國之寶也。今鄭奉王旨以伐衛，我兵往救，是得罪於天子，必招怨於鄭，鄭必力破衛，衛破陳不保也。」陳侯曰：「然則何如？」曰：「鄭伯專周之政，爲諸侯最貴，見其太子名忽者，侍質於朝，明公有女未配，莫若遣能言之士，奉公命至鄭，將公主妻鄭太子忽，大可保本國之危，小可救衛邦之急，則鄭陳之怨解矣。」陳公曰：「誰可出使？」群臣奏曰：「此一使乃以成兩國之好，釋三國之兵，非親信大臣如公子五父則不可往也。」公遂命五父奉使來鄭。

鄭伯問五父曰：「公子此來欲與衛助兵威而説鄭乎？」五父曰：「否。寡君以明公爲王室至親，故以愛女請命而妻太子，欲成兩國之好，且使衛奉金帛以勞雄兵，乞退其圍，是寡君之幸望也。」有潁考叔進曰：「陳侯若以親濟難，此諸侯之仁術，願公許之。」鄭伯謂五父曰：「煩公子爲我致命，若衛勞師金帛一至，我師便退，奏周王取太子歸國，然後遣使備禮迎婚。」五父謝鄭伯，歸見陳侯，具説前事。陳侯即遣使來見衛侯道：「重以金帛爲鄭勞軍，以解重圍。」衛侯使大夫韓一忠奉金帛十車出城勞軍，鄭伯以禮待之。

是日班師，隨即朝周。周桓王問伐衛之勝負，鄭伯曰：「賴聖主威福，一戰敗衛，衛有謝罪之表，隨臣以上。然陳侯曾許婚於臣長子忽。今忽質在王朝，請王赦歸，以成婚，然後復入朝待質。」王曰：「男室女家，皆要及時。卿既欲遣子親迎，此禮之當然。」即賜黃金彩帛，遣歸迎親。

鄭莊公祖宮大演武〔一〕

鄭伯父子謝恩出朝。周公黑肩奏曰：「我王差矣。昔者先王欲奪鄭伯政權，鄭伯要君，然後群臣議以周鄭交質，所以制鄭之奸也。今王放鄭忽歸國，卻似魚脱旱穴，鳥離樊籠，再不入質也。」王曰：「今還可追？」周公曰：「許侯莊公兩歲失朝，王詔鄭伯伐之，以魯侯、齊侯副之，防其軍務，鄭伯伐許之意，並無奸心，如得勝不朝，王可以此爲辭，即奪鄭伯權政，以免後患。」王準奏，遣使令鄭伯征許，又遣人詔魯公、齊公防鄭異謀。使者忙投至，鄭國迎接，與太子成婚，使者至，鄭伯接旨。

次日，會諸將曰：「天子詔寡人伐許，而使齊魯二侯副之，中有異議。今日我操兵於太宮之前，欲盛陳軍伍，以耀威於二侯，汝等務宜兵戈利鋭，盔甲鮮明，各逞威能，故違令者腰斬。」諸將唯唯而退，俱各披掛，分爲四隊。第一隊，青年將官頭戴金盔，身貫銀鎧，蓋紅袍，系玉帶，左霜刀，右弓箭，朱唇漆髮，目秀眉清，乃鄭伯次公子曼伯也，掛前部先鋒之印，大將軍潁考叔副之，引兵五千，屯於前。第二隊，老成將官頭頂鳳翅盔，身貫魚鱗鎧，披綠袍，系犀帶，左按開山斧，右拴縛將絛，揚鬚怒目，嚼齒咬牙，乃大夫原

〔一〕按：文中無此節目，以總目及龔紹山本補之。

繁字公簡，掛左翼將軍之印，公子子元副之，引兵五千，屯於左。第三隊，折衝將官頭戴鐵兜鍪，身貫鎖子甲，蓋絳紅袍，系獅蠻帶，左按方天戟，右懸流星槌，威搖氣吞虎狼，乃下大夫公孫閼字子都，掛右翼將軍之印，太子忽副之，引兵五千，屯於右。第四隊，謀略將官頭戴嵌珠盔，身貫浮金鎧，披碧雲袍，系穿虹帶，左揮羽扇，右橫寶刀，心胸磊落，智略宏高，乃上大夫公子呂字子封，掛都督諸軍運籌元帥兼後隊保駕大將軍之印，以右大夫段叔盈副之，引兵五千，屯於後。諸軍共有一十六萬，大將四百餘員，分爲四隊，列在太宮場前。

須臾，齊魯二侯來至，鄭伯宴之於宮前殿。酒至數巡，鄭伯傳令謂諸將曰：「往者西戎所進鐵弓一把，勁有三百餘斤，今可設的於場前，有能挽此弓連中三箭於的，以助齊魯二侯之樂，中者有賞。」其四隊之兵，各列陣勢，旌旗彩彩，金鼓闐闐。道猶未了，右軍隊中突出一員大將官，紅袍金鎧，氣宇軒昂，衆視之，乃公子子元也。元出場中，湧武揚威，雙手挽弓望標注，單發三矢皆中。衆軍齊聲喝采，金鼓交鳴。正欲搶標謝賜，前隊軍中擁出一員大將，豐神慷慨，勇力驍雄，大叫曰：「且留下與我視之。」乃副先鋒潁考叔也。考叔入場中曰：「雙手挽弓何足爲能？」乃逞身展臂，左手伸弓，右手架箭，連發三矢，齊中標的。衆聲喝采，鼓樂歡騰，考叔放弓升車。右隊中衝出一員將官，厲聲大叫：「潁考叔勿得乘車，且故等我來射箭。」衆人視之，乃右翼將軍公孫子都也。子都尚未曾駕弓，考叔乃挾輈以走，子都援戟以逐之，考叔取車輗亂抵，二人幾至交爭。鄭伯望見，忙召二人至宮庭，諭之曰：「今日寡人練兵伐許，姑試汝等之能，何惜一乘之車乎。」遂命各賜良車一乘，復以鐵弓賞考叔。齊魯二公見鄭兵勇猛，咸側目相駭。

是日，大兵前進於許，許本小國也，聞鄭兵臨城，許侯莊公不敢出戰，乃命軍民雜力置木柵，以蔽城池。鄭先鋒公子曼伯也命一卒一束薪刻，是夜焚木柵而攻城，火光連城，喊聲大作，許人怯無戰心，皆奔入城。潁考叔乃取鄭伯之旗，先登許城，麾而呼之曰：「鄭伯登城，諸將齊登。」公孫子都乃怨考叔奪車之故，在火光見考叔登城，乃拈弓發矢，默射考叔。考叔中箭，墜城而死，鄭伯亦不知爲子都謀也。

許城既陷，許侯從北門走出投衛。衛侯曰：「我國初被鄭伐，不能容汝，汝可奔宋。」許侯復奔宋，鄭伯與齊魯二侯入許收軍，已失考叔。鄭伯大哭，謂二侯曰：「潁考叔乃勇而忠，純而孝者也。一饔而悟寡人之天性，今從征而喪於陣，是以哭之。」乃命設酒餚，親爲制文祭於軍前。其詞曰：

嗚呼考叔，天縱其純。事母以孝，報國以忠。
動全禮樂，戰備折衝。正茲謀翼，云胡遽終。
既痛我曲，復慘我容。聊奠清漿，以盡我衷。
嗚呼此恨，其何能窮？

祭畢，鄭伯詢許侯，許之文武奏曰：「已奔宋矣。」鄭伯謂二侯曰：「舉廢國繼絶世，此天子之事。」共具表以奏於天子。發落使者，星夜來周見天子。天子下詔令鄭伯立許新君，移兵伐宋回朝。三侯共議，令許大夫百里（大夫名），奉許侯之弟許叔立爲諸侯。

是日，遂發兵伐宋，三兵殺奔郜而來，鄭伯取郜之地送與魯侯。宋公聞鄭伯至，問群下抵守之策。司馬孔父嘉奏曰：「鄭伯乘得勝之兵，整國前來，國必空虛，若堅城不出，遣一大將統一枝兵，含枚從間道取長葛，鄭兵俱，必回救之，然後我大軍從後襲之，鄭伯可擒。」司空華父督奏曰：「鄭兵勢如虎狼，我郜已破，不可遣兵遠出，只宜堅拒，求救於衛，方可免患。」

孔父嘉甚爭之，宋公遂命嘉督兵從間道來攻鄭之長葛，華父怨嘉之不從己説，乃默遣使於鄭，見公子馮（宋穆公之子殤公之侄，平王五十一年奔於鄭國），言：「孔父嘉起兵侵鄭之長葛，汝能領兵以擒孔父嘉，我不日謀汝歸而繼位。」馮得書大悦，即與鄭大夫祝聃謀救長葛，聃率鄭國留守之兵八千來至長葛，卻好遇宋兵於城下，兩軍相對屯營。孔父嘉悔曰：「我料鄭兵不知防守，令祝聃率兵拒我，長葛又不能取，國家又有大兵在圍，首尾不救，此事何如？」將校藺仲堪進曰：「主公何懼鄭如虎哉？今鄭之大兵盡在宋境，彼國無甚兵，但聞我師攻鄭，特率老弱以張兵勢耳。若我師一戰，雌雄決矣。」公使哨馬探其兵勢強弱。哨馬回報：「鄭兵盡老弱，不下五千餘人而已。」嘉大悦，傳令三軍披掛，夜半劫鄭兵之寨。

時當三更，〔一〕宋兵盡含枚至鄭寨外，孔父嘉挺鎗而入，只見寨内空虛寂寂，悄無人聲，〔二〕嘉引衆兵大喊殺入。轅門外一聲火炮，四圍殺進，嘉見鄭兵衝突，知陷其計，遂與仲堪拚命殺出。外營祝聃大喊一聲，手起刀落，仲堪分屍於馬下。嘉急抽回，將盔甲棄於寨内，扮步卒走出，聃始不知追趕。嘉領敗兵八百餘人，回見宋公。公大驚無措，鄭兵在外攻城又急。華父奏曰：「喪兵速禍，皆嘉之罪，乞斬嘉以謝鄭伯，圍可解也。」公以嘉爲先朝大臣，不忍加誅。群臣咸諫曰：「嘉雖有喪兵之咎，其忠於爲國，不可加刑，貶謫可也。」忽鄭使至宋，公問其來故。使曰：「鄭伯責公侵長葛之罪，若不出降，來日必破城入朝，寸草不留。」公大驚，不能對。華父大聲曰：「主公不聽臣謀，而信孔父嘉之淺識，今日禍至於此，尚惜一嘉而寧亡國乎？」公默然不語，華父拔衛士之劍，斬孔父嘉於殿前。不知性命如何？

〔一〕「三更」，余象斗刊本作「三軍」，據龔紹山刊本改。

〔二〕「悄」，余象斗刊本作「俏」，據龔紹山刊本改。

周鄭大戰於繻葛

華督既斬嘉之首級，付鄭使曰：「讒賊已誅謝罪，來日宋侯親出城勞軍，以乞退兵也。」鄭使出，群臣皆側目相駭。華父揚聲曰：「來早，汝君臣不出城勞軍，任從汝退。」鄭兵遂出朝。群臣奏曰：「華父擅殺大臣，有無君之心，請除之。」宋公含淚問群臣曰：「此賊欺罔久矣，何以除之？」群臣曰：「來日進朝，主公傳旨斬華父，臣等率城中軍民，與鄭兵一戰。雖敗，君臣亦死社稷，無待束手受擒。」公然之，群臣退朝。有閹人秦炯來報華父，華父大怒，乃修書遣人寅夜從城隙中出，見鄭伯言來日殺宋公，開城門出降，但要立公子馮爲宋後。鄭伯大喜，至次早，朝門始開，文武未集，華父率本府校士八百餘人持戟上殿，數宋公罪曰：「自伊即位，軍旅不息，民不安生，我奉鄭、齊、魯三諸侯之命除汝立新。」〔一〕宋公正欲逃於後宮，督投戟以中公後腦，遂死。群臣聞督弑君，正欲率衛士來討督之家人。開四門迎兵入城，督出迎三侯於朝，群臣只得見鄭伯，鄭伯遂遣使歸鄭，迎宋公子馮歸國。三侯共立馮爲宋侯是爲宋莊公，督背賂三侯，三侯立督爲宋太宰，盡取宋之帑藏班師，三侯歸朝。

〔一〕「除汝立新」，余象斗刊本作「除立新」，據龔紹山刊本改。

王大宴三侯，遣鄭伯歸國。王問群臣曰：「此行本欲瞰鄭伯之過而奪政，今既討二國得勝來朝，其事若何？」群臣咸曰：「鄭伯奉王命得專征伐，其勢愈熾，今不早除，恐後難削。」王曰：「彼既有功，難以爲辭。」周公黑肩進曰：「臣有一計，使鄭伯吞聲受伐，以免諸侯見忌之心。」王問：「其計何如？」周公曰：「昔者先王武王時事曾以原溫邑名以下十二邑之田其十二邑乃溫原以其蘊郟儹茅向盟州陘　不十三邑乃是也，以蘇忿生爲采邑蘇忿生，周武時司寇也，後忿生叛，此田今爲北邊曠土，朝廷累欲取之，北夷霸占，不能恢復。王明日遣使賫詔，賜鄭伯十二邑之田地，以賞征伐之功。鄭伯受之，則上表辭謝，待彼將營此田，〔一〕自要與北夷爭鋒，我得乘間觀其勝負，就中取事。彼若知而不受，必怒不上謝表，然後王下詔率列侯之兵，共伐鄭伯不恭之罪，鄭伯受伐者無辭，列侯起兵者有義，一舉而兩得矣。」

王大悦，即遣使賫詔往鄭，鄭伯謝恩，厚禮遣歸。群下聞王賜十二邑之田，咸皆稱賀，獨上大夫公子呂曰：「此田非欲賞明公之勞，特釣我國之禍也。」鄭公問其由，子封曰：「臣聞此十二邑乃武王時封蘇忿生之采邑，忿生叛，此田没於北夷，朝廷累不能取，明公秉國之政，豈非不知此事耶？」鄭公俯思良久曰：「誠有是也。」子封又曰：「天子本欲奪明公國政，難以爲辭，故將此田賜明公，彰專寵以欺列侯，公如取之，則自要與北夷動戰，如其不受，是又得不恭之罪，必加之征討，此周王將無取有之計，明公何不審耶。」鄭伯曰：「無子封，幾入周君臣之套也，然則今日之處若何？」子封曰：「姑申謝表，然後遣使與北夷取之，北夷不還，然後上表辭還，庶幾兩處不失。」鄭伯然之，遂裁謝表以上。遣使往北夷取田，北夷主懼鄭伯之威，遣使奉

〔一〕「待」，余象斗刊本作「特」，據龔紹山刊本改。

十二疆界而來，鄭伯厚謝遣歸。

卻説天子設朝，聞鄭伯取十二邑之田，不片言而得，乃問於周公，周公曰：「王可遣使告鄭伯曰，鄭之於周，兄弟之國，國家祀事與鄭一同，欲求鄭之鄔、劉、蔿、邪四邑歸周，以供祭祀，鄭伯必不肯奉，然後會列侯之兵，討其不供祖祀之罪可也。」王喜，遣使以往鄭，告曰：「天子以周、鄭同宗，今賜賢伯十二邑田，國家供祀田少，欲求汝鄔、劉、蔿、邪之田，以助祭祀，不知賢伯何如？」鄭伯曰：「容商議。」使者出，伯問於群下，子封曰：「此削政之意明矣。」伯曰：「然則奉田以上何如？」子封曰：「不可。割田不已，必至削政，削政不已，必至滅國。明公但舍其大績，〔一〕舉政歸朝，退守臣職可也。如其不然，必拒命而後可。」太子忽進曰：「我父爲國家征宋伐許，結怨於鄰國，一旦解國大柄，則諸侯之兵畢集，鄭不保矣。寧上表辭田，如天子必欲取之，則棄臣節而拒命，庶幾不失爲霸國也。」伯然之，上表入朝辭田。

天子與群臣商議。周公曰：「王可即此事爲辭，傳詔於列侯，命會兵於繻葛，以伐鄭伯不供之罪。」王命虢公林父爲先鋒，蔡侯、衛侯副之。周公黑肩爲左翼，陳侯副之。王親率大軍於後，殺入鄭來。鄭之繻葛戍卒馳報於鄭伯。鄭伯聞之，問子封計。子封曰：「事到如今，不得不爲，公當率兵以拒之。」鄭伯即令公子子元爲左翼，曼伯爲右翼，祭仲爲先鋒，出城三十里下寨。次日，鄭伯列開陣勢，見周陣中黃旗開處，一將當先，雄腰虎背，鑿齒圜睛，手輪剛刀，大聲罵：「鄭寤生背祖宗，違王命之賊，何不下馬受縛，尚敢興兵來拒。」鄭伯橫鎗勒馬，舉目視之，乃王上卿虢公林父也。

〔一〕「但」，余象斗刊本作「俱」，據龔紹山刊本改。

正答應間，鄭太子忽曰：「不斬蛟龍，浪滅蝦族，何益？」望桓公中軍殺來，王兵既奔，虢公抽馬便回保駕，鄭之大兵搶上，公子曼伯持戟望虢公背後一刺，虢公落馬，太子忽拔刀便斫，周公黑肩救起，望西而走。鄭兵四圍桓王，桓王不能出，從馬上手舞雙刀，力敵四將忽子元曼伯。鄭將祝聃拈弓搭箭，望王左肩射中一矢，王倒墜馬下，聃將近前斬之，鄭伯大叫曰：「君子不欲多上人，況敢淩天子乎。且勿動手。」遂令鳴金收軍，周兵始救得天子回寨。是夜，鄭伯遣大夫祭仲，於周寨中問王安否，周公懼鄭兵復至，遂拔寨逃回。鄭兵雖勝，然鄭伯恐得弒君之罪於列侯，故亦不追趕。潛淵居士《讀史詩》云：

君臣大義死無仇，鄭伯如何敢拒周。
敗後徒興安否問，春秋首惡抗王侯。

又一絶：

繻葛風高滾戰塵，鄭莊初動抗王兵。
勁弓偏射周桓駕，戰捷何謙不上人。

桓王既敗兵回，憂憤成疾，問群臣曰：「吾承先王之統，不能匡伏諸侯，反見辱於鄭，卿等爲鄭謀計，以雪朕恥。」群臣咸進曰：「陛下善養聖躬，鄭不足憂。」虢公林父曰：「當今諸侯，惟齊最強，齊與鄭相善，王請差使征齊兵伐鄭，齊不忍加兵於鄭，必率鄭來朝，倘齊鄭相恃爲強，然後下詔大會天下諸侯，將齊鄭兩滅之，可免後患。」王遣使往齊徵兵伐鄭。不知後來如何。

鄭太子救齊辭偶

王使到齊，僖公曰：「鄭與齊本相善之國，焉能背義而相併，如其不伐，又抗王命。」乃謝王使曰：「爲我辭王，不日我將率鄭伯歸朝待罪矣。」使者出，公正欲遣人會鄭伯歸朝之議，忽哨馬報曰：「今有北戎大良小良二胡主名率戎卒十二萬，奔臨淄齊地名而來，望我主早賜定奪。」齊侯問群下戰守之策，大夫閭仲宣曰：「戎人驍悍難敵，况天子以齊兵伐鄭，明公可速求救兵於鄭，使其爲前鋒，我會魯衛之兵以繼之，戎必破矣。然後可與魯、衛二侯共勸鄭朝周，庶幾兩得之矣。」齊侯然之，遣使於三國求救。

一使直投鄭來見鄭伯，具其事以告。鄭伯曰：「齊有難，鄭不可不救。」乃令太子忽率兵二萬，祭仲副之，前往救齊。太子引兵至齊境下寨，便欲進兵。祭仲曰：「戎卒氣鋭，不可輕進，俟諸侯兵集，然後交鋒。」至次日，齊使來報曰：「衛魯之兵，各屯於齊城，乞太子之兵先進，以二國爲犄角之勢，戎可退矣。」太子忽問祭仲計，祭仲曰：「諸侯救齊，惟我兵氣最盛，可令魯、衛挑戰，戎必拔寨出敵，然後我之大兵襲其後，功在我矣。」太子乃遣使告魯、衛挑戰，明日魯公子五父、衛大夫羊肩二人，果引兵挑戰，戎主大良小良引兵出敵，鬥不十合，齊魯之兵大敗，大良小良拔寨而追。鄭兵遥見戎兵出寨，乃振鼓從寨後殺入，奪卻兵器糧料，戎卒急追大良小良回兵救寨。鄭兵伏爲四隊，戎兵有勇無謀，乃望本寨殺入，鄭兵雲合，將二良斬於馬下，盡擄戎之旗鼓而獻齊侯。

齊侯聞鄭得勝，喜不自勝，乃開城門，以迎諸侯之兵，謝曰：「遠勞跋涉，孤之罪也。」諸侯曰：「與鄰國禦夷，中華之禮，何勞之有。」齊侯設大宴於昭勛殿以待。三人謂華父曰：「魯乃周禮所萃之國，煩大夫爲我序賓。」羽父曰：「魯、衛、鄭雖皆同姬姓，然鄭乃伯爵，若以朝禮享之，魯當居右，衛居次，鄭班在三。」太子忽恃有大功於齊，及宴乃居下位，甚有不忿之色。酒至數巡，齊侯起曰：「天子分茅錫土於諸侯，諸侯所以供貢朝儀禮也。往歲天子欲削鄭政，以致君臣交戰，此非先王命土分侯之意。今孤與二大夫勸鄭伯歸朝，奏天子赦其前罪，遂合君臣之好，公等何如？」羽父與孺羊肩對曰：「明公所推，不失君臣之體，極乃盛德事也。」太子忽起辭曰：「令在家尊，小子不敢知。」齊侯曰：「此言是也。」約再日請會鄭伯商議。酒罷，各請回國，相送出城。閻仲宣告齊侯曰：「鄭太子有大功於我，而魯大夫黜其下位，心見其有不忿之色，請以明公公主以妻太子，結成三國之好，庶幾不速怨於鄰國。」齊侯遂命仲宣往見忽。

時忽歸寨，正怨羽父慢己於下位，欲率兵攻羽父。祭仲曰：「不可。姑容歸國圖之。」言未訖，仲宣至，告曰：「寡君以太子保全齊國，無所申敬，故以幼女侍巾於殿下，因義而結親也。」太子辭曰：「人各有偶，齊大鄭小，非吾偶也。況吾奉父命以救齊國之急，若受室而歸，是私婚也。〔一〕大夫爲我謝齊侯，是不敢奉命耳。」仲宣出，祭仲曰：「汝之弟兄眾多，庶母專寵，汝不娶大國爲援，日後爭長，以誰爲倚？」忽曰：「國家立嫡以長，豈有他故。」不聽。少頃，齊仲宣復來。祭仲曰：「如齊使此來，公可諾之。」忽曰：「然。」及宣至，曰：「寡君以太子辭婚，不敢強命，特奉金帛各五車，聊資軍餉之萬一耳。」忽辭而不受，宣再三勸納，

〔一〕「私」，余象斗刊本作「師」，據龔紹山刊本改。

太子受其禮。

次日，謝齊侯而歸見鄭伯，言魯五父簡慢鄭國之故。鄭伯怒曰：「羽父辱我太甚。鄭雖伯爵，功高衛、魯，何得班我兒於下位。」子封曰：「天子欲削鄭土，皆魯之君臣爲其設計，今若果此慢鄭之故。加兵於魯，魯破天子孤立，諸侯必相率朝鄭，鄭之霸業成矣。」鄭伯遂令忽領三萬精兵伐魯，忽領兵屯於郎。

卻說魯聞鄭兵犯境，魯侯乃奏天子，欲以王師拒鄭。時桓王憂疾，聞鄭伐魯，乃長歎曰：「齊侯不能率鄭以朝，反教鄭攻魯，此列國逞強，王綱愈弱。」其疾愈篤。是夕宣周公、虢公受遺託，謂曰：「長子陀能持國務，不待朕慮，然次子克，年雖幼小，聰明愛敬，朕鍾愛之。朕歿，煩公保護之。」二公頓首曰：「奉旨。」是夕王崩，在位一十三年，時春三月乙未也。群臣乃奉太子陀即位，是爲莊王。

鄭祭仲殺婿逐君

莊王即位，設朝謂群臣曰：「鄭今加兵於魯，必欺寡人初立，不能救魯故也。寡人欲率大軍救魯，卿等何如？」周公、虢公皆曰：「王如親出，可寒鄭兵之膽矣。」獨大夫辛伯諫曰：「我王初立，不可用兵，生怨於民。王必欲救魯之急，下詔徵諸侯之兵可也。」莊王猶豫間，忽魯使報到曰：「鄭兵已抽回矣。」王問其故，使者曰：「鄭伯將死，有書追太子忽回傳位，是以抽兵。」王曰：「既如此，可遣兵追之。」辛伯又曰：「臣聞鄭伯内寵多妒，其公子突乃雍姞所生，常有殺忽之意，今忽獨恃祭仲專權，所以得立。王如遣一人告仲，令逐忽立突，使其内自相攻擊，然後起王師以伐之，鄭必破矣。」莊王信其説，止不知立忽立突，乃一面差人往鄭密審虚實。

卻説太子忽得父之書，密密班師而歸。時父疾將革，遂入寢室來見鄭伯。鄭伯謂忽曰：「我國雖小，東征西伐，諸侯咸服，惟失臣職之事。今我殁後，汝善事鄰國，和愛弟兄，量度以漸朝周，使不失諸侯之位可也。」忽問父王：「晏駕之後，國家大臣，誰可任事？」鄭伯曰：「高渠彌可任上卿之職，其餘祭仲、子封、原繁一班兒皆可預政。」言訖而終，忽即位，是爲鄭昭公。

昭公設朝，祭仲、子封、原繁皆進職一級，惟高渠彌不拜爲卿。衆臣進曰：「先君曾有遺詔，進渠彌爲卿，明公罷其職是忤父之政，而蓄怨於大臣也。」昭公乃勉強拜彌爲卿，彌雖謝恩，心甚怨之。鄰國咸來稱賀，昭公謂祭仲曰：「鄰國來賀孤即位者，惟宋乃舅氏之國，不可失禮，卿宜爲孤使宋，以報禮焉。」祭仲受命往宋，未至時，周莊遣人遞書告莊公，執祭仲而立鄭公子突。宋莊公甚喜。周使出，祭仲至，曰：「寡君遣臣謝賀。」公曰：「鄭新君是誰？」仲曰：「先君長子忽也。」宋公怒曰：「爲何不立吾甥突也？」仲曰：「立忽以長故也。」公曰：「孤聞忽乃鄧女所生，吾宋大邦之甥不立，而立鄙人所生之子也，此無他，皆汝匹夫所謀也。」遂命推仲斬之，然後動兵逐忽立突。仲惶恐曰：「不必斬臣，但得明公詐書，會忽於宋鄭境，仲臣謂奉突而立之。」莊公聽其謀，遣仲歸，且誡曰：「汝歸不逐忽而立突，吾必舉兵至鄭，滅汝之族矣。」仲唯唯而退。

既歸見昭公，昭公問曰：「宋公曾道甚來？」仲曰：「宋公聞主公即位甚喜，但令臣帶回書一封在此，主公可自覽之。」昭公覽罷，曰：「原來宋侯約本月欲與孤會獵於境也，孤欲不往，是示怯於鄰國。」傳令大治車駕，盛陳文武，出與宋侯會獵。昭公方出城五十里，祭仲潛入城，奉公子突即位，詐頒雍妃之詔曰：「鄭忽不德，初踐位即狩獵勞民，不稱先君之望。今共群臣議，廢忽而立突爲鄭侯。」昭公在外聞内變，便旋車駕時，祭仲使衛卒堅閉四門。昭公怒，正欲攻城，祭仲使人於城西南，虚張旗幟，鳴金振鼓，以稱宋人攻昭公。昭公聞之懼，遂棄文武單騎奔衛。仲開城門，與群臣入，群臣不知其爲詐，俱信是雍氏之詔，皆朝突爲鄭伯，是爲厲公。

祭仲即以厲公爲己所立，乃傲慢朝廷，厲公不悦。一日，祭仲之婿姓雍名糾字伯合，時爲内侍，常怨祭仲得權不遷己官。在厲公傍，見公有憂色，進曰：「明公若有不豫色，莫非爲上卿祭仲乎？」公愕然曰：「卿何以知之？」糾曰：「臣適見祭仲入朝，有傲慢主公之禮，小臣甚不忿之。」公曰：「卿既知此，爲孤處之。」糾曰：「此誠易事，祭仲乃臣之妻父，是月十五乃仲之誕，臣置酖於酒中奉壽，則不血刃而仲受戮矣。」公曰：「汝既是仲婿，何忍毒彼？」糾曰：「臣荷先君職居下僚，今仲執政，但他門下之人皆得進職加官，不擢臣居上職，是以怨之。」公曰：「如此，卿能除仲，即拜卿爲大夫。」糾謝歸家，謂妻祭氏曰：「你父居權要，鄭伯惡其專政，令吾於是月十五謀你父，你意何如？」祭氏曰：「婦人之道，適人從夫，何敢拒命。」糾大喜。

至期，方與妻同至仲府賀壽。祭氏先歸，問母親曰：「婦人之道，父夫二者，其孰更親？」其母曰：「人盡夫也，皆可嫁也。惟父獨一人而已。」女曰：「然則父親於夫也。」言未訖，雙眼淚下。其母曰：「此爲何？」祭氏盡以糾將殺仲之故告之，其母告於仲。仲大怒，及糾至，將上賀，仲接酒傾地，火光焰烈，遂命家人捉糾斬之。

由來男子本剛腸，謀及婦人遂不藏。
雍糾斗筲難料此，致成事敗與身亡。

祭仲即斬雍糾，以其屍暴於周池，率家臣數百人，持戈入朝。近臣知其事以告厲公，厲公曰：「雍糾謀及婦人，宜其死也。」遂從北門出奔蔡。祭仲仗劍入宮，聞厲公出奔，乃率群臣迎昭公歸國。

齊襄公戲妹陷彭生

昭公既歸復國，亦知先爲祭仲所賣，將欲殺之，懷其有迎己復位之功，亦置而不問。乃問群臣曰：「今鄭因國家不幸，弟兄相殘，遂舍周、魯之戰，今孤欲率兵伐魯以攻周，以繼先君之志，何如？」子封曰：「内難不靖而欲外攘，此速亡之兆也。今明公内有兄弟相妒不安，舉兵遠出，臣不知計將安出。依臣愚見，今周公黑肩專政，莫若遣使厚賂黑肩，使阻周政，周不加兵，魯亦息戰，然後我得内治，候在國安兵盛，待時而舉，無不克矣。」昭公依子封之奏，取金寶遣使於周見黑肩。黑肩得鄭之賂，次日進朝，言於莊王曰：「今周與鄭，連歲交兵，兵疲國虚，卒無所益。據臣膚見，莫若罷兵息民，垂拱以安國。」王曰：「鄭國弟兄内攻，一加兵即滅其社稷，正其時也，冢宰何爲又言罷兵？」肩曰：「鄭雖有内難，然其帶甲百萬，戰將雄多，加以子封、祭仲，運籌於内，臣以征鄭之兵，勝敗未卜，反招天下諸侯叛周之心，王熟慮之。」王曰：「此非朕與卿二人所能遠料也，姑容明日與群臣議之。」

肩出朝於午門外，遇莊王之弟名克字子儀。儀曰：「冢宰何退朝之晚？」肩具其事以告，子儀遂攜肩手，進於肩府中，二人坐定，肩屏退左右，告子儀曰：「先王親愛殿下，臨崩曾托肩傳位之事。今觀汝兄王行移，無復有傳汝之意，此肩不能贊助，所以負愧於先王也。」克曰：「然則冢宰望爲區處。」肩但目視子儀數次，子儀知其意，告別而出。大夫辛伯見子儀從肩府中出，乃會其意，輒入朝見王，〔一〕奏：「周公黑肩與御弟克謀反。」王令辛伯率衛卒五千伏於殿陛，次早黑肩果挾短劍入朝，奏王罷兵之事，王復以前議告之言。至日昏，群臣皆退，惟肩不出。

王將退朝，肩隨王入宮，言稱進諫，其實欲弒莊王。莊王見其將近，大聲曰：「冢宰欲逼寡人耶？」伏卒齊起，辛伯挺劍碎肩之首於後宮，搜其懷，果有短劍，遂請王命率衛士來捕子儀。子儀聞事發，乃奔於燕。莊王既誅黑肩，自歎曰：「先王跡息澤竭，故吾兄弟尚且自相攻擊，況可以罪責他人乎。」乃召魯桓公曰：「周綱不正，弟兄相攻，本欲興兵伐鄭雪恥，奈國家多故，不能區處，寡人欲息此刀兵，惟齊侯可以伏鄭，汝乃齊侯之妹夫，可代寡人往會齊以圖焉。」桓公受命歸國，與夫人文姜商議往齊。文姜曰：「齊父母之邦，妾願同往。」大夫申繻諫曰：「女有家，男有室，無相瀆，瀆則亂也。女子父母在，則歸寧。今夫人父母既没，不可往齊。」文姜不聽，堅意欲往。桓公不禁，遂與同往。

至於濼齊，僖公已死，襄公嗣位襄公名偖兒。聞桓公與文姜同至，遂遠迎入城，宴其夫婦於清光臺，酒中襄公見文姜桃腮杏臉，眼去眉來，遂起姦淫之心，瞷其起身更衣，遂踵其後，以拽其衣。文姜曰：「兄妹之禮，不當近褻。」齊公不顧廉恥，遂因而淫之。襄公恐桓公所覺，乃與之出獵於齊囿，密使公子彭生於囿中先藏，弒魯公。

是日，齊人整隊伍獵於囿中。二騎隨行，只見山明水秀，草木蒼蒼，麋鹿交戲，鴛鴦爭飛，齊襄謂魯桓

〔一〕「見王」，余象斗刊本作「王」，據龔紹山刊本改。

曰：「明公之囿，魯有此樂乎？」魯桓曰：「敝邑之囿狹隘，雖有鳥獸之往來，亦無草木之鬱茂。」齊襄乃停驂而吟詩云：

苑囿春晴鳥雀喧，山光呈翠水聲湲。
依人麋鹿相忘慮，回視文王共輻輳。

魯桓聞其語韻清嘵，亦在馬上口占一律以寫其景云：

草木交枝生意濃，猴猿連臂笑東風。
蒼蒼苑囿春如許，皆在賢侯惻隱中。

吟畢，齊襄於馬上斂手謝曰：「承譽太過，何德敢當。」言訖，只見山背後一群小雉錦羽相戲。齊襄顧謂魯桓曰：「君試看孤發矢取弟三個雉耳。」乃拈弓搭箭，弦響處，五色離披，倒翻於青草坡邊。衆從者喝采一聲，魯桓稱賞。須臾間，石泉澗下，古檜林中，群猿連臂下飲。魯桓謂齊襄曰：「君試看孤投鎗取第四個猿耳。」言罷，躍馬横鎗，正欲跳澗投猿，早不知公子彭生仗劍伏於蘆葦深處，乃大喊一聲，從後斬桓公於馬下。襄公佯作奸細所刺，詐謏而歸，魯之從卒咸見彭生所弒，乃奔歸魯告諸大夫。大夫申繻聞其事，即奉公子同即位，是爲魯莊公。莊公即位，乃欲舉兵伐齊，申繻曰：「齊強魯弱，不敵明矣。只遣使問罪，如其不服，然後率諸侯之兵而討之。此勝勢在我矣。」於是，遣使往齊告齊襄公曰：「寡君奉王命至齊，賊子彭生輒弒之，不知其君命之乎？敬請其故，然後動兵問罪。」齊襄公事露，謂魯使曰：「其實彭生之奸，孤不知也。」乃誘彭生入朝。生以爲賞己之功，速趨於朝。襄公不容其訴出事根，故大聲曰：「彭生弒魯公，左右合爲我斬之。」左右拔劍來斬。彭生不知性命何如？

齊襄公貝丘遇怪

襄公喝令斬彭生，彭生欲訴其教己之故，則頭早落於地矣。囊其首，更備金帛數車，遣使謝魯，其罪一歸於彭生。自是文姜不歸魯，日與齊襄飲宴淫亂。國人作詩以譏之曰：

南山崔摧，有狐綏綏。
魯道蕩蕩，齊子由歸。
既又歸止，曷又懷止。

後人有詩曾譏魯桓公云：

男女閨門最要珍，魯桓何事與同行。
當時若聽申繻諫，不作亡軀亂紀人。

一日，齊襄與文姜宴於御花園，大夫連稱、管至甫二大夫相率上表，諫齊襄不宜留文姜在齊。齊襄怒，貶二人往戍葵丘齊地名，且誡之曰：「今瓜熟之時而戍，明年瓜熟方喚汝回。」二人即日便往葵丘。自是國中無人敢諫者。文姜曰：「我先君奉王命至齊，所以欲啟和鄭也。今先君卒於本國，而鄭又不和，妾終年在齊與君作樂，非惟得罪於先君，如王知之，君亦何安？」齊襄悟，將往鄭說鄭伯朝周。忽鄭使至，曰：「鄭國上卿高渠彌弒鄭伯，今立忽之幼弟子亹，將欲與君侯會盟於首止。」齊襄大怒曰：「忽爲鄭之長子，奸臣焉敢無禮以殺之？」遂回書，許子亹之會。

命石之紛、孟陽二將，引兵五千，伏於首止，以聽行移。至期，子亹與高渠彌相從至首止，見襄公曰：「敝邑與齊乃唇齒之國，今亹新立，不敢自私，故會明公以尋舊好。」齊襄問：「令兄因甚而殂？」子亹曰：「因病而死。」齊襄怒曰：「匹夫無故使賊臣弑君，焉敢瞞我。」遂命孟陽於座上擒子亹。子亹驚曰：「非孤敢立，乃上卿高渠彌也。」渠彌見事發，遂奔歸，不上三里路，逢石之紛。擒見襄公，襄公命斬子亹於野，車裂渠彌之屍，謂鄭之從臣曰：「可歸迎公子突復位，否我必來征鄭。」卒歸告祭仲，祭仲自思突乃是吾逐出蔡，今若再迎而立，恐其害己，不如立子儀爲君，以塞其禍。遂立子儀，厲公在蔡聞子亹被齊人所殺，祭仲立子儀，欲歸爭位，遂入櫟，櫟之大夫檀伯堅拒城門而不納。櫟城百姓自相謂曰：「舊君將入，大夫何爲而不納？」遂殺檀伯，開城門，鼓舞拜迎於道路：「我等願奉公入鄭正位，戮奸臣以泄舊恨。」厲公見百姓戴附，將謀入鄭。祭仲聞之，急使大夫傅瑕領五千甲士屯於大陵以拒。厲公時無兵，只得暫居於櫟，百姓勸其養兵蓄糧，俟時而動。

卻説連稱、管至甫戍在葵丘及一年，襄公全不使人代之，二人怒而相謂曰：「齊君不納我等之諫，反遠貶出戍，既約及瓜熟而代，今瓜熟而代者不至，今不願爲保身之計，禍將及矣。」至甫曰：「然則如何？」稱曰：「吾聞公孫無知乃齊侯之從弟，先主在（謂僖公也）時，常愛惜之，今齊侯減其祿爵，無知甚怨，不如遣人謀於無知，弑齊侯立其爲君，則我等富貴，豈不久哉。」至甫然之曰：「他人耳目長，不可輕泄，〔一〕非可親往，其事

〔一〕「可輕」，余象斗刊本作「拴」，據龔紹山刊本改。

不成。」至甫曰：「從夜逃歸見公孫無知。」延入問曰：「公成葵丘，何以至此？」至甫請屏左右告曰：「齊侯失德，淫於其妹而弒魯桓公。鄰國聞之，不日齊爲丘墟矣。公子念先君鍾愛之恩，保全社稷，宜除無道踐其大位，交睦諸侯，豈不美哉？」無知默然良久曰：「此吾志也，奈無與所謀之人。」至甫曰：「良臣擇主，良禽擇木。公能有志以成其事，臣請任其謀。」無知問其計，甫曰：「昔者先王常於春秋狩於田野，以省耕省斂，此政齊廢久矣。公子來日上表，令其修先王之政，秋獵於田。齊侯從而出狩，伏兵郭外待其歸而殺之，大事成矣。」無知然之，匿至甫於家。

次日，無知告襄公曰：「臣聞春省耕而補不足，秋省斂而助不給，此先王之大政，古今之通議。今此政齊廢久矣，而民間田野不辟詞訟日繁，乃國家大弊。兄侯能修舉此政出狩，則民殷國富，鄰國愈加敬畏也。」襄公然之，遂命整駕出狩。忽一人自外而入曰：「不可出狩，車駕若出，勞民傷財，況且列國刀兵滾滾，恐招奸細小人。」公視之，乃大夫鮑敬叔之後，姓鮑名叔牙。見爲公子小白襄公小弟大傅也。公叱之曰：「出狩乃爲政急務，何勞民之有。」不聽。叔牙退朝，與友人管夷吾曰：「齊侯政令無常，使民慢易，今不早去，國將亡矣。」管仲然之，叔牙遂奉公子小白即齊桓公，出奔於莒。管仲、召忽時爲子糾之傅，聞其說，亦奉糾奔於魯。管仲字夷吾，居潁上即今青州府潁川縣是也，少與叔牙相善，同賈分金，仲家貧，叔牙常多與之，故二人智慮相同。

次日，襄公率文武從駕遊於姑棼，轉獵於貝丘。時秋末冬初，寒威乍作，黃葉紛飛。襄公在馬上見楓林似染，衰草連天，遂披襟感興，而賦之曰：

秋光暮兮楓葉翻，寒威作兮露正漫，蒼煙凝翠兮光景盤桓。

因見田疇廣辟，百姓眾多，又賦之曰：

田疇辟兮疆界寬，雞犬聞兮生齒繁，千乘之國兮我獨奠安。

歌畢，寒風颼颼，日色慘淡，行過樹林密處。忽有一大豕，橫擁於馬前，公在馬上，呼左右曰：「何不爲我射此豕乎。」左右舉目視之，告公曰：「非豕也，乃公子彭生跳梁於道上。」襄公怒曰：「白日青天，怪從何出？」遂發矢以射之。豕作人啼罵曰：「爾淫妹而駕禍於我，汝祿將終，尚發矢以投我乎？」言訖不見。襄公大懼，倒翻於馬下，口吐鮮血，不省人事，左右扶歸。不知性命如何？

齊召忽從主死節

襄公車駕回至東門，管至甫伏兵一起，刺襄公死於車中。連稱亦歸，奉無知而立之，群臣不朝。有一人挺劍而入，數無知之罪曰：「汝弑君之賊，焉能主齊社稷，吾奉内宫之旨言是襄公夫人之旨，斬汝逆賊，别立新君。」無知正欲奔走，其頭隨劍落下殿下。衆視之，斬無知者，乃中軍大夫雍廩也。至甫、連稱見事發，出走於外。魯莊公聞齊國大亂無君，謂公子糾曰：「汝兄既死，無知亦亡，公子盍往而正大位。」糾曰：「無一旅之師，何能興國？」莊公曰：「孤助公子精兵五千，命召忽、管仲送汝歸國。」糾遂謝而出魯，至中途，納喊振天，旌旗蔽日。忽人報：「莒人與鮑叔牙奉公子小白歸也。」管仲告糾曰：「小白將先入齊，仲將先入齊，仲請分兵，從間道以阻之。」糾許仲遂從山陰後抄出，以精兵遮道，謂小白曰：「我主兄也，汝弟也，焉得爭先奪位。」遂拈弓搭箭，直射小白，小白馬上翻身一閃，其箭正中玉帶之鉤，白遂收其矢以囊之。莒人奄至，管仲不能抵阻，大夫雍廩開城門，接小白入城，群臣奉其即位，是爲齊桓公。公子糾與管仲攻城不下，乃回魯，請益兵來爭位。

桓公即位，賞功罰罪，升雍廩爲上大夫。問群臣曰：「公子糾在魯，孤之寢食不安，此事若何？」鮑叔牙曰：「臣請得精兵五千於魯，説魯以殺糾，如其不然，臣願生擒糾於魯中。」桓公聽其言，遂與精兵五千，即日竟奔魯，屯於長勺。牙使人遞書告魯莊曰：「寡君以諸侯咸服，百姓戴己，故得奉先君之祀，而踐大位。今既立國，國無二君，公子糾與寡君手足，不忍加戮，願明公爲我討之。管仲、召忽請囚歸以戮，否則齊魯將爲仇敵矣。」莊公得書，問於大夫施伯，施伯曰：「若小白爲君，叔牙爲臣，必強齊霸國，不如殺糾以和鄰國是也。」莊公遂召糾入朝，謂曰：「齊侯有詔令斬汝。」糾大呼曰：「魯侯何懼小白，成我而不終乎。」左右遂擁糾斬之，將囚召忽、管仲，召忽仰天慟曰：「忽爲人臣，不能爲主討賊，主亡而反事仇敵，非吾志也。」遂頭觸殿陛而亡。管仲甘心受囚。潛淵《讀史詩》云：

召忽平膺子糾恩，主亡何忍苟偷生。

莫言小諒非臣守，曾有何人追仲能。

公子糾與召忽皆死，施伯告莊公曰：「管子天下才也，不可送還於齊。」莊公令囚於生竇：「待孤請齊侯赦其罪，然後釋囚，便爲我用。」遂囊糾、忽二首級，付與叔牙歸齊。叔牙將糾、忽之首級歸見桓公，公拜牙爲上宰，使預國政。叔牙辭曰：「君加惠於臣，使不凍餒，則君之賜也。若必治國家，則非臣之所能也。其管夷吾乎。臣所不若夷吾者五：寬惠柔民，弗若也；治國家不失其柄，弗若也；忠信可結於百姓，弗若也；制禮義而法於四方，弗若也；執枹鼓立於軍門，使百姓知勇焉，弗若也。」公曰：「昔者管仲射吾一箭，偏中帶鈎，吾藏之，以待報仇，今若得之，吾當斬首，何可更用？」叔牙對曰：「臣聞明主立賢無方，不念舊惡。管仲有經濟之略，明公當置怨而用之，方能富國強兵矣。」

桓公從牙之説，差使往魯。牙又曰：「施伯魯之謀士，今若知齊將用管仲，彼必不肯放還，必得能辨使者，方得而歸。」公曰：「誰可奉使？」牙薦一人，乃齊莊公之曾孫，戴仲之子，公孫隰朋也。桓公大悦，遂命隰朋使魯。朋至魯告莊公曰：「寡君有不令之臣名管仲者，見囚在魯，命臣乞歸斬首，以戒不忠。」莊公問施伯，施伯低與公曰：「管子天下才也，故齊侯欲脱歸而用之。若管仲用於齊，則魯國必弱。公宜殺之，以屍付其使可也，庶免後患。」莊公欲殺仲，以屍還隰朋。隰朋曰：「寡君以管仲遮道射其帶鈎，欲親手戮之，以雪舊恨，若以屍還齊國，寡君何以釋恨，何以戒群臣？」公謂施伯曰：「齊侯果欲殺管仲，又焉用之？」遂命取仲付隰朋，朋謝而歸。

至堂阜，叔牙聞仲生還，親至堂阜解其縛而禮之。管仲曰：「吾該死賤俘，子何待我？」正欲觸道而死，叔牙忙救之曰：「賢友抱經濟大略，不遇明主，是猶明珠藏土。今主上尊賢納士，大度寬仁，子能舍怨而事，則可展子之志矣。」仲泣曰：「吾食公子糾之祿，糾死不能仗節而亡，今又棄怨而事仇，有何顏立於世哉？」叔牙曰：「吾聞大丈夫執貞而不拘，子能舍怨事仇，展經綸之才，致太平之治，垂功於竹帛，揚名於後世，豈不爲美，又何必效區區之小信乎。」仲乃與叔牙入齊。

管夷吾條陳霸策

叔牙先見桓公曰：「管仲既至，主公舍其舊日之怨，效明王而尊禮之，庶幾賢才方爲我用。」公悦，親自出迎，入朝賜坐。仲稽首拜曰：「臣乃該戮賤俘，得蒙君宥不死，亦爲萬幸，何敢預坐。」桓公乃赦其罪，仲謝恩。公問曰：「齊乃千乘之國，列於諸侯。自因先君政令無常，以致國勢不大。寡人欲修國政，立綱陳紀，其道何如？」仲對曰：「禮義廉恥，國之四維，四維不張，國乃滅亡。今明公欲立國之綱紀，必以禮義廉恥而使其民，則綱紀立而國勢振矣。」公曰：「爲之若何？」管子對曰：「昔者聖王之治天下也，其發政施仁，必以愛民爲先。」公曰：「愛民之道何如？」對曰：「公修公族，家修家族，相連以事，相及以祿，則民相親矣。赦舊罪，修舊宗，立無後，則民殖矣。省刑罰，薄稅斂，則民富矣。鄉建賢士，使教於國，則民有禮矣。出令不改，則民懼信矣。此愛民之道也。」

公曰：「愛民之道既行，處民之道若何？」管仲對曰：「士農工商處於四等，則民有定矣。」公曰：「民既定矣，齊國褊小，甲兵不足，若何處之？」仲對曰：「甲兵欲足，制重罪贖以犀田一戟，輕罪贖以鞼盾一戟，小罪贖以金分，宥間罪。索訟者三禁而不可上下，坐成以束矢。美金以鑄劍戟，試諸狗馬；惡金美以鑄鋤夷斤欘，試諸壤土，甲兵大定。」公曰：「兵甲既足，財用不周，何如？」管仲對曰：「銷山煮海，其利通於天下，則財用足而國富矣。」公曰：「國家財用既足，然軍旅不多，兵勢不振，如何？」管仲對曰：「強兵之屬制國，五家爲軌，軌爲之長，十軌爲里，里置有司，四里爲連，連爲之長，十連爲鄉，鄉有良人焉。以爲軍令，五家爲軌，故五人爲伍，軌長帥之。十軌爲里，故五十人爲小戎，里有司帥之。四里爲連，故二百人爲卒，連長帥之。十連爲鄉，故二千人爲旅，鄉良人帥之。五鄉一帥，故萬人爲一軍，五鄉之帥帥之。三軍故有中軍之鼓，有國子之鼓，有高子之鼓。春以蒐振旅，秋以禰治兵，是故卒伍整於里，軍旅整於郊，內教既成，令勿使遷，徙伍之人，祭祀同福，死喪同恤，禍災共之。人與人相疇，家與家相疇，世同居，少同遊，故夜戰聲相聞，足以不乖，晝戰目相視，足以相識。其歡欣足以相死。居同樂，行同和，死同哀，是故守則同固，戰則同強。君有此士也，三萬人以同行天下，以誅無道，以屏周室。」

公曰：「國用既興，兵勢既強盛，吾欲獎率三軍，操練將士，以征天下諸侯，何如？」管仲對曰：「未可。鄰國本吾親也，君欲從事於天下諸侯，則親鄰國。」公曰：「若何？」曰：「審吾疆埸，而反其侵地，正其封疆，無受其資，而重爲之皮幣，以驟聘覜於諸侯，以安四鄰，則四鄰之國，皆親我矣。請以遊士八十人，奉之以車馬衣裘，多其資幣，使周遊於四方，以號召天下之賢士。皮幣玩好使人鬻之四方，以監其上下之所好，擇其淫亂簒弑者而先征之，則天下諸侯，皆信吾不爲併吞，相率而朝於齊矣。」

桓公大悅，齋戒三日，欲拜管仲爲相，管仲辭而不受。公曰：「吾納子之霸策，欲成吾志，故拜子爲相，何如不受？」仲曰：「臣乃有罪之徒，何敢居其大位。明公必欲成其大志，則用五傑，霸業成矣。」曰：「五傑是誰？」仲曰：「升降揖讓，進退閑息，辯辭之剛柔，臣不如隰朋，請立爲大行；墾草入邑，辟土聚粟，多眾盡習之利，臣不如寧己，請立爲大司田；平原廣牧，車不結轍，士不旋踵，鼓之而三軍之士視死如歸，臣不如王子成，請立爲大司馬；決獄折衷，不殺無辜，不誣無罪，臣不如賓胥無，請立爲大司理；犯君顏色，進諫必忠，不避死亡，不撓富貴，臣不如東郭牙，請立以爲大諫之官。君若政治國強，然則五子者存矣。若欲霸王，臣雖不才，強成君命以效區區。」桓公拜管仲爲相，隰朋以下五人皆依管仲所薦。遂出榜於朝門外，管仲所奏已上之政，盡舉而行之。百姓奉法，齊國大治。東屏先生有詩云：

莒道彎弓射帶鈎，納言鮑子竟忘仇。
強齊定霸安夷夏，小諒何防召忽求。

潛淵居士五言一絶，贊美管仲有才，叔牙知人，而桓公納士云：

夷吾負大器，鮑子早相知。
初釋堂阜縛，便爲齊國基。
鋪張政就日，羽翼霸成時。
一舉三賢萃，桓公大可奇。

又有古風一篇：

世降春秋離亂極，君臣蜂起相篡弑。
士抱尺寸文武材，投秦奔楚爭售藝。
夷吾犖犖經綸才，明王不遇甘塵埃。
叔牙一釋堂阜縛，桓公便築迎賓臺。
君臣既合如魚水，謀謨霸策條陳開。
揚眉吐氣通時務，兵能彊盛國能富。
先定四民正紀綱，再制十軌排軍伍。
軍伍既多兵甲強，便出遊騎監四方。

内安王室尊天子，外攘胡夷固夏疆。
諸侯有亂隨征討，扶傾濟弱義堂堂。
堂堂霸策條陳畢，君臣協力相扶弼。
内修文德摟諸侯，外耀兵威制夷狄。
以致生靈溺左衽，千古功名在周室。

楚王加號僭鄖絞

楚子熊通，乃熊渠十一世孫，駕坐郢州，文有鬥伯比、鬥廉、薳音尾章、道朔，武有屈瑕、屈重、屈完、鬥祈，雄兵五十萬，虎視漢東即湖廣邊也列國。一日設朝，諸侯畢至，楚子問曰：「吾楚地居蠻夷荊州古爲荊蠻，所居垂王平水土，分天下貢，故爲荊州，與中國不交，今吾帶甲數十萬，欲觀中國之政，卿等誰敢引駕？」大夫鬥伯比曰：「吾楚久不通於中國，所以不列諸侯之盟，王欲會盟中國，必請周天子賜王加號，然後方可。」楚子悅，遂差隨侯隨，漢東小國，即今湖廣德安府隨縣是也往周請命。隨侯名輦到京，見天子周桓王請命。群臣皆曰：「楚子久失朝儀，已有吞周之意，今又賜王加號，則中國諸侯皆僭，國家危矣。」桓王不許。

隨侯歸告楚子，楚子不悅，遣隨侯歸國。伯比曰：「今諸國諸侯，皆侵淩王室，不貢方物，既不加號，王請自尊大國，驅荊襄之眾，橫行中國，則霸業成矣。」楚子大悅，令築高壇，列陳冠冕。次日，鬥伯比率眾文武，請楚子升壇，尊爲東楚武王，行大禮。訖，楚王降壇受賀，漢東小國，皆來朝貢。惟隨、鄖、鄧、羅四國不至，武王大怒曰：「誰與我引兵伐此四國？」言未畢，右班中一人擎拳擦手，怒目爭瞪而進曰：「臣願領兵。」王視之，乃漢陽人也，姓屈名瑕莫敖大夫也。王曰：「非莫敖即是楚封官名也焉能濟事。」遂賜前部之印，屈瑕掛印，謝恩出朝。忽左班一人大叫曰：「莫敖且留先鋒印，待我來掛。」眾視之，乃監利人也，姓鬥名廉字子清，上大夫伯比之侄也。廉忙奪屈瑕之印。武王曰：「且勿動手，二人可在殿上試劍，高者掛印。」二人拔劍便舞，鬥不十合，各有相擊之勢。伯比止之曰：「臣觀屈瑕，性氣驕傲，若得志，必不慎終。鬥廉雖年少，臣觀知其重厚，可屬大事。前部之印，還須與廉掛之。」王不聽，遂以屈瑕爲正先鋒，鬥廉副之。與兵十萬，東伐隨、鄖。

屈瑕次日升帳，謂廉曰：「今四國何者先？」廉曰：「隨所恃者，鄖、羅諸國，若先攻其牙爪，則隨勢孤而易滅。」瑕然之，大兵望鄖而進，至絞。絞之守鄖邑猛雄，堅閉不出。楚兵不能進。廉謂瑕曰：「絞乃小邑，略施一計則破。」瑕令五百弱軍，采樵於絞之南，令鬥廉帥五千兵伏於北門，自率大兵伏西門，準備襲絞，將士奉計而行。絞之哨馬忙報猛雄曰：「楚兵糧盡，今將班師，而在南山采樵。」雄曰：「楚人多詐，不可動。」乃令壯兵一千，往南山觀之。壯兵至南山，捉楚兵三十名而歸。雄驚曰：「焉能捉得此卒？」壯士曰：「楚卒皆老弱，若出大兵一擊，則盡可拿矣。」雄即披掛，率本城五千兵，開門殺出，楚之采樵者故緩緩而退。猛雄捉兵趕上二十餘里，屈瑕殺入西門，鬥廉殺入北門。猛雄勒馬，殺回絞城下，喊聲大振。屈瑕斬雄於馬下，盡收降卒，大軍進屯於蒲騷。

鄖子聞楚兵破絞至蒲騷，大驚，將校程文龍曰：「楚兵初至，疲弊無戰心，可率大軍屯於蒲騷之南，示其欲戰之勢，一面往隨求救。隨兵至，然後夾攻楚，必敗矣。」鄖子遣使投隨，即率大軍屯於蒲騷之南。哨馬報於屈瑕，鬥廉曰：「鄖兵本無戰意，但張假意以待隨之救。先鋒率一枝兵，截其隨路，我分兵以攻其寨，鄖必破矣。」瑕曰：「鄖人奸猾，試卜其吉凶何如。」廉曰：「卜以決疑，不疑何卜。依吾之計，勝勢在我，何必問卜。」瑕曰：「子清之言是也。」遂率本部屯於鄖城之西。次日，鬥廉以鋭卒攻鄖寨，鄖仲盧聞楚兵奄至，披掛出陣，被鬥廉搶入轅門，斬仲盧於馬下，程文龍見盧被斬，引兵欲保鄖城，屈瑕截其歸路，鬥不十合，瑕刺文龍於陣上。鄖兵大敗，楚人收其降卒，望彭水而進。

楚屈瑕鄖水大敗

楚子大兵屯於彭水羅國地名，哨馬報於羅侯名玨，羅侯欲棄城逃入於隨。大夫郭伯加曰：「不可。今楚先鋒一戰滅絞，再戰滅鄖，其必驕，驕必不備。請得精兵五千，屯於鄖水，以勁弩怯其陣勢，修書與盧蠻王盧地之番王，令以精兵襲後。楚人進退無路，則屈鬥二子，死於鄖矣。」羅侯大悅，遂遣書盧蠻王，又與伯嘉精兵五千，勁弩手八百名，伯嘉引兵屯於鄖岸。楚兵不能前進，瑕果然惰志，終日在帳中飲酒，不圖進兵。鬥廉告曰：「羅侯阻於前，今不速進，倘有奇兵後襲，則我進退無路，先鋒不可不察。」瑕曰：「吾兵離襄郢，勢如破竹，一羅何足道哉。姑待數日，何故多言。」廉又曰：「此間地勢險狹，若久屯兵，必有不虞之患，請速進兵。」瑕叱廉退，下令有再諫者斬。

又數日，伯嘉遣人遞戰書到，請楚兵渡鄖水，以決勝負。屈瑕大怒，裂書於地，斬卻來使，遂令三軍渡鄖水。楚兵正濟半河，羅兵以勁弩列於岸上，箭下如雨，楚兵不能登岸。屈瑕以紅旗右麾而退，前岸塵頭蔽日，喊殺連天，盧蠻王引兵殺至，截住右岸，楚兵大亂，自相扳扯，悉溺死鄖水。屈瑕與鬥廉，力戰登岸奔歸，盧蠻王勒兵後趕，楚兵止存三萬餘人，走至荒谷地名。屈瑕歎曰：「不聽子清之言，以致英雄喪於夷虜。」自縊荒谷林中。鬥廉引敗兵，走回本國。後人有詩云：

膽略驍雄楚屈瑕，征鄖伐絞智堪誇。

　　奈何不慎羅戎戰，空使功名喪谷涯。

說楚王在朝，聞屈瑕伐絞、鄖勝表到。王大悅，伯比奏曰：「莫敖舉趾高縱，其心不懼，若伐絞得勝，其心必怠，王請益兵救之，不然將有後悔。」楚王笑曰：「將家得志，豈有先勝而後敗哉。」言未訖，鬥廉引敗兵入朝待罪，楚王大悔曰：「是孤之過，卿何預焉。」赦廉以復原職，曰：「我兵既敗，隨、羅必恃強，吾不親征，久後必不肯奉貢。」遂以屈重爲先鋒，鬥祈、薳章爲左右翼，太子熊貲爲保駕，大發精兵二十萬，即日出城。

夫人鄧曼（武王夫人，鄧侯之女，姓曼者）餞於西門，酒至數巡，王謂鄧曼曰：〔一〕「吾心蕩矣，再不奉陪。」遂登車而行。鄧曼私謂太子曰：「王謂心蕩，其祿將終，汝在軍中，量勢而行，善事父王。」熊貲拜受而往。楚兵至漢陽府，令尹鬥祈曰：「我師眾多，宜列寨柵於漢水之上，以兵威示隨，隨必自服。」武王不聽，以大寨屯城南小軍山下。是夕，屯軍山上，風折一樠樹，壓王寨。王驚起臥榻，三躍而卒。後人有詩一絕以賢鄧曼有先見之明云：

　　凶吉心神感應通，蕩然不固祿將窮。
　　賢哉鄧曼能先見，楚子終亡樠木中。

軍中搖攘不定，太子欲發喪班師。屈重曰：「若發喪班師，隨必後趕，不如隱喪勿發，三軍直抵隨城，得勝方可舉哀。」於是，軍中總務付於太子，大軍直殺至隨三鐘山，札寨立柵定壘，大張兵勢，詐示久屯之

〔一〕「鄧曼」，余象斗刊本作「鄧姜」，據龔紹山刊本改，後同之。

意。哨馬報於隨侯，隨侯大懼，謀士季梁進曰：「臣仰觀天象，翼軫二星名荊州分野之間殞一大星，主失漢東諸侯。今楚王遠出，大軍直札三鐘，未戰而屯久安之寨，此必熊通卒於軍中，恐我兵襲後，故示此也。依臣之見，莫若深溝高壘，求救鄰國，不日楚軍當盡喪於隨矣。」大夫田少師人姓名曰：「季梁之言，不足爲信。楚王既喪，將士無主，焉能隊伍整齊，營壘布列？」言未訖，楚兵攻城甚急，少師曰：「楚兵甚銳，我孤城不可久持，主公宜將金帛十數車，臣願往楚寨謝罪，庶幾隨國可免。」隨侯即寫謝表與少師。

少師登城，將放吊橋，楚人箭如雨發。少師忙叫：「吾奉命見楚王者，勿發亂箭。」楚兵收弓引見屈重，少師欲往三鐘大寨見楚王，屈重詐曰：「楚王有令，凡事詔我先鋒區處，不必見王。」少師曰：「寡君前失朝貢，致勞大軍圍城。今令少師見王謝罪，若許，則開城門賫金帛，以勞王師，乞存社稷。」重曰：「我主伐隨，正欲問汝不朝之罪。既汝君臣議謝，何爲不許。大夫可賫勞物至此，我當替汝奏王。」少師歸告隨侯，隨侯即將金帛與出勞軍。忽報：「楚先鋒欲入城議事。」隨侯令放吊橋，接屈重入朝，隨侯降階而迎。重曰：「我王恐你君臣議論不定，詔我來盟，如果不定，則約來日攻城。」隨侯連聲曰：「事定矣，事定矣。」遂令取出金帛十車，謝表一道。重受其貢物，當殿立盟而還。少師送出城外，屈重戲侮少師，乃挽其駕曰：「大夫送吾入楚，以觀荊州風景何如？」少師懼辭曰：「容再入貢，以借遊覽，今日不得遠送。」屈重放手作辭而別，楚兵遂班師。

息伯瑗請楚伐蔡

卻說季梁告隨侯曰：「楚人令屈重入朝受盟，此必楚王有變，乞乘勢追擊，楚兵無主，必然喪敗。」隨侯曰：「楚兵壓境，隨幾將滅，今賴數車金帛，〔一〕以全社稷，國之大幸，何可更追，以召其禍。」道猶未了，哨馬報：「楚兵渡漢水，三軍披孝，齊發哀聲。原來楚武王早卒於軍，至是始發喪也。」隨侯曰：「吾見其軍容甚盛，止料其生，誰料其死。皆吾不聽季梁之言，以誤大事也。」嗟悔不已。後人有詩爲證云：

襄水遊遊濟楚兵，楚兵設詐逼隨城。
武王雖死威能振，隨氏徒生計不聽。
金帛初離城郭外，哀聲便動漢江濱。
季梁高見將焉用，笑殺當年聾瞽人。

楚兵歸國，伯比等奉太子（熊貲）即位（是爲文王）。文王賞功罰罪，葬武王之喪，拜屈重爲士大夫。近臣奏：「羅國諸侯（名珏），奉表進貢。」文王喜不自勝，曰：「吾今征服鄖、絞、隨，羅稱貢，甲兵百萬，糧料充足，意欲

〔一〕「賴」，余象斗刊本作「願」，據龔紹山刊本改。

耀武中原，卿等以爲何如？」伯比曰：「東方諸侯雖服，西有申、鄧未除，王必親征申、鄧，然後方可圖霸中原。」王曰：「鄧祈侯乃吾外祖，何可加兵？」伯比曰：「圖王霸業，何論親鄰。臣聞齊用管夷吾併吞列國，王如不取，久後齊必併鄧。」文王遂令鬥祈、鬥舟爲前鋒，薳章爲保駕，大發精兵十萬伐鄧。

行一舍之地，忽前有一騎見駕，王問是誰，其人曰：「臣乃息小國名，在河南汝府息州即是也國大夫，姓章名師舜，奉息侯名伯瑗之命前來見駕。」楚王曰：「有何議論？」師舜曰：「臣之主母言息侯之夫人乃陳侯之女乃陳氏所出，號爲息嬀，與蔡侯名獻舞之夫人姊妹也蔡侯夫人亦陳侯之女，昨歲主母歸寧於陳女子出嫁再歸省親曰歸寧，過蔡，而蔡侯不以禮貌相待，故臣主公怨咎蔡侯失禮。然國小兵微，不能報怨，今聞大王東征西伐，威振漢東，特令臣奉表求師伐蔡。蔡亡則以息國貢賦，悉朝於楚，望王察之。」楚王躊躇曰：「蔡與息實親鄰之邦，何忍自相吞併。」鬥伯比低聲告曰：「大王正欲耀威中國，吞併列侯，今蔡、息自相吞併，是天啟楚霸也。王速停東伐之師，移征蔡國，蔡服則息亡，息亡則威振中原，而曹、宋、魯、鄭披靡拱服矣。」楚王曰：「然則何計進兵？」比曰：「我兵移在息，向六斗山出，屯於谷河岸，詐稱伐息，使息求救於蔡，先令大將部一枝兵，伏於蘆山岡，時蔡兵一出，我兵打入蔡城，則不戰而破矣。」文王大悅，令師舜回報。大軍遂西循六斗山在羅小縣，出屯於谷河在息州岸，詐揚伐息，令鬥舟領五千兵，先伏蘆山岡在上蔡縣。

師舜歸告息侯，息侯便差舜入蔡求救。蔡侯曰：「息，吾之姊親，不可不救。」盡率本國精兵出城。行上三十餘里，鬥舟殺奔後追。哨馬忙報蔡侯，蔡侯回馬，遇楚兵於華原，更不打話，二馬戰上二十餘合，不分勝負。忽然戰塵滾滾，喊殺連天，一枝兵馬從後殺來。蔡侯視其旗號，乃楚將軍薳章也。蔡侯棄鬥舟而走，二將勒馬後追，差百步餘地，鬥舟拈弓望馬膊射中一矢，蔡侯馬失後蹄，倒落平坡，薳章活捉而歸。楚兵打入蔡城。蔡侯告楚王曰：「君處南海，分土爲疆，何故興兵擄我？」楚王笑曰：「汝姊親息伯瑗請兵擒汝耳。」

蔡侯仰天歎曰：「唇齒相傷，蔡亡息能保乎。」

楚王令斬蔡侯，蔡侯大呼曰：「楚兵初入中原，若伐一國而便殺一主，則中國諸侯結連抗楚。而一楚能敵衆乎？」鬥伯比曰：「獻舜之言可聽，大王宜赦其死，與之立盟。自今以後，蔡與楚爲連，患難相救，再黨齊魯，〔一〕則又征之不晚。」楚王從比之言，釋蔡侯，立書爲誓。

蔡侯犒勞楚之將卒，宴楚王於迎暉堂，酒至半酣，楚王戲謂蔡侯曰：「古云色傾人國，今子吝一筵，不宴息嬀，被吾征伐，是酒亦傾國也。」蔡侯亦答曰：「息伯瑗因酒謀我，我亦知其因色而喪也。」楚王問其由，蔡侯欲楚子伐息，故答之曰：「伯瑗自娶息嬀入國，貪戀其色，不理國政，朝夕惟與息嬀宴樂而已，是以知之。」楚王聞蔡侯誇息嬀之貌，心甚傾慕。次日，大軍出蔡。鬥伯比曰：「伐蔡擄息，使楚威振於華夷，在此舉矣。」楚王問計，比曰：「息聞我兵伐蔡而歸，必迎王駕入城而燕之，不如就坐間擒下伯瑗，不勞寸鐵收功而歸。」王悦。大兵至谷河，息侯果迎楚王入城以宴之。伯比分付鬥舟、薳章就坐，以擒息侯。二人受命，各仗劍從楚王來擒息侯。不知性命何如？

〔一〕「再黨齊魯」，余象斗刊本作「再倘齊楚」，據龔紹山刊本改。

楚文王仗威虜息嬀

楚王入宴，二人仗劍立於王側。酒至數巡，王謂息侯曰：「寡君此來，本爲君夫人而勞將士，今君夫人以何故不出謝？」息侯辭曰：「寡小君有恙在身，不能致謝。」楚王怒曰：「匹夫背義，敢巧言故拒。左右何不爲我擒之。」息侯正欲訴説，鬥舟仗劍傍出，劈其首於座下。薳章打入後宫，息嬀聞楚兵生變，歎曰：「引虎入羊群，皆吾自取也。」遂奔入花園，跳下古井，薳章踵後趕人，搶其衣裾，救出見楚王。楚王見其容貌絶世，遂載車後，留五千兵戍其地而歸。胡曾先生有詩爲證云：

息亡身入楚王家，回首春風一面花。
感舊不言長掩淚，只應翻恨有容華。

潛淵居士《讀史詩》云：

楚霸荊襄勢正強，息侯何自引豺狼。
只如伐蔡酬妻恨，誰料妻爲楚氏妝。

楚王既歸，不行伐息之賞罰，鎮日與息嬀宴樂而已。息嬀雖侍楚王之宴，然終日含淚，不開一言。過歲餘，乃生一子，名熊囏音喜。一日，楚王謂息嬀曰：「爾今事吾，子亦生下一胎，何爲對我終日不肯開一言，而鎮日含淚。以吾荊襄大鎮，威振華夏，有何不足？」息嬀曰：「妾乃一婦人而事二夫，更有何面目對人言笑乎。」言罷，雙眼交淚，悲愴不勝。後仰止余先生觀至此，有詩斷曰：

息嬀肯侍楚王前，骨肉交遊止不言。
既識二夫非烈女，何如早死絶重緣。

楚王見息嬀悲愴不勝，正撫慰間，内臣奏：「大夫鬥伯比、莫敖、屈重等有表，諫王貪息嬀之色，罷伐鄧之兵，不理國政，荒怠霸業四事。」楚王大怒，下令有再諫者，斬首示衆。群臣在朝門外商議，無敢再諫者。忽人叢中閃出一人，身長一丈，鑿齒圈眼，大聲謂同僚曰：「君有過，爲人臣者不以死諫，非忠臣也。公等請開，某願入見楚王。」衆人視之，乃偏將軍姓鬻名拳字公勇，丹陽人也。衆皆曰：「公勇能盡忠入諫，實社稷生民之福。」拳拔佩劍斬左右五趾，鮮血流地，與本部兵鳴金於闕下，曰：「王如苦耽酒色，不理朝綱，則臣將率本部精兵，坐變於外矣。」楚王聞金鼓之聲，問於内臣，内臣以拳之事奏知，楚王歎曰：「鬻拳以兵挾諫，實寡人之過，非拳之罪也。」遂出朝治政。後人有詩云：

剛勇鬻拳子，以兵諫楚王。
拔刀先刖趾，鳴鼓再封章。
雖失人臣禮，能張國紀綱。
春秋百世下，遠播姓名香。

楚王既出朝，群臣鼓舞稱賀。王曰：「鬻拳刖足以諫寡人，有國士之風。雖以兵挾，亦爲忠憤所激，欲復原職，又刖足不能任事，使爲大閽，子孫世襲其職，以表朕意。」拳謝恩受職，王遂以鬥祈、鬥舟爲前部，自率大軍二十萬，殺奔鄧來，至刀河下寨。王問伯比：「何計進兵？」伯比曰：「不可震驚鄧國，但假道伐申，申破則鄧不足惜。」王喜，遣使告鄧假道，鄧祈侯喜曰：「吾甥文王，鄧侯之外甥有志征伐，合當出城勞軍。」忽階下三人進諫。不知爲誰？

楚伯比假道因滅鄧

公視之，乃騅甥、冉甥、養甥三人乃鄧侯之外甥，又爲鄧之大夫諫曰：「臣等觀楚子，形如狼虎，必有吞鄧之意，不如乘此機會，埋伏城下，一鼓而擒，方免後患。」鄧侯笑曰：「三甥差矣。楚子乃吾之甥，汝輩之姨弟也，焉有此意。」三甥曰：「亡鄧國者必此人也。若不早圖，噬臍難及，若還除之，必在此時也。」祈侯叱之曰：「人將不食吾餘，焉可害甥而取人輕賤哉。」三甥退而歎曰：「舅氏不聽我等之諫，社稷尚且難保，焉有其餘而食也。」

祈侯親自出城，延文王而宴之。宴罷，三軍望申而進。哨馬報於申侯，申侯問於群下。大夫孫瑨曰：「申與鄧禍福相同，患難相救。今楚子逞大國甲兵，征隨伐絞，假道伐申，鄧既許過，申小何敢與抗，莫若出城納降，可存社稷。」申侯然之。次日，率群臣出城納降，文王將受其表。伯比奏曰：「大軍阻山險水，假道方得至申，若不虜申侯而受其空表，則下歲申又不服，王請察之。」王令斬申侯，大軍殺入申城，盡擄其金賓，留五千兵以戍其地。

班師至鄧，伯比又曰：「今兵得勝而歸，鄧侯必又出城挽王駕，王念舅氏，不忍加兵，可令前部乘勢殺斬鄧侯，滅其國而歸可也。」王遂傳旨，令前部鬥祈、鬥舟依計行事。二將得旨，令三軍偃旗息鼓，拱手而過鄧城，鄧侯聞楚王兵至，果出城迎接。三甥自歎曰：「鄧亡其在此乎。」遂逃歸田。鬥舟遥謂鄧侯曰：「楚王車駕尚後五十餘里，明公不勞伺侯。」鄧侯乃出郭外，楚兵大喊，殺入鄧城。鄧侯見楚有變，拍馬回救，城門已被楚兵所據，不能入城。在馬上長聲歎曰：「吾早不納三甥之計，今日噬臍難及。」乃觸城而死。胡曾先生有詩爲證云：

　鄧侯城壘漢江干，自謂深根百世安。
　不用三甥謀楚計，臨危方覺噬臍難。

潛淵居士《讀史詩》云：

　嗟彼春秋世，相吞不顧親。
　熊貲兵滅鄧，勝似虎狼心。

文王大軍奄至，遂入城收鄧侯屍首，葬於城南，蓋欲掩其本意也。留楚兵五千，以戍其地，盡收其降卒而歸。是日天昏日暗，風色慘淡。文王駕出城南，見鄧侯之塚，心下惕然。自覺悔滅鄧氏，遂沾寒疾而歸。王問曰：「東方已定，吾將欲北戰中原，寡人又有小疾，此事奈何？」伯比曰：「北伐非小事，王善保龍體，姑緩數月。」是月，文王遂崩。群臣奉息嬀之長子熊囏即位，是爲杜敖楚人謂石城君者爲杜敖。

新刊京本春秋五霸七雄全像列國志傳卷之三

後學畏齋余邵魚編集
書林文台余象斗評梓

起自周僖王元年

○按魯瑕丘伯左丘明春秋傳

齊桓公比杏大定霸

周僖王元年春正月，齊桓公設朝。文班管仲、鮑叔牙、寧越、高奚、王子城父、賓胥無、公孫隰朋，武班東郭子、竪刀、開方、易牙、管至甫、仲孫湫、雍廩、連稱等朝賀禮畢。桓公問管仲曰：「寡人承仲父之教，今國中兵甲雄多，糧草充足，百姓皆知禮義，意欲立盟定霸，此道何如？」管仲奏曰：「當今諸侯強於齊者甚眾，然皆自逞威雄，不知尊周爲義，所以不能成其大事。周雖衰弱，亦是君王，東遷以來，諸侯不朝，方物不貢，故鄭莊公力抗王師，以致君臣亂敘，遂令列國臣子弑君父者不絕，諸侯相視莫能征討。今莊王初崩，新君僖王即位，目下宋臣南宮長萬弑閔公，亂宋國。長萬雖亡，宋公未定，明公可遣使朝周，請天子之旨，大會諸侯，定立宋君。宋亂一定，奉天子之命，内尊王室，外攘夷狄，列國中有崛強者制之，衰弱者扶之，有不奉令者率諸侯而討之。海内諸侯皆知吾不爲己，則相率而朝於齊，於是堂堂之師，名正言順，則不動兵車而霸可圖。」

公大悦，遂問班部中誰敢朝周請旨。言未已，上大夫寧越出班對曰：「臣願奉使。」桓公即修表一道付越。越至洛陽見僖王。僖王覽其表曰：

鎮齊臣姜小白，誠惶誠恐，稽首頓首，奉表奏上。臣聞王化無私，視四海而爲一，日光普照，鑒萬國以同明，故我先王伐商而有天下也。擴親親之愛，尚賢賢之義，不論功臣賢士，王族子孫，悉皆裂茅分土，各賜封侯，所以普日光之照，布王道之公，共歷二十四王，相承四百餘載，據産奉貢，守其尊卑之禮，往來朝聘，睦其和好之儀。夫何東遷以後，政令不行，諸侯僭叛，勢抗王師，寤生鷙傑於中國；僭稱尊號，熊通虎霸於荊襄。數年以來，列國效尤，叛逆蜂起，遂致州吁弑君，華督刺主，至於子弑父者，接踵以爲常事，臣弑君者，相繼以作等閑。此臣所以深悼先王政廢，而痛惜今日紀綱掃地也。臣僻處海濱，猥陋不才，兵甲不及秦楚，親信不肩魯衛〔一〕。但念先王與先君，股肱王室，佐右周綱，臣得沐其餘澤，安享富貴，是以臣不忍乾綱失馭，列國縱橫。敬修短表，上請朝權，伏願振雷霆之威，下征伐之詔，許臣匡合，以致中興，庶幾王業尊安如北辰，諸侯圜眾星之拱。成周奠居似東嶽〔二〕，列國覲群山之宗。四夷奉法，萬邦來朝，臣無任瞻天仰聖，激切屏營之至。

王覽罷，問群臣可否。大夫單伯奏曰：「國家值政弛之秋，不能號令諸侯，如齊侯有志以匡周室，其義可許。」王遂遣人賫詔從齊，令齊侯會諸侯伐宋。寧越謝恩出，與王使到齊。齊侯聞王使至，俯伏聽宣詔曰：

國政衰微，每嗟無振丕之策，王綱解紐，常懷挈舉之臣，咨爾齊侯小白，立志慷慨，懷秉忠良，立綱陳紀，上欲連諸侯以尊我室，扶傾濟弱；下將討弑逆以振我權，是固勤勞王家之素志，輔弼廟堂之赤心也。今賜爾青銅寶劍一口，綠羅珠傘一柄，俾爾糾合諸侯，以伐宋亂。侯在列侯賓貢之後，徵爾入朝，再議功爵。詔令到日，速致施行。

〔一〕「不肩魯衛」，余象斗刊本作「不負魯衛」，據龔紹山刊本改。

〔二〕「東嶽」，余象斗刊本作「東獄」，據龔紹山刊本改。

桓公聽罷，望北謝恩。使出，桓公問管仲曰：「王詔已下，何日興師？」管仲曰：「先傳天子之令，會諸侯於北杏齊地名，推盟主，以司君令。然後，師有主而戰無不克。」齊侯遣使，以王命告列侯，會於北杏。使者忙投諸國時，諸侯聞齊侯奉王命以會，皆奉令而行。齊桓公先領部下，文有管仲，武有仲孫湫〔一〕，屯於北杏。令軍士築壇三層，高起五丈，布列旌旗，整飭禮樂，專待諸侯來會。不數日，宋桓公領文官戴叔皮，武官方仲德；蔡哀侯領文官顔球，武官耿至和；陳宣侯領文官淳於宗，武官許柯；邾儀父領文官高子南，武官勝一鶚。五國諸侯相見禮畢，屯於壇下。齊桓公拱手告諸侯曰：「王政久廢，諸侯多叛，孤奉周天子之命，會群公以匡王室，群公可推盟主，然後權有所屬，政令可施於天下。」諸侯皆相讓不已。陳宣侯越席告列侯曰：「天子以糾合之命付與齊侯，即當推齊侯爲盟主。」諸侯咸曰：「兵強國大，威德兼著，非齊侯不可主盟，陳侯之言是也。」齊侯辭之再三，然後登壇，殺牛馬之血，齊將軍仲孫湫奉血以上。齊桓公請諸侯歃血而後盟曰：「在此盟者，朝王奉貢，濟弱扶傾，如有敗此盟者，共率列國以征之。」諸侯在壇下咸拱手曰：「唯謹奉命。」

盟畢，齊上卿管夷吾歷階而上，告桓公曰：「明公奉天子命令，而糾合諸侯以定宋君。宋既立君，魯乃王室至親，故違令而不會盟，公請列國之兵以討。」公曰：「仲父之言是也。」遂令陳宣侯部本國之兵爲前鋒，率五國以伐魯，大軍拔北杏，進屯於遂，不知勝負如何。

〔一〕「仲孫湫」，余象斗刊本作「孫仲湫」，據龔紹山刊本改。

宋桓公背盟逃歸

齊侯大兵屯遂，遂之守臣張伍貴差人報於魯，一面率兵出敵。兩陣列開，當先一員大將乃陳國將軍許柯，橫鎗勒馬大罵：「吾奉齊盟主之命，前來伐魯，列開城道與我諸侯經過，萬事俱休，一聲不肯，教汝遂城踐爲草地。」張伍貴大罵：「匹夫，無故興兵犯界，出不遜之言，若不速退，教汝片甲不回。」許柯拍馬橫鎗，直來取貴，貴亦輪刀來迎，〔一〕二馬相馳，鬥到十合，不分勝負。管夷吾高山埠處以紅旗左招，蔡兵隊中突出耿至和；以皂旗右招，宋兵隊中突出方仲德。四馬相交，團作一處。貴見三將齊到，力不能敵，望本陣走回。將至城下，城中突出大將。貴視之，乃齊將仲孫湫，喝曰：「吾奉管上卿之令，已先打入遂城，等汝多時。」貴見前後無路，從間道將走入魯。仲孫湫拈弓搭箭，望貴後端發一矢，弦響處貴翻於地下。〔二〕仲孫湫奮殺一陣，貴殘兵奔魯。仲孫湫收軍，迎列侯入城。齊桓公謂夷吾曰：「兵貴神速，不可少留，乘兵而進，魯城必破。」仲曰：「魯爲周室親，不可加兵。我師暫屯於遂城，遣人遞書責魯違盟之罪，魯公不出城續盟，然後加兵不

〔一〕「貴亦輪刀來迎」，余象斗刊本作「亦輪刀來迎」，據龔紹山刊本補。

〔二〕「弦響處」，余象斗刊本作「弦一處」，據龔紹山刊本改。

遲。」桓公然之，遂遣使遞書於魯。

魯莊公聞遂城已陷，又得齊桓之書，戰慄以問群臣。公子慶父請曰：「臣願得五千兵，使五國將士一命不存。」大夫曹劌諫曰：「齊侯假天子之命來伐，魯若出兵與敵，是抗王師也。莫若王公親往續盟，其禮甚大。」公問：「誰人敢從寡人往盟？」階下一人，身長八尺，髭髯清長，大聲前來曰：「等我去，等我去。」眾人視之，乃上大夫曹劌之弟曹劑也，字子沫，魯之武城人也，見爲本國中軍大夫。魯公見劑之豐神俊雅，博學善談，乃曰：「曹子沫輔孤往會，孤復何憂。」遂報使：「令齊侯退兵於柯，我將往柯而會齊。」使歸告桓公，桓公傳令兵退於柯下寨。

數日，魯莊公至柯，與列侯相見禮畢，齊桓讓魯莊位，魯莊曰：「公乃盟主，寡人實違盟之俘，何敢預坐。」齊桓固請，魯莊然後就位，告列侯曰：「孤實失德，有背於諸侯。」齊桓曰：「此天子命，非某等敢專，公既親降，續盟可也。」魯莊曰：「諾。惟公命是從。」齊桓下令，令軍士築壇三層於柯之野，與魯莊升壇續盟，二公登壇列坐。魯大夫曹劑乃按劍歷階而上，謂齊桓曰：「明公奉天子以令諸侯，當秉至公，以服天下。」齊上卿管夷吾亦仗劍歷階而上，對曰：「魯大夫有何明教？」劑曰：「往者齊奪我汶陽之田，今當還我，然後我始會盟。」管仲告齊桓曰：「公將秉王令行於天下，則當還魯侵地，取信於諸侯。」齊桓遂令還之。諸侯在壇下聞者，皆曰：「齊公誠伯主，誰敢不尊？」二人盟罷下壇，各歸本寨。

宋桓公引本部文武歸寨。是夜，月明風清，宋桓釋甲遊於營外，遥見齊營壘壘，殺氣騰騰，列國之寨，皆不可及，自歎曰：「齊之強盛若是，豈肯久處一隅哉。其鯨吞虎噬之志一逞，我將焉敵？」乃觸景傷懷以賦之曰：

嗟彼太陽兮，墜幾西。眾星落落兮，各耀其儀。卓彼熒惑兮，耿乎中天。芒炳炳兮而光逼。其流將跨乎列辰兮，有自來矣。

吟畢，忽外有一人，逍遥而入曰：「主公無乃有感於齊乎？」公視之，乃大夫戴叔皮也。公曰：「子服（叔皮之字）何言也？」皮曰：「大丈夫不能横行於天下，寧甘心屈於人下乎。」公曰：「子服誠知孤志，爲孤籌之。」皮曰：「以宋國之衆，山川之險，威德足以班於齊、楚，主公何不拔寨而歸，以作他圖？」公然之，遂令皮傳令三軍，銜枚拔寨而逃。

齊寧戚牧牛遇貴

及天明，諸侯相會，軍報宋侯背盟逃歸。齊桓大怒，令仲孫湫率兵追之。報者曰：「已渡綠草河矣。」管仲曰：「追之非義，可請王師伐之。」齊桓使人入周請師。僖王曰：「宋公會盟，未幾而遂背，不伐何以懲眾？」遂差大夫單伯領兵八千會諸侯以伐宋。齊桓聞單伯至，率列侯出迎。入寨各敘禮畢，管仲曰：「王師既至，即日便拔寨興兵。」遂傳令命陳蔡之兵爲前部，自率大軍繼後，旌旗蔽日，劍戟鳴空，大軍望宋而進。齊桓與管夷吾、隰朋、賓胥無、鮑叔牙一班文臣徐徐而行。出齊城三十里，見一野夫牧牛於荒郊，全不回避，公馬將近，其夫乃扣牛角而歌之曰：

南山燦，白石爛，中有鯉長尺半。生不逢堯與舜禪，短褐單衣纔至骭，從昏飯牛至夜半，長夜漫漫何時旦？

齊桓聞其聲語出俗，命左右擁至馬前，問曰：「何處人氏，姓甚名誰？」對曰：「臣衛之野人，牧於齊，姓寧名戚也。」公曰：「汝既牧夫，何得譏刺時政？」戚曰：「臣固小人，焉敢刺譏時政。」公曰：「當今聖天子在上，吾率諸侯賓服於下，百姓樂業，草木沾春，其所謂舜日堯天，正其時也。汝今不逢堯與舜禪，又曰長夜漫漫何時旦，此非譏刺如何？」戚曰：「臣雖村夫，不諳先王之政，然聞堯舜之世，十日一風，五日一雨，百姓耕田而食，鑿井而飲，所謂不識不知，〔一〕順帝之則是也。今值紀綱不振，教化不行之世，而曰舜日堯天，此小人誠不知政教也。且又聞堯舜之世，正百官而諸侯服，去四凶而天下安，所謂不言而信，不怒而威是也。今者一舉而魯違盟，未幾而宋背命，兵伐連塞，桑廢農荒，而曰百姓樂業，草木沾春，此小人又誠不知時務也。然小人又聞仁則王，力則霸，假天子威權而號令天下，此小人又不知其與唐虞遜禪何如也。」齊桓大怒，曰：「匹夫出言不遜，抗拒諸侯。」喝令斬之。

左右推戚於馬前將斬，寧戚顏容端正，全無懼色。隰朋跪曰：「請息虎威，容臣所啟。主公奉王命而號令天下，戮一牧夫，識者以其爲抗拒諸侯，殺之當也，不知者以明公爲妄殺無辜，恐塞小民懸仰之意，望明公赦之。」公默然良久，怒氣不息。喝令亂笞將去。管夷吾曰：「不可，不可。臣觀此人固村落牧夫，實抱經綸大器，所論皆達治體，明公可赦其罪，而加其爵，使之輔贊左右，必有補益。」齊桓拍掌大笑曰：「仲父差矣。村野小人，有甚智識。縱有尺寸才能，使其班於大夫之列，豈不辱汝輩哉。」仲曰：「臣聞先王之用人也，立賢無方，是故伊尹起於莘野，傅説興於版築。且當今群雄角力之時，一才一藝，皆可取爲備用。臣觀此人亦非久屈耕牧之士，他時見用於鄰國，則齊悔無及矣。」齊桓曰：「令釋寧戚之綁，拜其爲下軍大夫，使其改換衣冠就位。」戚再拜謝恩。東屏先生有詩云：

掛體牛衣一縷單，角鼓歌來到更闌。
唐虞過料逢時業，浪得聲虛車後桓。

〔一〕「所謂」，余象斗刊本作「所識」，據龔紹山刊本改。

潛淵居士有詩云：

綠野春風百草青，齊桓車馬滚紅塵。

當時不賦南山燦，爭得名爲五霸臣。

戚既謝恩而就大夫之位，齊桓問曰：「寡人此行，欲加兵於宋。大夫試卜勝負何如。」戚曰：「明公奉天子之命，糾合諸侯，此固在德而不在兵。依臣之計，大軍不必入宋，莫若屯於齊境。臣雖不才，請掉三寸之舌，前去説宋侯出城贖罪。兵不血刃，而諸侯自服矣。」公大悦，傳令札寨於齊界上，令戚入宋以説宋公。不知如何。

寧戚舌動宋桓公

寧戚既承命往宋，乘一小車，寬衣大帶，與數從者來至城下，使人報知。宋公謂群下曰：「戚來何故？」叔皮曰：「此必齊侯使其遊説也。」宋公曰：「何以待之？」皮曰：「臣知寧戚乃牧牛村夫，主公召其入，勿以禮待之，觀其舉止。戚一開口，臣請彈所佩之珂爲號，公遂令武士擒之。」宋公喜，分付武士，再召戚。戚入見宋公，宋公全不答禮。戚乃仰面長歎曰：「危矣哉，宋國也。」宋公駭然曰：「村夫何得多言。孤統山河，焉至危殆？」戚曰：「明公自料比周公其賢，誰優誰劣？」宋公曰：「周公，聖人也，孤焉敢比之。」戚曰：「周公在周，盛時，天下寧靜，猶且吐哺握髮，以納天下賢士，明公處群雄角力之秋，南有強楚，西有虎秦，以區區一隅之宋，妄自尊大，簡慢賢士，其不陷秦楚之禍者，吾不信矣。」

宋公愕然而起，降階以延寧戚曰：「使無先生，則寡人小國幾危矣。」叔皮在傍，見宋公爲寧戚説動，急將身上所佩之珂連彈數次，宋公全不少顧，皮又以目眇宋公，公亦不采。乃謂戚曰：「宋國偏小，寡人德薄兵微，願先生一言，以保社稷，没世不忘也。」戚曰：「天子失權，海内諸侯以勢相吞。今齊侯小白，寬仁大度，威德並著，又有管夷吾、鮑叔牙之謀謨，仲孫湫、賓胥無之勇猛，況又奉天子之命，攘夷狄，撫百姓。公能不惜一束之贄，與齊會盟，上不失周臣之禮，下能通鄰國之好，雖有強秦暴楚，不敢近視於宋，宋社稷則安如泰山也。」宋公曰：「孤前者亦曾附名於北杏之盟矣，偶因失計，自會逃歸，齊國今欲加兵，彼焉肯受吾之贄。」戚曰：「齊侯大度，不録人過，不念舊惡，如魯違北杏之盟，柯贖即休。明公誠能委贄贖盟，無有不納。」公曰：「將何爲質？」戚曰：「但將齊界之田，割五十里入謝，臣敢保公見齊侯而成其事。」宋公大悦，即命左右，書近齊界五十里田券與寧戚往齊。

叔皮見宋公被惑，乃從旁出，叱戚曰：「牧牛村夫，焉敢鼓舌而傾我國。」戚讓皮曰：「我非傾人國者，子服爲國大夫，不能使其主向善背惡，他日秦楚兵至，諸侯不救，傾宋者乃子也。」叔皮無言。宋公與戚投齊，叔皮號泣而隨之。及至見齊侯，齊侯命宋公坐。宋公曰：「寡人得罪與盟主，何敢坐。」齊桓請之再三，宋公然後就位。齊桓告列侯與周大夫單伯曰：〔一〕「北杏之盟，將以貫金石，今宋侯未幾而敗盟，公等何以處之？」列侯咸拱手曰：「盟主在上，某等何預。」齊桓曰：「孤將加兵問罪，今既知咎自至，請衆具表於王，削其爵而奪其封疆可也。」寧戚進曰：「治亂持危，此固北杏之盟誓，且仁者必許人改過自新，宋公雖有敗盟之咎，今令臣奉五十里地券入質於齊，將以再會，望明公恕其往咎而許其自新。」大夫單伯曰：「宋公既有地質而求成，公可恕之。」齊桓曰：「此國家之爭，非某敢專，即將地券付與大夫，煩大夫奏天子以赦之。」列侯咸曰：「盟主之言是也。」

單伯受券，辭諸侯來見僖王。王問曰：「諸侯伐宋，勝負如何？」單伯呈宋地券於王，具前事以告。王喜曰：「非齊侯，諸侯不知朝廷之尊。」遂差使臣，賚此券以賞齊桓公。使者至齊，桓再拜以受，升寧戚爲中軍諮謀，又令諸侯歸國。於是諸侯辭歸本國。齊桓既歸，管仲奏曰：「中原地土，莫強於鄭，前嵩後河，右洛

〔一〕「齊桓」，余象斗刊本作「齊」，據龔紹山刊本改。

左濟，虎牢之險，天下之所聳目。公欲屏王室而伯諸侯，必得鄭而後可併秦楚。」公曰：「吾知鄭爲中國咽喉，雖欲收之，無辭可伐。」寧戚進曰：「鄭公子突被祭仲久逐於櫟而立子儀，此幼奪長，誠逆天敘。主公命將引一萬兵，從櫟奉突入鄭，誅子儀，則突必懷主公之德而朝齊矣。」齊桓然其說，遂即命賓胥無引兵往櫟，不知其事如何。

鄭厲公倚齊復位

賓胥無受命出齊，引兵至櫟。鄭伯聞齊桓將兵送己歸國，乃出城迎之。二人列坐談話間，忽邊卒報曰：「鄭國南城門，內有一蛇，八尺，青頭綠尾；門外有一蛇，長丈餘，頭紅尾綠，鬥於門閾之中，三日三夜不分勝敗。國人觀者如市，莫敢近視。後十三日，內蛇被外蛇傷死，外蛇竟奔入城而歸深淵。」胥無欠身賀鄭伯曰：「公位至矣。」突曰：「何以知之？」胥無曰：「鄭門外蛇，子也。長丈餘，子居長也。內蛇，子儀也。長八尺，弟也。十三日而內蛇被傷，外蛇遂入城之深淵者，公今出有三年。內蛇被傷，子儀失位明兆也。今我主將申大義於天下，使胥無與公正位，此公復位明兆也。」鄭伯大悅，曰：「誠如將軍之言，則没世不敢負。」胥無傳令三軍，殺奔鄭城。

鄭伯曰：「昔日吾入櫟城，櫟之大夫傅瑕將兵拒我，我曾囚於櫟監。今日發兵入鄭，必將此人開刀祭旗，吾方消恨。」令取出傅瑕將斬之。傅瑕哀乞曰：「公能赦臣草命，願梟子儀之首以獻鄭城。」鄭伯問：「何以能之？」瑕曰：「當今鄭政，皆叔詹所專。臣與詹有同僚之舊，公赦臣潛入鄭與詹謀之，則子儀之首必獻於座下矣。」鄭伯大罵：「此賊奸詐，只好以欺別人，焉能出我圈套。汝令我放汝入城，汝與叔詹起兵拒我。」即喝令速斬之。胥無曰：「此事不必懼，有胥無在也。假若入城獻鄭，然後以功折罪，復其舊職。瑕之親族家口尚在鄭城，如其入城起兵拒我，待吾大軍攻入，將伊家口盡行誅之。」瑕連叩頭，願將家口爲當。

鄭伯放瑕，瑕尋夜來到鄭，潛入叔詹之府。詹見瑕，且驚且喜，曰：「子何能脱囚歸國？」瑕曰：「齊欲正鄭位，命大將賓胥無率精兵迎突歸國，令瑕先入報君，君能斬子儀而開城迎之，則保富貴。不然大軍打入城池，君之父母妻子亦不保矣。」詹聞之默然，曰：「我亦常思要迎突復位，無人與謀，今子能與我獻謀，富貴共享矣。」瑕曰：「君可會文書與鄭伯，令彼今日十五屯兵於城，我等在内應哄子儀出城，夾兵攻之，其事必成。」詹遂修書，令人潛出報突。突與胥無正在議事，忽人報鄭大夫詹遣人遞書到。突令召入，將書啟緘，讀之大喜，與胥無即日發兵至鄭城下，打戰書入城。

鄭子儀聞齊兵送突至，問群下曰：「此事若何？」叔詹曰：「齊兵送突篡位，欺公弱也。公能率兵親自一戰，齊兵必敗，殺突以絶其根，則大位久安。」子儀然之，遂令詹爲先鋒，自率大軍繼後，大開城門，兩陣相對。突見子儀，怒氣衝天，就不打話，將手一招，齊兵擁至，子儀麾前鋒之兵全然不動。儀見齊兵將近，只得拍馬前來迎敵。鬥不數合，叔詹引本部兵走回鄭城。賓胥無奮起平生之威，亂殺鄭兵。子儀正欲走回入城，城樓上傅瑕將白旗一招，詹引本部兵倒畨殺出，子儀大叫曰：「叔詹速來救駕。」詹輪起剛刀，搶入子儀懷中，斬於馬下。

齊兵擁鄭伯入城，收軍定位，群臣久慕鄭伯而怨子儀，聞鄭伯即位，踴躍皆呼萬歲，聲振天地。鄭伯謂群臣曰：「賞忠而罰不義，此王者之權。昔者寡人被逐，皆祭仲之謀。」令捉祭仲。群臣奏曰：「仲已死矣。」鄭伯曰：「仲死即休。」乃執傅瑕殺於城市，曰：「瑕有貳心，後人無效。」拜叔詹爲上卿，公父、定叔爲大夫，厚待賓胥無。謂胥無曰：〔一〕「將軍暫歸本國，候在國事已定，然後孤來謝齊侯。」胥無告別，引兵而歸。鄭伯謂群下曰：「孤久被逐，致失朝王之禮。今孤復位，合往朝王。」即日入朝。

時僖王病將危，聞鄭伯至，宣入寢内，謂之曰：「寡人值國家中衰，賴齊侯糾合諸侯，以匡王室。今寡人將危，太子年幼，外事托與齊侯，内事托與虢公與卿。且吾弟子頹，暴而無禮，久後必謀太子，卿與虢公同心以佐，寡人死亦無憂。」鄭伯與虢公泣拜受命，僖王遂崩。虢公奉太子即位，是爲惠王。惠王升殿，齊桓公率諸侯入朝。惠王大悦，曰：「周公以下，及於晉侯，皆賜穀玉五雙，馬三匹。」惟蔿國人名、邊伯周大夫、石速周大夫、子禽大夫、祝跪大夫無賜此五人皆公子頹僖王弟惠王叔父也。〔二〕

群臣退朝，蔿國出，密令人會邊伯、石速、子禽、祝跪於子頹府中。蔿國告子頹曰：「公子先王金枝，臣等皆公子之臣。今王即位，群臣皆有賜，獨輕臣等，是慢公子也。」子頹曰：「然則此事若何？」蔿國曰：「公子能許臣之謀，則大位至矣。」頹曰：「恐群臣不服。」石速曰：「公子先王愛子，群臣何不服。」頹問其計，〔三〕蔿國曰：「天子初立，來日必出郊祭天地，臣等率五家甲士，伏於南郊，待彼出祭，擒而殺之，誰敢有異議。」頹喜，約罷，五人皆出。頹爲人凶暴，常酒後鞭笞士卒，内有多怨。及是門吏聞其事，乃密投虢公府中告其事。虢公大驚，遂令人請鄭伯告之。鄭伯曰：「孤與公受先王寄托，不可坐視天子受危。」虢公曰：「此

〔一〕「胥無」，余象斗刊本作「胥」，據龔紹山刊本改。
〔二〕「賜」，余象斗刊本作「錫」，據龔紹山刊本改。
〔三〕「頹」，余象斗刊本作「湏」，據龔紹山刊本改。

事具告天子，請兵以討之。」鄭伯曰：「不可。若以兵討之，彼必奔走他國，不如將計就計，來日命天子假裝鑾駕出郊祭祀，我等率衛兵屯於壇所，先擒此賊。」虢公然其說。是夜，入朝見王，具其事以告。惠王大驚曰：「二公何計以討六賊？」鄭伯具計以上。不知後事如何。

鄭厲公南郊救駕

惠王大悦，次日出空駕往南郊祭祀。群臣皆受鄭伯之計，周公忌父同原伯莊公各帶甲士五百以從駕，子頹在王駕之前，文武將卒隨至南郊。子頹進王前曰：「此天地壇所，請王下駕。」遂袖出短刀，揭黄羅幔便刺，乃是空駕。子頹正欲回身，鄭伯令武士擒之，斬於郊野，遍搜郊外四面十里之外。蔿國聞子頹被殺，各各奔入祭壇中，周公忌父斬蔿國及石速於郊，〔一〕原伯斬邊伯、子禽於北野。祝跪見有備，遂望南燕而走，鄭伯勒馬後追。祝跪見鄭伯追之將近，勒回馬頭射鄭伯左肩一箭。鄭伯落馬，祝跪輪刀便砍。忽然一聲大振，銅刀耀日，先斬祝跪於馬下，救鄭伯上馬。鄭伯視之，乃周公忌父也。二人奉駕而歸，獻六賊之首。惠王大悦，命原伯收五臣宗族朋黨，盡戮於市。王曰：「寡人無卿，險被奸臣一算。今以虎牢關以東八百里之地賜與鄭伯，以酒泉郡賜虢公，其餘忌父、原伯各加官一級。」

王又謂鄭伯曰：「卿爲國家被賊所傷，宜速歸國養病。」鄭伯謝恩歸國，箭瘡迸裂，三日而殂。其子捷嗣位，是爲鄭文公。上卿詹父曰：「昔者先君曾受齊侯之德未報，先君既殁，我主盍往報德。」鄭伯遣叔詹奉金帛往齊謝德。桓公令鄭使入，叔詹見曰：「先君承盟主威德復位，不幸王家多難，一向未曾奉報，正欲遣使，

〔一〕「於郊」，余象斗刊本作「郊」，據龔紹山刊本改。

忽又奄殂。今新君初立，不敢私位，敬遣詹來報德。」桓公曰：「吾聞王賜鄭伯虎牢關以東之地，何不奉與寡人？」詹曰：「土地國之封疆，不敢割裂。惟備金帛，望盟主恕之。」寧戚從旁奏曰：「鄭國之柄，皆叔詹所秉，不割虎牢之地入齊，此亦叔詹所謀。請將叔詹囚於齊國，鄭若割地，然後放詹，如其不肯，設兵以伐之，鄭必全歸於齊。」桓公遂囚叔詹，遣人報鄭，求虎牢之地。鄭伯聞叔詹被囚，復求土地，將地與之，以贖詹父。大夫公孫定父曰：「不可。吾聞齊侯噬天下，所以請割其地，割地不已，必至滅國。寧與囚詹，不可與地。」鄭伯曰：「不割地，若齊兵一到，何以抵之？」定父曰：「試遣使以金帛贖之，如其必欲，只得深溝高壘，請主以兵拒之。」鄭伯喜，遣人往齊求放詹父。

齊桓大怒，欲取詹父斬之，然後舉兵伐鄭。忽南燕莊公有使至，曰：「今山戎二十萬圍燕，燕侯遣小人告急，請兵救之。」齊桓問群臣曰：「四夷亂起，此事若何？」管仲奏曰：「夷狄狼豺，不可厭也。諸侯親暱，不可棄也。宴安酖毒，不可懷也。今明公奉天子之令，爲諸侯盟主，列國有難，不可不救。」桓公曰：「鄭伯此事若何？」仲曰：「夷狄亂中國，其禍甚大。鄭爲鄰國，可置而再伐。依臣之見，莫若釋詹之囚，鼓兵伐山戎，山戎若絶，鄭必自服。」桓公悦，令放叔詹歸鄭。大操三軍，令賓胥無爲先鋒，王子城父、公孫隰朋爲左右翼，管夷吾爲謀主，留叔牙、寧戚守國。

大軍望南燕而進，忽有一騎自西來見駕。公問：「其人是誰？」其人曰：「臣乃陳厲公之子，名完字敬仲。今陳侯太子御寇作亂，陳侯殺之，欲盡逐臣等，故臣來投。」公曰：「陳侯既殺其子，又逐汝輩，吾調兵送公子歸國何如？」完曰：「明公送臣歸，不如就死馬前。」管仲曰：「臣聞陳侯賢能，既不肯歸，賜其官職，使爲備用亦可。」桓公遂封完爲大工正工正掌百工之官，完遂仕於齊而不歸，其後子孫又改姓田氏代齊，亦有其國，然則完爲田氏齊之祖，留與寧戚同守齊國。大軍望南救燕，畢竟如何。

衛懿公好鶴亡國

説北狄主蓋天大王，有戎卒十五萬，常有侵犯中國之意，只憚齊桓公之威力，不敢興兵。至是，聞齊兵大出救燕，乃發戎兵打入中國滅邢小國名，直屯熒澤衛之地名，在河北，大振兵勢，欲入衛國。衛懿公性好白鶴，不理國事，在後宮築臺高十丈，名白鶴臺，養數百鶴於其上，皆以錦綉爲衣，金珠飾頂，每月眾鶴皆有俸禄。公若出遊，選能舞能鳴之鶴數十個，盡以大軒載於駕前，號曰鶴大夫。國中百姓有飢凍者，公皆不恤。上大夫寧莊子常諫不聽。狄兵至熒澤，哨馬報於懿公。

時公正欲乘鶴出遊，聞狄兵至，聚集群臣商議戰守之計。右大夫石碏之孫石祁子進曰：「狄兵驍勇，不可輕敵，主公宜求救於齊。」寧莊子曰：「齊之大兵救燕，南伐山戎，若遲緩，社稷危矣。」懿公連問：「誰人敢出兵者？」並無一人答應。寧莊子曰：「此非明公親往，國家難保。」懿公遂以大將軍黄夷爲前鋒，孔嬰爲左隊，渠孔爲右隊，大發精兵五萬，留石祁子、寧莊子守城。大兵近熒澤二十里下寨，兩陣相對。狄兵陣上捧出一員番將，赤髮藍面，露齒獠牙，高挺蛇矛，引一隊勁弩壯兵，列於馬前。衛先鋒黄夷觀其旗號，乃贊天二大王也。更不打話，二馬相交，鬥上十餘合，狄兵鐵箭亂如雨下，衛兵不能敵，互相怨曰：「衛往日不恤國民，以禄寵鶴，今日何不驅鶴出戰，而令我等受箭。」皆無鬥志，盡拋戈甲而逃。贊天二大王乘勢追入中軍，斬懿公於馬下。

黄夷見懿公被害，與孔嬰雙馬來攻。狄兵大至，斬孔嬰、黄夷於城下。渠孔、禮孔二將引兵殺至，狄兵列開，以箭射中渠孔，渠孔落馬。禮孔拍馬來救，贊天大王斬渠孔，活捉禮孔而歸，傳令攻衛城，連攻數日。寧莊子、石祁子守東西二門，公子申守南門，華龍滑守北門。禮孔告狄主曰：「能赦吾死，吾即獻衛城。」狄主問其何能獻城。孔曰：「北門守將華龍滑是吾之友，吾以密書栓於箭頭，射上城樓，約裏應外合，獻城之後，加其官職，彼必肯許。」狄主大悦，遂赦孔罪。孔修書射於北門城上，小卒收得箭書，獻於滑。滑讀之乃孔約動兵之書，大喜，曰：「此吾志也。」密令三軍披掛，至三更，滑上城樓放火，大開北門，狄兵大殺入城。寧莊子與石祁子皆來救北門。狄兵放火燒屋，城中百姓號泣振天，自相踐踏，死者不計其數。至五更初，石祁、寧莊見勢不救，二人從公子申往東門走出投齊。狄主既占衛城，令斬禮孔、華龍滑，剽剠庫藏，衛遂滅亡。後人有詩爲証，云：

好鶴堪嗟衛懿侯，貴禽敗德忍民愁。
一朝戰士拋戈去，鶴死身亡國亦休。

又宋賢有詩云：

狄卒長驅入衛城，懿公乘鶴正荒淫。
目前只顧躚翩舞，陣上何聞劍戟聲。
金鼓未鳴兵棄甲，旌旗將動將離心。
可憐六市生靈命，生死橫山染羯腥。

公子申與寧、石三騎奔齊。説齊桓公大軍至南燕將近四十，哨馬回報，山戎有二主，一名令支王國名，一名孤竹國名，二王合兵共二十萬，圍燕甚急。桓公問管仲曰：「山戎兵勢甚鋭，用何計以滅之？」管仲陳上平戎一策，不知其計如何。

管仲天柱峰滅戎

桓公問平戎之策，管仲曰：「吾聞戎兵只倚弓馬爲雄，方今秋高馬肥弓勁，不可與之交鋒，只可燒絶其糧道，設計以去其弓馬，然後可滅。」遂令大將高奚引兵一萬，銜枚從間道伏於天柱峰，截山戎之救兵。又令仲孫湫引兵五千，〔一〕從鶴子谷燒其糧草。又令賓胥無引兵二萬，每卒各要縛一草人，夜攻山戎之寨，只許鳴金納喊，至天明方可交兵。又令易牙引兵一萬，密密離戎寨外里餘，結草以絆戎馬。三軍聽令已訖，各依計行。

是夜，天昏月暗，四野無光。賓胥無令兵卒人各左手提草人以蔽其身，右手鳴金納喊，信炮一響，齊兵圍戎寨前門。孤竹王與令支王傳令，賊兵劫寨，夜昏不可交兵，只令將卒亂箭射之，使其不得近寨。戎卒望空發箭，亂如雨下，盡插於齊兵草人身上，寨中有五十萬箭，一矢皆空。齊人金鼓振天，納喊愈急，將至四更之末，齊人將草人帶箭盡焚於營外，火光焰焰，昏夜如晝。二番王大驚，視之乃焚草人，恐遭齊計，荒忙奔走。戎兵不論馬步軍，皆跌蹶於寨外。易牙引兵亂殺，斬戎兵如刈草芥，流戎血若滾紅河。

逮至天明，賓胥無從前門殺入，兩兵夾攻。管仲自率大軍殺來，在馬上大叫：「衆將不得走了孤竹、令

〔一〕「仲孫湫」，余象斗刊本作「孫仲湫」，據龔紹山刊本改。

支。」二國王、二番王見四面八方盡是齊兵，殺開血路望北而走，齊兵亂追。二番王走上二十餘里，回見戎卒只有數百餘人。二王大哭曰：「日已過午，尚未得食，人困馬乏，後兵追趕甚急，奈何？」孤竹王曰：「吾之糧米盡屯於鶴子谷，此去尚有十餘里，宜引戎兵至彼充食，又作區處。」行不五里，只見前面火光耀日，煙熖漲天，忽一枝戎卒焦頭爛額，荒忙走至，大哭曰：「鶴子谷五百萬斛軍餉，今早盡被齊兵放火，其兵又殺將來，我等正欲來報。」二王見説，大驚，進退無路，孤竹王曰：「此處天柱峰不遠，不如前去據其要險，令人歸國，取討救兵可也。」三軍盡飢，不能速進，只得扶戈倚劍，行上十餘里，山後一聲鑼響，挺出金字紅旗人馬精彩。

二番王以爲本國救兵將至，舉目視之，乃齊將高奚之號。番兵驚散，自相踐踏，死者不計其數。二王勒馬走回，仲孫湫引兵黨住去路，斬二王於天柱峰下，擄其器甲，與高奚奏凱而還。大軍會於南燕，莊公與君臣出城來迎。齊桓公令三軍屯於城外，自與管仲、賓胥無數文武入城。燕莊公再拜曰：「敝城非盟主威力到，則爲丘墟矣。」桓公曰：「救災恤鄰，乃寡人之職，有何勞也。」燕莊大排筵宴，奉金帛犒勞三軍。桓公謂燕侯曰：「明公遠處邊國，久失朝貢，天子每令某以征之。某以明公先君爲王室至親，不忍加兵。公何不修先君之政，致貢於王，内爲王親，外爲君臣，共保王室，豈不美哉。」燕莊公曰：「久失朝貢，恐天子不納。」桓公曰：「公從我歸朝，奏天子赦汝往咎，許汝再通舊好。」燕莊公大喜，收拾金帛，從桓公入朝。

齊主班師奏凱而還，將山戎二王首級及金銀器械，盡往拜朝。周惠王勞桓公曰：「夷狄爲中國之病，賴卿削滅，實卿之功。令將山戎二首號令四夷，金帛賞卿，與汝犒勞三軍。」桓公謝恩奏曰：「南燕侯久失朝貢之禮，今臣與其掃夷狄之亂，帶燕侯入朝，望陛下赦其前罪，而許其來貢。」王喜，宣燕莊入朝，受其貢物，厚禮而遣歸國。桓公與燕莊並謝恩，各歸本國。桓公歸齊，寧戚、鮑叔牙領文武出郭迎駕入城。升殿，群臣稱賀。説衛公子被狄所逐，投齊求救，聞桓公南伐，所以隱於草野。至是，聞齊桓公歸，乃與寧、石二大夫入齊告難，畢竟何如。

齊桓公德存邢衛

二騎既入齊城，號泣於朝外，桓公召入，公子申泣訴狄兵滅邢、滅衛之情。桓公問：「狄兵退否？」申曰：「尚在衛城摽掠，聞盟主班師，今將出城，望盟主發兵趕上，以復此仇。」管仲忙進曰：「南夷北狄交侵中國，不絕如綫，此要速除。但我兵初戰遠歸，不可出。主公速調諸侯之兵，逐之可也。」公遂令王子城父調宋、蔡之兵往衛。狄聞諸侯兵至，盡擄衛國子女金帛而退。王子城父札住營寨，遣人回報桓公，桓公令班師。管仲曰：「不可。濟弱扶傾，齊國之事，今邢、衛既遭狄滅，主公宜爲立新君，使其社稷不絕，然後方可抽兵。」桓公悦，曰：「仲父之言，正合孤意。」遂調陳宋之兵築楚丘城，令公子無虧送公子申立爲衛後。調杞蔡之兵，築夷儀城，令仲孫湫立邢公子叔顔爲邢之後。各賜稻粟五百斛，金帛十車，牛馬材木悉皆充足。此齊桓公第一件好處也。後人有詩爲證云：

王道淩遲重可嗟，南蠻北狄亂中華。
諸侯只解相吞併，誰似齊桓繼絶家。

潛淵《讀史詩》云：

周室東遷綱紀摧，桓公糾合振傾頽。
存邢繼衛仁心在，大義堂堂五霸魁。

太史公評曰：

桓公南伐山戎，管仲因之以召燕侯入覲，北狄滅邢絶衛，管公因而立後，於是天下諸侯皆服其威，而感其德，宜其成霸者之業云。

説楚子熊禧，自承父位，連年沾疾，不能理國，其弟熊惲起篡位之心。一日，藏劍問安，屏開左右，刺楚子於榻。群臣不知其故，遂奉惲立，是爲成王。成王問群下曰：「先王征伐列國，將有圖霸中原，不幸早死。吾兄奄弱，不能繼其大志。今吾帶甲兵百萬，文武多謀，吾欲驅馳中原，卿等以伐何國爲先？」鬥伯比曰：「中原列國，鄭爲咽喉，齊兵最盛。今若舉荊楚之兵，與列國爭衡，莫如遣一大將，領兵襲鄭爲本，然後可挾天子而令諸侯，則齊反爲我霸矣。」王悦，遂遣伯比之侄鬥廉之弟右將軍鬥章引兵二萬，與攻虎牢。

鬥章領兵出城，行至齊楚界口，忽山陰後，金鼓闐闐，一簇人馬緩緩而至。章觀其旗，乃鄭大夫聃伯之號也。楚兵列開兵勢，射住陣角，問曰：「來者何人？」鄭人曰：「吾乃鄭之大夫。鄭伯之命，賫金入齊謝德。」鬥章聞其説，乃掩其旗號，詐聲對曰：「吾乃齊大夫仲孫湫，奉公子之命，來迎大夫也。」聃伯下馬相見，鬥章曰：「大夫遠勞，其車可換齊卒。」聃伯許之。鬥章令小軍推轉貢車，聃伯正欲上馬，喝令擒之，鄭兵不知其由。章曰：「吾乃楚將軍鬥章也，正欲引兵來攻虎牢，卻好遇汝。」遂囚聃伯班師，不知後話若何。

管夷吾罵死鬥伯比

鄭之殘兵入齊報曰：「鄭伯聞盟主遠歸，使聃伯賫金帛來勞軍。至中途，被楚將鬥章奪其車馬，囚聃伯以去，敬來請罪。」桓公聞之，大罵：「匹夫，焉敢奪吾之貢。」管仲曰：「楚子遠處漢東，久不朝貢，又聞其滅鄧伐隨，有吞併之勢，今不早除，若霸業一成，是虎生翼也。速率諸侯之兵以伐之。」桓公遂傳檄諸侯伐楚，諸侯皆率兵來會。

桓公問眾諸侯曰：「孤欲伐楚，公等以兵從何方而發？」忽一人越班奏曰：「依臣之見，東夷累寇中原，今大兵莫若出於東夷，循海而進，一則伐楚，二則耀威於東夷，此一舉兩得之計也。」公視之，其人乃陳國大夫，姓轅名濤塗字子波也。公問群下曰：「子波之言何如？」管仲曰：「兵出東方，路途遥遠，一遇強敵，我兵被阻，楚兵襲後，進退兩難，莫若從陳鄭而發，糧足兵雄，大事可圖。子波乃陳大夫，恐大軍從陳而過，費其犒勞三軍之資，故獻此以危我兵。」鄭大夫申侯亦言：「管仲父之言是也。」桓公大怒曰：「大夫焉敢巧言設計以陷我兵。」遂囚濤塗，待伐楚之後決罪。

是日，發列國之兵，共計三十餘萬，以齊將軍賓胥無爲前鋒，鄭大夫申侯爲左隊，宋將軍方仲德爲右隊，高奚、仲孫湫爲保駕，大兵過陳、鄭，望楚而進。說鬥章囚聃伯及金帛來歸，告楚王，楚王大悦。伯比曰：「齊侯糾合征伐得志，彼聞吾奪其鄭貢，必興師侵楚，宜速出兵，以備戰守。」楚王曰：「齊楚交兵之初，非練達老成者不可督兵。」遂拜伯比爲中軍大都督，鬥章爲前鋒，鬥丹、屈祈爲左右先鋒，發精兵十萬，吾率大兵以繼其後。

伯比領命，次日升帳，哨馬報：「齊侯果連列國精兵，共有三十餘萬，漫山塞野，浩浩蕩蕩，今已屯於召陵。」伯比傳令，次日出陣，且勿交兵，待吾説動一遍，齊兵不退，然後交鋒，諸將唯唯而退。次日，一捧鑼響，兩陣對圓，楚兵陣上捧出一輪逍遥車。伯比綸巾羽扇大袖長縧坐於其上。左屈祈右鬥章從之。伯比遥謂齊兵曰：「誰是管上卿，請出陣前，吾有請教。」管仲聞伯比親出，亦乘駿馬，手按剛刀，左胥無右高奚相從，出答曰：「夷吾在此，老將軍是何人士，請通尊表。」伯比在車上欠伸曰：「上卿休怪，老夫乃德安人也，姓鬥名伯比，見辱楚國上大夫。」仲亦在馬上拱手曰：「衣甲在身，不能施禮。大夫有何高論？」伯比曰：「吾聞仁者不虧其節，智者不辱其身。子乃公子糾之良臣，小白殺糾，子不能從死爲義，反成忘君而事仇，何汲汲於利名之場，失卻仁義大關，以致虧節辱身之甚耶。」管仲對曰：「子但知從死一時爲仁智，豈知德救生民、功傳萬世者爲仁智乎。」

伯比曰：「何爲德救生民，功傳萬世？」管仲曰：「周室東遷，王綱失馭，奸臣夷狄，混亂如麻，天下生民，陷於水火。吾知齊侯乃寬仁大度之君，豁達英標之主，故舍小節而從大義，君臣協心立德救民，〔一〕焉爲辱身而虧節哉。」伯比曰：「天下雖亂，周室至親諸侯，不爲盟主，出力救亂，齊乃外姓之國，敢奉天子威權，以專征伐，此汝君臣假仁挾詐，吞併列國，又豈得爲立功救民哉。」管仲曰：「周室衰微，同姓諸侯奄弱，所

〔一〕「君臣」，余象斗刊本作「君」，據龔紹山刊本改。

以吾主奉王旨糾合諸侯，南伐山戎，北存邢衛，此皆仁勇堂堂，扶傾濟弱，何謂假名呑併者耶。吾聞楚子僭王叛號，虎噬漢東，汝乃周之陪臣，〔一〕楚之故家，不能令楚入朝匡扶周室，反成教其僭王猾夏，侵犯中原。且鄧侯乃熊貲外祖，汝則擒而滅國。息媯是伯瑗正妻，汝則虜而歸家。皆非楚子無仁無義，盡是老賊所詐所謀，廉恥俱喪，死且有餘，尚敢馬前彈唇鼓舌，以攻他人之短。本當梟汝之頭，鼓兵入楚，姑念匹夫老耄，死亦無益，若不速退，老命難逃。」伯比本欲來難管仲，卻被管仲大罵一遍，心氣上攻，口吐鮮血，倒翻於馬下。後有詩爲証云：

闐然金鼓數聲催，齊楚軍師出陣來。
高談氣激龍蛇舞，濶論風権木石開。
舌劍難欺仁義漢，唇鎗焉戰經綸才。
片言攻出平生詐，氣死荊蠻馬下埋。

管仲以劍麾左右而進，賓須無搶上，斬比於陣前。鬥章看見，拍馬來攻胥無，二將斗至二十餘合，高奚橫鎗夾攻，鬥章力不能敵，敗馬走回，高奚趕上，活捉鬥章，大兵進屯於陘山。不知勝負如何。〔二〕

〔一〕「陪臣」，余象斗刊本作「倍臣」，據龔紹山刊本改。
〔二〕「管仲以劍麾左右而進」至「不知勝負如何」，余象斗刊本無，據龔紹山刊本補。

管仲召陵服強楚〔一〕

齊兵進屯於陘山，楚之殘兵走入報楚。楚王聞伯比氣死，鬥章被擒，大怒曰：「匹夫焉敢去吾左右。」便欲親征。左大夫屈完諫曰：「國家初喪軍師，事無決斷，王欲親征，必須選立軍師，運籌於內，然後可以定計征討。」王曰：「誰可立爲軍師？」完曰：「臣舉一人，乃將鬥之子，年少威雄，昔其父生下此人，狀貌異常，故棄於穀，而虎收而乳之於菟。後其父收歸育之，見今二十八歲，文武雙全。王如立軍師，謀大事必此人也。」王曰：「此人在何處？」完曰：「乃上大夫鬥伯比之子，因虎乳之義，名穀於菟字子文也。」王遂宣子文入朝，拜爲上卿令尹，使謀國軍重事。子文辭以父孝在身，不敢從政。王曰：「你父爲國而死。卿能助我伐齊，以報父仇可也。」子文謝恩受職。王曰：「目下齊兵屯於陘山，吾欲親自出敵，卿意何如？」子文曰：「齊奉天子之命，連列國之兵而壓楚境，勝勢在彼，不可與之爭鋒，莫若遣能言之士，說退其兵，俟其國中有隙，然後加兵，無有不克。」王曰：「齊兵囚我鬥章，陷你先父，吾恨不生擒小白，立斬夷吾，以消此恨。何待再加兵。」屈完曰：「齊兵遠出，糧餉不繼，臣憑三寸之舌，說穀鬥章退三軍。果如不從，然後交兵不遲。」王許之。

〔一〕按：此節目余象斗刊本闕，據龔紹山刊本補。

屈完往至齊寨，左右報知，管仲告桓公曰：「吾聞屈完，楚之説客，此來必欲以舌戰吾退兵。若完入見，主公勿言，臣請一一答之。」桓公召完入，問曰：「大夫此來何故？」完曰：「奉楚王命令，乞容告訴。」公曰：「有何議論？」完曰：「齊楚皆爲周之諸侯，君處海北，楚處湖南，地之相去，千有餘里，刀兵不見，各保本疆。今明公無故連兵以侵楚界，陷我大夫，囚我部將，誠不知此兵出何名義？」管仲對曰：「齊楚雖皆王室諸侯，然我先君有大功於周，故成王賜曰五侯九伯，得專征伐。今吾主公，見王令不行，諸侯僭叛，故奉聖旨，一匡天下，以朝天子。今楚地居南海，當貢包茅包茅裹束也，昔禹王治水分天下，土地名各依其土産以貢於王，荆州乃楚之分野，當貢包茅，蓋取三春之包茅藏匭匣以貢於王，王即位以包茅匭匣束酒以助祭祀。東遷以來，爾楚不朝，包茅不貢，王祭不供，無以縮酒解見上文。今又僭王叛號，伐蔡以寇中原。故我未加征討，輒敢奪吾鄭貢，囚吾聃伯。所以吾主奉天子之旨，連諸侯之兵，來責不貢包茅之罪，追問膠舟溺主之愆昔昭王出遊，楚人進膠舟以溺之事見一卷，楚人膠舟溺昭王之題下。兵出堂堂，名正言順。汝尚不知罪咎，反謂無名無義耶。汝速整貢入朝，吞聲受責，庶幾不動半寸之戈。如有不肯，將汝楚地踐成草場。」屈完聽罷，啞口無言，但叩頭乞歸商議。桓公喝令速退。

完歸，見成王，具齊侯所責之言以告成王。成王問群下戰和之禮，何者爲先。下大夫鬥丹曰：「吾楚正欲東征西討，横於天下，况齊兵自送死而來，所謂羊投虎口。依臣之見，率大軍出戰，絶其糧道，則齊之君臣首級不日自獻王庭，何畏齊如虎而與之和哉？」子文奏曰：「齊雖遠犯吾界，彼得天子之命，責我不貢，師出有名。若與戰勝，則諸侯合兵來救，敗則楚勢再不可振矣。莫若聊備茅包，與屈完入貢，使之退師，然後待齊有隙，興兵以復此恨可也。」主令取包茅十車，金帛各十車，使屈完往齊。完受命，至陘見桓公。桓公曰：「汝主之意若何？」完曰：「吾主望盟主漸退三軍，容俻貢獻。」桓公令諸侯之兵退屯召陵，約三日楚貢不入，然後復進決戰。次日，完將入獻，桓公謂諸將曰：「楚人遠處南方，不見中國軍容之盛，今日屈完若來，汝等各要鎗刀出鞘，盔甲鮮明，大操諸侯之兵於召陵，使其知有中國之盛。如有故違者，依軍法治罪。」諸將唯唯，列成隊伍。

完入，桓問曰：「大夫遠處南方，不見中原兵甲，今日吾令諸侯之兵演武於召陵，汝試閱其威勢何如？」於是，鼓吏連擊三通，紅旗陣裏閃出一隊馬軍，左弓右箭，馳射如飛，衆軍喝采。皂旗陣内閃出一隊步軍，左牌右劍，圓滚似箭，衆軍又鳴金喝采。桓公召屈完問曰：「吾奉天子威權，糾合雄兵，以此衆戰，戰無不勝。以此攻城，城無不克。所以剿滅山戎，撫按邢衛。今汝君臣連年不貢，囚鄭使臣，是何道理。若不速貢，加兵無悔。」屈完對曰：「盟主以匡輔爲公，辱收寡君入會，楚之幸矣。若夫必以攻戰爲上，楚有方城爲城，漢水爲池，甲兵雖衆，無所用之。」桓公怒曰：「以子之言，吾衆無奈楚何？」完曰：「盟主以德綏服諸侯，誰敢不服。然必欲以兵威劫俠，所謂大國有征伐之兵，小邦亦有備禦之固而已。」桓公大笑，顧謂諸將曰：「屈仲全可謂善爲使者矣。」

屈完獻上包茅及勞軍金帛，桓公曰：「必送聃伯歸寨，然後吾釋鬥章，大軍始退。」完乃歸，送聃伯至寨。桓公命放鬥章，即日班師還朝。胡曾先生有詩云：

小白匡周入楚郊，楚王雄霸亦咆哮。
不師管仲爲謀計，爭敢言徵縮酒茅。

又宋人有詩云：

齊侯耀武入荊襄，不動兵車霸自強。
罪責包茅營下獻，詞羞伯比馬前亡。
威臨強楚君臣服，力輔王家義理當。

千古召陵山下過，令人猶自想風光。

潛淵《讀史詩》云：

楚子強横似虎鯨，伐隨滅鄧逞刀兵。

桓公不動兵車會，焉得包茅貢召陵。

齊兵奏凱班師，隊伍整齊，戈戟精彩，楚人隔河而望，皆稱中國有好人物，不敢乘追。大軍歸至魯界，忽前有一騎，披麻掛孝，號泣而至，不知是誰。

魯村婦秉義全社稷

桓公停驂，問其是誰。其人哭曰：「吾魯公子季友是也。」公問：「爲何披麻大哭？」季友魯莊公之同母弟也曰：「先君莊公臨崩，立其子名班嗣位，公子慶甫亦莊公之弟，但不同母也謀弒班，又立閔公亦莊公之子，名啟方也，慶父又謀殺之，魯國大亂，敬請盟主，定君救亂。」桓公在馬上長歎曰：「吾方伐楚，魯又多亂，此王法不行，亂臣賊子蜂起，何以處之？」管仲忙啟曰：「明公正是握定君討亂之權，魯若多亂，不可緩救。」公曰：「移兵進魯何如？」仲曰：「明公要貢包茅入周，以獻楚捷，但令一大將部兵往救可也。」公遂調保駕將軍高敬仲即奚敬仲字也、仲孫湫二人，各引本部兵與公子季友入魯定亂，此齊桓公第二件好處也。後人有詩爲証云：

魯國君臣亂似麻，齊桓伐楚未回家。
一聞季友哀求語，即命高奚絕禍芽。

齊桓公大軍還朝，高奚與季友引兵入魯。卻說魯公子慶父先與哀姜奸淫，殺閔公，日與哀姜宴樂。及聞齊兵殺至，與哀姜魯莊之妻，閔公正母，慶父之嫂奔走出城，遇齊兵於夷原。季友謂高奚曰：「弒二君，淫主母，正此賊也。」高奚橫鎗便刺，甫繞楓樹而走，遂逃奔於莒。高奚轉馬來攻魯兵，哀姜正欲望莒同走，高奚喝曰：「亂國淫婦，欲走何處。」一鎗刺於馬下。謂季友曰：「此婦雖亂，亦是汝國主母，可收屍歸葬。」又密謂仲孫湫曰：「魯國喪亂，不如乘此機會，打入魯城，滅其社稷，以建大功，有何不可。」湫亦許之。大軍殺人魯城，郊外百姓，皆奔入城。

奚在馬上，遥見一婦人，抱二嬰兒前走，見兵趕近，乃棄一子抱一子而逃。高奚追至，捉所棄之子，問曰：「前婦是你誰人？」其嬰童泣曰：「吾母也。」高奚歎曰：「魯國亂極，至於子母相棄，不伐更待何時。」遂勒馬追及婦人，問曰：「子皆汝生，何得棄長而抱幼？」婦人訴曰：「所棄者吾子，抱走者乃妾兄之子也。」奚訝曰：「汝何棄子存侄？」婦曰：「將軍兵近，力不能兩全，故棄之而逃也。」奚曰：「子母天性也。汝何滅天性而存其侄？」婦人曰：「子，私恩也。侄，公義也。幸得兩全，則公私盡羡。今不幸遇將軍兵臨，若棄侄存子，是舍公義而全私恩。吾魯乃禮義之邦，妾若忘義而棄侄，則魯君不容，大夫不恤，妾何顔而立於世哉？」高奚謂湫曰：「吾謂魯亂可伐，今村野婦人尚能守義，焉可伐之。」遂赦婦人子母，令三軍偃旗息鼓，而入魯城。後人有詩云：

魯國君臣亂似塵，哀姜慶甫肆昏淫。
滿朝文武皆如醉，不及城郊一婦人。

後仰止余先生觀到此，又有詩爲證：

城郊頃刻喪似塵，列婦淚滴訴衷情。
數言説出公私義，萬古流傳救國名。

公子申莊公之子也出迎齊兵，季友泣告奚曰：「莊公之子三人皆被讒賊所弑，止存此子而已。」奚遂入朝，聚集文武，奉申即位是爲魯僖公。僖公既立，謂高奚曰：「慶甫亂國，今逃歸莒，將軍不誅此賊，日後必又作亂。」高奚正欲部兵伐莒，忽報慶甫逃莒，莒侯懼齊加兵伐，閉城拒慶甫，慶甫進退無路，自縊莒城之下。莒侯令斬首級來獻，僖公宣入莒使，大賞遺歸。僖曰：「此賊既除，皆高將軍之力。」大宴高奚，重以金帛賜奚歸國。

季友告僖公曰：「昔者高奚入城，將有滅魯之意，因追郊外婦人，見其守義存侄，遂不敢加兵。魯得全其社稷，皆此婦人之德。主公宜入旌獎，以激風化。」僖公遂宣婦人入朝，問曰：「汝何人之婦？」對曰：「妾城西農家，不敢通名。」公勞曰：「魯之社稷賴汝以全。」賜與黃金十斤，彩帛百匹，賜名義姑。詔有司豎造義坊以昭旌獎，婦人謝恩歸家。漢都尉大夫劉向有贊曰：

齊將攻魯，義姑有節。
見軍走山，棄子抱侄。
齊將問之，賢其稱理。
一婦存義，齊兵遂止。

卻說高奚歸國，桓公問曰：「魯可伐乎？」仲孫湫曰：「魯人猶秉周禮，不可伐也。」公問其故，湫以義姑之事告之。管仲進曰：「魯，周公之後，至於山野婦人猶能持節行義，不以私害公，而況在朝之士夫乎。公必宜靖魯難，而親之可也。」桓公然之，遂令管至甫入魯申賀。管仲又曰：「南伐諸將，宜加賞罰，以厲善惡。」桓公遂將有罪者罰，多功者賞，又取轅塗濤斬首示衆，陳侯再三哀乞，桓公不聽。管仲進曰：「明公大度，戮此小夫何益。」公令放歸。仲又曰：「明公宜奉包茅朝王，以表主盟之義。」桓公將楚進金帛悉散與從征諸侯，自奉包茅入周以見天子。不知後話如何。

齊桓公輔周太子

桓公入朝時，僖王已崩，惠王繼立，聞桓公入朝，宣入勞曰：「國家之難，外鎮賴卿制伏，内事不定，朕難處決。」桓公對曰：「陛下内有何事，願聞其詳。臣雖不才，請盡愚陋。」王曰：「寡人太子名叔鄭柔弱，次子名叔帶仁孝剛克，吾恐太子不能治國，朕欲易叔帶爲太子，卿意何如？」桓公頓首曰：「國家立長不立幼，古今之通義，陛下既立叔鄭爲太子，復何廢易？」惠王聞桓公不從，不悦，罷朝。桓公歸，以王言告管仲。管仲曰：「廢立太子，國家之患，主公權在盟主，當速處之。」公曰：「若何？」仲曰：「宜請出太子，會諸侯以定其位，然後太子位安。」

桓公遣使奏惠王，請太子會於首止，惠王不許。周公宰孔諫曰：「不可。齊侯糾合諸侯，無非亦爲國家，今不許太子會盟，逆其權也。」王不得已，令宰孔輔太子會盟。宰孔與太子辭王出朝，王召鄭文公語曰：「齊侯名雖糾合，志在併吞，汝鄭小邦，後必有患，今日之會，汝可服晉而別齊，待久後齊欲併吞，汝可求晉爲援。」鄭伯謝而退，以王言告群下不往會盟。大夫孔叔諫曰：「齊侯累欲見責於鄭，可往之。」伯將往，大夫申侯力説不可，鄭伯遂不往會。

卻説桓公會諸侯於首止，列侯皆在，獨有鄭不至，忽哨馬報鄭伯逃盟。齊侯起告周大夫宰孔與列侯曰：「國家建東宫爲本，天子年老，寡人請旨，會公等以定東宫，公等之意若何？」宰孔及列侯皆曰：「盟主之言，國家之福。」桓公遂立盟曰：「凡在盟會，久後不輔太子者，則許列國共討之。」諸侯咸曰：「謹奉命。」宴罷，各歸本國。管仲告桓公曰：「首止之會，鄭伯不至，必倚晉爲援，故傲矜如此，速請加兵以討。」公然之，令賓胥無、隰朋各領精兵五千攻鄭，鄭若不服，然後我率大軍繼後。二將遂領兵直圍鄭之新城。城上守臣洩子良堅閉不出，入鄭告急。鄭伯問曰：「誰敢引兵出戰？」文武並無一人敢應，大夫孔叔、堵叔、師叔齊跪曰：「我主當日不聽臣等之諫，故背齊盟，今日齊攻新城，滿朝文武無人敢領兵迎敵。依臣等見，不可與之爭鋒，只宜宣太子，親奉金帛，前往待罪。齊侯乃列國盟主，以義爲先，太子親以禮至，齊兵必退，方免鄭國之禍。」鄭伯詔太子名伯華，奉金帛往齊待罪。太子原與大夫申侯有隙，至聞命往齊，乃入朝奏曰：「當日父王聞孔叔之諫，正欲會齊，申侯力阻，始招此禍，今欲差臣往齊待罪，必斬申侯首級，前去謝齊，然後此禍方免。」鄭伯令有司斬申侯，以首級付太子。

太子受命而行，至新城見隰朋，朋令賓胥無屯於新城，自引鄭太子入齊見桓公。桓公問曰：「太子有何議論？」伯華曰：「父王誤聽讒臣申侯之阻，是以得罪於盟主，今斬申侯首級及備金帛待罪，望盟主擴包荒之量，班師以解新城之圍。」桓公問管仲何如，仲曰：「臣聞招來以禮，懷遠以德，德禮不易，無人不懷。今鄭伯既知罪，以禮引咎，主公當召還新城之師，厚待其太子可也。」桓公遣哨馬召賓胥無班師，厚待伯華遣歸。

卻說惠王少子叔帶，聞桓公會諸侯，立其兄叔鄭爲太子，恐己不得爲王，乃召西方犬戎入寇，惠王悶死。犬戎助叔帶與叔鄭爭位，大亂京城，周公宰孔與群臣奉太子奔齊求救。桓公曰：「吾昔首止之會，正爲此事，今果然矣。」遂令隰朋引兵入周，平戎定位。朋兵至洛陽，叔帶聞齊兵至，從西門奔出，犬戎盡擄京城庫藏，亦從此門而出。隰朋與宰孔擁太子入城即位是爲周襄王，修葺宮殿，出榜安民，郊天祭地，遂祭先王祖考，百姓大悅。

桓公葵丘大會盟

襄王謂宰孔曰：「朕遭骨肉之亂，賴齊侯平戎定亂，今日郊祀禮畢，合頒胙肉，以賜齊侯，彰其寵錫，以崇殊遇。」於是，即命宰孔奉胙肉往齊，厚待隰朋遣歸。

卻説管仲告桓公曰：「隰朋必能定大位，主公宜率諸侯入賀，庶幾不失盟主權柄。」公曰：「宜在何處期會？」仲曰：「齊自北杏定霸以來，雖常盟會，皆列國兵車會議而已，今日乃匡合朝王之會，不比尋常，宜在葵丘大地，築壇壝期會可也。」公曰：「仲父施行便是。」管仲遂令東郭牙督五百壯兵往葵丘措置，東郭牙引兵至葵丘，擇方圓八百步之地，築壇一所，高聳十餘丈，布南北君臣之位，列上下三層之階，金璧輝煌，珠翠圍擁，布列整齊。

桓公與衆文武來至，傳令在第一層壇設黃金御座七寶幢蓋，以按人君南面之位。第二層壇左列與周同姓諸侯之位，曰魯、曰鄭、曰晉、曰衛、曰曹、曰蔡；右列與周異姓諸侯之位，曰齊、曰宋、曰陳、曰楚、曰滕、曰薛，各蓋緑蘿珠傘，錦標著號第。第三層壇左序上卿管夷吾、大司徒孫在、大司田寧越、大司理賓胥無、大司諫東郭牙、中軍大夫鮑叔牙、下軍大夫雍廩、中軍諮謀寧戚、中軍參謀公孫隰朋；右序大司馬王子城甫、折衝將軍仲孫湫、征虜將軍衛公子開方、大工正陳公子完、平戎將軍豎刀、中軍參軍管至甫、偏將軍連稱、中軍都督高敬仲，俱各衣冠濟濟，弁冕秩秩，以引列國群臣立東西之楹，以置反坫，樹左右之標，以懸鐘鼓。又令一千二百五十名壯士，分爲五隊，各執青黃赤白黑旗，屯於五方，以按五行。壇上盡飾金珠錦衣，布列銀鐲奇燈，異香馥馥，庭燎熒熒。

須臾，列國諸侯皆至，桓公又令公子無虧序諸侯之位。諸侯推讓升壇，各就本位，列國群臣皆循齊臣之班。桓公起告諸侯曰：「今日乃天子初登大位，故寡人會公等入京朝賀，必在壇上北面朝王，然後立盟可也。」諸侯皆拱手曰：「聽命。」桓公乃引列國君臣，望北下拜，環佩鏘鏘，威儀翼翼，山呼之聲，振於十里之外。禮畢，各就本位，管仲歷階而上，告諸侯曰：「今日乃衣冠之會，不必殺牲歃血，但載書立誓以定同盟可也。」桓公即秉筆立盟曰：「凡我同盟之人，協匡王室，言歸於好。第一，要誅不孝，無易太子，無以妾爲妻。第二，尊賢育才，以彰有德。第三，敬老慈幼，無忘賓旅。第四，士無世官，官事無攝，無得專殺大夫。第五，無曲防，無遏糴，無有封而不告。有犯已上五等，許列國共討之。」諸侯皆曰：「謹受命。」

言未訖，小卒報王使至，桓公降壇迎接。宰孔告曰：「天子初登，皆賴盟主之德，今祭祀天地祖先，令孔奉胙來賜。」桓公升壇望北謝恩。宰孔曰：「天子有言，盟主年老，加賜一等，免於謝拜。」桓公大驚曰：「天威不違顏咫尺，小白何敢不拜，以慠君臣之禮哉。」遂再拜稽首。諸侯皆曰：「今日方見君臣之禮耳。」後人有詩爲證：

壇築三層聳碧空，韶音金鼓振空中。
衣冠煥煥昭文雅，劍戟森森耀武功。
五義申明金石固，片言載誓地天同。
寥寥四百春秋世，始見葵丘一會公。

潛淵讀史有詩云：

桓公仗義輔周王，糾合葵丘第一良。
鐵筆立盟申五義，錦書定誓正三綱。
天威咫尺寧矜傲，禮制尊卑敢崛强。
從此君臣知降殺，夷吾抱負愈隆彰。

桓公兵車之會，惟葵丘第一，有四六之詞一篇曰：

五霸之業，桓公第一，糾合之盟，葵丘爲最。築數丈之高壇，上接青霄，圜幾圍之平地，四連緑野。金璧騰光，照耀九天日月；鼓鐘節韻，震轟千里風雷。庭燎焜煌煌之晝，獸鼎噴𡡉𡡉之煙。幕張紅羅，列旌旄以環衛，旗標黄纛，布戈戟以森嚴。桓公儼穆穆之容，群臣序彬彬之秩。有司戒期，羽書馳告，於是車馬袞紅塵，奉一命而西方輻輳。衣冠彰富貴，會五爵而列國騁馳。翰苑儒林，文臣序彬彬之貌。蜂屯蟻聚，武將耀赫赫之威。俎豆獻庭，騂圭交舄。是故相推相讓，歷階級而登盟壇；恪敬恪守，慎威儀以升公座。周旋俯仰，揖讓降升，覲南面之尊，圜北辰之拱。環珮衝牙之音，徹透九霄，山呼萬歲之韻，振聞十里。踧踖其儀，抑首就位。於是，管仲定盟，諸侯歃血。申以王命之嚴，若挾河漢；永以載書之信，似轟雷霆。威著德輝，諸侯守超雄之大誓；目眩氣奪，士卒駭拔俗之偉觀。獻酬未畢，天使來臨鳳翅翱，望南壇而降詔。龍顔咫尺，覲北面而酬恩。三軍鼓舞，賀龍虎之相逢；六音沸鼎，慶風雲之遭際。玉帛交錯，葵丘之會，亙五霸而無儔；威德兼著，桓公之業，歷春秋而莫比。

又古風一篇：

春秋亂世無綱紀，群雄角力相吞噬。
卓彼齊桓異衆謀，仗公秉義匡王室。

君不見，昔葵丘會。

衣冠文物兩彬彬，赫然聲振爲第一。
巍巍壇壝倚雲空，煌煌金璧光侵日。
文臣下筆風雨驚，武將横戈鬼神泣。
威轟雷霆服百侯，德秉陽春濡萬里。
左班管鮑獻謀謨，右班賓隰相羽翌。
羽書一出檄四方，膏車秣馬相期至。
皇皇穆穆兢獻酬，鏗鏗鏘鏘鳴圭璧。
五義方經筆下盟，諸侯遵守同金石。
丹鳳銜詔自西來，周王致胙彰殊錫。
天子曾勞免降階，敢把龍顔違咫尺。
丈夫得志慶風雲，意氣軒昂誰可擬。

又一絶句詩云：

春滿葵丘日正天，諸侯金鼓競喧闐。
桓公申義同盟語，千古猶如振耳邊。

獻酬已畢，桓公遂率諸侯朝周。襄王勞曰：「國家不幸，骨肉相殘，賴卿輔弼。」桓公稽首曰：「皆陛下威福，臣何有焉。」王又問曰：「聞卿臣下有管夷吾者，兼備文武，朕願見之。」桓公引管仲入朝，王勞曰：「羽翌齊國，勤勞王家，皆卿之力。賜你上卿之職，出入儀制，但降諸侯一等。」管仲再拜辭曰：「臣乃一賤有司，其匡合之功，皆臣主公威德，將佐齊力，臣何敢受此重賜。」王曰：「朕以齊侯攘夷匡周，皆卿之力，故賜此制，今卿以德歸主，功歸同僚，其實君子不忘其本也。」遂賜齊侯彤弓一把，寶劍一口，白旄黃鉞得專征伐，斬斫自由。賜管仲上卿之職，兼賜出入儀制。其餘列國諸侯，與齊之文武，各賜黃金十鎰，彩帛十端，無得再辭。桓公引諸侯及文武謝恩。史官有詩贊曰：

管子春秋大霸臣，尊王攘狄有聲名。

當年金殿辭封誥，千古令人誦德音。

宴罷，諸侯辭王，各歸本國。管仲告桓公曰：「葵丘之會盟，誓以立太子爲事，今吾國東宮未定，宜早建立，免致久後爭位。」桓公曰：「孤之六子桓公有六子，衛姬生子名無虧、少衛姬子名元，鄭姬生子名昭，葛姬生子名潘，密朱姬生子名雍，少者失名，桓公正宮妃姬皆無子，此六子皆嬖妾所生也，惟昭鄭姬所生舉止端慤，他日可成大位，孤欲立之，又是居次，此事若何定處？」仲曰：「主公明見，正合仲意，二公子雖幼，其賢過於弟兄，宜立之，以主社稷。」公曰：「無虧居長，久後必起鬥爭。」仲曰：「立嫡以賢，何爭之有。」公然之。次日設宴，以建東宮。畢竟何如。

齊桓公陽穀寄太子

卻説易牙有寵於衛姬，聞建東宮，趨入後宮賀衛姬。衛姬曰：「主公主意不定，焉知立誰？」牙曰：「立嫡以長，理之當然，何疑之有？」及降詔，乃立次子昭爲太子。衛姬笑曰：「雍巫易牙字信吾言否？」易牙大驚，曰：「主公何意如此，吾用一計，即反東宮之位與公子無虧。」衛姬曰：「富貴有命，何必爭鬥。」牙見衛姬不納其計，出宮門遇無虧悻悻而入。牙曰：「公子怒東宮一事耶？」無虧曰：「父王無定，棄吾而立昭，此皆管仲之謀，先斬此匹夫，然後與昭定論。」牙曰：「公子若殺仲爭位，是得罪於父也。臣有一計，使東宮之位，反掌而歸。」公子無虧曰：「何計？」牙曰：「主公之意，搖拽不定，吾當以調味動之蓋易牙善調味也，必得其位。」

明日，桓公設宴，其味皆易牙所調，甘美過甚。公召牙問曰：「天下之味子能皆調其美，但人肉吾未得嘗。」牙曰：「此誠易事，臣請調之。」次日，即將其三歲之子殺而烹之，進於桓公食而美，問曰：「此何肉也？」牙曰：「臣之長子肉也。」公驚曰：「卿何故殺子進吾？」牙曰：「主公昨言所欲，故烹進之。」公悔曰：「昨乃戲言耳，何故忍此。且爾子有幾歲？」牙詐下淚曰：「臣子年已三歲耳。」公曰：「已長矣。」牙曰：「長則長矣，爭奈主公所欲，故棄長而存幼也譏桓公棄長立幼也。」公愕然而退。牙見計不聽，枉殺其子，來見無虧。無虧大怒，便欲仗劍來斬管仲。易忙止之曰：「不可。管夷吾國之大臣，且未聞抗君父者而能得其位，今主上且年老，管仲亦老，不如姑俟數年，若主上與夷吾俱歿，則昭無倚靠，大位還歸公子。」無虧聽易之説，罷其爭鬥。

説桓公聞易牙之語，知無虧有謀之意，以告管仲。管仲曰：「當今諸侯，宋公襄公也賢能，久後必能仗義主盟，公宜修書，以太子之事托宋公，後雖有鬥爭，宋公必能定亂。」桓公然之，遂修書，令人告宋公。宋公讀其書曰：

近别王城，常思丰采，茲因家事不寧，輾轉失計，惟明公爲能圖之。倘以德義相顧，不吝一行，可於吉旦，會獵於齊宋界上，敢以儲事相寄。至期萬希不爽，足見明公尚德重義之實。

宋公讀罷大悦。次日，即治駕與數十騎來至陽穀，桓公亦獨與管仲、寧戚、太子昭數人而至，相見禮畢。桓公告宋公曰：「葵丘誓書，寡人濫主其柄，今孤初建東宫，恐弟兄後有爭鬥，明公德高義重，故以此事寄命，望明公調護，寡人雖死地下，亦無憾矣。」宋公曰：「慈父，國小德薄，不足以膺重寄，然承盟主之命，敢不敬奉。」桓公大悦，命宴宋公，酒至半酣，令太子起舞。自擊節而歌曰：

嗟彼鵠鷚兮，未能離巢。將引其翺翔兮，群啄其毛。敬托秋風兮，俟羽振而扶其騰高。

宋公亦起而歌曰：

卓彼高岡兮，鳳雛其將。嗟我微風兮，焉搏其翔。待其羽翮成而衝天兮，必騰千仞而爲祥。

管仲命太子起謝，宴罷，各辭歸國。後人有詩云：

管仲宏才能遠見，先將國位屬襄公。
無虧縱有易牙計，爭似昭如有翼龍。

桓公車駕歸至城郊，見野人牧馬，内有一匹老馬，高一丈餘，規模宏壯，但其鬣落蹄蹶，骨瘦如柴。公問從者曰：「此馬似吾壯年所乘征伐之色，何以至此？」乃呼野人問之，野人戰驚不敢訴告，公詰其故，野人曰：「此馬乃明公壯年所乘之馬，號爲白雪駒也。」公駭然曰：「何以老瘦在此？」野人曰：「昨歲有司揀選良馬以進，此馬老不中用，故棄於野，小人收而養之。」公顧其管仲曰：「此馬乃乘吾南伐山戎，東征強楚，橫行天下，皆其力也。少壯既用其力，而老憊委棄其身，豈仁人之心哉。」令左右取百金賞野人，贖其馬歸，令有司善喂養之。此亦齊桓公之一件好處也。後人有詩爲證云：

老馬頻嘶綠草茵，瘦身不復壯年形。
桓公一見將金贖，高出當年霸者心。

又一首單道此馬奇異云：

一匹神駒少壯時，身高力遠甚稀奇。
毛披白雪明如練，蹄捷秋霜快似飛。
大吼一聲雷振地，長驅千里電摇旗。
橫行四海曾無敵，成就齊桓霸業基。

桓公歸國，時東宫既定，四方略息。管仲既承襄王之賜，乃置三歸反坫，以樹塞門，飾籃篚，朱弓弦，出入儀制，但降諸侯一等，於後花塢築插雲臺，終日遊玩其上。畢竟如何。

馮長仙驗夷吾生死

忽一夜，仲自覺心神恍惚，眠臥不安，乃散步遊於臺下。時當三更左側，仲仰觀，天清月朗，星宿森羅，因而歌曰：

對月豪吟，咨嗟感慨。
月有長輝，人無久在。
我欲乘空，邦家爲愛。
囑此清光，徐行我待。

歌畢，忽見虛危二星出山東青州，分野齊之界內之間，文星暗没，似有殞墜之象，仲俯首歎曰：「吾當盡矣。爭奈受齊侯厚恩，未能補報，吾殁之後，止恐國家霸權解矣。」次日入朝，告桓公曰：「臣觀虛危之間，文星晦滅，臣命當盡矣。」桓公大驚，曰：「仲父何出不利之言。」仲曰：「臣少年時，行適過西周驪山下，遇一仙者，自號馮長先生，相臣之貌，許臣壽止五旬，位居宰輔。今蒙聖恩，備位宰相，年過五十，故臣上察天星，追思馮長之言，知命當盡矣。」公曰：「仲父不必憂念，其巫言何足信哉。」管仲謝恩出朝，是夕遂有疾不起。次日，桓公聞管仲有病，憂悶不已。高奚奏曰：「仲父昨言遇仙於驪山，談其生死富貴，今果遇疾，主公何不差使，往驪山扣其應驗。」

公問誰敢奉使西遊，大司田官名寧越出班奏曰：「臣願奉詔。」公備禮與越，越星夜投西都入驪山，問其鄉人馮先生在何處。鄉人曰：「驪山之西，有一老叟，上知天文，下達地理，識陰陽吉凶之道，鬼神出没之機。自言周宣王之時人，莫非此老？若詢馮仙則無矣。」越知是此人，遂托鄉人引至深谷幽處，過小平岡，一所草廬，竹籬茅舍，甚爲幽雅。鄉人指曰：「此即老翁處也。」越入，見一老叟，形狀古怪，鶴髮童顔，端坐操琴，越不敢擅入，忽左邊一引香童子，告老叟曰：「師父言今日有齊使者至，莫非門外之客耶？」老翁點頭而已，越自思：「此老未卜先知，真當世之仙也。」遂入下拜，老叟忙扶曰：「吾乃村落老叟，何敢辱大夫之拜。」越曰：「吾奉齊侯之命，扣先生報管仲吉凶，先生請驗與吾回報。」老叟曰：「管上卿之生死富貴，三十年前已與之親談矣。今日何必再問。」遂隱而不答。越再三哀告：「先生如不賜吾一言，吾不敢返命耳。」老叟取紙筆，書十六字付越曰：「龍值水位，鼠從火興，一虎歸窟，蛟蚓埋塵。」

越受之，不解其意，拜辭歸國，將此十六字呈獻桓公。桓公不解其意，問於群下，中軍諮謀寧戚進曰：「此明仲父當盡之謡也。」公曰：「何以知之？」戚曰：「龍者人君之象，水者納音之號，當今周王七年，歲在丙子，丙子納音屬水，故曰龍值水位也。鼠者子之生肖，火者丙子所屬，今年丙子太歲，故曰鼠從火興。一虎歸窟，蛟蚓埋塵，皆人臣去世之義。此臣所以知仲父今歲必終也。」桓公聞戚之言，遂往仲宅問病。

時管仲甚危，不能起伏，公就其臥榻問曰：「仲父病體若何？」仲曰：「臣將與世相絶，但上負主公之恩，下負叔牙之德耳。」公曰：「仲父與叔牙何德？」仲曰：「臣少與叔牙同賈，分金常多與臣，不以爲貪，得知臣家貧也。臣嘗謀事窮困，不以臣爲愚昧，知時有利不利耳。臣嘗三戰三敗走，不以臣爲怯弱，知臣將留命而奉老母也。臣嘗三仕三見逐，叔牙不以臣爲不肖，知時有不遇耳。生臣者父母，知臣者惟鮑子一人而已。」公曰：「誠哉是言。非叔牙薦仲父，寡人焉能強大其國。然仲父脱有不虞，群臣誰或代相者？」仲曰：「知臣莫如君，臣不能盡識，然臣嘗觀群臣之行，易牙則殺子要君，開方則背父逃國（開方，衛公子逃來者），豎刁則自刑求位（豎刁自刑其身，以求大位），三者皆非人情，不可擢用。」公曰：「叔牙、隰朋、寧戚、賓胥無四子何如？」仲曰：「叔牙好善，胥無好直，寧戚能事，然皆不能以足國政，至於隰朋，則知有其國，而不知有其家，若代臣治政，其惟隰朋可也。」

仲言畢，又歎數聲，曰：「朋也。牙也。天生二子爲吾喉舌，吾身將斃，而喉舌安得獨存乎。」遂卒。時周襄王七年，歲在丙子秋八月也，年五十有一。

魏近林先生詩云：

小白匡周定霸都，謀臣出類獨夷吾。
定民制軌當時少，富國強兵天下無。
德並伊周難共駕，才肩旦尹有餘孚。
雖然詐力非王佐，列在春秋亦丈夫。

又詩云：

管仲原非王佐論，獨扶霸者定乾坤。
三歸反坫才防德，詐力應知絕孔門。

又宋賢有管仲廟贊曰：

夷吾當世傑，一遇霸齊桓。
事業深河海，功名高泰山。
民生免左袵，周室賴尊安。

仰止春秋上，遐蹤獨步難。

又武成王廟有管仲從祀贊曰：

春秋之盛，小白居先。霸者之佐，夷吾最賢。

存邢救衛，制楚平燕。三歸反坫，不罪宜然。

鍾谷先生詩云：

自釋堂阜緋縛時，抱才匹馬入東齊。

丹心奠就王家業，赤手霸成姜氏基。

名振華夷傳後世，功披黎庶亙當時。

雖然忘死人臣節，白璧微瑕不足譏。

孔子有言曰：

桓公九合諸侯，不以兵車，管仲之力也，如其仁，如其仁。又曰：管仲相桓公霸諸侯，一匡天下，民到於今受其賜，微管仲，吾其披髮左衽矣。

史臣評曰：

夷吾量雖褊小，亦能容衆，不拘小節，因事納忠，臨機應變，况征伐分功，不矜其有，又與士卒同甘苦，故得人之歡心。其所以左右桓公知無不言，言無不中，故能以區區之齊，遂成霸首云。桓公大哭，歸朝謂群臣曰：「夫天不欲吾安天下也。何奪吾仲父之速耶。」命以侯禮葬之，又詔滿朝文武及齊都百姓，俱各掛孝一日。百姓聞訃，不論遠近，閉門慟哭，如喪父母。列國諸侯皆感其德，盡以大禮來賻。先是桓公加管仲之功，有大夫伯氏者有罪，桓公即奪其駢邑以賜管仲，伯氏知己之罪而服管仲之功，終身不敢怨仲，此亦管仲能以德服人也。桓公感管仲之言，欲封隰朋爲上卿，隰朋退朝謂家人曰：「吾與管仲，德業相信，今仲歿，吾將休矣。」是夕遂卒。鮑叔牙不數日亦相繼而終。皆如管仲臨死之言也，後人參馮長仙「一虎歸窟，蛟蚓埋塵」之言，或謂管仲乃尾火虎，隰朋乃角木蛟，叔牙爲軫水蚓，蓋是上天之星宿也。後人有詩一絶單道馮仙之驗云：

三宿當年共降齊，馮仙未卜早先知。
匡扶齊國霸成日，蛟蚓埋塵虎亦離。

晉獻公寵妾逐子

話分兩頭，卻說晉獻公名佹儲，唐叔虞之後，武公之子，駕坐絳州，文有荀息、里克、丕鄭、士蔿、趙夙、趙衰、狐突、狐偃；武有畢萬、先軫、先友、先丹、木羊舌、罕夷、顛頡、介子推、魏犨等。又太子申生，公子重耳、夷吾、奚齊、卓子，雄兵五十萬，戰將一千員，虎視列國。一日，獻公升殿，文武山呼已畢，公謂群臣曰：「昔者吾伐驪戎，驪戎曾以女事吾。吾觀驪姬賢德，足可母儀天下，今又生二子，奚齊、卓子，吾欲立驪姬爲夫人，卿等何如？」群臣皆曰：「不可。主公内有賈夫人（無子）、姜夫人（申生之母也），更立驪姬爲夫人，則貴賤不敵，恐生内亂。」公聞群臣不從，默然不悦。有近侍宦官梁五、東關五二人曰：「主公立一宮女爲夫人，此乃内事，何必決疑於臣下？」公大悦，遂令二太監奉册立驪姬爲夫人。文武退朝，二太監奉册拜驪姬爲夫人，驪姬大悦，賜二臣金帛，問曰：「汝等能設一計，令主公立吾子爲太子，以易申生，久後吾兒得嗣大位，汝等富貴豈不久哉。」

梁五進曰：「臣有一計能令主公立公子爲東宮。」姬曰：「汝計何如？」梁五曰：「左右耳目所生，不必言出，但請夫人次日與公同宴，臣請獻計。」姬悦，次日命設大宴於後宮。獻公退朝，驪姬迎入飲宴。惟梁五、東關五侍側，酒至半酣，驪姬起告曰：「主公虎霸列侯，百姓樂業，妾敬備小酌，以爲慶賀。」公大悦，命樂工優施起舞。優施乃驪姬寵幸之人，知姬之謀，遂舞而歌曰：

虎豹據山兮，狐兔藏。鸞鳳巢林兮，鳥雀亡。晉霸諸侯兮，其誰敢當。

公聞優施之歌，擊節大悅，顧謂二五曰：「寡人有雄兵五十萬，戰將千員，以戰則勝，以攻則取天下，諸侯皆在吾之掌握。若優施亦可謂善歌者矣。」令取卮酒賞之。二五乘機奏曰：「明公威德兼著，諸侯懼服，然依臣等所處，則地土愈強，社稷愈安也。」公曰：「卿等所處何如？」二五曰：「曲沃，公之宗廟也桓叔始受封。蒲與屈，國之疆埸。今國家都絳，曲沃、蒲、屈皆無主守。宗廟無主，則祭祀失時，疆埸無主，則鄰國擾邊。據臣之見，莫若遣太子申生守曲沃，以守祭祀。令二公子重耳守蒲，三公子夷吾守屈，使其練兵治民，則齊楚不敢近視而晉愈大矣。」公大悅。

次日會朝，詔令申生出曲沃，重耳守蒲城，夷吾守屈城。大夫里克諫曰：「不可。太子，國家之本，社稷之主，所以朝夕不離君父之側，故曰太子。君出國，則太子主守，大臣守國，則太子從行。從曰撫軍，守曰監國。今在明公身傍，使爲社稷之主，豈可出守遠城哉。」公曰：「曲沃吾宗廟所在，使出守爲祖先之主，又何遠焉。卿且勿言。」里克退，太子與二公子各拜辭赴任。

太子出朝，太傅杜原款與大夫里克諫太子曰：「今主公惑讒嬖愛，故逐殿下，將易奚齊。殿下既不能辭，何不遠遁，爲吳太伯之事，且一免禍，又得令名。」申生曰：「奔往何國？」二臣曰：「諺云：心苟無瑕，何恤乎無家。殿下能撇富貴以免禍，則何國不可往。」申生曰：「君父之命焉敢辭也，二公勿言。」原款扣住馬首，再三拒諫，申生令左右擁原款上馬而行。士蔿見之流淚，歎曰：「狐裘蒙茸，一國三公，吾誰適從。」史蘇與里克歎曰：「太子，國之基本，晉侯使基本遠出，亂之兆也。」後人有詩以美四大夫之先達云：

晉獻耽淫寵驪姬，一朝三子聽讒離。
他時蒲屈刀兵動，先見難逃四者知。

又有詩以譏獻公曰：

莫道婦人多水性，由來男子少剛腸。
獻公本是春秋霸，長舌能將骨肉傷。

太子與二弟大哭，相别而去，驪姬聞申生與二公子皆離朝赴任，喜不自勝，召二五問曰：「太子與二公子既中計去國，卿又何計立吾子爲東宮？」二五曰：「未可也。必須殺申生，然後可立奚齊。」姬曰：「何計能殺申生？」二五曰：「臣聞西虢公累累寇國邊境，主公正欲會議出征討，今日主君退朝，夫人何不請旨，令詔申生率兵征討之。申生柔弱，若領兵伐虢，必被虢兵所誅，如其得勝回朝，夫人可奏其乘勝謀反，則申生死有餘矣。」驪姬喜，會公退朝入宫，驪姬迎接，見獻公有不悦之色，乃問曰：「主公龍顔爲何不樂？」公曰：「虢兵累侵邊界，吾欲征之，難得其人，所以不樂。」姬曰：「主公東征西討，威服諸侯，何憂一小虢乎。妾聞太子申生，自居曲沃，兵威甚振，主公何不詔太子伐虢，則一舉而滅矣。」公然之，將詔太子伐虢。畢竟何如。

晉荀息假途滅虢

獻公次日遣使往曲沃，調太子領本部兵伐虢。里克心知是驪姬奸謀，速諫曰：「不可。太子初居曲沃，又調其出征，此非王者以東宮待其子也。」公曰：「虢人日爲邊患，豈可不伐？」克曰：「但令將領兵征之，虢必下矣，何故必欲太子親征哉？」公良久問群臣曰：「誰敢領兵伐虢？」左班中越出一人，連聲應曰：「臣敢奉詔伐虢，伐虢。」公視之，其人身長八尺，目秀眉清，胸襟磊落，膽量過人，乃絳州人也，姓荀名息，字子靜，時爲中軍大夫。公問曰：「子靜有何戰略率兵南征？」息曰：「臣聞昔者屈産良馬四匹，現在公廄，又垂棘所産白璧二雙，現在公藏。臣但得此二物，虢不難滅矣。」公曰：「用此如何？」息曰：「虢在虞國之東，欲伐虢必道在於虞，虞虢二國，雖爲唇齒，然料虞侯貪利，不計其遠，請主公降辭，修書一封，將此二物與臣假道於虞，虞若許之，大軍滅虢，虢亡虞亦可伐，此用餌釣魚，一舉而兩得之計也。」公曰：「子靜之計甚妙，然此二物乃寡人之寶也。」息曰：「虢人日侵邊境，若假道以滅之，使不擾吾民，此爲國大寶，且又得虞爲晉之外藩，主公何惜二物而棄國之大寶耶？」公大悦，即令取屈産之馬、垂棘之璧，修書一封。令荀息爲都督，魏犨爲先鋒，自率大軍五萬出城，城中兒童拍手爭誦謡言曰：

丙之辰龍，豹尾伏辰。

均服振振，取虢之旗。

鶉之賁奔，天策焞焞。

火中成軍，虢公其奔。

先鋒魏犨錄其謡言，進於獻公，召荀息問其吉凶。荀息賀曰：「此伐虢之時兆也。」公曰：「何以知之？」息曰：「豹尾，星名也，丙辰名龍，尾伏而不見，乃丙日之朔旦也。鶉，火星名，虢公在南故也。天策亦星名，月行至天策，故焞焞無光。火中成軍，言火星在中天而事成，此滅虢之兆，必在丙子旦，日在尾，月在策，鶉省中，乃九月十月之交，是其時也。」公大悦，遂令荀息奉寶與書先見虞侯。虞聞荀息，召問曰：「大夫此來何故？」息曰：「寡君有書一封，微奉二物。」虞侯得書讀曰：

大鄰虞君侯麾下，惟晉與虞，相去幾許，愧不能親，遂成胡越。今晉小邦，無奈虢人見欺，累侵邊界，茲來不勝其擾，欲興義師，假道問罪，不敢私度，聊貢小璧二雙，捷驥一乘，伏乞見恤被淩之苦，縱度關津，稍得如意，不敢欠負，只此哀丐求金諾。周惠王廿二年春三月上，晉侯佹諸，頓首再拜。

虞侯覽罷大喜，遂受其貢物，許荀息領兵以度，且曰：「汝兵若至，我當助與一陣。」荀息退。有上大夫百里奚，明知晉人行假途滅虢，以餌釣龍之計，然又自量虞公之不可諫，故不諫。下大夫宮之奇出班諫曰：「夫虢，虞之表也。虢亡虞必從，所謂輔車相依，唇亡則齒寒，其虞虢之謂也。」虞侯曰：「虞與晉同宗，晉侯豈背祖而欺族乎。迂儒不達義理，妄爲強諫。」叱宮之奇退。奇乃號泣而出。歸謂妻子曰：「虞侯貪利以召晉人滅國，吾爲國之大夫，不能死諫，安可以食君禄。」遂與妻子是夜遁於西山耕隱。

卻説百里奚出朝見荀息，望前扯住，叱之曰：「汝何得用以餌釣龍之計滅我國乎？」息大驚，知百里奚之明，遂揖之曰：「虞侯貪利無厭之人，故拒公等之諫，我晉不伐，後必爲他邦所併，大夫乃高明遠見之人，何不去國？」奚泣曰：「我非不知虞亡在目下，但國安而食君禄，國危而避君難，奚不忍也。子何計以教我脱身？」息曰：「大夫不忍去國，虞侯又不可諫，何不臥病，待國亡，而後去之。」奚謝荀息，〔一〕即日上表辭病，告養於家。

荀息回見獻公，言虞許借道之事，公大悅，即日遂進兵來至虞界，使人報知於虞。虞侯大喜，遂令公子叔季、叔仲領兵五千，大開城門，迎晉而過。獻公在馬上欠身謂二公子曰：「軍旅之間，不能施禮，但托威福，伐虢之後，決不負德。」二公子欠身遥答曰：「我父令某等率兵辟路，以迎大軍，我兵札於虢界，攻城之日，當助半臂之力。」獻公但於馬上申謝，更不停轡，大軍望下陽而進。下陽守臣舟之喬棄城走入虢求救。

時虢公名醜率兵伐戎，正戰於桑田，喬又奔桑田告急。虢公聞晉兵入下陽城，遂棄戎不伐，尋夜拔寨而歸。晉兵已過下陽城下，虢公傳令速戰，若晉兵入城，虢不可保。舟之喬引五千精兵當先衝陣，晉先鋒魏犨持戟出馬，二人鬥不十合，喬力不能抵，拍馬逃回。虢公見喬兵敗，出陣前來迎魏犨，魏犨殺上十合詐敗，虢公追上十餘里，見上陽城東北角山頂旌旗閃閃，鼓樂振天。虢公問小卒爲誰，卒告曰：「晉侯在山上飲酒觀兵。」虢公大怒，拍馬正欲搶上山來，回見上陽城下，納喊振天，乃晉荀息率大兵攻入上陽，虢公進退逗遛，正欲下山回救上陽。晉兵回集，左有先友，右有羊舌，荀息大兵在前，魏犨殺回在後，晉侯在山上傳令，勿得放走虢醜。虢醜困在敵内，西陣後一枝人馬殺入重圍，公視之，乃公子虢叔啓來救其父。

於是，虢公父子馬膊相挨，殺奔南走，魏犨望後連射數箭，副將趙豹中箭落馬。父子二人，人餒馬乏，走上二十里山坡後，金鼓振天，一彪人馬殺出，公以爲本國救兵，舉頭視號，乃晉將軍顛頡引兵攔住歸路。虢公父子大駭，更不合戰，勒馬便走，晉兵漸漸追至，趕叔啓將近十餘步，按住剛刀，從掩心甲内取出流星

〔一〕「謝」，余象斗刊本作「説」，據龔紹山刊本改。

銅鎚，望腦後一打，叔啓倒翻馬下。虢公正欲向前救子，卻被羊舌生擒歸寨，叔啓亦死於亂馬蹄下。晉兵打入虢城，擄其金寶，焚其宮室，出榜安民，留五千兵以戍之，囚虢公而歸。晉師正行之間，虢將舟之喬引本部兵來降，荀息受之回朝。時周惠王二十二年冬十二月丙子朔旦，果應童謡云。

卻說虞侯二子，札於下陽，以助晉人兵勢。聞晉兵滅虢，差人來迎晉侯。晉侯問荀息曰：「中吾計也。」遂令羊舌、魏犨各領精兵五千，銜枚從間道伏虞城西二十里清涼山下。又差人賫金帛五車入城謝虞侯。虞侯曰：「吾正欲款納晉，何以故不入我城？」晉使曰：「主公多多拜上，本欲入城面謝，奈久出遠邦，歸心似箭，聊備薄禮，令小人致謝。」大軍已度城下矣，虞侯急令有司整宴，親自出城，追至清涼山下，宴晉侯於清涼寺。虞侯初舉酒以餞晉侯，荀息在旁目視，晉侯接酒，詐擲杯於地。大罵曰：「逆賊，焉敢以酒酖我耶？」虞侯不知其故，乃曰：「公差矣，吾敬意豈行酖乎。」荀息遂揚聲大罵曰：「逆賊，與虢公相約，欲毒我主而救虢公，左右何不擒之。」左右廊下衝出，羊舌、魏犨綁住虞侯。虞侯仰天歎曰：「早不聽宮之奇言，今日果中其計。」後人有詩云：

國勢嚴嚴鐵統城，虞侯何事苦迷心。
鎗刀隊裏生擒日，仰面方嗟往諫臣。

又有五言詩四句單道百里奚之賢云：

大賢事業異，遠抱豈俗觀。
百里奚非昧，知君不可言。

叔季、叔仲聞父被擒，引兵殺入寺中。伏兵一起，羊舌斬叔季於馬下，叔仲見父囚兄死，拍馬殺回，欲取救兵，被魏犨發箭射於馬下，不知性命如何。

秦穆公羊贖百里奚

魏犨見叔仲中箭，輪大斧劈其首於馬下，引兵殺入虞城，虞人不知其故，斂手待戮。晉侯入城傳令，勿殺百姓。荀息領百名壯士圍住百里奚之宅，時奚聞虞侯出城，知其必敗，正欲挈妻孥走出，〔一〕聞晉兵至，妻孥各自奔走，奚被晉兵獲住，來見荀息。息知其賢，乃親釋綁縛，引見獻公。奚告曰：「亡國之臣，乞命歸田里。」公曰：「虞侯不聽子言，故至喪國，非子不諫也。」令以車載百里奚，因虞、虢二君而歸。忽近臣奏：「有秦使至。」公問爲誰。近臣曰：「此人乃秦伯之族，名枝字子桑，時爲秦國大夫，乃公孫枝也。」使召枝，問曰：「大夫此來，有何高論？」枝對曰：「先君遺命，以明公乃金玉之枝，國勢雄甲諸侯，故今寡君新立，不敢違先君遺訓，故命枝求偕。明公倘不以秦爲陋，願請以公主歸之，以成秦晉之好。不知明公尊意如何？」獻公喜曰：「原來秦伯令汝來求婚歟。」枝曰：「然。」公曰：「大夫請宴，待寡人商議。」枝退飲宴。

獻公召太史官蘇卜之，史蘇卜曰：「不吉。卦得雷澤之歸妹，主後世秦晉因婚姻而有刀兵，秦吉晉失其

〔一〕「妻孥」，余象斗刊本作「妻帑」，據龔紹山刊本改，後同之。

主。依臣愚見，此親不可許。」〔一〕公意躊躕。群臣進曰：「夫晉，乃金枝玉葉，秦爲諸侯之雄，兩國威風，正是匹偶，主公何必以卜爲疑哉。」公然之，子桑回報。子桑受命歸見穆公，穆公大喜，具聘禮詔子桑往晉迎婚。子桑復至晉，呈上聘禮，獻公笑曰：「秦晉匹偶，何必以聘禮爲哉。」遂賜德貞公主獻公之女，申生之姊，妝資百輛，詔以虞之大夫百里奚爲從媵。公召枝入，告以婚成。枝拜謝出朝，公主亦辭父歸秦，枝既成其親而歸。秦伯大悦，文武稱賀。

百里奚自歎曰：「吾抱濟世之才，爲虞國大夫，虞亡歸晉，晉又不能我用，而使從媵於秦，吾年已過七十，生平不遇明主，而展其大志，又臨老爲人之媵臣乎。」是夜，遂逃出城，歸於虞，迷其道，宿於城東野人之家。次日，恐人識之，望西走五十里而迷其路。秦伯聞百里奚走歸，置亦不問，大夫公孫枝曰：「百里奚，天下才也。主公宜速令人追之。」秦伯笑曰：「吾聞奚爲虞之大夫，不能謀社稷，以至君死國亡，而乃委質爲人從媵，何才之有？」枝曰：「百里奚雖仕於虞，虞公不能用其才也，國亡而臣於晉，晉又不用，而送於秦，是天與明公也。明公若能用奚，秦必得志於諸侯。」秦伯曰：「奚縱有治世之術，年已老矣，將焉用之？」枝曰：「昔者西伯侯得姜尚於渭濱，年過八十，猶能興周，以分土於齊，大才豈屈於晚哉。」秦伯不得已，令枝追之。

奚迷道走至宛城，楚國野人獵於宛城之野，奚饑，向前問曰：「子獵者能食我一飯乎？」野人見奚鬚眉皤白，顔貌魁梧，知其非常之人，乃引至家中，以酒食待之。公孫枝引從者數十人詢訪，追至村莊，直入見奚，

〔一〕「太史官蘇卜之，史蘇卜曰」，余象斗刊本作「太史官，蘇卜曰」，據龔紹山刊本改。

請歸。奚堅辭曰：「奚乃亡國大夫，年過七十，無所效謀，今欲辭秦而歸田里，恐觸怒見責，所以偷生而出，今若再回，非奚之願也。」枝曰：「主公知大夫乃命世之士，故使枝而請回，大夫若堅意不出，豈欲塵埋珠玉而老死巖壑哉。且枝聞好從事而失時者不智，懷其寶而迷其邦者不仁。士遇明主，得時而行道，猶如龍虎得遇風雲，子何不省，而昧仁智之權乎。」奚不得已而與枝同回。枝命取資帛酬莊主，時未曾帶得金帛，惟左右獵得五羊羖在，枝遂以五羊羖酬其莊主時號爲五羖大夫，與奚同歸。後人有詩爲證云：

宛城春風動緑楊，秦臣匹馬趕逃亡。
當年不霸西戎土，空使後人笑五羊。

枝既歸，先入見秦伯，曰：「百里奚臣雖追回，望明公處其重位，使其得展平生之志，秦國之幸耳。」穆公召奚，封爲上大夫。奚辭曰：「臣亡國老俘，碌碌庸才，何敢望高位？」秦伯曰：「虞君不用子，故亡，非子之罪也。今寡人得子，勝如涸魚得水，子何必苦辭。」奚曰：「承主公厚賜，非敢固辭，然秦欲富國強兵，兼併諸侯，非臣故友不能任其職也。」秦伯曰：「卿友誰人也？」奚曰：「此人乃齊之銍人也。姓蹇名叔字伯時，通今博古，曉達政事，但恨時無明主，故隱居不仕，主公誠能以禮厚幣聘之，寵以重禄，則秦霸不難矣。」秦伯大悦，遂令公子縶以金帛，往齊聘蹇叔。縶承命徑投齊之銍村，見數人息耕於隴上，相賡而歌曰：

縱横戰馬滾紅塵，瓦裂封疆處處兵。
堪笑當時名利客，不知風急鳥投林。

縶在馬上，聽其音韻絶塵，皆是亡世之曲，乃歎謂從者曰：「古云：里有君子而鄙俗化。今入蹇叔之鄉，其耕者皆有高遁之風，信乎，君子爲世之寶也。」乃下馬向前問耕者曰：「何處蹇叔之居也？」耕者指示曰：「前去里餘，修竹林中，左泉右石，中間一小茅廬，乃其所也。」縶謝，上馬前行里餘，見前村修竹林中，蒼蒼鬱鬱，左清泉右白石，隱一草廬，甚爲清雅，縶因馬上口占一律，以寫其景云：

翠竹林中景最幽，人生樂此更何求。
數方白石堆雲起，一道清泉接澗流。
得趣猿猴堪共狎，忘機麋鹿可同遊。
紅塵一任漫天下，高臥先生百不憂。

縶吟罷，携左右直入竹林深處，停馬於廬外，令左右扣其柴門，内有小童出曰：「佳客何來，吾主不在舍下。」延縶而入。縶曰：「先生何往？」童曰：「早間同數高士，尋春於緑野，少刻即回。」言訖，蹇叔携二三僕人，提壺挈榼，載吟而歸。摯在門外，遥見斜陽林下，一士人身騎長耳，布袍麻履，笑撚一枝梅花，望草廬中而歸。吟曰：

桃花紅，李花白，桃紅李白呈春色。
惟有寒梅不鬥芳，藐視年光爲過客。

縶忙出林外，施禮曰：「久仰清風，夫何相見之晚。」蹇叔忙下驢，延入草廳，分賓主坐而問曰：「執事從何而降，有何教益？」縶答曰：「吾乃秦伯之族，名縶字子倫，奉秦伯之命，賫物來聘先生入朝，共議國事。」蹇叔荒忙起謝曰：「叔山野鄙民，敢勞公孫下降。」命設酒禮以宴縶，縶曰：「朝命緊急，不敢稽延，請公治裝就道。」叔辭曰：「山野小民，素無遠達，豈敢就聘。大夫請停車，容叔具辭表以上。」縶曰：「公不必辭，此大夫百里奚所薦也。縶聞丈夫處世，遇有爲之君，展生平之藴，乃其志也。何必苦戀林泉，與草木同腐。公此一出得志，行道致君澤民，上不負所學，下不愧相知，不必苦辭。」叔詢百里奚所薦之故，忻然許往。畢竟如何。

次日，蹇叔分附家人：〔一〕「勤治耕稼，毋致荒蕪産業，我入西秦，不日將復歸隱。」家人受命。蹇叔遂携琴劍，與縶往秦。穆公聞蹇叔至，降階親迎，封爲上大夫，與百里奚同治國事。後人有詩爲證：

蹇叔村莊一老農，長年抱膝隱隆中。
穆公不進求賢駕，爭得先生建大功。

〔一〕「分附」，余象斗刊本作「分」，據龔紹山刊本改。

驪姬設計陷申生

卻説驪姬賀晉獻公曰：「主公威加遠國，得勝而歸，又與大國結親，誠足慶賀。」公曰：「虞、虢雖滅，耿、霍、魏三國，勢尚強崛，吾不日欲興兵，征此耿、魏，方滿吾意。」次日，公設朝與群臣議伐耿、魏之事。荀息奏：「耿、魏小國也。主公乘勝之兵，親自征之，望風而降矣。」公悦，遂令畢萬爲先鋒，趙夙爲謀主，親率大兵五萬出城，留荀息守絳。驪姬聞公出征，二五與優施問曰：「伐虢之計，本欲害申生，主公乃親征得勝，今又遠征，而申生安然無事，此計何日而成？」優施對曰：「臣再獻一計，令申生不日而死。」姬曰：「計將安出？」施曰：「主公遠出，夫人可遣人在曲沃，召申生回朝。申生至，夫人詐以夢見申生之母姜氏蓬頭跣足，在陰司受苦，申生素志孝義，若聞母在陰司受苦，必歸而祭之，祭則分胙禮奉夫人，夫人可置毒於胙，待主公歸，奉與飲食，公知毒必怒申生而殺之，此申生死有餘矣。」

姬大悦，即日遣人於曲沃召申生，申生歸見驪姬。驪姬佯哭之曰：「爲人子止於孝，父母既亡之後，亦必追祀。吾近夕夢見汝母姜氏蓬頭跣足在陰司受苦，故召你告之。」申生聞言，放聲慟哭。姬曰：「慟哭無益，汝歸而時祀之可也。」申生拜謝，歸曲沃，即祀其母，令使者賫胙禮以奉驪姬。太傅杜原款諫曰：「驪姬妒忌，逐出殿下弟兄，豈有誠心相告，必是其中有詐。臣聞主上出征，若進胙肉，恐中其計。」申生曰：「彼既以誠心告我，祭不進胙，得罪反重。」申生不聽而進之，驪姬受之，置毒於酒肉，藏待公歸。

郤說耿、魏、霍三國，聞晉兵至，量寡不敵衆，各各出城，奉表納降。晉兵不動寸鐵，收三國得勝回朝。荀息率文武出廓迎接，獻公入朝，謂衆臣曰：「寡人南伐虞、虢，乘勢西平耿、魏，兵不血刃而三國投降，皆趙夙、畢萬之力。」

以耿國封趙夙爲耿大夫，以魏國封畢萬爲魏大夫，設宴大賞群臣，群臣出朝。太史郭偃賀畢萬曰：「公之族自此大矣。」畢萬曰：「何以知之？」偃曰：「萬數之盈也，魏名之大也，以是賞，天啓之矣。且天子爲百姓曰兆民，諸侯曰萬民，今民之大，以從盈數，以此推之，知公子孫必爲諸侯矣。是以賀。」萬謝曰：「萬初筮仕於晉，得水雷之屯，卜者亦曰公侯之卦，今子以此賀萬，他日子孫稍應子言，萬不敢忘，但子秘之勿泄矣。」二人相謝而別其後子孫果至封侯，即魏國之祖也。

郤說驪姬聞獻公回，欲將胙禮進於公。優施曰：「不可，里克知之，其事必敗。」姬曰：「奈何？」施曰：「臣今夜請克在臣家飲酒，臣試說克助夫人，看彼如何。」姬許之。是夕，設席請克，克至會宴，酒至數巡，施起曰：「大夫盡忠於朝，社稷之臣也，然憂國奉公，心不暇豫，故施見公今日政暇，備此草酌，少娛片時也。」里克悅，盡歡而飲酒。又數巡，施曰：「席上無可爲樂，施試歌舞一回，奉大夫數杯，何如？」克曰：「可。」施舞乃歌曰：

暇豫之吾吾，吾不如烏烏。

人皆集於苑，我獨集於枯。

克大笑曰：「何謂苑，何謂枯？」施曰：「今有人事其主母，爲後子爲君，豈不爲苑之茂林而鳥有棲乎。今有人事其主母，既死，子將危，豈不爲樹木枝枯而鳥無所棲乎。」克默然良久，怒目視施曰：「子謂吾事申生，不如汝事驪夫人子母耶。吾知之矣，子將爲夫人謀我也。」遂起而出。施忙扯克之衣而跪曰：「明公高見，不能遮隱，今夫人實欲逐申生而立奚齊，滿朝文武皆不敢諫，惟公累拒其君，今夫人令施劫君以殺太子，久保富貴。」克泣曰：「吾官爲大夫，食君祿而殺君之子，不忠也，吾寧不諫，任汝謀之。」遂出。

次日，克見狐突、丕鄭二人名於朝門外，曰：「史蘇言驗矣。」突、鄭曰：「何謂也？」克曰：「驪姬欲殺太子而立奚齊，令優施劫我以殺太子，我在劫俠之中，不敢拒諫，欲稱疾不朝，公等入朝，宜盡心諫之。」二人大驚入朝，獻公果大怒，出朝詔兵圍曲沃殺申生，左班中一人忙奏曰：「主公請息虎威，臣等不知太子有何罪，故出兵捕之。」公視之，狐姬之父重耳之外祖，姓狐名突，官爲太師，乃公之國丈也。公曰：「吾聞驪夫人告曰太子居曲沃，聚軍馬，結民心，將有叛意，吾以爲詐，今者吾征耿、魏而歸，彼置毒酒以酖我也。」突曰：「此必其中有詐。」公曰：「我曾將此酒酬地，而地起火，以肉喂犬，而犬即斃，何詐之有。」突曰：「臣聞祭肉出三日則不可食，此肉今已旬餘，縱無毒在，亦臭惡傷人，主公請詳之。」獻公令獄司取出重囚，將肉以啖之，其囚立死，獻公大怒，喝二臣退，令再諫者斬，遂令殿前將軍奄楚、賈華，各領衛卒五千，前捕太子與其傅杜原款。

二人領兵出朝，狐突退謂二子狐毛、狐偃曰：「主上無道，嬖驪姬而殺太子，其禍必及於重耳，吾觀重耳，目重瞳目内有兩眸子，脅肋駢腋下之肋骨合駢而爲一片，必能強大晉國，我爲國丈不能諫君，從此吾杜門不仕，汝等速往蒲從重耳，以圖功名。」二子次日奔蒲重耳所居之邑，突又修書，使人尋夜教申生逃難。

卻說奄楚、賈華二人，引兵圍曲沃，申生知其禍，走入新城，杜原款申生之師傅走不及，被賈華仗劍斬於城下。款將死，謂從者爲我告太子曰：「款也不才，寡知不敏，故有今日之難。臣不敢偷生愛死，然太子不從昔日之諫，以至今朝禍臨，請必無悔其死。且臣聞死不遷情，強也；守情悦義，孝也；殺身以成志，仁也；死不忘君，敬也。」申生聞言，慟哭受命，乃走至新城。畢竟如何。

十英傑輔重耳逃難

申生走入新城，得狐突之書，泣曰：「伯氏謂狐突也愛我甚厚，然吾思逃走，其罪必歸於君，是惡君也。且彰君父之惡，必見笑於諸侯，內困於父母，外困於諸侯，是重困也。棄君去罪，是逃死也。吾聞之，仁不惡君，智不重困，勇不逃死，吾寧待罪俟死，何敢逃死。」令其臣猛足告狐突曰：「申生得罪於君父，不敢逃死，然吾父老矣。願伯氏盡心再仕，以助吾父，申生雖死，亦不忘矣。」猛足受言既出，申生自縊於新城。賈華兵至，聞其自縊，斬其首級回報。後人有詩哀申生云：

父子本天性，獻公反滅之。
卓哉申生子，純孝死不移。

後仰止余先生觀到此處，又有詩爲證：

申生純孝世間誇，觀此令人淚歎嗟。
泣言自溢人難學，獻公不久喪邦家。

又宋賢有詩云：

父母如天罔極恩，知而不昧獨申生。
刀兵滚滚因讒重，俯首新城止待烹。

驪姬問優施曰：「申生既中計而死，如今可請立奚齊否？」施曰：「未可。重耳、夷吾尚在，如不盡除，後必有禍患，况重耳駢脅重瞳，狀貌非俗，久後必成大事，宜速除之。」姬曰：「何計可除？」施曰：「此易事也。夫人但奏申生之謀，皆重耳、夷吾共譖，則公必怒，而一計盡去矣。」姬悦，會獻公退朝，姬泣而訴曰：「妾聞重耳、夷吾怨申生之死，道妾所譖，二人終日練兵，欲入朝殺妾而謀主上，主公寧殺妾身以安社稷，勿至禍臨而悔不及。」公曰：「申生謀弒君父，其罪合死，何干汝事。」姬泣曰：「重耳、夷吾凶暴不仁，見申生既死，意望東宫之位，恐妾子母相間，故捏詞陷妾，然後盡奪君位。」公大怒，即令賈華率兵伐重耳、夷吾，賈華領兵先至蒲。

卻説狐偃、狐毛領父命奔蒲見重耳，俱以父命告之。重耳猶豫未定，〔一〕忽報賈華引兵到，重耳始信。蒲之百姓皆願出戰，重耳曰：「君父之命，不可校也。」華攻入蒲城，殺入重耳之堂，重耳與狐毛兄弟踰後園土牆而走，寺人李披仗劍追入後園，見重耳正踰土牆，披挺劍望重耳背後便砍，砍之不及，斬重耳下袪而還，非重耳不能敵披，乃奉君父之命而不敢拒，此晉重耳之孝義處也。後人有詩云：

> 父失慈兮子盡孝，能知此義獨重耳。
> 文公不校蒲城戰，高出春秋五霸家。

又一絶：

> 鳳脱鴞群翔萬仞，虎離豹穴奔千山。

〔一〕「猶豫」，余象斗刊本作「猶預」，據龔紹山刊本改。

要知重耳能成霸，皆在周遊列國間。

李披收重耳之袪回報：「重耳與狐毛走入翟城，堅閉不出。」頃刻，城下有七八騎相繼而至，叫開城甚急，重耳疑爲賈華追至，令勿放吊橋，亂箭射下。城下大叫曰：「我等非追兵，乃欲從公子出奔者，休得放箭。」守城軍卒報於重耳，重耳令開城納之。八騎入，願從出走者，卻是誰人：

第一騎，能文能武，善謀善斷，中軍謀主，趙衰字子餘。

第二騎，通今博古，學問老成，中軍諮謀，臼季字胥臣。

第三騎，仁慈愷悌，禮樂周全，上軍大夫，公孫賈陀。

第四騎，性氣慷慨，武力超倫，中軍都護，魏犨字公諒。

第五騎，守忠秉孝，義氣絶人，中軍裨將，介子推字公恕。

第六騎，英勇無敵，不畏強禦，下軍裨將，顛頡字高舉。

第七騎，狀貌魁梧，智略出類，下軍都護，先丹木字時春。

第八騎，武藝超群，言辭華彩，〔一〕上軍裨將，畢萬字極之。

其先相從在騎，卻是誰人：

第一介，英標冠世，才能兼備，國舅狐毛字子羽。

第二介，心胸磊落，臨機隨應，國舅狐偃字子犯。

〔一〕「言辭華彩」，余象斗刊本作「華彩」，據龔紹山刊本改。

此十人者，實晉國棟梁，邦家瑚璉，故不肯諂事驪姬，所以甘心棄位而從奔者也。既入城相見，各各相抱痛哭。重耳曰：「公等在朝，何以至此？」衰等曰：「主上失德，寵嬖妾，戮親子，故我等見公子寬厚，所以甘心棄職，願從出亡。」重耳泣曰：「公等能協心從某，誓不敢負。」衆皆踴躍願從，魏犨超出謂衆曰：「我等既皆協力，以輔公子，肯助某一陣，某願催兵打入皇城斬驪姬，誅奚齊，掃盡二五施優，有何難處，又何必願外奔？」重耳曰：「公諒言辭壯大，誠慷慨之丈夫，爭奈君父在上，豈敢如此？不如漸避其亂，以作他圖。」魏犨乃一勇之夫，見重耳不從，乃咬牙忿怨曰：「似公子畏驪姬如蛇蠍，何日能成大事？」狐偃謂犨曰：「公子非畏驪姬，君父在上，無奈何耳。」犨雖聞其說，猶自圜睛嚼齒，怒氣不息。後人有古風一篇，單道晉重耳得將佐之盛，云：

文公昔日遭讒變，單鎗匹馬奔如電。
當時輔從有何人，英雄盡是山西彥。
山西美彥聚如雲，吞虹吐雨星羅胸。
文臣高等擎天柱，武將雄跨駕海虹。
君不見，趙成子，經綸遠抱高千古。
舌尖翻起三江浪，筆鋒掃退千峰雨。
又不見，魏武子，炯睛藐視千斤斧。
十指擒收北海龍，雙拳制服南山虎。
狐毛狐偃盡璠璵，予推臼季皆瓊琚。
賈佗畢萬珠璣數，顛頡時春帛繡車。

執鞭隊凳爭先起，制刃推鋒相翊羽。
周流歷遍秦齊楚，自相激厲爲肱股。
譬猶虎嘯風自生，龍興四海有雲騰。
古來真主百靈扶，朝陽將出鳳鸞舞。
要知重耳能成事，皆在諸臣抱英武。

忽聞金鼓聲振，重耳又疑追兵攻城，荒忙與數十從臣走奔柏谷，謂狐偃曰：「試卜之奔何國爲吉。」偃曰：「不必問卜，夫齊楚路遠，而望大不可，因困以投，不如且回翟城矣。」耳曰：「翟近晉國，伐兵必至。」偃曰：「翟雖近晉，而不與晉通，且翟人多怨汝父侵暴，但厚恤翟民以圖大事可也。」於是，遂奔於翟。翟城百姓皆願與出力戰守。

卻說賈華既逐重耳，遂率兵至屈伐夷吾。吾問其臣郤芮曰：「吾欲亦走於翟，與重耳一處，何如？」芮曰：「不可。兄弟同難，其後必爭，不如走入梁，梁近於秦，秦與晉婚姻之國，日後或有助。」夷吾聽，遂同芮走入梁。賈華追夷吾不及，回奏獻公，欲起大軍伐翟、梁。群臣皆諫曰：「父子無絕恩之理，今二公子罪惡未彰，既出奔外，而欲必殺之，恐見笑於鄰國也。」公意稍回，曰：「今群鼠狐謀，不可留於國內。」傳令盡逐公孫宗族，詔立驪姬之子奚齊爲太子，令上大夫荀息傅之。群臣見逐公孫宗族而立奚齊，皆稱疾不朝，亦有辭官去位者。不知晉國政事畢竟如何。

晉里克謀弑二主

獻公自立奚齊之後，文武辭職，無人共理國事，朝夕與驪姬宴會。一旦，公有疾，姬泣曰：「主上遭子孫之亂，盡逐公孫宗族，立妾之子，一旦倘有不諱，衆公子奔外者，挾鄰國之兵來伐，使妾子母將靠誰人？」公曰：「夫人不必憂念，大事已付荀息矣。」於是，召荀息後宮，問曰：「寡人今立奚齊爲太子，使爾傅之，倘寡人死後，重耳、夷吾必招秦楚之兵前來爭位，斯時大夫如何處之？」息對曰：「臣荷主公厚恩，今以太子托臣，臣當竭股肱之力，加之以忠貞，設使國有大亂，臣請以死保之。」獻公悦，謂姬曰：「荀子靜在，汝必勿慮。」言訖而終。荀息奉獻公之命，立太子奚齊即位，群臣朝賀，加荀息爲上卿。

里克退朝來見丕鄭曰：「主上有長公子在外者而不立，而立嬖妾之子，此事若何定奪？」鄭曰：「此事全在荀子靜，不如叩子靜之意而謀之。」二人遂往荀息府中，延入，克告曰：「主上晏駕，公子在外，子靜爲國大臣，今乃不迎重耳、夷吾嗣位，而立嬖人之子，何如重耳、夷吾、申生。此三人之從者，怨奚齊子母入於骨髓，一聞主上晏駕，奚齊得位，必挾秦、楚之兵而入，子靜何安？」息曰：「吾受先君遺托而傅奚齊，則奚齊是吾之君。吾不知更有他人。使二子引秦、楚之兵而來，吾但一死而已。」二人百計勸諭之，荀息終不肯聽。二人出，克謂鄭曰：「吾以子靜有同僚之誼，故明告之。彼既堅執不聽，奈何？」鄭曰：「彼爲奚齊，吾爲重耳，皆是國家之事，有何不可。」

於是二人密約，次日入朝，里克使殿前將軍祁舉率衛士伏於承德宮外，奚齊正欲出朝，祁舉殺奚齊於宮外。里克遂揚聲曰：「奚齊子母，讒譖公孫公宗族，皆由梁五、優施，可斬此數賊，然後正君之位。」祁舉遂率兵入後宮，斬梁五、東關五，優施正欲逃出，被里克揮劍斬於階下。荀息在朝外聞事變，仰天歎曰：「吾受先君遺托，不能保護太子，留我何益？」將欲觸牆死，驪姬忙遣太監密告曰：「大夫受托孤之命，太子既死，汝死無益，不如更立卓子爲君卓子、奚齊同母弟，以討里克、祁舉等罪。」息聞此言，遂趨入朝，率群臣立卓子爲君。里克、丕鄭不朝，驪姬告荀息曰：「群臣皆食君禄，而里克弑君不朝，其罪合當赤族，大夫宜爲國家討賊。」荀息遂令中大夫叔堅、山祁率兵圍里克、丕鄭之府。群臣皆不願立驪姬之子，叔堅、山祁雖受詔捕里克、丕鄭，衆軍逗遛不進。

卻說有人早報，里克與丕鄭忙率家人入朝，遇叔堅、山祁之兵於明光宮，大聲曰：「驪姬譖殺申生，盡逐衆公子，爾等平昔食君禄者也，今反爲賊使令，而欲害忠臣乎？」叔堅、山祁二人聞克之言，咸擲戈於地曰：「大夫有何高論，某等願受約束。」克曰：「願公等反兵殺卓子，攻取驪姬之徒。」於是，叔堅率兵殺入殿上，斬卓子於座下。荀息見卓子被誅，亦觸階而死。後人有詩爲證：

荀息忠貞可烈霜，履危陷險負綱常。
一朝同死雙君命，留得清名萬古香。

里克既誅卓子，凡助驪姬者盡收斬之。群臣議曰：「國家不可一日無君，今先君公子皆奔於外，合迎夷吾而立之。」里克遂令下大夫慶鄭奉駕往秦迎夷吾。

卻說夷吾往梁，梁伯以女妻之，生一男一女，皆孕十一月。梁伯使太史招父卜之，曰：「此孕當生一男一女，男爲人臣，女爲人妾。」夷吾遂名其男曰圉。是時，聞父死國亂，將反國爭位，恐無甲兵，梁伯使其朝秦借兵，秦伯款留之，夷吾泣曰：「先君信嬖妾之讒，殺戮骨肉，今聞父死，而驪姬作亂，望侯伯念秦晉之親，假一旅之兵，助某返國，〔一〕天若助某得嗣父位，決不敢忘。」秦伯令退，容與群臣商議。夷吾出，秦伯問於蹇叔、百里奚，蹇、百里皆曰：「主公乃晉獻之婿，況定君討亂，鄰國之職，何爲不可？」公孫枝曰：「不可。夷吾怯弱，不能纘位，重耳爲人雄略，他日若知秦助夷吾，必招齊楚之兵，與秦結怨。」秦伯乃召夷吾從臣郤芮問曰：「公子入晉承位，將誰爲倚？」郤芮對曰：「臣聞亡人謂夷吾也，出逃在外，故曰亡人無黨，有黨則有仇，夷吾弱不好戰，〔二〕今明公念親之故，假兵然之，使其得承父位，必當以土地謝秦。」秦伯悅，宣夷吾問曰：「公子歸國得正大位，能不惜幾里之地與吾秦乎？」夷吾許曰：「人皆有國，我何愛焉。使夷吾得正晉侯之位，即當以河外五城謝之。」遂令郤芮當殿立券，以東至虢略，南及華山，內及解良城爲界，呈與秦伯。伯大悅，即日令公孫枝率兵三萬，送夷吾歸晉。畢竟如何。

〔一〕「返國」，余象斗刊本作「反國」，據龔紹山刊本改。

〔二〕「戰」，余象斗刊本作「弄」，據龔紹山刊本改。

秦穆公救晉饑民

夷吾謝秦伯出朝，其姊送之曰：「先君信讒，致使骨肉東西，今弟歸國而承大位，宜念同氣之義，凡先君遂出之兄弟，皆要收入朝廷，毋令相傷手足。」夷吾再拜受命而出，大軍望晉而行，行至高梁，前面塵頭蔽日，戈戟層層，秦兵以爲晉兵來拒，列開陣勢。以問：「來者何人？」只見來兵當先者，乃蠶眉鳳目，虎背雄腰，紅袍金甲，手舞兩刀，向前以答曰：「吾乃齊國大夫賓胥無也。」子桑曰：「大夫欲往何處？」無曰：「吾奉寧軍師之命，督兵往秦，迎晉公子夷吾歸國定位。」子桑與夷吾聞說，即下馬相見，具其由以告，胥無大喜，合併精兵前進。將近絳州，晉之文武聞知，皆出廓迎接入朝，即日夷吾遂即諸侯之位是爲惠王。大賫群臣，厚待秦、齊之將，遣歸。因驪姬，赦百姓。

時里克、丕鄭、叔堅、祁舉、共華、賈華、纍虎、時宮、山祁，此數子自謂有迎惠公之功，出入朝廷，傲慢無禮。郤芮告惠公曰：「里克雖有迎立之功，其傲慢朝廷，久後必爲主公之患，請早除之。」惠公曰：「人有大功於我，奈何殺之，雖欲殺之，難以爲辭。」芮曰：「里克弒二君，殺一大夫，此罪極大，何懼無辭。」惠公不聽。芮曰：「里克權重勢焰，今不早圖，奚齊、卓子之禍，臣不敢保矣。」惠公次日設朝，謂里克曰：「子爲國家出力，討亂反正，使我無子，則亦不得至於大位，雖然子爲晉卿，弒二君，殺一大夫，其爲爾君者，不亦難乎。」里克仰天歎曰：「古云兔死狗烹，理之當然。今主公欲以罪加於臣，恐無辭義，故以此挾臣，臣敢不從命。」遂拔劍自刎而死。後人有詩爲證：

里克人臣弑二君，雖然爲國亦強凶。
夷吾賜死金鑾殿，須信奸謀天不容。

又史臣贊曰：

雄哉晉里克，志壯少宏謀。
但識寧邦亂，焉知弑主憂。
在生雖昧道，視死等鴻毛。
伏劍亡金殿，雄哉里克高。

郤芮曰：「里克雖死，其黨尚多，宜速盡除，以免後患。」惠公即令呂甥、郤稱率兵收丕鄭、叔堅等七人，斬於市。丕鄭之子丕豹奔秦，其餘家口，盡行遭戮。豹至秦，秦伯問其爲何而至。豹曰：「晉侯昔許大王五城，以謝歸國之恩，今既得位，聽郤芮之言，背大王之德，而不肯割五城之地，臣父與里克等苦諫，晉侯不納，反誅臣父與衆大夫，望大王加兵問罪。一伐背德之罪，二與臣父報仇，臣就當先。」秦伯問蹇叔等以爲何如。蹇叔曰：「晉侯雖背前約，姑容數年，今若聽丕豹而起兵，乃助臣伐君，其義不可。」

言未訖，報晉大夫慶鄭至。秦伯召入，問其來故，慶鄭曰：「晉都饑饉，百姓流離，奉晉侯命，告糴於秦，望明公念百姓皆赤子，開倉許之。」秦伯問群臣，公孫枝曰：「晉侯背主公之德，而不割五城入秦，今值饑饉，是天禍也。若乘饑饉之歲，百姓凍餒而征之，晉破必矣。」百里奚曰：「天災流行，何國無之，救災恤民，列國之道，豈可乘人饑饉而伐之乎？夷吾雖負義，乃主之親也，乞思之。」秦伯亦曰：「晉侯失義，其民何罪。秦晉百姓皆吾赤子，豈忍饑餓，更加以兵火哉。」遂令大夫子泠，率舟五十艘，載粟三千斛，自雍至絳秦地名，前後相繼，號之曰泛舟之役。此秦穆公君臣弟一好處也。後人有詩爲證：

晉惠無恩背舊盟，穆公不念但存仁。
遥遥千里泛舟役，曾向絳州活萬民。

子泠泛舟入晉，與慶鄭來見晉侯，晉侯大悦，厚待子泠遣歸。遂令慶鄭放粟以賑饑民，百姓始安。次歲冬，秦都五穀不熟，百姓亦有流離，公孫枝曰：「昔者晉饑，主公曾濟以五十船粟，今都内饑饉，何不遣人告糴於晉？」穆公然之，復令子泠往晉求糴。子泠至晉，具秦伯之命告晉侯，晉侯辭曰：「敝國去歲饑饉，百姓流離，今冬稍熟，百姓亡於外國者皆歸，故粟僅能自濟，難以奉命。」子泠曰：「秦晉親鄰之國，約在患難相恤，昔者明公以河外五城許報我主，今又背之，臣主不念舊惡，又賫粟以濟晉饑，此固相恤之道。今秦皆饑告糴，明公不許，是無親鄰也。」晉侯曰：「大夫請退，容與群臣商議。」子泠出，晉侯問於群臣，慶鄭曰：「主公受秦伯厚恩而閉粟，不可也。」晉侯遂令慶鄭發粟三千斛，入秦報德。

忽階下一人昂然而進曰：「不可，不可。皮之不存，毛將安傳。晉既背秦五城，秦人怨入骨髓，但歲饑饉，糧力不繼，所以不加兵伐晉。今若送糧於秦，秦必用此糧發兵伐晉，是助秦之強也。依臣之見，莫若將錯就錯，閉粟不與，其禍可遲數歲。」公視，乃母之弟，國舅虢射也。惠公然之，遂止，慶鄭退，晉既不輸粟與秦。慶鄭出朝謂太師郭偃曰：「晉侯背施無親，幸災不仁，貪愛不祥，怒鄰不義，四德具失，其禍至矣。」郭偃曰：〔一〕「前者秋沙塵山崩，明年晉必亡。」二人唧唧而退。

〔一〕「郭偃」，余象斗刊本作「卜偃」，據龔紹山刊本改。

郤說子泠回報秦伯，秦伯大罵：「無義匹夫，群臣誰敢發兵伐晉？」蹇叔奏曰：「晉兵甚鋭，非主上親征，不可控馭。」秦伯然之，遂以蹇叔、百里奚爲左右軍師，使丕豹、公孫枝爲先鋒，子泠、公子縶爲保駕，大發精兵二十五萬，即日殺奔晉來。不知勝負如何。

公孫枝獨戰六將

秦兵既出，哨馬報於晉侯。晉侯遂問群臣曰：「秦伯無故興兵侵界，誰敢引兵拒之？」慶鄭曰：「秦兵爲主上背義而來，何謂無故。今依臣見，只宜遣使講和，不可拒戰。」晉侯怒曰：「匹夫，敢在吾前長他人志氣，滅自己威風，以吾百萬之兵，斬秦兵勢如破竹，豈與議和哉。」喝令先斬慶鄭，然後伐兵出敵。慶鄭再三哀丐留命，虢射曰：「慶鄭言雖不遜，正在興兵之際，不可殺一大夫，姑赦其罪，令從出征，勝則赦之，敗則殺之不遲。」晉侯準奏，令韓簡爲先鋒，梁由靡副之，蛾晢之、步揚爲左右隊，慶鄭、虢射爲保駕，大率精兵三十萬，出絳州拒秦，文武各送出城。晉侯所乘之馬高有丈餘，紅鬣銀尾，名曰小駟，正登戎車。其馬悲嘶不已。慶鄭又諫曰：「古者王侯出征，必乘本國所產之馬，故其馬生在水土，知其人心，安其教訓，服習道路，所以戰無不克。今主公臨大敵而乘異產之馬，恐不利也。」晉侯叱曰：「小駟此吾所愛，不必多言。」

大軍遂望秦而進，遇於韓原，相去三十里下寨。次日，晉侯使韓簡挑戰，秦使公孫枝出陣。二人戰上三十餘合，不分勝負，引兵各回本寨。晉侯問韓簡曰：「秦兵之勢何如？」簡曰：「秦兵雖少，然怨主公閉粟背義，其鬥志勇於我兵十倍。」晉侯叱曰：「焉有是事，我當親戰。」次日，兩軍對陣，闐然一鼓，晉侯搶出，身披紅袍金鎧，頭戴珠嵌寶盔，手挺長鎗，身跨小駟，遥謂穆公曰：「軍旅之間，不能施禮。」穆公亦披金鎧戴珠盔，亦在馬上欠身答曰：「尊舅休怪衣甲在身。」

晉侯曰：「昔蒙公恩，未敢有忘，今乃興兵犯界，是何名也？且晉國雖小，雄兵亦有百萬，明公早退，不失秦晉之好，如不退兵，難忍挺戈相擊。」穆公聞言大罵：「背義匹夫，敢巧舌花唇。」遂數晉侯之罪。晉侯大怒，拍馬直取穆公，鬥不十合，晉侯馬不慣戰，敗兵南走，穆公追至大象山，晉兵四集，左步揚，右蛾晳，前韓簡，後慶鄭，交戰穆公。穆公困於山下，忽山後喊聲大振，一隊人馬，當先一員大將連叫：「晉兵不得有傷吾主。」晉公視之，秦將公孫枝也。枝乃秦之猛將，兩臂力有千斤，使雙枝畫戟，舞動如飛。步揚衆等見枝來驍鋭，四將持四般兵器舍穆公來戰枝。枝不戀戰，殺入重圍，左衝右突，如入無人之境，前後遮攔，引穆公殺出。四將追枝，且戰且走，不上五里，晉將梁由靡、虢射引兵攔住歸路。枝雖身被重傷，奮發精神，獨戰六將。六將雖困住穆公，見枝驍勇，不敢近前，自午至酉，晉兵漸漸圍至數重。枝告穆公，晉兵大至，不可久停，乃脱重鎧，以蓋穆公，舞雙枝畫戟，來戰六將，六將一齊迎敵，殺上三十餘合，梁由靡挽起神弓，望穆公端發一箭，穆公倒落馬，步揚輪刀便斬。子桑大喊一聲，先斬步揚於馬下，救起穆公，走上一里，五將奮力來追。

忽聞大象山北，喊聲大振，一起步馬，約三百餘人，各各推鋒制刃殺至，子桑以爲晉兵，舍五將來敵步軍。步軍曰：「將軍勿動，吾來救駕者也。」子桑知是救兵，令保穆公前走，自乃勒轉馬頭，擋住晉兵，鑿齒困睛，渾似據山虎豹，揚眉横戟，有如混浪蛟龍，大喝一聲曰：「誰敢當先者，斬於萬段。」晉兵見枝勇猛，逡巡不敢近戰，桑大喝一聲曰：「願戰者當先，何故遷延不進。」晉兵自相驚懼，披靡逃回。子桑亦不追上，按住畫戟，挽起百石神弓，望韓簡端射一箭，韓簡落馬，蛾晳救起而逃。三軍自相踐踏，死者不計其數。子桑大殺一陣，奪韓簡之盔甲而還。後邵魚先生有詩爲證：

秦晉交鋒大象山，子桑臨敵獨盤桓。

雙枝戟動兵心落，百石弓開將膽寒。
出入韓原龍滾浪，折衝晉陣虎吼山，
穆公不有英雄將，怎脱重圍奏凱還。

子桑既保穆公歸寨，子泠、丕豹等皆引敗兵來會，穆公謂諸將曰：「寡人此陣，若非子桑，險送命於韓原矣。」令子桑解下衣甲，身上矢石之傷，血流浸透重鎧。穆公看見，嗟歎不已，命排筵宴，重賞子桑。不知後事如何。

韓原山秦擒晉惠公

穆公賞宴子桑，酒後大悅，曰：「吾有子桑，何優不破一晉乎。」遂號子桑爲虎翼將軍，賜賚甚厚。子桑曰：「此皆主公之福與此步軍之力也。」公召步軍，問其是誰，何故敢來救駕。步軍曰：「臣等岐下野人也。昔者大王走卻良馬一匹，臣等收而宰之。後人告發於大王，大王寬恩，赦臣等之罪，且曰食馬肉不飲酒則傷命，又賜臣等之酒。臣等感德不忘，今聞大王發兵伐晉，故來效力，及聞大駕被困，是以舍命解圍。」穆公大悅，曰：「原來汝是城南野人，方友良也。」遂令各賜酒食，收在軍中備用。後人有詩爲證：

韓原山下兩交鋒，晉甲重重困穆公。
當日若誅收馬士，今朝焉得脱樊籠。

又五言一律：

布德休嫌少，施恩勿靳長。
長施長獲福，小布小臻祥。
盜馬雖微事，懷仁實不忘。
一杯救命酒，解卻穆公傷。

百里奚曰：「晉兵得勝，明日必又挑戰。」公曰：「何以破之？」奚曰：「我寡彼衆，難以久持，只宜設計以破之。」乃召丕豹問曰：「秦兵伐晉，本代汝父報仇，汝能效一陣之力乎？」豹曰：「父仇不共戴天，惟軍師之命，敢不致力。」奚悦，令引一枝軍，伏於韓原西北污泥澗畔，聽舉火爲號，出擒晉兵。又令公孫子桑領一枝兵，伏於韓原山下，以截晉之救兵。又令子縶、子泠各引兵五千，從晉兵寨後抄出，奪其糧草器械。又令方友良等率鐵騎五千，保穆公大駕，親自挑戰。分付已訖，諸將各依計而行，百里奚與蹇叔在大象山頂，舉火號令諸將。

次日，晉兵果來挑戰。穆公披掛與方友良等出陣，晉聞穆公又出，欺其怯弱，便出轅門外，更不打話，輪刀直取穆公。穆公迎敵，殺不數合，穆公敗去，晉侯拍馬後追，穆公且戰且走。百里奚在山上，見晉侯追入污泥澗，放火燒山，秦兵四起。丕豹引兵迎穆公渡澗，其中污泥深數丈，韓簡、慶鄭與晉侯追至，馬不識其深淺，三馬正欲跳渡，力不遠躍，一齊陷於污泥。丕豹與壯士拿下三人。梁由靡、虢射聞晉侯被擒，正欲殺來救駕，被公孫枝當住來路，斬由靡於馬下。虢射抵死欲進，小卒在馬後告曰：「秦兵抄入大寨，焚吾糧草，將衣甲器械盡奪而歸。」射乃抽兵救寨，子桑追於後，子縶、子泠攔於前，三將夾攻虢射，斬其副將罕夷。射力戰而出，秦兵左右衝突於韓原山下，晉人首尾不能相救，射引敗兵而歸。

穆公囚晉侯君臣西歸，子桑斷後，奏凱回朝。穆公議殺晉侯，公子縶曰：「夷吾逆我太多，宜殺之以霸天下。」公孫枝曰：「秦晉親鄰之國，不可太甚，只令晉侯以其太子入秦爲質，放晉侯反國，則天下諸侯感德服威，霸業必振矣。」群議紛紛，穆公不決。令囚晉侯君臣於靈臺，以待商議。

須臾，穆公夫人聞囚晉侯至，與其二子瑩、弘，二女簡、璧，披麻號哭，待罪於殿下。穆公不知爲何，夫人曰：「天禍晉國，故使晉侯得罪於主公，妾與晉侯，骨肉之念，故妾子母披麻待罪，萬乞念先君舊好，以宥其愆，如果欲戮之，妾願代死。」穆公聞之，大笑曰：「吾與晉侯，姻婭相待，豈至重辱，夫人何必如是，速請歸宮，吾即送還。」夫人與子女謝恩入宮。漢都護大夫劉向有頌曰：

秦穆夫人，晉惠之姊，秦執晉君，夫人流涕。

痛不能救，乃將赴死，穆公義之，遂釋其弟。

又有詩云：

夷吾背義陷秦囚，晉國山河一旦休。

姬氏不行手足念，焉能脱厄復歸侯。

近臣奏：「周天子遣使到。」秦穆公宣入，使曰：「天子以晉侯爲周至親，雖觸犯大國，望公釋之。」穆公受詔，召晉侯入朝，設大宴以待之。酒將罷，穆公問曰：「舅伯致怨於孤，是以孤邀舅伯會獵，茲欲奉駕返國，誠恐舅伯動兵報怨，倘不棄秦晉之舊，敢求太子入秦，孤當以女妻之，使兵戈兩釋，復尋舊好，何如？」晉侯欠身答曰：「唯命是從。」韓簡、慶鄭等侍側，聞穆公之言，皆三拜稽首曰：「明公此言，實履后土而戴皇天，皇天后土共所聞知，臣等敢在下風。」

晉侯遂命郤芮歸晉，〔一〕令呂甥奉太子入秦待質。呂甥聞命，即與太子名圉入秦來見穆公。穆公問曰：「使者爲誰？」甥曰：「臣絳州人氏，姓呂名甥，字子金，爲晉朝中軍大夫，蒙明公所召，奉太子入質。」公曰：「汝國失君，百姓和乎？」對曰：「不和。」公曰：「何也？」甥曰：「君子愛其君，欲朝秦而報德；小人恥失其君，欲朝楚而報仇，是以不和。」穆公曰：「若子金可謂善爲使矣。」遂以次女名琚妻晉太子，放晉侯君臣

〔一〕「遂命」，余象斗刊本作「遂」，據龔紹山刊本改。

而歸，且曰：「孤聞晉國自戰韓原以來，歲又荒饑，百姓遭兵火而經凍餒，吾怨其君而咎其民。」復令有司給粟二千斛贈晉侯，歸國以賑百姓。晉人皆踴躍拜謝。此是穆公弟一件好處也。後潛淵《讀史詩》云：

五霸爭雄尚詐謀，穆公獨以德相酬。
韓原一戰將亡晉，輸粟安民異衆侯。

晉惠公既歸復位，群臣朝賀。晉侯曰：「寡人戰敗入秦，有辱社稷。」射奏曰：「主公馬陷污泥之時，慶鄭不救，是以有此一敗。今復大位，當賞功罰罪，以厲將士，又宜繕甲兵，屯積糧草，以圖報怨。」晉侯然之，遂令武士押出慶鄭腰斬。不知性命如何。

晉重耳周遊列國

惠公獨斬慶鄭，其餘文武各加一級，令郤芮、韓簡開募於絳州，以招天下壯兵，以圖報仇。

卻說重耳初奔在狄。狄侯見其狀貌非常，乃以二女事之。重耳受其長女季隗，以少女叔隗妻趙衰。居十二年，季隗生二子，長曰伯儵，次曰叔劉。叔隗生一子，名盾（即趙盾）。既而趙衰、狐毛等告重耳曰：「歲月難留，公子安居於狄，耽戀而忘返也，何以能成大事？」重耳然之，入告其妻曰：「吾將遠適秦楚，結連大國歸晉，子宜盡心撫养二子，待吾二十五年不至，子可再嫁他人。」季隗泣曰：「男子志在四方，非妾敢留，然妾今已二十五歲矣。再過二十五年，公子不至，妾當老死池下，焉敢再適他人。」重耳悦。

於是，季隗、叔隗各携其子，含泣以酒來餞。季隗曰：「公子保重行裝，勿以小妾爲念，宜當力圖恢復。」言罷淚下。乃奉巵酒而歌曰：

侍立閨闈十二年，鳳鳴凰應擬周全。
豈期琴瑟聲音絶，美滿恩情各一天。

重耳接酒，亦有含淚之意。乃賡詩曰：

自結絲蘿擬百年，風流豈有不周全。
男兒一舉三千里，怎效區區處一天。

歌罷，囑季隗與叔隗曰：「汝等盡心育子，不日歸國，必以車馬來迎。」二女泣淚扣住馬首，似有不忍相別之意。魏犨厲聲曰：「大丈夫橫行天下，將欲掃盡內患，以圖大事，何必揮涕灑淚，以與兒女子相戀哉。」重耳乃叱轉馬前行，直奔於衛。衛文公不迎入國，忽一人從外進曰：「晉衛同宗之國，今晉公子逃難於此，主公何不出城迎接？」公視之，乃上卿寧速，字子莊也。公曰：「郭微土薄，無足備禮。」速曰：「臣觀晉公子狀貌非常，况其從者皆超世之士，久後反國，必得志於諸侯。若得志諸侯，則酬有德而伐無禮者矣。今不款待，日後悔之不及。」文公不聽，令閉城不納。

重耳在城下候衛侯出接，見其不出，又閉城門，大怒。與從者奔曹。過五鹿糧盡，將士疲困，魏犨、顛頡進曰：「衛燬（衛文公名）無狀，既不出城迎接，又不致送糧料，我等願打入城，擒此匹夫。」重耳止曰：「二公是何言也。俺乃亡國之徒，焉可責禮於他人乎。」犨、頡曰：「既不許入衛城，摽掠村落，劫些糧米，以助朝夕，何如？」重耳曰：「我寧受餒，越不可行此事。」犨、頡皆忿怒曰：「男兒漢焉能束手受餓。」又行數里，見一起餐午於隴上，重耳令狐偃問農夫求食，田夫問曰：「客從何來？」偃曰：「吾乃晉之臣，車上者乃是吾主，久出糧盡，願求一餐，久後效報。」田夫曰：「堂堂男子，不能自資而問吾求食乎。吾村莊小，夫焉有其餘而丐你耶。」遂餐不答。偃曰：「從不能周濟，可賜一器與吾主乎？」田夫乃戲以土塊與之，曰：「飯則無矣，土則奉承。」魏犨大罵：「村夫焉敢辱吾主。」攘其鋤器將鞭之。重耳在馬上亦令鞭之。偃止之曰：「土地，國之基也，今天將賜得國之兆，公子可降拜受之。」重耳下車拜受，田夫不知其義，乃群笑曰：「此誠癡人也。」魏犨與顛頡亦曰：「子犯何得癡引其君耶。」後人有詩曰：

土地應爲國本基，皇天啟賜吉人時。
高明子犯深知意，愚昧魏犨反笑癡。

重耳登車，忍饑入曹，困乏難進，衆從者於野外拾菜而烹之。重耳饑甚，介子推乃割股肉烹而進。重耳曰：「子推此食爲何而得？」子推曰：「臣股肉也。」重耳起拜曰：「將何以報？」推曰：「臣聞主憂臣死，今公子乏食，皆臣等之罪，非敢望報也。」後人贊曰：

主君不可困，髮膚不可傷。
君子貴行權，吾身在君傍。
割股濟君危，賢哉不爲狂。

車馬入曹，寓於曹大夫僖負羈之家。負羈引見曹共公，公謂羈曰：「吾嘗聞晉公子駢脅，吾未見之，今日在此，何計能觀其脅？」羈曰：「此事甚易，主公但令致香湯與之沐浴，即得見之。」公遂令羈陪其沐浴，羈告重耳曰：「吾主以公子遠涉泥途，令羈陪奉沐浴，不知可乎？」重耳曰：「承子厚意，何敢不從。」羈遂與重耳退而沐浴。其趙衰、狐毛輩恐曹人行詐，皆仗劍而從之。既謝衣沐浴，羈見其兩脅肋骨果駢爲一片，大異，回奏共公曰：「晉公子果駢脅重瞳，非是久屈人下者，公請款留之。」共公曰：「曹小國也。又乃居列國之中，往來奔走之公子，何國無之，若一一待之以禮，則國微費重，那得許多錢糧。」退朝不聽。

羈引公子至宅列坐，各敘往事，其趙衰、狐偃，皆拱手侍側。負羈之妻呂氏，聞重耳之聲，大如洪鐘，私向簾内窺之，見其眼目重瞳，儀容魁偉，又見其從者，威風凜凜，相貌堂堂，知其必爲好人，乃私告負羈曰：「晉公子賢人也。其從者皆有國相之貌，以衆國相輔一賢人，久後必能反國得志，返國得志，則曹公今日不待之咎必先責，子宜以禮重待，可免久後之禍。」羈喜曰：「正合我意。」遂大鋪筵席，以待重耳與其從者。酒至半酣，羈起告曰：「公子辱臨敝國，愧曹小邦，不能少駐車駕，聊備白璧一雙，黄金百鎰，粟麥五十斛，少供行李之助。」重耳答曰：「有勞大夫，重耳何敢妄受。」負羈請之再三，趙衰告重耳曰：「承大夫厚賜，公子可取，以容再謝。」重耳拜受之而返璧。即日出曹，負羈遠送出城，重耳辭曰：「大夫請回，重耳久後返國，此恩決不敢負。」二人告辭而别。後人有詩爲證：

重耳周遊不憚勞，出蒲避狄適於曹。
曹襄聾瞽輕英傑，衛燬愚誑慢俊豪。
受餒曾餐介子肉，困饑辱乞野夫郊。
往來多有人難識，爭似羈妻眼力高。

重耳離曹，既與僖負羈相别，行不數日，車馬又將過宋。重耳問從者曰：「橐費將空，吾欲入城見宋侯，以憩數年，何如？」趙衰曰：「宋公雖異於曹侯，然國微土薄，恐不足久留，臣聞宋公之族名固者，與公子有舊，見爲宋國右司馬，公子何不致書於固，私問其可否。」重耳曰：「子餘之言是也。」遂修書令人貢於公孫固，車馬止停於驛。

卻説公孫固得重耳之書，次早入朝，奏襄公曰：「晉公子重耳，出亡過宋，主公何不延入宋城，款之以禮乎。」襄公曰：「諸侯之公子，出亡過宋者甚眾，他人俱未款待，子獨令我待重耳，何也？」固曰：「晉公子仁而愛下，日久必能成其大事，蓋非他人之比也。」公問於群臣，左司馬公孫目夷曰：「右司馬之言雖是，然宋小邦，不能久留，亦不可有慢，主公宜奉金帛，親自出城勞之，庶幾兩全其禮。」公曰：「子魚之言是也。」遂取金帛馬匹與文武出城來見重耳。重耳與從者皆下馬相迎。宋公曰：「公子遠遊，寡人本當延入敝城，奈邦微土薄，不足收納，謹備黄金百鎰，良馬二十乘，聊壯遊觀之資，望公子笑而納之。」重耳問於從者，左趙衰、右狐偃皆曰：「承宋侯厚賜，公子拜受其惠，待報可也。」重耳拜受，遂辭宋侯而去。襄公亦回本城，顧謂文武曰：「吾見晉公子事趙衰如師，事狐偃如父，待魏犨爲友，尊賈宅爲兄，是四人皆晉之豪傑，久後必能相重耳而成霸也。」

郤說重耳奔鄭，早有人報於鄭，文公謂群下曰：「晉重耳叛父而逃，列國不納，今至鄭國，吾欲捉送晉侯，以陷大國之利，何如？」大夫叔詹進曰：「晉公有三啟，乃天祚之人，豈可殺之。」文公曰：「何以見之？」詹曰：「同姓爲婚，其類不蕃，今重耳乃狐女所生，狐與姬同宗，而重耳多子，是一祚也。晉自重耳逃出，國家不寧，豈非天有待其返國而後安，是二祚也。趙衰、狐偃皆當世英傑，而重耳得而臣之，是三祚也。公子有此三祚，焉可殺之？」文公不聽，曰：「吾聞諺云，黍稷無成，不能爲榮。黍不爲黍，不能繁蕪。稷不爲稷，不能蕃殖。重耳雖有三祚，其父兄皆不能容，焉成大事？」遂令太子伯華，率甲士五百，伏於城下，待重耳入城而後擒之，伯華受命而出。

郤說重耳來至鄭城，將入以見文公。趙衰曰：「鄭城狹小，豈足久淹，不如過鄭適齊，方可以圖大事。」重耳遂不入城，從者昂昂然擁而過之。伯華在城上，見趙衰、狐偃輩皆有虎威，亦不敢追。

五公子爭權亂齊國

重耳見鄭伯不禮，車馬至齊。齊桓公令公子無虧出城迎接，既至，桓公與之，酒至數巡，桓公問曰：「公子歷聘諸侯，遊列國，將以何事爲寶？」重耳不答，目視狐偃，偃即對曰：「亡人無以爲寶，仁親以爲寶。」桓公默然，問曰：「此子爲誰？」重耳對曰：「此吾舅氏狐偃，字子犯是也。」公大悦，謂寧戚輩曰：「人言晉獻公有子九人，惟重耳出類。今日觀之，語不虛傳，况其所從，皆勇而有禮之士。吾欲以宗女名姜姝者妻之，汝等何如？」戚曰：「明公所處，無有不可。」桓公謂重耳曰：「公子以内亂出遊，倘不棄敝邑，願以宗女侍執巾櫛，不知盛意何如？」趙衰進曰：「亡人得辱餘愛，外連齊晉之好，内結骨肉之親，他日得志返國，皆荷盟主所賜也。」桓公曰：「子莫非晉大夫趙子餘乎？」衰曰：「然。」桓公曰：「公子有臣如此，何憂晉位不至。」遂建大第於城中，將宗女事於重耳，賜其舞女十數人，良馬二十乘，金幣彩帛百輛。重耳拜受就第，朝夕與姜氏飲宴，歌兒舞女，不絶管弦。重耳歎曰：「人生安樂誰知其他。安居齊國，何必區區遠遊哉。」

一日，桓公有疾，宣寧戚、易牙、賓胥無等入而謂曰：「寡人自得管仲謀謨，衆將膂力，九合諸侯，尊天子，攘夷狄，歷三十餘年，始成霸業，今日不幸，仲父、隰朋相繼而亡，寡人又將捐世。汝等宜奉吾太子名昭嗣位，務期丕纘舊業，振立齊邦。寡人雖死，亦無恨矣。」群臣皆頓首受詔。又召太子近前，以錦囊小袋授之，且告曰：「他無所屬，但國家有患，可拆此錦囊，便能保定。」太子再拜而受。是夕，桓公卒，年七十三歲。時周襄王九年冬十一月乙亥也。潛淵《讀史詩》云：

周室東遷綱紀亡，桓公九合衆朝王。
南征頑楚茅包貢，西攘山戎朔漠荒。
立衛存邢仁聞著，攘夷尊夏義聲揚。
正而不譎聖人許，五霸之中業最強。

又宋人有詩云：

雖曰春秋無義戰，善於此者有齊桓。
扶傾濟弱尊周室，免使民黎左衽間。

史臣評曰：

春秋亂世，諸侯皆以智力吞併。齊桓公能以貴而下賤，遂拔寧戚於村牧。寬而致恕，納管仲於俘囚。故能不動其車，列國景從。雖其詐力仁義，踳駁混用。仲尼亦曰：「正而不譎，使當世有能仗義尊王，免民陷於夷狄者，舍齊桓吾誰歸哉。」况其知人善任，不念舊惡，專以德爲綏服，又出五霸之首云。

桓公既死，易牙初有寵於無虧之母衛姬。至是，易牙告衛姬曰：「先公之位，理當夫人之子而嗣，今先君以太子托付群臣，群臣必輔太子。依臣之計，今夜即宜率本宮士卒，逐殺太子，而奉公子即位，則大事定矣。」衛姬許之，遂令本宮宦官王貂，率士卒及火者五百人，易牙副之，打入正殿。時當四更，群臣正欲奉太子名昭即位，然後殯斂桓公。忽聞殿外鼓噪而入，近臣報公子無虧作亂，群臣忙召守衛士卒，士卒未集，王貂殺至金殿，斬群吏數百人，群臣皆四散而奔走。寧戚負太子走出東門。王貂追之甚急，戚告太子曰：「昔者先君以錦囊授太子，言事迫拆而謀之，今日事至危迫，何不拆開觀之。」太子即從胸中取錦囊視之，乃示其有事即投宋，以取救兵。戚即與太子奔宋，王貂追之不及，勒馬轉朝。

時易牙已奉無虧即位，於金鑾殿至午時，群臣皆不肯上賀。無虧大怒，易牙令王貂率甲兵劫挾群臣來朝，且誡曰：「如不來者，即斬示衆。」王貂引兵出朝，下大夫開方謂將軍豎刁，謀曰：「吾儕皆受先君遺托而立太子，今易牙作亂，立無虧，吾儕豈不能立他公子哉。」豎刁然之。於是，開方率少衛姬亦桓公夫人之宮，士卒奉公子元即少衛姬所生，名元據昭明殿。豎刁率密姬亦桓公夫人本宮，士卒奉公子商人即密姬所生，名商人據於信陽殿。三家相持六十餘日，群臣無所朝宗，皆閉門不出。桓公之屍在床，衆子亦不行斂，屍蟲如蟻，皆散出户外。後潛淵《讀史詩》云：

王者修身治國家，桓公何事嬖如麻。
空遺霸跡傳當世，蠅蚋殘軀實可嗟。

正宮王姬乃桓公夫人，周王之女，無子召群臣高奚等，泣而告曰：「先君不聽仲父之言，以至身死屍蟲，卒無斂殯，卿等皆從先君，以成霸業者也。今太子出奔，衆孽爭權，卿等豈忍坐視國家危亂，先君屍腐哉。」群臣皆放聲大哭曰：「衆公卿皆宜以忠孝利害曉諭衆公子，先斂先君之屍，後定其位可也。」高奚等奉王姬旨，到金鑾殿告無虧曰：「臣等嘗聞，父母之恩，猶天地也，故爲人子者，生則致敬，死則殯葬，未聞父死不殯，而爭富貴者。且君者臣之表，君既不孝，臣何忠焉。今先君已死六十二日，屍蟲遍户，公子置而不斂，乃逐兄弟而爭位，倘諸侯聞知，集兵問罪，異時求爲匹夫而不可得，況欲爭爲侯伯乎。」言罷，又皆大哭。

無虧改容曰：「無公等，吾幾爲不孝罪人也。然則若何處之？」高奚等曰：「太子今已外奔，公子能主喪事，與臣等以收斂先君，則大位乃公子定矣。其元與商人雖據兩殿，無能爲也。」無虧遂號哭，與群臣入寢，殯桓公於白虎殿，〔一〕群臣即奉無虧即位，開方與豎刁聞群臣立無虧，遂與公子元奔鄭，〔二〕豎刁與公子商人奔魯。

郤說太子與寧戚奔宋，襄公曰：「吾昔日受齊盟主之托，令保太子，今太子見逐，吾合救之。」遂令公孫固率兵二萬，自奉太子入齊，大軍殺奔甗來。只見塵頭蔽日，喊振天地。宋兵札住，喝問：「來者是誰？」前陣有二將告曰：「吾乃齊大夫開方、豎刁便是。今齊君傾世，易牙、無虧作亂，某等不敢背先君之命，故奉二公子外奔，以求諸侯之援。」襄公聞說，下馬相見，二公子以父死不斂之事告太子，太子慟哭。襄公令大軍遂屯甗。哨馬報於無虧，言宋公欲送太子入城，令速下位。無虧大怒，自發大兵五萬，以易牙爲先鋒，王貂爲副將，出城近於甗。宋襄公下令曰：「無虧暴虐，〔三〕百姓不助，齊兵必無鬥志，汝若不進前力戰者，斬首示衆。」衆將得令，列開陣勢，齊陣突出一員大將，紅袍鐵甲，高馬長鎗，殺奔前來，齊太子在馬上大罵：「易牙反賊，汝助無虧作亂，尚敢出馬來迎，以手麾諸將，何不爲我擒此逆賊。」公孫固打馬搶出，更不打話，直取易牙。不知勝負如何。

〔一〕「於」，余象斗刊本作「與」，據龔紹山刊本改。
〔二〕「遂與」，余象斗刊本作「逐」，據龔紹山刊本改。
〔三〕「暴虐」，余象斗刊本作「暴雪」，據龔紹山刊本改。

宋襄公鹿上圖霸

公孫固與易牙二人戰不十合，宋將伊光祖搭起弓，望易牙端發一矢，易牙中箭落馬。無虧見易牙中箭而死，走入齊城，百姓閉城堅拒，三軍各無鬥志，皆倒戈以迎宋師。宋師奄至城下，無虧正欲從徑道奔鄭，被公孫固追而斬之。百姓大開城門，迎太子入城，群臣拜而即位，是爲孝公。孝公即位，盡復衆兄弟之位，群臣各加官一級。其無虧之黨，盡收殺之，命取金帛，犒勞宋兵，送襄公返國。

宋襄公辭齊歸國，謂群臣曰：「齊桓公威霸諸侯，未死之日，曾以太子托大事。今桓公死，齊國果亂，吾動數萬之兵，斬無虧，梟易牙，定齊君之位而後返，名動於諸侯。今吾欲繼桓公之志，會諸侯以圖霸，卿等以爲何如？」忽有一大臣出班奏曰：「宋國不能霸諸侯者，其故有三。」襄公視之，乃桓公、襄公之兄，先讓國不立，襄公以爲左師司馬公子目夷，字子魚也。公曰：「司馬何故言宋有三不可霸？」子魚曰：「邦微土薄，兵少糧稀，一也；文無管仲、寧戚之儔，武無隰朋、高奚之比，况威德不著，諸侯不從，二也；近歲本國有隕星爲石，六鷁退飛，此宋有不祥之兆，三也。此宋有三不可之故，焉可圖其霸業。」襄公曰：「齊桓公能用一管仲，不動兵車，遂能東征西討，無敵於天下，何在多人乎。但公等協心，諸將齊力，焉有不克。」右司馬公孫固曰：「霸業在人能修，非系國之大小，今主公能修齊桓之德，臣等效管仲之謀，無有不克。」公曰：「子堅之言是也。然必何如而後可？」固曰：「因事就事，事乃有濟。主公宜傳告近宋諸侯，約本歲春三月皆赴曹南曹之地名，諸侯若至，公請衆侯爲修齊桓之德，立碑頌其勳烈，諸侯感桓公之德者多，必然從之，其在會不盟者執之，違會不至者，會諸侯而伐之，則近宋諸侯皆以公爲修桓公之德，非爲一己之私，則天下雲集景從，宋必霸矣。」公大悦，遂修書遣使，遍告列侯至期。襄公文帶子魚、子堅，武帶伊光祖、廖鳴春，衣冠劍戟，列列而至曹南。

時近宋有曹共侯、滕宣侯、邾文侯、陳穆公各帶文武，皆至赴盟。襄公與列侯升壇序爵而坐，告列侯曰：「齊桓攘夷安夏，德義流於列國者多，寡人追慕不忘，是以會公等而議之，欲爲刻石以頌勳烈，不知公等之意何如？」陳穆公起曰：「齊桓勳烈，上在王室，下及諸邦，明公此舉，誰敢不從。」襄公大悦，正欲舉筆書盟立頌，滕宣公名嬰齊不肯預盟曰：「匡合尊王，人臣之職，扶傾濟弱，義理當然，况褒善貶惡，後世自有公論，何必刻石立頌，以尚虛文哉。」襄公大怒，曰：「桓公德在，匹夫匹婦猶能追誦不忘，况同列被其澤而忘其德耶。此匹夫欲背德違盟也，諸將何不爲我擒之。」言未訖，宋國隊中突出廖鳴春搶上盟壇，將滕公扭下綁縛，公喝令監下壇，所候盟罷，解見周王，斬首示衆。列侯各皆失色，滕之文武股慄戰懼，齊跪壇下哀丐其君。〔一〕於是，陳公、邾公、曹伯齊起告襄公曰：「滕公雖有違盟之咎，望盟主宥其初犯。」襄公默然良久，方改雄威，令鳴春釋其綁縛，襄公曰：「滕子違忤衆命，理合當罪，不觀衆公面顏，難逃寸刃，自今有違者，依律治罪。」衆侯皆曰：「謹受命。」

於是，立盟於册，刻頌於石。襄公又曰：「鄫子名玩，鄫，小國名，宋之附庸違會不至，公等可合兵而討之。」

〔一〕「其君」，余象斗刊本作「其」，據龔紹山刊本改。

陳穆公曰：「鄫，小國也。不必合兵而討，但調一枝兵討之足矣。」襄公遂調邾侯先往伐鄫，諸侯各辭歸國。邾侯領本部精兵打入鄫城，擄鄫侯來見襄公。襄公問曰：「吾糾合本方諸侯，〔一〕追耀齊桓之德也，汝何故違盟不至。此子不斬示衆，何能率服列國。」喝令斬鄫侯，以祭次睢之社次睢宋之地名，屬東夷，故宋襄公欲斬鄫子，以祭次睢社。左司子魚諫曰：「不可。古者六畜不相爲用，小事不用大牲，而况敢以人祭祀乎。昔者齊桓公存立絶國，義士猶謂其薄德，今明公欲修齊桓之業，一會而執滕滅鄫，又以人爲祭物，將以求霸，不亦難乎。」襄公愕然良久，曰命釋鄫侯，但罰金帛二十車，以贖前罪，鄫侯叩頭，歸備金帛而至。

公孫固進曰：「今近宋諸侯俱各服約，宜在齊城東南二十里鹿上立盟壇一所，修書遍告大國諸侯，約今歲春三月皆會於鹿上，亦以修齊桓之德爲辭，諸侯合從，霸業必濟。」襄公大悦，修書遣使。子魚自歎曰：「小國爭盟，其禍至矣。」使者遍告列國。使至楚，呈書於成王，成王讀其書曰：

宋鎮茲父頓首書上，大國楚王殿下，茲父聞以力服人者其勢促，以德服人者其澤長。齊桓能以冠裳之會，安王室，賓諸侯，使天下生民，各得其所。今既云歿，其功名德義，使人興慕。是以父不揣邦微位下，欲請同列，立盟刻頌，彰耀其勳。父敬貢尺牘，擬今歲三月上旬，期於齊城東南鹿上，推盟主立約，誓以修其好。伏乞大車至期，不吝一諾，何幸。

成王讀罷，令使者暫停館驛，姑俟商議。使者出，王問群臣可否。上卿子西奏曰：「齊桓公以千乘之國，因得管仲，方成霸業。今宋土地不及秦齊，兵甲難當晉楚，欲以區區小國，與大邦爭盟，依臣之見，王可修

〔一〕「糾合」，余象斗刊本作「九合」，據龔紹山刊本改。

書，許其同會，一面令大將領五千兵，伏於孟原，擒茲父，伐宋國，乘此機會，號令諸侯，則霸在楚而不在宋矣。」成王大悅，修書以復宋使，令大將宛春領兵五千，伏於孟原，以擒宋公。即日與子文、子西、子玉等發駕往至鹿上。

時諸侯皆至，相見禮畢，成王不見宋公，問曰：「宋公何在？」吏士曰：「未至。」成王詐怒曰：「彼爲盟主，何故後期？」令子玉引一班壯士往迎，子玉行不數里，山後喊聲大振，楚將宛春捉宋公而至。宋之君臣殺向後來救駕，子玉言曰：「公等不必動手，我王欲請爾王議事而已。」宋兵見子玉威風凜凜，言語溫柔，只得按住干戈，隨駕而至壇所。宋公大罵：「奸謀何得用兵劫我盟會。」成王大罵：「匹夫無道。曹南一會，便辱滕鄫二君，何謂修桓公之好，今又詐設鹿上之盟，無乃將欲擄我諸侯耶。左右何不爲我監此匹夫，鼓兵伐宋，然後斬首以示諸侯。」楚之將佐在壇下者齊聲一諾，聲振數里，列國諸侯面面相覷，戰慄失色。宋兵欲戰楚之將士，咬牙嚼齒，皆欲厮殺。魯僖公乃率衆侯告楚王曰：「宋公雖辱滕鄫二君，似有過咎。然明公數其罪惡足矣，必欲執之伐宋，則楚猶宋也。」成王見諸侯言辭當理，將放宋公。鄭文公揚聲曰：「宋公強暴太過，何當輕釋。」成王遂令囚宋公，殺奔宋國。畢竟何如。

宋楚泓水大戰

楚王囚宋公，殺奔宋國而去，諸侯追至薄，擁住馬首告曰：「公將求霸，奈何以威力遷劫同列，雖欲成霸，奈我諸侯不從何？」子西進曰：「主公宜即薄地立壇，憑諸侯以議宋罪。」〔一〕成王許，就薄地築壇立盟，衆侯請釋宋公，乃推成王爲盟主。盟罷，諸侯各辭相別。宋公不勝忿怒，謂群下曰：「吾欲求榮，反成受辱，汝等何計爲寡人出力，伐楚以削此恨？」言猶未訖，階下一人昂然而進曰：「鹿上楚人之釁，皆鄭捷捷，鄭文公名合謀，所以故在壇上揚公之過，以激熊惲之怒。臣願得一萬兵，先伐鄭而後及楚，若不擒二國之君，誓不班師。」公視之，乃右司馬公孫子堅也，公遂發精兵一萬與之。左司馬目夷曰：「不可，不可。昔者文王伐崇侯虎，軍列陣三旬而不降，退修德教而後征之，軍未成壘而出降，今主公內不量力朂德而欲速咎他人，豈能免禍。」公孫固視目夷曰：「子魚乃弄筆迂儒，逡巡畏縮，〔二〕主公若聽，必誤大事。」目夷讓固曰：「子堅既勇奪三軍，藐視大國，前日鹿上之盟，何不耀武於楚，子又何致主上受辱而歸？」

〔一〕「宋罪」，余象斗刊本作「宋薄」，據龔紹山刊本改。
〔二〕「畏縮」，余象斗刊本作「畏宿」，據龔紹山刊本改。

襄公終不聽子魚之言，遂以子堅爲先鋒，廖鳴春爲副將，自率大兵五萬，即日出城伐鄭。子魚出朝歎曰：「君辱已甚，宋其亡乎。」宋兵方出，哨馬報於鄭文公。文公驚懼，大夫洩堵寇曰：「事急矣。楚兵尚未遠，臣請追而告救。」文公許之。堵寇即駕快馬，連夜追楚成王之兵至柯澤，見駕曰：「臣鄭大夫洩堵寇也。今宋公咎臣主偏附於王，發兵圍鄭甚急，臣奉主命，尋夜追駕請救。」成王在馬上躊躇。子西進曰：「前者擒茲父，礙諸侯之顔而放之，今日若以救鄭爲名，則破宋必矣。」王大喜，即令子玉率五千兵，從泓水抄出，自率大軍，從柯澤而會。

卻說宋兵來至泓水，哨馬報：「鄭人追楚師來救，將至泓水。」襄公令前部擺開陣勢，列於泓水左岸，以待楚兵。須臾，楚兵奄至，將濟泓水。子魚曰：「彼衆我寡，其兵勢甚鋭，不可與之久持，若久持，鄭兵後襲則進退無路矣。不如乘楚兵半濟泓水，令前部廖鳴春以鐵騎衝之，楚必敗矣。」襄公曰：「君子不困人於厄。吾乃堂堂之師，正欲待楚兵濟岸成列，然後交鋒以決雌雄，方懾服鄭兵，豈可行詭計而取勝乎。」言猶未訖，楚人皆濟泓水，布列陣勢，戈戟整齊。子魚又告曰：「楚兵雖渡泓登岸，然其隊伍參差，鋭氣未振，速乘此一鼓而進，無有不克。」襄公曰：「君子用兵，不鼓不成列，務待勍敵爲名，何可行詭計以取勝乎。」道猶未了，楚兵陣上突出大將，紅袍銀鎧，馬壯人雄，手舞雙枝畫戟，立於門旗下，大罵數宋襄公霸不量力之罪。宋先鋒廖鳴春視之，乃楚大夫鬥勃之旗也。鳴春更不打話，輪刀直取鬥勃，戰不十合，鬥勃戰敗，渡泓水而逃。宋兵亦將濟泓而追，子魚見楚人戈甲精鋭，非真敗之勢，在陣後大呼曰：「楚兵必詐，不可輕追。」

宋兵不聽，皆下濟水，鬥勃勒轉馬頭，令將士列於右岸，亂箭射於泓水，宋兵不能登岸，死者甚衆。正欲抽兵，忽聞泓水左岸，喊聲大振，塵霧漫空，宋兵視之，乃楚將宛春殺來至左岸，亦令衆軍亂射宋兵，宋兵立在泓水中流，左右被箭，自相踐踏，溺死水者，十喪八九。伊光祖見事急，令公孫固、廖鳴春殿後，自與子魚翼襄公之馬，拚命殺上左岸，宛春攔住馬頭，大殺一陣，端發一箭，直中襄公左股，襄公倒翻馬下，宛春挺刀便砍。伊光祖力救上馬而走，廖鳴春亦被箭傷，死於泓水。公孫固棄盔甲作步軍而逃。楚人亦不來追，但札在兩岸，搶奪宋兵器械戈甲，得十餘車，班師而歸。後潛淵《讀史詩》云：

連天泓水白茫茫，宋楚交兵兩岸傍。
旗影亂翻波似雪，戈鋒遥映浪如霜。
魚龍湧奔三川竭，鳥雀爭飛四野荒。
可笑襄公非勍敵，寧將十萬喪長江。

襄公引殘兵歸宋。宋之百姓，有從軍而戰死者，其父母妻子皆相訕於朝外，怨襄公不聽左司馬之言，不擊楚兵於未濟之時，以致有敗。近臣以百姓之言奏於襄公，襄公歎曰：「君子用兵不困重傷，不擒二毛，寡人雖忘國之餘，豈因阻隘而求勝，豈可擊人不成列。」乃長歎數聲，箭瘡迸裂，〔一〕倒於坐下。群臣急救而起，歎曰：「吾早納子魚之言，焉至今日。」是夕遂卒。群臣奉太子名王臣立，是爲宋成公。此五霸之中，宋襄公繼齊桓公之後，欲成霸業，但其不量力而卒，不能得志於諸侯也。雙湖胡先生史評曰：

宋襄智略不如桓文，強暴不如秦楚，而興師不擒二毛，不鼓不成列，區區以姑息爲仁義，而不能舒喪師之戚。鹿上之會，見辱於楚，泓水之戰，卒殞其軀，皆自取也。

眉山蘇先生古史評曰：

〔一〕「迸裂」，余象斗刊本作「併裂」，據龔紹山刊本改。

襄公欲求諸侯，與楚人戰於泓，不鼓不成列，〔一〕不擒二毛，以此兵敗身死，余嘗笑之。夫襄公淩虐小國，至使邾人用鄫子於次睢之社，雖桀紂有不爲矣。乃欲以不鼓不成列、不擒二毛爲君子，又可笑之甚也。

潛淵《讀史詩》云：

五霸功名孰最強，齊桓炳炳著聲光。
襄公不慮力而起，枉使身從戰後亡。

邵魚余先生又一絶以歎子魚有先見之賢云：

戰國君臣相弑誅，謙而讓位有誰知。
襄公不納當時諫，至死方知歎子魚。

〔一〕「成列」，余象斗刊本作「成」，據龔紹山刊本改。

新刊京本春秋五霸七雄全像列國志傳卷之四

後學畏齋余邵魚編集
書林文台余象斗評林

起自周襄王元年庚午至定公癸丑年
按魯瑕丘伯左丘明春秋傳

晉子圉逃歸嗣位

卻說晉惠公有疾，宣群臣狐突等問曰：「寡人疾已至危，太子又委質在秦，此事若何區處？」突曰：「先君之子九人，因驪姬之亂悉亡於外，今主公倘有吉凶，何不招集群弟，擇其賢者立之，待與秦通舊好，太子歸晉，然後復承其位，則鄰國聞之，豈不以主公爲賢乎。」公曰：「吾之兄弟雖衆，惟重耳獨賢，今聞出亡於齊，誰能奉詔以迎之？」郤芮進曰：「臣請奉詔往迎公子。」惠公許之，芮出至外宮，惠公夫人梁氏聞其說，召芮問曰：「主上自有親子在秦，何聽狐突之言，棄子而立兄哉？」芮乃惠公幸臣，遂就梁氏之謀，乃曰：「夫人不必致慮，臣即往秦迎太子歸國，絶郤重耳之事，有何不可。」梁氏曰：「太子委質在秦，汝若明請秦伯，必不肯放歸國，止宜密往秦國見太子，使之逃歸可也。」

芮然之，遂密往秦，入太子府中，至晚潛入見太子，驚曰：「大夫何以至此？」芮請屏左右告曰：「主上將死，奉夫人命，來迎太子歸嗣。」圉太子名曰：「吾即請秦伯命而歸。」芮曰：「不可。秦人恐晉加兵報韓原之仇，故執太子爲質，今若請命，秦伯必不肯放。况家國群臣皆欲迎重耳，故使臣往齊，臣不敢拂夫人之命，舍齊而至，殿下遲疑，重耳若知，則大事去矣。」圉然之，令芮潛於後室，乃與其妻謀曰秦穆公之女：「吾聞父病至危，吾欲歸省，恐爾廝禁，今欲子同歸，汝意若何？」嬴氏曰：「子乃晉太子也。爲質於秦數年，今欲歸省，禮之當然，吾父使妾侍執巾櫛，所以固子之逃也。若從子而東歸，是違父命，吾何敢逃。」圉曰：「吾請父命可乎？」嬴氏曰：「請命則不得歸，子合速逃。」圉曰：「倘吾離此，公主告父而追如何？」嬴氏曰：「父子夫婦，人倫所共，吾既不背父而從夫逃，又豈從父而害夫乎。吾固不從，亦不敢言，子合速往，不然事泄，則禍至矣。」太子是夜與嬴氏呑聲決別，遂與郤芮逃歸。

時惠公將死，聞太子至，召入傳位，郤芮亦以往齊遇太子，即奉而歸，蓋滿朝士夫皆以爲真，是夕公卒，群臣奉圉即位，是爲懷公。梁氏召芮問曰：「太子既歸而立，汝之功也。群公子及從臣在外者，若不削除，久後必有相征之禍，此計若何可處？」芮曰：「此事誠易，但主上退朝，臣獻一計，則盡可除之。」會懷公退朝見母，芮從而進曰：「主上樂乎？」懷公曰：「貴爲大鎮諸侯，富有晉之地土，何所不樂。」芮曰：「君知其樂，未知其憂。」公曰：「何憂之有？」芮曰：「今主公在秦私歸，目下秦必有征伐之禍，一憂也；先君之子在外者多，日有結連齊楚而爭位，二憂也。」公驚曰：「然則若何？」芮曰：「先除內亂，後爲秦謀。今衆公子賢能者，莫若重耳。而重耳之賢，從者莫如狐毛、狐偃，明日宜囚狐突，令寫書以召二子歸朝，加封重賞，狐氏二子歸，則重耳孤立不能有爲，我得之同謀國事，秦楚雖強，亦不足畏也。此一舉兩得之計也。」

懷公悅，次日設朝，問狐突曰：「令舅氏毛氏二子從重耳出亡在外，吾欲召而用之，恐不肯歸，太師必親寫書以召歸，吾當重加封賞。如其不至，太師難免一死。」突辭曰：「子之能仕，父教之忠，古之制也。且策名委質，貳乃有辟，臣之二子，委質而事重耳，臣又召歸使事於公，是父教子爲貳臣也。此臣不敢奉詔。」懷公力強狐突寫之。突仰天誓曰：「如必欲使召，吾寧就死。」擲筆於階，崛強不服。懷公大怒，命斬狐突。卜偃諫曰：「狐突雖違君命，乃國之元親，不可加刑。」公不聽，喝令斬之。潛淵《讀史詩》云：

毛偃英才擇義從，賢哉狐突教兒忠。
晉懷枉迫元臣死，正氣漫漫效古風。

卜偃出朝歎曰：「晉侯無辜殺大臣，禍必至矣。」狐突家人聞突被戮，尋夜投齊，來見毛偃，畢竟後事如何。

趙衰狐偃奪重耳

當時，重耳在齊，安居忘返，朝夕止與姜氏飲宴而不出，趙衰、狐毛輩十日不能一見，乃相與謀議於南畝桑陰下。衰曰：「某等以公子有爲，故不憚勞苦，執鞭從遊，今寓齊數年，偷安惰志，日月如流，吾等十日不能一見，何能成其大事哉。」衆皆嘖嘖未已。忽前途一匹白馬，號哭而至，衆視之，乃狐突義子狐守忠也。毛偃問其緣故，忠只得直告毛偃，弟兄大哭，怨罵懷公。衆人慰曰：「不必慟哭，可説公子返國，報仇可也。」

衆人離桑陰歸府，欲謀奪公子逃歸，卻不知姜氏婢妾數十餘人，采桑於緑蔭之中，聞趙衰等謀，歸告姜氏，言公子之徒，欲謀奪公子逃歸。姜氏曰：「汝等何以知之？」衆妾具其故以告，姜氏點頭而已。須臾，趙衰、狐偃、臼季、魏犨四人入後宮，告姜氏曰：「公子安在？」姜氏曰：「醉卧未起，公等有何事情？」衰等曰：「公子昔在國家之時，每三日一出獵，五日一演武，今在齊國數年，悉廢其業，恐後日不能以成大事，故某等願請公子，來日出獵演武，以圖恢復。」姜氏微笑曰：「公等不欲公子出獵，特將劫其逃歸耶？然吾已知矣。」衰等面面相駭，告曰：「不敢如此，果請出獵。」姜氏以手指婢妾曰：「爲我斬此數婢，妾自有張主。」衆皆告辭不敢。姜氏喝令速斬，衆又不知緣故，斂手不動，魏犨拔所佩劍曰：「某敢奉令。」一刀一落，遂斬十妾頭來請問其故。姜氏笑曰：「若公諒者，能成公子之志耳。然公子有四方之志，吾豈苦留，今公等謀奪其歸，吾婢妾十餘輩在桑林知而告吾，吾恐其露機於齊侯，齊侯必不肯放歸國，故令斬之以絶其機，今夕吾勸公子歸國，如其不諾，吾設宴使飲大醉，公等可以車載出城，事必成矣。」衰等頓首曰：「賢哉夫人也。」遂受命而出。

次日，姜氏設宴於百花園，邀重耳賞花，酒數巡，姜氏令侍婢折一枝殘花，撚於手，目視重耳而賦曰：

花正鮮兮春已歸，春歸花老鶯聲悲。
浮生一夢花相似，春去春來人不回。

重耳謂姜氏曰：「吾與子正青春兩敵，匹配及時，何爲賦此春老花殘之句？」姜氏不答，又賦一絶云：

萬物成功要及時，君如不信玩花枝。
花開必乘陽和景，莫待春殘空自悲。

重耳駭然，固詰姜氏所賦爲誰。姜氏曰：「子有四方之志。今因妾羈歷數歲，安居忘返，從者欲請爾而不得，見謀於桑陰，吾妾聞之，吾恐事露，即殺之矣。子宜速行，光陰流矢，歲不待人矣。」重耳曰：「人生如駒過隙，得適其志足矣。何必馳騁心神，與人爭競哉。吾將與子老歸於齊，再不動矣。」姜氏曰：「妾觀子離晉國，而晉不寧靜，豈非天欲以晉君待子哉。書曰：懷與安，實疚大事。今天有意於子，而子自懷安居之志，大不可矣。」重耳變色，姜氏曰：「妾姑勸汝，子堅意不往亦可，何必怒爲。」乃舉酒勸重耳，暢飲至晚，重耳大醉。姜氏召趙衰等，以車入宮，遂將重耳乘醉載出。姜氏謂衰曰：「公子非久人下者，子餘、子犯皆有輔相之器，珍重勉之。」衰等再拜而出城。漢都尉大夫劉向頌曰：

齊姜公正，言行不怠。勸勉晉文，反國無疑。
公子不聽，姜與犯謀。醉而載之，卒成霸基。

時子犯御車，子餘、子推持戟而翼，賈它、臼季、顛頡、魏犨等後護前擁，行六十里，重耳酒醒，見子犯前御，知姜氏以計出己，乃拔子餘之戟，下車以刺子犯，曰：「汝等以計奪我，事若不濟，吾必刃舅肉而食之。」子犯笑而進曰：「事如不濟，吾不知死在何處，焉得與爾食之。事如有濟，子當列鼎而食，偃肉腥臊，何如可食。」子餘奪戟告曰：「某等以公子有大爲之志，故舍骨肉而從奔，將圖功名於竹帛也。今夷吾已死，子圉繼位，殺狐突，將盡誅出亡於外者。子乃安居於齊，無有恢復之意，爲何重耳悶悶不息，疑惑不進？」魏犨厲聲曰：「大丈夫當努力向上，以成大志，何其屑屑與兒女子偷安哉。」重耳解容曰：「然則今日欲往何國？」子犯曰：「桓公已死，諸侯叛齊，此齊不可以圖大事。近聞楚子大敗宋人於泓水，諸侯俱各歸服，當今莫如投楚，〔一〕可成大事。」衆皆然之，車馬遂望楚而進。〔二〕畢竟如何。

〔一〕「投」，余象斗刊本作「援」，據龔紹山刊本改。
〔二〕「望」，余象斗刊本無，據龔紹山刊本加。

重耳寓秦受懷嬴

楚成王聞重耳至，使令尹子文出城迎之。重耳與從者來見成王曰：「重耳遭國家内亂，亡奔列國，遍告諸侯，然無與重耳謀者。今大王一戰敗宋，名振東方，願乞一旅之師，送吾歸國，佩德不忘。」成王曰：「姑容商議。」重耳退，成王問群臣何如。子文曰：「晉乃大國，楚方得志，不如興兵送重耳歸國，然後晉楚連兵，必成霸業矣。」成王然之。忽一人自階下進曰：「臣觀晉重耳，狀貌驍雄，更有趙狐介賈，皆經世之才，如送其返國，必得志於天下，而奪楚霸，不如殺之，以絶其患。」成王視之，乃大夫得臣也。王笑曰：「子玉差矣。天意助晉，故生重耳，必欲殺之，以成我霸，則冀州晉郇之土，豈無令君乎。」遂不聽。

次日，宴重耳於金殿。重耳將赴宴，趙衰、狐偃、賈它、臼季等寛衣大帶，從行於左；狐毛、子推、魏犨、顛頡輩操戈仗劍，侍立於右。成王見其君臣慷慨，文武雙全，默然歎之曰：「重耳有臣如此，何憂大位不至。」酒將闌，忽報秦使至，言：「晉惠公死，子圉逃歸而立，秦伯大怒，故遣臣迎三公子到秦，商議以伐子圉。」成王謂重耳曰：「孤正欲奉公子歸國，今秦大謀欲迎公子伐晉，〔一〕大事必成，公子可承其命。」重耳然之。

〔一〕「欲」，余象斗刊本作「多」，據龔紹山刊本改。

成王命取良馬十乘，金帛各十車，親送出城，在馬上戲謂重耳曰：「公子得返晉國，將何以報於楚？」重耳在馬上欠身曰：「子女玉帛，則君有之，羽毛齒革，君地生焉，其波及於晉國者，皆君臣之餘澤。重耳將何以報，若賴大王之庇，得返晉國，他日晉楚治兵，遇於中原，我當避王三舍之地。如不能返，則與王執鞭引轡，周旋天下。」成王大喜曰：「公子之志，廣而儉，文而有禮，歸國得位，何難之有。」行上數里，重耳告別，成王回駕。

重耳與使者入秦。秦伯聞其至，親自出城迎入。各叙禮畢，遂以五愛女侍重耳，懷嬴亦在。懷嬴即前子圉之妻，穆公之女也，號懷嬴者。子圉歸，即位爲懷公，故曰懷嬴。重耳既受，及歸醉甚，欲盥手就睡，懷嬴奉匜沃盥，侍於身傍。重耳細觀五女，惟懷嬴嬌媚，但不知爲子圉舊妻也。既盥之後，以水灑懷嬴之鬢，曰：「子貌如花，承露愈鮮。」懷嬴怒曰：「秦與晉乃匹偶也，子何輕我？」重耳罵曰：「侍妾敢辱我哉。」嬴曰：「吾非侍妾，乃君侄子圉之舊配，何得辱我。」重耳聞是子圉舊妻，大驚出外，問於臼季曰：「秦伯以子圉舊妻事吾，吾將不取，必觸其怒。將欲取之，則瀆亂閨門，此事奈何？」季曰：「子圉奪君之位，視君爲途人，今取其所棄，以濟大事，不亦可乎。」又問狐偃，偃曰：「將奪其國，何避其妻，必從秦命，方能濟事。」又問趙衰，衰曰：「欲人愛己，必先愛人，欲人從己，必先從人。今欲倚秦勢而圖國，若不從秦之婚，臣不知其可否。」重耳感三子之言，遂受懷嬴爲妻。後人有詩以誡趙衰、臼季、狐偃云：

三子文公大霸臣，經綸事業甚分明。
奈何不識人倫義，啟納懷嬴喪本心。

又一絶云：

人臣以義格君心，邪道閉聞善道陳。

三子謀猷真俊傑，何愁失國啟奸淫。

又一律兼刺晉之君臣云：

重耳之於晉子圉，倫班叔侄豈容迷。
侄虧天叙據尊位，叔瀆閨門陷侄妻。
止見家齊能治國，未聞身失會家齊。
春秋人主難求備，三子英豪忍啟之。

次日，穆公召重耳赴宴，重耳與衆從者皆至。公謂重耳曰：「夷吾父子夷吾即晉惠公，子，謂與子圉也背孤之恩，父得國則忘義，子委質則逃歸。孤聞公子德義高於兄侄，故欲送伊歸國，汝意何如？」重耳對曰：「臣遭內亂，久亡外鎮，賢侯如念孤窮，使重耳得一棲身之所，佩德難忘。」穆公大喜，自引《六月》之詩，以贈公子曰：

六月棲棲，戎車既飭。
王於出征，以匡王國。其全章詳見《詩經·小雅》，此但是首章

歌罷，趙衰告重耳曰：「此昔人美周宣王中興之詩，今秦侯歌贈公子，亦望公子能中興晉國，公子何不拜謝？」重耳遂再拜稽首，穆公降階扶重耳曰：「公子有此能臣，何憂晉不中興乎。」遂命公孫枝爲先鋒，大發秦兵十二萬，自送重耳返國，至蒲州黃河界札寨。是夜，狐偃見月朗星明，出遊寨外，遙聞滄浪，波心有數聲漁歌曰：

名利羈人勝污塵，人生聚散若浮萍。
浮萍散亂難收跡，爭似漁家出污塵。

狐偃聞其聲韻清雅，漸近岸口，正欲泛其舟而問之，漁舟遂去波心，復歌之曰：

百尺絲綸釣渭濱，吾漁惟願獲蛟螭。

蛟螭既獲吾漁手，盡把絲綸棄渭濱。

狐偃聽罷，長歎數聲曰：「未有得蛟螭而能保全絲綸者矣。吾何汲汲，與人執鞭負紲，以求富貴哉。富貴未得，焉知能保吾生乎。」次日，大軍將濟河，狐偃保駕，及登西岸，重耳令棄所帶籩豆器物也茵席枕席也。狐偃聞之大哭，解所佩之璧，奉與重耳。重耳訝之曰：「吾亡於外一十九年，今將返國，舅氏不喜而哭，何也？莫非不欲吾之返國耶。」偃曰：「臣負羈紲與公子，亡外一十九年，父死不能歸葬，臣自知罪，但以公子不得歸國，故不念父母之恩也。今絳州咫尺，公子不日復位，臣尚何從。且籩豆茵席，公子舊日所用之物，今將返國，先棄舊物，臣又知公子將有棄臣等之意也。請以璧還公子，臣願隱遁山林，老死岩穴。」重耳知偃疑己，不能保其終始，遂以璧投河中，與偃誓之曰：「禍福利害，重耳不與舅氏同心而全終始者，河水明白可監。」偃喜，復從而進。不知後事如何。

晉重耳殺懷公復國

重耳既濟黃河，大兵札於首陽山下即今在山西蒲州。重耳與數從者登山遊玩，山頂有伯夷、叔齊兄弟之廟，甚爲幽雅，怎見得，唐人李頎有謁廟詩爲證：

古人已不見，喬木竟誰過。
寂寞首陽山，白雲空復多。
蒼苔掃地骨，皓首采薇歌。
畢命無怨色，成仁其若何。
我來入遺廟，時候發清和。
落日吊山鬼，回風吹女蘿。
石門正西豁，引領望黃河。
千里一歸鳥，孤光東逝波。
驅車層城路，惆悵此岩阿。

重耳與數從臣入謁其廟，顧諸從臣曰：「夷齊弟兄，因讓國隱此。吾兄弟爭國而來，甚有愧於二公。」乃取筆題四句於廟壁云：

爾爲讓國隱，我因爭國來。
各推爾我心，我心實愧哉。

重耳吟罷，似有躊躇不返之意。臼季進曰：「公子久亡，數歲歷遍諸邦，始得秦伯送返，今欲效夷齊之事，遷延不進，他日子圉羽翼既成，我軍難進，悔之何及。公子既念伯夷之事，以待子圉，臣不知子圉曾以大位讓於公子否？公子熟思之。」重耳遂悟，下山，大軍進屯桑泉地名，即今山西臨晉縣。

懷公子圉也聞秦兵至桑泉，使呂甥、郤芮引兵屯於大慶關在蒲州，以拒秦兵。秦兵日夜攻關，呂甥曰：「終日堅閉，豈爲英雄。不如開關，以決雌雄。」郤芮曰：「不可。彼衆我寡，難與爭鋒，只堅閉以老其師，彼必自退。」甥不聽，披掛殺下關來。秦兵列開陣勢，當先一員大將，絳袍蓋銀鎧，犀角綰金條，眉睜閃電，氣吐虹霓，衆視之，乃昔日韓原山下獨戰六將，秦大夫公孫子桑也。晉兵一見其形，更不待戰，披靡奔上關去。子桑舞雙枝畫戟，搶上關來，晉人不及堅守，秦兵遂亂殺一陣，呂甥引敗兵走回。秦兵遂圍絳州，呂甥逃見，懷公大驚。呂甥曰：「秦兵勢鋭，非主公親出，士卒不能抵敵。」懷公正率群臣出朝迎敵，百姓聞重耳歸城，爭斬守城士卒開城門，放秦兵殺入，懷公聞兵入城，群臣亦無鬥心，相率以迎重耳。懷公與呂甥、郤芮三騎，從西門走出高梁地名。子桑匹馬趕上，三騎回頭迎敵。子桑更不戀戰，挺戟直刺懷公於馬下，斬其首級回城。呂、郤二人抱頭竄耳，自相逃命。

子桑入城獻捷〔一〕，秦伯率晉文武，奉重耳即位，是爲晉文公。大宴秦伯及群臣，群臣皆稱賀。秦大夫百

〔一〕「獻捷」，余象斗刊本作「獻挺」，據龔紹山刊本改。

里奚曰：「子圉餘黨尚在高梁，何足爲賀。」文公曰：「大夫何計爲吾除此二賊。」奚正欲進計，忽近臣奏：「有寺人李披求見。」文公大罵曰：「匹夫昔斬吾衣袂於狄城，〔一〕吾欲斬之，以削舊恨，尚敢求見？」喝令武士斬之。李披大叫曰：「齊桓公舍管仲之怨而用之，能成霸業，臣當日惟知奉先君之命，豈敢私放明公哉，明公初復大位而欲斬仇怨之人，則先朝文武悉皆奔走，明公孤立矣。」武士停刀回告此語。文公命釋其罪，宣入金鑾殿。後人有詩爲證：

李披守職奉君令，重耳寬仁釋大仇。
設使當時兩見忌，晉邦復起亂離愁。

文公宣李披入朝，問曰：「卿見居何職？」披對曰：「臣職忝在南監。」文公復其舊職，披見文公大度，因告：「臣聞呂甥、郤芮欲謀弑明公，故小臣冒死來告。」文公大驚，曰：「果不出秦大夫所料也。」百里奚曰：「此賊勢孤，不敢所作大事，臣能理會之。」分付顛頡、介子推二人，引本部兵伏於祖廟，以聽行移。秦伯辭歸，文公與群臣送秦伯至河口。呂甥、郤芮不知其出，果尋夜潛入皇城。芮曰：「我二騎不能成其大事，何爲得見重耳而刺之。」甥曰：「重耳初立，必在祖廟宿齋祭祀，不如放火燒廟，待其出救，乘亂而刺之，有何不可。」芮喜，二人遂投祖廟放火。左邊突出介子推，救息其火，來尋呂、郤二人。二人見有防備，遂望北門逃走。郤遇顛頡，顛頡喝曰：「二賊走往何方，果不出百里奚所料。」遂斬二人於馬下。次日，文公回朝，顛頡、介子推來獻首級。文公大悅，下令收呂、郤二人宗族誅之。趙衰曰：「不可。甥、芮雖有罪過，亦是爲

〔一〕「衣袂」，余象斗刊本作「衣祛」，據龔紹山刊本改。

主，命既被戮，更赤其族，則國人復亂。」公曰：「然則如何？」衰曰：「初登大位，宜賞功報德，以副民望。」

文公依衰之言，大排筵宴，賞勞群臣。

趙衰字子餘，拜上卿，兼領内外諸軍事。

狐偃字子犯，拜上軍大夫，兼參軍務事。

狐毛字子羽，拜中軍車騎將軍。

胥臣字臼季，拜大司空兼知軍國重事。

賈它字守仁，拜大司成兼領内政。

魏犨字公諒，拜中軍大夫，兼督閫外諸軍事。

顛頡字高舉，拜車騎將軍，兼佐中軍事。

舟之喬字子高，拜上軍參都護，兼知軍務事〔一〕。

已上九人，皆昔日從文公出走，遍遊天下者，然介子推亦在從中，文公已忘賞其功耳。

趙夙字興起，拜大司徒，兼掌外鎮文教事。

先軫字仲車，拜上軍右大夫，兼參内外軍務事。

欒枝字子貞，拜左衛將軍，兼知軍務事。

狐溱字子清，拜下軍大夫，兼領溫邑政事。

〔一〕「兼知軍務事」，余象斗刊本作「兼知」，據龔紹山刊本改。

郤溱字子澄，拜右衛偏將軍。
郤穀字伯禄，拜上中軍大夫，兼諮謀内政。
荀林父字伯靈，拜護駕大將軍，兼參軍務事。
士會字子隨，拜下軍都護將軍。
李離字孟群，拜左司牧，兼督糧餉事。
陽處父字是秦，拜中軍右大夫，兼參國務事。
茅筏字仲喬，拜右司牧，兼督糧餉事。
史蘇字子忠，拜左司監，兼知内政事。
郭偃字伯啟，拜右司監，兼知内政事。

又追贈狐突爲太傅。又追贈兄申生爲晉侯，其傅杜原款爲太師。群臣謝恩出朝，内有功高位下者，心甚不服。畢竟看其如何。

介子推辭祿甘焚

封宴已罷，各各謝恩出朝。顛頡不忿曰：「我等從亡於外一十九年，備歷艱辛，賜爵反居陽處父輩之下，明日必與之爭位。」近臣以其言報知。次日，文公詔從亡九臣，加賜黃金十斤，彩帛各百匹。趙衰功獨最多，又以長公主妻之。當時，介子推亦從公亡，文公奔曹乏食，〔一〕推嘗割股以進食，及賞功臣，獨遺推不賞，子推亦不告明。魏犨、顛頡等曰：「我等從勞數載，今日始獲見功，子獨爲何不告，吾代子告知何如？」子推辭曰：「獻公之子九人，惠懷惠公夷吾，懷公子圉無親，自相覆斃，獨重耳得復大位，乃天助其爲主也。天助重耳爲主，我等謂是己功而欲干祿，不亦誣乎。吾寧遁名不仕，豈敢貪天之功乎。」遂逃歸家。其母問曰：「吾聞晉侯大賞功臣，子從出外，割股進之，今日何不求數鍾之粟而養吾乎？」子推以前事告其母。母曰：「雖不求祿，亦宜進朝，晉侯知爾前功何如。」推曰：「言辭者身之文彩也。兒將隱遁其身，焉用文彩哉。」母曰：「子能棄祿而爲廉士，吾獨不能爲廉士之母耶。子若逃隱，吾亦從之。」子推大喜，即日遂負母隱於綿上山即今山西平陽府靈石縣，因子推隱於此，遂改曰介山。魏犨聞子推遁隱，乃報同僚衰等曰：「功臣名例已定，不可以口舌爲告，

〔一〕「文公」，余象斗刊本作「又公」，據龔紹山刊本改。

必須以詞章動之。」臼季遂制訴語數句云：

有龍矯矯，頃失其所。數蛇從之，周流天下。
龍饑乏食，一蛇割股。龍返於淵，安其壤土。
數蛇入穴，皆有處所。一蛇無穴，號於中野。

大書即標於朝門之外。次日，文公設朝，近臣收此詞以進，文公讀罷良久，謂群下曰：「吾昔奔曹，介子推曾割股進之，常懷其德，今寡人大賞功臣，而祿忘賜子推，此莫非子推之詞耶。」魏犨進曰：「主公明見是也。臣聞子推見賞不及身，乃負母逃入綿上山中，彼既逃祿不告，又豈肯制此以求祿哉。此必國人代子推訴明其功耳。」文公歎曰：「噫。寡人之過也，誰與吾往綿上山徵之。」犨曰：「臣願奉使。」文公遂與車馬，犨領數從人至綿上山下，訪其鄉人。鄉人曰：「近日誠有晉將軍謂子推者子母入於此山，然此山圜繞百餘里，焉知其在何處。」

犨使士卒遍搜數日不見踪跡。犨乃一勇夫，聞搜不見，乃曰：「子推何其愚癡，有祿而不肯食，尚待吾求乎。」謂卒曰：「子推欲吊名譽，故待吾求，若放火焚山，彼必走出，然後吾即擒歸。」士卒受命，四方同時舉火。子推告母曰：「魏犨焚山欲挾我，吾寧就死，豈食其祿，但陷吾母死於非命矣。」言未訖，風火逼近，子母相抱而哭，死於草木煙中。胡曾先生有詩爲證：

親在邀君召不來，亂山重疊使空迴。
如何堅執尤人意，甘向岩前作死灰。

潛淵《讀史詩》云：

負緦周流十九年，備常辛苦繞天邊。

食君割股心何赤，辭祿焚軀志甚堅。
玉石崑岡混焰火，忠良綿上亂煨煙。
千鍾雖忍當時餒，贏得清名萬古賢。

唐人高適介山懷古詩云：

獨陟綿山極四方，斜陽孤照晉臣堂。
千鍾遺向高勳賚，六尺甘從焰火亡。
雲蓋岩崖猶烈碎，雨滋草木尚焦黄。
淒淒夜半鵑啼血，似怨當時割股傷。

又史臣贊曰：

晉國英雄，獨羨介子。立志魁人，抱義亙古。
辭祿甘焚，愛君割股。不貪天功，不憚勞苦。
同心遁隱，賢哉子母。泯滅綿山，昭彰青史。

魏犨令軍士焚山三日，草木俱灰，而子推不出，及火息，軍士尋其踪跡，只見中山岩穴，有二骸骨，收見魏犨。犨大驚曰：「此吾誤介公也。」遂收骸骨歸朝請罪。文公大哭，赦犨罪曰：「此吾之過，非子之罪也，詔有司立子推子母之廟於綿上山，環其山東西數十里之田，以供祭祀，以志吾過，且旌善人，改其山號曰介山。」此晉文公一件好處也。後人有詩爲證：

重耳先忘介子勞，既知焚死慟悲號。
惕然追想從亡事，立廟圜田義亦高。

郤説秦穆公既立晉文公而歸，問蹇叔、百里奚曰：「晉侯能定國乎？」二臣曰：「晉侯一登大位，賞功報德，追慕子推，實有寬大之器，必能定國，不比惠、懷之無義也。」穆公曰：「然。」遂令子桑領兵五千，送其女（文公妻即懷嬴）還晉。晉侯大喜，宴子桑，又令荀林父迎齊姜歸國。近臣奏：「狄使至。」公召入問其故。使者曰：「狄侯今聞明公登位，大國各送還親（謂齊秦二邦），故令臣送夫人及趙姬與公子等歸（昔文公走狄，狄侯以長女季隗妻文公，以次女叔隗妻趙衰。）」文公宣入夫人，令趙衰迎叔隗歸家。衰辭曰：「公主在上（文公歸國，讓以女妻衰），臣不敢更迎叔隗。」公曰：「子餘差矣。吾女雖貴，叔隗先配，何可因此而棄彼。」衰再三拜辭。

趙姬（公主也）聞衰拒叔隗，忙入朝告文公曰：「近聞狄姬歸朝，妾夫固拒，望父王宣入，妾願引見。」文公曰：「夫君恐汝不容，故辭不受。」趙姬曰：「妾夫得寵而忘舊，欲以不賢之罪歸妾。妾願以內子（卿之正妻曰內子）之位讓狄姬，甘居偏房。妾又聞狄姬生子名盾者，雖幼且賢，亦願立爲嫡子（立其子以承父位者曰嫡子）。」文公撫掌大笑曰：「吾見能以此德推讓，雖周太姒莫能過也。」遂宣叔隗子母入朝爲內子，立盾爲嫡子。叔隗辭不敢當，趙姬堅讓。文公愈加賞賚，令趙衰引歸。於是，衰之夫婦父子謝恩歸家，舉朝群臣皆曰：「賢哉趙姬。」有詩云：

貴而忘賤婦偏心，不妒能容有幾人。
卓彼趙姬辭內子，周家太任可齊名。

劉向有頌云：

趙姬姬氏，制行分明，身雖尊貴，不妒偏人。
躬事叔隗，以盾爲嗣，君子美之，厥行見備。

文公既定國，寬繇薄稅，鎮日與趙衰、狐偃輩修文演武，以圖霸業，故國中家給人足，晉邦大治。趙衰曰：「朝王入貢，諸侯之禮。」於是，文公治駕往周朝貢。畢竟後來如何。

晉兵救駕鬪洛陽

周襄王大宴諸侯，各賜金帛遣歸。時諸侯俱來朝賀，獨有鄭文公不至。襄王謂群臣曰：「先王常欲奪鄭伯之政，不能制伏，後得齊桓公控馭數年，今桓公歿，鄭伯依舊崛強不朝，朕欲出兵征討，卿等以爲何如？」右大夫富辰諫曰：「不可。臣聞太上以德撫民，其次親親以相及。今周與鄭兄弟之國，鄭雖有咎，宜寬恕之。」襄王將聽其說，下大夫遊孫伯進曰：「鄭伯見齊桓公解霸，所以驕傲不朝，今不早圖，後將併周。」王曰：「若何？」孫伯曰：「臣請奉使往鄭，問其不朝之故。若肯服罪入朝則止；如若不能，然後征討。」王喜，令孫伯往鄭，孫伯至鄭。鄭伯名捷，謚文公問曰：「大夫有何教諭？」孫伯曰：「天子有言，鄭桓公輔平王東遷，有大功於周室，故賜大政與鄭，夾輔邦家。數年以來即不解柄，又不入朝，不知爲何如此？」鄭伯大怒曰：「吾已知矣。汝君臣欲奪我政，故令匹夫巧言令色，左右爲我囚此匹夫，然後與周定論。」武士遂囚孫伯。孫伯從者奔周報襄王。襄王大罵：「匹夫，果欲吞周，今不伐，更待何時。」遂令前衛龍驤將軍頹叔，右衛驃騎將軍桃子，率兵爲先鋒，自督大軍繼後，出城伐鄭。

卻說二將素怨襄王賞罰不公，累欲謀反，奈無兵柄，至是得先鋒之印，乃相謀曰：「今日兵權在手，殺入宮中，別立有德之主，何如？」桃子曰：「必先尋一主爲辭，然後兵出有義，不然乃無名之師，國人不服，且有後患。」頹叔曰：「何人可立？」桃子曰：「天子之弟叔帶者，昔常召犬戎入寇，與主上爭位，後被齊將隰朋所捉，現今廢爲庶人，常欲謀反，只奈無兵，今吾若奉叔帶爲主，打入皇城殺無道，而立叔帶，誰敢不服。」頹喜。二人夜投叔帶之家。

時叔帶被廢，終朝怨恨，見二人夜至，問曰：「公等何來？」二人具其事以告。叔帶大悦，依其所謀。次日，二將推叔帶爲主，殺入午門。時襄王正欲出外操軍，聞叔帶兵變，荒忙上馬，遇叔帶之兵於明光宮下。頹叔數王罪曰：「叔帶乃先王愛子，將以大位傳之，汝乃專位廢弟，獨享富貴，吾奉叔帶之命來定大位，汝尚不下馬受誅。」襄王大怒，拍馬來取叔帶，頹叔迎敵，鬥不數合，桃子放火燒宮，喊聲大振，群臣見六宮火發，勢不能保，共擁襄王出奔於汜，頹叔奉叔帶即位。襄王在汜，大夫簡師甫告曰：「事急，宜告難於諸侯。」王遂差簡師甫告於秦，大夫左鄢甫告於晉。

時晉文公正問群下曰：「昔吾適曹過宋，仇德咸隱，今吾雄兵百萬，糧馬蓄充，將欲耀兵列國，有德則報，有仇則伐，卿等以爲何如？」狐偃進曰：「仇德必報，此固大丈夫之本分，奈國家初定，民未知義，姑以禮義教民，使民知義，然後用之，無所不克。」公喜。忽報周大夫左鄢甫到，文公請入。鄢甫號哭，訴其王事，狐偃又曰：「欲霸天下，莫如勤王。昔者齊桓公糾合諸侯，天下莫不景從，皆由奉王命故也。今天子蒙塵於外，明公速往定亂，則天下皆知朝晉矣。」文公然之，遂令魏犨爲先鋒，狐溱、先軫爲保駕，往汜以迎天子。大軍來至黃河，哨馬報：「秦伯大軍浮船而下，欲往汜迎王。」趙衰曰：「速遣使止住秦兵；若待其會兵，事必不濟。」文公遣臼季上遡秦舟見駕。穆公問曰：「大夫遠來何故？」臼季曰：「主公以天子蒙塵，敝邑辱在同宗，吾主親率甲兵，已入汜地迎駕。近聞侯伯動兵勤王，故遣臣來告，靜免勞大軍遠涉。」穆公許之。臼季出，百里奚、蹇叔皆曰：「此晉侯欲專迎天子，以服諸侯，恐主公分其功業，故以此止我師，不如乘勢而下，共迎天子，有何不可。」穆公曰：「吾既許之，而又進兵，是失信也。不如返旆西歸，何必與之較利。」遂班師。

卻說臼季回報，晉兵遂進陽樊，趙衰曰：「叔帶聞吾兵到，必然堅閉不出，主公詐稱入朝賀位，方可進城。先令魏犨、顛頡扮爲商賈，潛入成周城內，以待行移，然後我調大兵後應，又令臼季領大駕密迎天子還朝，如此周人不知防備，其事可成。」文公大悅，依計調散諸軍，自與狐、趙、賈、胥四臣緩緩入周。至城下，守城士卒不肯開城。狐偃曰：「吾主晉侯也，聞新天子即位，入朝稱賀，爲何不納？」小卒曰：「吾奉頹將軍之命，言秦兵將送舊主還朝，故令我等堅守，汝等莫非秦人乎？」偃曰：「秦兵誠屯於陽樊，所以吾主尋夜入城，將助天子，汝等何故以吾爲敵哉。」小卒見其止有數十騎，逐開城放入。

卻說魏犨、顛頡二人扮作商賈，從西門投入。西門卻是頹叔親自守把，問曰：「汝二人何來？」犨曰：「吾乃西岐人也，欲貨彩帛於京師。」頹叔曰：「觀汝二人，似非商賈，無乃秦之奸細耶。」犨曰：「大丈夫取金換寶，尚且不暇，豈有閑力爲人作諜者耶。」頹叔見其言辭抗拒，堅不與入。犨曰：「汝堅疑，吾有照身帖子寄在城中王店家內，可放吾入城，與之盤詰明白。」頹叔自思：「縱是奸細，二人亦不能成事。」乃放入城，令五六小卒押往王店盤詰。犨與頡搶入城中，是當黃昏，至城東僻處，將六小卒一個一拳毆死於城下。巡城兵馬正欲來捉，忽報朝門外火起，四門盡是晉人旗號。原來趙衰在東門放火，則欒枝在外攻城。狐偃在南門放火，則先軫在外攻城。胥臣在西門放火，則舟之喬在外攻城。賈它在北門放火，則狐溱在外攻城。魏犨、顛頡跳在古帝王廟屋上大喊曰：「晉兵打入城矣。」城中百姓號哭振天，四門守城士卒自相踐踏，落城死者不計其數。晉兵打入城池，四面八方，火熱連天。頹叔忙殺入朝，遇顛頡喝曰：「匹夫認得吾貨匹帛商人耶？」輪起銅刀，斬頹叔於馬下。三軍打入金鑾殿，叔帶與數十宦官荒忙走出北門，卻好遇魏犨，魏犨橫舞銀斧，劈叔帶斬桃子於馬下。衆軍一齊擁入，城中大亂。文公忙傳令諸將救火安民，毋得剽掠百姓，且曰：「吾除亂賊，非欲遷劫百姓。」

是時，正當三更左側，於是諸將收軍，安堵排駕，出迎天子。行不數里，臼季與狐毛奉襄王入城。城中周晉二國軍民，皆呼萬歲，聲振天地。及登位，正是五更黎明也。文武稱賀，襄王勞晉文公曰：「寡人社稷，非卿不保。」文公曰：「驚駕擾民，皆重耳之罪也。」襄王命宴晉侯及諸將佐，賜與陽樊、溫、原、攢四邑之田，黃金百斤，彩帛二十車。文公謝恩出朝，謂群下曰：「前夕城中百姓有被火燒驚恐者，皆吾之過，令趙衰、賈它、臼季、狐偃，將金帛逐門安撫，然後班師。」

兵圍洛邑民亡日，火攻成周城裂時。

天子既然復大位，即將金帛撫瘡痍。

百姓鼓舞大悅，咸曰：「齊桓公復出也。」晉侯歸國，趙衰獻上一計，令取陽樊、溫、原之地。不知其計如何。

晉郤縠被蘆大操軍

衰曰：「天子賜晉四邑，宜速狥啟南陽，不然復叛歸周矣。」文公遂令狐溱領兵五千爲先鋒，自率大軍狥啟南陽四邑，溱至溫，其守臣屠琚，攢守卓聲遠，皆奉印綬，出城遠接。獨有原之守臣盧貫伯，陽樊守臣蒼葛，堅閉不出。文公傳令，若不開城，待攻城之後，盡戮其民。蒼葛在城上謂狐溱曰：「吾聞德以柔中國，刑以服四夷，晉侯欲盡誅陽樊百姓，所以不敢開城也。」溱以蒼葛之言告晉侯。晉侯問於群下，狐偃曰：「昔迎天子，百姓知義，然尚未知有信，今主公能立誠信，令開城之日，不斬一民。」蒼葛遂傳令開城，迎晉侯之駕入。果不動半寸之鐵，使蒼葛復其職。百姓大悦，爭先牽牛擔酒來勞三軍。三軍遂進圍原城。文公戒狐溱曰：「令軍士止帶三日乾糧，三日原守不降，即當解圍班師。」

郤説原城守臣貫伯歎曰：「吾乃周臣，豈宜背主降晉哉。」遂激厲軍民，親自巡撫城池，以備戰守。狐溱令四門急攻，城中矢石殆盡，城將陷。貫伯歎曰：「吾爲守臣，不能爲德濟民，豈忍城陷害百姓哉。」乃修表欲次日開城出降。晉兵是夜解圍而去，守門吏追晉侯告曰：「主正欲出降，大王又何解圍而退？」晉侯曰：「吾曾戒誓，圍原之兵，三日不下，即當退軍矣。」門吏曰：「今原將降大王，宜復圍片時，可不得一城乎。」晉侯曰：「信者，國之大寶，民之所庇也。若得一原而失大信，吾豈忍之。」遂退兵三十里。貫伯引百姓追及，奉降表以上，晉侯納之。後人有詩爲證：

信乃綱常民本源，文公能守又能全。
攻原三日兵圍解，百姓降孚若轉圜。

文公既得四邑，封趙衰爲原大夫兼領陽樊，狐溱爲溫大夫兼守攢，各留三千兵戍其地而歸。趙衰告文公曰：「取威定霸，正在此舉，主公既承天子重賜，百姓又知信義，乘此機會，大操三軍，報怨酬德，列國必須望風響應矣。」文公大悅，遂以趙衰爲元帥，總督大軍。衰曰：「臣之才力卑淺，不足以當大任，臣舉一人，乃禮樂之藪，詩書之淵，胸襟磊落，膽略周全，絳州人氏，姓郤名縠字伯禄，見爲上軍參謀也。」文公大悅曰：「郤伯禄誠可總督諸軍事。」遂宣郤縠入朝，謂曰：「孤以子餘所舉，卿之學問老成，韜略過衆，故以此任托卿。」縠再拜，曰：「小臣才力不及，賴主公威福威高，定霸報德酬怨，臣敢任職，且晉亂初定，主公以信義教民，民皆敬服，然民尚不知禮。今若令臣爲元帥，臣請以禮操軍，使百姓知尊卑貴賤之等，則戰無不克。」文公曰：「宜在何處演武？」縠曰：「被蘆地寬而平，來日臣操三軍於此處，明公請親閱之。」公從其言。郤縠次日擺大駕，整隊伍到被蘆升帳。文公亦與群臣來觀操軍，郤縠迎接到壇。傳令今日雖是演武，亦必以文禮爲教，演武場中有鐵箭標一根，高五丈，重八百餘斤，諸將有能即此爲題吟詩一首，拔此鐵標圍遊一匝者，則任先鋒之職，諸將唯唯屯於五方，各執五色之旗爲號，一棒鑼響，白旗隊下閃出一員大將，白袍銀鎧，玉帶明盔，威風凜凜，膽氣巍巍，衆視之，乃國舅狐子犯也。子犯走入場中，用盡平生之力，雙手拔出鐵標，横拖且吟且遊曰：

箭柱高標五丈餘，巍峨直上接雲衢。
形端宛似忠臣樣，威壯渾如大將規。
氣逼九天星斗没，心收萬將失翎居。

謾誇八百斤神力，拔起周遊遍被蘆。

吟罷，將此柱插於原所，顏色不動，衆皆喝采。郤縠告文公曰：「子犯文武雙全，可任先鋒之職。」便拜子犯爲先鋒。忽紅旗隊下閃出一員將官，蟠花戰袍，耀光金鎧，衆視之，乃上軍大夫先軫也。先軫大叫：「子犯且留先鋒，待我來佐。」搶入場中，右手兜馬，左手拔箭柱，橫舞遊於場内而吟曰：

鐵標高聳碧空中，直直巍巍接九重。

光燦五雲星斗耀，影搖十里太陽紅。

端心定奪英豪矢，公正交收大將功。

枉羡神弓重八百，草舞軍場快似風。

先軫吟罷，將鐵標舞遊場内一遍，雙手插於原所。衆聲喝采，子犯告文公曰：「臣力不如先仲車，願以先鋒讓之。」先軫辭曰：「臣乃晚進後生，才力卑微，先鋒還是子犯掛印。」二人相推不已，忽緑旗隊下搶出魏犨，摩拳擦掌，怒目睜瞳，大聲曰：「二公在馬上奪鐵標，何足爲強，吾能步舞鐵標，有如鴻毛遇風。」鼓吏三擊，犨乃兜起掩心甲，用盡平生力，左手橫鬚，右手持鐵標，步舞於場，周遊三匝，插於原所，了無動容，走前便奪子犯之印。郤縠曰：「公諒不得動手，汝之勇有餘而文彩不足，先鋒還是子犯爲之。」犨怒曰：「元帥義不服人，夫演武何論於文，他日交鋒對陣，亦可吟詩以退敵哉？」郤縠大怒，喝令斬魏犨。文公忙諭曰：「公諒雖違軍旨，用人之際，元帥可赦其罪。」郤縠方免犨死，遂令欒枝爲先鋒，狐溱副之，狐毛將上軍，狐偃副之，先軫將下軍，郤溱副之，顛頡、魏犨爲保駕，大治精兵五十萬。

文公謂郤縠曰：「孤昔周遊列國，諸侯慢我者多，獨曹簡我太甚。今欲將兵，先伐曹國，然後及於列國，元帥以爲何如？」縠曰：「主公此舉，雖報怨酬德，然必須先傳檄，布告諸侯，倘有知罪來贖者，則當以大義釋之，其恃頑不服者，則率諸侯之兵以伐之，霸業可圖矣。」文公悅，即傳書布告列國。

郤説衛成公問於群下曰：「昔重耳出亡過衛，先君不以禮待，今即位以會諸侯，許我贖罪，其可否若何？」上大夫寧俞曰：「晉侯既許列國贖罪，主公往會可也。」成公正欲往晉會盟，忽一人豹頭兔眼，燕頷虎鬚，自外而進來諫：「衛侯不可往晉。」但不知此人是誰。

晉郤縠火攻曹河

成公視之，乃懷慶人也，姓元名咺，字洪亨，現爲下軍大夫也。公曰：「洪亨有何智量，敢拒吾駕？」元咺曰：「當今諸侯，楚爲虎霸，楚王又娶明公之女，依臣之見，莫如求救於楚，倚親靠霸，一晉何足懼哉。」成公大悦，遂差元咺往楚求救。元咺承命至楚，半途有數十人擁一騎追至。咺問：「其是誰？」從者曰：「吾主乃魯大夫臧文仲也。奉魯公之命，往楚求救兵，以拒晉師。」咺聞大喜，便請相見。文仲下馬與元咺叙其緣故，二人同車至楚。楚王問其來故。元咺告曰：「晉重耳無故興兵，欲伐魯、衛，臣等奉二君之命，前來求救，乞與一旅之師，以保社稷。」

楚王許曰：「衛乃吾之親國，魯爲大鎮，不可不救。」遂欲調兵。臧文仲告曰：「晉兵未圍衛、魯，若先出兵，是速禍也。若大兵分救二國，則首尾不能相顧，今宋與晉相親，大王但出兵圍宋，則晉兵救宋不暇，豈能更伐魯、衛哉。」楚王然之。遂拜子玉爲元帥，子西副之，宛春爲先鋒，鬥勃爲保駕，大發精兵二十萬，殺奔宋之緡邑。緡邑守臣鉏可僑堅閉不出，入宋告知宋成公宋公名王臣，襄公三子。宋公令左司馬公孫固求救於晉。

時齊、秦之王皆會於晉，獨曹、魯、衛三國不至，晉侯正與群臣商議，忽報：「宋臣公孫固到。」晉侯召入，固告楚圍緡邑之事。晉侯大怒，便欲興兵救宋。先軫曰：「楚子新婚，衛始收曹，我兵若救宋國，遠不能及，莫若興兵伐曹、衛，楚必舍宋救曹、衛。於是欲戰則戰，欲和則和，宋厄既解，諸侯歸服於晉矣。」文公大悦，遣公孫固歸國，遂調前部先鋒欒枝直取五鹿，親率大兵繼後，欒枝引本部攻五鹿，守臣長祥堅閉不出。數日，郤縠密調士會，引本部兵伏於河西，以截救曹之兵。大軍遂拔寨進於黄河，不攻五鹿，欲渡河攻曹。曹共公聞知大驚。負羈出班奏曰：「昔日晉侯過曹，主公侮慢太甚，故興兵伐怨，然臣曾以厚禮相待，晉侯感臣恩德，臣願渡河見駕，説其退兵。」曹公悦，許負羈往晉。忽右班中一人大聲出曰：「負羈賣國，故結私恩於重耳，今若往晉，必與重耳會謀賣主，主公何不察之。」

衆視之，乃中軍大夫于朗，字子明也。公曰：「子明之言，正合孤意，然晉兵已屯黄河，怎生區處？」朗曰：「主公如斬負羈，與臣精兵三萬，即使重耳遠遁。」曹公曰：「負羈之罪未彰，何可遽斬。」朗曰：「負羈明要與晉應合，焉得無罪，今若不斬，臣在外難成其功。」曹公命斬負羈，群臣皆諫曰：「于朗與負羈有仇，故托此以斬之，主公不察，妄斬無罪之臣，恐失忠義之士耳。」曹公聽之，罷負羈，降職爲民，負羈叩頭歸家。曹公謂于朗曰：「負羈雖有異變，今廢其職，不能成事，卿放心前往退晉，歸朝加官重賞。」于朗遂領兵出朝，至黄河界口，以長子于宏爲先鋒，次子于智爲右隊，副將田一俊左隊，布列陣勢於岸上。于朗傳令三軍，下船濟河交鋒，長子宏曰：「彼衆我寡，不可渡河，但令善能游水士卒，以鐵索攔江，逆其戰艦，復布勁弩於岸，待其糧盡自退。」朗笑曰：「吾兒智略過人，何愁一晉乎。」遂選善游水之卒五千，以鐵索横繫於江面上下二十餘里，又令勁弩手五十名布列於江口，示以久屯之意，哨馬飛報晉寨，先鋒欒枝稟於元帥。

郤縠曰：「此誠易破矣。」遂調欒枝造大戰船八百艘，每船頭裝大火炬五個，盡灌麻油焰硝，每一火炬用五名鐵甲兵，五名長手護之。又調先軫領五千兵從上流殺進，舟之僑領兵五千從下流奪其器械，自率大平舟五百艘，奉晉侯而進。欒枝得令，依計行移，不日造成大小船隻，布列河口。是日，大軍浮船而下，將近鐵鎖攔江所在，燃起火炬，三江水面水火相映，照耀漲空。頃刻時間，攔江之鎖，一齊銷鎔俱斷，大軍遂至曹河界口。

時于朗自謂鐵索能拒晉船，安然無事，終日在帳中飲酒。忽哨報：「晉兵渡河，至曹河口。」朗大驚無措，于宏披掛，忙令弓弩亂射。晉先鋒欒枝令戰船河下往來進退，不許登岸。於是晉船大喊，似有登岸之意，則曹兵又放一起亂箭，晉船又退，忽然大喊，又若進岸，曹兵復放一起亂箭，於是自辰至酉，進退數次。欒枝見曹兵箭矢將盡，自引鐵甲先登，于宏忙令三軍放箭，弓弩手袋無一矢，衆皆披靡大奔。欒枝拍馬直取，于宏手足不及，被斬於馬下。于智橫鎗前來迎敵，二人戰了十合，哨馬報晉先軫從上流過河，大軍殺近曹城，于智敗馬便回，欒枝以短鎗投射背後，于智落馬。副將田一俊正欲來救，忽然一派火光，喊聲振地，則田一俊與于智二人之身，俱作兩段，衆視之，乃副先鋒狐溱斬此二人也。

曹兵大敗，于朗見子與副將俱敗，收殘兵走入曹城。晉兵大殺一陣，追上三十餘里，忽前塵頭蔽日，旗旆遮空，衆視之，郤是士會引兵來見郤縠曰：「前承元帥之命，引兵伏河西以截衛之救兵，至二月十四，我軍渡河，衛侯果引兵來救曹，被吾大殺一陣，突入衛城，今衛鄭走奔於襄牛，故吾歸，請元帥示下。」郤縠大喜，犒勞士會，又加五千兵，以祁瞞爲副，令士會再屯河西，不許入衛城，更不許擒衛侯，只擋住歸路，使其首尾不能相顧，待伐曹之後，然後大軍移攻衛城。士會得令，與祁瞞引兵復屯河西。大軍遂進圍曹城。須臾，舟之僑、先軫各各搶得曹兵器械來會。郤縠傳令，朝夕攻城。

郤說于朗引兵走回，曹共公音恭戰驚無措，晉兵又在外攻城緊急。群臣皆曰：「于朗喪師誤國，主公宜斬首，與僖負羈出城見晉侯，晉侯必然退兵。」曹公然之，令斬于朗。不知性命如何。

文公義報僖負羈

于朗大叫乞命：「與臣守城，若不能守，然後就戮。」共公乃赦其死，與兵五千守城，于朗引兵出朝，號令士卒，但是捉得晉兵者，斬爲兩段，丟放城外。晉兵有登城西門者五十人，被朗斬其首級，丟放城下，晉兵收告郤穀。郤穀曰：「曹人無理。」令諸軍在城下大喊，欲掘城外墳墓。城中百姓有墳在城外者，皆怨罵于朗。朗見百姓怨罵，恐生異變，將晉兵死屍，盡行棺貯搬於城上，告晉人曰：「汝卒之屍，不敢委棄，故將棺木盛貯，乞勿掘吾城外墳墓。」郤穀見曹人棺死卒之屍，知其畏懼，令先軫、欒枝、狐溱、魏犨各領本部，用火以攻四門，曹兵不能抵守，城池將陷，文公忙謂趙衰曰：「昔吾過曹得蒙僖負羈之恩未報，今日曹城若破，衆軍打入，必然不分玉石，負羈家屬量遭陷害，子急代孤傳令，三軍勿得入城，但遞書於曹侯，數其有慢吾之罪，不用僖負羈之言，令其商議出降可也。」趙衰與狐偃忙來見郤穀，傳令三軍屯於四門，趙衰、狐偃入城見曹公，曹公接晉侯之書，倒翻座下，群臣救曰：「主公不必驚怖，但斬于朗首級，召僖負羈奉見晉侯，乞存社稷可也。」曹公半晌神氣方定，令斬于朗，詔負羈奉其首級出城。

負羈得詔書，歎曰：「早不納吾言，至於今日，詔我解厄，吾豈往哉。」其妻呂氏曰：「吾有舊恩於晉侯，今直國危之秋，子正當往見，上求安社稷，下求全百姓可也，爲遷延不往？」羈曰：「曹侯信讒，不用吾言，以至國危城陷，方且用我，我豈肯往哉。」呂氏曰：「昔食君祿而今坐視其難，非忠臣之志也。夫君不往，妾顧自至。」乃脱簪素服出城。負羈見妻出城，不得已奉首級從之。至晉寨，夫婦裸體膝行至轅門，元帥郤穀轉送見晉侯。晉侯見是負羈夫婦，降階親勞曰：「恩大夫何故如此？」令取衣冠加之。負羈曰：「臣乃敗國之徒，何敢衣冠，但望明公容收一言，幸亦大矣。」公曰：「大夫有何高論，願聞其詳。」羈曰：「寡君以目不識珍，故初年有慢侯伯，至今又聽讒臣之言，抗拒雄兵。今斬讒臣于朗，特令臣來見駕，乞息虎威，上全曹祀，下收百姓，則使曹草木俱沾侯伯之恩矣。」文公大喜曰：「非大夫來，曹地已作丘墟矣。」遂傳令三軍班師。狐偃、趙衰曰：「不可。晉方興報怨之兵，若舍曹不伐，何以圖霸？」

文公曰：「爭奈僖大夫之恩何？」衰曰：「主公如念羈恩不過，免全城百姓之命，上囚曹之君臣，其報孰大？」文公曰：「然。」令取百金美酒與羈夫婦壓驚，以車馬送之歸城。負羈再三告存社稷，文公不許。負羈夫婦拜謝歸家。文公告諸將，次日入城，不許妄殺一人，止囚曹之君臣而已。次日，郤穀領諸將入城。城中百姓，安集不動，買賣如故，皆僖負羈妻呂氏之德云，後人有詩爲證：

殺氣騰騰鼓振天，晉兵發怒攻曹年。
滿城男女能全命，皆是負羈一婦賢。

又一絶云：

憶昔文公出奔時，已經曹地駐旌旗。
幾多肉眼曾凌侮，少甚高明也簡欺。
須信負羈誠達士，更誇呂氏勝男兒。

全城俱免刀兵厄，〔一〕德海茫茫不可期。

後漢劉向先生頌曰：

僖氏之妻，廉智孔曰。
見晉公子，知其興作。
使夫饋食，且以自托。
文伐曹國，卒獨見釋。

曹共公音恭知晉侯不聽負羈之言，大軍入城，荒忙與蔣南箕、胡覆謙數文武從北門走出，卻被晉將郤溱、先鋒欒枝二人追及，擒見晉侯，晉侯數其慢己之罪，喝令斬之。蔣南箕哀乞曰：「齊桓公存邢立衛，侯伯乃大度盟主，何念舊怨而滅同姓之國乎？」趙衰亦曰：「姑且囚之，俟伐衛然後處決。」文公聽其言，因曹侯。又令大賞僖負羈，言報德也。魏犨怒曰：「昔者介子推割股進食，尚且不封，以致子母俱焚。負羈之惠，何報之深耶。勞之不圖，報於何有。」顛頡曰：「主公背人大恩，記人小惠，何以服衆？」

於是，二人各率本部之兵，是夜謀議私圍負羈之宅，放火焚燒其屋，負羈不知其由，夫婦二人匿於後園枯井。魏犨、顛頡殺入其宅，欲斬負羈，卻被火燒，横梁壓犨之脅，四圍火逼，不能逃出，但在火中大叫，顛頡跳入火叢，扯出魏犨，各歸本寨。二人鬚髮皆焦，頭面俱爛，滿城百姓，號哭救火至三更。負羈知是魏犨放火，夫婦告訴於晉侯。晉侯大怒，責郤縠軍令不嚴之罪，又令狐偃拘魏犨，趙衰拘顛頡而斬之。犨脅被

〔一〕「全城」，余象斗刊本作「全勝」，據龔紹山刊本改。

傷，雖不能起，聞狐偃至，乃束胸強見之。偃笑曰：「公諒何不安臥？」犨曰：「吾聞主上加犨極刑，敢不強受。然以晉君之靈，不敢自安，故勉強踴躍三百，曲躍三千。」偃見其守敬，乃近前撫其背而慰之曰：「公諒不必憂疑，偃當盡力保全朋友之義。」犨泣謂偃曰：「子犯能念故舊，没齒不忘。」偃辭出，來見晉侯，曰：「魏犨雖忤軍法，而焚負羈之宅，亦爲忠義所激，况且脅傷，又勉強以守君臣之禮，乞明公追念往昔之義而赦其死。」晉侯怒氣不息。

忽趙衰拘顛頡至。晉侯大駡：「匹夫焉敢違吾軍法，妄焚故人之宅。」頡乃低頭無語。趙衰進曰：「顛頡極違軍旨，乞念舊日相從之義，以赦其罪。」晉侯不聽，喝令斬顛頡，赦魏犨之死，罷其官職。諸將悚然畏懼，皆曰：「顛頡乃從亡之將，尚且不容，我等敢不守其法度乎。」後人有詩爲證：

魏犨不忿焚羈宅，顛頡違情妄起兵。
重耳一誅無義漢，六軍懼法守王刑。

晉侯既斬顛頡，欲罷魏犨之職，諸將皆曰：「魏公諒雖忤軍旨，然主公斬顛頡，足以示衆，用人之際，何必蓄小恨而棄一大將。」趙衰、狐偃咸曰：「魏犨有萬夫不當之勇，主公欲圖霸業，不可廢此大將。」晉侯聽衆之保，復魏犨之職，使其建功折罪，以舟之僑代顛頡爲下軍副將，遂調郤穀移兵伐衛。不知後事如何。

晉先軫一氣子玉

穀被晉侯責軍法不嚴之罪，憂憤成疾。晉侯聞之，謂諸將曰：「郤伯祿初建大功，今又沾疾，吾心不安。」乃親往中軍問疾。郤穀曰：「臣荷主公厚遇，不能效報，但臣没之後，願主公善理國政，丕振霸業，則臣雖死九泉，亦無恨矣。」晉侯曰：「伯祿倘有不諱，則誰可代總元帥之柄者？」穀曰：「子犯、子餘皆要經綸內政，胥臣、子羽俱留輔弼朝綱，若夫知軍務，通應變，勇能卻敵，義能服衆，惟先仲車可任其職也。」晉侯曰：「諸將之中，元帥察其誰忠誰佞，誰勇誰怯？」穀曰：「知臣莫如君，臣不能盡識，然臣常觀諸將行移，皆懷赤心，各抱義勇，獨舟之僑不可處其大柄，其他非臣盡識也。」又召先軫入中軍，以錦囊授之，曰：「仲車智略不待我囑，但舟之僑有變，即拆此錦囊，便知其事。」軫再拜而受。是夕，郤穀卒於中軍。晉侯放聲大哭曰：「伯祿盡心報國，是孤錯怨其咎，以致誤其非命也。」群臣皆勸曰：「死者不能復生，望主公節情，以治大事。」晉侯命其子郤溱搬柩歸葬。遂拜先軫爲中軍元帥，移兵伐衛。大軍進屯河西。

時楚兵圍宋，聞晉兵已伐曹國，子玉楚元帥也大怒。令諸將急攻城，宋成公甚驚。公孫固曰：「臣前往晉求救，晉侯君臣議伐曹以牽，楚兵不往救曹，但攻我城，主公再宜遣使往晉求救。」宋公忙問：「誰敢殺出城池，往晉求救？」右班中一人出曰：「臣敢往晉。」衆視之，乃碭山人也，姓門名尹班，字孟全，下軍大夫也。公見尹班顔容端楷，詞氣動人，遂以玉帶二條、寶珠三雙，與其往晉。班收藏寶物，披掛殺出西門。西門楚將宛春擺開陣勢，二馬鬥上十合，班更不戀戰，拚命殺開血路，聞晉兵已屯河西，徑投河西見駕，呈上寶物，告求救兵。晉侯問群臣曰：「宋人告救，舍之則絶，欲救則不知齊、秦肯許相助否耶。」元帥先軫曰：「主上何愁齊、秦不助，便遣宋使轉送此寶，賄賂秦、齊二主，則齊、秦必然貪賄起兵，秦、齊起兵，我執曹侯與宋，楚王愛曹，見吾執其主與宋，必然怒來與我戰，我得秦、齊之助，必能解宋之圍而破楚矣。」晉侯大悦，遂調門尹班賫原寶物以賂秦、齊，又令先且居先軫之子監送曹公與宋。

卻説齊昭公名潘，桓公子，桓公卒，昭公初立得宋之寶，便差大夫國歸甫右將軍崔夭二人，引兵二萬起兵以救宋。秦穆公亦遣太子罃，與偏將軍白乙丙引兵一萬，會晉兵前來。卻説且居監曹公將至宋城。楚元帥子玉令先鋒宛春、鬥勃二人搶之。且居青年勇猛，臨陣安閑，見楚將近前，按住長鎗，駕起兩枝鐵箭，左中鬥勃，右中宛春，二將抽所中之箭，拍馬交鋒。且居力敵二人十餘合，不分勝敗。宋將公孫固在城上，見晉兵旗號，擂鼓摇旗，似有出城助陣之勢，楚將進退不定。且居横舞長鎗，左衝右突，又能保其囚車，又能與人廝殺，楚將見其驍勇，裂開血路。公孫固殺出城外，迎入且居，推曹侯囚車於城上，大叫曰：「楚元帥本愛曹襄，今我主囚送在此，若解宋圍，則我放曹襄，不然待擒衛鄭同斬。」子玉在城外聞其説，心氣上攻，口吐鮮血，倒翻於馬下，不知性命如何。

晉先軫二氣子玉

城上箭如雨點，射中子玉之肩，諸將忙救歸中軍，不省人事，其子大心，急行調護，至三更方定。即寫表奏楚王，言：「晉侯背義無德，請加兵先伐晉國，然後除宋，非敢必有功，但塞讒匿之口。」楚王得表，歎曰：「晉重耳在外一十九年，險阻艱難備嘗，歷盡民之情僞，無不周知，天假其年，而除晉亂，乃天所置，安可與之相敵？」不肯加兵，遣使令子玉，解宋之圍，班師回朝。使者至中軍，告以王命班師之事。子玉大怒，曰：「主上欲以我名陷於先軫之豎子乎。」下令次日拔寨與晉交兵，其子進曰：「小不忍則亂大謀。今王命班師，而我父擅戰，得罪於朝廷，況我父領兵伐宋，本欲挾之以救曹、衛，今晉伐曹、衛，我攻一宋不下，若戰不勝，是又得罪於曹、衛也。不如遣宛春往見晉侯，令其復立曹侯入城，然後我釋宋圍，晉侯若許，班師有名，〔一〕不許，則交鋒之兵，不得擅戰之罪，豈不美哉。」子玉然之，遂遣宛春往見晉侯。

宛春至河西見晉侯，且具事以告，晉侯問於諸將。狐偃曰：「子玉之辭無禮者，我復曹、衛，而彼釋宋圍，是彼得二美，我得一美也。此事斷不可許。」群臣議論紛紛，晉侯命宛春漸退。遂召元帥先軫商議，先軫

〔一〕「班師有名」，余象斗刊本作「師有名」，據龔紹山刊本改。

至，晉侯告其事故。軫曰：「子犯之言差矣。楚人告立曹、衛，而解宋圍，是一言而定三國。我若不許，則是一言而棄三國也。今吾伐曹攻衛，正因救宋也，若不許其請，是棄宋也。既救而又棄之，失信於諸侯，將欲求霸，不亦難乎。且楚有三德，我有三怨，再欲交兵，將士必然解體矣。」晉侯曰：「然則元帥之見如何？」軫曰：「不如詐約曹、衛之君，若能背楚，我則復立其爲諸侯，曹、衛既感我德，而絶於楚，我囚宛春以激其怒，然後交鋒，無有不克。」晉侯大喜，遂遣二使告曹、衛之君，使其絶楚而後復立之，又令囚宛春於寨内。

郤説衛成公被晉將軍士會逐出在襄牛，得晉侯之書，喜不自勝，遂令使者告絶於楚。大夫寧俞曰：「不可。此晉人間我與楚相絶，然後我兵無援，一戰而滅。況楚子乃主公女婿，豈可絶之。」成公不聽，遂遣使告絶於楚。曹共公因在宋監，得晉侯許復立之書，亦大喜，遣人告絶於楚。楚王得二國之書，大怒曰：「子玉不聽朝命，專兵在外，絶我曹衛。」急令下大夫鬥越椒鬥伯比之孫，召子玉班師，如違，三日即賜其死。越椒星夜來至大寨宣詔。子玉聞知，哨馬又報，晉人拘留宛春，心氣復攻，箭瘡併裂，倒翻悶於座下，諸將救起，半晌方甦。中軍參謀鬥宜中曰：「事到如今，不得不戰。」子玉遂令鬥勃爲先鋒，子西即宜中之字也將左軍，孫伯將右軍孫伯即子玉之子，名孫伯，字大心，拔圍宋之兵，殺奔河西，對晉營二十里下寨。晉侯聞楚兵大至，謂諸將曰：「昔我受楚子厚惠，曾道遇於中原，我則避其三舍以報楚惠，今楚兵在此，不可食言。」遂調前鋒，退九十里下寨，然後交鋒，不知勝負如何。

晉楚城濮大戰

晉侯傳令，軍退九十里下寨。先鋒欒枝曰：「成得臣子玉之姓名也出兵，我主若退三舍，是君避臣，可不羞辱大國。」子犯曰：「此我主守信報惠，非避其勢也。」晉兵是日退屯於城濮。子玉聞晉兵退三舍，以其爲怯，尋夜追至城濮，靠山下寨。次日遣小卒遞戰書於晉侯曰：

圖王霸業，自古有之，何得囚我先鋒伐鄰國。今治甲兵二十萬，戰將五百員，布陣城濮之北，有莘之野，約次日辰時二刻，略交其鋒，非能必定雄雌，但姑與君之士卒角力相戲，使臣與君馮軾得寓目焉。周襄王廿年夏四月上旬，大楚西征都元帥得臣書。

晉侯得書，問於群下曰：「吾欲與楚一戰，以決勝負，但受楚之厚惠，此事若何？」諸將咸曰：「原田每每何舍舊而耘其新，今齊、秦兵集，將士發奮，不戰更待何時？」晉侯曰：「吾夜來得夢，與楚子相搏，我輸彼勝，且楚子伏於我身上，此不祥之兆，不如退兵勿戰。」子犯曰：「此吉兆也。主公仰臥是得天助。楚子伏己是伏罪也。此主晉勝楚敗之兆，何爲不戰？」晉侯大悦，遂作書以回子玉。

調諸將各聽元帥號令，約次日與楚交鋒，先軫調正先鋒欒枝、副先鋒狐溱，各領本部精兵挑戰，只許詐敗，不許取勝。調臼季、箕鄭用各引馬軍五千埋伏城濮北角，盡要虎皮蓋於馬身，待楚兵追至有莘山下，聽信炮爲號，方許殺出。調狐毛、狐偃各引本兵五千，執二大旆立於陣前，見先鋒戰上十合，即詐以大旆飛走，入於有莘山。後調士會引本部精兵伏於有莘山南，調舟之僑引本部精兵伏於有莘山北，各看信炮山頂紅旗爲號，不許亂動。調秦將軍白乙丙引本國精兵從間道抄出，燒劫楚之大寨，調齊將軍崔夭、國歸甫各引本部精兵截楚敗兵歸路。

先軫調用已畢，諸將各各依計而行，獨有魏犨不見調用，犨突入中軍見先軫曰：「元帥欺吾不敢與楚爭鋒乎？」軫曰：「公諒英勇蓋世，但今年老，只留保駕。」犨曰：「元帥欺吾老弱，如用把守某處，不能獻功，願獻自己首級贖罪。」先軫不許，晉侯告軫曰：「魏公諒妄焚負羈之宅，罪已當誅，衆將保其建功折罪，今日晉楚大戰，正當調用與其建功，元帥何爲不遣？」軫本意留一險處與犨把守，只是詐激其勇耳。聞晉侯之語，遂調其引本部精兵伏於楚之連穀城外，待楚兵殺敗至此，只許以言詞説服楚兵，不許動手。魏犨受計，領本部徑投本地。

晉侯謂軫曰：「元帥調魏犨把守連穀，何爲叫他不必動手？」軫曰：「魏犨乃一勇之夫，故教其勿動手，正是激其動手也。臣料子玉此回必在連穀城盡命，但請主公與趙衰等衆文武在有莘城上飲酒觀兵，自麾紅旗爲號。」晉侯然之，卻説子玉得晉侯回書，拆而覽曰：

> 吾以楚君之惠，不敢遺忘，故退兵三舍以申前信。既承戰命，敢不治兵，但望元帥，戒爾車乘，敬爾君事。次日有莘城下一接，以定晉楚雄雌。至期相見，再不重白。

子玉得書大喜曰：「明日必破晉矣。」號令諸將準備出陣廝殺。子西進曰：「先軫乃智勇俱全之士，其行兵必藏機變，元帥不可親出，但令先鋒試其兵勢何如耳。」子玉叱曰：「參謀何壯他人智量，而逡巡畏縮哉？」不聽，遂披掛出馬。只見有莘城頂一隊人馬内有晉侯，打扮十分精爽，怎生見得：頭戴衝天冠明金耀日，身披黃金甲吐火摇雲，蓋下絳紅袍雙龍過膊，繫圓白玉帶兩獅穿腰，寶雕弓斜挽虎筋弦，狼牙箭直插豹皮袋、打將槌左手橫，持定霸刀右肩直逞，坐下追風馬，壯起天神下降，高懸掩日旗，標出晉侯名號。

先軫歷觀晉楚兵勢，又令五百壯兵斬卻莘山樹木以助兵威，與晉侯作樂飲酒，只聽鼓聲三歇，晉楚陣圓，楚將陣上推出一員大將，紅袍金甲，壯馬長鎗，大叫：「晉兵誰敢出馬與吾打話？」衆視旗號，乃楚元帥城成得臣即子玉名也。晉先鋒見子玉親出，喜不自勝，荒忙搶出陣前應曰：「元帥認得吾否？吾乃黃河界口獨破五萬曹兵，晉先鋒欒貞子也。元帥非吾敵手，別請雄將出馬。」子玉大怒，更不打話，拍馬直取欒枝。欒枝輪刀便駕。二人戰上十合，欒枝詐走，狐毛、狐偃各執大旗從，在陣後佯聲大叫：「我軍敗矣。」遂走入有莘山北。子玉見晉兵披靡，勒馬便追，子西與鬥勃忙追，止曰：「晉兵未戰而敗，此必有詐，不可輕追。」子玉不聽，直趕至有莘谷口，見晉兵全不迎敵，亦疑埋伏，正將抽轉馬頭，見有莘城上鼓樂大作。子玉問其是誰，哨馬報是晉侯飲酒觀兵。子玉大怒，拍馬殺上城來。先軫以紅旗一麾，連放信炮，臼季、箕鄭甫各引馬軍殺出，其馬盡蓋虎皮。楚將鬥奇敵住二人，戰不三合，楚馬見晉馬身蓋虎皮，俱各驚伏於地，連鞭不動，臼季斬鬥奇，大殺一陣，子玉忙殺轉本陣。晉兵四面八方重圍三匝，左士會，右欒枝，前有舟之僑，後有狐子羽，交爭殺進。先軫在莘城上傳令，毋得走了楚得臣，得臣自辰至午，困在重圍，身被數十刀鎗，猶自力戰不乏，其子孫伯與鬥越椒雙馬殺入重圍，三人馬膊相挨，殺出有莘谷口，回視城濮之野，死屍相積，號哭振天，正是：

父哭子兮遭箭死，兄號弟也被刀傷。
屍山壅塞川源竭，血水橫流湖海汪。
鬼火熒熒生古道，悲風颯颯起沙場。
可憐數萬英雄命，盡帶當時矢石亡。

楚兵二十萬及是，殺出谷口，步軍不上三萬，馬軍止存四百餘騎。子玉困乏，其子與諸將扶夾行上二十里，遇哨馬報：「秦將白乙丙，劫掠大寨，盡焚吾之糧草。」玉調副將屈謨往救，行不數里，遇白乙丙於中途，二馬戰不數合，白乙丙敗走，屈鞭鞭馬追上五里。西河左岸一彪人馬殺出，當先一員大將大叫曰：「楚狗走往何方，吾乃齊將軍崔夭也。奉先元帥軍令等候多時。」屈謨更不打話，直取崔夭。崔夭拍馬迎敵，上二十餘合，不分勝負，白乙丙抽馬夾攻，又戰數合，屈謨措手不及，被崔夭斬於馬下。

先軫三氣子玉

屈謨被斬，秦、齊二國之兵亂殺一陣，盡奪其衣甲器械。子玉與數騎荒忙無所投奔。子西曰：「此去連穀城不遠，宜速至彼就食，以作區處。」卻説楚令尹鬥子文先告楚王曰：「子玉此回不肯班師，必遭晉兵所敗，主公速宜遣兵往救。」楚王曰：「非令尹親往，他人不可也。」遂遣子文將五千兵至城濮，以救子玉。子文領兵來至中途，卻好遇子玉引敗兵而回。二人相見，子玉抱頭痛哭。子文曰：「悲哭無益，急宜收軍回朝，重整兵勢，再來復仇。」子玉曰：「此回乃吾專戰，今又大敗，喪兵二十萬，焉敢歸朝。不如移屯連穀，募收四方士卒，必須伐晉報仇，方敢回楚。」子文曰：「勝敗兵家常理，子雖專戰，無非亦是爲國，連穀山城不能居止，子且漸歸楚國，養兵練將，待時而舉可也。」子玉不聽，引敗兵徑投連穀，子文只得引兵歸朝，子玉行至穀城下，城上豎起晉將軍魏犨旗號，子玉問其緣故。城上晉卒曰：「魏將軍早奉元帥之軍令，先取連穀，等侯多時，若不速退，教汝一騎不存。」子玉大怒，令衆將火急攻城。

忽連穀城東，塵頭蔽日，喊殺連天，一彪人馬殺來，當先大將，圜金眼咬銀牙，舞一柄千斤斧，大叫：「得臣匹夫，果不出吾元帥所料，好好下馬，受綁歸晉，萬事俱休，半聲不肯，雙輪無回。」子玉看見，乃晉將魏公諒，唬得魂飛膽落，箭瘡復裂，翻於馬下。魏公諒拍馬來斬，子西忙救上馬。魏犨追殺一陣，搶其袍甲而回。子玉走離連穀二十五里，回見殘兵蕭條，不上數千餘人，在馬上長歎數聲，曰：「吾自起兵，未嘗敗北，今日之戰，天亡我也。」遂氣絶身死。其子大心與子西扶柩歸楚。後人有詩爲證：

晉楚交兵城濮東，騰騰殺氣逼蒼空。
千山猛獸潛收跡，四海蛟龍隱伏踪。
一戰得臣拋甲殞，再圍連穀建奇功。
近觀莘野閑花草，千載猶沾將血紅。

又一絶，單道先軫用兵之妙云：

先軫包藏戰略奇，鬼神不測妙中機。
非惟三氣荊元帥，談笑猶能挫鋭師。

又一絶，單譏子玉兵機之淺云：

英雄尚勇貴多謀，子玉心矯少大猷。
六尺軀遭三氣死，安能破敵望封侯。

又有五言排律，以志晉楚交兵之事云：

壯馬雄如虎，精兵猛似龍。
逢屯城濮北，烏合有莘東。
戈戟横霜白，旌旗映日紅。
晉兵皆慷慨，楚將盡英雄。
勒馬能追電，揮鞭敢截虹。
作威吞海嶽，體勢壓崆峒。

初擊振天鼓，乍彎滿月弓。
鎗刀破竹下，矢石墜星空。
劍起袍生火，箭飛鎧滴紅。
初交無勝敗，再戰決雌雄。
屍積低山聳，血流壅澗通。
哭聲遍緑野，怨氣塞蒼空。
猛獸驚收跡，怪禽懼隱踪。
楚兵喪膽遁，晉將便收功。

子玉之殘兵歸見成王，成王大罵：「匹夫不聽吾言，以至喪吾數十萬軍。遂令斬其子大心。子文告曰：「子玉非不欲成功，奈時有不利耳。焉可罪其子哉？」王息怒，使大心與子西各復原職。是夕，王感喪師之恨，遂成憂疾。畢竟如何。

郤穀遺計斬舟之僑

成王憂病將死，召次子入宮傳位。長子之傅潘崇聞之，告商臣曰：「太子爲國長子，今父病而不侍側，則大位將歸於職矣。」商臣忙趣入宮，詐謂職曰：「弟出取湯藥，吾扶父王而飲之。」職出，商臣進毒，詐稱熊掌，成王食之，遂卒。群臣不知其故，遂奉商臣即位，是爲穆王。後史臣評曰：

楚王襲父兄餘業，跨荊襄，猛將威息滅鄧，虎視東方；伐鄭伐蔡，鯨噬中原。然生值中國有人，不能遂其霸志，故一舉召陵，則屈威於齊桓；再戰城濮，則喪師於重耳。雖有豺威虎勢，厄於齊、晉，不得以逞其志，遂成憂隕，惜哉。

郤説魏犨收子玉盔甲，歸見先軫。先軫大悅，立爲破楚第一之功，整齊軍馬，即日班師。舟之僑本虢國降將，累有背叛之意，只憚郤穀，不敢行出，至是郤穀又死，乘伐楚班師，郤領本部之兵，尋夜先歸，欲謀作亂。先軫聞之，忙將郤穀所授錦囊打開，内有紙條書數行細字，觀之曰：「舟之僑爲人素無終始，久後必然謀叛，惟茅筏、欒枝二人可制。」先軫觀罷，便知其意，遂封此數行字，令小卒密付與茅筏、欒枝營中，二人拆開讀之，亦知其意，屏開左右，自相謂曰：「元帥以舟之僑事附吾二人，何以處之？」筏曰：「必行苦肉之計，方能成事。」枝曰：「其計何如？」筏曰：「吾掌馬廄，明日詐稱失郤良馬三十餘匹，誣公盜走，告入中軍，但公忍受笞杖，其計方成。」枝曰：「但能破賊靖國，何苦數十杖乎。」茅筏大悅。

是夜，私宰其馬，明日詐入中軍告欒枝盜馬三十匹，先軫會知其意，便拘欒枝至帳下，佯審二人，二人妄相推托。先軫怒曰：「茅筏守厩不謹，欒枝私盜官馬，依軍法治罪，各該腰斬。」喝令斬二匹夫。諸將不知其意，皆跪保曰：「茅筏、欒枝平昔俱是忠義將家，雖違軍法，元帥寬恩，念其征伐之功，赦宥其死。」先軫喝令各笞四十，罷其官職。二人忍痛受杖，兩腿交併、鮮血淋漓歸寨，尋夜追及。舟之僑懼其追己，正欲勒馬交鋒，見二人單騎而至，按住剛刀，問其緣故。茅筏、欒枝詐曰：「先軫軍法不公，妄杖我等四十，知公將有異變，故願相從。」之僑疑惑不定。茅筏下車，挈衣與其腿視之。僑方信，札住三軍，延二將入營商議。僑曰：「多承二公指教，此事何以定奪？」筏曰：「將軍欲圖大事，先要除卻先軫，則其餘不足忌憚。」僑曰：「先軫總五十萬兵之柄，豈易除哉？」筏曰：「吾見先軫伐楚得勝，多自驕傲不慎，軍伍前去五里，地名衡雍，其處山林叢茂，路道崎嶇，將軍可引本部，伏於此處，待先軫班師至此，吾以信炮爲號，生擒此賊，便斬晉侯，則大事成矣。」僑喜不自勝，即引兵伏於衡雍山下。

次日，晉兵果然班師至此，緩緩而進，將及中軍，茅筏信炮一響，之僑挺鎗殺出，大罵：「先軫匹夫，有何智略，敢任元帥之職。好好下馬受誅，萬事俱休，如若不肯，叫汝一命難逃。」先軫見欒枝橫刀立於之僑馬後，會知其意，乃大聲曰：「舟之僑作反，誰敢代我斬此逆賊？」道猶未了，欒枝手起刀落，斬僑首於馬下，向前請功，先軫重賞茅筏、欒枝，使復原職，諸將不知其意，咸請問之，先軫以郤穀錦囊示之，衆皆悅服。

後人有詩以美郤穀之先知云：

頑將暗懷逆叛心，賢哉郤穀獨高明。
智囊秘計留先軫，果至衡雍斬賊臣。

又一絶兼美先軫、茅筏、欒枝三人能成其計云：

郤縠雖存一智囊，仲車暗會便承當。
使無茅筏欒枝任，焉得叛臣半路亡。

又一絶譏舟之僑叛不量力云：

義將存心任國憂，不常背叛惡之僑。
奸狐只好欺孤虢，〔一〕焉出晉邦大將謀。

大軍行不數里，遥見一隊人馬，簇擁一個官人，從東而來，旗標王使。畢竟是誰。

〔一〕「孤虢」，余象斗刊本作「孤號」，據龔紹山刊本改。

晉文公踐土大會盟

先鋒欒枝問其是誰。來者答曰：「吾乃周天子之上卿王子虎也。聞晉侯伐楚得勝，以安中國，故天子欲親出鑾駕來犒三軍，先使虎來報知。」欒枝聞知，忙下馬，引子虎來見晉侯。晉侯問於群下，趙衰、狐偃曰：「昔者齊桓公召陵服楚，即朝天子。今天子來勞主公，主公速宜率諸侯入朝可也。」王子虎曰：「天子鑾駕已出矣。」狐偃曰：「此去有地名踐土，其地寬平，速建王宮於踐土，然後主公引列國諸侯迎駕以朝，如此庶幾不失君臣之禮耳。」晉侯遂調先鋒築王宮於踐土，務令宏壯華彩，極其規模。欒枝引本部兵至踐土，築王宮七十二所，光明寶殿一座，各各刻龍雕鳳，飾玉妝金，立龍鳳日月旗，圜九宮八卦城，歷布二十四層之階，森羅三十六衛之士，高整黃金御座，列擺鷺序鴛班。崇樓高閣，比帝都而無差；千門萬户，較王室而不遠。

正是：

樓閣巍峨聳碧空，晉侯踐土建王官。
旗標龍鳳懸金字，班列鴛鳧蓋寶幢。
洛邑宏規無所辨，鎬京繩墨亦相同。
周圍華彩龍鱗耀，專候鑾輿降法宮。

欒枝數旬之間，建成王宮，專候以迎聖駕。晉侯率齊、秦列國諸侯，進屯於踐土以候天子。又數日，周天子引文武群臣果至踐土，諸侯咸拜迎於道路，鑾駕入於王宮升殿。晉文公率諸侯朝賀禮畢，獻上楚之首級器械。襄王大悦，親勞之曰：「自齊桓公歿之後，楚子復強，憑陵中國，得卿仗義制服，以尊王室，此卿功追齊桓，名振夷夏者也。」遂賜其彤弓寶劍，黄鉞白旄，戎衣大輅，賜爲侯伯，得專征伐。晉侯稽首再拜，辭曰：「匡周服楚，皆是陛下之威，小臣之職，何敢受此重賜。」襄王復勞曰：「攘夷安夏，封賞合當，卿何必苦辭。但齊桓主盟，存邢立衛，不廢諸侯，今曹、衛、魯國雖違侯伯而降荊楚，楚今喪敗，三國諒其不能成其大事，侯伯念同宗之義，繼桓公之業，容三國復立，召入中國之盟可也。」晉侯唯唯受命。襄王遂降詔往宋牢，取出曹共公；又往襄陽，〔一〕召還衛成公；又召魯僖公，赦其前罪，各赴踐土會盟。三公得旨，星夜來至王庭。又令子虎築壇於王宮，推晉侯爲盟主，歃血定盟，言自今以後，諸侯和好，皆障王室，無相吞併，有渝此盟，明神殛之。子虎即日築起高壇，推晉侯爲盟主，歃血定盟。後史臣有詩爲證：

晉國君臣傑大猷，德光威振服諸侯。
昂昂城濮觀兵甲，濟濟王宮拜冕旒。
更羡今朝盟踐土，謾誇當日會葵丘。
桓公一去功勳没，重耳能將此志酬。

又一律云：

讀罷春秋列傳初，晉文功德在何時。

〔一〕「襄陽」，余象斗刊本作「襄王」，據龔紹山刊本改。

有莘城下威風著，踐土壇前義氣孚。
一戰便能成霸業，纔盟就可上雄圖。
皆從昔日興文教，焉用英雄百萬師。

宋賢涑水先生因讀齊桓、晉文之事，有一律云：

晉伯齊侯孰最雄，葵丘踐土等相倫。
功名兼著春秋上，仁義咸亡詐力中。
城濮敗荊還爲己，召陵盟楚未存公。
要之既失三王道，因此難登孔氏門。

又古風一篇，單道踐土會盟之盛云：

憶昔晉兵屯城濮，鋭威一戰寒荊楚。
整戈奏凱獻俘車，遂向王宮朝天子。
三錫天恩耀寵榮，大會諸侯盟踐土。
盟壇數丈高凌雲，奇香㛹㛹煙摩空。
金玉棟梁光掩映，緑朱窗牖耀玲瓏。
濟濟列侯序五爵，穆穆鑾輿壯九車。
君不見，晉重耳，誾誾恪敬人臣禮。
周旋環佩響鏘鏘，出入三覲恩露裏。
便承主命誓諸侯，諸侯悦服皆仰止。

誰謂葵丘一會高，兹盟超出葵丘比。

當時，城濮一敗強楚，諸侯先有歸降楚國者，至是皆服晉之盛力，各各背楚復歸，赴踐土之會，而貢王服晉。獨有鄭文公，恃頑不至。盟罷下壇，晉侯奏襄王曰：「鄭捷文公名違中國盟會，不行朝貢，此倚楚國之勢。乞陛下許臣征討，庶幾可服諸侯。」襄王降詔，許其征鄭。晉侯遂送襄王還朝，調歸衆國，獨留秦穆公之兵，相併伐鄭。先軫告晉侯曰：「鄭爲中原咽喉，故齊桓公欲霸天下，每爭鄭地，今若使秦共伐，秦必爭之，不如自率本國之兵以伐之，勝則獨取其地，敗則秦、晉無怨。」晉侯曰：「不然。必與秦共伐，則諸侯不以晉爲貪得。」遂告秦兵出汜南，圍鄭東門，晉兵出函陵，圍其北門。〔一〕

哨馬早報鄭伯鄭文公也，鄭伯聞秦、晉合兵來伐，憂懼荒亂。上大夫佚之狐人姓名進曰：「秦、晉初襲楚，而其鋭不可與之爭鋒，但得一人前往説退秦師，秦退晉不足畏矣。」鄭伯曰：「誰可往説？」狐曰：「臣舉一人，乃口懸河漢，舌動公卿之士，但其老不見用，主公加其官爵，使之往説，秦必退師矣。」鄭伯問是何人。狐曰：「考城人也，姓燭名之武，字光官，加其官爵而遣之。」鄭伯遂召之。武朝見，其鬚眉盡白，傴僂其身且辭曰：「臣不才學淺，壯年未能所建尺寸之功，況今老耄，無能爲也。」鄭伯曰：「子事吾鄭三世，老不見用，皆孤之過。今封子爲中軍大夫，往退秦師，毋得再辭。」之武乃承命出朝。

時秦、晉圍城甚急，武命壯士是夜以繩索懸下東門，直投秦寨，將士把持，不得入見。武從營外放聲大哭，門吏捉入見穆公，問是誰人。武曰：「臣乃鄭之大夫也。」公曰：「痛哭何如？」武曰：「慨鄭之亡也。」

〔一〕「北門」，余象斗刊本作「此門」，據龔紹山刊本改。

公曰：「鄭亡，汝安得在吾寨外號哭？」武曰：「鄭亡亦不足爲惜，然可惜者乃秦也。」秦穆公大怒，問：「秦何爲可惜？」武曰：「晉侯貪得無厭，故併國自小及大，譬如獵者驅犬以逐兔，兔亡則犬從之，今鄭居秦之東界，晉兵本欲併秦，故會秦先滅吾鄭，鄭亡秦失東界，安能久存？此臣所以痛哭，明公爲晉侯所迷耳。」百里奚忙進曰：「燭之武乃鄭之説客，故來説吾退兵，主公退後，鄭人反覆，切不可聽。」穆公問之武曰：「鄭能棄楚降秦，則吾兵始退，再若反覆，吾必加兵伐之。」武曰：「明公肯寬目下之圍，定立盟誓，棄楚降秦。」穆公大悦，重賞之武，遂令三軍班師。後史臣有詩云：

　　二國交兵攻鄭城，鄭危累卵不朝傾。
　　當年設使無之武，萬里山河入晉秦。

又有一絶單道燭之武能言云：

　　二寸舌揮秦劍戟，兩根牙定鄭山河。
　　胸藏百萬貔貅甲，不用貂衝戰將多。

是日，秦兵解圍班師，早有人報知晉侯。時晉侯久涉遠國，因沾寒疾，忽聞穆公退兵，愈加憂疾。狐偃進曰：「主公成周攻叔帶，城濮戰得臣，親冒矢石，全無懼色。今日秦背約，解卻鄭圍，主公何故憂苦？主公可善保尊體，臣等願先伐秦，然後滅鄭。」晉侯曰：「不可。我受秦伯厚恩，因小忿便欲擊之，忘恩背義，吾不忍爲。」偃曰：「既不追秦，伐鄭而歸何如？」晉侯曰：「吾身有疾，漸歸養病，以待再圖。」遂令三軍拔寨班師。不知後事如何。

秦蹇叔遺船救孟明

晉侯班師歸國，文武迎歸，其疾愈重，不能視事。召群臣曰：「孤值內亂，出亡一十九年。今返國方圖大霸，遽又將終，願公等盡心輔吾太子，吾死無憾。」言罷而終，時年六十九歲，正周襄王二十四年十二月己卯日也。後史臣贊曰：

賢哉晉侯，卓出春秋。初遭內亂，蒲役不較。
周遊列國，無處不投。及復大位，便崇文教。
初安周王，示民以義。退解原圍，信乎義洽。
一戰城濮，遂丕霸業。踐土再盟，諸侯咸若。
嗚呼晉侯，高山仰止。

宋賢有詩云：

五霸循環迭作興，文公事業出齊秦。
外亡盡守謙恭禮，內服能丕信義聲。
一戟新河天子定，再交城濮楚王驚。
要知誰繼齊桓志，須向春秋晉紀尋。

史臣評曰：

晉文公度量寬宏，知人善任，與趙狐、賈魏相事如父兄，故能掃除內亂，匡周服楚，以霸中原。然刑賞至公，不私親怨，在德必酬，有怨必報，所以諸侯咸率，遂繼桓公之業。若夫譎而不正，淫納懷嬴，則春秋世，無責備之君云。

文公有子五人，獨太子名驩最賢，群臣即奉驩而立，是爲襄公。襄公賞功加爵，國政大治，早有人報知秦穆公。穆公聞晉侯已死，便欲遣使往吊。蹇叔、百里奚曰：「不可。晉方欲霸，每每欲吞我秦，奈晉侯受主公厚惠，不忍加兵。今晉侯已死，其文武必然興兵伐秦，主公宜乘其幼主國危，先伐晉國，然後秦霸遂成。」穆公然之，便發精兵伐晉。忽一人布袍麻履，博帶峨冠，自外進曰：「昔者燭之武與主公定盟，言鄭服秦，數年鄭之貢賦，分毫無入，卻又舍鄭不伐，而欲伐晉，不知此兵爲何而出？」衆視之，乃雍西人也，覆姓百里，名視，字孟明，實爲下軍謀士。公曰：「孟明之見如何？」孟明曰：「依臣之見，莫若發兵圍鄭，〔一〕問其背盟之罪，然後乘得勝之兵伐晉，無有不克。」公曰：「孟明之言是也。」遂調西乞術爲先鋒，白乙丙爲保駕，〔二〕孟明爲謀主，大發精兵十二萬伐鄭。百里奚、蹇叔力諫不住，二人出朝。

蹇叔有子名蹇元傑，年方二十六歲，爲中軍裨將，亦在征伐。蹇叔乃哭而送曰：「此去吾兵不喪於鄭，必爲晉兵所敗於殽，子必不保矣。」元傑曰：「此去伐鄭，父親何謂被晉兵所敗？」蹇叔曰：「百里孟明謀不慮

〔一〕「發兵圍鄭」，余象斗刊本作「發圍鄭」，據龔紹山刊本改。

〔二〕「白乙丙」，余象斗刊本作「日乙丙」，據龔紹山刊本改。

始，此去不能伐鄭，吾知晉先出伐秦，所以相遇於殽故也。」元傑曰：「父親何又知晉兵必勝？」蹇叔曰：「晉有趙衰，狐偃爲謀主，先軫爲元帥，皆深大之材，非孟明之見能對也，是以知其必勝。」元傑曰：「吾上表辭職何如？」蹇叔曰：「不可，秦伯雖不納吾諫，然吾父子食其重禄，吾老矣，不能代國家出力，汝必盡心報國，豈可見禍而逃哉。」元傑拜辭東征。蹇叔與百里奚見穆公不納其言，各各具表告老。穆公問蹇叔曰：「寡人大兵東征，先生焉得哭而阻吾軍哉？」蹇叔曰：「非臣敢阻大軍，但臣子元傑見爲中軍裨將，亦在軍伍。臣年已老，只懼父子不能再會，是以哭之。」穆公又問曰：「寡人正得二先生資治政事，今又遽辭歸老，是何棄寡人之速耶。」二人皆叩首曰：「臣等村莊野老，又無深遠之見，今荷主公厚恩寵禄過多，况且年過八十，無所效用，萬乞寬恩，使臣得全骸骨歸田，其幸何多。」穆公見二人年老，亦準其表，各賜黄金二十斤，彩帛五百匹，安車駟馬，衣錦還鄉。後人有詩爲證：

可云君子貴知機，蹇叔賢如百里奚。
明友志同隨效力，君臣意忤便揮衣。
雙鸞並舉超群類，二馬齊行邁等夷。
從此翱翔千仞翼，樊籠焉可再羈縻。

又一絶云：

一封初上九重天，雙馬聯轡古道邊。
白髮已膺西伯遇，黄金曾寵大夫賢。
心存社稷謀長策，夢入林泉樂晚年。
聽得一聲歸去也，飄飄千里若升仙。

二人既謝恩出朝，滿朝文武盡行餞送，蹇叔獨携公孫子桑之手曰：「將軍之名，勇震於當時，然國家亡在目下，可不保乎？」子桑曰：「先生倘不棄朝廷之恩，願乞指教，枝願承當。」蹇叔曰：「孟明此去必敗，將軍可引小船數艘，遊於少陽河下，可插赤旗於船頭，若南風一起，便可艤舟至岸，以備接應孟明之兵，庶幾可保社稷也。」枝拜受命，乃引小舟游於少陽河下，以備接應。蹇叔復隱於齊之銍村，過數年方終。百里奚居宛城，不數月即終。訃音聞於京師，百姓皆爲閉門慟哭，皆曰：「五羖大夫，吾之父母也。」穆公聞知，亦爲悲痛，親制祭文，遣使往宛致祭。後史臣有贊曰：

賢哉百里奚，懷玉至於老。
待價不沽虞，售秦爲重寶。
有莘百世箕，渭水千年釣。
孰謂五羊皮，功名在霸巧。

又一絶云：

韞櫝藏珍七十年，星星霜鬢已皤然。
虞侯肉眼曾遺傑，秦穆高明便禮賢。
魚水和同興霸業，君臣際遇慶良天。
功名便拂歸山袖，樂逝林泉萬古傳。

二人既歸，卻説鄭穆公聞秦兵將至，問於群臣，燭之武曰：「臣聞秦謀主蹇叔、百里奚二人皆告老離國，此來百里孟明行兵。夫孟明，秦之野人，素無遠達，臣用一計，必能退得秦兵。」但不知其計如何。

秦孟明崤山大敗

鄭伯問計，武曰：「使一路各置寨柵，深溝高壘，先遣有膽略之士前去説退其兵，兵若不退又不能進，然後我求救於齊、楚，秦兵必破矣。」鄭伯大悦，遂遣報馬，號令一路關隘守臣，毋得與秦兵交鋒，只許深溝高壘，樹立寨柵以拒之。又問：「誰敢往説秦師者？」滿朝士大夫懼秦兵威勢，無一敢承。忽近臣奏：「有在城庶民姓弦名高者，敢承旨往秦。」鄭伯宣，問其何能説秦師。弦高曰：「臣常出商於秦，素知孟明之志，願得牛馬二十匹，黄金數百斤，必能説退秦師，免卻二國刀兵。」鄭伯遂給牛馬金帛，許其退秦，然後封官。

弦高領牛馬説秦，遇秦兵於滑，直見孟明曰：「寡君聞先生將兵伐鄭，故已先求救於齊、楚，又使小人獻上黄金、牛馬，居則具一日之積，行則備一日之衛，乞退三軍。若夫必欲進兵，待齊、楚救至，然後交鋒。使秦勝則滿大國之恨，倘鄭勝反爲大邦之恥，願先生熟思之。」孟明正在馬上躊躇，西乞術進曰：「軍師決意東征，何聽野人之言乎？」孟明遂叱退弦高，令先鋒速進。

忽有二哨馬回報：「齊、楚兵救鄭，已屯於滑矣。」孟明遲疑不敢進兵，調先鋒班師。先鋒白乙丙回告曰：「軍師承旨伐鄭，若不交而回，奈天下取笑何？既不伐鄭，不如偃旗息鼓，從崤山而出，襲卻晉地，建功而歸，方可掩此之笑。」孟明曰：「晉有趙子餘、狐子犯等在，豈可輕襲？」丙曰：「晉國雖多謀士，然文公初喪，新君幼弱，必不準備，此去必然建功。」孟明大悦，遂調兵偃旗息鼓，銜枚出崤山襲晉。

郤說晉襄公之君臣正在議事，有哨馬報：「秦用孟明爲軍師，起兵伐鄭。」趙衰問狐偃曰：「子犯知此意乎？」狐偃曰：「吾已知矣。」襄公令二臣勿言，各賜紙筆，出秦兵行事，觀其合否。二人領紙筆，各書一帖呈上。襄公讀趙衰之帖曰：「秦兵伐鄭，戰必不勝，進退逗留，因而伐晉。」讀狐偃之帖曰：「堪笑強秦，癡用孟明，攻鄭不克，反來襲晉。」襄公撫掌大笑曰：「二公之見何以相同。」趙衰曰：「孟明乃淺謀之士，輕舉妄動，既得伐鄭兵柄，若勝則乘勢攻我，若敗亦欺主公幼弱，必來襲晉邀功，所以臣等知秦兵必至於晉也。」襄公曰：「然則若何？」狐偃曰：「速召元帥先軫商議。」襄公正欲召先軫，先軫卻自來見，曰：「臣聞秦伯棄百里奚、蹇叔，而用孟明將兵伐鄭，不日必至我國矣。」襄公問其何以知之，軫對之言亦如趙、狐之說。襄公大悅曰：「子餘、子犯正議此事，故召卿商議。」軫曰：「臣料秦兵必從崤山而出，請降詔許臣調度，臣敢保國建功。」襄公遂詔先軫行兵。軫出朝。

次日，升帳調集諸軍，令長子先且居引兵五千伏於崤山之左，又令大將梁弦引兵五千伏於崤山之右，令萊駒引兵五千伐崤山樹木，塞其歸路。諸將領計去訖。先軫自率大軍繼後，行不數日，哨馬報：「秦兵過崤。」先軫大喜曰：「匹夫果不出吾所料。」乃親自出馬，秦先鋒白乙丙問曰：「來軍是誰？」先軫曰：「吾乃晉國中軍元帥先仲車也。汝等莫非秦兵耶？」丙曰：「然。」軫曰：「吾等汝多時，今日方至。」更不打話，拍馬直取乙丙。乙丙輪刀便迎，鬥不十合，崤山上紅旗亂動，晉之伏兵四下殺至，孟明知晉兵有備，麾後軍先退。先軫追入山下，望孟明端發一枝箭，孟明落馬，蹇元傑正欲來救，被先軫斬於馬下，活捉孟明。

白乙丙與西乞術追來，欲奪孟明。先且居橫鎗勒馬，接住父力，二將見且居攔路，一齊來攻，且居用鎗一架，乙丙翻身落馬。且居挺鎗便刺乙丙，乙丙奔上戰馬，忽然喊聲振耳，早被梁弦活捉而歸。晉兵大殺一陣，西乞術引敗兵而回，崤山峽口，萊駒盡伐兩山樹木，塞其歸路。乞術拚命望萊駒殺，萊駒戰不十合，秦兵皆舍命殺至，萊駒荒忙失卻戈矛而走。乞術挺搶便刺萊駒，駒之裨將狼瞫大喊一聲，活捉乞術而歸。萊駒上馬，盡收秦之降卒而歸。後人有詩爲證：

高聳崤山介晉秦，秦兵不出晉奇兵。
當時一戰三人縛，識者訑訑笑孟明。

又一絶單道晉國有好謀士云：

誇羨晉三傑，深謀出衆髦。
初聞秦伐鄭，便識我據崤。
契合心胸闊，應符智量高。
明見千萬里，豈比腐儒曹。

又十二句兼道秦晉將帥之得失云：

天降衷於民，精粗氣不一。
精能達未然，粗則滯迷識。
郎朗天中星，光芒遍四極。
嗟嗟腐草螢，光難照咫尺。
卓卓晉邦士，範圍天下智。
癡癡秦孟明，卻入範圍裏。

先軫囚此三人，奏凱回朝，見襄公。襄公喜謂趙、狐曰：「秦人果不出公等所料。」大賞諸將，升狼瞫爲中軍都護。趙衰曰：「秦伯若知一戰彼捉三士，必然率統報怨，姑且囚此三人，待伐秦得勝，然後與秦囚同斬。」襄公然之，令囚起三人，遂令先軫大操將士，擇日興兵西伐，群臣各散。

襄公退朝，其母辰嬴，聞捉秦之三士，乃告襄公：「秦因孟明等妄起三軍，交構秦、晉之怨，吾量秦伯必恨此三人，我國殺之無益，不如送還秦伯，使其自斬示衆，庶息二國刀兵。」襄公曰：「母親差矣。我既獲之，更送還國，則秦得此人爲用，乃晉國之患也。」辰嬴曰：「孟明一出，便被趙衰、狐偃所料。乙丙、乞術一戰，便被先軫所擒。彼區區小人，焉出我晉之將士哉。若送還使其自戮，以釋二國之怨，豈不美哉。」襄公然之，遂詔有司於三囚歸，秦孟明等得解枷鎖，更不入謝，抱頭竄耳而逃。先軫聞知大怒曰：「武夫用力，方獲秦囚，晉侯何信婦人之言而放耶。墮軍法而長寇仇，能無亡乎。」遂問班部中誰敢追斬秦囚，便標爲第一之功。中軍右大夫陽處甫願往，先軫許之。

處甫駕起追風馬，輪出斬將刀，來追孟明，孟明三人連夜走至少陽河口，河中又無船隻，不能濟河。三人仰天號哭，忽見上流有三五小舟飛射於岸口，船上一人絳袍玉帶，左箭右刀，聞岸上哭聲甚衆，乃遙謂曰：「傍岸而哭者何人？」孟明恐是晉舟，不敢答。白乙丙遠望，依稀認得是秦人之船，乃向前問曰：「船頭之士莫非秦國虎翼將軍乎？」枝曰：「然。」孟明等踴躍三倍忙叫：「將軍快救我等之命。」子桑泛舟至岸，接下三人。三人問其何以至此。子桑曰：「蹇先生辭朝之日，早知公等兵敗，故令枝先艤此舟河下應接，又教吾插赤旗於船，見南風爲號，今早吾見南風擺旗，所以泛舟至岸，今果然矣。」孟明俯首歎曰：「蹇先生高見，吾不及也。」後人有詩爲證：

蹇叔先遺數小舟，孟明果脱陷囚逃。
少陽河下南風起，直送亡人似箭流。

又一絶云：

河上南風拂赤旗，孟明自晉奔歸時。
一船救起三人命，到此方知蹇叔奇。

子桑接卻三人下船，忽岸上一彪人馬追來甚急，子桑札住船腳，觀是何人。陽處甫匹馬追至，見孟明下船，乃解坐下馬佯謂孟明曰：「吾君有慢先生，遣處甫以良馬追送，乞先生登岸收下。」孟明知其追己，急令泛舟而回，子桑曰：「吾亦知其爲詐，然今日不騙其馬，非爲大丈夫也。」乃親自登岸來見處甫，「承晉侯厚恩，先生令某收下。」處甫見不是孟明，不肯放馬與之。子桑踴身一跨，加鞭便走，處甫忙追，子桑勒轉馬頭，拔劍謂處甫曰：「汝認得吾否？吾乃大象山下獨戰六將，虎翼將軍公孫枝也。蒙晉侯之賜，赦我三士，不以釁鼓，其恩多矣。若夫挾詐殺我軍師，吾獨有劍在此，誰敢當先者，即斬萬段。」晉兵聞是子桑，各各伏頭喪膽，目視其奪馬登舟，不敢追上。後人有四句單贊子桑之勇云：

少陽河口騙孤馬，大象山前戰六人。
虎翼將軍威振世，英雄到此越馳名。

子桑奪得處甫之馬，昂然登舟而歸，穆公聞子桑救孟明等歸，乃與文武素服出郊迎接，孟明等皆待罪。穆公忙扶起曰：「孤違之諫，致辱二三子，此孤之罪，非卿等之過也。」使就乘馬入朝。穆公重賞子桑，使孟明等各復職，以圖伐晉報仇。不知後事如何。

晉先軫狄陣困死

卻說陽處甫引兵歸告先軫，先軫大怒，上表請兵伐秦，襄公許之。忽報曰：「白翟主胡人聞主公幼小，大興戎兵十萬，殺奔晉國而來。」襄公大驚。先軫曰：「白翟爲晉內患，請先伐之，而後加秦。」公然之，遂令先軫率兵伐狄，先軫升帳，點集諸軍，獨狼驛後至。先轉大怒曰：「匹夫故違軍令而越期哉。」喝令推出斬之。衆將力保，先輟黜罷其職，以狐鞫居代爲中軍都護，以欒枝爲先鋒，郤缺、先都先都，先軫之孫，且居之子爲左右隊，大發精兵十二萬出絳州，遇狄兵於箕，對狄營二十里下寨。遣哨馬探狄人兵勢，哨馬報：「狄人兵威甚鋭，不可輕敵。」先軫令先鋒欒枝次日出馬，戰不十合，卻被黑天大王之子黑登雲所敗歸營。

先軫次日帶郤缺、且居親自出馬，只見狄兵陣裏，門旗開處，一將當先，身穿虎皮甲，腰繫豹筋絛，使一條丈八長鎗，大叫：「晉兵誰敢出馬？」先軫視其旗幟，乃黑天大王之子黑登雲也。先軫便不打話，拍馬直取登雲。登雲挺鎗來迎，二人戰上二十餘合，不分勝負。狄兵陣後，喊聲大振，衝出一隊鐵騎，左衝右突，晉兵披靡大敗。先軫見諸軍敗走，勒轉馬頭，單騎殺入狄陣，狄之鐵騎四圍殺至，先軫困於垓心。其子先且居與郤缺衝突於外，欲救其父，爭奈狄兵以鐵騎繞其來路，二將不能殺入。自辰至午，先軫在垓心，力斬狄兵百餘級，救兵不入，遂中箭而死。後史臣有十二句贊先軫云：

賢哉先仲車，獨冠邦家傑。

盡職事文公，罄謀著晉烈。
崤山掠孟明，城濮摧荊羯。
雖困狄兵圍，威風猶猛烈。
哀哉救不來，捨命盡臣節。
千古仰高風，英名常赫赫。

狼驒雖被先軫黜爲卒伍，其心服軫之義，見先軫被困，爭先殺入救之，忽有同班者告曰：「公被元帥黜罷，今日何必捨命救彼哉？」驒曰：「元帥以公法黜吾，豈忍以私仇忿報？吾今救元帥，縱使喪命，死得其所矣。」遂拍馬殺入重圍，尋見先軫之屍，相抱號哭，亦被狄兵亂箭射死。後人有四句贊云：

先軫秉公馭將士，狼驒懷義不行私。
捨身救主甘同死，正氣堂堂大丈夫。

先軫雖中箭而死，其屍端正不僕，狄兵近前欲斫其首，軫怒目揚鬚，精神不殁，狄人恐懼，歸告黑天大王。黑天大王歎曰：「先公乃晉之傑士，誤入吾圍，豈肯甘心受戮哉。」乃親往以吊禮奠之，告曰：「公爲晉元帥，吾今送汝首級還葬，公諾則屍僕，不諾則殭立。」告罷，其屍僕倒，黑天大王命砍其首，以沉香木匣盛之，差小卒送還晉寨。先且居見送父之首到，放聲大哭，開匣視之，顔色端正如生。且居哭告曰：「我父有靈，待子擒此胡狗，〔一〕以削父仇。」其首方瞑目。

〔一〕「待」，余象斗刊本作「底」，據龔紹山刊本改。

英雄壯氣吞胡虜，誤入重圍喪本身。
怒目精靈猶傑士，揚鬚慷慨若生人。
三魂未報當時恨，七魄何能降作神。
一聽且居酬志語，甘心便朽目方瞑。

且居見父之首，不勝忿怒，便欲出戰。郤缺止曰：「狄人兵氣甚銳，不可輕敵，當以計破。」且居曰：「計將安出？」缺曰：「狄人以吾初喪元帥，必欺吾怯弱，可令三軍詐稱搬元帥之喪班師，伏兵於槖馳山下，待其乘追，舉火爲號，一戰則狄可滅。」且居然之，遂調欒枝、先蔑各引本部精兵，伏於槖馳山東西二角，郤缺伏於山頂，以候舉火號令。且居自掛孝衣，令三軍一齊舉哀，偃旗息鼓，緩緩班師。

早有人報知狄主，其子登雲請兵追之。狄主曰：「不可。此必晉人詐誘我軍也。」登雲曰：「晉之謀勇雙全獨有先仲車一人而已，仲車尚且被吾困死，其餘者有何高識，父親不必疑慮，許我追趕，管教盡誅晉兵回報。」狄主與登雲精兵二萬，令副將郭黃龍佐之，登雲領兵直趕五十餘里，來至槖馳山。時當酉末，登雲促兵趕上。郭黃龍曰：「前去僻路險峻，恐有埋伏，不如札住人馬，令哨馬探其虛實，姑俟明日追之。」登雲叱曰：「咫尺將擒晉兵，何疑埋伏。」遂促兵趕入山下。郤缺在山頂見狄兵徐徐追入險處，放起火箭，晉兵大喊殺出。登雲與黃龍馬膊相挨，力戰不出，欒枝搭起弓箭，望登雲端射一箭，登雲應弦落馬，欒枝正欲近前斬之，卻被郭黃龍背射一箭，枝亦落馬，黃龍救起登雲，來斬欒枝，先蔑手起刀落，斬黃龍於馬下，困住登雲。郤缺又從背後殺至，生擒登雲而歸。黑天大王聞子被陷，引大寨兵來救，且居列開陣勢迎敵。鬥不數合，狄兵復以鐵騎衝陣，郤缺以紅旗麾退諸兵。狄兵追入山下，其路險峻，鐵騎不能馳突，晉兵四下殺至，黑天大王殺出重圍，引敗兵逃歸本國。先且居收兵歸朝，襄公大悅，斬卻黑登雲，賜伯禮以葬先軫，遂以先且居續中軍元帥之職，升郤缺爲中軍大夫，賞臼季彩帛三百匹，以其能薦郤缺也。

郤缺，郤芮之子也，郤芮黨懷公，被晉文公所誅，其子缺歸冀耕農。文公時，臼季奉使過冀，見缺耕耘，其妻送食，夫妻二人相敬如賓。臼季引缺歸朝，薦於文公曰：「敬德之聚也，能敬必有德，德以治民，無所不服。」文公懷其父恨，不欲擢用。臼季又曰：「舜殛鯀而舉禹，桓公置怨而用管仲，二人皆能盡忠。公何罪其父而棄其賢子哉。」文公遂拜缺爲下軍大夫，至是從先軫征狄得勝，故襄公賞臼季以其知人也。

群臣出朝，先且居因痛父太過，不數日即死。欒枝與狄兵戰時，中箭歸家，箭瘡所併亦死。其趙衰、臼季各因老病而死。不數日，晉喪此四個能臣，襄公大哭曰：「夫天不祚吾耶。何奪吾四臣之速耶？」乃親制祭文，以奠四臣，其文曰：

嗚呼哀哉，民生於世。有君有臣，有恩有義。
惟我四臣，恩義並濟。哀我子餘，從我先公。
久遊於外，補過盡忠。爲我梁棟，云胡遽終。
哀我欒枝，英勇蓋世。折衝俎豆，兼盡其美。
更抱赤心，金石不移。哀我胥臣，抱負文武。
武泣強徒，文高上古。事我先君，竭盡肱股。
哀我霍伯，少年英勇。立功戎狄，聲名遠聳。
四臣矯矯，璠璵梁棟。正茲登庸，華胥入夢。
使我衷曲，悲傷慘痛。有酒在樽，有餚盈俎。
惟爾有靈，來歆祭所。

史官有詩贊趙衰曰：

堪羡趙成子，在晉事三公。
赤膽昭英烈，丹心本義忠。
功名如聳嶽，事業若長虹。
不可追王佐，亦能馭霸雄。
世封晉氏爵，百代仰高風。

又有曰季贊曰：

司空臼季子，文武兩全誇。
横槊撼千敵，吐詞鬥萬葩。
披肝惟念國，露膽豈謀家。
薦友興田畝，事君遍海涯。
巍巍晉室老，史册耿華華。

襄公祭罷，不勝悲愴，群臣無不揮涕。公謂狐偃曰：「國家不幸，連喪先朝老臣，孤觀舊臣伯年老，不忍以繁政累及舅伯，舅伯可謝職養閑，不亦美乎。」狐偃再拜辭官歸家，〔一〕是歲狐偃亦病死於家。

一日，狐溱告襄公曰：「外有秦、楚爲敵，國家連喪文武，主公宜升選後進，以備參用可也。」公然之，

〔一〕「辭官」，余象斗刊本作「官」，據龔紹山刊本改。

遂以狐偃之子狐射姑爲中軍元帥，以趙衰之子趙盾爲上軍大夫，以先且居之子先克爲下軍大夫。陽處甫出班奏曰：「趙盾之賢過於射姑。」若以中軍元帥改封趙盾任之，然後改以射姑爲上軍大夫。群臣謝恩出朝，射姑歸，以陽處甫之事，告其弟狐鞫居。狐鞫居曰：「處甫無端當殿辱改我兄，吾當特爲兄斬之。」遂仗劍而出，射姑止之曰：「處甫雖奏改我職，然亦爲國，豈可行匹夫之勇以私害公乎。」鞫居不聽，遂潛入於處甫之室，不知後事如何。

秦孟明焚舟誓伐晉

時當三更，處甫孤燈讀書，鞫居佯作其僕，潛於座側，處甫讀書疲倦，被鞫居刺於座下，家人覺之，因鞫居以見襄公。襄公大怒，斬郤鞫居，發鐵甲兵圍住狐氏之宅。狐射姑聞鞫居事變，遂踰垣牆，走投白翟國，其家屬盡掠入朝，襄公令赤其族。趙盾忙諫曰：「狐氏乃國家親臣，況其父子有大功於朝，鞫居雖然擅殺大夫，今亦被斬，射姑出逃，足徵其罪，焉可更滅其族？」襄公默然，喝退狐氏老幼，但罷其家爵禄。群臣退朝，趙盾急令本府士卒，護送狐射姑之妻孥，往翟城還之。或問趙盾曰：「陽處甫爲汝而死，射姑正汝仇人，汝何爲又送還其妻子耶？」盾曰：「吾與射姑有同僚之義，況我先父與狐偃皆同心以佐晉室之臣，豈可因私忿而忘大義乎。」其人悦服此，趙宣子重義之好處也。

重義亡仇大丈夫，公明趙孟豈含糊。

送還賈季妻兒事，閲遍春秋一個無。

狐射姑徑投翟國，來見黑天大王。大王詢其因由，欲代其興兵伐晉。射姑曰：「晉乃舊主之國，吾得罪之徒，豈敢以臣犯君乎。」翟之大夫，姓酆名野者，問射姑曰：「晉有趙盾者，乃趙衰之子也，吾聞其賢能，然與趙衰則誰優誰劣？」射姑對曰：「趙衰冬日之日也，趙盾夏日之日也。」舒曰：「冬日可愛，夏日可畏。然則盾之威能過於其父乎？」姑曰：「然。」言罷，盾之家人送其妻子至，姑感其德，厚謝其僕。酆舒笑曰：「然則夏日之中，亦有冬日存焉耳。」於是，狄人常欲興兵伐晉，以報其仇，只憚趙盾威勢，連年不敢動矣。

卻説秦穆公不替孟明，增修國政，聞知晉國連喪老臣，國中大亂，乃問孟明曰：「晉可伐乎？」孟明曰：「天禍晉國，使其臣死主幼，今若不伐，更待何時。」穆公遂拜孟明爲征西大元帥，以白乙丙爲先鋒，大發精兵二十萬伐晉。子桑出班奏曰：「臣雖年老，尚能力舞八百斤之鐵戟，挽百石之神弓，主公何棄臣以乙丙爲先鋒哉？」公曰：「此行非比尋常，不伐晉國，誓不班師。將軍年過七十，豈能更立大功於邊外哉。」子桑聞言，不忿其意，乃曰：「主公欺臣老，不能立功，臣以吾平生用的雙枝畫戟，重有八百餘斤，擲於殿階，乙丙若能持此戟演武一回，臣即屈服。如其不能，此先鋒必讓於臣也。」公許之。子桑卸下朝衣，抖擻神力，取畫戟舞遍一回，擲於階級，大叫：「誰爭先鋒者，來持此戟。」白乙丙亦卸朝衣，兩手扶起鐵戟，顏色改變，不能盤舞，遂復擲於地。群臣皆曰：「先鋒還是子桑可爲。」公遂令乙丙解其印與子桑，改乙丙爲保駕。

次日，孟明升帳，令先鋒造舟五百艘，兵從黄河而渡。子桑連夜造船隻，請大兵濟河。大軍已濟登岸，孟明示衆曰：「此回吾不伐晉，誓不回軍。」令後隊盡焚河上之舟，以示不克不還之意。後潛淵《讀史詩》云：

兵渡黄河古岸時，孟明焚艘向江湄。
龍蛇逼火翻鱗甲，波浪吞煙滾碎霓。
萬道金光浮閃電，運江緑水化琉璃。
嬴秦自此將成霸，誓伐晉邦再伐西。

三軍得令，踴躍向前，遂出大慶關，屯於關下。打戰書入王官，王官守臣祁瞞領本城兵出戰，〔一〕被公孫枝斬之。大軍望郊而進，郊之守臣茅希古堅閉不出。秦兵日夜在外挑戰，孟明正在議事，忽然一陣怪風入於中軍，孟明點課吉凶，便知晉兵今夜來劫大寨。遂令諸將埋伏於寨外，四面虛張火炬，詐鳴金鼓，以伺拿捉晉兵。時至三更前後，茅希古果引本部兵銜枚殺至秦寨，見中軍燈火熒煌，疑孟明未寢，殺入中軍，只見四下虛空，遂抽轉馬頭。秦兵四面殺進，希古正欲從寨後殺出，被子桑一戟刺於馬下，盡收降卒，大軍遂圍絳州。襄公大驚，問群臣，群臣皆曰：「我國初喪元老，群臣爭長不睦，不可與之爭鋒，只宜深溝高壘，堅守城池，秦兵遠出，糧米不繼，不日必然退兵。」公然之，令先蔑、先都、荀林甫、郤缺四將，各引精兵五千，分守四門，不許亂戰。

說魏犨時年老，養病於家，聞秦兵圍城，朝廷不敢振戰，乃長歎數聲，曰：「國家豈無一丈夫哉。何乃以千乘之國，閉城以受秦人之辱？」令子孫取出盔甲披掛，欲出退秦。

行至中門，僕倒於地，長歎數聲。將死，其子魏顆，忙扶歸入寢室，犨謂子曰：「吾有愛妾，年少無子，吾常分付，吾死之後，必嫁是妾。吾今想起，吾死，汝即當殺此妾，殉吾之葬，以滿吾意。」言罷，遂長歎數聲而死。魏顆即嫁其妾，告曰：「汝父在時，曾令殺妾以殉葬，公子何嫁妾耶？」魏顆曰：「吾父未病之時，曾令嫁汝，及病亂方囑殉葬，吾從其治命，不從亂命耳。」〔二〕其妾感恩而去。後史臣贊魏武子詩云：

雄哉魏武子，義勇冠英豪。

〔一〕「祁瞞」，余象斗刊本作「初瞞」，據龔紹山刊本改。
〔二〕「吾從其治命，不從亂命耳」，余象斗刊本作「吾從其亂命耳」，據龔紹山刊本改。

勇奪三軍帥，義跨五嶽高。
從亡惟挺斧，佐霸獨横刀。
怒毁負羈宅，威收子玉袍。
聞秦圍晉急，忿死等鴻毛。

襄公聞之，甚加憂悯，正與群臣商議出戰。

卻説西羌戎主金刀大王，文有由余，武有顔季律，戎兵一十餘萬，威振西方。至是，會白翟國名，在陝西延安府、羌戎國名，在陝西寧夏衛、渠戎國名，在陝西慶陽府，四國之兵，殺奔潼關，要攻咸陽。穆公遣使連夜追回孟明，孟明得書，遂拔寨班師，晉兵亦不追趕。秦兵從茅津濟河歸至崤山，前有塵頭蔽日，金鼓振天。哨馬報孟明曰：「秦伯親出，迎元帥鑾駕，今至崤山耳。」孟明即來見駕，君臣相賀未畢，忽然天昏日暗，鬼哭神號，咫尺不能相辨。穆公驚懼，不知其故。孟明忙奏曰：「臣罪合該萬死，乞容分訴。昔者臣領大兵十二萬伐鄭，遂出崤山攻晉，不料晉兵埋伏於此，十二萬兵之命皆喪於崤山，此怨氣所積，以致天日昏暗。」公歎曰：「諸將皆爲吾國，以致十二萬之命，盡喪於此，吾豈忍之。」遂令將士收埋衆屍，宰牛馬以祭之。頃刻，風清日朗，山水秀麗如故，此亦秦穆公之好處也。後東屏先生《詠史詩》云：

十萬秦兵戰敗時，崤山高積肉山屍。
幽魂遠滯他鄉鬼，精魄難回見子妻。
怨氣冲天星斗暗，悲聲徹野太陽迷。
穆公一下收埋詔，惻隱巍巍高等夷。

穆公既葬崤山之屍，三軍踴躍感激，皆願爭先，大兵遂望潼關而進。不知後事如何。

秦穆公大霸西方

秦兵屯關下，打戰書入戎寨。西戎主金刀大王便欲出戰，軍師由余曰：「不可。秦方伐晉，其兵甚鋭，姑容設計破之。」其主不聽，遂披掛殺出。秦將白乙丙出馬迎敵，戰上十合，由余在關上指麾諸將，四國番王正欲夾攻，乙丙、孟明看見，忙鳴金收軍，乙丙曰：「正好廝殺，軍師何故收軍？」孟明曰：「吾觀由余在關上，指麾號令，兵機甚高，恐汝被傷，所以收軍。」戎兵連日在外挑戰，秦兵不敢出敵。穆公問孟明曰：「大兵相持數日，不決勝負何如？」明曰：「臣觀由余在戎，一時不能破敵，當以計收由余，然後方可破戎。」穆公問其計何如。孟明曰：「戎人好色，當用美人局，其計方成。」穆公下詔，選民間極妙美人十個，與孟明行移。孟明修書一封，差使者送此十個美人與戎主，戎主金刀大王得書，拆而讀曰：

大秦西征元帥百里視頓首拜書上，西羌大王殿下，夫秦與羌相爲表裏，茲乃唇齒之邦，但大王興兵犯界，自相吞噬，故我主命視督將出敵，兩兵相持，雄雌未決。吾思戎兵驍勇，秦將英雄，縱使交鋒，亦無勝負，徒費農業，枉陷百姓，不如講和求好，二國相通。〔一〕特令視奉至舞女十個，黄金百斤，伏乞

〔一〕「二國相通」，余象斗刊本作「二國」，據龔紹山刊本改。

退師。自今後二國魚水相依，大振西土，合謀征伐中原，不勝感幸。

金刀大王讀罷大喜，遂收美人，遣使回報。由余忙諫曰：「秦人連困數陣，不敢出敵，故進美人以迷大王，大王宜斬美人，鼓兵出戰，則四方可圖，不可妄受，以中其計。」金刀大王不聽，遂令太子花智往秦講和。孟明聞花智至，撫掌默笑曰：「中吾計也。」遂密告白乙丙之計，乙丙出。花智來見孟明，延入中軍，各叙禮畢，花智起曰：「父王承元帥佳貺，故令某來致謝，且聽命講和也。」孟明曰：「吾秦與大國相倚，不忍自相攻擊，故請命講和，煩太子拜上父王，退兵通好，甚爲美事。」花智唯唯受命。忽有小卒突入帳下，報：「戎軍師由余至。」孟明忙喝止其言，令白乙丙延入西寨：「吾有佳客在此，令其免入中軍。」花智問曰：「由余何以至此？」孟明曰：「非也，是吾故人西涼由渠也。小軍錯報耳。」遂設大宴，以待花智，二人盡歡而飲。

酒罷，花智辭歸，至關下遇三五個秦卒引一騎空馬而至，見花智便匿林中以避。花智令從者拿出，問其何來。小卒詐作驚懼之色，曰：「吾乃遊騎打探軍情者。」花智曰：「非也，焉有遊騎五卒共一匹馬乎。此必有詐。」再三詰之，小卒不言。花智拔劍嚇之曰：「汝不實言，必斬汝等。」小卒曰：「不敢隱瞞，今早汝西戎軍師由余，來見吾之元帥，元帥恐太子知之，故令我等護送而還。」花智驚曰：「由余至你寨有何幹？」小卒曰：「我等不知其故。」花智欲斬此五卒，五卒告曰：「由余與我元帥往來數日矣，但我等不知其所謀何事。今由余有回元帥之書一封，呈與太子，乞赦我等之命。」花智喝退小卒，拆其書覽之，乃由余密約秦兵來劫大寨，與之裏應外合之事。又曰：「吾軍獨花智驍勇，今日宜盡歡，勸飲若醉，即當殺之，則大事成矣。」花智讀罷，大罵：「匹夫，焉敢害吾父子。」拍馬歸報其父。

當時，金刀大王自得秦之美人，朝夕耽迷酒色，不議攻戰之策。由余累諫不從，余乃揚聲出中軍曰：「今日不納吾言，旦夕禍至，勿謂我不諫也。」言罷，遂歸本寨。花智歸告父曰：「吾父子險被奸臣所誤。」以書示父。其父大怒曰：「只見由余老賊，適在此間，道吾有旦夕之禍，正是此事耳。」遂令花智來斬由余，由余聞知，長歎曰：「吾之君臣中秦人之計矣。」欲入訴明，其從者曰：「花智父子無仁無義，天陷其絶卻宗社，先生乃高明之士，何不棄暗歸秦，安可束手受戮哉。」由余然之，遂單騎從僻路走下關來。孟明知由余必至，先遣子桑引兵出接。

花智見是秦兵來保由余，不敢輕追。孟明親接由余來見穆公。穆公降階而迎，余曰：「臣乃亡國之徒，何勞明公厚禮。」穆公問曰：「戎主不能尊賢，故棄先生，先生指示寡人，滅此胡虜，決不敢忘。」余曰：「西方共有一十二國，獨有戎主金刀大王最盛，然金刀又倚其子花智之勇，故能匡服諸戎。明公能擒此賊，則十二國掃地來歸矣。」公曰：「煩先生用一奇計，以破胡虜。」由余曰：「花智專好遊獵，臣觀潼關之南，有山名太華山，圓圍數百里，高聳五千仞，中有芙蓉峰、明星峰、玉女峰，又有蒼龍嶺、黑龍潭、白蓮池、日月崖等處勝境，况其中多有珍禽異獸，花智常常在此處遊獵，若依臣計，必擒此賊。」

穆公遂拜由余爲中軍副元帥，許其調用。由余得旨，遂調白乙丙勁弩手五千，〔一〕伏於日月崖下。又令公孫枝引數百鐵騎，伏於玉女峰前。又令西乞術、公孫縶各引精兵一萬，伏於關下，以截西戎救兵。又請穆公親自遊於太華山頂，以誘花智。穆公次日遂與由余、孟明數文武，登山遊玩，其山端的三峰秀麗，一水澄清，誠乃西方第一之名山，天下無雙之勝境也。怎見得好山，唐人杜子美曾有四句詩爲證云：

太嶽棱曾聳處尊，諸峰羅列似兒孫。

〔一〕「弩」，余象斗刊本作「拏」，據龔紹山刊本改。

精靈孕秀鍾英傑，名甲西方遍地聞。

穆公君臣正歎賞間，遠見數十麋鹿遊於明星峰下，穆公叱馬逐鹿，忽然喊聲大振，一彪人馬馳射於星峰來。當先一將身穿蟠花錦戰袍，坐下追電烏騅馬，左掛鐵臺弓，右插狼牙箭。秦兵舉頭視之，乃西戎太子花智。由余見花智亦來逐鹿，喜其中計，遂引穆公之駕往來馳驟。花智遥見，問從者曰：「前山射獵者誰人？」從者曰：「乃秦任好與孟明、由余也。」花智聞知大怒，勒馬便追。穆公望玉女峰便走，花智追入峰下，公孫縶引鐵騎殺出，花智奮戰一陣，縶乃詐敗，入於日月崖。花智追入崖下，只見兩山險峽，僅能行得一騎，花智恐有埋伏，勒馬殺回。一聲梆子響處，白乙丙引勁弩亂射，塞住歸路，公孫縶又引兵殺回，花智果中箭，死於崖下。正是：

路逢險處難回避，事到頭來不自由。
日月崖前弦響處，英雄一旦此間休。

西戎敗兵荒忙歸報金刀大王。金刀大王放聲慟哭，引部將顏季律殺下關來，戎兵將過其半，被公孫枝伏兵殺出，衝爲兩段，戎兵首尾不能相顧，枝斬季律於馬下。金刀大王走上潼關，枝拍馬追上，活捉而歸。穆公問由余曰：「吾欲放金刀歸國，以德懷服西方戎主。先生之見何如？」由余曰：「胡人不懷德義，惟懼威力，主公宜斬金刀，以高竿懸其首級，令公孫枝持上潼關，招撫諸夷。」〔一〕諸戎堅閉不出，枝在外讓曰：「汝等不早納降，少刻五將殺入，一命不留。」於是，白翟國王、渠戎國王、羌戎國王，相議下關納降，推穆公爲西方

〔一〕「招撫諸夷」，余象斗刊本作「招撫」，據龔紹山刊本改。

諸侯盟主，議定歲貢方物。穆公大悅，重待其主遣歸，穆公遂霸西戎，西方諸侯來朝者十二國，得地土千餘里，名振西土，皆用由余與孟明之力也。後東屏先生《詠史詩》：

穆公威霸振西秦，善任由余及孟明。
土地拓開千萬里，羌戎列國盡歸臣。

又一絶單道穆公不替孟明，而成霸業，有詩爲證：

明主尊賢貴始終，瑕疵不較定成功。
孟明能展平生志，須向當時美穆公。

穆公既得西方十二國之諸侯，奏請班師歸朝，加由余、孟明之官，大宴群臣。忽報王使至，穆公迎入。畢竟是誰。

秦穆公用人從葬

穆公既迎王使入朝，乃周大夫召公名過，乃召公奭後代之孫也。召公曰：「天子以戎狄亂侵中國，今得侯伯征服，生民免受其害，故遣某以金鼓來賜侯伯。」穆公望北拜受，厚待召公，辭歸。公思戎狄來降，天子降賜，乃升公孫枝爲破虜將軍，戲謂枝曰：「將軍年過七旬，能奪先鋒，以助我征戎成霸，孤欲乘此得勝之兵伐晉，將軍尚敢掛此印乎？」枝對曰：「大丈夫當立功戰場，死且不避，何懼老乎。」穆公大悅。酒罷退朝，子桑以穆公更許己爲先鋒，喜不自勝，歸家長笑數聲而死，時年七十六歲。後有人贊曰：

輔霸成功壯，相秦積業深。
韓原戰六將，河口接孤兵。
似虎生飛翼，如蛟振百鱗。
子桑當世傑，英勇久馳名。

次日，穆公設朝，謂群臣謀議起兵伐晉，聞子桑身死，慟情大過，遂成憂疾。宣群臣入後宮受遺詔。群臣既至，公謂孟明曰：「寡人自得百里奚、蹇叔，威名振於中原，及得先生，又霸西戎，今欲東征，不幸遇疾將盡，但孤歿之後，願公等盡心輔吾太子，以定秦國可也。」又召太子名罃，晉獻公女所生，囑曰：「吾死之後，汝即葬我於雍即今在陝西鳳翔府城内東南，當以一百七十七人以生殉葬按秦近西戎，其俗多雜夷狄，故死者常用生人陪葬，自秦武公卒初用生人從葬，至穆公時，其俗愈盛，葬用一百七十七人從焉。有子車氏奄息、仲行、鍼虎弟兄三人，乃吾平生所善之士，亦可使其從葬。」言罷而卒，時年六十九歲，乃周襄王三十一年春二月也。群臣奉太子罃即位，是爲康公。康公嗣位，承父遺命，葬其棺於雍城，果以生人一百七十七個、子車氏三兄弟同葬，此三人乃秦國善士。及葬之日，其一百餘人同入土穴，號哭之聲，徹於天地間者，莫不酸辛。國人哀之，爲之賦《黄鳥》之詩云：

交交黄鳥，止於棘。誰從穆公，子車奄息。
維此奄息，百夫之特。臨其穴，惴惴其慄。
彼蒼者天，殲我良人，如可贖兮，人百其身。
交交黄鳥，止於桑。誰從穆公，子車仲行。
維此仲行，百夫之防。臨其穴，惴惴其慄。
彼蒼者天，殲我良人，如可贖兮，人百其身。
交交黄鳥，止於楚。誰從穆公，子車鍼虎。
維此鍼虎，百夫之禦。臨其穴，惴惴其悚。
彼蒼者天，殲我良人，如可贖兮，人百其身。

又宋東坡蘇先生《題穆公墓》詩云：

槖泉在城東，墓在城中無百步。
乃知昔未有此城，秦人以泉識公墓。
昔公生不誅孟明，豈有死之日而忍用其良。

乃知三子殉公意，亦如齊之二子從田橫。
古人感一飯，尚能殺其身。
今人不復見此等，乃以所見疑古人。
古人不可望，今人益可傷。

唐人《題穆公墓》詩云：

俗人戎風夏變夷，賢如秦穆亦難移。
驅良殉葬心何忍，因死傷生義甚迷。
怨氣沖天陰慘慘，愁雲結雨冷淒淒。
空山草木如含淚，千秋離離覆石碑。

史臣評曰：

秦穆公仁慈大量，禮士尊賢，故能用百里奚於亡命，拔蹇叔於老農。其輸粟救晉，信仁之篤，不替孟明，任賢之周，所以韓原一捷，遂霸西戎。春秋諸侯若此者幾希。雖然終蹈夷風，刻薄殘恩，以至用人殉葬，損陷三良，不能全其終美，以長霸業，可勝惜哉。

郤說晉襄公連喪老臣，又被秦兵所困，君臣恭儉，厲精圖治，國中亦無大事。及聞秦穆公卒，群臣皆欲乘喪而征之，獨上卿趙盾曰：「不可。秦與晉匹配之國，自先君惠公韓原一戰，連動數歲之干戈，今值穆公既死，宜遣使入吊，以通舊日之好，則我國方安。」襄公然之，遂令公子昭往秦吊賀吊穆公死，賀康公立。公子昭往秦數月，襄公亦病，將死，召群臣囑曰：「吾承父霸，破狄伐秦，亦足強國，今吾將歿，太子夷皋年幼，公等宜盡心輔佐，和好鄰國，不失盟主可也。」群臣再拜受命。襄公卒。

次日，群臣欲奉太子即位。趙盾曰：「國家多難，不可以立幼主，今觀公子雍好善而長，可嗣大位。」群臣皆莫敢言，但曰：「國家不可一日無君，今公子雍入秦吊賀，宜即立太子何如？」盾曰：「宜遣使星夜入秦迎歸，何必更立太子？」遂問班部中誰敢入秦者。先蔑、士會二人願往。盾曰：「即備快馬，奉駕往秦。」二人領駕出朝，荀林甫止士會曰：「先君有子，而子不立，欲迎他人，獨何不省而招禍乎。」士會不聽，徑投於秦。

時公子雍正在秦見康公，士會與先蔑隨即入朝，告康公曰：「寡君已歿，群臣以公子賢能，故遣某等迎歸嗣位。〔一〕」康公曰：「既然如此，我當以兵送之。」遂令白乙丙引五千兵，同士會等送公子返國。公子謝恩出朝，望絳而進，畢竟如何。

〔一〕「遣」，余象斗刊本作「遺」，據龔紹山刊本改。

秦晉令狐大戰

郤説襄公夫人穆嬴也日抱太子靈公也在宫中號哭，聞秦送雍將至，乃抱太子出朝，謂趙盾曰：「先君何罪，嫡嗣不立，而在外求君。」言罷，放聲大哭，抛子於趙盾身上，曰：「先君囑爾奉事吾子，今其言尚未絶，而爾遂背君乎？今日不立吾兒，吾之子母有死而已。」遂退入宫。趙盾恐懼，抱太子謀於郤缺。郤缺曰：「事急矣。不立太子，則吾等皆受禍。」盾曰：「吾已先遣士會往迎公子雍矣，何可再立太子？」缺曰：「速遣人止之。」忽人報秦兵送公子至重陰矣。盾忙會集群臣，立太子嗣位，是爲靈公。朝賀已畢，盾謂同僚曰：「國家既立新君，不可更受秦兵入城，誰敢領兵出拒秦兵者？」荀林甫、先克二人願往。盾遂調二人，各引本部拒秦。

二人來至令狐，遇秦兵下寨，士會不知其故，乃親來見林甫，林甫以事告士會。會睜目視曰：「議接公子又是汝等所爲，今又立太子而拒我乎？」遂拂袖而出。林甫止曰：「公乃晉臣，何爲秦乎？」會曰：「我受詔往秦迎雍，則雍是我主，秦爲我靠，豈可背義而忘舊乎。」遂出歸寨。林甫曰：「士會不肯歸晉，來日必成交鋒，不如乘夜去劫秦寨，方得勝勢。」先克然之，遂令三軍披掛，分兵至於秦寨。正當三更，二人殺入營門，秦人不防備，荒忙無措。白乙丙見營中火起，與士會雙馬殺出，先克迎敵，鬥十餘回合，林甫大叫曰：「公晉不宜太癡，向前脅力攻秦而返。」士會在馬上答曰：「我接公子，而又返攻秦師，非義之事，決不敢爲，荀公休怪，今日卻無朋友之恩耳。」遂馬來攻林甫，林甫麾進諸軍。秦兵有甲無戈，有弓無箭，自相驚跌，死者甚衆。士會見勢不能抵，遂與先蔑擁公子雍奔秦。林甫與先克追至刳首，斬卻秦兵百餘級，公子雍亦死於陣，盡奪器械而還。趙盾大喜，大宴二將。林甫謂盾曰：「前者狐射姑奔狄，公曾念同僚之義，送還其妻子。今士公晉與先蔑，與吾輩亦有同僚之契，執義奔秦，故亦請送還其家屬。」盾曰：「伯英重義，正合我意。」遂令衛士護送二家眷屬於秦。

卻説士會引敗兵奔，康公大怒，遂欲起兵伐晉。士會諫曰：「不可。晉用趙盾爲政，有郤缺、先克等爲將，不可輕舉。臣觀夷皋（靈公之名）自幼舉止無常，日後必然失德，不能久容，趙盾姑俟數年，待其君臣猜忌，然後伐之，無有不克。」康公然之。

卻説楚穆王與群臣商議政事，大夫范山奏曰：「吾聞晉喪諸將，其主又幼，可令大將領兵伐晉，以報城濮之仇，晉服則北方可圖矣。」穆王然之，遂令鬥宜申（即子西也）爲元帥，鬥越椒（鬥伯比之孫，子文之子）爲先鋒，大發精兵五萬伐晉出東門。下大夫大心（子玉之子）夜入中軍來見子西曰：「昔吾父與元帥城濮戰敗，成王欲殺元帥，令尹子文力諫方免。今元帥將兵伐晉，晉有趙盾爲元帥，郤缺、荀林甫爲大將，倘戰不勝而歸，元帥能保其死乎？」子西點頭曰：「吾知之矣。」

大軍進屯狼淵，鄭穆公聞楚兵伐晉，使長子龍、次子堅部兵出守，一面差人報晉。晉侯聞之，使箕鄭甫爲中軍元帥，士穀佐之，先都蒯得爲左右隊，梁益耳爲先鋒，發兵救鄭。先克進曰：「趙孟乃功臣子孫，不立爲元帥，又何立箕鄭甫乎。」晉侯遂以趙盾代鄭甫爲元帥，使鄭甫爲副將。鄭甫心怨先克，但在出征，不能報怨。趙盾調集諸軍，號令前往狼淵。哨馬報，楚人聞晉兵至，擺開陣勢，以候廝殺。趙盾調先鋒交戰，楚將鬥越椒出馬，戰不十合，趙盾麾大軍齊出，楚兵不能抵敵，披靡大敗，越盾拍馬殺入楚陣，救轉鄭公子，斬首千餘級。箕鄭甫見趙盾建功，全不出兵助戰，獨先克、郤缺二騎殺去接應，盾方得勝歸寨，乃重責箕鄭甫、梁益耳等之罪，送還鄭公子，拔寨班師。箕鄭甫與梁益耳曰：「此事皆由先克所致，不斬此賊，誓不爲男子。」是夜，潛入西寨，刺死先克。軍士知覺，報知趙盾，欲斬此數人。郤缺曰：「不可，箕鄭甫與士穀、蒯得四人共黨，若在此斬，必然激變，不如佯作不知，待歸朝賞罰之際，一網可除。」盾曰：「然。」大軍遂班師，告靈公曰：「箕鄭甫以下四臣，故越軍法，臨陣不救，擅殺部將，合該處斬，以戒將來。」靈公大怒，令收箕鄭甫、梁益耳、士穀、蒯得四人，同斬於市，追贈先克爲中軍大夫，以其子先穀復其原職，自是國人皆畏趙宣子之威嚴矣。正是：

宣子威名如夏日，守分秉正立當朝。
同僚相見心神碎，鄰國聞知膽氣消。

郤說楚元帥鬥宜申敗兵將近歸楚，自思大心之言，恐被穆王所誅，乃密呼部將屈仲歸，教曰：「汝能爲我效一力乎？」仲歸曰：「元帥鈞旨，唯命是從。」申曰：「我今敗兵而歸，楚王必然見責，詐病不朝，倘楚王來問疾，子伏中軍帳下，刺殺楚王，別立新君，我奏升汝高官，有何不可。」仲歸受命，申即具病表以上，楚王果出問病中軍，子西全不出接。左大夫伍參忙諫曰：「宜申乃喪師之帥，雖病在身，敢自矜傲君主，此必有詐，我主不可進中軍。」令搜之，果見仲歸挾短劍伏於帳下。楚王大怒，令武士斬宜申與仲歸回朝。

人臣得罪唯聽辟，懷逆謀君笑子西。
畫虎不成空展爪，反教六尺被誅夷。

郤說秦康公聞晉楚交兵，而晉國將士自相戕擊，召士會謀議伐晉。士會曰：「晉之謀士獨趙盾懷遠，臣聞盾與蒯得等結仇，乘其國亂而伐之，一舉而晉可滅。」康公然之，遂令西乞術爲先鋒，先蔑副之，士會爲參謀，自督精兵二十萬，殺奔霸馬而來。霸馬守臣史駢堅閉不出，連夜入晉告急。晉侯議論遷都，趙盾止曰：

「秦兵乘吾國多亂，故起兵犯界，如若遷都，必然見怯，請得兵五萬與臣，必破秦矣。」公然之，遂與兵五萬。趙盾率兵至霸馬，問史駢何以出戰。駢與盾曰：「秦兵遠來，糧料必不相繼，但深溝高壘，待其糧盡而回，然後擊之，可得全勝。」盾然之，使荀林甫、郤缺、范無恤、趙穿，各引本部兵分守四門，毋得浪戰，自與韓厥、胥申三人朝夕巡監城池，秦兵不能攻戰。畢竟如何。

晉士會自秦逃歸

秦康公問士會曰：「晉兵堅守不出，我之糧盡，難以久持，必用何計以決勝負？」會曰：「臣聞趙盾之弟名穿者，乃晉侯之婿，自幼輕狂，不知兵事，今聞趙盾使其守東門。若使人在東門辱罵，穿必出戰，一破東門，則三門俱陷，破晉必矣。」康公悦。日夜使人在東門辱罵。趙穿受辱不過，來告趙盾曰：「養兵練將，正在備敵，大兵今與秦相持，堅閉不戰，非大丈夫所爲，爾等不戰，我即引本部開東門迎敵矣。」趙盾再三誡之，穿始歸守東門。是夜，秦兵又在東門辱罵，趙穿不稟中軍時趙盾爲元帥，引副將史謙殺出，被先蔑與西乞術雙馬夾攻，困在城下。趙盾與胥臣正在中軍議事，忽聞納喊振天，哨馬報東門守將被困，盾忙令諸將一齊殺出。秦兵勢弱，不能抵敵，披靡大敗，晉兵追至河曲收軍。

正欲班師，忽一人突入轅門告趙盾曰：「趙穿故違軍法，擅出東門，元帥不斬示衆，是私其弟也。」衆人視之，乃趙盾府中步軍韓厥也。衆皆爲之惶恐。盾乃改容曰：「韓厥直言無隱，義能服衆。」喝令斬趙穿，然後班師。衆將以穿爲晉侯之婿，元帥之弟，皆下跪保全，趙盾不許。諸將再三哀丐曰：「此亦其部將史謙同罪，乞斬史謙，足可示衆。」盾又不許，韓厥亦曰：「元帥可從諸將之保。」盾方斬史謙，笞趙穿，罷其官職，大軍班師歸朝。靈公大悦，重賞諸將。趙盾告靈公曰：「韓厥直言無隱，義能服衆，臣請以中軍元帥讓之。」韓厥辭不敢受。靈公遂拜韓厥爲左司馬，使趙盾、趙穿各復原職。後人有詩爲證：

韓厥秉公無避勢，趙宣服義肯辭名。
二臣皆是晉邦傑，高出庸夫妒忌心。

二人謝恩出朝，趙盾歸而喜曰：「晉有韓厥，吾不憂矣。」其從臣公孫杵臼進曰：「元帥以韓厥爲晉國柢柱，不知士會、狐射姑爲晉國之禍患也。」盾曰：「然則若何？」程嬰曰程嬰亦是盾之從臣：「公爲正卿，宜會同僚謀返二子，則晉無所慮。」盾便欲入朝會議，嬰曰：「士夫愛惡不同，不可在外會議，只可托田獵爲名，請韓厥、郤缺、魏顆三大夫令獵於諸浮，此處會議，事方不泄。」盾悦，即令程嬰諸將次日回家，賓主會於諸浮。酒方半酣，盾告三人曰：「士會在秦，狐射姑在狄，二者終爲國患，何以謀之？」林甫曰：「賈季狐射姑之字也功臣之子，士會晉之智士，二人雖有大罪，不可久逐於外，可令人請還。然賈季在狄，一請便歸，士會在秦，秦伯知其賢能，必不肯放，必須設計誘之，方得其還。」盾問：「要用何計？」

忽一後生從旁出曰：「吾有一計，能挾士會而歸。」衆人視之，乃魏顆之子魏犨之孫、下軍裨將魏壽餘也。盾曰：「伯齡有何計策？」餘曰：「吾單騎奔秦，詐降秦伯，誘士會而歸。」顆曰：「吾兒不能成此功而歸，必斬汝。」壽餘受命而往，衆人皆散。獨趙宣子與數從者在後，行至首山桑林下，見一餓夫，盾召而問之。餓夫曰：「吾乃齊之儒士，姓靈名輒，宦學正絳州三年，囊金殆盡，又沾饑病，所以采桑於緑野，臥不能起。」盾恤之，令取壺飧酒飯遺之。輒食而懷其半，盾問其故。輒曰：「吾有老母在，故留奉母。」盾謂左右曰：「此孝人也。」又賜金帛酒米而歸。後史臣有詩爲證：

緑畝桑濃二月初，趙盾田獵獨歸時。
壺飧不哺齊靈輒，他日何人出禍危。

卻説魏壽餘單騎奔入西秦，遍訪士會、先蔑，國人皆曰先蔑已死，士會已爲中軍參謀。魏壽餘入朝，告康公曰：「臣乃晉功臣魏犨之孫，今晉國趙盾爲政，欺傲同列，前者霸馬一戰，趙穿違法歸朝，反責臣父，故臣父令餘特來投降。」康公問士會真否，壽餘私攝士會之足。會雖奔在秦，然心亦思晉，見壽餘攝己足，暗知其行計，救己歸晉，乃詐告康公曰：「晉人多詐，此必壽餘詐降，若是真降，必須以何物獻功。」壽餘忙出文書獻曰：「明公能收壽餘，願以魏之地土，獻爲進身之功昔魏壽餘之祖畢萬從晉獻公伐魏，地陽畢封子孫，世食其邑。但臣眷屬在魏，士會晉舊臣，知其道路，乞以士會同臣保取家屬歸秦，然後興兵收魏。」康公大喜，遂令士會從壽餘取家眷。士會詐曰：「晉人，虎狼也。倘知臣過晉，擒臣刺之，則臣之妻孥在秦者，主公又殺之，無益於君，徒斃於己，臣不敢往也。」康公不知士會爲詐，乃曰：「卿宜盡心而往，若得魏地，重加封賞，倘被晉留，孤當送還家口。」左大夫繞朝諫曰：「不可。此晉人見士會用於我國，故使壽餘行詐，以挾其歸耳。」康公不聽。

士會與壽餘荒忙跑出，繞朝扣其馬以馬鞭贈士會曰：「子莫謂秦國無人，但秦君不用我言，子持此鞭速歸，若遲則禍至矣。」士會拜謝上馬，望河東而進。後史臣有詩爲證：

策馬揮衣古道前，殷勤贈友止絲鞭。
休言秦國無明士，單訴康公不納言。

二人走離咸陽，行數日，忽有一枝兵擋住前路，壽餘視之，乃趙盾之子趙朔也。三人下馬相見，餘曰：「子何早知？」朔曰：「吾奉父命引兵前來接應。」三人喜不自勝，入朝見靈公。士會肉袒待罪，群臣正議論間，報：「狐射姑自狄逃歸。」靈公各赦其罪，使復原職。秦伯亦令人送士會之妻子而歸。趙盾曰：「國家多亂，皆由文武不和。今士會、狐射姑既歸主公，宜定例諸臣之爵，自今以後，各抱忠義，務要和睦，以輔邦家，然後定盟以會諸侯。諸侯服者懷之，違者征之，則德威兼著，而先君之霸可續矣。」靈公善之。於是封趙盾爲左班上卿，荀林甫爲次，郤缺爲下卿，魏顆爲右班上卿，韓厥爲次，士會爲下卿，其餘文武各進一級，大宴群臣，畢竟後事如何。

楚莊王納言定霸

酒至數巡，忽報周大夫尹聃啟至，靈公召問來故，聃啟曰：「國家自襄王、頃王嗣位六年，朝綱大政，皆是周公閲周公後代之孫，名閲與王孫蘇專秉。今頃王已崩，〔一〕閲與蘇爭政，不立新君，國中無主，故吾來告投，乞盟主繼文公之業，興師以定周亂，則諸侯誰敢不服於晉。」靈公問於群下，趙盾曰：「昔者，齊桓、晉文皆由定天子而服諸侯，今晉爲中國盟主，不可不救。」靈公遂令趙盾以平周室。

盾至成周洛陽也，率群臣立頃王之子名班即位是爲周匡王，奏匡王，赦閲與蘇之罪，復二人原職，且曰：「公等宜解下朝權，待天子自裁務，宜和睦以輔周室，再有鬥爭，吾即興兵來伐。」周公閲與王孫蘇皆唯唯受命。匡王重賜趙盾，盾辭歸。正是：

匹馬入安天子位，片言能服大夫心。
趙盾自是威名振，德義高超出晉臣。

趙盾既平王室，歸告靈公曰：「王室既定，速傳檄以會諸侯，然後以議征討。」公悦，令胥申引五百壯士，

〔一〕「今」，余象斗刊本作「全」，據龔紹山刊本改。

築盟壇於晉楚界上。遣使遍告諸侯，約本歲八月會盟。胥申引兵築下盟壇，早有人報於楚。

是時，楚穆王已歿，其子莊王名旅，即位三年，不理國政，築九層之臺於後宮，左坐楊姬夫人，懸鐘鼓於座右，終日好樂而戀色。且子文已死，鬥克以下，因進諫被誅者七十二人，群臣皆畏，緘口不敢再諫。及聞晉會諸侯，上大夫伍參，下大夫蘇從，相謀曰：「主上耽淫酒色，不理朝綱，今晉將會諸侯，必然圖霸，此事奈何？」蘇從曰：「食君厚祿，處於高位，愛其死而不謀其君，非忠臣也。」二人侵早入朝，莊王正擁二姬而坐，擊鼓鳴鐘，歡笑自若。蘇從諫曰：「臣聞昔者，虞不用宮之奇而亡，曹不用僖負羈而敗，桀殺關龍逢而夏滅，紂誅王子比干而商喪，此二天子兩諸侯，拒諫亡國之明鑒。今主上嗣位三年，好樂荒政，累誅諫臣，臣聞晉會諸侯，欲吞荊楚，臣荷國恩而食君祿者也，豈敢自愛而忍國亡乎。願我王納臣之諫，罷鐘鼓而絕女色，總朝權以圖政治，則社稷生民不勝幸幸。」

莊王聞蘇從之諫，本欲斬之，但念其爲先朝老臣，不忍殺之，但默然不答。伍參見莊王不納蘇從之諫，乃從旁進曰：「臣昔奉使過曹，見一大鳥集於枯桑之上，荊刺圍繞其樹，而此鳥竟不飛不鳴，〔一〕臣問牧夫爲何鳥也。牧夫對臣曰：『此癡鳥。』臣問：『其爲何名癡鳥？』〔二〕牧夫曰：『此鳥集於枯樹，三年四圍，枳棘漸長，將刺其身，而此鳥竟不飛不鳴，此非癡鳥而何。』」莊王悟曰：「此鳥三年不飛，飛則冲天；三年不鳴，鳴則驚人。大夫以癡鳥比寡人，以枳棘比國亂耶。」遂拔佩刀，斬斷鐘鼓之懸，屏退楊、越二姬，便理國事。後史

〔一〕「不鳴」，余象斗刊本作「又鳴」，據龔紹山刊本改。
〔二〕「臣問：其爲何名癡鳥」，余象斗刊本無此文字，據龔紹山刊本增。

臣有詩爲證：

伍參蘇從楚諫臣，閉邪陳善愛君深。
片言一引當時事，激起冲天大鳥鳴。

潛淵《讀史詩》云：

鐘鼓闐闐雜美姬，莊王心志正昏迷。
諫臣不激冲天鳥，楚國焉能霸晉齊。

莊王既納二臣之諫，絶鐘鼓之音，遠美人之色，謂二臣曰：「寡人失道，以致好樂耽色，幾於亡國，感二子之諫，便加臣爲正卿，同理國事。」蘇從辭曰：「臣才力卑微，不能練達治體，臣舉一人，乃德行兼全，才能俱備，汝寧人也，姓爲名孫叔敖，王若圖霸，必舉孫叔敖爲政可也。」莊王大悦，遂令安車駟馬，聘得叔敖入朝。王問其何以治國。叔敖曰：「治國莫若報仇，吾楚東征西討，威振荊襄，自城濮一敗，喪師二十萬，國勢遂弱，不能復霸中原。今大王欲復先王霸業，整理朝綱，必先伐晉以攝諸侯，然初年鬥宜申伐晉兵厄，不能遂其大志。今朝之兵，必須先伐鄭國，以報狼淵之仇，然後長驅入晉，中原唾手矣。」莊王善之，遂拜叔敖爲令尹，范山、蘇從、伍參、鬥越椒等各加級，大發精兵伐鄭，早有人報知鄭穆公。穆公令堅守城池，差人往晉求救。

是時，晉靈公自會諸侯，國中頗見太平，靈公遂殆其志，重斂民財，在後宮築九層之臺，盡飾金珠寶翠，三年不能成工，民亦多有勞力死者。右大夫荀仲山與靈公弈棋，仲山乘機諫曰：「臣能累十二棋子於下，又加九雞子於棋之上。」公曰：「九雞子加於十二棋上，豈不危哉。」仲山曰：「明公築九層之臺，三年不成，男不得耕，女不得織，國用空虛，社稷之危，有甚於棋子者矣。」靈公大怒，遂推棋局。下大夫屠岸賈進曰：「仲山妄談國政，廷辱當今，合該處死。」公遂令荀仲山詔言：「自今再諫者滅族。」於是，諸大夫側目相視，不敢強諫。靈公謂岸賈曰：「人身者何物最靈？」賈曰：「六根之妙莫靈於眸子，雖毫毛不能掩蔽。」公悅，復於桃園在絳州築高臺，與岸賈各挾一弓打鳥爲辭，詔許下民聚觀。須臾，臺下百姓蟻聚觀彈，靈公與岸賈交放彈丸，單打百姓之眼，百姓能避者少，其不能避者雙眼盡被打落，百姓號哭振天。靈公大笑曰：「人皆有眼，汝不能避，尚何哭耶。」令再哭者斬，百姓奔歸。少頃，膳夫宰夫，掌烹宰之人進熊蹯熊掌也，靈公食之未熟，即令押出斬之。趙盾與士會在朝外，詢問其故。膳夫哀告其事，趙盾止之，遂攜士會入諫。畢竟如何。

晉靈公怒逐趙盾

士會曰：「我先入諫，倘不見納，則子然後繼之。」盾悦。士會即先入諫。時靈公見士會單身入朝，知其進諫，佯爲不知。士會進伏於溜溜，中堂之地也，公曰：「下卿有何議論？」會曰：「臣非有他故，但願我主愛民理政，憂國去讒足矣。」靈公大慚曰：「此寡人之過，自今當從卿言而改之。」士會頓首曰：「人誰無過，但改爲善，明公改過，實社稷生民之福耳。」遂謝恩出朝。士大夫各相慶賀。

次日，靈公復遊桃園，打彈如故。趙盾聞知，慨然歎曰：「吾爲國家正卿，坐視君爲無道，豈忠臣乎。」遂具表往桃園進諫，靈公覽其表曰：

進諫臣趙盾，誠惶誠恐，稽首再拜上奏。臣聞先王尚德，故列土而表親親，末世角力，特效謀以呈勇勇。竊觀列國之中，我疆最強，諸侯之衆，吾晉獨盛。蓋論姓，則與周室同宗；談霸則與秦齊並駕，故勳著王家。桓公輔周而東遷，世主夏盟，文公敗楚於城濮。及至襄公接霸，光振先人，兵出崤山，擄孟明而威摇西土。臣屯箕邑，斬登雲已名動羌胡，赫赫彬彬，可謂善繼志而能強國者也。奈何列國未服，諸將先終。君幼嗣位，國勢奄奄。秦楚縱横於外，不能拒敵。群臣妒忌於中，未得靖安。正主公憂勤惕勵之秋，宵旰誠懼之時也。然而廢弛乾綱，崇臺是務，取絶民命，打彈惟圖，只思金璧熒煌，以娱目下之歡，不知塗膏釁血，終釀未來之禍。且萬民爲國家根基，斬刈如同草芥。六卿乃朝廷肱股，誅戮譬若螻蟻。此皆讒佞在旁，蠱惑聖明之聰；奸淫近側，醞釀晉邦之咎。是以臣悼國有累卵之危，不避斧鉞之戮，冒死而進。伏望尚德崇仁，遠奸淫而理國政；立綱陳紀，親忠諒以馭朝權。黜罷臺榭，警誡遊玩。外服秦楚，中合諸侯，丕霸功以紹先業，宏大猷以振中興。則臣不勝激切屏營之至。

靈公覽罷大怒，便欲殺之。先穀與屠岸賈密諫曰：「不可。趙盾爲國正卿，主公殺之，恐招訕謗，不如姑納其諫，令一力士刺之，庶幾不得誅大臣之過。」公然之，受盾諫章，許其次日聽政。趙盾出，靈公問：「誰可行刺者？」岸賈曰：「臣保西衛壯士，姓鉏名麑者，其人膽略驍雄，如使之行刺，事必成。」公悦，遂召鉏麑，賜其酒食而往。麑挾匕首短劍也，〔一〕潛入趙盾之家。時當五鼓，盾整衣冠，正欲趨朝，天色未明，坐而假寐不脱衣而坐者，謂之假寐。鉏麑搶入庭前，正欲拔劍，見盾整衣端笏，坐寐待旦，乃退而歎曰：「趙宣孟不忘恭敬，民之主也，殺民之主爲不忠，承君命而不能就，爲不信，不忠不信，何顔立於天地間哉。」遂觸槐樹而死。

靈公知鉏麑行刺不成，憂懼事泄。岸賈曰：「因事就計，方可有成。主公許趙盾今早入朝，不如詐宴以酒，仗甲士埋伏於門外。」趙盾果然入朝，靈公曰：「孤承卿等之諫，今日出朝聽政，合宴文武，然後議事。」群臣再拜就宴，酒過五巡，趙盾右邊引車之士名提彌明者，知有伏兵，乃歷殿階曰：「臣侍君宴，不過三爵而已，今酒過五爵，非禮也。」遂扶趙盾而出，靈公逐惡犬而噬盾，盾歎曰：「棄人用畜，雖猛何爲。」提彌明轉殺惡犬，倒戈來攻甲士。甲士四起，彌明力戰而死，趙盾失卻右邊引軍之士，步走出朝。忽一人扶起右輪，逃

〔一〕「匕首」，余象斗刊本作「比首」，據龔紹山刊本改。

出城外，盾問曰：「汝何人也？」其人曰：「吾乃桑中餓夫，承公之德，今日故來相救。」不通姓名而去。盾曰：「此齊人靈輒也。」

須臾，盾府中甲士漸漸追至，引車投出城外，趙穿聞盾被難，遂率本部殺入中朝，靈公知之，走入桃園，趙穿趕入園，弒之。滿朝文武及城中百姓皆怨靈公無道，及趙穿兵變，衆皆不救，所以被弒。後史臣有詩云：

晉國山河莫可傳，靈公失德近亡侯。
築臺費盡生民血，打彈宜枯百姓眸。
野廢農桑無所恤，邊生烽火不知愁。
倉皇禍起蕭牆內，身入桃園遂弒休。

東屏先生贊詩云：

颯颯秋風九月天，桃園戈甲孰知先。
靈公一伏亡軀劍，趙孟何能脫趙穿。

既而趙盾聞靈公被弒，慌忙轉朝。時朝中群臣議論紛紛，盾告同僚曰：「國家多難，皆因主幼，今文公少子名黑臀音豚，年長且賢，合奉嗣立，庶幾國亂方息。」六卿皆然之，遂奉黑臀即位，是爲成公。群臣朝罷散歸。屠岸賈奏成公曰：「趙穿弒先君靈公皆盾所謀，主公何不斬此二賊，以戒將來？」成公怨賈曰：「先君失德皆汝匹夫蠱惑，趙盾亦被汝害，念汝先朝老臣，姑赦汝死，尚敢鼓舌以惑孤哉。」岸賈滿面羞慚而出。

一日，出朝斬郤趙穿，謂群臣曰：「鄭被楚圍既久，若不速救，難以圖霸。」六卿然之。遂令趙盾爲元帥，盾辭曰：「臣年已老，智略不如荀林甫，願以元帥讓之。」成公許之，更以荀林甫爲中軍元帥，先穀爲先鋒先穀，先軫之孫，士會、趙朔爲左右翼，郤克郤缺之子、欒書欒枝之子佐之，留趙盾守國，親率大兵十五萬，即日出城。

行至扈，是夕，成公卒於軍中。荀林甫欲搬喪班師，韓厥曰：「不可。大兵救鄭，不幸喪軍而遽還，是長敵國之志，而墮吾霸也。莫若遣兵送棺歸國，與趙盾定君，二軍直抵救鄭，方可班師。」衆皆然之。韓厥遂奉喪歸，與趙盾奉其子儒嗣位，是爲景公。時國中諸大臣皆從出征，惟趙盾獨任政事，慮成憂疾，遂卒。後史臣有贊詩云：

趙盾存忠立晉朝，秉公持義濟剛強。
功名烈振先人德，卓出當時傑者儔。

卻說救鄭之兵至廣河，哨馬報，鄭城被楚困久，救兵不至，不得已出降於楚，楚兵亦將北歸矣。荀林甫問於諸將，士會曰：「救之不及，再戰何益。不如班師，俟後再舉。」荀林甫善之，遂令諸將班師。

晉楚黃河大戰

先鋒先縠曰：「晉主霸諸侯者，以其扶傾救難故也。今鄭被難，大軍坐而不救，非惟墮霸，亦失列國來服之心也。元帥必欲班師，縠願率本部以建大功。」遂搶出中軍，引本部兵濟河，與魏錡、趙旃、趙嬰、趙括五將來追楚兵。趙朔告荀林甫曰：「先縠不慎軍法，濟河追楚，必然被其挫動前鋒，若不速救，兵必大敗。」林甫遂令大軍濟河，屯敖鄗以待交鋒。

卻說楚莊王之兵，班師已至郯，聞晉兵追至，衆皆驚懼。下大夫伍參（伍奢之父）曰：「昔吾楚遇晉兵敗於城濮，今日正是報仇之際，何不乘勢一戰，以削舊恨。」楚王曰：「此本欲伐晉，爭奈力與鄭戰，將士勞苦，我欲漸收軍，與之蓄養操練，然後再來，晉兵既出趕我，不得不戰。」遂調大軍轉屯於管城下寨。忽聞寨外鼓聲大振，哨馬來報：「晉先鋒挑戰。」楚王令勿出敵。叔敖曰：「不可。吾聞晉用荀林甫爲中軍，必不能服衆，先縠爲先鋒，矜傲不和，乘其三軍未集而速擊之，必得勝勢。」楚王大悅，遂令大軍拔寨出敵。

先縠正在陣上挑戰，楚兵奄出，大殺一陣，晉兵不能抵敵，望本陣逃走。楚兵鼓噪追至敖鄗，林甫荒忙無措，但令三軍退濟黃河。當時，獨有士會先知晉兵必敗，令副將韓穿、鞏朔備得遊船八百艘，安於河口，以防接應，其他皆無準備。及大軍俱敗，十五萬兵一齊挨到岸口，〔一〕船隻又少，各要爭先上船，互相攀扯，連船溺死者五十餘艘。楚將伍參、沈尹、鬥越椒一起殺至，其攀舟扯漿者，盡被舟上之兵揮劍亂砍，其手掌落於河中，片片一似飛花，號哭振天，楚兵亂殺一陣，死屍填河，河水爲之不流。後人有詩云：

舟翻巨浪連帆倒，人逐洪波帶血流。
可憐數萬山西卒，盡喪黄河作水囚。

楚兵亦不来追，但奪其器械衣甲奏凱而還。晉兵及登西岸，止存八百餘騎，步軍不滿二萬。林甫引敗兵還見景公，景公欲斬荀林甫，群臣力保曰：「林甫先朝大臣，雖有喪師之罪，皆是先縠故違軍法，所以致敗。主公但斬先縠，以戒將來足矣，何必妄斬林甫哉。」公然之，遂斬先縠，復林甫原職，命六卿治兵練將，以圖報仇，群臣各散。

郤説先縠乃屠岸賈之黨，每欲作亂，以專朝權，只憚趙盾威嚴，不敢行出。至是，趙盾已死，先縠被誅，岸賈欲謀盡殺趙氏，出朝謂韓厥曰：「趙盾弒靈公，歸不正罪。其子趙朔從征喪敗，又歸罪於先縠，不斬趙朔，何以懲衆？」厥曰：「趙穿弒靈公，何干趙盾之事，且黄河一敗，皆先縠之咎，趙朔何知。子欲妄殺功臣子孫，爭奈後世公論不容何。」岸賈知韓厥不附己謀，拂袖而歸。韓厥知岸賈之謀，趨報趙朔，令朔準備。朔曰：「岸賈乃朝廷嬖幸之臣，必欲殺吾，吾不與敵，但子決不絶我趙氏之祀。」韓厥泣曰：「吾自幼蓄於爾家，感爾之恩，貴而忘賤，薦我大位，與爾父秉公協力，共佐邦家，縱使讒臣陷子，吾當保全子之家祀。」二人號

〔一〕「挨到」，余象斗刊本作「挨倒」，據龔紹山刊本改。

泣而別。

及天未明，岸賈果率各衛甲士圍趙氏之宅，趙厥、趙屏、趙嬰、趙同、趙旃一家老幼盡被誅戮，獨有趙朔之妻，乃晉成公之妹，有孕在身，走入晉朝宮中，居數月生一子。岸賈聞知，令搜宮中。朔之門客程嬰，欲保全其子，問計於友人公孫杵臼。臼曰：「子以死節、〔一〕立孤二者孰難？」嬰曰：「何謂死節，何謂立孤？」〔二〕杵臼曰：「岸賈必欲遍搜趙氏孤處，若有人肯抱此孤而逃，以作他圖，謂之立孤。若有又詐以他子獻之，以當其罪，是爲死節。」嬰曰：「然則死節誠易，立孤實難。」杵臼曰：「君爲其難，吾爲其易。」程嬰曰：「吾爲者，當何忍累子。」杵臼曰：「吾與子皆趙孟之門客，各受其恩，今遇主大難，豈惜一死而使趙氏絶祀乎。」程嬰再拜謝之，遂以己子付與杵臼，杵臼詐抱逃入山中。程嬰藏匿孤。

時岸賈求趙氏孤甚急，程嬰乃入城都大叫曰：「有能與我千金者，即教其趙氏孤。」岸賈聞知，即召嬰問其故。嬰曰：「公孫杵臼者，與吾乃趙宣子之門客，宣子生平，厚臼而慢我，故杵臼抱其孤而逃，我所以來告。」岸賈大悦，賞嬰千金，令引士卒入山，並斬公孫杵臼與趙氏詐孤，其不知真者，乃程嬰鞠育爲子也。岸賈盡殺趙氏，國中横行，群臣皆側目，不敢相視。

郤説楚王得勝班師，大賞群臣。令尹孫叔敖奏曰：「昔吾城濮之敗，皆因圍宋而致，宋所恃者晉國而已。今晉兵大敗，若吾鼓兵伐宋，宋滅晉孤，中夏之盟在楚爲主矣。」楚王大悦，遂發兵圍宋。宋自成公被楚圍，

〔一〕按：「屍填河……子以死節」，余象斗刊本闕，據龔紹山刊本補。

〔二〕「何謂死節，何謂立孤」，余象斗刊本作「何謂死節」，據龔紹山刊本改。

得晉文公救解之後，國勢微弱。成公已歿，子昭公名杵臼亦亡，其弟名鮑立，是爲文公。聞楚兵大至，文公欲出城降楚。左司寇欒呂曰：「昔者宋遭楚圍，得晉解困，今不告求於晉而便降楚，他日晉兵問罪，將何以對？」公曰：「何以處之？」欒呂曰：「只宜堅守，速遣使往晉求救。」公曰：「誰敢往晉？」右大夫欒嬰齊出班願往，公許之。嬰齊披掛，殺開血路，投晉告急。

時晉景公正恨前仇，便欲起兵救宋。下大夫伯宗曰：「不可。鞭策雖長，不及馬腹。晉在敖鄗一敗，喪兵十五萬，至今將疲國虛，楚之兵勢甚銳，焉可與敵。」景公曰：「若不救宋，焉能圖霸。」伯宗曰：「不如遣一能言之士，告宋且勿降楚，詐稱我兵將至，楚聞吾之救至，必然解圍，若不解圍，操兵練將，救之不晚。」公悅，遂問：「誰能往宋？」忽一人自外進曰：「臣願奉使往宋。」畢竟是誰。

晉解揚出使不屈

公視之，曲沃人也，姓解名揚字聲遠。衆皆曰：「聲遠抱忠心不貪大位，執古道不求名譽，非此子則不可往也。」景公許之。解揚遂與宋使辭謝出，將至衡雍，忽有數十遊騎奄至，問是何人。解揚以其實告，遊騎遂擄解揚而去。宋使樂嬰齊尚差三五里聞知，遂匿林中，方得脱難。

元來此數遊騎乃楚王差出打探者也，遂因解揚來見楚王。楚王見解揚，峨冠博帶，顏色端莊，又且聞其名譽，乃親出轅門，釋其綁縛，延入中軍賜坐。問曰：「大夫欲往何國？吾左右不識高士，冒犯行軒，萬希恕責。」揚亦知其俠己，乃正色而告曰：「臣奉寡君之命，往寬宋民，教其堅守城池，不可出降。」楚王曰：「大夫乃高明之士，懷仁慈之德，此回入宋，萬望改晉侯之命，教宋公出降，免致屠陷生民，豈不美哉。」解揚對曰：「大王倘不結三國之怨，解圍班師，庶免刀兵不動。果欲圍宋，臣當入宋報知，使其堅守城池，操練士卒，以待吾兵一至，然後與大王交鋒。焉敢改命，而令出降乎。」伍參從旁出曰：「解揚抗拒吾主，何不梟之？」揚視參曰：「人臣事君，知奉其令而已，何謂抗拒。」楚王笑曰：「聲遠之言是也。然吾治兵百萬，圍宋三匝，宋城陷於目下，大夫更令勿降，則是徒苦生民而已。煩大夫一言，教宋公出城降楚，免卻全城之命，亦大夫之德也。」

解揚本欲不從，然在其掌握之中，不得不從。乃詐許曰：「諾。」於是，楚王厚大宴待之，令高遠騙馬，送解揚至宋城下，密令將士守護，不與入城。解揚至城下，大叫宋侯。宋侯在城上相見，解揚躬身謂宋侯曰：〔一〕「吾乃晉大夫解揚是也。奉使來告汝國，且勿降楚，吾晉之救兵不日將至矣。」楚之將士聞解揚不改舊辭，齊喊一聲，〔二〕擁解揚而去。宋文公急令亂箭下射，楚兵奔走。有步軍養由基駕上勁弩，望宋公端射一箭，宋公應弦落馬，倒翻城下，諸將收入朝去。

卻說楚兵捉解揚來見楚王，楚王責其改辭之罪，喝令斬首。解揚曰：「臣聞之，君能制命爲義，臣能奉命爲信，臣職在晉，故但奉晉侯之命而已，豈敢改命而布大王之令乎。」楚王力令斬之。解揚脱衣伸頸，了無懼色。孫叔敖曰：「解揚辭氣慷慨，有忠臣之風，況人臣奉使，各爲其主，乞大王赦之。」楚王俯思良久，令整衣冠，賜其車馬而還。後晉杜預讀《春秋左氏傳》，至此有八句贊曰：

解揚豪傑士，重義若丘山。
奪帥吾知易，摧威卻不難。
精金堪百煉，璧玉可重全。
雖蹈虎狼穴，執辭不變顏。

唐人姚鵠有詩云：

楚戟林林困宋朝，解揚出使只單騎。

〔一〕「躬身」，余象斗刊本作「外身」，據龔紹山刊本改。
〔二〕「齊喊」，余象斗刊本作「齊敢」，據龔紹山刊本改。

堂堂正氣威難屈，耿耿丹心勇怎欺。

款曲安閑摧虎豹，盤桓談笑傲鯤鯢。

人臣止信行君命，生死鴻毛總不知。

解揚既出，叔敖曰：「可令速攻，緩則晉之救至矣。」楚王然之，傳令四門急攻，毋得休停。城中糧米皆盡，薪水俱無，百姓餓死者堆山，至於易子以食（言不忍自食其子，則與他人相換其子，殺而食之），析骨而炊（就拆死人之骨爲薪而燒），號哭之聲動天地。

時宋公又被養由基射中一箭，不能起朝，聞楚兵攻城甚急，百姓又飢，乃謂下大夫華元曰：「城池將陷，救兵不至，吾豈忍困百姓哉。汝可出城，令楚兵漸退一舍，我當奉表出降。」華元從城上吊下，來見楚王。王問來故，元曰：「敝邑受圍日久，城中易子而食，拆骸以炊，寡君不忍以虛城而陷百姓，將率文武出降，城下之盟，不敢奉命，乞退兵三十里，姑容奉表出降。」楚王惻然歎曰：「噫。此寡人之過也。」遂令退屯三十里。

次日，宋文公與群臣素服銜璧，膝行至軍門，楚王親扶而起。左大夫潘崇進曰：「宋既納降，遷其舊主，滅國而還可也。」楚王曰：「齊桓晉文，皆繼絕，所以成霸。宋既出降足矣，何必滅其社稷。」遂受降表，使其君臣復治宋國，惟不許更事於晉。宋公君臣拜謝歸朝，大軍遂班師，此楚莊王之好處也。後史官有詩云：

春秋列國相吞併，絕滅山河若等閑。

宋室既傾如反掌，大哉楚子保周全。

楚王既班師歸國，大宴群臣，論功升賞。居數月，周王（定王也，頃王已死，子匡王立，六年而崩，其弟立，是爲定王）差使者至。楚子迎入，人畢竟是誰。

養由基百步穿楊

楚王迎入使者，問其來故。使者曰：「今有伊洛二水名，在河南之戎胡人陸渾大王，有兵二十萬，圍周甚急，欲奪江山，天子以大王伐晉服宋，威振中原，故遣臣來告，乞大王興兵定周滅戎，以安中國。」楚子令退，姑容商議。周使出，楚子問於群下。叔敖曰：「齊桓晉文能霸中國，皆因尊周攘狄故也。今周王有夷狄之亂，大王掃清胡虜，以安王室，則中國歸盟矣。」楚子善之，遂欲興師救周。叔敖又曰：「胡人全倚弓弩爲強，我南人不慣弓矢，今欲征胡，必先操演騎射，擇其能射者爲先鋒，方可出兵。」

楚子次日出城操軍，令三軍擺爲兩隊，不必操演長鎗短劍，但試弓弩，懸先鋒印一顆於轅門，有能連射三箭中紅心者，即許掛之。道猶未了，閃出一員大將，頭戴勇字盔，身披黃金甲，挽弓駕箭，望紅心連中三矢。衆軍喝采，原來鬥班之子，子文之孫，姓鬥名克黃也。楚子見其連中三矢，喜不自勝，曰：「還是將門之子。」遂拜克黃爲先鋒，使掛其印。忽前軍隊中閃出一將，身穿唐猊甲，頭戴鐵兜鍪，大叫：「克黃留印，待我來掛。」衆視之，乃潘黨之子，潘崇之孫，前將軍潘尫。潘尫走見楚王曰：「三箭中紅心，此兵家之常事，何足爲勇。臣能一箭貫透七重鐵甲，王如不信，許臣試之。」楚子令諸將各卸鐵甲，揲作一重，令潘尫射之。潘尫挽滿鐵臺弓，駕上鑿山箭，離鐵甲五十餘步，端射一矢，直透七重鐵鎧，衆軍鳴金喝采，連箭甲獻上楚王。楚王大喜，遂取先鋒印與潘尫。

潘尪正欲掛印。忽步軍中閃出一卒，身高八尺，膊闊一圍，來見楚王曰：「一箭貫七札，此特兵家之勇，何足道哉。教場前有一樹楊柳，臣請先射鐵甲，再射垂楊，乞以此印與臣掛之。」王問其名姓。叔敖進曰：「此臣部下小卒，〔一〕姓養名由基，昔日箭倒宋公，正是此士。」楚王大怒曰：「無名小卒，敢與大將爭雄。」喝令斬之。叔敖諫曰：「不可。自古名臣顯將，皆起於卒伍，今大王欲募騎射征胡，何擇其出身卑小也。」楚子息怒，令由基試之，能則掛印，不能則斬。由基兜起掩心甲，駕上連珠箭，去鐵甲八十步，端發一矢，直透鐵鎧，鼓角齊鳴，衆軍喝采。由基又引弓去楊柳百步，大叫曰：「吾此一箭，不射柳樹第一幹第五枝之第三葉下，誓不爲人。」道猶未了，弦響箭到，果然第一幹第五枝之第三葉楊柳穿箭而落。三軍看見，各失色相顧 。叔敖令取鐵甲與柳葉獻上，曰：「夫克黃三箭中紅心，則明有餘而力不足，潘尪一矢貫重鎧，則力有餘而明不遠，由基百步穿楊，一箭徹甲，兼二子之能，先鋒必須此人可做。」楚王大悅，遂拜由基爲先鋒。後人有詩云：

拂拂東風動绿楊，由基試罷向沙場。
一弦穿落枝頭葉，百步威名在此揚。

楚子以叔敖爲元帥，由基爲先鋒，以克黃、潘尪爲左右隊，伍參、沈尹爲保駕，留鬥越椒守國，大發精兵二十萬，望成周而進，對虜營三十里下寨。

郤説陸渾大王正攻周城，楚兵大至，令部將馬光壽、馬光吉二人挑戰。楚令前部副將子反（名側，字子反，即楚子之族）迎敵，鬥上數合，未分勝負，兩下收軍，各歸本寨。次日，由基親自出馬挑戰，只聽一棒鑼響，戎陣

〔一〕「部下」，余象斗刊本作「步下」，據龔紹山刊本改。

推出一員大將，豹頭燕頷，虎項狐睛，使一柄開山斧，渾似半月離雲，坐下一匹紅鬃馬，恍若天神下降。由基視其旗號，乃是陸渾大王之子繡麒麟也。由基挺鎗大罵：「胡狗不遵王化，反敢擾亂中華，若不速降，教汝種類不留。」繡麒麟聞知大怒。更不打話，拍馬直取由基。由基輪鎗抵架，戰至五十餘合，不分勝敗。繡麒麟按住銅斧，架滿神弓，望由基左目射之，早被由基瞧破，從馬下翻身，右手搶箭矢，攬弓回射麒麟之目。麒麟亦在马上躲過，又抽箭望由基之額，連發三矢，由基縮頸避過，馳馬搶下三箭，大罵：「胡狗，焉敢在吾根前戲弄手段乎？」繡麒麟正對答之間，卻被由基偷射一箭，中於馬膊，馬失前蹄，麒麟翻落，由基橫槊便刺。馬光壽殺出救起，楚將亂殺一陣，斬胡人五十餘級，兩下收軍。

次日，繡麒麟換馬又出，由基正欲出陣，叔敖忙令小卒止之。由基入告曰：「正欲厮殺，元帥又何止之？」敖曰：「吾知戎兵，今日有備，故止之。」少頃，哨馬來報，有二枝戎兵伏於翠雲山下，見吾兵不出，令即引歸。叔敖歎曰：「果不出吾所料。」又數日，由基問曰：「吾兵遠來，久不決戰，恐糧盡，以誤大事。」叔敖然之，令取成周之地輿圖與蘇從遍觀一夜。從曰：「當用狼煙破虜之計。」次日召集諸將，謂曰：「滅戎定霸，在此一舉。汝等此回進前決戰者重賞，如退而畏縮者腰斬示衆。」諸將皆唯唯受命。叔敖即令左軍都護沈尹引兵五千，抄出陸渾山在河南嵩縣，不許交鋒，只宜顯張旗幟，詐稱劫戎大寨。又令右軍都護伍參曰：「此去陸渾山前，有地名駱駝岡亦在嵩縣，其處要險無樹木，縱橫十五里，皆是蘆葦草，汝引本部兵，一卒要狼煙鐵銃十口，五卒爲一總，十步置一總，横列一字陣，擺於岡尾，但見戎兵殺至，方許举起狼煙，令養由基逆戰，克黄、潘尫副之。又令子重、子反各引五百壯兵，般運箭矢於岡之東南，以備應用，諸將奉計去訖。」

次日，繡麒麟又來挑戰。由基出馬大罵：「胡狗，再敢出馬？」挺鎗便刺，二人戰至二十餘合，又無勝敗。繡麒麟謂由基曰：「汝能躲射，又能避我流星乎。」由基曰：「兵器乃將家之務，何所不能。」麒麟按住銅斧，取出流星銅槌，縱横抛舞，要打由基。由基又用一枝鎗，左回右抵，槌並不能沾身，槌打鎗處，渾若流星射月，鎗架槌處，一似巨蟒爭珠。二人又戰十餘合，亦無勝負。少頃，一起小卒在麒麟馬後報曰：「楚兵已劫我大寨矣。」麒麟更不戀戰，殺回家救寨。由基緩緩追之，戎卒拔寨，且戰且退。至次日丑時，歸至駱駝岡口。楚兵鼓噪而追，是時天色未明，咫尺不能相顧。伍參聞戎兵將至岡下，先發一炮，數萬狼煙，一齊舉火，聲動山崩，火焚岡烈。戎人只靠馬上厮殺，此馬行卻一日一夜，又饑困乏，及聞狼煙銃響，一齊驚跳。戎兵盡翻岡下，煙霧漫山，楚兵斬之，如刈草芥。繡麒麟荒忙殺轉，由基在光中端射一箭，麒麟落馬，衆手斬之。由基與潘尪立於岡口，逃出者一人一箭，其不能出者，盡喪狼煙火中。號哭之聲，振聞十里。二十萬將卒盡死於駱駝岡下。後人有詩云：

赫赫狼煙十里紅，戎兵戰馬躍驚空。

駱駝岡下東風起，助起由基滅寇功。

由基截住岡口，沈尹、伍參又從岡尾殺回，收盡鎗刀衣甲，正欲班師。叔敖謂楚子曰：「不可遽回，要朝天子獻戎俘，方表攘夷安周之功。」楚子然之，遂收戎人首級入周來朝。不知後事如何。

鬥越椒謀反被誅

周定王大宴楚子，賜其彤弓寶劍，命爲侯伯，得專征伐，楚子再拜謝恩出朝。定王又令大夫王孫滿賚金帛十車，往楚寨犒勞三軍。楚子素有吞周之意，未敢動兵，及王孫滿至，相見禮畢，各叙殷勤。楚子問曰：「吾聞武王伐紂，遷九鼎於周，成王定之於郟鄏，吾並不知其輕重與大小，然其鼎輕重大小可得見歟？」王孫滿對曰：「在德不在鼎也。昔者禹王鑄此九鼎，以鎮九州，及至桀有昏德，鼎遷於商，傳及紂王，暴弱失德，鼎又遷於周，成王定之於郟鄏，卜世三十，歷年七百。今來周德雖衰，天命未改，鼎之輕重未可問也。」楚子默然，再不敢問。後史臣有詩云：

九鼎相傳三代承，興亡系德不由輕。
楚莊慢起吞周意，天命還從姬氏親。

潛淵《讀史詩》云：

夏禹方於盛德初，九州牧伯貢方圖。
收金布物昭王業，鑄鼎象爲鎮帝都。
遷徙不緣輕重處，興亡專系亂奸時。
奸回楚子休相問，八百蒼姬未可私。

王孫滿勞軍已訖，相辭出寨。楚子遂令班師歸朝。卻説楚大夫鬥越椒乃子良之子，子文之侄也。楚國故家大臣，獨鬥氏最盛。鬥越椒常怨莊王不加己官，每欲謀反。至是，大師征伐，遂與族弟鬥班商議謀反。鬥班不從，曰：「夫我鬥氏，〔一〕世受楚國爵禄，此乃喬木老臣，焉可背逆謀反哉。」越椒見班不從，恐其洩露己謀，乃拔劍來斬。鬥班大叫曰：「伯棼欲謀反耶，吾恐鬥氏之鬼絶祀矣。」言未訖，頭已落地矣。越椒既殺鬥班，遂率本部卒伏於皋滸，待其班師，以候殺之。

楚軍歸至皋滸，越椒橫鎗勒馬，振甲披袍殺出，截住王駕。莊王認得是越椒，不知其由，乃問曰：「伯棼欲何爲耶？」越椒大罵：「無道昏君，我欲誅汝奪國。」潘尪從旁搶出，來斬越椒，越椒更不戀戰，抽一矢箭，直望楚王歸幔射之，楚王躲過，其箭貫於車蓋王車之蓋。越椒又抽一矢，望王心胸射之，楚王又躲其箭，直透重鎧。孫叔敖以王旗麾進諸軍，養由基拍馬來取越椒，二馬戰上十合，潘尪夾攻，越椒措手不及，被由基斬於馬下，楚令無收降卒，斬於皋滸。

時鬥克黄子文之孫在軍中從征，見越椒謀反被誅，荒忙跪於駕前請罪。伍參曰：「一人作反，九族當誅，乞大王盡滅鬥氏之族，以戒將來。」楚王曰：「鬥伯氏子文之父與穀於菟子文名有大功於楚，豈忍絶滅其祀。」參曰：「越椒作反，克黄諒其必知，大王何必念舊。」楚王問：「克黄知其謀反否？」克黄叩首曰：「臣不知也，但臣聞越椒初生熊虎之狀，豺狼之聲，臣先祖子文知其必滅鬥氏，命其父子良除之，其父不聽。臣又聞臣父即班爲諫其勿反，亦被所誅，至於今日，果然覆宗絶祀，臣不敢辭死。」楚王惕然曰：「子文真賢人也。吾肯忍

〔一〕「夫」，余象斗刊本作「天」，據龔紹山刊本改。

絶其祀乎？」出令獨留克黃以存鬥氏之祀。

令大將養由基引本部兵，圍鬥氏之族，無分老幼，盡行剿滅不留。越椒之子名苗賁皇走降於晉。後人有詩云：

鬥氏原爲楚世臣，越椒何事起謀心。
逆師一戰亡皋滸，身死家亡祀亦傾。

楚王班師歸朝，抽越椒二矢之箭視之，狼牙爲根，豹齒爲鏃，鋒鋭不可當。乃召克黃問曰：「越椒此箭爲何而得？」克黃曰：「此先君（鬥伯比）從先王（楚文王）伐戎收此箭，號爲穿將鶻（箭名），一射能抽出人之肝臟，故臣先祖藏之，以爲家寶，至此越椒謀反，盜而用之。」楚王聞其説，解下衣袍，血浸重鎧，慘然自覺驚懼，是夕病死。時周定王十六年秋七月上旬甲戌也。群臣奉其子名審嗣位，是爲共王。後史官贊曰：

春秋五霸，齊晉爲強。地甲中土，其勢難當。
嗟嗟熊楚，僻處荆襄。欲盟列國，厄不能昌。
召陵戰敗，城濮竄亡。累舉累困，獨守南方。
卓彼莊王，異出父祖。納諫任賢，修文演武。
一戰鄭下，再征宋舉。敗晉黃河，赫振軍旅。
攘狄安周，寧我中土。績成霸功，紹起祖武。
威震當時，名傳萬古。

又評曰：

五霸之中，楚常爭長，然值中國有人，不能逞志，至於莊王，改過納忠，禮賢從諫，故聽蘇從、伍參之言，輒屏女色、鼓鐘之樂，文擢叔敖，武用由基，四戰遂成春秋之末霸者。

新刊京本春秋五霸七雄全像列國志傳卷之五

後學畏齋余邵魚編集
書林文台余象斗評林

起自周周王元年甲寅至真定王壬午年
○按魯瑕丘伯左丘明春秋傳〔一〕

〔一〕「瑕丘伯」，余象斗刊本作「暇丘伯」，據龔紹山刊本改。

晉程嬰立功自刎〔一〕

楚共王即位，封叔敖爲上卿，養由基爲殿前大將軍，其餘將佐各加一級。叔敖曰：「我國初霸，宋、鄭始叛晉而來歸，宜以德禮綏服，凡有吉凶，互相吊賀。今先王初喪，宜遣使報知於二國。」共王然之，遂遣使入宋、鄭報喪。早有人報知於晉。

時晉景公自邲一敗，國中兵耗糧虚。每欲興兵報怨，爭奈郤缺士會、荀林甫數個老臣，皆相繼而死，是以數年以來，君臣斂手而待。雖鄭、宋背盟降楚亦無奈何，至是聞楚莊王卒，欲謀興兵復霸，韓厥進曰：「欲復霸業，必須追立功臣子孫，趙衰有勳烈，趙盂有忠義，而使其宗祀斬絶，則忠臣義士各將解體，雖欲復霸焉可得乎？」景公問曰：「趙武子趙朔之謚被岸賈所誅，子孫無後，教寡人復立誰乎？」厥密奏曰：「岸賈作亂，趙朔之妻有遺腹之子，藏於公宫，其客程嬰，以己子出首。其趙氏真孤名武，育於嬰家，今年已有十五。明公如念其先人勳烈，則當而立之，使趙氏不絶其祀，亦明公之賢美也。」景公大悦，便差使召趙武入朝。

時程嬰朝夕在家教趙武，修文演武，以圖報怨。及聞朝命，二人即日來見景公。景公欲封趙武爲下軍大

〔一〕「立功」，余象斗刊本作「功臣」，據龔紹山刊本改。

夫。趙武泣而辭曰：「臣父竭力以事先君，遣讒臣妄滅臣族，今讒臣當權，臣父之仇，一族之恨，俱未申報，而令臣安享富貴，臣不敢當也。」於是荀瑩林甫弟，荀息之子、士燮士會之子、郤克郤缺之子、欒書欒枝之子、韓厥、魏顆魏犨之子諸卿皆告曰：「屠岸賈在側，趙武嗣位不安，請主公除此讒賊，然後趙武方敢受職。」景公然之，令收岸賈斬之，使趙武就職。趙武又辭曰：「臣無罪，而親族不分老幼盡被岸賈所滅，今斬岸賈，何慰臣之親族於地下乎？」景公曰：「岸賈雖然擅殺大夫，亦爲討弒先君之賊，今既被戮，足矣。何可更滅其族？」五卿已上士燮五人又告曰：「岸賈專朝命，而妄滅功臣之族，天祚其忠，使程嬰存一趙武，以報其仇，今明公止戮一賊而欲消數百口之冤魂，非臣所知也。岸賈本景公嬖臣，不欲滅其宗族，見人心不服。」不得已令衛士收其宗族斬之。

朝命方出，五卿之吏卒喊殺振天，爭先搶入岸賈之家。其宗族不分老幼，一命不存，頃刻間斬訖來報。滿朝文武及都市百姓，鼓舞稱賀。於是，景公使趙武就職。趙武又辭曰：「臣遭岸賈之變，尚在懷孕，使無公孫杵臼死節，程嬰立孤，韓厥保後，則臣焉至今日？然杵臼已死，程嬰、韓厥尚在，乞先封贈三子，則臣方敢受職。」景公即追贈公孫杵臼爲下軍都護，升韓厥爲左班正卿，封程嬰下軍大夫。程嬰力辭不就職，景公問其何以不受。嬰曰：「臣趙宣孟之門下，受其厚恩，及其遭亂，臣非敢愛生，〔一〕但恐主家絕祀，故緩死十五年，今荷主公仁明，立臣主後，使趙孟不絕，臣願足矣。臣當死於地下，上報趙孟之恩，下報杵臼之義，臣何敢貪禄而更存於世哉。」言罷，拔所佩之刀，當殿刎死。太史公曰：

程嬰重義士，慷慨出人先。

〔一〕「愛生」，余象斗刊本作「愛死」，據龔紹山刊本改。

忍死無虧行，偷生不愧天。
立孤十五載，播德萬千年。
既報先人恨，便傾地下泉。
精神貫日月，氣節動山川。
程嬰重義士，慷慨出人先。

又東屏先生《讀史詩》云：

襁褓初維趙氏兒，萬金求購事機危。〔一〕
後先得死動康濟，豈必當年面受遺。

景公見程嬰刎死，嗟歎不已，追封爲下軍大夫，乃命趙氏以大夫之禮葬之。趙武悲號不已，爲其親服斬衰。景公會群臣，會議伐鄭、宋。六卿皆曰：「諸侯聞楚初霸，皆要叛晉降楚，不但鄭、宋。宜遣使遍告諸國，其不受晉盟者，然後伐之。」公然之。差士燮往魯，魏顆往衛，郤克往齊，三使受命出朝。郤説齊自孝公以來，國勢奄弱，不能再振。桓公之業，百有餘年，歷六公孝公、昭公、懿公、惠公、頃公、項公者，乃桓公之後孫也，趨時附勢於其間，晉勝則順晉，楚強則降楚。至頃公之時，楚莊王敗晉於邲，遂叛晉而降楚。齊頃公好色，雖臨朝，常以美女數十列於左右，上大夫晏弱累諫，頃公不從。及報晉大夫郤克至，晏弱來諫，不知所諫何如。

〔一〕「求購」，余象斗刊本作「求講」，據龔紹山刊本改。

晉郤克兜賜大戰

齊侯問曰：「卿諫何事？」弱曰：「請屏美人，然後召克。」頃公不從，曰：「美人畏克耶？」弱曰：「非也。臣聞郤克狀貌醜陋，美人見之必笑。若晉大國也，倘笑其大夫，必招征伐之患。所以臣請先屏美人，而後召郤克。」頃公大怒曰：「楚方強盛，何畏一晉哉？」遂不屏美人，召郤克入朝。頃公問其來故，克曰：「寡君以晉與齊，中國之唇齒，今晉不幸初敗於楚，或言齊叛晉盟，而降於楚，寡君茲欲興兵復霸，遣克請齊示下。」頃公曰：「晉楚更霸，其勢迭興，吾齊僻處海濱，不能與晉楚爭長，但霸在晉則順晉，霸在楚則順楚，汝晉能復霸業，吾齊焉敢不從？」會郤克辭命將出，其美人見其醜陋，果然大笑曰：「吾聞晉國有好人物，若郤克大夫者，形古貌壯，其殆魑魅之屬耶。」

郤克含辱而歸。晉景公問齊國之事，郤克對曰：「臣觀齊意，將背晉降楚，若不速征，恐引動諸侯。」少頃，士燮、魏顆自魯、衛還，言魯、衛皆不降楚，景公大悅。遂拜郤克爲元帥，士燮、欒書爲左右翼，趙武爲先鋒，大發精兵十五萬伐齊。哨馬報知齊侯，問於群下。晏弱與高固皆曰：「齊與晉皆中國諸侯，不宜相戮，楚乃荊蠻之國，不可與之相親，望明公往晉會盟，免動干戈可也。」頃公然之。忽一人自外進曰：「楚兵帶甲百萬，橫行中國，齊不附楚，而附弱晉，豈不戮哉？若能以五萬精兵附臣，臣敢退晉。」衆視之，乃東海人也，姓邴名夏，見爲下軍大夫也。頃公大喜，遂以邴夏爲先鋒，逢丑甫爲保駕，親率大軍十萬拒晉，又差使者往楚往秦求救。大軍與晉兵遇於鞍，相對二十里下寨。次日，郤克打戰書入齊。齊頃公拆而覽曰：

晉乃姬氏親族，齊爲周室功臣，其相爲霸主以總夏盟者，皆攘夷尊周之意也。故我文公敗楚於城濮，傳之桓公服楚於召陵，世世定誓，永期相救。奈何我兵初敗，爾齊即叛晉降楚，夫以千乘之國，屈膝以事荊蠻，豈不上愧齊桓管仲哉。今治精兵十五萬，戰將五千員，來問背盟之罪，如若執迷不悟，約來日辰時三刻，摩笄山下，兩兵一接，決定雌雄。止此直布，餘不多白。

周定王十八年夏六月壬申，晉東征大元帥郤克書

齊侯覽罷大怒，裂書於地，斬其來使。次日，親自披掛出馬，大罵：「郤克匹夫，何不出馬打話？」郤克橫鎗殺出，二馬正鬥之間，齊先鋒邴夏暗射一箭，中郤克之腹，郤克倒翻馬下，韓厥救起，令解張保之。〔一〕韓厥抵住齊侯，郤克抽箭，腸出五寸，欲令收軍。解張曰：「三軍耳目，在於旗鼓，齊之兵氣方鋭，我若收軍，彼必乘勢追擊，矢事去矣。」克曰：「我腸被箭所傷，我暫息中軍，汝等盡力敵住一陣。」解張曰：「元帥者，諸將之表，中軍欲息，誰肯爭先，元帥之傷小，國家之事大，願元帥奮起神威，激勵將士。」郤克乃抖擻精神，以掩心甲兜住前傷，拍馬殺入陣中，左衝右突，齊兵不能抵敵，逢丑甫拍馬來迎，被克一鎗刺於馬下。邴夏、高固雙馬又戰不住，郤克亦不戀二將之戰，直望齊侯殺來。齊侯力戰數合，不分勝敗，郤克箭傷復裂，輒以衣袍揾住，奮力又戰，齊侯不能抵敵，棄戈東走。郤克大呼：「我不擒姜無野汝誓不回軍。」駕馬直趕，齊侯走入金輿山一名華不注山，即今在山東濟南府東北一十五里下，至華泉華泉在金輿山下。

〔一〕「解張」，余象斗刊本作「張解」，據龔紹山刊本改，後同之。

時當盛暑，馬困於渴，見華泉，伏地飲泉，重加鞭策亦不肯走。郤克趕至，差五里，齊侯大叫：「天亡我也。」步走里餘，遇副將高固接住，以他馬走入金輿山中，其山虎牙傑立，孤峰特起，周圍百餘里，怎見得，唐人李白有詩爲證：

昔我遊齊都，登華不注峰。
苑山何峻秀，緑秀如芙蓉。
瀟灑古仙人，了知是赤松。
借余一白鹿，自挾兩青龍。
含笑陵倒影，欣然願相從。

郤克追至山下，不見蹤跡，欲殺入山，又恐齊人有伏。少刻，晉兵一齊趕至，郤克傳令，大軍三圍金輿山。齊將至，欲入救主者，皆被晉兵截住，内外不能相通，困旬有餘。齊侯軍馬無糧，秦楚之救兵又不至，令高固出見郤克，言奉降表，乞退圍兵，以尋舊好。郤克不從，欲斬高固，務滅齊國。韓厥曰：「盟主無絶人之心，齊侯若肯背楚歸晉足矣。何必覆絶其國？」郤克原被齊侯婦人所笑，常懷其恨，及聞韓厥之言，乃謂高固曰：「姑赦爾國君臣之死，令蕭姬來質，然後放汝君臣返國。」高固對曰：「蕭姬乃寡君之母也。五霸樹德，教人忠厚，今子欲主夏盟而質人主母，是教人不孝也，欲合諸侯，不亦難乎。」郤克悟，受其降表，令大軍盡取齊地之麥而歸。齊侯出，收其餘兵還。後人有詩云：

山西晉地山東齊，齊乃功臣晉共姬。
更霸同安諸國業，合盟曾攘四方夷。
本當協力扶神器，何事參商動戰旗。

痛惜金輿山下路，縱橫高積幾多屍。

晉兵班師，歸至輔氏澤，〔一〕忽前塵頭蔽日，喊殺連天，晉兵不知爲誰，列開陣勢。哨馬報：「秦伯桓公遣大將杜回前來救齊。」郤克問：「誰敢出敵？」先鋒趙武願往。戰不數合，敗歸見郤克。郤克又問：「誰敢當先？」魏顆進曰：「伐齊之兵，吾未建立一功，願引本部兵生捉杜回。」郤克許之。顆即披掛出馬，遠望秦兵旗下一將，牙噴銀鑿，〔二〕眼突金睛，用一把莫邪劍，圜兩行校刀手，凜凜然渾如猶翼之虎，魏顆見了一時心慌，未敢向前，移時杜回匹馬單刀殺入晉陣。魏顆遮攔不住，大敗而歸本寨，欲入中軍請兵相助，原又説過不敢妄請，悶悶不悦。

杜回數次在外挑戰，魏顆之弟魏錡，欲請兵出敵，顆不許，只令堅守宮壘，待設計行兵，錡出。顆思計，坐至三更，假衣而寐，忽夢一老人，以莊家之狀，又不通名，進前告曰：「將軍壘被秦兵所困，來朝將軍引戰於輔氏澤左十里草場上，吾當力助一戰，必然建功。」顆覺乃是一夢，召魏錡告其夢中之事，魏錡以爲虛妄之言，〔三〕不可信之以陷大事。顆曰：「莫非此地神靈默助晉室，吾必從之。」

次日披掛，引本族弟兄之兵馬，膊不離列陣，於輔氏澤左十里草場上，杜回果來打陣，魏顆接住一陣，鬥至十餘合，顆之刀法又亂，魏錡拍馬夾攻，杜回左衝右突，晉兵當抵不住，披靡大敗走五里。杜回拍馬來

〔一〕「澤」，余象斗刊本作「嶧」，據龔紹山刊本改。
〔二〕「噴」，余象斗刊本作「賁」，據龔紹山刊本改。
〔三〕「魏錡」，余象斗刊本作「魏騎」，據龔紹山刊本改。

追，晉兵走馬如飛，回之馬一步一跌，晉兵回頭視之，見一老父在場中結草以套杜回之馬，顆信夢中之事，以刀招轉大軍殺轉，杜回馬僕翻於地下，被顆活捉而歸，解見郤克。郤克斬之，立顆爲破秦第一功。

大軍班師，顆歸本寨。是夜，又夢老人曰：「吾非他人也，乃魏武子嬖妾之父也，蒙將軍從父治命嫁吾之女，不以殉葬殺人，今日結草以報汝恩也。」顆覺，乃悟其事。漢太尉楊震有《陰德》贊曰：

德種心田，必福其裔。
賢哉魏顆，從父之治。
帥師破秦，老父結草。
吾信蒼天，惟德是報。

又潛淵《讀史詩》云：

作德當云自日休，循環昭報等分毫。
賢哉魏顆從先命，感動翁靈結草酬。

我朝成祖文皇帝《爲善陰騭》贊曰：

當年爲殉命諄諄，嬖妾倉皇分殞身。
魏顆若非遵治命，〔一〕那能復作世間人。
老人結草意殷勤，不忘當時活子恩。

〔一〕「治命」，余象斗刊本作「詔命」，據龔紹山刊本改。

作善由來天有報，聖賢垂訓豈虛言。

大軍至絳州，〔一〕景公親與文武出城迎接，怪風大作，天日昏迷，景公驚懼。忽有一魅，藍面赤髮，跳進駕前，大罵曰：「無道昏君，妄信讒臣，殺我功臣子孫，陷我不得輪回，我必生嚼你之肉。」景公大懼，問曰：「汝何人也？」魅曰：「吾乃趙氏祖先。」公曰：「吾已立趙武爲卿矣，何謂陷汝？」魅曰：「吾孫雖立，汝又不追封趙氏，使我三代之魂，百口之冤，盡作無名之鬼，幽淹於九泉，我必嚼你之肉而後已。」言罷，以銅槌來打景公。景公大叫：「群臣救我。」拔佩劍欲斬其魅，妄劈自己之指，群臣不知爲何，慌忙搶劍。景公口吐鮮血，不省人事，未知性命如何。

〔一〕「絳州」，余象斗刊本作「終州」，據龔紹山刊本改。

晉士丐青年進計

群臣扶駕而歸。時大軍歸朝，郤克箭傷腸出，不能復收，亦病將危。六卿相謀曰：「國君被魅，元帥將危，非邦家之福，當若何而處之？」魏相曰：「吾聞秦有醫士，姓高名緩者，能攻内外之症，〔一〕善達陰陽之理，乃當世之名士。見爲秦國大醫，若救吾之君臣，非此人則不可也。」衆曰：「秦乃吾之敵國，豈肯放良醫而救吾君哉？」相曰：「救災恤鄰，古之善道，吾請掉三寸之舌，必得高緩歸晉。」衆許之。

魏相即日治裝往秦。秦桓公問其來故，魏相對曰：「寡君不幸，而沾狂疾。聞盛國有良醫名高緩者，有濟活之能，故臣願求以濟寡君。」桓公曰：「晉國無理，屢敗我軍，吾豈以良醫救汝哉？」魏相正色曰：「夫秦晉匹偶之國，故我獻公與你穆公結婚定好，世世相親，所以穆公三送晉君秦穆公送晉惠君，又送晉懷公，又送晉文公，是三爲晉國定君，以申舊好。奈何文公即世，文公死，襄公幼嗣，穆公背義，輒用孟明，師出崤山伐晉，是欺吾君弱也。既而又用孟明侵我王官地名，圍我絳州，是又欺我連喪老臣，國危主幼也。及我景公伐齊，明公又遣杜回助戰，此皆秦欺晉弱，背舊而結冤，何謂晉犯秦也？且臣聞幸災不仁，懷怨不義，明公量寬如海，

〔一〕「症」，余象斗刊本作「證」，據龔紹山刊本改，後同之。

何念舊惡而忍困匹偶之國乎？」桓公見魏相言詞當理，乃詔太醫高緩往晉。魏相謝恩，遂與高緩尋夜歸晉。

時郤克已死，景公病甚危篤，視日夜望醫不至，忽夢有二小鬼從己鼻中跳出，自相謂曰：「秦高緩當世之名醫，彼若至攻藥，我等必然被傷，不如我逃入上肓肓，鬲心上爲肓，〔一〕汝逃入膏下膏，心下也，以避其攻治，有何不可？」言罷，二小鬼復從鼻中而入。須臾，景公大叫，上鬲下鬲疼痛，坐臥不安。少刻，高緩至，魏相引入。察其病症。緩曰：「此疾不可爲也。」景公曰：「何以言之？」緩曰：「此疾居肓之上，居膏之下，攻之不可達之，不攻，藥不能治矣。」景公歎曰：「此誠良醫也。能知吾心下之疾。」命厚待而遣歸。後有詩云：

秦緩名世士，陰陽腹内藏。
未知生死症，先達疾膏肓。
扁鵲何能過，華佗也莫當。
誠哉醫國手，豈特獨稱良。

高緩謝恩歸秦。

是夕，景公果卒，群臣奉其子名州滿即位，是爲厲公。六卿奏曰：「宋、鄭叛盟降楚，不可緩伐，乘此伐齊之兵，速進伐鄭。」公曰：「二國何先？」卿曰：「宋但畏楚之威而已，鄭則盡心事楚，若伐，必先從鄭，鄭服則宋望風而歸晉。」厲公善之。遂拜欒書爲元帥，士燮佐之；郤錡爲左翼，荀偃佐之；韓厥爲右翼，郤至佐之；荀罃爲先鋒罃，荀肴之子，林甫之侄，郤犨佐之郤犨，克之次子。大發精兵二十萬，殺奔鄭來。鄭成公聞晉

〔一〕「上肓」，余象斗刊本作「肓上」，據龔紹山刊本改。

兵勢銳，出城納降。大夫姚鈎耳曰：「鄭國褊小，間音澗於晉楚，只宜事一強者，焉可躊躇兩國，而歲歲受兵乎？」公曰：「若何？」耳曰：「依臣之見，莫若求救於楚。楚至，吾與之夾攻，大破晉兵，使其再不敢近視鄭地，則鄭可保長久之計。」公悅。遂遣鈎耳往楚求救。鈎耳至楚，見共王。

時楚國初喪叔敖，人心搖攘，楚王不欲起兵。有一公子自外進曰：「天下諸侯初叛晉降楚。前者因喪元帥不救齊難，今又不救鄭國，是棄諸侯來歸之意。」衆視之，乃王族公子側字子反也。王曰：「吾知不救鄭災爲失霸，爭奈上卿叔敖已死，國事無人統率，是以躊躇。」子反曰：「真天子百靈咸助，虎嘯則風生，龍興則雲從，終不然以荊襄百萬之衆，無一元帥，輒解霸業，王如肯以總督之印賜臣，臣雖不才，敢保鄭國安如泰山。」楚王隨即拜子反爲元帥，以子重、沈尹爲左右，潘尫爲先鋒，養由基爲保駕，親自救鄭。兩國之兵，遇於鄢陵。

晉兵聞楚兵至，士燮欲抽兵。郤至曰：「不可。吾晉列在中原，號爲霸國，然返兵之際，未嘗全勝，故韓原之戰惠公被擒秦穆公擒晉惠公，箕邑之役先軫不反，所以吾國之霸時得時失，不能長久。今遇強楚，正當協力一戰，懾服荊蠻，收回宋、鄭，奈何一遇強敵，便欲抽兵乎？」士燮曰：「惟聖人能保内外無患，自非聖人，外寧必有内憂。今秦初睦，晉國初安，〔一〕合留楚而爲外敵。」諸將皆不聽士燮之言，各各摩拳擦掌，俱願廝殺。元帥欒書傳令，毋得喧嘩，但令整兵伍，練器械，以待出戰。言未訖，忽然寨外喊聲大振，哨馬報：「楚軍逼吾寨而排陣。」諸將皆欲出戰，欒書止曰：「彼既逼寨而陣，我軍不能成列，交兵恐致不利，故緩一日，待

〔一〕「安」，余象斗刊本作「並」，據龔紹山刊本改。

吾設計以破之。」衆議紛紛，日夕不決。

時士燮之子，名丐者，年方十六歲，聞衆議不決，乃突入中軍稟欒書曰：「楚兵既逼而戰，元帥何不傳令三軍，平灶塞井，列於寨中，亦足交戰，何必遲疑？」書曰：「井灶者軍中之急務，既平灶塞井，三軍何治糧料？」丐曰：「先命各寨一炊備三日之糧，人各飽食，餘者支分自帶，戰捷又作區處。」燮本不欲戰，見子進計，乃拔劍逐而駡曰：「國之存亡，兵之勝負，皆天之意，豎子有何見識，敢在此鼓舌彈唇。」衆皆勸之。不知性命如何。

楚共王鄢陵大敗

衆救丐出，欒書遂依士丐之計，令各寨多造乾糧，然後平灶塞井，擺列陣勢，約次日交兵。卻說楚共王登巢車而望晉陣兵勢，太宰伯州犁立於王後。王問曰：「晉兵爲何馳騁？」犁對曰：「召軍吏。」王曰：「何事皆聚於中軍？」黎曰：「同議謀計。」王曰：「又何張起幕帳？」犁曰：「虔告於先君也。」王曰：「今又撤帳矣？」犁曰：「將發兵出戰也。」王曰：「爲何喧噪而塵滾滾？」犁曰：「將塞井平灶而擺陣也。」王曰：「左右皆上馬矣？」犁曰：「受軍令也。」

言未訖，晉陣上搶出一匹神駒馬，乘一個青年將，頭戴冲天鳳翅盔，身披蟠龍錦戰袍，腰懸斬將刀，手挺方天戟，帶領五百關西大將，相從而出。楚人視其旗號，乃晉侯州蒲也。〔一〕楚兵見晉侯親出，拔寨殺來，鬥不數合，晉侯敗走，陷入污淖，馬没四足，不能逞起。楚將潘尫，架起勁弩，〔二〕欲望晉侯端射一箭。欒鍼大叫：「楚軍休得射傷吾主。」乃下馬跳入污泥，掀出晉侯。楚兵四下殺至，欒書、士燮拼命救出晉侯。楚公子

〔一〕「州蒲」，余象斗刊本作「州滿」，據龔紹山刊本改。
〔二〕「勁」，余象斗刊本作「徑」，據龔紹山刊本改。

名筏，單騎來追，趙武勒馬一躲，楚筏拍馬殺至，卻被趙武搶入懷中，活捉而歸。楚將一齊來救，欒書等勒轉馬頭，戰住來路。忽然山坡後喊聲大振，一彪人馬殺出。楚軍視之，乃晉將魏顆殺來接應，楚兵恐有埋伏，抽轉戰馬，晉兵亦不來追，兩下收軍。

趙武解楚筏來見晉侯，晉侯喝令斬之。楚之降將苗賁皇進曰：「楚王聞捉公子，明日必然親自出陣，請埋伏兩枝兵，囚楚筏爲誘，彼見其子，痛心來奪，我之伏兵夾攻，準定捉得楚王。然後將其父子同斬，豈不美哉。」晉侯然之。令欒書調兵，魏錡告書曰：「吾昨夢入月宮，射中其月，退下爲污。」士燮曰：「此破楚之夢也。」欒書曰：「何以見之？」燮曰：「日者，周王之象。月者，異姓諸侯之國。若射退月，必主破楚，然子退入於污，則亦不祥之兆。」錡曰：「苟能破楚，雖死何恨？」欒書遂許魏錡打陣，魏錡披掛出馬。楚兵沈尹當先，鬥不數合，晉兵推出囚車在陣上往來。楚共王見子被囚於陣前，心生煙火，拍馬殺出，欲救其子。魏錡更不與沈尹廝殺，架起一枝箭，望楚王左目射之，其箭正中左眼，楚王拔箭，其瞳子隨鏃而出，丟於地下。忽一小卒收而獻曰：「父精母血，不可輕棄。」王收之藏於箭袋，大叫保駕將軍養由基，由基進前，抽一矢箭與由基曰：「此箭乃西戎所產，號爲穿將鶻，吾征鬥越椒所得也。汝速將此箭前去射卻魏錡，以越中目之恨，如若賣放，斬汝之首。」由基領箭拍馬殺入晉陣，卻遇見魏錡，大罵：「匹夫傷吾主，目今日走往何方？」魏錡對答未了，早被由基射中左目，魏錡眼昏翻於馬下，由基踏進馬前，斬錡之首，並一矢箭，復楚王之命。史臣有詩云：

夢入蟾官皆射馳，月翻身復退於泥。
楚王果中瞳眸子，一死何由免魏錡。

又一絕單道養由基善射云：

拍馬揚威虎下山，晉兵一見膽生寒。
萬人叢裏誅名將，一矢邀功奏凱還。

楚王大喜，令由基盡力再殺一陣。晉兵漸漸殺至，由基試發一弩，晉之步卒中箭而死。兩下正欲廝殺，日落收軍。〔一〕楚王謂元帥子反曰：「此來不能救鄭，反成失一公子，傷吾左目，此事奈何？」子反對曰：「此誠易事，容臣今夜思計，來日須奪回公子，解卻鄭圍而報王仇。」王許之。子反歸中軍思設計破晉，坐至半夜，計未得就。畢竟後來如何？

〔一〕「日落」，余象斗刊本作「日路」，據龔紹山刊本改。

由基陷於萬伏弩

其小卒穀陽，見子反憂思苦索，乃以酒進，子反辭而不飲。陽曰：「元帥爲國，深夜不眠，何辭數酌乎？」子反乃飲之，醉而不起。晉兵收軍歸寨，苗賁皇即告晉侯曰：「由基在楚，決難取勝，若今夜乘其兵敗，囚楚筏挑戰，楚王恐懼，必然班師，必以由基斷後，前去有地名號作『楚失磯』。此處地途險峻，宜埋伏數萬弓弩手，斫樹截道，待由基至此，舉火爲號，亂弩齊射，必能除卻養由基。由基一死，楚兵不足憂矣。」晉侯曰：「吾聞養由基爲神射將軍，猶能背馳，百步穿楊，箭無空發，又且代楚王報左目之恨，一箭單中魏錡，其善射神箭如此，安能伏弩除之？」賁皇曰：「臣父得西戎神箭二矢，號穿將鶻，後莊王收去。楚子帶而出征，由基能一箭射中魏錡左目者，皆由此箭之神也。臣聞一矢射死魏錡，一矢已還楚子矣。當今由基所帶之箭，只是兵家俗箭而已，縱有善射善躲之法，安能逃得黑夜之亂弩哉？況此地名，號爲楚失磯，乃由基身死之驗處，何必遲疑。」晉侯然之，遂召欒書以賁皇之言告知。欒書遂轉中軍，即命趙武引五百勁弩手，伏於楚失磯，令待楚軍班師過半，方許伐兩山樹木，攔塞道路，若由基一至，看舉火爲號，方發亂弩，趙武領計去訖。又令士丐引兵五千，隨後接應，即令囚楚公子筏在楚王寨前挑戰。

楚王聞知，急令人召子反時，子反酒醉不能起，王之使相繼不絕，子反酒睡愈酣。晉兵擊鼓振天，挑戰愈急，楚王不得子反議計，乃唾地大罵子反：「匹夫好飲而誤大事。」遂自殺出。郤至拍馬來迎，戰上二十餘合，楚王欲挽弓架箭，〔一〕郤至搶入懷心，挺鎗打落其弓，搶弓亂打。楚王望本陣逃回，晉兵一齊趕至。養由基接住一陣，令楚王火速拔寨班師，我當斷後，若待天明，晉兵入至，難以抵當。楚王遂拔寨退軍，晉兵欲追之，見由基斷後，不敢趕上。士丐正欲殺進，郤至詐曰：「養由基箭射如神，百發百中，汝後生不知兵法，恐誤性命。」於是兩下班師，由基見晉兵不敢追至，以爲怯己，乃親自斷後，緩緩班師。

當四更，左側趙武在高埠處，望楚兵前鋒來至，全然不動。及由基引斷後兵至，伐數大樹，攔塞道路。由基至此，前兵回報：「前有樹木塞斷道路，不能前進。」由基問是何處，小卒對曰：「在楚失磯。」由基怫然，自思此非吉兆，速令燃起火炬，恐晉兵埋伏不便。楚兵初燃火炬，趙武見山下火起，令弓弩齊射，由基衝突於山下，前有大木塞路，後有晉兵殺至。由基竟遭亂箭射死於楚失磯下。及天明，晉兵收其屍骸，見由基兩手各拿數十矢箭。小卒馳報趙武，武曰：「此非由基不能躲箭，但黑夜之中，亂弩之下，雖有騰空拿雲之手段，焉能脫此。」後人有詩云：

楚將鄢陵大敗時，可憐神射養由基。
背馳百步穿楊法，黑夜空教陷阱迷。

趙武亦不來追楚兵，斬郤由基首級，盡收降兵而回。哨馬飛報楚王，楚王聞由基死被陷，大叫一聲，倒翻馬下，左右慌忙救起，令潘尪探子反匹夫醉酒醒否。時軍士載子反於車上，宿酒初醒，反問潘尪曰：「主上何以班師？」潘尪大笑曰：「酒醉公耶，公醉酒耶？適間晉楚大戰，子爲元帥，耽酒而誤兵機，反謂王何班師

〔一〕「挽」，余象斗刊本作「捝」，據龔紹山刊本改。

乎？」反大驚，流汗洽背，正欲見駕待罪，忽楚王又差沈尹至。謂子反曰：「昔者城濮之敗，子玉因喪兵而死，子爲元帥，臨大敵而醉酒，不知元帥以軍法自治何如？」子反曰：「吾知君命矣。此酒亡我也。」遂自刎而死，沈尹斬其首級見王，王令班師。漢劉向有詩云：〔一〕

晉兵打陣亂如麻，子反醺醺醉夢奢。
數萬兵權隨酒喪，須知杯斝會亡家。

晉兵打入楚寨，炊其粟，食其糧，一邊又議攻鄭。鄭聞楚兵殺敗而去，慌忙寫降表出降，晉侯受表，與之定盟，再不許更降楚。鄭成公拜謝歸國。晉兵班師，令元帥議定功勞簿，來定賞罰。此回士燮與欒書本不欲戰，只是郤至盡力欲戰，方得此勝。及晉侯議定功勞，然後升賞，欒書恐郤至功高於已，乃召士燮謀議。士燮至，不知所謀何事。

〔一〕「劉向」，余象斗刊本作「劉回」，據龔紹山刊本改。

晉欒書爭功弑主

欒書告曰：「鄢陵之戰，吾與子不欲，郤至堅意欲，儌倖而成大功，今若擬議功勞簿而進，主上必以郤至之功爲第一，吾爲中軍元帥，子爲上軍大夫，功反居下，豈不愧哉？」士燮曰：「此誠易事，若依吾計，郤至之命將喪於功。」欒書曰：「何謂也？」士燮曰：「郤至平日鞭撻士卒而傲同列，前日鄢陵之戰，曾搶得楚子之弓，明日必以此弓奏主上請功，但令楚筏密教其誣計，至欲同楚子約定攻晉。郤至有引馬之士，名長矯魚者，常被至笞，吾知其怨望，若挾之使證其事，則晉侯必怒而斬之。」欒書大悦，曰：「若殺郤至，其從弟郤錡、郤犨必然報怨，不如乘此一計，誣其三人同反，則絶其報矣。」二人撫掌大悦。取出楚筏問曰：「我等常欲與君奏晉侯放汝返國，爭奈郤至兄弟不從，必欲斬汝建功。明日當朝議賞諸將之功，汝能從吾之謀殺郤至，即奏過晉侯，放汝歸國。」楚筏再拜，願聽約束。書又密召長矯魚，教其證郤至作反之事，許立其爲大官。矯魚歡喜，願受欒書。

次日，進功勞簿，晉侯當欒書功爲第一，士燮第二，郤至第三。郤至辭曰：「鄢陵之役，〔一〕欒書與士燮欲

〔一〕「役」，余象斗刊本作「後」，據龔紹山刊本改。

抽兵不戰，臣力請戰，方得此勝。今日賞功，而燮等反居臣上，何以服卻將士之心？」士燮進曰：「郤至與楚子相通，故力請戰，欲要內外合謀，劫明公大駕。賴得諸將盡力，至始不敢行出，明公不信，但審楚筏便知其事。」厲公大怒，便取楚筏問之。筏曰：「誠有是事，郤至屢有書通臣之父王，每約裏應外合之事，故父王曾以寶弓賜與郤至。明公不信，問其寶弓從何而得。」郤至忙辭曰：「楚王寶弓，乃吾在陣上奪得來的，何謂爾父賜我？」筏曰：「吾父賜汝，教汝反戈，以攻晉侯，又何奪得來的。」

二人相爭不止。厲公曰：「汝等不必相爭，但道有何人爲證。」至曰：「臣之本部兵，皆見臣搶得此弓。」筏曰：「郤至本部兵必爲其主，不肯證出，且臣父王賜弓與郤至之時，曾有幾句言語，便問至之引馬者便知其意，他人遠不能聽。」厲公然之，問誰人引郤至之馬？至曰：「長矯魚。」公遂召長矯魚入問，矯魚對曰：「果有是事，當日一戰，楚王丟弓賜郤至，曾曰：『托汝盡心。』至點頭曰：『今夜準定事成』，臣止聞此二句，不知其爲何事？」

厲公大怒，遂令斬郤至。郤至大叫曰：「長矯魚嘗被臣之鞭撻，故從士燮以陷臣，明公欲霸天下，而信讒言殺臣，臣非不愛死，但可惜晉國山河矣。」厲公愈怒，力令斬之。矯魚又曰：「當日郤至受弓，郤錡、郤犨皆在馬旁同謀。」厲公令收郤錡、郤犨斬之，盡滅其族。群臣諫曰：「一日而殺三大夫，國家之不幸焉。何更滅功臣之族？」厲公始悟，乃赦郤氏之族。賞罷諸將，諸將既出。

次日，魏顆等一班老臣，皆上表辭官。厲公感群臣之言，似有悔殺三郤之心，知爲欒書、士燮所欺，乃密召荀偃問曰：「孤欲斬欒書、士燮，子盍爲我謀之。」偃曰：「公爲大國之主，殺二臣如破狐鼠。何必問計於臣？」公曰：「六軍之柄在欒書手上，倘謀不密，彼以百萬之衆謀反，何以制之？」偃曰：「主公明日便詔欒書操軍，主公親往觀兵，至中間詐稱欒書軍法不嚴，難掌元帥之權，喝令斬之，此時誰敢不服？欒書死，則士燮不足畏矣。」厲公大悦，遂出旨詔欒書次日操軍。

郤説荀偃乃欒書之黨，夜投欒書府中，又以厲公之事告之。書驚失色，問偃何以處之。偃曰：「計不慮始終，受其咎。事到如今，元帥能保弑君之名乎？」書曰：「子何出此言？」偃曰：「明日之事，勢兩虎相鬬必有一傷。元帥遲疑，禍必至矣。」書曰：「然則若何？」偃曰：「百萬之柄在於掌握，何憂此事？明日便伏兵於西晉門下，待其大駕將出，稱其無道而殺之，别立新君，誰敢不從？」書意遂決。即調荀偃引本部兵伏於西晉門下。

次日，請厲公觀兵，厲公果整鑾駕從西門而出。在於駕上，自以欒書、士燮今日必然被誅，喜顔未消。忽然一聲梆子響處，荀偃搶出，大罵：「無道昏君，賞罰不明，難作萬民之主。」厲公不知其由，正欲問荀偃，偃搶入懷心，刺公於駕下。群臣不知其故，將殺荀偃。偃扯起元帥旗號道：「奉欒書之命。」不移時，欒書亦到，曉諭群臣。群臣奉其子名周嗣位，是爲悼公。

悼公度量寬宏，即位之初，追贈郤至弟兄之官，黜罷欒書、士燮、荀偃之職，大行賞罰，憂恤下民。以魏相錡之子爲左班上卿，士魴士會之子爲次卿，荀會荀罃之子爲下卿，趙武爲右班上卿，欒黶欒書之子爲次卿，韓無忌爲下卿，士渥濁士會之子爲太傅，賈辛爲司空，弁糾爲司徒，荀賓爲司戎，祁奚爲中軍都尉，羊舌職佐之，魏絳爲左司馬，張老爲中軍謀主，鐸遏寇爲上軍都尉，籍偃爲上卿大夫，程鄭爲下軍都尉，士丐爲中軍大夫。大封諸臣，廣設筵宴。次日，聚朝商議國政，六卿奏曰：「先君服頑齊於金輿，敗強楚於鄢陵，將復先朝霸業，奈何國家大亂，君臣相攻，今明公嗣承大位，宜恢舊業，以主中國之政。」公曰：「必何爲振舊業？」六卿曰：「鄭國前日雖降，今又背晉而歸楚也，今莫若傳約其會盟，觀鄭趨向何如。彼來則已，如若不至，然後發兵征之，鄭服則霸業復可振矣。」悼公大悦。即欲打文書於鄭。忽有一人自外而進，連叫不可，畢竟是誰？

晉魏絳單騎和戎

魏絳進曰：「臣聞赤狄國黑登雲之子孫有胡兵二十萬，每每欲報父仇，今不先服赤狄，而欲外征鄰國，大不可也。」悼公曰：「吾聞赤狄已被秦穆公征服，何爲更變又起？」絳曰：「戎狄背叛無常，穆公在日則畏其威力，故所以降服。今穆公已死，秦勢日蹙，故其復叛。」公曰：「然則誰可征狄？」絳曰：「赤狄雖欲侵晉，然不可征伐。」公曰：「戎狄無親，豈可不伐？」絳曰：「晉初敗楚，諸侯方睦，若出兵遠征夷狄，楚若聞知，發兵乘虛來攻我國，諸侯必叛晉而朝楚。夷狄，禽獸也。得夷狄而失諸侯，甚爲不可。」公曰：「何以處之？」絳曰：「請得五萬兵與臣，屯於無終，又願得虎豹之皮五車，臣先以此皮與之講和，戎人貪利，必受皮以通好。如若不受，則以兵勢劫之。於是，威德兼著，戎必服矣。」公善其言，即以大兵五萬，虎豹之皮五車與魏絳和戎。

絳受命領兵出朝，直屯無終城下，諸將皆曰：「夷狄不懷德義，只憚威勢，不如先攻無終，斬郤嘉甫大王，〔一〕則赤狄望風講和矣。」絳曰：「不可。來日汝等大張兵甲，詐欲出戰之勢，我親自入城，決然成功。」諸

〔一〕「嘉甫」，余象斗刊本時作「加甫」，時作「嘉甫」，據龔紹山刊本統一改爲「嘉甫」。

將次日各圍四門，將火炮木石堆於城下，詐欲攻城之意。嘉甫大王令四門堅守樹立木栅，以拒晉兵。魏絳乃免胄釋甲，單騎在城下高叫：「誰是無終國王？請出相見，有事請議。」守城小卒各將大瓶矢石亂打下來。嘉甫大王見絳單騎，又不披掛，忙止手下，不得亂放矢石，乃問曰：「吾是無終國王，汝來者有何議論？請通名姓，然後領教。」絳在馬上欠身曰：「某乃晉國司馬，姓魏名絳字伯州，魏武子之幼嗣也。吾主以汝等叛背無常，故令某將雄兵二十萬，剿滅爾等種類。吾體仁人之心，不忍交戰，故單馬來問示下，汝等欲戰則開城以決雌雄，欲降則早奉表歸順。」

嘉甫聞知，忙令將吊橋放下，來見魏公。其部將孟樂忙止曰：「晉人多詐，大王不可下城，倘有疏危，吾等無倚。」嘉甫笑曰：「魏公推赤心於人，所以免胄釋甲，單騎至此，焉有他意？」遂亦棄去盔甲，下城與絳相見。絳亦下馬，二人握手，歡如平生，相携入於大寨。孟樂等恐晉人陷其主，乃與五六部將，各執利器，隨跟嘉甫之後。魏絳令取酒與嘉甫飲。絳之部將荀家等，見孟樂各持器械，亦仗劍執弓，羅列於絳前後。兩家似有動之意，絳叱左右曰：「吾與無終國王講好，汝等各持兵器，欲何爲哉？」於是左右方釋兵器。嘉甫亦叱退左右，二人盡歡而飲。酒至半酣，絳謂嘉甫曰：「承大王下顧，講定和好，庶幾兩下不動干戈。然赤狄大王名凶黑，彼必不肯講和，吾借汝城一過，與之交兵，略定勝負，公意如何？」嘉甫曰：「是何言也。赤狄大王乃吾之甥孫，吾肯歸晉，彼焉能阻我，不勞大軍動戰，明日吾當引其來見司馬，共成兩國之好。豈不美哉？」魏絳大悦，親送嘉甫出寨，相辭而別。

次日，嘉甫往赤狄來見黑統，統親迎入殿，各敘禮畢，嘉甫謂統曰：「晉侯以二十萬兵與魏犨之子左司馬魏絳來征赤狄，欲報先軫之恨，自今屯於無終城下，幸賴魏公仁明，不忍絶我種類，故令某來講好，汝能納吾一言，備金帛往晉寨定和，庶幾社稷可保，不然大兵將至矣。」黑統大怒曰：「晉人殺我之父，吾與之乃不共戴天之仇，正欲興兵報怨，尚未動手，外父何爲令我與其講好？」〔一〕嘉甫曰：「晉兵二十萬，戰將五百員，征我胡虜，不啻太山壓卵，汝能與之相抗乎？况我等已被秦穆公征服，今若舉兵犯晉，晉與秦乃親姻之國，必然挾秦共伐，我等能保其必勝乎？」黑統俯思良久，乃曰：「依外父之見，要將甚物爲獻，魏公方肯受和？」嘉甫曰：「不過備數十車金帛與之犒軍，奉表稱臣足矣。何必更用他物？」黑統即備金帛，隨與嘉甫投來魏絳大寨而見。

絳聞知，出接二人入於中軍，不提別話，止令設宴款待二人。酒至數巡，嘉甫起告曰：「蒙公以仁愛待夷狄，息卻兩國之兵，故某引甥孫黑統，備至金帛數十車，犒勞雄兵，其講和定好，從公示下。」絳謝曰：「吾晉與狄乃表裏山西之國，自黑登雲起兵犯界，殺我元帥先軫，故晉侯忿忿不悦，令我剿除。汝等今若奉表稱臣，既來則安，何必以金帛爲哉。禮我不敢受，但受降表。議定自今以後，年年進貢，不許興兵侵犯，務要患難相救，吉凶相問足矣。」嘉甫曰：「司馬不受金帛，則吾心不安，公必受之，方滿吾意。」絳受金帛，令取其虎豹之皮，酬謝二國。番王大悦，遂與議定和好，相辭而去。絳受降表，班師回朝。史臣有詩云：

滚滚胡塵起四方，民生擾攘懼豺狼。
魏莊不展和戎策，晉國安能固霸疆。

魏絳還朝，以赤狄降表與金帛獻上悼公，悼公大悦，錄絳爲和戎第一之功，升爲中軍司馬，即日發兵伐鄭。不知後事如何。

〔一〕「其」，余象斗刊本作「共」，據龔紹山刊本改。

晉師曠辨樂知興亡

晉軍行至曲梁，公子楊千楊千，悼公之弟本是下軍都護，自傲爲公子，不肯居後，乃先行中軍之前。中軍大夫士丐告於魏絳。絳令左右執楊千之僕而殺之。楊千訴於悼公曰：「魏絳無端妄殺小弟之僕，此欺弟，必欺朝廷，望兄侯做主。」悼公大怒曰：「魏絳纔有和戎之功，便欲無端欺罔朝廷。」喝令武士捉絳斬之。羊舌赤諫曰：「魏絳事君不避難，有罪不逃刑，公子楊千混亂軍伍，魏絳職在司馬，豈敢賣法而私公子哉？不必捉絳，臣知其少頃必來請罪。」頃刻間，魏絳果然左手仗劍，右手執書，將入朝待罪。至午門，聞悼公欲捉己，遂以書付僕人，令其申奏，自仗劍欲自刎。張老與士魴見之，忙奪其劍，問曰：「伯州爲何如此？」魏絳具説前事，二人勸曰：「此公爲國家之事，何必自喪其身，不須令僕上書，我等願代公奏。」於是，二人以絳之書奏上悼公。悼覽其書曰：

臣文師衆，以順爲武，軍士以無犯爲敬，軍師不武，執事不敬，罪莫大焉。今公子楊千，故違軍法，混亂行伍，臣職在司馬，不敢賣法縱放，故先戮其僕，以正典刑，後上短劄，以待誅戮。

悼公讀罷其書，問張老、士魴曰：「魏絳安在？」魴曰：「見在朝外，欲仗劍自刎，臣等保奏，乞明公宥之。」悼公荒忙而出，召絳入朝謂曰：「寡人之言親愛也，司馬之刑軍禮也。寡人有弟不能教訓，使犯軍法，寡人之過也。卿若更死，是重寡人之過矣。子速就職，無致稽延。」魏絳謝恩復職，大軍進屯於蕭魚。史臣有詩云：

執刑不屈魏莊子，知過能遷晉悼公。
臣懷忠信司軍令，君度巍巍邁古風。

晉兵屯於蕭魚，打戰書入鄭。時鄭成公已死，其孫僖公之子蕳公嗣位。得晉戰書，問於群臣，左大夫子駟議論出降。蕳公曰：「楚共王因爲救鄭，與晉戰於鄢陵，喪兵二十萬，箭傷左目，皆因我國之故。今若背楚而降晉，楚知則來伐，怎當？」子駟曰：「我鄭小國也，介於晉楚之中，當順勢而處，可保社稷，若執一見，決爲不可。今楚共王已死，其子康王幼弱，不能復霸。晉之兵勢甚鋭，主公若堅意不肯降晉，臣切以晉禍較速於楚，願主公詳察之。」蕳公然其說，遂寫降表，備金帛十車，女樂三十名，即日帥文武出城納降。晉悼公聞鄭蕳公來降，亦與文武就出轅門，迎入大寨。

蕳公曰：「鄭乃小國，皆文武之裔，先君不聽諸大夫之言，所以誤入荆楚。今聞天兵下降，即奉降表，〔一〕伏願上念同宗之德，下繼文武之業，乞存社稷，幸亦大矣。」悼公大悦，受其降表，厚待鄭之君臣，大軍遂班師。

居數月，悼公病，召其子名彪囑曰：「吾承祖父之業，內和戎狄，外服頑鄭，今中國諸侯皆降於晉，然居安可不慮危，吾死之後，汝當與兩班文武盡心定國，不失中原盟主。吾身雖死，亦無恨矣。」太子再拜受命。是夕，悼公遂歿，六卿奉太子嗣位，是爲平公。

時天下諸侯，各各臣服於晉，獨有楚爲敵國。然楚康王幼弱，不能動兵北伐，平公承天下太平，遂荒國政，築臺於後宮，内高十餘丈，東西數百步，上可藏千兵，下可懸鐘鼓，名曰馳底之臺。祁虒置舞女五十名

〔一〕「即」，余象斗刊本作「帥」，據龔紹山刊本改。

於其上，朝夕在彼，飲宴作樂，自製數章新樂，與女工歌之，號曰《新聲太平曲》。一日，平公宴於高臺，令女工歌新曲，自爲擊節賡和。歌罷，撫掌大笑曰：「此樂新清，雖薦之郊廟，吾知神明亦來降矣。」嬖臣程鄭曰：「臣聞樂官師曠者，洞達律呂，善明八音，每中夜彈琴，風雨便作。主公明日大宴群臣於臺下，令女工歌彈此曲於臺上，試問師曠知此音否。知音則重賞其爵，不知則師曠往日之聰，乃虛名耳。」平公大悅，命有司設大宴。

次日，宴群臣於馳底臺下。酒至半酣，平公召師曠曰：「寡人初製新樂數章，子乃辨樂領袖，孤令樂工彈之，子試辨其高低何如？」師曠受命而聽。於是，大小百官各戒喧嘩，平身聽樂。少頃，臺上五十名女伶，一齊拊節而歌曰：

風雨高臺月滿天，新聲徹透五雲仙。
五雲仙子憐新曲，祚我山河億萬年。

歌罷，群臣皆呼萬歲。平公問師曠曰：「卿以此樂爲何？」曠曰：「主公以此樂爲新聲太平曲，臣切以爲亡國之音。主公以此爲晉之將隆之樂，臣切以爲公室卑微之韻。」平公大怒問：「其何爲亡國之音？」師曠曰：「夫樂者，和也。昔者紂王作靡靡之樂，聞者莫不悲酸，其國遂亡。今主公之樂雖新，其音哀迫，使人聞之莫不揮涕，晉室其不亡者鮮矣。」平公大罵：「匹夫不諳律呂，妄誹聖樂。」喝令斬之。群臣皆諫曰：「師曠乃樂官之能者，主公殺之，恐昭仁明之過，乞望赦之。」平公方息其怒，黜師曠之官，又令女樂伏操新樂，令臺下群臣皆要拊節賡和。如有故違者，斬首示衆。女工在臺上復操新樂，群臣皆勉強而賡。中間獨有一人頭帶南冠，緘口不和，平公視之，命力士押於臺前，問其官居何職。其人對曰：「臣非晉朝士夫，乃楚囚熊筏之僕也熊筏，楚共王之子，鄢陵戰敗，被欒書所捉而囚於晉者。」公曰：「汝何不賡新樂？」楚囚曰：「臣乃南人，不諳北音，所以不敢強和。」公曰：「汝既楚人，能操南音乎？」楚囚曰：「能。」平公令取琴與楚囚試操南音。

時楚囚拘留於晉多年，日思故園風景，及傷不見父母妻兒，受琴於手，遂操數段思歸之音，悲酸慘淒。群臣有知南音者，莫不揮涕。平公問群臣：「何以涕泣？」群臣奏曰：「此囚拘於晉獄多年，其操皆思故園而懷父母之音，臣等哀矜其苦，所以爲之感動。」平公曰：「楚囚既悲故鄉，拘之無益，不如放其還鄉，何如？」群臣皆曰：「明公此言，實仁者之心也。」平公遂令楚筏釋囚而歸。自是平公日登高臺，荒淫作樂，詔令列國諸侯，各要重寶來朝，失期者問罪。於是，天下皆有叛晉之意，畢竟後話如何？

齊莊公奸淫召禍

晉之使者賁詔入齊，當時齊莊公通於下大夫崔杼之妻，每欲殺杼而奪其室，爭奈無計。及聞晉平公要重賓入賀，莊公欲遣崔杼往晉，使人中途殺之。崔杼知其故，稱疾不往。莊公乃親往問疾，崔杼埋伏本家甲士於寢門之外，自匿於家，命其妻出迎莊公。莊公見杼妻載笑出迎，更不問其夫之疾，遂素手相携，遊於中庭。崔杼一見，心中大熱，打動梆子爲號，本府甲士，堅閉中門，鼓噪殺入。莊公戰驚無措，踰後園土牆而走。崔杼隨後趕入，獨射一箭，正中莊公左股，翻落牆下。崔杼仗劍近前，欲斬莊公。莊公大叫：「崔杼敢弑君乎？」杼曰：「君淫臣妻，即爲奸仇，吾殺奸仇，豈謂弑君？」遂斬莊公。

公之從臣賈舉、州綽等在外，聞府中喧嘩，欲入救護，中門又閉，不能直入。少頃，崔杼斬莊公與其妻之首級，號令諸從臣曰：「齊侯失德，淫奸吾妻，吾故並斬如此，汝等合歸，別立新君。」賈舉、州綽等見莊公之首，便欲殺入，爲君報仇。下大夫慶封者，素與莊公不睦，乃儻住賈舉等曰：「吾聞良臣不事無義，今主上無道，奸臣下之妻而遇弑，汝等尚欲何爲哉？合歸別立新君。焉可與之報此不義之仇。」賈舉等曰：「吾食君禄，君死不能復仇，豈可再事新君而貪富貴耶。」遂與州綽、公孫敖、邴師四人各各自刎而死。後史臣贊曰：

口食君禄，心懷國憂。國君既死，伊尚何求。
臨難不苟，視死不逃。千年傳譽，萬古名流。

慶封見賈舉等自刎，遂令崔杼開府門，議立新君。忽一人身高五尺，碧眼青髭，突入崔府，披髮而枕莊公之屍，放聲號泣曰：「主辱臣死，今主死而臣不能效節，何忍君屍暴露乎？」衆視之，乃萊之夷維人也，晏弱之子，上大夫晏嬰字平仲也。慶封見其號泣不止，乃諭之曰：「子爲大夫，君死而不能效節，號泣何益？」晏子曰：「吾聞君爲社稷死，則臣從之。今君爲奸淫死，吾何敢從？」慶封告崔杼曰：「必殺晏嬰，方免衆謗。」杼曰：「不可。晏平仲，齊之賢大夫也。吾若殺之，必失民望，不如就其謀事，方塞後事。」於是，崔杼與慶封來見晏子，曰：「主上失德，自召其禍，今立新君，我等願從公命，公何必自慟如此？」晏子拭淚曰：「國家不可一日無君，今主公御弟賢明，諸將何不速奉即位，以主社稷。」崔杼、慶封憚杵臼之賢明，恐其立後，廢己之職，乃欲別立他人。晏子堅意不從，率群臣奉杵臼嗣位，是爲景公。

崔杼、慶封逃歸不朝。景公欲發兵討其弑君之罪。晏子曰：「崔慶初專國政，其勢焰焰，主公初立，便欲動兵，恐生不測之變，不如漸復其職，緩緩圖之。」景公然其說，遂召崔、慶。崔、慶二人恐景公加罪，不敢入朝，上書辭職。景公遣使與崔、慶誓曰：「吾所不與崔、慶同心者，明神殛之。」崔杼大悅，遂欲入朝，慶封止曰：「不可。晏平仲不誓一言，我等終難立朝，必得平仲誓語，方可就職。」使者歸告晏子，〔一〕晏子仰天歎曰：「吾爲人臣，不能爲君討賊，豈敢更誓他辭而長弑君之賊乎？」公曰：「子姑一誓，以保社稷，有何不可？」晏子誓曰：「嬰之所以不忠於君而利社稷者，明神殛之。其他非吾敢知也。」崔、慶聞知，喜曰：「平仲此誓，唯知忠君愛國，豈有他心以謀我哉。」二人遂入朝，景公封晏嬰爲相國，崔杼爲上大夫，慶封爲下大

〔一〕「使者」，余象斗刊本作「者」，據龔紹山刊本改。

夫，田乞爲中軍大夫田乞，陳完五世之孫，陳完，陳國公子，奔齊，齊桓公封爲大工正，賜食田邑，後改姓爲田氏，封陳須無即陳文子爲上卿。須無出朝歎曰：「崔杼弑君，又不問罪，反封其爲上大夫，吾乃齊之世臣，豈忍以衣冠陷於篡弑之朝乎？」遂棄官禄，出奔外國。後史臣有詩曰：

利禄羈人少達徒，飄然脱履羡須無。

清清曾得宣尼許，一片冰心似玉壺。

景公既封群臣，便以金珠寶物，帶晏子往晉朝賀。晉平公親迎景公入朝，宴於馳底臺下。平公與景公投壺，平公先投一矢，荀吳爲贊曰：「有酒如淮，有肉如坻，寡君中此，爲諸侯師。」平公一矢端插中壺，百官喝采。齊景公亦持一矢，晏嬰贊曰：「有酒如澠，有肉如陵，寡君中此，與晉代興。」景公亦投一矢，亦插中壺，齊之君臣亦同喝采。平公怒曰：「吾晉爲中國盟主，方贊此詞。汝齊焉敢與吾對敵，贊詞不遜。」晏嬰進曰：「投壺所以助筵前之歡，贊詞所以助中矢之樂，又非定盟立誓，明公何必以此爲怪乎？」公雖聞晏子之説，其怒終不肯息，將有恥辱景公之意。齊大夫公孫叟見平公甚怒，乃趨進曰：「日斜，君勤可以出矣。」遂扶景公而出。晏子歎曰：「晉侯驕傲太甚，吾知其更不能爲盟主矣。」次日，景公入謝歸國，平公詔大夫叔向送之。畢竟如何？

楚靈王大會諸侯

平公詔叔向送齊侯，叔向執晏子之手，問曰：「齊國政事何如？」晏子對曰：「齊之國政乃末世也，不數代將歸於陳氏乎。」叔向曰：「何以知之？」晏子曰：「吾主不恤下民，民心皆散，中軍大夫田乞者，陳完之後，公賣私恩，厚恤百姓，放官粟則以大斗量出，小斗收入，齊之下民歸於田氏者大半，吾是以知田氏必代齊而有天下也。」叔向曰：「然推此可以識彼，因近可以知遠。然吾晉不數世亦將瓜分於六卿矣。」晏子曰：「何以知之？」叔向曰：「吾晉，政在六卿，公室無權，其後世君弱臣強，其國不歸於六家者，鮮矣。」晏子曰：「然則二國之衰弱及此，吾與子皆爲大夫，不行救治，何以稱職？」叔向曰：「非我等不盡臣職，然大廈將顛，非一繩可維也。」晏子低頭無語，但目視叔向，二人嗟吁不已，相辭而別。其後齊國果歸田氏，晉室果入六卿。〔一〕後來史官編錄至此，贈詩一絕以美二子之先見，詩曰：

百姓咸歸田氏惠，六卿皆奪晉邦權。
賢哉叔向和平仲，明達先知兩國源。

〔一〕「六卿」，余象斗刊本作「三卿」，據龔紹山刊本改。

晏子既辭叔向，與景公東歸，叔向亦回復命。平公惡諸侯不來朝賀，盡欲發兵征討，六卿與叔向、祁奚等皆諫，以爲不可，平公方止。於是，諸侯皆有叛晉之意。卻說楚自共王鄢陵一敗，康王不能復振，至靈王名圍，楚共王之庶子，殺康王之子而自立人材稍集，國勢漸張，聞晉平公崇臺好色，以失諸侯，遂有復霸之志。問於群臣曰：「昔我先君莊王東征西討，伐萊滅戎，遂成霸業，及我先君共王嗣位，鄢陵一敗，遂失霸權。數十年來，中國盟主一歸於晉，寡人常有怏悒不忿之意，恨不得舉荊襄百萬之衆，平吞晉室，以削父兄之仇。卿等以爲何如？」上大夫伍奢進曰：「夫善濟事者在乘時勢而已，大王欲舉兵伐晉，以消鄢陵一恨，正其時也。然必須先察諸侯趨向之勢，然後乘時行事，無有不克。」靈公曰：「何謂能察諸侯趨向之勢？」伍奢曰：「諸侯無常，惟禮是歸。臣聞晉侯崇臺好色，重求諸侯之寶，當今諸侯怨望晉侯，皆欲背叛，爭奈目下無一大國敢受。大王誠能以千乘之楚，修先王餘業，傳檄以會列侯，列國若叛晉歸楚，然後連諸侯之兵北伐，則鄢陵之恥，一舉可削。」靈公大喜曰：「子言雖是，然何謂諸侯惟禮是歸？」伍奢又曰：「昔者夏啟有鈞臺之享，商湯有景亳之命，武王有孟津之誓，成王有岐陽之搜，康王有酆宮之朝，穆王有塗山之會，齊桓公召陵之師，晉文公踐土之盟，此六王二公大會之盛典，皆能用禮相待，所以能合諸侯。大王若遵六王二公之禮，築壇於申，布告列國，其諸侯來會者，以禮相待，則天下皆望風而朝於楚矣。」靈王然其說，令築盟壇於申，傳檄文布告列國，約其各來聚會。於是，不數月，聞諸侯悉背晉投楚者十二國，鄭國公、齊景公、宋平公、蔡靈公、滕悼公、陳哀公、杞文公、燕獻公、秦哀公、許丘公、莒淖公，獨有曹、邾、魯、衛四國之君，不敢叛晉，但稱疾不赴。

靈王登壇受衆諸侯朝賀已畢，乃降階問曰：「晉彪無道，貪求無厭，寡人以禮會敘公等，今者曹、邾、魯、衛守晉不來赴會，公等能助孤一陣，先征四國，後伐強晉，削爾諸侯之恨。公等之意何如？」壇上諸侯皆曰：「謹奉命。」忽壇下文官叢中閃出一人，歷階而上曰：「晉所以失盟主之權者，以其征伐無常故也。今大王欲收衆望，而爲中國盟主，[一]誓墨未乾，而便欲舉兵動甲，臣切爲軍馬未動，諸侯復叛矣。」衆視之，乃齊國下大夫慶封也。靈王怒曰：「慶封乃助崔杼弑君之賊，敢在我前彈脣鼓舌，以阻吾意。」喝令腰斬慶封示衆。伍奢諫曰：「慶封言雖不遜，然天下諸侯新來投楚，若初會便殺一大夫，恐塞來王之意，望大王詳審之。」靈王聞伍奢之言，俯思半晌，令赦慶封之死，但枷號於壇下，令其自呼曰：「爲人臣者，莫學齊慶封，助讒弑君，得罪最大。」楚將士即將慶封枷於壇下，使其自呼以徇諸侯。慶封負枷無語，不肯自念其辭。靈王令笞其背，務要揚念其詞。慶封受笞不過，乃改其辭，大聲呼曰：「列國諸侯，聽我一言，爲人君者，莫學楚圍，弑君篡位，强合諸侯。」靈王聞之，大罵：「匹夫，焉敢數孤短處，何不爲我速斬。」言未已，公子棄疾仗劍搶出，斬慶封之首，懸於高竿，言：「自今有諫伐晉者，依慶封之罪。」於是，列國君臣唬得冷汗沾背，面面相駭。宋大夫向戌執鄭大夫子產之手，私相語曰：「楚王不務令德，專以威壓諸侯，不十年，楚必失國矣。」靈王令列國之兵先伐魯、衛，然後伐晉。及次日，列國之君，皆私逃去，不肯助伐。靈王欲追列國之兵，伍奢曰：「諸侯見大王殺一慶封，俱皆解散，更若追之，必激其變。不如退修德義，以圖再會。」靈王然之，抽兵歸朝，不知後事如何。

〔一〕「盟主」，余象斗刊本作「盟」，據龔紹山刊本改。

秦哀公設會圖霸

且説秦哀公既歸本國，召集群臣商議曰：「吾秦自穆公大霸西戎以來，數十餘年，諸侯降服。自穆公已死，霸業遂衰，權歸晉楚。吾每思之，秦自潼關以西，地方八百餘里，天下形勢吾爲第一，況有雄兵百萬，文武協心，既不能恢紹先業而霸天下，安能過晉越楚，束手以受他人之號令哉？卿等有何妙計，獻與寡人。丕振霸業，〔一〕奪得中國盟主，吾必加官重賞，共享富貴。」道猶未了，左班中閃出一大夫曰：「臣有一計，管教盟主之柄，唾手歸秦。」衆視之，乃景公之弟公孫后，字子鍼也。哀公曰：「叔父有何妙計，願聞其説。」后曰：「當今晉虒無道，楚圍失德，中國諸侯往來無主，大王誠能議設一會，令天下諸侯來赴，待其俱入潼關，伏兵四處，挾其各立降秦文字，議定朝貢，方許還國，有不從者，就座中擒而斬之，誰敢不服？」哀公大喜，便差使臣布告列國，約其赴會。子鍼又曰：「動無名義，鮮克有濟。昔者齊桓、晉文，能總九合之柄者，以其上挾天子之令故也。今日此舉亦宜奏聞天子，〔二〕請傳聖旨，然後方能號令諸侯。」公曰：「設會定霸，乃秦

〔一〕「丕振」，余象斗刊本作「振丕」，據龔紹山刊本改。
〔二〕「奏聞」，余象斗刊本作「奏文」，據龔紹山刊本改。

一己之事，焉可請聖旨？」子鍼曰：「周室微弱，號令不行，自五霸之後，列國朝貢，歲無尺寸入周。今日此會，詐稱鬥寶之會，先請聖旨告列國諸侯，不拘大小寶物，皆要赴會鬪明，然後收集貢於天子。於是，上不失尊周之義，下不得專會之名。天子既許吾設會，則天下諸侯誰敢不赴。」哀公善其説，遂具表文，差子鍼入周請旨。子鍼領表徑投洛陽來見天子。

時周景王在位，子鍼呈上表文，具奏前事，景王覽其表曰：

具表臣秦鎮嬴智稽首頓首上奏。臣聞禹開九州，據土産俾貢方物，周封列國，總乾紐令供朝儀。夫何東遷以來，王政不行，五霸去後，諸侯愈叛。禮樂征伐，每每出自於諸侯；異寶奇珍，常常欺罔於天子。臣聞其禍大者而機微，〔一〕厥患顯者而形隱。今日雖曰不供不貢，異時安能保其無楚莊問鼎之志哉。臣僻居西土，力薄邦微，然荷先王分土之恩，懷陛下隆遇之德，不能無悼於斯也。所以冒進微言，敢於天詔，伏望陛下斷淵衷下綍綸，而許臣糾合，丕振皇武，頒旄鉞而賜我匡扶。臣若不能糾集群侯，聚貢寶物，則甘心就戮，罪尚何逃。臣無任瞻天仰望，不勝戰慄之至也。

景王覽罷，喜不自勝，曰：「有臣如此，則吾東周有主，何惜一道詔書而不許乎？」遂差使臣，賫送其白旄黄鉞，寶劍金牌，並詔書一道，往秦宣許。子鍼謝恩出朝，即日與王使來咸陽。哀公聞知王使來至，俯伏聽宣詔曰：

龍困淵潭，必有雲屯其上；虎蹲峻險，豈無風聚其中。伏惟國家遇運阨之秋，值霸解之日，號令不

〔一〕「臣聞其禍大者而機微」，余象斗刊本作「已聞其禍大者而微幾」，據龔紹山刊本改。

行，朝貢不入，每悼於斯，歎無良策。咨爾秦侯嬴智，有志尊周，誠可稱羡，今命使臣，賫到寶劍一口，金牌一面，白旄黄鉞，賜爾施設，候在列國來朝，功成政舉，重議封賞。詔書到日，敬此施行。

哀公望北謝恩，厚待使者，遣歸。又問子鍼曰：「天子已降詔許我施行，必須在何處設會，方成此計？」子鍼曰：「臣觀關中地土寬平廣闊無如驪邑驪邑即今陝西西安府所轄，宋朝改名曰臨潼縣，後世遂謂之臨潼鬥寶會是也，宜在此處設一大會，號曰『鬥寶之會』，埋伏大兵於金斧山下，先遣使臣，傳檄遍告列國，約在本年三月朔旦，各要重寶前來赴會鬥明，以獻天子。其不赴者，則挾天子之旨而征之，其來赴者，逼立降秦文字，有不從者，隨即擒而斬之。此時入我圈套，進退無路，誰敢不從？」哀公大悦。便寫檄文遣使，遍告列國。

卻説秦使來至楚國，將書呈上靈王，靈王讀其書曰：

秦鎮諸侯嬴智敬奉大國，天子之命，約在本年三月朔旦，會天下列侯於本邦驪邑，設一大會名曰「鬥寶之會」，令天下大小諸侯，各要奇珍異寶，前來鬥明，如有失期無寶者，許孤征伐，今特遣使告知，伏望至期不爽。

周景王五年正月上旬，嬴智書

靈王讀罷，令使者暫停館驛，姑容商議。使者辭出，靈王問於群臣曰：「秦侯此會，其意何如？」大夫伍奢曰：「秦設此會，非是鬥寶以獻天子，特假天子之名，實欲設計，以釣天下諸侯也。」王曰：「何以知之？」奢曰：「天下形勢，秦得其一，地寬八百餘里，兵聚百有餘萬，每欲吞併中原，只憚晉楚相救，今誘諸侯，〔一〕

〔一〕「誘」，余象斗刊本作「脱」，據龔紹山刊本改。

俱入關中，其崤函峻險，埋伏大兵，諸侯聽其約束，則留命歸國，其不從者，必陷其計。此行若聽其說而赴之，是謂以羊投虎口，安能免其無患哉？」王曰：「然則，不赴何如？」奢曰：「楚方欲霸天下，若不赴此鬥寶之會，是又見怯於秦，焉可不赴？必得文武才全之士以保王駕，一則不示怯於天下，二則可以制服於強秦，如此方保萬全之計。」靈王連問班部中誰敢保駕，多少豪傑老臣，無人敢答，惟右班中一少年將家，生得身長八尺，虎背雄腰，連聲承旨：「臣敢保駕西遊。」不知此人是誰？

衆人視之，乃荊州監利人氏，伍舉之孫，伍奢之子，名員字子胥。年紀未滿二旬，然兼通文武之能，深達古今之事。靈王見子胥精神聳異，音似洪鐘，喜不自勝，曰：「得卿從駕，孤獨何憂，但楚爲大國，無一件奇異之寶，焉能赴會？」伍員奏曰：「有臣在駕下，何必帶寶赴會？但請保得大王萬全歸楚，足爲大寶。」靈王大喜，即日備駕，帶數十文武與子胥入秦赴會。行不數月，來至潼關。

時晉平公、齊景公先至關下，靈王前來相見，俱各要入關。齊大夫晏平仲進曰：「秦人虎狼也，不可孤入，漸屯關下，候在諸侯會集，然後方可入秦。」三侯然之。居數十日，諸侯漸漸來至，楚王迎入相見。共有一十七國之主，不知其十七國之諸侯卻是誰人，且聽下文詳説：

第一鎮，魯國昭公姓姬名稠，隱公十代之孫。

第二鎮，齊國景公姓姜名杵臼，僖公十一代之孫。

第三鎮，晉國平公姓姬名彪，獻公十二代之孫。

第四鎮，宋國元公姓子名佐，穆公十二代之孫。

第五鎮，衛國靈公姓姬名元，桓公一十三代之孫。

第六鎮，鄭國定公姓姬名寧，莊公一十二代之孫。

第七鎮，燕國簡公姓姬名敬，召公畢二十九代之孫。
第八鎮，吳國太子姓姬名光，吳王壽夢之孫，諸樊之子。
第九鎮，越國諸侯姓夏名允常，夏少康二十八代之孫。
第十鎮，楚國靈王姓芈名圍，武王八代之孫。
第十一鎮，蔡國靈公姓姬名般，蔡昭侯一十二代之孫。
第十二鎮，曹國武公姓姬名滕，桓公一十二代之孫。
第十三鎮，陳國哀公姓嬀名弱，桓公十三代之孫。
第十四鎮，滕國悼公姓姬名寧。
第十五鎮，薛國獻公姓任名穀。
第十六鎮，許國悼公姓姜名買。
第十七鎮，莒國丘公姓巳名去疾。
第十八鎮，秦國哀公姓嬴名智，穆公五代之孫。

楚靈王既與十七鎮諸侯逐一相見，各序爵位而坐。楚王曰：「秦伯奉天子聖旨，會俺諸侯鬥寶，約在三月朔旦取齊，今者公等既集合入潼關，不可違卻朝約，諸侯各各俱要入關。」止有吳國公子姬光兩眼交淚，不敢上馬。靈公問其因由，光曰：「吾奉父王命令，帶有珊瑚睡枕，前來赴會。及至在玄象山下，被強寇展雄劫去寶枕，今且無寶，焉敢赴會？」靈王聞説，默思無計。忽嘯馬入報：「有玄象山強徒攔住去路，要截十七國之寶物爲買路之資。衆軍不能前來。」靈王大怒曰：「吾等乃堂堂中國諸侯，聚寶朝王，焉有強徒敢阻吾路？」令取紅錦戰袍一領，懸於大寨，列國之中有能擒得展雄來歸者，即以錦袍賜之。

道猶未了，齊國公子姜鐸出班願往。諸侯大悦，賜酒三杯，披掛出馬。更不移時，敗兵回報：「公子姜鐸卻被展雄生擒歸寨。」諸侯聞知，俱皆失色。靈王再問：「誰敢出馬殺退强徒？」鄭國部下閃出一人，身長九尺，膊闊雙圍，進前願往。諸侯視之，乃魯之卞邑人也，官爲鄭國中軍都尉，姓卞名莊也。〔一〕諸侯又賜酒三杯，親爲披掛出馬。鄭定公聞展雄驍勇，恐卞莊有失，令下軍都尉管竪引兵，以備接應。卞莊拍馬行不三里，至於關下，只聞咆哮之聲振動地軸，小軍回報：「前有兩虎相爭一牛，横阻於路，不能進前。」卞莊大怒，下馬便使搏虎。管竪止曰：「二虎方爭一牛，其威正猛，遽要搏之，必激其怒。不如漸停少刻，待其爭鬥力乏，必有一傷，然後乘勢而搏，無有不克。」卞莊咬牙嚼齒，〔二〕立俟片時，二虎果然爭鬥力乏，兩蹲於地。卞莊見其勢息，奮起平生之力，搶入虎群，右拳打落大虎左肘，挾住小虎，坐壓於地，連打數拳，其虎立死。大虎見小虎被傷，摇頭擺尾，欲噬卞莊。卞莊突進虎胸，雙拳一撑，大虎倒翻岡下。衆軍大喊一聲，爭先前來刺虎，畢竟死於岡下。此卞莊子一拳打兩虎之勇處，後人有詩爲證云：

驍勇雙拳毆兩虎，雄威一出冠諸侯。
卞莊從此聲名振，玄象山前播絶儔。

卞莊既打兩虎，衆軍喝采望前而進。展雄果引草寇數千名擋住去路，喝問：「來者是誰，留下買路金帛。」卞莊視其旗號，卻是展雄。乃高聲對曰：「吾乃鄭國都尉，一拳曾打兩虎，卞莊是也。汝乃無名草寇，焉敢

〔一〕「卞」，余象斗刊本作「汴」，據龔紹山刊本改。
〔二〕「咬牙」，余象斗刊本作「交牙」，據龔紹山刊本改。

擋我諸侯，劫吾寶物？若不獻還玉枕，列開大路，教汝一命不存。」展雄聞説，更不打話，拍馬直取卞莊。二人戰不數合，展雄詐敗，卞莊勒馬後追，展雄輪起九節銅鞭，回身一打，卞莊口吐鮮血，翻落馬下。不知性命如何？

柳盜跖辱叱秋胡

卞莊被鞭打落馬下，展雄向前欲斬卞莊，管竪殺出乃救而歸。諸將見卞莊吐血而回，各各面面相覷，無計進前。靈王又問：「一十七鎮人材，豈無豪傑之士，束手受制於一強徒乎？有能退得展雄者，即將珊瑚玉枕賞其勳績。」列國群中無一敢對，獨有陳國大夫秋胡向前告曰：「臣掉三寸不爛之舌，前説展雄，倒戈來降。」靈王即賜秋胡高車駟馬，往説展雄。秋胡領旨，徑投展雄大寨。雄曰：「汝乃何人，敢自入我大寨？」胡曰：「下官魯之武城人也，姓秋名胡，仕陳國大夫。」雄曰：「汝來何故？」胡曰：「吾奉諸侯之旨，前來與將軍講和。」雄曰：「汝試言之。」胡曰：「吾聞仁者以好生爲德，義者以制事爲宜，今將軍身雖居於山寨，名則馳於天下，威壓一十七鎮之諸侯，勢傾四海九州之豪傑。然能體仁義之心，退寶還吳國，開路放諸侯，使諸侯門寶之後，具將軍令名奏聞天子，保將軍爲上國良臣，立功於竹帛，揚名於後世，豈不勝於落草強徒哉？雖著於當時，公論不容於後世。將軍誠能納胡之言，體仁者之心，立好生之德，其美深長。否則譬諸美玉混於污泥，明珠陷於糞土，雖有千金之價，終自泯滅無聞，願將軍詳察之。」展雄大怒曰：「吾聞仁者不富，富者不仁，處春秋之世，非強暴不能以自持，吾乃鐵石心腸，縱有劍舌脣鎗，焉能摇奪。本當斬汝匹夫，姑以衣冠相待，若不速退，一命難逃。」秋胡被展雄大叱一遍，驚得兩面羞慚，渾身流汗，抱頭竄耳，逃歸以見諸侯。

諸侯見秋胡説之不退，戰者累敗，各有逃歸之意。子胥出班奏曰：「大丈夫當掃除賊寇，橫行天下，今遇一小強徒，便欲懷寶逃歸，是何怯畏之甚。爾衆諸侯，助臣擂數棒鼓，吶幾聲喊，吾若不能擒一展雄，願斬顆頭以贖妄議之罪。」靈王大悦，就以錦袍賜之。員曰：「未建滅寇功，焉受諸侯賜？且懸於此，待臣斬卻展雄，然後拜受。」諸侯大悦。令軍吏擂動戰鼓，子胥匹馬殺進闕下。展雄見伍員來得勇猛，擺開陣勢横鎗迎敵。二人更不打話，拍馬戰上三十餘合，不分勝負。又鬥數合，展雄力乏，鞭法略有慌亂，子胥本欲陣上擒之，見雄相貌非常，又且武藝出類，心亦愛之，不忍當陣羞辱，乃詐馬敗走。展雄驁馬後追，子胥引入山坡僻處，回鎗一架，展雄措手不及，披髪倒於地下。子胥揪起問曰：「觀汝相貌堂堂，非是久屈人下者也，不圖建功立業，以作人間有名之士，何如甘心落草以作強徒？本欲梟汝首級，以削諸侯之恨。觀汝材力頗優，不忍當陣羞汝，能遵我言，改過前非，送還寶物及公子姜鐸，别作生涯，姑饒一劍。不然，則教汝革命難逃。」展雄哀丐曰：「將軍能容一死，敢不遵依。」子胥放手，展雄即取珊瑚寶枕及公子姜鐸奉還，〔一〕展雄抱頭而奔。子胥將公子與寶枕歸見諸侯，靈王即以原寶還與姬光，以錦袍賜伍員，大軍遂望臨潼而進。不知後事如何。

〔一〕「珊瑚寶枕及公子」，余象斗刊本作「珊瑚及寶枕公子」，據龔紹山刊本改。

臨潼會子胥爭明輔

當時秦哀公預先引百官布擺壇會，埋伏兵機，專候至期，以圖大事。及聞諸侯俱至，出關延入，相見禮畢，序爵而坐。起告列侯曰：「寡人敬奉天子之命，大開此會，聚鬥天下寶物，然後收集貢上。今公等既齊，合出寶物辨別重輕。」諸侯唯唯聽命。齊大夫晏平仲見四下殺氣洶洶，〔一〕知有埋伏，乃向前告曰：「古者諸侯會好，必得公明正直之士，定議列國是非，謂之明輔，今日鬥寶之會，大聚天下諸侯，必先立一明輔，然後鬥寶，庶無交爭之患。」哀公喜曰：「齊大夫之言是也。」遂降詔問：「列國之中誰敢出任明輔之職者？」道猶未了，鄭都尉卞莊出曰：「臣敢承任此職。」哀公曰：「都尉有甚才能，敢承此職？」莊曰：「臣雖不才，曾於玄象岡下，一拳打死雙虎，武力超倫，此臣所以敢任明輔之職。」哀公令取金牌付與卞莊，以行明輔之事。衛國部下一人高叫曰：「打虎者乃一勇之夫，何足以當此職？金牌留下，待我來掛。」哀公視之，乃衛國公子蒯聵也。公曰：「汝有何能，敢爭明輔？」聵曰：「臣昔日曾於滻水之上，斬一蛟龍，此臣所以敢當此任。」哀公即令卞莊取牌付與蒯聵，卞莊不肯，曰：「誅龍者，特巫術之士，何足道哉？若奪吾明輔，臣必與之見

〔一〕「洶洶」，余象斗刊本作「勇勇」，據龔紹山刊本改。

一高下。」

二人相爭不止，晏平仲出而解曰：「打虎乃勇夫，誅龍止術士，皆非文武兼全之士，不足任當明輔。臣觀殿前一鼎重有千斤，大王必先立下文題，令列國群英，有能答明文字，復舉此鼎，在十八鎮諸侯座前，遍遊一匝者，則是才力兼全之士，方許掛牌受職。」哀公準奏，書下八句題目，令軍吏提照各國群英。不知此八句題目，隱括世間何事？且聽道來：

天何所附地何依，天地相生數已知。
江水源從何處出，太山派自那支離。〔一〕
五行迭運誰爲重，萬物叢生孰最奇。
試舉六題關要問，有能明此是男兒。

道猶未了，秦邦大將軍姬輦，讀罷文題，曰：「此問天地陰陽之理，何難之有？」向前先請答題，然後舉鼎。哀公許之。姬輦援筆對曰：

天無所附地無依，天地生生數豈知。
江水止從河上出，泰山焉别那支離。
五行迭運皆爲重，萬物叢生總是奇。
六件奧題原止此，我爭明輔是男兒。

〔一〕「那」，余象斗刊本作「朋」，據龔紹山刊本改。

姬輦書罷丟筆，摳衣向殿前雙手舉鼎，離地三尺，滿面輝紅，列國群臣鼓角齊鳴，同聲喝采。哀公親賜金牌，着令姬輦任行明輔權柄，子鍼將謝恩就職。楚國保駕將軍伍員向前高叫：「姬輦論文不破題，舉鼎不離座，焉能敢任大職，且留此牌，待臣來掛。」哀公本有牢籠諸侯之意，欲將明輔付與本國人做，及伍員爭牌，甚是不忿，乃曰：「汝能答明文題，舉鼎遍遊，即將明輔改任。」子胥承旨，援筆立答曰：

天無依地地依天，天地皆從五數先。

河水自從天上降，泰山已發昆侖原。

土坤尊守五行信，人道貴爲萬物全。

請舉此詩明六問，篇篇透徹不胡言。〔一〕

答罷，呈與哀公。哀公觀其文意，明白透徹，題目誠有高出子鍼之論，乃曰：「文則佳矣。汝試舉鼎，以觀勇力何如。」子胥右手攬衣，左手向前一舉，將此重鼎呈向諸侯座下遍遊一匝，復鎮原所，了無變色，諸侯面面相顧，咸羡英雄。哀公不能推阻，即取明輔之牌，付與子胥。畢竟後來如何？

〔一〕「胡言」，余象斗刊本作「胡延」，據龔紹山刊本改。

伍子胥戰震臨潼會

子胥謝恩受職，向前告曰：「臣固不才，荷衆侯立爲明輔，然臣聞舟無舵則反覆，秤無權則輕重若舉。臣爲此職，臣則直言無隱，但在會之君臣，凡有喧嘩不遵約束者，許臣奉法折衷，臣則敢承此任。若不依臣，臣不敢以當此任也。」哀公大悦，顧謂列侯曰：「子胥之言誠是當理。」遂賜子胥寶劍一口，許子胥奉法直言，如有違者，先斬後奏。子胥謝恩，仗劍立於殿階上，〔一〕請各國諸侯出寶聚鬥，然後立盟立誓。於是列國各出寶物，置於前席，以憑明輔辨别重輕：

秦國溫涼盞冬日盛酒則熱，夏日則涼，隨時叵變，無所更異；

齊國夜明珠夜置於庭，自然光輝，不必燃燈點燭，黑夜如晝；

魯國雌雄劍此劍有二口，每每相合，雄失雌鳴，雌失雄云，可斬妖魅；

晉國水晶簾垂掛於庭，自然起風動雨，沉之於水，波浪兩分；

宋國水心鏡沉於碧潭深海，常有明月當心不動，徹底光輝；

鄭國飛塵傘撐開則雨雪不沾，塵沙遠散；

〔一〕「仗劍」，余象斗刊本作「伏劍」，據龔紹山刊本改。

吳國珊瑚枕醉睡則醒，病睡則瘳，寒睡則暖，熱臥則涼；
衛國鎮風石揚砂拔木之風，置之於席，鴻毛不動；
燕國如意珠欲喜則喜，欲怒則怒，藏於衣袖，隨意所歡；
越國瑪瑙盤外現五彩，内隱五音，擊之音樂徹聞；
曹國九曲珠看則並無孔竅，穿則九曲玲瓏；
滕國引風扇深夏盛暑持此，則清風自生，以解炎熱；
薛國犀角帶此帶沉水水裂，投火火消，病者一係，百疾自瘳；
莒國公明鏡此鏡明照百里之外，雖妖邪怪魅，莫能逃其行跡；
許國截虹劍此劍一起，能截虹霓，障闌風雨
蔡國、陳國、楚國，三邦各無寶物。

一十五國諸侯，各出寶物，光輝燦爛，聚鬥於廷，獨有蔡、陳、楚三國無寶。哀公問陳、蔡，何故違旨，不備寶來赴會。蔡靈王與陳哀公欠身告曰：「敝邑邦微土薄，所以無寶應會，又恐違旨，只得素手來赴，乞望轉奏天子赦宥陳、蔡無寶之愆。」哀公不許，問明輔何以處之。子胥進曰：「臣聞昔者禹分九州，令天下各據土産而貢方物。武王克商，大封列國，因舊制而處置諸侯。今日之會，雖曰鬥寶，然陳、蔡國僻無得奇珍，止令貢方物，但率其其奉職而已，何必務責寶物爲哉？」哀公默思良久，反詰員曰：「陳、蔡國地土褊狹，無寶不足爲怪。楚乃千乘之國，地富民殷，亦何無寶？」子胥曰：「吾楚無以爲寶，惟善以爲寶。」哀公曰：「自武王滅鄧以來，莊王繼霸，東蕩西除，虎噬荆襄，喪人家國，廢人宗祀者，不計其數，茲固强暴有餘，焉得爲善？」子胥曰：「伏自周室東遷以來，王令不行，天下諸侯互相吞併。先自齊霸中原，秦並西土，晉文公橫行天下，宋襄公勢吞海宇，所謂圖王霸業，各爭其主，楚所以效尤征伐以強家國，焉得爲強？然臣所謂楚以善爲寶者，君君臣臣，父父子子，四民樂業，路不拾遺，由此觀之，教化大行，政令不忒，誠乃鎮國之奇珍，安邦之大寶，豈得方寸之珠，三尺之劍所能可比？」哀公本欲來責楚國無寶之罪，反被子胥理説一篇，啞口無言。

列國諸侯見子胥把宏詞大辨，理服哀公，各各心中暗喜，稱羨有靠。哀公回顏顧謂子胥曰：「諸侯無寶者，何以申奏天子？」子胥曰：「但請諸侯定盟，小臣自當回奏。」於是，子胥令宰烏牛白馬，祭罷天地，取其生血，左手捧盤，右手仗劍，上殿告於諸侯曰：「凡在會者，務令君敬臣忠，父慈子孝，吊賀往來，各相親睦，朝王奉貢，共輔周室，如有叛盟故違者，許列國共伐之。」列國諸侯各各欠身歃血曰：「謹奉明輔之命，不敢故違。」子胥既與諸侯盟，將誓書藏於金櫃，收集寶物，具表差使入周朝貢，然後諸侯就宴。

卻説公孫后見子胥保定諸侯，不能就計，密令兩廊武士，候酒後殺出，生擒子胥，然後剿除列國君臣。酒方半酣，吳公子姬光誤失威儀，打破玉盞。哀公大怒曰：「姬光有失朝儀，有慢上國享禮，左右何不爲我擒下？」子胥忙止曰：「物有常數，人有差跌。昔者秦穆公不斬盜馬之徒，楚莊王能容進蛭之膳。姬光雖失朝儀，誤碎玉盞，[一]主公豈無二公之量，而計一小過乎？」哀公不從。公孫后彈動梆子，東西兩廊，突出子蒲、子虎，即將姬光押出，似有劫挾諸侯之意。子胥高聲止曰：「秦兵不得動手。此乃諸侯會好之所，非埋伏兵機之處，汝等妄殺公子，莫非欺俺一十七鎮人物無半寸防身之鐵乎？」子蒲、子虎懼伍員丰采，放縛姬光。子胥即告列侯曰：「事畢酒闌，公等各請返國，不宜久淹外鎮。」

〔一〕「碎」，余象斗刊本作「辟」，據冀紹山刊本改。

於是，列國君臣一齊擁出臨潼。子胥又告哀公曰：「今日之會，大王位在盟主，臣觀潼關以後一路，強徒阻隘，合請相國子鍼，護送諸侯出關，不然倘失防禦，罪在大國。」哀公勉強詔子鍼爲送。子鍼躊躇不行，子胥挾之上馬，執其手而謂曰：「大夫乃秦國砥柱，人民之表，今日不送我等數里，我等焉敢出關？」子鍼唯唯相從而行。前後數十里間，冠蓋相望，秦兵埋伏於關下者，本欲殺出，望見子鍼在送，俱各遲疑，不敢動手。諸侯駕出潼關，子胥放卻子鍼之馬，相辭而别。後有詩一首單道子胥之能云：

超群出衆獨盤桓，威貌堂堂聳泰山。
匹馬安邦辭吐彩，片言服敵膽生寒。
舌尖柔軟翻河海，肩膊宏開擔郝闌。
借問當年無此士，諸侯誰保出潼關。

伍員既保諸侯出了潼關，各各辭謝歸國。卻説靈王歸至郢州，君臣迎接入朝。王召子胥曰：「此行不得卿往，非特楚國勢危，列國諸侯皆陷虎狼之穴矣。」子胥曰：「非臣之能，皆賴主公威福矣。」大夫薳啟疆曰：「伍子胥一至強秦，使楚安如太山，今日論功，必須重賞伍員，以旌能者。」王曰：「然。」遂封子胥爲棠邑大夫，即日赴任，加其父伍奢爲上大夫，其餘從駕群臣各加一級。

靈王自臨潼一會，得伍員撑立國威，自謂天下無敵，遂自驕奢昏侈，令幼弟棄疾，築臺於城北，名曰章華之臺，多置歌兒舞女於臺，取管弦之聲，晝夜不絕，東狩西獵，縱遊無度。又出榜文募召天下逃亡之士，使守章華。下大夫申無宇之僕人盜其銀器，無宇欲鞭之，其僕逃入章華。無宇即追之臺下，欲捉僕人，其守臺之士阻無宇曰：「王臺之下，汝敢擅入執人乎？」宇曰：「楚王無道，築臺榭，費民財，復收逃亡之士，而教人不忠不孝，吾不特擅入王臺執人，吾尚敢裂碎榜文，歷數王過。」守臺之士捉無宇入見靈王。不知後事如何？

晏平仲辨楚君臣

靈王大怒，問其焉敢裂吾之榜，謗吾之過。無宇奏曰：「臣聞明王以孝治天下，以儉法子孫，今大王高築壇臺，費民財力，驕奢無度，何以法治子孫？且天下逃亡之士，皆是不忠不孝之徒，王當重治，以戒後人，今反招集於章華之臺內，是教人以亂也。臣罪雖當萬死，但願我王廢章華之臺，戮逃亡之士，舉賢治國，則臣雖死亦無恨矣。」靈王聞宇之言，半晌不語，赦無宇之死，但罷其職。無宇即日解冠歸田。

靈王一日歸朝，忽報齊大夫晏平仲奉金帛來謝門寶之事，將至荊門，不敢擅入。靈王謂群下曰：「吾聞晏嬰乃齊之賢士，當今海内諸侯惟我最盛，吾欲恥辱晏嬰，以申楚國威勢，卿等有何妙計，試爲我籌之？」薳啟疆曰：「大王欲恥晏嬰，何難之有？吾江南豪傑之士，布滿朝廷，待平仲入朝，臣等自有主張，不勞大王動舌。」靈王大喜，即詔啟疆出城迎接，啟疆承旨出朝，即令士卒建一小門於東門之外，僅高伍尺，掩閉荊門，出延晏子。

卻説晏子弊裘絲帶，羸馬小軍，入於荊州城内，緩緩而行，遍覽中外風景，見山川勝概，地靈人傑，楚國誠乃江南之美地也。怎生見得？

宋賢蘇子瞻有詩爲證：

遊人出三峽，楚地盡平川。

此客隨爲賈，吳檣開蜀船。

江侵平野斷，風卷白沙旋。
欲問興亡意，重城自古堅。

晏子行近楚國荊門，只見一大門額扁曰「荊門」，乃掩閉不開，傍有單小門，甚是矮窄，不知其故。少刻，啟疆出迎，二人出馬相見，啟疆相携晏子之手，請從小門而入，晏子心知慢己，乃謂啟疆曰：「此狗竇也，吾與大夫皆霸國衣冠之臣，必從荊門而入，此狗竇待使狗國者。」開放其入，携啟疆之手，遂入荊門。

及入朝，朝門外有數十儒臣，峨冠博帶，濟濟彬彬，列於兩行。晏子望見，知是楚國一班謀士，向前逐一相見，中間有一後生，向前問曰：「大夫莫非夷維晏平仲？」平仲視之，乃德安人也，姓鬥名韋龜，字子吉，伯比九代玄孫，官爲楚國中軍參謀。平仲答曰：「然，大夫有何教益？」子吉曰：「吾聞齊乃太公所封之國，地衝東方要險，兵甲敵於秦楚，貨財通於魯、衛，何自桓公跡一霸之後，管仲建業之餘，數十年來，臣事大國。夫以齊侯之德，過於桓公，平仲之賢，遠駕管子，正好君臣合德，丕振舊業，以光先人。又何袖手藏機，韜光晦跡，往歲則受晉征，昔年又被楚伐，公何不展大猷，經邦濟世，而終日營營，爲大國作奴隸乎？」晏子揚聲對曰：「夫識時務者爲俊傑，通機變者謂英豪。夫自周綱失馭，五霸迭興，故自齊宋，然後及於晉楚，雖曰人才代出，亦是氣運循環。夫以晉文雄略，一歿而霸遂衰，秦穆強橫，既死而勢便息。吾齊君臣，知天運之盛衰，達時務之機變，所以養兵練將，待時而舉，交聘諸侯，乃鄰國往來之禮，何謂作人奴隸？汝之先祖門伯比，號作江南傑士，乃被吾國先大夫管夷吾罵死於召陵，汝固無名之豎子，懵昧是非，尚敢花言巧語，檢點他人之得失耶？」子吉滿面羞慚，縮頸而退。

須臾，右列中閃出一士，問曰：「平仲固識時通變之士，然崔杼弑死莊公，其食禄之臣，自賈舉以下，效節死者無數。陳文子有馬十乘，棄而去位，其視不義之富貴如脱敝履。子乃齊之故家，世食君禄者也，既不能從君死節，又不能棄祿去位，是何汲汲於利名，昏昏於廉恥者也。」平仲視之，乃晉國大夫伯宗之子，伯州犁也。仲即對曰：「抱大節者不拘小諒，有遠慮者豈從流俗。吾聞君爲社稷，死則臣從之。莊公淫竊崔氏之妻，以致被弑，非爲社稷而死，吾何敢從其不義，而沽一時之名哉？且吾雖不去位者，因定新君，以保宗祀，固欲顯君立業，非是屍位素飧而附權臣者可比。爾之父乃晉室良臣，被讒所誅，汝當盡心報國，以昭父德可也。夫何叛君降楚，以作不忠不孝之徒。此汝君父之倫尚且不識，無怪乎貪利名而無廉恥也歟。」伯州犁亦被平仲恥辱一遍，低頭無語。

左班一人出曰：「晏平仲自謂顯君之士，以吾觀之，固乃一鄙吝之夫而已。」晏子視之，乃襄陽人也，上軍參議，姓屈名建字子賢。仲曰：「子賢何謂嬰爲鄙吝之夫耶？」屈建曰：「大丈夫遇賢明之君，操銓衡之柄，貴爲相國，富敵王公，固當高車駟馬，衣紫腰金，而彰君寵錫可也。夫何敝裘羸馬，出使外邦。且吾又聞平仲一狐裘著三十年。祭祀之禮，豚肩不掩豆，此固當爲而不爲，宜豐而不豐，豈是位下職小，皆由鄙吝慳貪，以致隱君之賜也。」平仲撫掌大笑曰：「吾以子賢爲江南豪傑，固乃屑屑與流俗同群耶。嬰自居相位以來，父族皆衣裘，母族皆食肉，至於妻族亦無凍餒，且齊國之士，待吾舉火者七十餘家，由此觀之，吾家雖儉，而三族肥身，似吝而群士足，孰謂人臣得祿，能彰君之賜者如有吾哉？」屈建不能反辨，退立本位。

又有一士戲之曰：「吾聞成湯，身九尺而作賢王，子桑力敵萬夫而爲名士。古之明君達士，皆由狀貌魁梧，雄勇冠世，方能成其大器，今子身不滿五尺，力難獲一雞，徒事口舌，自負其能，以吾觀之，胸中縱有經邦術，手上應無輔國權，侏儒豎子，何足道哉。」晏嬰視之，乃楚共王之子，靈王之兄，楚筏也。〔一〕嬰乃微

〔一〕「楚」，余象斗刊本作「犨」，據龔紹山刊本改。

微而笑，緩緩而對曰：「吾聞秤權固小，能壓千斤，舟漿雖長，徒爲水役。嬰本身微力薄，不足掛齒，然公子身高一丈，力冠九軍，正好追跡湯王，並駕秦將，何自鄢陵一戰，束手就擒，蓬頭垢面，甘心而作晉囚者二十餘載，苟非平公憫南冠之客，憐思歸之音，釋囚放還，吾不知其身高力大者，能保其生乎。」楚筏不能復對，衆儒將有交誹之意。

忽上軍大夫伍奢自外而入曰：「晏平仲乃齊之賢士，汝等盍以禮貌相迎，何故交談口舌，數黑論黄，以慢大邦使客耶。」遂携平仲而入，奏罷靈王。靈王賜橘於晏子，乃未剖之橘，晏子帶剖而食。靈王鼓掌而笑。晏子對曰：「臣聞君賜，果瓜桃不削，橘柑不剖，今大王不教小臣，非小臣不知也。」少頃，三五武士縛一罪囚從殿下而過，靈王曰：「囚何人也？」武士對曰：「齊國人也。」王曰：「因得何罪？」武士曰：「罪坐劫盜。」王乃顧謂晏子曰：「然則齊人固盜歟？」晏子知其挾己，乃頓首曰：「臣聞江南有橘，齊人取之，樹於江北，生不爲橘而反成柑，其所以然者何也？土地不同故也。今齊人居齊並不爲盜，居楚則爲劫盜者，亦因楚地産盜故也。」靈王默然不語。良久又問曰：「齊國之士如大夫之賢者幾人？」晏子對曰：「臣國璠璵之器，棟樑之材者，如公孫叟、陳須無輩，布滿朝廷，林林總總。然其不肖如臣者，如麻如粟，焉可勝計。」王曰：「然則何爲不教公孫叟來告？」晏子曰：「人臣出使固有常典，賢臣則使賢國，不肖之臣則使不肖之國，楚乃不肖之國，特遣不肖之臣而來使也。」靈王大笑曰：「寡人本將辱子，今反受子辱耶。」乃受其聘禮，厚宴晏子，遣歸。

自是列國來謝鬥寶之會者，相繼不絶，獨有陳、蔡不至。靈王問於伍奢曰：「昔者諸侯赴會，陳、蔡無寶，秦霸欲責其罪，得明輔力救，二侯方得全歸。今者他國尚行謝禮，陳、蔡爲何不至？」奢曰：「陳、蔡國小，無足爲禮，况大王名望著於海隅，何必計此小過？」靈公不聽，令公子棄疾率師五萬，將軍遠掩副之，先伐陳國，然後伐蔡，不知後事如何？

魯秋胡捐金戲妻

靈王謂棄疾曰：「汝必奮起智勇滅得二國而歸，即封汝爲蔡公。」棄疾喜而謝恩，即領兵出。伍奢諫曰：「鬥竇之會，楚爲明輔，今誓墨未乾，便欲背盟征伐，臣恐楚之禍起在旦夕矣。」靈王不聽，伍奢自是稱疾不出。棄疾引兵直屯於河口，令人打探陳之虛實。

卻說陳哀公，時疾將危，平生最愛其長子名偃師。及將死，囑大夫秋胡曰：「偃師乃吾愛子，汝必盡心輔之。」秋胡受命而輔偃師。哀公二弟名招、名過者，自相謀曰：「我等皆先君之子，今兄得大位將死，乃傳於子，我等豈不束手以觀他人之富貴？」招曰：「兄侯將死，我誘弑偃師，奪其大位，便爲諸侯，何必憂此。」過曰：「不可。偃師有秋胡在側，必不能誘，吾聞楚兵伐陳，今屯於河口，我請入見楚將，約其裏應外合，伐卻偃師之後，立我等爲侯，如此不得弑君之名，豈不美哉？」招然之。遂令過尋夜來至河口，見了棄疾，俱將前事呈說一遍。棄疾令出，姑待商議。過出，棄疾問謀士觀從曰：「嬀過此事若何？」從曰：「此天以陳送楚，宜速取之。」疾曰：「彼約滅卻偃師之後，更立他爲諸侯，此事焉可？」從曰：「嬀過弟兄此來本望封侯，所以自相謀亂。若不許之，彼必生變。不如詐許立其爲侯，候在滅國之後，其權在我，立與不立，任吾行事，彼何敢阻？」棄疾大悅，即召過曰：「汝速回與兄謀議，開城迎接我君，候在收得偃師之後，即立汝爲諸侯。」嬀過大悅，拜謝而歸，見招具說前事，招即率本部精兵伏於城下，以備接應。楚兵令過伏兵於朝門外，等殺偃師。

時哀公病甚危，獨偃師日侍湯藥，忽近臣報：「楚兵圍城，來征不謝門寶之罪。」哀公驚慌無措，忙詔偃師出敵。秋胡諫曰：「國家養軍練將，正在備禦不虞，太子偃師，國家根本，豈可詔其出敵？」哀公不聽，偃師遂披掛出朝。及午門，其子名朝吳，扣住馬首曰：「吾父位在東宮，豈可領兵出戰，臣觀數日以來，公子招、過二人，似有謀父之意，望父不可輕出。」偃師叱曰：「國家危在目下，豎子焉敢阻吾以陷社稷。」言未畢，朝外喊聲大振，嬀過引兵殺入，偃師問曰：「叔父將行何意？」過曰：「將取大位。」遂挺鎗來刺偃師，偃師措手不及，被過斬於馬下。其子朝吳見父被刺，單騎出奔外國，被楚軍攔住囚歸。

卻說嬀過引兵殺入，大朝群臣不知其故，將欲召集衛士出敵，慌忙不及。當時嬀招大開城門，縱楚國軍殺入，城中大亂。哀公聞說，知大事已去，自縊於寢室，秋胡私自東門逃歸，楚將棄疾引兵殺入大殿，聞哀公自縊，偃師被斬，乃收軍安民，陳封庫藏，按堵如故。嬀招、嬀過自謂楚兵得入陳城，乃是己功，弟兄來見棄疾，請立封侯之事，棄疾目視觀從，〔一〕觀從大聲曰：「招、過弟兄不忠賣國，理合斬首，以戒後人，焉可更立爲侯？」棄疾然之，遂令斬卻招、過，盡滅陳侯宗族，令將士遍搜陳國文武，其肯降者則引入楚用，其違而不仕者斬。

秋胡聞知，仰天歎曰：「吾爲陳國之大夫，受太子之重寄，不能保國，以至國亡君死，更有何顔而食他姓之禄乎？」遂自東門逃歸魯國，至平山桑埠間，見一婦人采桑於緑陰深處，容色清麗。胡心悅之，見四顧無

〔一〕「棄疾目視觀從」，余象斗刊本作「棄疾目視」，據龔紹山刊本加。

人，乃取錠金下車，徒步到桑陰中，謂桑婦曰：「吾涉遠途，敢托子之桑陰以休食焉？」婦人采桑不輒，一無所對。胡又呈金而戲之，曰：「吾聞力田不如逢豐年，采桑不如見國卿。今子終朝采桑，不滿一筐，吾有黃金一器，聊獻與子，以助辛苦之資，不知子意何如？」婦人辭曰：「夫采桑而織紝，竭力而事姑嫜者，婦道之當也。妾亦不敢求黃金，亦不願見國卿，子且收金速往，無待見辱。」少頃，胡之僕從皆至，遂上車馬東歸。

當時，秋胡娶妻白氏，方五日即往魯求仕，及仕五年而歸，白氏方采桑於平山埠下，兩別既久，俱不能認。及胡歸見其母，取金帛獻上，老母起居禮畢，及婦出相見，乃向者桑間之婦也。白氏見夫桑中戲己之人，遂泣而詬曰：「子娶妻五日，別親而遠仕者多年，今日歸養，固當馳驅而還，何乃悅桑間之婦，棄養親之金。夫棄金忘母是不孝也，好色污行是不義也。事親不孝則事君不忠，處家不義則居官不理，孝義並亡，曷爲人子。妾不忍見，任子改娶他婦。」言罷而入，乃從後園而出，投河而死。胡子悲痛自責，以禮葬之。後魯人爲之立廟於平山，歲時祭祀，謂之潔婦。東屏先生有《詠史詩》云：

夫婦恩饒鎰萬金，豈宜恩淺禍機深。
貴臨糟踐桑間戲，今自污名忍害心。

唐人王維《題平山潔婦人》詩云：

一躋平山廟，慨憐潔婦人。
守節惟勤紝，存貞豈污金。
煌煌雲下月，皎皎水中冰。
浪泊千金醴，香留萬古名。

漢都護劉向頌曰：〔一〕

秋胡西仕，五年乃歸。

遇妻不識，心有淫思。

妻執無二，歸而相知。

恥夫無義，投河喪軀。

皇明水山吳學先生因讀史有《秋胡怨》一篇，並録於此：

君身不如陌上桑，朝朝携歸青滿筐。

成我蠶絲爲黼黻，以易甘旨供高堂。

君身亦人子，曷不思君母，五年違膝下。

歸來將舞班斕衣，黄金棄與桑間婦。

倚門白髮將何有，妾心非爲薄情怨。

妾誠羞與郎相見，不能成君爲孝子，甘向清流爲君死。

秋胡既喪白氏，再不欲仕，收跡養母而已。卻説楚棄疾屯於陳國，將欲移兵伐蔡，謀士觀從進曰：「陳因家國自亂，所以我兵長驅而入。若蔡則君臣和合，兵甲充足，未可輕征。臣請入蔡，誘蔡侯前到章華，公子先埋伏兵馬於監利城下，待其至則生擒姬般姬般，蔡靈公之姓名，然後鼓兵攻城，一鼓而下。」棄疾許之，觀

〔一〕「頌」，余象斗刊本作「領」，據龔紹山刊本改。

鷩從即日投蔡國而來。

蔡靈公召入，問其來故。觀從對曰：「楚王以君臣威力，能保天下諸侯，脱離虎秦，諸侯感德，各奉金帛來謝，惟有陳、蔡恃頑不至，所以楚王命大將軍棄疾率兵五萬，前來問二國之罪。今者天兵一到，席卷嬀陳。吾主以蔡爲周親國蔡亦姓姬，不忍加兵，令從來請示下，知罪則速往楚致謝，以免社稷傾危。不然得勝之兵一至，蔡地將作丘墟矣。」蔡侯聞説，唬得似醉如癡，問於群臣，大夫蔡洧曰：「楚人多詐，不可親往。楚王貪欲大甚，必有後患。不如深溝高壘，堅守城池，楚雖強暴，不能動我。」蔡侯乃無主意之人，聞觀從之語，驚荒無措，不聽蔡洧之諫，自取金帛與數群臣，入楚待罪。畢竟後事如何？

楚王冒雪遊獵

蔡侯來到獅子山前，有一彪人馬擋住去路，蔡侯問是何人。當先一將答曰：「吾乃楚公子棄疾駕前大將，姓鬥名成然字子旗，奉公子之令引，來迎賢侯。」蔡侯聞知，下馬與子旗相見。成然曰：「明公士卒遠行辛苦，可令將金帛車與吾小卒換推。」蔡侯即令換卻車僕，與子旗同行。行不數里，子旗變顏大罵：「匹夫，忘楚大恩，不行謝禮。吾奉觀謀主之命，專候擒爾。」蔡侯驚翻馬下，楚兵將蔡侯及隨駕文武，盡行囚擄，來見棄疾。棄疾即令子旗解蔡侯君臣及前斬陳哀公之首級入郢請功。

靈王覽表，不勝歡悦，便差子旗轉封棄疾爲蔡公，令斬蔡侯同陳哀公之首級，懸章華臺下，令列國諸侯一年兩賀，三年一貢，各要珍禽異獸，以實章華遊覽，如有違而不貢者，依陳、蔡之令。於是，靈王朝夕宴於章華臺上，復命大擺鑾駕，出狩於乾谿，留御弟子干、子晳二人皆楚共王之子，靈王之兄守國。

群臣駕出西門，時當寒冬，風雪滿面，軍士心皆怨王曰：「天寒如此，使我等受凍，若遇強敵，何以交戰？」王自着皮冠翠裘，坐於九華車上，問右大夫鄭丹夕曰：「昔我先王，征陸渾之戎，過周問鼎，王孫滿曾對曰：『國之存亡在德之大小，不在鼎之輕重。』先王再不敢舉。今吾威震九州，名馳四海，欲遣使與周請鼎，不知天子肯與吾否？」子革鄭丹夕之表字對曰：「昔者，先王有意吞周，問鼎輕重，然其時勢有所未能。臣觀當今大王，威震九州，名馳四海，時勢大過於前，天子焉敢不許？」靈王撫掌大笑曰：「子革之言極稱孤意，然往歲孤會諸侯，往秦鬥寶，晉有水晶簾，魯有雌雄劍，齊有夜明珠，衛有鎮風石，吾楚稱爲大邦，反獨無寶。吾聞昔者先王熊繹與呂級、伯禽、燮甫、王孫牟共事康王而受封土，然四國各有異寶，而楚獨無，何也？」子革對曰：「昔我先王雖與四國共事周室，然齊乃成王之舅，晉及魯衛皆周兄弟，故四國受封，各賜重寶，以鎮邦國，楚特外姓之臣，所以無寶。」靈王曰：「吾欲遣使，遍求四國之寶，其肯與吾否？」丹曰：「大王威勢懾服華夏，天子尚不愛鼎，〔一〕四國豈肯愛寶而拒命哉？」靈王大喜曰：「以子之言，則天下君臣在吾掌握，何憂天子之位不至？」便欲差使求鼎及四國之寶。子革曰：「事不緩謀，終爲大疾。當今隆冬盛寒，將士疲苦，姑且緩俟來春，天氣和暖，然後遣使遍求。彼肯則止，不肯則戰。士卒亦無苦寒之咎，國家可保萬全之計耳。」靈王大悦，以子革爲善談，遂解所服皮冠翠裘，以賞子革，加其官職。

於是，遊而不返，朝夕宴於乾谿。早有人將靈王久遊乾谿之事報於蔡公棄疾，其謀士觀從曰：「明公乃共王之子，與主上靈王同胞，臣觀主上虎狼，今日爲之掃除陳、蔡，得享富貴，他日天下賓服，吾恐蔡公之位難保長久也。」棄疾俯思良久，顧謂觀從曰：「吾慮每每及此，爭奈無與謀者。子言正合吾意，有何妙策試與我獻之。」從曰：「主上自滅陳、蔡以來，縱遊乾谿，當今天氣嚴寒，必不返國。乘此機會率本部精兵打入郢州，奪其大位，率服君臣，然後發兵困住乾谿，楚國軍勢地土，我得大半，彼雖要爭，焉可再得？」棄疾大悦，曰：「計則妙矣。爭奈二兄名子干、子晳者守國，彼若堅守不失，無計奈何。」從曰：「諸侯之位，誰人

〔一〕「愛」，余象斗刊本作「受」，據龔紹山刊本改。

不欲，兵至郢州，先遣書於二公子，約在事成之後，先立子干爲王，則彼將相助而不暇，焉肯閉城拒我。此特借勢而行事，若待開城之後，又作區處。」棄疾然之，遂令鬥子旗、薳掩各率本部精兵向前，自統陳、蔡之兵繼後殺奔郢州而來。畢竟後事如何？

靈王自縊於莊家

哨馬報知子干。當時，靈王出外，楚國兵權獨棄疾最盛，聞其乘虛作反，滿朝文武各皆驚懼失計。或云堅閉守城者，或云遣使追王者，或云發兵出敵者，衆議紛紛，無一主見。子干獨取堅守一策，令薳啟疆，號令四門，準備守城器具，尋夜遣使入乾谿追王。棄疾在城下，數日不得入郢，觀從曰：「不速致書子干，主上之兵回至，則我軍首尾受敵，大事去矣。」棄疾即寫書，令一有膽量之卒，沿城而上，密見子干。子干覽罷其書，心甚喜悅，遂復棄疾之書，令其急攻東門殺入，事必有成。

次日，子干詐令諸侯堅守，自引宿衛士卒把東門。棄疾與薳掩、鬥成然一齊攻打東門，子干在城上佯聲走曰：「蔡公已登城矣。」三軍遂奔，棄疾殺入城來，城中軍民各相踐踏。靈王長子名禄，次子名敵，聞城已陷，亦各披掛殺出，遇鬥子旗於天街，三馬戰不數合，子旗斬禄公子。敵見禄死，拍馬要望西門逃走，卻遇薳掩，大喊一聲，亦斬於城下。觀從忙告棄疾曰：「若不早立子干，軍民有變。」棄疾即率文武，奉子干即位，且數靈王荒淫貪暴之罪，即令鬥成然領兵圍乾谿。成然兵至訾梁，遣人持牌文諭靈王之從者曰：「先來歸者加官重賞，後至者斬，不至者夷其三族。」靈王正在乾谿朝夕飲宴作樂，鬥子旗兵至，便率兵來拒。至訾梁，衆從者見子旗牌文，十散八九。頃哨馬報太子禄與公子敵，皆被蔡公所誅，靈王歎息數聲。又少刻哨馬復報子干即位爲王矣。靈王氣翻馬下，子旗仗劍欲斬，子革殺出救回，子旗亦不追上，但在馬後大叫曰：「汝等不懼族者可隨楚王。」於是，子革亦棄靈王逃歸。靈王回視從行者，不滿五六十人，子旗又在陣後殺至。靈王歎曰：「此天亡我也。」子旗又曰：「汝從楚王者，有能捉王建功，加官重職。」其士卒爭先來刺靈王。

靈王見衆從者皆叛，恐被所誅，乃卸下盔甲，士卒爭取而歸，靈王方纔得脫，徒步走入一小村中，腹內又自饑困，見一田夫息耕於壟上。王乃向前問曰：「子有餘食能遺我乎？」田夫見其貌狀非常，問曰：「汝何人氏，問我乞食。」靈王兩眼淚下曰：「吾乃章華臺主，因荒遊離國，以至今日。」田夫默思良久，低頭便拜曰：「章華臺主即楚國君王，乃吾父之恩主也。何以致此？」王曰：「汝父何人，叫吾恩主？」田夫曰：「臣父姓申名無宇，官爲楚國下大夫，因裂主之榜文，捉僕於王宮，蒙王赦其死罪，黜罷歸田，臣乃無宇之子名亥是也。」王曰：「汝父安在？」亥曰：「往歲死矣。」王泣曰：「吾早不納爾父之諫，以致今日，恨又不見爾父。」申亥亦泣，乃負靈王歸家。問其村名爲何處。亥曰：「此申家莊也。」因治酒饌款待。靈王酒方數爵，王思國亡之事，滿眼傾淚，不能飲食。申亥跪曰：「我王不必憂慮，待次日臣保君王入於楚郊，以聽國人，如何？」王曰：「衆怒不可犯也。」亥曰：「王暫停於臣家，臣請求救於諸侯，可乎？」王曰：「諸侯惡我，諒必叛矣。」亥曰：「臣保大王投於秦晉，請兵復國，可乎？」王曰：「先爲盟主，今我屈膝更求他人，吾知大福難再，徒取恥辱耳。」申亥再拜勸慰，奉其寢食，一夜悲咽不已。至五更時分，不聞悲聲，及天明，申亥問安，王則自縊於寢處耳。胡曾先生有詩爲證云：

茫茫衰草沒章華，因笑靈王昔好奢。
臺土未乾簫管絕，可憐身死野人家。

潛淵《讀史詩》云：

章華臺上管弦喧，楚子遨遊駕未還。

烽火蕭牆初起處，可憐千乘喪郊原。

申亥見王自縊，不勝悲哭，曰：「楚王赦吾父死，惠孰大焉。君不可忍，惠不能棄。」於是，申亥乃殺二個愛女，以陪靈王葬之，親自素服爲之掛孝。

郤說鬥子旗收靈王盔袍歸見棄疾，〔一〕言靈王單身走入一小村，不知下落。棄疾更欲遣兵追究，觀從曰：「彼單身在外者，諒必自斃，不足再究，但子干在位，不可緩圖耳。」疾曰：「然則若何？」從曰：「楚王在外，國人未知下落，乘此百姓未定之時，使十數小卒黑夜繞城相呼，詐稱靈王歸，呼至三更，令鬥子旗入告子干曰：『靈王引江漢之兵殺入郢州，蔡公棄疾已先被殺，今將打入皇城。』子干、子晳、子筏三子皆共王之子，靈王與棄疾之兄，三子皆無決斷之士，一聞此語，必然自盡，則一計可破三兄。然後明公嗣位，高枕無憂。」棄疾然之，遣小卒數十人，常於黑夜相繞，呼於城中曰：「靈王至矣。」城中百姓擾攘不安，告於子干。子干疑惑不定，於是者三次。

忽一夜半，城中喧哄靈王引兵殺至。鬥子旗打入子干之屋，告曰：「靈王引江漢之兵，殺入荆城，蔡公棄疾已被斬首，國人皆奔，兵馬將入皇城。大王若不早備，事已危矣。」子干忙召子晳、子筏商議，城下喊殺連天，子干疑靈王果至，驚荒無措，自刎而死。子晳、子筏見子干自刎，亦各驚懼隨自刎。朝中大亂，宦官、宮女自相驚死者，橫於宮掖，號哭之聲，不忍近聞。畢竟後來如何？

〔一〕「郤說」，余象斗刊本作「郤殺」，據龔紹山刊本改。

費無忌讒隱楚平王

逮及天明，棄疾詐取重囚，斬之於漢水之上，令人收至，詐稱靈王，棄疾收而葬之，以安百姓，群臣自立棄疾即位，是爲平王。國人雖知靈王已死，猶自驚擾不定。觀從告平王曰：「楚國自靈王以來，百姓多被勞役，今王即位，宜封陳、蔡之後，賞功罰罪，減賦寬刑，則百姓始定。」平王嘉納其言。次日，召集群臣行賞罰，尋朝吳陳太子偃師之子立爲陳侯是爲陳惠公，〔一〕尋盧蔡靈公之子立爲蔡侯是爲蔡平公，使各復本國，以主宗祀。封鬥成然即子旗爲令尹，薳啟疆爲上大夫，薳掩爲下大夫，觀從爲中軍謀主。立長子建爲中宮太子，令伍奢爲太傅，費無忌爲太子少傅，奮揚爲東宮司馬。寬刑薄稅，出榜以安百姓。

當時天下諸侯聞楚國大亂，皆有伐楚之意。平王憂之，問群臣何以處國。少傅費無忌本與太子不和，常欲譖之，不得其由，聞平王之言，乃乘機奏曰：「吾楚自靈王失德，將惹天下刀兵。依臣之見，當今諸侯，惟秦最盛，莫若遣使求婚於太子，內納親姻之好，外張秦楚之威。諸侯見吾與秦結婚，則誰敢加兵犯郢。」平王善其說，遂詔無忌，往秦求婚。無忌承旨往秦，滿朝士夫皆餞無忌於西門，獨太子不至。無忌心怨之曰：「吾

〔一〕「侯」，余象斗刊本作「後」，據文意改。

爲彼求婚遠使，而建不來餞吾，吾必譖之。」及至秦，來見哀公，呈上楚王之書，細具求婚之事。哀公令無忌暫退，始容商議。無忌出，〔一〕哀公問群臣可否。公孫后曰：「昔年秦設門寶之會，將欲牢籠天下，因楚君臣專大，破我機關，每欲削恨，無得其由。今其國亂，兄弟相篡，正吾報怨之期，焉可更與結親，以取重辱哉？依臣之見，因卻無忌，發兵伐楚，則大事復可圖。」哀公然之，正欲令囚無忌。忽一人自外進曰：「秦楚結親，其利甚大。焉可囚其來使，以招大禍。」衆視之，乃岐山人氏，下大夫姚思雄也。公問雄曰：「吾囚楚使，大禍從何而至？」思雄曰：「楚國雖亂，棄疾賢能，以得民心，且有伍奢、子旗之謀謨，伍員、薳掩之勇猛，安民定國，睦集四鄰。吾秦正當與其交聘，以固邊疆。焉可囚其來使，以召大禍。」哀公默然良久，復問曰：「子英之見何如？」雄曰：「依臣之見，大王宜降詔許婚，以通兩國之好，方保萬全之策。」哀公召無忌入朝，許長妹無祥公主結親，又詔姚思雄同無忌入楚報聘。

無忌謝恩出朝，與思雄歸楚，來見平王，具告秦伯賜婚之事。平王大悅，管待思雄，復詔無忌，領金珠幣帛往秦迎婚。無忌與思雄入秦，呈上聘禮。哀公大悅，即詔無祥公主適楚，裝資百輛，從媵之妾數十餘人。無祥拜辭，升車適楚。無忌見媵妾中有一妾馬氏，儀容艷冶，頗類無祥。無忌初與太子建不睦，及奉使往秦又不行餞，無忌銜之。至郢州館驛見馬氏，貌類無祥，乃心生一計，密詔馬氏，問曰：「汝何人也？」馬氏曰：「妾齊女也。自幼收育於秦，爲公主宮內昭儀。」忌曰：「吾有一事，令汝富貴而作萬人主母，汝能隱吾之計而從乎？」馬氏低頭不語。

〔一〕「無忌出」，余象斗刊本作「無忌」，據龔紹山刊本加。

無忌是夜趨入後宮，先見平王曰：「臣奉詔迎親，車輦已至荊門館驛，爭奈目下無一良辰，太子不得親迎。」平王令取酒，以賞無忌，因問無忌曰：「卿使往秦，其地風景何如？」無忌對曰：「秦地披山帶河，地靈人傑。」王曰：「秦女裝資幾何？」忌曰：「充殷燦爛，百輛盈門。」王曰：「從媵昭儀幾何？」無忌知平王乃酒色之徒，因而對曰：「名妹美妾數十餘人，然求其姿容絶美者，皆不能及無祥公主之貌也。」平王聞無忌甚美秦女之貌，半晌不言。無忌心知其意，又乘隙問曰：「大王沉思苦索，莫非馳意於子婦乎？」平王屏左右曰：「寡人聞卿美譽秦女之色，實生此念，爭奈父子人倫何。」忌曰：「此無害也。秦女雖聘與太子，尚未入東宮與太子合巹，大王意在秦女，則娶入後宮，誰敢異議？」王曰：「群臣之口可鉗，太子倘知此事奈何？」忌曰：「臣觀從媵之中，有一昭儀馬氏，貌類無祥，臣請先進無祥於王宮，復以馬氏進於東宮，囑以毋漏機關，則兩相隱匿，而事可圖矣。」平王大喜，令無忌機密行事，候在功成，重加封賞。無忌辭出，是夜遂進無祥於王宮。

次日，密選他宮侍妾，扮作秦之媵妾，從馬昭儀假作無祥，令太子親迎歸於東宮。滿朝文武及太子皆不知無忌之詐耳。畢竟後來如何？

楚平王廢妻逐子

平王自是朝夕與秦女在後宮飲宴，有荒於國政。止有太子太傅伍奢，略知其事，將上表諫。無忌恐米建諭知此意，以生禍變，乃告平王曰：「晉之所以能久霸天下者，以其地近中原故也。吾楚僻處遐荒，雖有明王世出，皆由地陋邦微，不能與齊晉爭霸。今若遣太子出鎮城父縣在襄城，以通北方，王自率服南方，則中國盟主，必當久居於楚矣。況且間婚之事，久則事泄，若遠廢太子，又能杜絕禍根，兩得其利，豈不美哉。」王然其說，遂詔太子出鎮城父。伍奢知此無忌之讒，忙將表入諫曰：

臣聞父子夫婦，人倫大綱，禮義廉恥，國家大維。今大王先惑讒言而亂夫婦之倫，復信讒語以絕父子之義，非惟廉恥俱喪，亦且與鳥獸同群。伏望斬卻無忌，詔回太子，則庶使綱維少張，社稷微幸。

時平王在後宮飲宴，覽罷伍奢之表，大怒，令有司斬卻伍奢回報。無忌曰：「伍奢雖訐王過，然無祥之事獨奢知意，若殺伍奢，其禍必起。」王曰：「然則若何？」忌曰：「不如姑赦其罪，貶從太子往鎮城父可也。」平王從之，詔伍奢同往城父。奢雖知無祥之事，然君父之過不忍彰之，聞詔即與太子赴任，更不訴辨。

卻說無祥公主，自居王宮，朝夕雖侍王宴，然見王年老，心甚不悅，但不知其是米建之父，終日相見，無一歡顏。平王亦知其意，不敢言出。及太子出鎮，無祥又生子。王一日始問無祥曰：「卿自居吾室數年，不動一笑，何也？」無祥曰：「妾承父命，〔一〕適事大王，妾自以爲秦楚相當，青春兩敵，及入宮庭，見王春秋鼎盛，妾非敢以怨大王，但恨妾身生不及時耳。」平王笑曰：「此非今生之事，亦宿世之姻契。然子非生不及時，乃嫁不及時耳。」無祥惑王此言，乃詢於蔡夫人蔡夫人，平王之后，米建母。蔡夫人度量寬洪，雖知無祥之事，然無妒忌之心，亦恐米建聞知，必然父子相傷，所以隱而不出。及無祥詢問，蔡夫人方語其故。無祥大泣，怨罵無忌，欲歸秦告父。蔡夫人再三勸諭，無祥方止，只是終朝含淚而已。

米建太子在城父，亦生一子名米勝，方數歲。一日，帶入郢州來賀父壽，米勝與米珎相爭局道，二人廝打，米珎哭回，訴於無祥。無祥大罵米建匹夫，爲人不能庇一妻，尚敢縱子與吾兒爭道耶。早有人將此語報於米建，米建不知此語爲何而出，來問於母氏蔡夫人。蔡夫人曰：「往事何必追究？必欲追究，但歸詢問爾妻便知。」端的米建怒氣方熾，更不入朝辭父，帶米勝便歸城父。

費無忌聞米建不辭而歸，恐其事泄，乃譖太子於王曰：「臣聞太子與伍奢，自居城父，東交宋鄭，〔二〕北通齊晉，將以方城之外叛楚。若不早圖，終爲國患。」平王曰：「米建焉有此意？」無忌曰：「既無此意，何以朝賀壽不辭而去？且臣又聞建帶其子米勝入朝，與公子米珎相爭局道，蔡夫人道其事故，所以不辭而去。米建歸激馬氏，知其前事，其反叛之計成矣。」平王驚曰：「然則此事將何以處之？」無忌曰：「米建外事全在蔡后，內事全在伍奢，先廢蔡后，再召伍奢入朝，訊問其故。若事實泄，囚伍奢不放歸城，則米建勢孤，縱

〔一〕「承」，余象斗刊本作「臣」，據龔紹山刊本改。
〔二〕「交」，余象斗刊本作「郊」，據龔紹山刊本改。

有叛意，無能爲也。」楚王然之，遂詔廢郤蔡后。令尹子旗入諫曰：「大王初除内亂，欲霸中原，固乃納子婦，棄嫡嗣，過爲之甚。今又廢皇后，而欲斬大臣，臣恐列國聞知，會兵伐楚，楚國亡無日矣。」平王大怒，便欲斬子旗於市，囚蔡后於郥，下詔令，有再諫者赤族。又遣人尋夜入城父，來召伍奢。米建未歸，伍奢已先承詔，來朝見平王。平王問曰：「吾令汝爲太子大傅，教汝輔建尊其德義，何以教其謀反？」奢對曰：「大王納秦女而爲妻，黜米建而遠鎮，是絶綱常淫瀆閨閫。臣之諫表初上，貶詔輒下，臣曠職受罪，緘口不諫。今又信讒而謂臣助太子謀反，是何無耳目之甚耶？」平王大怒，囚郤伍奢，發兵便圍城父。費無忌曰：「米建無一伍奢，心無主意，不必起兵圍戰，但令能言之士誘入，同伍奢斬之，則一日盡除其患。何必起兵動將而廢糧餉乎？」平王然之，問誰可往使。無忌曰：「此行非司馬奮揚則不可往也。」平王信之，遂遣奮揚往誘米建。奮揚承詔，尋夜投往城父。

郤説米建歸至城父，更不停留，輒召馬氏問其無祥之由，馬氏隱瞞不説，米建拔劍挾之。馬氏只得將無忌之謀，從頭細訴一遍。米建擲劍大罵曰：「不斬昏君，生嚼無忌之肉，誓不爲人。」遂欲發兵入朝，伍奢又不在側，正在躊躇之間，忽人報王使奮揚奉詔書至城父，來停駟内，不知爲何不入縣堂，只抱詔書於駟内大哭不止。米建歎曰：「奮揚乃忠直之士，爲吾東宮司馬，此必昏君令其捉我，故奮揚在難言之中，欲哭令吾走，吾豈肯走而忘大仇也。」遂往駟内來見奮揚，奮揚哭而迎曰：「主上失德，信讒而絶父子天性，令揚來誘太子入朝，與伍奢同戮。今揚職在東宮，不敢強命，乞太子速宜自謀，毋致災禍臨身，嗟悔不及。」米建曰：「吾正欲興兵，逐昏君，斬讒賊，以削大恨。焉能束手而待擒乎？」揚曰：「父子之道，天性爲重。彼雖不義而虧爲父之道，爲子者焉可更失不孝之名。况其國大兵強，倘若與之交戰，不啻以羊投虎。昏君未除，而六尺之軀反滅；仇恨未伸，而不孝之名反彰。依臣之見，莫若割恩棄城，遠奔外國，以待昏君死歿，然後歸承大位。如此，上全父子之道，下保長久之計，豈不美哉？」米建泣曰：「司馬之言極是，爭奈建爲天地所棄之人，何國可往，且吾逃後司馬必然得罪耳。」揚曰：「善用智者不失其身，太子更若逗遛不往，大兵必至，但願太子脱出樊籠，臣雖萬死亦無憾恨。」

於是，米建泣拜奮揚，告以他日得國，必當重報。奮揚忙扶曰：「爲主救難，人臣之職，臣何敢望圖後報。」二人放聲大哭而别。米建即日收拾車馬，與妻子尋夜逃入宋國而去。奮揚既令米建逃難，恐己不能復命，乃令城父驛宰將己囚送郢州來，獻平王請罪。平王聞米建已走，大責揚曰：「言出余口，入於爾耳。誰教米建逃走？」奮揚曰：「臣教彼走也。」王曰：「汝食吾禄，焉敢賣吾之法而私放罪人？」揚曰：「大王初封臣爲東宫司馬之時，曾誡臣曰：『事太子如事寡人。』今太子未聞有謀叛之意，而大王又令臣捉太子，臣但知奉王初年之命，所以故教太子逃走。然臣今思罪及於身，悔亦不及。」王曰：「汝既私建，焉敢囚來見孤，何不與建同走？」揚曰：「臣奉王命而捉太子，賣法而私令其走，是犯一件法也。臣若更與太子同走，是違王命而犯二件之法。臣何敢逃？」平王顧群臣問曰：「奮揚雖違法度，然其忠直執義，臨難不苟，真義士也。」遂赦揚罪，令其以復原職。奮楊謝恩復任。後史臣有詩贊曰：

奮揚私放建偷生，不避違刑就鼎烹。

奉命如初心不變，佞臣聞此愧容顔。

無忌告平王曰：「太子出奔外國，而留伍奢在内，終爲國家之患，不如斬奢，再圖太子。然伍奢有二子伍尚、伍員，俱在棠邑，若知吾殺其父，必奔他國，借兵伐楚。不如漸放伍奢，令其寫書以召二子，倘二子來朝，一同殺之，可免後患。」平王大喜，取出伍奢，挾其寫書召二子。不知其後事如何？

楚平王信讒滅伍氏

平王謂伍奢曰：「汝令太子謀反，本當斬首示衆，但汝次子有功於先朝，不忍加罪，汝但當殿寫書，召汝二子歸朝，改封官職，赦汝歸田。」伍奢心知楚王詐挾召子而同斬，但君父之命不敢有違，遂當殿寫書呈與平王。平王封號，即遣使往棠邑，來見伍尚。使者逕投入府中，以家書度與伍尚，尚拆封而讀之：

父書報與二子尚、員同見，吾因進諫忤旨，待罪縲絏。今賴主上聖明力保，念員有功於先朝，以致免死於今日，將欲議功贖罪，改封汝等官職，故示數字，速至無違。

伍尚讀罷，令使者安歇於外所。召伍員以父之書視之，〔一〕員讀罷書曰：「楚王既召吾等議功以贖，君命必有詔書，宣召何故獨父之書。吾聞朝用費無忌之言，顛倒法度，廢滅三綱，此必無忌之詐，欲殺吾父，懼吾弟兄報怨，故逼父寫詐書，欲吾及子同刑耳。」伍尚不信。員曰：「吾兄不信，試詐挾來使，便知端的。」乃召使者問書從何而寫，使者語話往來，不能遮掩，子胥拔劍恐之。使者曰：「臣但見楚王因太傅當殿寫此家書，吾不知其爲何而遣？」子胥擲劍大駡：「無道昏君，陷我之父，尚欲挾我弟兄，吾與之不共戴天，死生難解。」

〔一〕「召伍員」，余象斗刊本作「伍員」，據龔紹山刊本改。

尚曰：「事雖如此，然吾兄弟不可不往，以陷父死。」子胥亦欲入朝，伍尚止曰：「父命不可違，父仇不可不報，然汝材智出類，非吾能及，我奔父死，汝速奔往外國，借兵以削父兄之恨可也。」子胥堅意欲往，尚曰：「奔死免父，孝也；度功而行，仁也；擇任而往，智也；知死不避，勇也。父不可棄，仇不可不報，弟何惑焉？」伍員聞尚之言有理，即放聲大哭，與兄訣別。伍尚尋夜入郢，來見伍奢。

時奢囚於南牢，聞伍尚單來，而子胥不至，仰天歎曰：「伍員不來，楚之君臣其旰食乎？」伍尚入牢見父，父子二人抱頭慟哭。尚曰：「吾來日具表，請贖父罪，可乎？」奢曰：「楚王久欲殺吾，懼爾兄弟報怨，故挾我寫書召汝，汝今既至，合書同囚待戮，以表忠誠，何須更上無益之表，而徒廢紙筆哉。」伍尚放聲大哭，自上枷鎖。獄司奏聞平王，平王詔無忌斬伍奢、伍尚於天街。無忌押二人至天街，伍奢父子脱衣就戮，伍尚唾罵無忌，伍奢止曰：「見危授命，人臣之職，蠹君蔽賢，後世功論，自有不容，何必罵彼。但伍員不至，吾慮楚國君臣不能安眠靜食矣。」言罷，父子相向而哭。百姓觀者，莫不灑涕。無忌即令斬其首級，回奏楚王。是夕，天昏地暗，悲風慘慘，似有妄殺忠臣之意。後史官編錄至此，曾有一絶云：

慘慘悲風晦日皇，伍奢父子陷同刑。
從今殿上無忠語，致使吳兵入郢城。

後仰止余先生觀此有感：

伍奢父子喪幽冥，猶比宋朝岳子形。
甘心受戮天悲慘，鐵石人聞也淚漣。

無忌斬伍奢父子首級，回見平王。王問：「伍奢父子臨刑，曾怨寡人乎？」忌曰：「伍氏父子臨刑，並無他辭，但曰伍員不至，楚之君臣不能安眠靜食。」王曰：「然則何以能得子胥？」忌曰：「吾諒伍員出奔未遠，請召一大將，給以快馬，追斬子胥。一面出榜，令楚國軍民有能捕獲子胥來請功者，加官重賞。又差各使遍告列國，諸侯無得收藏子胥，於是則伍員進退無路，縱不能獲子胥，子胥勢孤，亦不能成大事。」平王然之，遂問誰敢引兵前追。無忌之弟費師明出班願往。王即與之鐵騎三千，令其急追。師明引兵望城父殺來。

卻說伍員將走，謂其妻賈氏曰：「吾欲奔往外國，借兵以削父兄之仇，徒因爾累不能進前。」賈氏睜目以視員曰：「大丈夫含父兄之仇，如負芒刺，今不速往，尚何疑慮於妾乎？」員曰：「吾往之後，楚王必然發兵圍宅，吾慮汝遭戮。」賈氏曰：「父兄之仇大，妻室之恩小。今君不急其大，而懷其小，是妾陷君爲不孝。妾豈敢私於一身，而誤君家之名哉。君請速行，毋掛念妾。」言罷，遂觸土牆而死。子胥倚屍悲哭，忽聞門外喊殺震天，家人報費師明領兵圍宅。子胥荒忙踢倒土牆而掩賈氏之屍，遂踰後園而走。後有詩一首以嗟賈氏曰：

父恨焉能共戴天，私情豈敢把君延。
觸牆成就含仇志，誰似當年賈氏賢。

費師明打入子胥之宅，只見四壁無人，執其家僕而問之，知子胥從後園奔走，遂引鐵騎追上。子胥又無馬匹，步走一十餘里，師明快馬趕之，子胥解下衣袍，躲於緑楊樹上，挾弓架箭，望師明端射一箭，師明倒翻馬下。衆鐵騎望見子胥，爭圍楊樹欲捉子胥，被子胥搶下樹來，步戰諸將，斬卻師明，奪跨其馬，望東北而走，諸軍喊隨追後。子胥架滿弓弦，連射數十小卒，曰：「吾有大仇在身，汝等必欲追吾，吾必教汝一命不存。」諸小卒見師明被誅，不敢苦追，抽兵亦回。

子胥駕馬走不上五里，前見一簇人馬奔來，疑爲楚兵攔路，遷延不進，視之，乃故人申包胥出使外國而還。包胥遥謂伍員曰：「子胥爲何披孝單騎至此？」子胥下馬，細把平王殺其父兄之事，哭訴一遍。申包胥聞説，亦爲動容，問曰：「子今何往？」子胥曰：「吾聞父兄之仇，不共戴天，吾將奔往外國，借兵入郢，生嚼楚王之肉，車裂無忌之屍，方削此恨。」包胥勸曰：「楚王無道，乃其君也，子食其禄，職本臣也，臣可仇恨其君乎？」子胥曰：「楚王納子婦，棄嫡嗣，信讒佞，戮忠良，閨門不正，彝倫混亂，吾得借兵入郢，乃爲楚國掃除穢污，以除無道，焉得爲臣恨君？吾不滅楚，誓不立於天地。」遂拍馬而去，行數步，恐包胥歸引楚兵速追，乃回謂包胥曰：「子回楚必引兵追員，員願從子死。」乃下馬待擒。包胥扶員起曰：「吾與子有平生之交，豈忍引兵以陷子哉。子宜放心前往，吾必不言。然今日隱子之跡者，朋友之私恩也，他日立楚國之祀者，君臣之大義也。」員曰：「吾子何爲道此？」包胥曰：「子能覆楚，吾能興楚；子能滅楚，吾能定楚也。」子胥拜辭，上馬而去。畢竟奔投何國？

米建奔鄭被誅

子胥上馬，不知米建奔往何國，〔一〕行數里，見一起田夫相歎於壟上曰：「楚王失道，而逐嫡嗣，非國家之福也。」子胥向前曰：「汝見楚王之嫡嗣乎？」田夫答曰：「將軍莫非伍明輔乎？」員曰：「然。」田夫曰：「日前楚太子挈妻子亡奔宋國，曾囑某等，言明輔不日必走，令明輔從宋相尋，以圖大事。」伍員辭謝田夫，遂投宋國而來。

卻說米建挈一妻一子奔在宋國。當時，宋元公多私無信，宋國政事在華氏、向氏之門。當時華亥爲太宰，華定爲太傅，向寧爲太師，元公懼二家權重，欲除二家。華亥知其謀乃稱疾不朝。公往問亥疾，華亥伏甲士囚元公，元公之子弟八人公子寅、公子庚、公子丁、公子駒、公子向成、公子革成、公子孫甲、公子辰，此八人皆元公之子弟，共起精兵攻華亥，華亥恐懼，乃放元公。元公與之定盟，各以其子交質，國中大亂。米建見宋有亂，不敢入朝，乃安於宋城南門。子胥至宋，遍訪衆人，尋見米建，二人抱頭而哭，各訴平王之過。子胥曰：「太子至宋幾日矣？」建曰：「我至旬餘，爭奈宋君臣自相攻擊，所以吾未敢進。」胥曰：「吾來欲圖大事，宋既君

〔一〕「不知米建奔往何國」，余象斗刊本作「不知米建何國」，據龔紹山刊本改。

臣自亂，焉能助吾復仇。不如速往他國，以作別圖。」米建然之。

即日，四騎奔鄭，安於館驛。次日，與米建奔鄭，來見定公。定公聞子胥乃列國明輔，久仰其譽，及至鄭朝見，定公親迎入朝，問其來故。子胥與米建各把平王無道之事，哭訴一遍。定公嗟歎不已，曰：「然則明輔固欲起兵復仇耶？」胥曰：「臣之父兄無辜見戮，屍暴家亡，臣實天地罪人。明公哀矜亡臣，願乞一旅之師，以削父兄之恨。後當執鞭負紲，以圖補報。」定公令退安歇，姑容商議。員與米建辭出，定公召集群臣商議。

上大夫子產進曰：「楚王雖曰無道，君父也，米建與員雖曰負冤，臣子也。今若起兵與其報仇，是助臣子而弒君父，決不可也。」下大夫子皮曰：「楚王無道太甚，雖欲發兵與員復仇，亦不爲過。然楚之米建在外，員若破楚，之後必立建爲楚王，徒費刀兵民力，無益於鄭。」定公曰：「然則不發兵可乎？」子皮曰：「依臣之見，莫若先除米建，然後發兵與員破楚，約在破楚之後，封員爲楚公，共分荆地，員見米建既死，彼必肯從。」定公曰：「何計能除米建？」子皮曰：「晉常與楚爭霸，連年交戰不息，來日召米建，詐告曰：『本當發兵，代太子復仇，爭奈鄭國地小，糧餉不繼，煩太子往晉借糧，然後興師。』米建至晉，晉必擒而殺之，此假晉之手而殺米建。然後發兵破楚，我謀必就。」定公大悅，即召米建入朝，教其往晉求糧，然後代爲復仇。

米建忻然辭出，不告子胥，即便往晉。早有人報知子胥。子胥驚曰：「此中鄭計也。」遂駕馬追及米建曰：「太子何不深謀己身耳，〔一〕爲他人作羊以喂餓虎乎？」建曰：「何謂也？」員曰：「鄭人欲殺太子，難以動手，欲假晉劍而誅太子，何不深思遠慮？」建曰：「晉人焉敢誅吾？」子胥曰：「晉與楚爭霸，刀兵不息，

〔一〕「己身」，余象斗刊本作「身己」，據龔紹山刊本改。

太子若往晉國，晉侯必誅太子，然後發兵伐楚。子何不省，以陷其計乎？」米建大驚曰：「明輔之料固是，然吾已許之矣。許人以諾而背之，是謂無信，死生一系於天，吾焉可失信而爲身謀乎？但吾往晉之後，果墮其計，願明輔保吾妻子，以圖報怨，吾死何恨。」遂拍馬而去。

子胥追留不及，仰天歎曰：「此天陷吾，以致所謀不就。」乃怏怏歸於館驛。米建尋夜投奔絳州，入見頃公。頃公覽其進身之表，擲地大罵曰：「楚與吾爭霸，數年以截阻中國朝貢，吾每欲興兵吞平荆楚，以振舊業，今建自送死而來，天滅楚也。」令囚米建，發兵圍郢，上卿荀吳諫曰：「若殺米建，正中鄭計。」頃公曰：「何謂也？」荀吳曰：「鄭有破楚之意，本欲殺建，難以爲詞，故假晉手。伍員乃世之豪傑，爲列國明輔，何國不可投，何兵不可借，吾若欲殺建，能保國家寧息乎？」頃公曰：「然則若何？」荀吳曰：「鄭用子産、子皮爲政，有席卷諸侯之勢，鄭霸則晉削弱。不如乘此機會，密約米建，裏應外合，遣一大將隨建入鄭，使主裏應，然後率大兵，伏於鄭之城下，以候接應，約在滅鄭之後，興兵代建復仇，如此則利在晉矣。」

頃公大喜，召建入朝宴之，酒後頃公告以前事。米建曰：「建乃亡國之俘，誠恐不能成就所謀，必得一將隨建潛入鄭城，大事可圖。」頃公然之，問班部中誰敢入鄭者。下軍都尉裴炎願往。公許之，又以五十號大車，盡載蘆葦乾草，詐號「糧車」，與米建入鄭，以備火攻之具。米建辭謝，與裴炎離晉入鄭。頃公一面使荀躒、藉談各引精兵五千，伏於鄭之城外，以候接應，不在話下。

且說定公日夜使人打探米建借糧之事，忽一夜得夢不祥。次日召子産占之，子産請其所夢吉凶，定公曰：「吾夜夢一壯士身着一緋衣，持二把大刀，傍有一龍，龍着短裳，壯士拔刀引龍從西北而來逐我，我因逃走，驚覺乃是一夢，不審主何凶吉。」子産占曰：「此主外國有襲鄭之兆也。」公曰：「何以言之？」子産曰：「龍着短衣是個襲字，緋衣是個裴字，〔一〕二火是個炎字，西北乃絳州之地，此必米建引晉刺客入鄭，不可不慎。」定公俯思良久，〔二〕頓足大喜曰：「子産之言有如卜筮，吾聞晉有勇士裴炎，不避生死，吾知必是此人，但何以防之？」子産曰：「臣料米建不日而至，密令四門軍吏，待其入城，必須搜檢明白，方許進城。又伏甲士於四門城下，如若果有是事，擒而斬之，以絶後患。」定公然之，即詔子羽、子皮各引精兵巡守四門，檢點奸細，諸將領兵而去。

卻説米建歸將近鄭，先將五十號草車，盡插晉糧二字之旗號，捱入西門，又將裴炎藏於己之車下，將入城門。門吏阻之，要檢點明白，方許入城。建曰：「吾奉鄭伯之命，往晉借糧而歸，何必檢點？」門吏再三不許進城，務要查盤，相拒一個時辰，裴炎乃一勇之夫，見門吏逗留，搶出車前，大拳歐死門吏，突入鄭城。守城士卒大叫：「米建引晉兵入城。」子羽、子皮一齊殺出。裴炎雖勇，手無寸鐵，拔車輗步戰二將，子皮用鎗一架，刺殺裴炎。米建見事已泄，慌忙欲走出城，城門已閉，背後追兵擁至，米建不能逃出，竟死於亂馬蹄下。後人有詩云：

反覆無常作禍胎，堪憐米建昧機微，
遍遊未復當年恨，六尺徒亡亂馬蹄。

子羽、子皮既殺裴炎、米建，回馬檢視糧車，車上悉皆蘆草。子皮大怒曰：「此必伍員匹夫之謀。不除

〔一〕「緋衣」，余象斗刊本作「緋字」，據龔紹山刊本改。
〔二〕「定公」，余象斗刊本作「頃公」，據龔紹山刊本改。

此賊，終爲國患。」與子羽雙馬殺向駟來，要除子胥。

時子胥聞米建求得糧而回，鄭正欲出城相接，聞西門喧噪，忽數小卒報米建之事，子胥慌忙無措，急入駟内，從馬氏上馬。馬氏哭曰：「妾因無忌之讒，陷楚王無道之名，累明輔父兄之命，今太子又遭戰死，妾焉敢偷生，而再傍他邦乎？」以子勝交與子胥曰：「但願明輔善保此子，以圖削恨，妾心無怨。」言罷，駟外喊聲大震，駟卒報子羽、子皮引兵殺至。子胥急促馬氏而逃，馬氏不行，遂觸牆而死。子胥搬牆拘屍，抱米勝殺出，正遇子羽，伍員大聲喊曰：「當吾者死，逼吾者亡。」鄭兵漸退。子胥殺開血路，且戰且走，鄭兵追至，復圍數重，子胥左衝右突，走出城外，人困馬乏。鄭兵追至，子羽架弓望子胥背射一箭，子胥躲過，勒轉馬頭戰子羽，子羽與子皮雙馬來攻，子胥又困於中。非是子胥不能抵敵被困，爭奈又帶公子米勝在於馬上，前後鎗法只好遮攔兩個身體，不能更傷他人，所以被困。子胥雖困在重圍，怒目睜睜，右手以衣鎧蔽住米勝，左手橫鎗大叫：「近前者死。」鄭兵見其驍勇，不敢相傷。忽有一起壯士，約有八十餘人，各插竹葉爲號，手持短劍，爭先殺入重圍。子胥搶一匹馬，令壯士力保米勝，自舞長鎗，奮力殺出，鄭兵被傷者甚多，不敢追趕。子胥引一起壯士，走上二十餘里，不知救護者是何等之人，下馬相問。畢竟是誰？

伍子胥投陳辭婚

内有一爲首者前進曰：「吾乃爾父義子溫龍也。自昔年田歸耕農，及聞伍氏遭難，吾即交結鄉中義士，前來救護。及聞公子在宋，吾即接踵趕至，及聞公子過鄭，吾等又隨即追至，憩飲於城外酒樓，望見公子被圍，所以冒死來救。」子胥認是溫龍，下馬相抱痛哭，各訴往日之事。龍曰：「今在鄭境，恐追兵復至，速請快行數里以他圖。」子胥乃取出百金謝溫龍曰：「兄弟請回，不必跟我，我將奔陳及吳，借兵以復仇恨。」龍曰：「我正憂慮公子獨行，故結義士前來相從圖報怨，何故又令我歸？」員曰：「吾乃亡國之臣，只宜收蹤斂跡，以避嫌疑，若帶兄等，難以奔投。兄暫歸耕，聞吾他日起兵伐楚，不忘舊好，願借半臂之力，同削大仇，幸亦大矣。」溫龍思惟子胥之言，於是但囑子胥珍重行跡，相辭而別。子胥徑投於陳。

卻説鄭子羽、子皮引兵回報定公。定公即令報知楚平王，平王聞米建既死，伍員外奔，既喜且憂，問無忌何計能捕伍員。無忌曰：「臣料伍員在鬥寶會上，有恩於陳、吳二國，今日外奔，不投陳則往吳，他國不可往也。但遣大將緊把昭關，則我王高枕無憂，不必致慮。」平王然之，令蒍越與公子囊瓦二人把守昭關，但是往來客旅，務必仔細查盤。〔一〕薳越與囊瓦引兵至昭關把持緊急，水息不通，不在話下。

卻說子胥在中途自思，陳哀公昔年無寶赴會得已保全，此行若至陳國，諒哀公必與興兵報怨。及入陳國，聞哀公已死，惠公在位，欲入投見，未審其款納之意思，有故人姚素爲陳大夫，乃夜投姚素，府中問其進退之機。素見子胥，不勝歡喜，問其何以至此，子胥將前事哭訴一遍。素曰：「子胥不必致慮，吾先君常懷明輔之德，未曾申報，明日吾當引進薦於朝，必須代子報仇，方表朋友之義。」子胥拜謝不已，遂安宿於素之家。次日，姚素入朝，言於惠公曰：「伍員，楚之名將，陳之恩人。今因父兄進諫被戮，員乃出奔，明公能接之以禮，寵以重禄，則陳國霸日可望矣。」

時陳國大政乃上大夫尹叔皇所專，恐陳侯寵用子胥，而奪己權，因而諫曰：「夫伍員是亡國之夫，過宋適鄭，列國不能容，所以至此。吾陳國狹兵微，若納亡臣，諸侯聞知，合兵來攻，自保不暇，焉能圖霸。」陳侯聞叔皇之言，躊躇不決。姚素又曰：「伍員有功於陳，先君每欲效報而未能，今遇家破父死而來，拒而不納，非理忘恩，大不可也。況伍員名馳列國，威震諸侯，一用於陳，四鄰懾服，今若拒而不納，使其見用於鄰國，何異有寶而遺他人乎？」惠公然素之説，宣子胥入朝，封爲下大夫，寵賜甚厚。姚素又恐叔皇讒譖，次日，又告惠公曰：「子胥有大志，見吾國褊小，不能久爲我用，請以明公之女妻之，以固其志。内結骨肉之親，外交君臣之義，以此任用，無有不克。」惠公亦許，即令擇日以長女與員成婚。

卻説惠公之女，名德禎公主，年方十九歲，四德兼備，其乳母聞公將以公主妻伍員，飛報德禎，德禎默

〔一〕「仔細」，余象斗刊本作「子細」，據龔紹山刊本改。

然不對。其乳母曰：「吾聞子胥乃振世豪傑，大王以公主配之，真爲匹偶，明日乃花朝令節，大王賜百官宴於瓊林苑，公主倘要窺其相貌，吾當引公主於賞花臺上，必得俱見。」其始公主本欲不往，乳母迫之不得已，次日與乳母登賞花臺，觀望子胥。

時百官宴於瓊林苑內，望見賞花臺數十侍妾，擁一公主，其侍妾目視手指，一直射於子胥。或有大聲者曰：「此明輔也，此公主之配也。」伍員近覺，不知其故，乃詢諸內官，〔一〕或對曰：「此德禎公主也。主上賜婚於明輔，正此女子也。」伍員聞知不悅。次日，謂姚素曰：「古者男女非有行媒，不相知名，今承大夫奏陳侯，以公主賜婚，昨日侍宴於瓊林苑，歸過賞花臺下，公主縱放侍妾，妄呼員名，煩大夫復陳侯之命，此婚決不敢承。」姚素勸諭再三，子胥堅辭。姚素但唯唯而出。早有左右將伍員辭婚之事，報於陳侯之夫人姜氏。姜氏大罵：「匹夫乃亡國囚俘，焉敢嫌吾之女而辭婚乎？」遂譖於陳侯曰：「伍員將有外奔之志，大王以愛女事之，倘一去不來，豈不誤此女一生乎？」陳侯曰：「夫人之言極有遠慮，然吾先許之矣，豈可食言？」姜氏曰：「大王不忍食言，妾聞伍員素有他志而叛去矣。」陳侯詰問其故，姜氏以伍員嫌婚之事實告，陳侯大怒，欲誅子胥。姚素欲諫，尹叔皇力譖不可。姚素慌忙來見子胥曰：「本欲保全朋友之義，爭奈主上信讒，不能如意，子不速行，禍將至矣。」子胥知是事發，更不入朝，拍馬出城。姚素囑曰：「吾聞楚王下令，不拘列國官民，有能捉子歸楚者，賞粟五萬石，官至上大夫。此行必須收斂蹤跡，勿爲奸細所獲可也。」子胥受命而出，不知奔往何國。且聽下回分解。

〔一〕「詢」，余象斗刊本作「識」，據龔紹山刊本改。

子胥脱難過昭關

子胥與米勝扮作行商，晝則隱於山林僻處，夜則披星帶月而行。行數日至昭關下，米勝經苦不過，遂沾寒疾，不能前進。子胥甚憂，訪醫於道路之人，或者曰：「此山莊後有一老父，醫名振世，號爲東皋公，汝宜訪治，則疾不日而瘳。」子胥辭謝，即携米勝入山後一草莊中訪之，果有一老父，鬚眉皤白，手扶竹杖而出。子胥下馬相見，老父曰：「子非楚國伍明輔乎?」員曰：「然。」老父曰：「吾乃東皋子也。昨在陳國施藥而歸，聞明輔自陳適吳，吾聞楚王遣二將，堅守昭關，求子甚急，明輔乃負屈之人，恐汝不知而被所捉。每欲告知，恨不相逢，今日至此，是天佑吉人也。」

於是，款留數日，以良藥治米勝，不日而愈。子胥問曰：「承先生指教，何計能脱我難，日後必當重報。」東皋公尋思一夜，明日告員曰：「前村有一士，覆姓皇甫名訥者，乃吾平生之友，觀其狀貌，〔一〕十分類子，倘得此子代伊而過，詐與楚將所執，然後明輔方可乘虛而度。」子胥歡喜，乞召此人商議。東皋公即遣人召得皇甫訥至。相見禮畢，東皋引子胥與訥相見，曰：「此乃楚國亡臣伍子胥，身有父兄之仇未報，欲投東吳借兵，

〔一〕「狀貌」，余象斗刊本作「壯貌」，據龔紹山刊本改。

楚將堅守昭關，不能前度，吾爲籌畫，但以子貌相類，子能覷吾面顏，脱此含冤之士乎？」訥曰：「吾聞濟人艱險者爲仁，脱人困難者爲勇。今明輔身負重冤，困在艱險，倘能殺身以成其志，尚且不避，况但代冒其險乎。」遂欲上馬過關。〔一〕東皋公止曰：「凡事不可苟且，承子諾救，明輔脱下衣袍與子，子即扮爲明輔，令明輔扮爲僕御，倘子被執，明輔宜速搶過昭關，我即在後救子，方能保得兩下無患。」訥依其說，即與伍員互相裝扮，即日上關。

卻説楚將囊瓦，號令堅守關門，但凡北人東度者，務要盤詰明白，方許過關。皇甫訥乘一匹馬，詐作驚惶之色，突上關來。囊瓦之卒遠見，依稀認爲作子胥，閘下關門入報囊瓦，囊瓦飛馳出關，視之曰：「是也。」喝令士卒一齊下手，將訥擁入關上。訥詐为不知其故，但乞放手，楚卒即時捆縛入關。當時守關士卒初聞捉得伍員，盡皆踴躍觀看，關門遂放而不守，伍員扮作僕御，雜入衆人群中，驚得關卒四散，遂携米勝搶下關去。囊瓦將訥拷打，〔二〕着令供伏，解入郢州。訥辭曰：「吾乃關下皇甫訥也，欲相從故人東皋公出關東遊，焉可妄指良民爲寇？」囊瓦仔細詳驗，訥之面貌本類子胥，但身體聲音大不相同。正躊躇之間，忽報關下名士東皋公來賀，囊瓦延入，各序賓主而坐。東皋公起曰：「近聞將軍捉得亡臣伍員，老父欲出關東遊，敬來相賀。」囊瓦曰：「適間小卒捉得一人，貌類伍員，而實不肯招認，正此遲疑。」東皋曰：「伍員與子常共立楚朝，豈有不能相識乎？」囊瓦曰：「子胥貌如雄虎，聲似洪鐘，吾知之審矣。但此人貌相似而聲不同，吾恐其久涉於

〔一〕「關」，余象斗刊本無，據龔紹山刊本加。
〔二〕「拷打」，余象斗刊本作「栲打」，據龔紹山刊本改。

外，勞役所致，所以疑惑未定。」東皋公曰：「吾與子胥亦曾相會，請借此人與吾辨之，便知虛實。」囊瓦令取原囚，與東皋先生看之。左右押出，訥忙叫曰：「吾友早不同行，陷我於無辜，今見而不救，何也？」〔一〕東皋急告囊瓦曰：「公子差矣。此吾鄉友皇甫訥也。約吾同共東遊，彼自先行一程，公子不信，身上曾帶東度文牒，焉可誣其爲亡臣也？」及搜之，果然帶有照身文牒。囊瓦親釋其縛，取酒與之壓驚，又取金帛謝東皋曰：「此吾小卒冒捉先生故友，萬乞寬恕其罪。」東皋辭曰：「此公子爲朝廷執法，不得不慎，焉敢爲咎？」遂與訥謝下關，囊瓦號令將士堅守如故。忽有哨馬報：〔二〕「關下百姓謡攘，言日前伍員帶米勝曾過關入吴矣。」囊瓦大驚，遂令薳越堅守昭關，自引三千鐵騎尋夜後追。毕竟如何。

〔一〕「救」，余象斗刊本作「叫」，據龔紹山刊本改。
〔二〕「哨」，余象斗刊本作「嘯」，據龔紹山刊本改。

閭丘亮泛舟救子胥

卻說子胥既度昭關，心中暗喜，尋夜奔入東吳。行至吳江口，河水茫茫，又無舟渡，子胥哭於蘆花岸畔曰：「吾自離楚，適宋過鄭，備歷艱辛，皆爲父兄之仇未雪，所以不敢安居。今度昭關而吳江難濟，殆非天亡我乎？」自辰及申，與米勝遊於北岸上，欲候渡舟，等至夕陽，不見渡舟，子胥與米勝將投吳江而死。忽聞滄浪之中，有數聲漁歌曰：

重門夜鼓不停撾，畫戟犀簪將相家。

何似一身空四壁，滿江明月照蘆花。

米勝急謂子胥曰：「江中有漁舟至，明輔何不呼而渡之。」子胥急呼：「漁者渡我，漁者渡我。」漁父泛舟至岸，接子胥與米勝下船，見子胥形貌非常，知其必是好人，但見顏色饑餒，詢其始末，子胥俱以實告。漁父嗟呼不已曰：「子饑色形於面，得非乏食乎？」員曰：「然。」於是漁父繫舟於楊樹，囑曰：「子姑少待，我歸取食而啖汝。」漁父既去，久而不來。子胥疑其聚衆捉己，乃登舟隱於蘆花深處。少頃，漁父持紅綾餅及鲊魚肉羹至，則不見子胥。〔一〕漁父曰：「噫，子胥疑我爲貪祿之徒歟。」乃呼曰：「蘆中人，蘆中人，吾非以子求利名。」子胥乃出，食吃羹餅，解下所佩之劍，呈與漁者曰：「追兵將至，吾不能少敘款曲，此劍乃吾門寶會上秦王所賜者，價值百金，姑獻與子，少申謝意。」漁者辭曰：「吾聞楚王有令，能捕亡臣伍員者，賞粟五萬石，官至上大夫，吾既不圖大夫之爵，而何取百金之劍乎？且君子無劍不能遊，子請速行，無致露泄行蹤。」

子胥拜謝，登岸數步，顧謂漁者曰：「子既不受吾劍，願乞姓名，以圖後報。」漁父怒曰：「吾以子爲銜屈之徒，故渡汝江，豈望報乎？」胥曰：「大丈夫一飯之德必酬，今不願詳名姓，何以滿吾意？」漁父曰：「今日相逢，子爲亡楚臣，吾爲縱盜客，焉用姓名爲哉？况我舟楫活計，波浪生涯，雖有名姓，何期而會。苟遂天意不負二人之好，使他日復得相逢，我但呼子爲蘆中人，子但呼我爲漁丈人，〔二〕足爲志記耳。」子胥忻然拜謝，上馬行數步，又顧謂漁丈人曰：「追兵若至，子勿渡而捉我。」漁者聞子胥之囑，仰天歎曰：「吾將以德全子之命，倘若追兵別渡，豈不以吾之德變爲仇乎？請以死別，以絕君疑。」言罷，斷帆抛舵，連船溺於江心。後人有詩一律爲證云：

伍員脱難奔東吴，江心從容遇釣夫。
辭劍不爲貪利客，進羹專憫負冤徒。
蘆花明月生涯有，顯姓真名豈特無。

〔一〕「則」，余象斗刊本作「側」，據龔紹山刊本改。
〔二〕「漁」，余象斗刊本作「蘆」，據龔紹山刊本改。

既濟猶疑怨害德，斷帆拋舵溺江枯。

又有一絶云：

吴江春水去悠悠，楚國亡臣絶濟遊。
設使漁翁非義士，子胥難免逐波流。

又有《贈劍賦》一篇云：

彼子胥兮亡命江湄。〔一〕賴漁父兮停梢在兹。既流之濟矣，因解劍而酬之；厚意殷勤，何惜千金之寶。高情特達，用陳三讓之辭。哀其去國無途，迷津獨立，前臨瀨水之阻，後有追兵之急。瞻仰而鶴髮相閔，顧盼而漁所可入。憂心盡展，憑枯木以何虞；渡口非遥，掛輕帆而已及。繇是拂拭青萍，披陳素誠。念險難以知我，願提携而賜憐。拔三尺之熒熒，波間電閃；横七星之凜凜，掌上風生。叟乃莞爾以興言，支顧而話志。本期浩渺之難涉，焉可倉惶而徇利。〔二〕酬恩報惠，誠多公子之心；害義傷廉，且非老夫之意。况乎楚令方急，嚴刑具陳，盡索奔亡之黨，先誅隱匿之人。若以爵禄爲念，華華是親，則本捉爾躬而赴國，將爾劍以防身。整棹西歸，自受執圭之賞；論功北面，寧無切玉之珎。蓋已惻隱之心，難危是濟；方圖散髮之樂，豈假吹毛之鋭。情高而俗慮難量，語罷而鳴櫛忽逝。連環吐月，空留玉匣之間；一葉摇風，漸入寒煙之際。豈不誠志達微隱，言窮是非。棄宿忍以長往，弄波濤而不歸。寂寞煙岩，從東

〔一〕「兮」，余象斗刊本作「分」，據龔紹山刊本改。後不另出注。
〔二〕「倉惶」余象斗刊本作「蒼惶」，據龔紹山刊本改。

流之渺渺；凄凉浦樹，含落日之依依。已而義立一時，名超萬古，轟雷霆之異狀，皎日星之光輝。飄然離舟而登岸，吾之於斯人何阻。

子胥回見漁父連舟溺死，咨嗟不已，只見隔江塵霧漫天，喊震波濤，原是囊瓦引兵追至，見無舟渡，抽兵而還。子胥恐其東渡，荒忙奔走。不知後事如何？

浣紗女抱石投江

子胥駕馬走上五十餘里，見一女子浣紗於瀨水，江邊行過里餘，迷失道路，前後無人可詢，依舊抽馬問前女子曰：「吾乃楚國亡臣伍員也。因楚王無道，殺我父兄，欲投東吳，借兵雪仇，迷失前途，乞煩指示，決不忘報。」女子以投指向東南一路。子胥辭謝，上馬行數步，回謂女子曰：「楚兵追至，萬勿指引其途。」女子曰：「諾。」子胥既謝，上馬行上半里，恐女人見識不定，復抽馬挾曰：「感伊深德，不教追兵之路，願求姓名，以圖後報。」女子曰：「妾姓馮氏，自幼未嘗適夫，與母孀居，勤事織紝，以供朝夕。吾哀將軍有父兄之冤，指迷道路，非敢望報，今將軍去而復回者數次，特恐小妾主心不定，〔一〕更引追兵。妾請投江而死，以絶將軍之疑。」言罷，抱一大石，投於江心。後仰止余先生觀到此，留有詩斷云：

偶以相逢失問途，情懷比翼兩俱無。
何須草草捐身命，不念雙親體髮膚。

後史臣有詩云：

〔一〕「恐」，余象斗刊本無，據龔紹山刊本改。

瀨水江邊女丈夫，清輝瑩潔若冰壺。
浣沙自信供親旨，抱石何妨引客途。
月照碧潭寒骨白，霜橫緑浦潔身孤。〔一〕
幾回岸畔鶯聲巧，似語佳人節不枯。

子胥忙欲援之不及，曰：「吾非劍殺此女，亦因吾死，他日功成，焉敢忘此？」因名此女爲浣沙女，染指血流下數字於石爲記曰：

亡臣經此過，逢女浣溪沙。
抱石因吾死，銘恩肺腑奢。

寫罷，又恐後人認見，知己從此逃過，復以泥土掩之。上馬行三十餘里，天色幾晚，前後又無人家投宿，聞山後有雞犬之聲，疑有人家，遂攜米勝轉入山坡，見一村莊，僅有三五人家，子胥連扣柴扉。少頃，一士開門出視，乃昔鄭界所別义兄溫龍也。龍曰：「公子何以至此？」子胥俱將前事細訴一遍。溫龍整宴暢飲，一夜各敘往事。不知外有數人驀見子胥，乃結聚數十餘人，五更左側，喊围溫龍之宅，要捉子胥入楚請功。子胥慌忙從後路密走，強徒打入其宅，搜獲不見，一齊趕上。子胥走上數里，饑困難進，行至漂陽，見一老嫗饋餉於道。子胥下馬求之，嫗曰：「觀汝相貌，固非爲人乞食之徒，何不奮力生涯，以圖活計？」子胥乃以實告，老嫗大驚，遂跪而進食，子胥食之未足，荒忙而去。老嫗曰：「將軍晝夜奔亡，力困饑餒，一餐水飯，尚

〔一〕「霜」余象斗刊本作「孀」，據龔紹山刊本改。

何食之不盡而遽行乎？」子胥曰：「追兵至矣。老母與吾方便，幸勿指引其路。」嫗曰：「將軍恐後追至，必須解下衣袍，妾始可謀。」子胥解衣付與老嫗，拍馬從間道而去。老嫗將胥袍置於東南路口，遂自縊於道傍之樹。少頃，強徒果然追至，見胥袍於路口，直奔東南，追上五十餘里不及而還。後人有詩云：

負屈含冤走渡江，兵追糧絶實堪傷。
若非野母留袍記，爭得將軍撻楚王。

又有短歌一章曰：

子胥急難兮，渡吳江。漂陽絶食兮，事堪傷。
匍匐中道兮，命不亡。忽逢老母兮，靖安康。
強兵追及兮，慮難量。遺衣引路兮，從此昌。
母死千古兮，人談揚。雖爲婦人兮，有丈夫之剛。

子胥既從間道走入吳邦棠邑，無得故人引入，暫停棠邑，以候相知。一日遊於城内，見一壯士狀如餓虎，聲若震雷，子胥疑其非常人物，正欲與之相見，忽與一士厮打，衆皆力勸不止，有一婦出喚數句，其人即斂手歸家。子胥默歎曰：「險些錯交此士，此特怯婦之徒，何足道哉？」乃詢問其名姓，畢竟是誰？

子胥吹篪引王僚

或人告曰：「此吾鄉勇士，姓鱄名諸，〔一〕力敵萬人，不畏強侮，平生好義且孝，見人有若不公之事，他即出而折衷。」胥曰：「既勇且義，何畏婦乎？」其人曰：「非婦也，乃母也。鱄諸素有孝名，事父無違，雖與他人爭鬥，一聞母至，即便斂手歸。」子胥又自歎曰：「此賢士也，非鱄諸孰能成吾志哉？」次日，親詣鱄諸，鱄諸延入，問員從何而至。子胥具已始末以告。鱄諸歎曰：「原來明輔含冤之人，爲何不入朝見吳王，借兵雪仇？」員曰：「吾意正欲如此，爭奈無一相知薦引公子，姬光與我有舊，今聞引兵南伐，所以暫停於外，以待光回也。」於是，鱄諸款留子胥，與其往來，不在話下。

且說吳乃周太王之子，秦伯仲雍之後，傳十九世孫壽夢，〔二〕始僭稱王。壽夢有四子，長曰諸樊，次曰餘祭，三曰夷昧，幼曰季札。季札最賢，壽夢欲令四子將大位依次而傳，將傳及札，札辭不受，乃傳與夷昧之子名僚爲王，諸樊之子名光即姬光也，每怨己爲長子嫡孫，不得爲王，常欲弑僚，而未得其計。

〔一〕「名」，余象斗刊本無，據龔紹山刊本加。
〔二〕「壽夢」，余象斗刊本作「壽慶」，據龔紹山刊本改。

時，楚平王號令列國，捉獲子胥，及聞子胥搶過昭關，今已奔吳。平王甚憂，費無忌奏王曰：「伍員入吳，蔡夫人在鄖，鄖與吳相近，久後蔡夫人必誘吳兵犯界，不如遣一大將往鄖，先斬蔡夫人，然後設計以圖伍員，方免國家之患。」平王然其說，即令薳越引兵三千往鄖斩蔡夫人，即鎮其地。薳越引兵出朝，早有人報知蔡夫人。蔡夫人即具表令人入吳求救，許割鄖城入謝。吳王得表，即遣公子姬光率兵往鄖迎接蔡夫人。姬光即引兵至鄖城，入見蔡夫人，蔡夫人收拾寶物，即與姬光走出鄖城。及薳越兵至，吳兵已離三日矣。薳越追之不及，仰天歎曰：「吾爲大將，受命出征，而失君夫人，焉敢復命。」遂自縊於薳澨。殘兵歸楚回報。

卻説子胥日在店内，專候姬光歸國，姬光未至，感時傷景曰：日月流矢，不遇相知，父兄之仇，何时能報。乃取篪吹於店外，觀者甚衆，皆不知其爲誰，獨鱄諸私謂鄉人曰：「此楚國亡臣伍員也，汝等不可輕視。」市中互相傳報，報知王僚。王僚輒備駕出謁，即引子胥入朝，問其始末，子胥細訴一遍。王僚即封員爲上大夫，而謂曰：「明輔不足掛慮，但盡心以輔寡人，日後決當興兵，代報父兄之恨。」子胥再拜就職。

卻説姬光迎接蔡夫人入吳，王僚受其降表，安置於別宮，令子胥、米勝事之如舊主母，大賞姬光。姬光出朝訪問伍員何以至此，家人具伍員之事告知。光即入謁子胥，二人相見，各序禮畢。光曰：「久懷明輔之恩，每思效報未得其由，今幸明辅辱臨敝邑，不知爲何而至？」子胥具父兄之事以告。姬光爲之痛哭，曰：「明輔負父兄大仇，不可一日少置，今在敝國，吾主王僚亦是貪財失義之徒，焉能代公復仇乎？」子胥曰：「吳王何謂貪財失義？」光曰：「吾先祖生下四子，議以大位依次而傳，及吾叔父季札，辭不受位，此位合當傳光，而王僚幼奪長位，有虧先王家訓，此吾所以怏怏不樂故也。」子胥知姬光之意，但唯唯而已。姬光辭出，子胥歎曰：「姬光公子方有内志，焉能成吾大事？」姬光歸家，自思伍員若爲王僚任用，恐已弑奪之謀不成。

次日，密奏王僚曰：「大王任用伍員，莫非欲興兵而爲報仇乎？」王僚曰：「子胥有恩於吳，今因父兄之仇，窮困而來，焉可不與興兵而復仇也？」光曰：「子胥雖有恩於吳，但當重報，不當與之興师。」王僚曰：「何謂也？」光曰：「楚王雖然無道，君也；子胥雖有大仇，臣也。今若代員興兵，是助臣伐君，諸侯聞知，合兵來攻，一吳能當列國之兵乎？」王僚乃無定見之人，聞姬光之語，遂有疏慢子胥之意。子胥見王僚慢己，亦知姬光之譖，恐不能容身於吳。一日，乃上表告王僚曰：「臣乃亡國匹夫，豈敢希圖興兵以削仇乎，但乞大王恩澤，賜臣棲身之所足矣。」王僚曰：「本當代明輔起報怨之兵，奈國小兵微，難以敵楚，明輔既不願仕，賜爾郭外良田百畝，漸停數年，以待糧足兵集，然後共作他圖。」子胥謝恩出朝，退耕於城外。毕竟後事如何？

姬光請鱄諸行刺

姬光一日來訪子胥，子胥延入，各序殷勤。光曰：「明輔有大仇在身，爭奈王僚不足與謀，光欲共圖大事，兵權又不在手，如之奈何？」子胥泣曰：「员爲父兄之仇，〔一〕奔投列國，四海無家。今投大國，以吴王有哀矜之志，必爲興兵，誰料反成見疏。公子倘念員爲含枉之徒，猶爲主張，後雖執鞭引轡，當圖效報。」姬光屏退左右，以實情告子胥曰：「王僚爭奪專位，其事已在明輔胸襟，明辅倘能代光以圖王僚，使光得國治民，必須先代明輔興兵報怨。」子胥自思，欲與共謀，反爲不義，若不與謀，大仇又不能報，乃謂光曰：「公子欲得位，何不聚集国老群臣，以先王傳授之意，今日利害之事，曉諭王僚，使僚知降位。如此上不失先人之德，下不失弟兄之意，豈不美哉？又何必以詐謀相挾，以致骨肉相殘。」光曰：「光非不知此義，奈王僚貪財無厭，若以正義曉之，彼必不肯降位，則光反爲所誅矣。」員曰：「欲圖大事，非死士則不可也。」光曰：「目下難得其人。」員曰：「棠邑城東有一勇士，姓鱄名諸，力敵萬人，孝冠百行，公子欲圖王僚，非此子则他人不可谋也。」光問曰：「明輔焉知此人孝勇？」子胥以初年入吴之事告之。

〔一〕「爲」，余象斗刊本作「謂」，據龔紹山刊本改。

姬光大喜，欲召鱄諸。員曰：「此事宜密爲之，不可輕泄。必須公子親往諸宅，方可遮掩他人耳目。」光然之，即與伍員密投棠邑，來見鱄諸。鱄諸迎入，光見鱄諸形雄貌壯，自思子胥之言爲不誣。諸曰：「公子辱幸小人之宅，有何指教？」光曰：「久聞壯士風凜，欲求所托大事。」鱄諸再拜曰：「諸乃細民，恐不足承尊意，倘能效力之處，敢不奉承。」姬光大悅，遂以欲刺王僚之事告諸。諸曰：「此事謹當奉命，但吾有老母在堂，幼子在室，不敢以死相許。」光曰：「苟成其事，君之子母即吾之子母也，敢不養老慈幼以負君乎。」子胥亦勸諸曰：「吾友負蓋世之勇，不遇明主，以展其志，此行倘能成就公子之謀，則立功於世，垂名不朽，又使令郎顯仕於朝，豈不勝如老死岩穴而泯滅無聞哉？」鱄諸沉思良久，對曰：「凡事輕舉，難保萬全，欲圖大事，必先察王僚所欲，方能就計。」光曰：「王僚平生所嗜者，獨吴江之魚炙也。」諸又曰：「王僚親信之臣誰人也？」光曰：「王僚每自矜傲，故其賢臣名將皆不親附，所親附者獨有三弟掩餘、燭庸、公子慶忌而已。」〔一〕諸曰：「鴻鵠一舉而冲天者，以其羽翼整齊故也。今欲收其鴻鵠，必先剪其羽翼。吾聞公子慶忌，筋骨果勁，萬夫莫當，手能接飛鳥，步能逐禽獸，其高名英勇，振聞於諸侯。夫王僚得一慶忌，旦夕相親，尚又難以動手，况又兼以掩餘、燭庸而並輔之，雖有擒龍搏虎之勇，鬼神不測之謀，焉能濟事？公子欲去王僚，必請先去此三子，然後大位可圖。不然王僚雖死，公子之位能保久安乎？」姬光俯思半晌，顧謂子胥曰：「壯士之言誠是，吾等只得歸家，待時而舉。」於是二人密囑鱄諸曰：「其事專托子爲，但待去其羽翼，然後計議，而子萬勿輕泄。」鱄諸再拜受命，相辭而别。姬光聞鱄諸之謀，藏子胥於本府之中，日夜謀去慶忌。畢竟後事如何？

〔一〕「掩」，余象斗刊本作「俺」，據龔紹山刊本改。

三公子出兵伐楚

且說周敬王四年九月庚申，楚平王病將危，召群臣囊瓦等入宮，囑曰：「伍員在吳，終爲楚患，子西年長，吾欲立其爲後，又在庶子之列，米珎雖幼，位在嫡嗣，吾死之後，公等盡心輔珎，治國防吳，吾死無恨。」言訖而殂。群臣欲奉米珎嗣位，令尹子常子常，囊瓦之子曰：「國有外患，不可立幼君，以誤大政。子西雖在庶列，其長且賢，必立子西，方能定國。」群臣然之，欲奉子西嗣位。子西辭曰：「先王遺訓，教立米珎，吾焉敢違命而爭大位乎？」群臣遂奉米珎即位，是爲昭王。昭王嗣位，封子西爲左令尹。昭王年幼，朝廷政柄，皆費無忌所出，國人謡攘不服。

早有人報於子胥，胥聞平王已死，放聲大哭，終日不止。姬光怪曰：「平王無道，殺爾父兄，此固不共戴天之仇。今聞其死，何爲終日悲哭？」員曰：「吾哭非爲楚王也，特哭平王與我有父兄之仇，吾不能梟彼之頭，以雪吾恨，此成安枕而死，吾所以故哭也。」姬光亦爲嗟歎。子胥自恨不能報楚王之仇，夕夜無眠。次日，心生一計，謂姬光曰：「鱄諸所謂去鴻鵠之翼者，正其時也。時不可失，倘公子能乘此時，以除王僚，則吾之仇，不日可破矣。」姬光問其何故，員曰：「公子可奏王僚，乘楚有喪亂之故，啟其發兵南伐，與楚爭霸。倘王僚問誰可爲元帥，將兵南伐，公子即令掩餘、燭庸足可爲帥，令公子慶忌往衛求兵为援。此一綱而除三翼，王僚之死即在目下矣。」姬光又問曰：「三翼雖去，然叔父季札在朝，見吾行此篡位之事，能我容乎？」員曰：

「何不乘此機會，令其奉使列國，以觀諸侯之釁？待其使遠既歸，我位已定，彼能再議廢立乎？」姬光大喜，甚以子胥之言爲是。

次日，入朝奏王僚曰：「臣聞楚王已喪，嗣位幼弱，國家政令皆由費無忌而出，大王乘此機會，舉兵南伐，則霸勢在吳，列國諸侯誰敢不賫重幣而東朝乎？」王僚曰：「此謀極善，爭奈國無良將，誰可帥兵南伐？」光曰：「勝戰克敵，莫非子父之兵。今公子掩餘、燭庸，青年驍勇，若命其爲帥，統兵南伐；王子慶忌果敢能言，可令往衛求援；叔父季札賢而有智，可令歷聘中國，以觀諸侯之釁。如此一舉，所任皆是弟兄骨肉，則雖鐵統荆襄，打破何難？」王僚大喜，遂令掩餘爲元帥，燭庸爲先鋒，大率精兵十二萬南征，遣公子慶忌往衛求救，又詔季札歷聘諸侯，四人各各奉詔而行。掩餘即日發兵，望楚而進，至潛邑，潛邑大夫宋木堅守不出，遣人入楚告急。

時楚國君幼臣讒，聞吳兵围潛，朝中謡攘不定，令尹子西曰：「吳人乘此喪亂，發兵南伐，若不出兵迎敵，必然見怯。依臣之見，速令偏將軍伯郤宛率兵一萬救潛，又遣右令尹囊瓦引一萬水軍，從汭抄出潛之東門，水陸並進，使吳兵倒戈來降。」昭王大喜，遂依子西之計，調令二將，各從水陸交救潛邑。郤宛大兵殺奔潛邑而來。

時掩餘攻潛甚急，聞楚救至，擺開陣勢，與楚兵初戰一陣，吳兵大敗，掩餘召燭庸議曰：「楚之救兵甚鋭，焉能攻破潛邑？」燭庸曰：「吾觀潛城，西門路通汭河，其道易攻，兄引本部攻打城池，敵住楚兵，我引本部兵以戰船攻破西門，然後可入。」掩餘然之，令燭庸引水軍攻潛西門，自引本部精兵一面攻打城池，一面又與郤宛交戰。相持數日，兩下各無勝負。

忽一日，西門城下喊聲大振，掩餘自喜，以爲燭庸攻破西門，正欲出兵接應燭庸，敗馬回告曰：「不料楚將囊瓦引三百戰船，從汭水抄出，盡焚我之戰船，所以殺敗而回。」掩餘大驚。正議論間，楚兵大喊，哨馬報囊瓦困住水路，郤宛困住旱路。於是，掩餘之兵不能進退，堅守一隅，與弟燭庸分於兩寨，以作犄角之勢，遣人入吳求救。不知勝負如何？

太湖亭鱄諸刺王僚

當時，吳國諸將各引兵出外，朝中大政皆決於姬光之手。及掩餘求救表至，姬光截住不奏，乃告子胥曰：「王僚死日近矣。」子胥問其因由，光以掩餘求救之表示子胥。子胥曰：「時不可失也。」急召鱄諸計議。姬光與子胥徑投來見鱄諸，告以及時行刺之事。鱄諸辭曰：「時固可爲，奈有老母在堂，焉敢以死相許？」光曰：「前議已定你母即我母，君何慮焉？」諸曰：「爲人子者，父母在，遠方不敢遊，髮膚不敢傷，況敢以身許人作刺客耶？公子請行別圖，此諸實不敢奉命。」子胥再三勸之，鱄諸不從。其母聞堂外炒鬧，出問其故。諸以光事告知。其母諭諸曰：「吾聞忠孝不同，君親無二，汝既諾公子之忠，焉能盡吾之孝，汝宜速行，不必慮我。」言罷，遂入寢室自縊而盡。少頃，家人出報，鱄諸痛哭幾絕，子胥、姬光亦爲悲傷。既而鱄諸收葬其母，與妻子訣別，竟同二人歸吳。後人有詩云：

雖曰君親分二道，由來忠孝理同明。
賢哉諸母能知義，一死竟成厥子名。

鱄諸歸吳，曰：「吾聞王僚出入，乃着的獱猭猊甲三重，雖有利器，不能行刺。」姬光沉思曰：「往歲吳人干將者進吾一劍，長只三寸，原是歐冶先生所鑄，號作魚腸劍，猶能斬金截鐵，如刈腐草，吾每試之甚驗，倘以此劍行刺，無有不克。」鱄諸請劍觀之，姬光取出魚腸劍，試斬金鐵，如刈腐草。鱄諸拜賀曰：「此天助公子，使得此劍而成大事也。」

世傳越人歐冶子，善鑄神劍五口，獻三口於吴王闔閭。一曰燕郢，二曰魚腸，三曰湛盧，吴王受之。又吴干將者，其妻名莫耶，夫妻皆能鑄劍。干將采吴山之銅，收六合之金，用童男童女禱於爐中，鑄得陰陽神劍二口。陽曰干將，陰曰莫耶，干将匿其陽而獻其陰與吴王。吴王杀之，未知是否。

姬光大喜，即與鱄諸謀議已定，次日入朝，请王僚曰：「臣釀春酒初熟，請王來日於太湖亭上，以宴炙魚會。」王僚許諾。光歸即令子胥伏甲士五百人於堀室，命鱄諸詐爲膳宰，以備行刺。次日，姬光鋪張已畢，復請王僚。王僚入告其母曰：「姬光今日請吾於太湖亭上，以宴炙魚會，實不欲行，然昨日已許之矣。」夫人曰：「吾觀公子姬光，怏怏似有怨望之意。汝若赴會，切宜謹慎，以防奸細。」於是王僚身着猭猊鎧甲，帶領五百校刀手親隨而往，至太湖亭畔。姬光延入，將進酒食，王僚辭曰：「吾今日心甚不安，但公子盛意，勉強而赴，苟能依我行移，則盡歡而飲，否則不敢奉命矣。」光忙進曰：「湖下往來，楚客甚多，大王慎之，極稱吾意。」於是，王僚使前後左右，各列劍士，進食者兩劍夾一士，進爵者三劍跟一人，護衛甚密。

飲至日中，姬光思惟不能就計，乃詐爲足疾，入於側室，令鱄諸行刺。諸乃因進食炙魚，藏短劍於魚腹中，跪捧而進，劍士夾之甚密。王僚見鱄諸生得異常，叱曰：「汝何人也？不得近席。」諸曰：「臣乃膳夫，來進炙魚也。」王僚令劍士接炙以進，不許鱄諸近側。鱄諸曰：「炙魚非膳夫親剖，則味不中，大王如疑臣有異志，先請搜檢，然後進食。」王僚然之，令劍士搜遍，鱄諸身無寸鐵。鱄諸跪進炙魚，王僚熟視其魚，曰：「此何魚也？」鱄諸曰：「此松江之魚，細口錦鱗，其味甚美。」王僚令劈炙魚，鱄諸当席剖鱼，賣一手假，抽出短劍，投於王僚心胸，刺透猭猊甲，王僚中劍而死。衆士亂劍即將鱄諸砍爲肉醬，後人有詩云：

姬光深計欲圖吴，急令王僚嗜炙魚。

設使當時從母命，豈勞千乘伴鱄諸。

又一绝单美鱄諸曰：

鱄諸勇力冠群英，孝振鄉間義又深。

一死當時曾許國，大湖亭上竟成名。

力士既殺鱄諸，又追入側室，欲斬姬光。子胥荒忙殺出，左衝右突，斬卻劍士數十餘人，即奉姬光入朝，曉諭群臣曰：「先王以吴國大位依次而傳，王僚不遵遺訓，以幼奪長，今公子合正大位，群臣即當奉璽。」山呼誰敢異議，於是群臣即奉姬光嗣位，是爲吴王闔廬。即封專諸之子鱄毅爲下軍大夫，封子胥爲上大夫，其餘文武各加一級。

當時，季札出聘而歸，姬光聞知大驚，急備車駕出城迎接入朝，告以王僚之事，欲尊季札爲王。札曰：「苟先君無廢祀，民無廢主，則是吾王，又何推讓。」遂行人臣以事闔廬，然後哭於王僚之墓，事生哭死，以盡臣節。闔廬欲遣兵出救掩餘，子胥曰：「掩餘，王僚之弟也，今刺王僚而救掩餘，何異逐盜而招寇？」王曰：「然則若何？」員曰：「可遣大將屯干江口，待其勞窮奔歸，一鼓而擒，可除後患。」〔一〕吴王然之，遂令鱄毅率兵屯干江口，以候捕捉掩餘、燭庸。不知後事如何？

〔一〕「員曰」，余象斗刊本無，據龔紹山刊本加。

楚囊瓦族滅費無忌

且説掩餘、燭庸困在潛城，日久救兵不至，二人尋思無計，正謀出戰，忽哨馬飛報，姬光刺主奪位，及鱄毅屯兵渡口之事，二人放聲大哭。燭庸曰：「事既如此，不可振哭以誘楚兵，當設一計，脱離此困，又作區處。」掩餘曰：「楚兵水路並阻，縱有飛翼，焉能脱出此困？」燭庸曰：「目今内外俱阻，有家難投，只得乘夜從僻路奔走外國，以圖報怨可也。」掩餘曰：「楚兵困我數重，焉能得脱？」燭庸曰：「吾設一計，令兩寨將卒，今夜炊飯鳴金，至於天明，詐稱來日欲與楚兵交鋒，吾與兄單騎密走，楚兵方且不疑。」掩餘然其説，依計號令兩寨將士。兩寨各各鳴金炊飯，掩餘與燭庸扮作哨小軍逃出城下，掩餘投奔於徐，燭庸投奔於鍾吾。及天明兩寨皆不見其主將，士卒混亂，自相攻擊。楚將郤宛乘勢殺入吴營，盡收降卒。囊瓦守戰船於汭河，聞吴兵散亂，亦引兵殺至。

時郤宛將吴之降卒盡收於己部下，囊瓦恐郤宛功在己上，乃欲乘虚殺東吴。郤宛曰：「吾聞乘人之亂者不祥，吴國喪亂，子欲擊之，吾不敢以兵相繼也。」囊瓦懼郤宛不來接應，方共班師歸朝。郤宛獻上吴之降卒，昭王大喜，賞宛爲破吴第一之功，囊瓦第二。

自是，昭王以郤宛爲能，出入甚敬。費無忌見王偏敬郤宛，便欲譖之，乃取伐吴之事，知子常有怨郤宛之心，乃生一計，詐謂宛曰：「右令尹以子有破吴大功，將設宴勞子，以獎其能。」郤宛駭曰：「吾乃位吾下僚，偶幸以成微功，何敢勞動令尹，煩大夫拜上令尹，宛明日當備草酌邀駕，以娛片時。」無忌曰：「令尹最好兵甲，子若請酒，必須盛陳劍戟，以助歡娛可也。」郤宛然之。

次日，令部將陽令終、晉陳各引壯士，擺出刀鎗刀劍戟，架起弓弩箭弦，列於兩廊下，以備調舞。無忌使人探知，慌忙走見子常曰：「伯大夫今日欲請令尹赴宴，故遣某來奉陪。」子常即與無忌同往郤宛之宅，未至，見宛府前擺列兩行弓弩劍戟。無忌詐謂子常曰：「我幾陷公也。」子常曰：「何謂也？」無忌曰：「郤宛有謀公意，故列劍戟於門外。令尹火速抽回，不然禍將至矣。」子常舉頭視之，見其弓弩劍戟，大罵郤宛：「匹夫，吾險中其計也。」拍馬回家。郤宛使陪將陽佗追請。子常大罵：「匹夫，事露根芽，尚敢相欺而來誘我耶。」遂揮劍斬郤陽陀。令部將士圍繞郤宛之宅，宛不知故，正欲出問事故，被子常一劍斬於門下。部將陽令終、晉陳見宛被斬，雙馬殺出，子常衆將一齊擁至，斬郤二將，謂百姓曰：「郤宛將謀令尹，我故殺之，汝等爲我焚燒伯氏之宅，我申奏楚王。」郤宛平日親愛百姓，百姓不忍焚燒其宅，皆擲秆於地，〔一〕悉皆奔走。子常大怒，令將士燒其宅舍，盡收三家之族而誅之。郤宛之黨伯嚭奔走入吳。

時百姓不忍三家郤宛、陽令終、晉陳三家也無罪被陷，乃晝夜群聚而呼曰：「無忌欲謀幼主，故蒙令尹，以殺三良，諸大夫不可不察。」子常聞知，每捉百姓，重笞前足，國中怨謗愈多。沈尹戍聞其說，乃親見於子常曰：「夫仁者殺人以掩謗，猶自不爲。今令尹殺人以興謗，何不早圖？費無忌，楚之讒臣也，百姓皆知，使平王納子婦，棄嫡嗣，廢皇后，殺忠臣。今令尹又被其惑，誤殺三族，以興民謗，焉可爲也？今楚君幼臣讒，

〔一〕「秆」，余象斗刊本作「科」，據龔紹山刊本改。

伍員在吳，令尹扶持幼主，以備敵國，尚且不暇，而乃信讒妄殺良臣乎？吾聞智者除讒以自安，今令尹信讒以自危，他日吳兵壓境，子爲令尹，能保無禍者，吾不信也。」子常曰：「噫。此瓦之過也。」遂收無忌，數其罪過，殺於城市，亦滅其族。

　　蠹國欺君陷大臣，一生狐鼠作奸心。
　　子常一旦曾誅族，天網恢恢報應明。

卻說伯嚭奔入東吳，投入伍員府中，員退朝見嚭曰：「大夫何以至此？」嚭具無忌之事以告，伍員唾罵不已。忽人報無忌被子常所誅，亦滅其族。子胥又哭曰：「無忌讒賊，陷我父兄，吾恨不能生嚼其肉，以雪吾恨，今又果死，吾心何安。」次日，乃引伯嚭入朝薦於吳王，不知所薦如何？

要離辱死焦休忻

子胥曰：「伯嚭乃晉大夫伯宗之裔也。今因楚國令尹信讒而滅其族，避難來投，望大王封官任用，必能補国。」吳王即封嚭爲中軍大夫，使與子胥同謀國政。子胥又曰：「臣之父兄亡歿數年，屍骸暴露，冤魂飄蕩，楚王、無忌今皆已死，臣又不能興兵過楚，此臣乃天地間之罪人，臣何敢貪重禄而於國政乎？」吳王曰：「明輔不必憂慮，吾內事雖定，外有慶忌在衛，使吾寢食不安，假使一除慶忌，則伐楚之兵，不日當爲明輔而發也。」員曰：「吾聞慶忌在衛，日謀報怨，依臣之見，此特遣一智士緩圖，不可興兵引禍。」王曰：「焉得智士代我行事？」子胥曰：「臣昔亡楚奔齊，見東海細民石要離者，身雖不滿三尺，膽略過人，大王欲除慶忌，必得要離，方能成事。」王曰：「要離雖智，爭奈無人可召。」員曰：「臣當自往东海求之。」吳王即賜伍員金帛車馬與往東海求之，員即尋夜投奔齊國東海而來，將近數里安下，待次日訪謁要離。

是夜，風清月朗，員步遊於驛外，聞比鄰鼓樂揚振，歌聲不絕，往來觀者聚如螻蟻。伍員不知其故，乃訪問本里衆人，里人曰：「此吾里壯士焦休忻，爲齊侯出使過淮津，淮津龍神奪陷其馬，休忻入水與龍神相戰三晝夜，奪得龍神頷下之珠而還，齊侯旌獎其勇，所以親友慶賀，家中鼓樂不絕，如此也。」員歎曰：「有是哉。」

明日，員扮爲商賈，亦往休忻之家觀看。果然置珠於庭，親賓慶賀，觀者如市。員見休忻身長九尺，膊闊一圍，凜凜然，誠有壯士之風。子胥默羨未了，只見要離從外大聲而進曰：「爾等稱賀焦公爲蓋世英雄，以吾觀之，止爲欺世狂士。」衆人聞要離之説，列開與進。〔一〕子胥本欲便出相見，聽其言詞亦有智辨之意，乃隱於衆人群中，觀其所辨如此。少刻，休忻聞知，怒而出曰：「吾之英勇能奪龍珠，齊侯尚加旌獎，汝侏儒豎子焉得謗吾爲欺世狂士？」要離面辱休忻曰：「吾聞有大勇者不務虛名，無大勇者方喪實物。子既爲齊勇士，名動諸侯，焉至淮津不能力保所乘之馬，而被龍神所奪，此非無大勇而喪實物者乎？既失良馬，合當知過逃回固可也，而妄入淮津，詐取實珠，以誑世人爲奪龍所得，此非無大勇而務虛名乎？明中喪馬不能救取，而取暗中之物，誑惑時君而求旌獎，世人不辨其由，以子爲蓋世之英雄，以吾辨之，子非欺世狂士而何？」言罷，遂拂袖而出。休忻初得旌獎，昂昂然自以英雄無敵，及被要離將實情面辱一遍，啞口無詞，滿面羞慚而已。

卻説要離歸家，子胥隨後投入，離見子胥，不勝歡喜曰：「明輔此來幾時矣？」員曰：「子在群英席上，面辱焦休忻時，吾已至矣。」要離笑曰：「此特戲詰焦公耳。」員曰：「休忻被子面辱如此，能無咎子乎？」離曰：「休忻乃欺世盜名之士，焉肯受吾之辱，吾知今夜必來劫我，明輔請且安歇，吾必更辱休忻而令其死於吾手。」子胥辭歇，要離分付家人將門户大開，燃火於階下，離自仰臥於堂子。子胥見其行計，亦不安寢，乃起立於屏後，觀其施爲。

殆及夜半，休忻果然仗劍而來，及至離宅，見其門户不閉，燃火於階，疑其有埋伏之狀，逡巡畏縮，不敢揚聲，密密潛身偷入。見要離仰臨臥於堂，正欲拔劍以斬要離，要離挺身大叱曰：「欺世盜名之徒，不知

〔一〕「與進」，余象斗刊本無，據龔紹山刊本加。

身負三不肖之恥，焉敢行此穿窬狗竊之事，以刺吾耶？」休忻被離叱辱數句，不敢動手，但問離曰：「吾之英名馳於天下，焉有三不肖之恥於身？汝能逐一談明，則轻饒一命，倘不能談，定不相饒一劍。」要離曰：「汝在群英會上，被吾面辱而不敢對，一不肖之恥也；入吾門而不敢喊，登吾堂而不敢聲，二不肖也；蓋世英雄而作穿窬刺客，此非三不肖而何？」休忻擲劍於地曰：「吾之名勇振世，而要離能以口舌辱吾，吾留此命将焉用也？」遂免冑觸階而死。後人有五言八句詩曰：

東海要離子，唇鎗舌帶鋒。
闊談驚俊逸，高論動王公。
吐氣沖星斗，揚眉對螮蝀。
不須揮劍戟，三辱死休忻。

子胥忙出曰：「子誠智士也，一言而氣死休忻，吾奉吳王之旨，召子以謀大事。」要離驚曰：「離乃海濱小民，有何智略，敢奉吳王之詔？」子胥再三勸其就旨，要離方收拾，與子胥投吳而來。不知後事如何？

要離行詐刺慶忌

既至吳國，子胥引離見吳王，王見離身不滿三尺，形容醜陋，乃心怨子胥曰：「此人縱有經天緯地之能，安邦濟世之術，狀貌如此，豈足與謀大事。」遂不以禮待離。子胥默知其意，奏於王曰：「夫良馬不貴形之高低，所貴者力能任重，足能致遠而已。今要離狀貌雖陋，然其智量軒豁，真有驚天動地之術。王何怪其形陋，而遂失卻智術之士哉？」吳王令子胥引要離於後宮，問其何計能破慶忌。要離對曰：「臣雖貌陋力微，然刺一慶忌，不啻斫杌上之肉耳。」王狀其言曰：「慶忌聞吾殺彼之父，請衛侯之命，率兵三萬，開募府於東吳江口，招納逃亡之士，欲打吳城，汝有何能，願聞其說。」離曰：「慶忌若招逃亡，正合吾計，王詐以臣爲怨謗，斬臣妻子，斷臣左臂，臣即逃降於慶忌，大事可圖。」吳王愀然不樂曰：「吾寧不謀慶忌，豈忍陷卿妻子，斷卿之臂，使卿滅族殘軀以成吾事哉？此吳王善用人之術也」子胥進曰：「要離爲國忘家，爲主忘身，此正忠義之士，但於功成之後，封妻贈子，不没其績足矣。王何不從？」吳王乃依其言。

次日，詐傳詔旨，稱齊士要離毁謗朝廷，令斷其左臂，囚於南牢，發兵收其妻子，並戮於市。滿朝士夫皆不知其因由，要離從是夜逃入江口，來見慶忌。慶忌疑其爲詐，不納。要離乃脱衣露其刑臂，號泣於軍門。慶忌召入問其來降之故，要離俱述前事以告。慶忌曰：「吳王既殺汝之妻子，刑汝之軀，子來見我何如？」離曰：「臣聞吳王殺公子之父而奪大位，今公子招亡納叛，將有復仇之舉，故臣來投降，願效尺寸之謀，少伸妻子之恨。」慶忌曰：「吾聞闔廬任用伍員爲謀主，〔一〕用伯嚭爲大夫，養兵練將，國中大治。吾之兵微將寡，焉能雪父之仇？」

離曰：「伍員今與闔廬有隙，退耕城外，伯嚭乃無謀之徒，何足爲懼？」〔二〕忌曰：「子胥乃闔廬之恩人，今又用其計而得大位，正所謂君臣合德，終日不離。爾乃反謂其有隙，而退耕於野，此汝受闔廬之計，來作奸細，焉能欺我？」喝令斬之。要離容顔不變，了無懼色，大叫曰：「公子乃仁明達士，今不察臧否而妄殺無辜，臣死不恨，但乞訴一言，然後就戮。」慶忌令停刀，聽其所訴何事。離曰：「子胥乃楚國亡臣，身負重仇入吴，希圖伐楚，所以盡心與姬光謀事。今平王已死，無忌亦亡，姬光得位，不思與員復仇，所以伍員深恨姬光，互相仇報，故臣累諫吴王代員發兵報怨，吴王以臣爲謗，戮臣妻子，殘臣之軀，臣所以悉心來報，以圖公子東征，臣亦少削其恨。今公子不乘其君臣猜忌而伐之，待其君臣再合，將士同心，大仇再不能報也。臣之仇恨不能復報尚何足道，但可惜公子之仇從此而休矣。」言罷，自投於劍下就戮。慶忌忙扯曰：「使無先生，則吾幾失復仇之機矣。」又問曰：「吴國君臣之事，公悉知其詳細，願先生指示兵機，以圖東征。」離曰：「軍中耳目衆多，兵機不可輕泄，願得靜寂之處，詣陳伐吴之策。」

慶忌次日與離泛舟遊於吴江之西，屏退左右，遂問伐吴之策。離曰：「闔廬刺殺王僚，放逐二弟，百姓多怨，所恃者唯伍員而已。今員又與其有隙，退耕於野，闔廬孤立，今若修書遣人遞與伍員，約員裏應外合，

〔一〕「吾聞闔廬」，余象斗刊本作「吾闔廬」，據龔紹山刊本改。

〔二〕「懼」，余象斗刊本作「誤」，據龔紹山刊本改。

共破闔廬，使公子得襲其位，先爲興兵伐楚。若此，伍員必肯盡心以助，則公子大事無有不克。」慶忌大喜甚，以要離之言爲是，遂與要離暢飲於舟中。

時當深夏，江邊荷花正吐，慶忌玩花飲酒，至於大醉，乃披襟撒髮仰臥於舟中。要離四顧無人，以手戲挐慶忌之衣，察其醉醒。慶忌怒目視離曰：「子欲何爲？」離忙跪曰：「臣觀公子醉臥，冷汗洽衣，臣故爲公子拭之。」慶忌曰：「公诚善事我也，我睡，公即为我拭汗。」離曰：「諾。」於是慶忌放心鼾睡，要離以手再挐慶忌之襟三次，試其醒否，慶忌全然不覺。離即抽出短劍，卓立於慶忌心窩，慶忌略覺，以手揮之，其剑插入心胸三寸，右手揪住要離，丟於舟尾，大叫數聲而死。史臣有詩云：

五月荷花照水紅，要離泛艘泛江中。

尖刀絶卻吳王患，從此舟帆帶順風。

慶忌之從士爭先挺戈，來擊要離，要離曰：「汝等不必動手，吾有三不容於世，焉敢不死，待吾訴明，以表吾勇。」衆曰：「何謂三不容於世。」離曰：「累妻子而爲人致謀，非仁也；爲新君而殺故臣之子，非義也；殘自身軀而成他人，非智也。三者皆失，世人焉能容吾，汝等速歸降吳，吾不更入於國也。」遂投江中而死。衆軍收其屍，並斬慶忌之首來見吳王。吳王大悦，以侯禮厚葬要離，追贈其妻子，大宴群臣。伍員泣曰：「王之禍患皆除，但臣之仇何日可復？」王曰：「吳國兵微將寡，無一可爲主帥之人，焉能興兵南伐？」伍員舉薦一人可爲元帥，但不知此人是誰，後仰止余先主觀到，本欲評要離之過處，要離目訴其過而死，不足再評矣。

新刊京本春秋五霸七雄全像列國志傳卷之六

後學畏齋余邵魚編集
書林文台余象斗評林

起自周威烈王元年丙辰至顯王庚辰年
按魯瑕丘伯左丘明春秋傳

孫武子吳宮操女兵

吳王問員所薦何人，員對曰：「臣有故友，齊之營丘人也，姓孫名武，曾得異人傳授，上能呼風喚雨，中能服鬼驚神，下能排軍布陣，天文地理，無所不通，但世人莫知其賢，隱於瑯琊山中，但得此人任用爲帥，使統三軍，則吳國不特破楚，雖欲圖霸，亦不難矣。」闔閭曰：「明輔可召其來。」員曰：「此人要用安車駟馬，以禮聘之，不可屈致。」於是闔閭遣大夫伯嚭，以安車駟馬，往齊以聘孫武。嚭奉詔徑投東齊營丘而來，遍訪鄉人，引入瑯琊山中一小村莊，嚭乃步入門首。

時孫武每歎已有經濟之術，恨無明主相識，但擁膝長吟於家曰：

玉韞山兮山空輝，珠沉淵兮淵徒媚，士抱經綸兮將安施？

伯嚭聞其音韻嗟吁，自思此人必是孫武，乃趨入長揖曰：「久仰高風，是何相見之晚。」孫武見嚭有衣冠在身，忙出迎曰：「大夫何來？老農有失遠迓。」嚭曰：「吾乃東吳大夫伯嚭是也。聞先生高風，奉詔聘汝入朝，同議國政。」武忙辭曰：「武乃村落細民，素無遠識，焉敢勞動聖意？」於是，孫武備酒，以待伯嚭。伯嚭苦勸孫武就聘，孫武堅辭不出。嚭謂武曰：「朋友之道如何？」武曰：「相知爲上。」嚭曰：「君臣之義如何？」武曰：「薦賢爲正。」伯嚭乃袖中取出子胥之書，奉與孫武。孫武拆而讀曰：

大賢契兄孫先生閣下：員聞仁者不困厄，智者不失時，今足下抱濟世之術，藏隱岩壑，譬猶良馬不逢善御之士，雖有霜蹄捷足，不能負重致遠。今吴王寬弘大度，納士尊賢，聞公名譽，下詔聘征足下，火速就道，以展生平之志。大則雄霸東吴，以酬聘辟之恩，小則削平南楚，以申劣弟之恨。如此則智不失時，仁不困厄，丈夫志足，乞望照宣。

孫武覽罷，喜不自勝。即便收拾琴書，次日與伯嚭就道。行不數日，歸至東吴。伯嚭引武入見吴王，吴王降階迎接曰：「寡人不肖，嗣承父兄大位，兹欲南伐荊楚，圖霸中原，未得高明與論國政。今領明輔薦拔，有屈高賢大駕，先生抱負良猷，願聞指教。」孫武曰：「臣固東海野人，素無遠達，但耕鋤之暇，著有《兵法》一十三篇，頗能通達兵機，兹敢獻上，乞願聖覽。」於是，孫武呈十三篇《兵法》，吴王從頭閲遍：

一曰始計，二曰作戰，三曰攻謀，四曰軍形，五曰兵勢，六曰虚實，七曰軍爭，八曰九變，九曰行軍，十曰地形，十一曰就地，十二曰火攻，十三曰用間此十三篇之全法詳見孫子本傳，今不悉載。

吴王將孫子一十三篇《兵法》令子胥從頭講讀一遍，每講一篇，吴王嘖嘖稱羡，子胥讀罷，王顧子胥曰：「觀此兵法，果不負明輔所薦。」又謂孫武曰：「先生兵法，天下莫能出其右者，但恨寡人國小兵微，何如而可？」武曰：「臣之兵法，不但可施於卒伍，雖深閨婦女，使奉吾令，亦可調用。」吴王鼓掌大笑曰：「先生之言何迂闊也。焉有深閨婦女，可使其操戈習戰乎？」孫武曰：「王如以臣之言爲迂，請得女嬪與臣試之。令如不行，臣甘受欺罔之罪。」吴王即詔喚出王僚宫女一百八十人，令孫武卜日操演。孫武曰：「必得二位貴妃以爲隊長頭目，然後號令方有所統。」吴王又詔平生寵愛夏氏、姜氏，出宫備操。

孫子次日升帳，召集女嬪，分爲左右二隊，以夏妃掌左隊，姜妃掌右隊，令各執黄旗，以爲衆嬪之表。其餘衆嬪，各各操戈執鋭，跟隨於隊長之後。五人爲旗，十人爲總，各要步跡相繼，無得混亂喧嘩。又在吴宫之中，區畫繩墨，布成陣勢，使兩隊嬪妃，列於兩行。申五令以誡之曰：「第一，不許混亂行伍。第二，務要進前。第三，不許喧嘩。第四，毋得越規。第五，要遵約束。一鼓成列，再鼓排陣，三鼓演操。」衆宮女皆曰：「唯。」孫武號令已畢，上表請主觀操女軍。

次日，吴王與群臣登望雲臺，觀操女軍。孫武布列已完，令鼓吏擊鼓三通，宫女全不奉令，各各掩口含笑。孫武怒曰：「吾曾戒令在前，汝等何故違逆？」乃親自再申五令，擊鼓三通，衆宮女含笑愈甚，全不循令。孫武大怒謂執法者曰：「約束不嚴，申令不立，將之罪也；約束既嚴，申令既立，隊長故違而不奉者，其罪何歸？」執法者曰：「隊長當斬。」孫武喝令斬卻夏妃、姜妃之首示衆。二妃連聲叫屈，吴王在臺上望見押斬二妃，荒忙令伯嚭持節來諭武曰：「寡人已知將軍善用兵矣。然此二姬乃吾寵幸之妃，望將軍赦之。」孫武辭曰：「臣既受命爲將，將在軍，君命有所不顧，若徇君旨而釋二妃，何以服衆？」遂謝伯嚭，斬卻二妃。衆宮女股慄失色，〔一〕面面相駭。孫武再立隊長，令執法者再申令擊鼓，二隊女嬪，左右前後，進退迴旋，往來跎起，皆中規矩繩墨，毫髮不差。孫武大喜，即奏王曰：「女兵已習法度，慣知方向，雖欲驅其赴湯蹈火，亦無所避耳。」後人有詩云：

理國無難似理兵，兵家法令貴尊行。
嚴刑不避君王寵，一笑隨刀八陣成。

五言詩曰：

強吴爭霸業，講武在深宮。

〔一〕「股慄」，余象斗刊本作「鼓慄」，據龔紹山刊本改。

盡出嬌娥輩，先觀上將風。
揮戈羅袖卷，擐甲晚妝紅。
掩笑分旗下，含羞一隊中。
鼓停約束止，形舉令才崇。
身可滅鄰國，何勞逞戰功。

又詩曰：

有客陳兵計，功成欲霸吳。
玉顏承將略，金鈿折兵符。
轉珮風霜暗，鳴鼙錦袖趨。
雪花頻落粉，香汗盡流珠。
掩口誰違令，嚴刑必用誅。
至今孫子術，猶可靜邊隅。

吳王見孫武斬二愛妃，遂有不用孫武之意，半晌不對。子胥會知其意，進曰：「臣聞兵者，凶器，不可空談。今大王欲征強楚而霸天下，傾心思士，始得孫武，若因二妃而棄一賢將，是何異於愛莠而嫌稼穡乎？」吳王始悟，便封孫武為上將軍，都督內外諸軍事，封子胥為行人，伯嚭為副將軍，總發精兵十二萬南征。不知後事如何？

孫武子發兵伐楚

三將謝恩出朝，會集中軍。子胥問孫武，兵從何方而進。孫子曰：「大凡行兵之法，先掃内患，然後方可外征。吾聞王僚弟掩餘在徐，燭庸在鍾吾，二人累有報怨之意。今日進兵宜先征服二子，然後南伐。」子胥然之，令伯嚭率兵圍徐，自引兵圍鍾吾，二人各引兵屯於境上。哨馬報知掩餘，掩餘大驚，以書報知燭庸。燭庸思無計策，回書與掩餘曰：「闔閭既用孫武爲帥，伍員、伯嚭爲將，率兵來攻我等，勢不可當，莫若投降楚國，以保萬全。」掩餘然之。是夜，遂詣鍾吾與燭庸舉二城投降楚昭王。昭王問子西可否，子西曰：「闔閭既殺王僚而逐其弟，此二將乃其仇人，今日窮困而來，焉可不納？然吳兵見二子舉城來降，必然移兵攻舒，可令二將引兵守舒，與其自相攻鬥，我則安坐以待收功。」昭王大悦，受其降表，即令二將各引精兵五千，前保舒城。

孫子聞知，即謂子胥、伯嚭，合兵攻舒。二將得孫武之令，會兵於舒城三十里下寨，打戰書入城。掩餘堅守不出。燭庸曰：「楚王令我弟兄守舒，以建初進之功，今吳兵攻城甚急，若不戰退，倘舒城有陷，異時我等無計保身。」掩餘曰：「彼衆我寡，焉可出敵。只宜深溝高壘，以老其師。」燭庸曰：「若兄畏吳如虎，何日能退其兵，爾不欲戰，我當自出。」遂披掛引本部，開東門殺出，吳兵列開陣勢，出馬而待。燭庸大罵：「伍員亡國賊徒，焉敢疏吾骨肉，陷吾家國。」伍員更不打話，拍馬直取燭庸，戰不十合，掩餘亦引本部從西門殺出，雙馬夾攻。伯嚭挺鎗殺來救護，四馬團作一合，不分勝敗。子胥佯馬敗走，燭庸弟兄捨伯嚭來追子胥。伯嚭見燭庸所帶之兵多有吳人，在陣後大呼曰：「汝等父母妻子在吳，若戀楚將，不速反戈歸國，吳王將滅爾族耳。」吳兵在楚者聞伯嚭之言，各各拋戈棄甲，投拜於伯嚭馬前，有一萬餘人。燭庸見衆兵潰散，抽兵欲保舒城，伯嚭截住歸路，大戰二十餘合，不能得脱。子胥引兵殺入陣中，掩餘不能遮架，被斬於馬下。燭庸奮力殺出，走上五里，伯嚭追及，望背後射之，亦中箭落馬。

子胥二人大殺一陣，盡收降卒，打入舒城，進屯江口，令人遞書入楚，歷數平王、無忌之罪。昭王聞舒城已陷，又得子胥之書，大驚無措，右令尹子常，左司馬鬥辛，右大夫子成，皆請出兵迎敵。獨左令尹子西進曰：「姬光初得大位，恤愛百姓，民皆親附，況且伍員、伯嚭，楚之仇人，則以爲將，孫武世之名士，則以爲帥，其君臣合心，將佐效力，焉可輕敵？子胥父兄之死，皆無忌之讒所致，依臣之見，請發無忌之塚，斬其首級，令人持與子胥，與其削卻平生之恨，使退兵講和，以免二國刀兵，豈不勝於出敵。」昭王然其説，詔發費無忌之塚，斬其首級，遣使渡江，持見子胥。子胥見無忌之首，擲地唾駡，亂劍斫之，便欲引兵渡江。孫子止曰：「不可，楚王既知罪過，發塚以斬無忌之首，所以恐明輔之怒也。公既賫到仇人之首，我更渡江攻楚，我屈彼伸，難以克敵，况楚有子西之賢，子成與子常之勇，未可輕敵。不如屯兵江口，回奏吳王，姑緩數月，待時而舉，方成大事。」子胥依武之言，按兵不動，具表報於吳王。吳王詔三將之議，雖是不可抽兵，只宜屯於夏口，以待天時。孫武得吳王之詔，鎮日在夏口辦造戰船，操練水軍，以待南伐，不在話下。

且説楚使回報昭王，昭王聞子胥兵不渡江，大喜，以宴群臣。時近楚之諸侯悉來進賀。蔡昭公與唐成公，亦來賀楚。蔡昭公有狐裘珮玉，價值千金，唐成公有驌驦良馬。右令尹子常欲求二公之裘玉與馬，二公不肯，子常即譖於昭王曰：「蔡與唐與吳爲鄰，今吳人雖不渡江，然其兵屯於夏口，終有伐楚之意，若放蔡、唐二公歸國，必然與吳連兵，來攻我國，不如拘留二君，待吳兵退之後，方可放還。」昭王然之，遂留二公於楚。

二公日夜思歸而不能得，唐侯守馬之僕自相謀曰：「吾主不忍一馬而久淹於楚，何其重畜而輕國哉。不如今夜乘寢息之後，私盜驌驦，獻與令尹，倘得主公歸唐，吾輩等雖坐盜馬之罪，亦何所恨？」衆皆然之。〔一〕是夜，衆僕候唐公寢定，即盜驌驦馬進於子常，曰：「吾主以令尹德尊望重，故令某等獻上良馬，以備致遠任重之力。」子常大喜，交其所獻。次日，即告昭王曰：「唐侯地褊兵微，諒其不足以成大事，可赦唐侯歸國。」〔二〕昭王信之，遂放唐成公返國。後人因號其所度之處爲驌驦陂，唐胡曾先生《詠史詩》云：

行行西至一荒陂，因笑唐公不見機。
莫惜驌驦輸令尹，漢東宮闕早時歸。

唐侯既得歸國，其衆僕各自繫頸待罪於殿前。唐公問其何罪，僕曰：「君以吝馬之故，淹於楚國，臣等未奉君令，私盜良馬，以獻子常，臣之罪也，故引頸以待。」唐公曰：「此寡人之罪，二三子之功，尚何見罪？」各加重賞。蔡侯聞之，亦解所服之裘及所佩之玉，獻與子常。子常亦以前事所告昭王。昭王既放蔡侯，蔡侯出離楚城，恥怨子常，將渡漢，解所佩之璧沉於漢水，而誓曰：「吾若不能伐楚而再南渡者，有如大川。」既歸，即遺書與唐成公相約，不知所約如何？

〔一〕按：「臣合心……衆皆」，余象斗刊本闕，據龔紹山刊本補。

〔二〕「唐侯」，余象斗刊本作「唐」，據龔紹山刊本改。

孫武發兵伐楚

蔡昭公約唐成公共朝東吳，吳王迎接二公入朝曰：「楚王無道，聽信囊瓦而拘留諸侯，吾聞大王招賢納士，將有伐楚之意，故我等願助半臂之力，共滅無道。」吳王大喜曰：「孤實久興此意，爭奈天時人事尚未相和，今承二公肯以甲兵相助，孤即當從命，二公請回，引兵會於夏口，候在伐楚之後，共分荊地，以酬功績。」二侯拜謝歸國，操兵練將，專待吳之文書到，即引兵相會。

吳王即遣御弟夫概前至夏口，調孫武進兵伐楚。孫武得旨，召集伍員、伯嚭商議，皆言：「楚王無道，拘留諸侯，可乘此爲名，渡江問罪。」孫武曰：「公等但知楚爲可伐，不知我國有心腹之疾，不可不先除之。」員、嚭曰：「何謂國有心腹之疾？」孫武曰：「越王允常，國在吳之東按《史記》越王乃禹王之子孫，武王克商，封其後於會稽，以奉禹祀，國號越，即今浙江紹興府是也，文有文種、范蠡，武有胥犴、郭如皋，雄兵數十萬，每有吞吳之意，只憚我等在朝，不敢發兵。今若聞大兵伐楚，彼必乘虛襲我之國，我兵首尾不能相顧，越攻其內，楚敵於外，進退無計，其不喪國亡家者鮮矣。」子胥大驚曰：「元帥高見如此，然則此事何以處之？」孫武曰：「不如遣使往越，詐問其借軍馬糧料相助伐楚，以觀其志，彼若肯借糧料，則必無心襲我；如若不肯，其志可知。於是則移征伐之兵，先伐越，而後伐楚，方免內外無憂。」子胥然之，遂修書遣使入越借軍。

使者徑投浙東而來，入見越王。越王問其來故，使者曰：「寡君以吳越爲東方唇齒之國，今吳屢被楚國侵淩，茲欲發兵報怨，爭奈兵少糧稀，敬望大王借求軍糧，伐楚之後，謹當重報。」越王令退，容與群臣商議。吳使出，越王召大夫范蠡商議。蠡曰：「此吳人非來借兵求糧，但恐我兵乘虛以伐其國，故設計探我心意。」越王曰：「然則許否？」蠡曰：「許之則見怯於吳，不許則吳兵必先伐我。不如修書遣使，少賫數百斛米，辭以國小兵微，但薄助些小糧米，暫解其疑心，待他大兵遠出，我率精兵乘虛打入吳城。彼得楚，而我得吳，與之爭霸，不亦可乎？」越王善之，遂以五百斛米遣使貢於夏口。孫武待其來使，修書復謝。越使既出，孫武謂伍員曰：「明輔知此意否？」員曰：「越人無意襲我，故以糧餉饋我，尚有何意？」孫武笑曰：「此范蠡善用疑計之處，子胥卻不知也。」員曰：「何謂也？」孫武將越進糧米之計，逐一參透，明驗如神。子胥起曰：「子誠高明之士，吾不及也。然則移兵伐之何如？」孫武曰：「彼既以禮來獻，伐之不義，不如令王孫駱引五千兵伏於龍門山之險處，截其來路，待吾伐楚之後，又作區處。」子胥然之。

正議事間，忽報蔡侯、唐侯各引兵前來相助，孫武與子胥迎入中軍，各序禮畢，蔡侯告以來助伐楚。孫武恐蔡侯與楚約會，不肯受兵，蔡侯即以太子名乾入質於吳，以表實心。孫武大喜，遂以夫概爲先鋒，以唐、蔡二侯爲左右翼，又以伯嚭爲保駕，上表請吳王御駕親征。又令伍員引本部兵伏於豫章，大兵進圍巢。大夫米繁出城迎敵，一戰不勝，退入巢城，堅閉不出，遣人乘夜入楚告急。昭王大懼，子西進曰：「吳兵此行，又加唐、蔡之兵，不可輕敵，速令大將救巢。」王曰：「誰敢引兵？」右令尹囊瓦出班願往，王即與兵一萬合速出救，囊瓦引兵奔巢而來。不知後事如何。

吳楚漢江大戰

當時，孫武調兵日攻巢城，城上木石火炮打下如雨，吳兵不能近前。孫武正思設計攻城，忽報楚將子常引救兵將至。孫武即令鱄毅引五千兵伏於城南，令夫概引五千兵伏於城北。是夜，傳令三軍，密退五十里。子常聞之鼓掌大笑曰：「固知孫武村夫怯我久矣。聞吾兵至，便退五十里，本欲追而擊之，爭奈三軍勞苦，暫入巢城安歇，來日必破此賊。」米繁見吳兵遠遁，乃出城迎接子常。行不十餘里，城之東南角上，金鼓振天，哨馬報吳將鱄毅打入巢城，米繁即便抽馬殺回，囊瓦聞知荒忙殺出來救，夫概從西北角殺出，把楚兵衝作兩斷，首尾不能相救，鱄毅又搶入巢城，登城將木石火炮亂抛而下，囊瓦拍馬來取夫概，戰不十合，孫武引大兵從後塞住去路。囊瓦拼命殺開血路，從僻路走奔豫章，夫概追之不及，抽兵殺回，正遇米繁，二人戰不五合，夫概搶入懷心，活捉米繁，鱄毅開城，迎接吳王大駕入城，夫概解米繁見吳王。吳王令斬米繁，大勞諸將。

忽報伍員殺敗囊瓦，奪得衣甲來歸。吳王令夫概出接入城，君臣大喜。孫武曰：「兵貴神速，不可遲緩，大兵速進，所謂迅雷不及掩耳，楚人聞我奄至，必然無措，克敵之勢，在此舉也。」大軍欲從淮水而渡，子胥曰：「我師衆多，難以舟楫相持，不如棄舟殺奔豫章，夾漢下寨，楚人止防我從舟而來，必不守豫章。若從此出，算其不意，楚兵必以我兵爲神，克敵必矣。」孫武從之，即棄水船五百艘於淮上，從陸路打出豫章，夾漢水下寨。

卻説囊瓦殺敗，不敢入朝，乃渡漢水，以殘兵屯於南岸，連上急表請救。昭王聞吳兵屯於漢水，大驚無措。子西曰：「事急矣。子常驕傲，非有大將之材，不可與其專軍於外，速令右司馬沈尹戌領兵拒吳，不然社稷難保。」昭王即與沈尹戌大兵五萬，出守漢江，尹戌引兵飛奔漢江而來。子常迎入大寨，戌曰：「吳兵從何而來？」子常曰：「棄舟於淮汭，從陸路殺向豫章而來。」尹戌連笑數聲曰：「人言孫武用兵如神，以此觀之，不啻兒戲耳。」子常曰：「何謂也？」戌曰：「吳人慣習舟楫，最利水戰，今乃舍戰船而奔豫章，所謂出吾不意，此吾所以笑孫武兵機之淺也。」子常曰：「吳兵見屯江左，何計可破？」戌曰：我分精兵十萬與子，子即以輕舟旦夕遊於漢江之上，以阻吳兵，勿使渡漢。我即星夜從息抄出淮汭，燒吳兵所棄之舟，塞住大隊，直轅冥阨，然後子引兵渡漢江，攻其大寨，我乘其後，困上數旬，吳兵糧餉不繼，欲從陸路而走，我又據住三處險道，已上三處，欲奔漢江而走，我又焚其舟楫，兩下夾攻，不出數日則吳君臣之命，皆喪於吾之手矣。」

子常大喜曰：「子成之見，真有鬼神不測之機，吳兵雖勇，吾何懼哉。」於是，子成分兵密從息地而去，子常以輕舟數百，旦夕沿於漢江之上下，又不挑戰。相持數日，子常之謀士名史皇者謂子常曰：「楚之軍民好令尹者少，愛司馬者多，若司馬引兵燒吳之舟，塞吳歸路，則破吳之功彼爲第一也，令尹官高名重，初領兵救巢則失巢邑，今又不能收第一之功，何以立於百僚之上？」子常曰：「奈何？」史皇曰：「吳人深入我境，不知路道，我若渡江一戰，必得全勝。」子常即令大軍渡江，屯於小別。孫武令先鋒迎敵，夫概引本部戰於小別山下。子常馬失前蹄，夫概正欲斬首，部將武黑殺出，力救而歸。夫概大殺一陣，奪其旗鼓。子常歸謂史皇曰：「子令我渡江邀功，今反喪兵折將，此事奈何？」史皇曰：「戰不斬將，攻不擒王，非兵家大勇。今吳王大寨扎在大別山下，不如今夜往劫大寨，斬卻吳王，以建大功。」子常然之，遂令三軍披掛銜枚，從間道抄出大別山後，諸軍得令，依計而行。

卻説孫武聞夫概初戰得勝，衆皆相賀。武曰：「史皇乃鬥筲之輩，彼兵初敗，今夜必來劫王大寨，不可不備。」令鱄毅、夫概各引本部伏於王寨之外，但聽哨角爲號，方許殺出。又密遣小卒遞書於保駕將軍伯嚭，令其謹慎中軍，勿得驚動聖駕。又令伍員引兵五千，抄出小別，先劫子常之寨。號令已訖，時當三鼓，子常果引精兵密從山後抄出，見吳王大寨，四寂無聲，即時大喊殺入中軍，遍搜不見吳王，疑有埋伏，引兵殺出。

時兩下哨角齊鳴，鱄毅、夫概左右突出，夾攻子常，子常望寨後殺出，伯嚭截住，斬其部將武黑，大殺一陣。子常進退無計，抛下盔甲，混於小卒隊中，方得逃難，吳兵亦不追究，但奪其器械，收其降卒。子常走不數里，一起守寨小軍來報，營寨已被吳將伍員所劫，大軍向前殺來。子常大驚，引殘兵荒忙走入山林，待伍員兵過，方歸小別。史皇等引敗兵漸漸歸至，兵氣稍振。子常連敗數陣，知吳兵不可持戰，將欲棄寨逃歸。史皇曰：「令尹今率大兵拒吳，若棄寨而歸，吳兵一渡漢江，則楚國難保，令尹能無禍乎？不如退保柏舉，上表請救，方免後患。」子常躊躇不聽。少頃，忽報楚王遣一大將，引兵來救漢江，子常出寨迎接。不知此人是誰？

吳兵五戰拔荊州

子常延入，元是大將軍鬥蕣也。蕣曰：「主上聞令尹連戰不利，故命蕣來相救，不知令尹今設何計破吳？」子常曰：「瓦正困無計，將軍高見，願聞指教？」蕣曰：「事急矣。若不退柏舉，以待子成截住江口，與之前後夾攻，則楚國之危，吾不敢保。」子常曰：「正合我意。」遂令三軍拔寨屯於柏舉。當時，楚兵雖屯柏舉，然子常自傲己爲主將，不敬鬥蕣，鬥蕣又欺子常爲無能，兩不相睦。子常每欲出戰，鬥蕣不從曰：「令尹輕敵，所以再戰再敗，此陣乃決楚國之興亡，若非子成知會之書來至，焉可動兵？」於是，子常與鬥蕣各居一寨，二人連日不議一事，所以至敗。

卻説吳之先鋒夫概，探知楚將不和，乃入見吳王曰：「楚將囊瓦矜傲不仁，鬥蕣雖引救至，然其自相逞能，諸將不遵約束，三軍皆無鬥志，若乘此一戰，必能長驅入郢。」吳王不從。夫概退歸本寨，自思：「古人所謂：君義而行，不待命者，此之謂也。主上不許出戰，失時勢也。我必擊楚，勝而待罪。丈夫之能事，何必不出？」次日，遂引本部精兵，殺奔子常大寨而來。子常悉兵出敵，戰不數合，孫武聞先鋒出戰，急調伍員、鱄毅出救，三將圍住子常，鬥蕣全不救護。子胥拈弓搭箭，射中子常左膊。史皇殺入重圍，鬥蕣望見勢危，方引本部殺來，救出子常。吳兵大至，殺得楚兵屍橫柏舉，血染漢江。子常引敗兵屯於江口，吳兵漸漸追至，衆軍請欲乘勢擊之。夫概曰：「不可。困獸猶鬥，况於困人乎。若困之太甚，必激其怒，不如暫屯江口，待其半渡漢江，然後擊之，必然大敗。」衆軍皆服。

及夜半，楚兵果然造飯收拾，及天未明，皆走渡漢江，將過其半，夫概引軍從上流殺下，鱄毅引軍從下流殺出，楚兵自相驚踐，死於江中者不計其數。夫概與鱄毅更不動手，但引勁弩，交射於上下江口。子常走上西岸，夫概拍馬來追，子常歎曰：「早不納沈尹戍之謀，遂至如此，今日有何面目再入楚朝乎？」遂奔入鄭國，夫概追之不及，但追斬史皇，會集大兵追趕。

鬥荐引殘兵走至雍澨，將卒饑困，不能奔走。荐令在澤中理窩炊飯，及諸軍將食，夫概引兵殺至，盡奪其糧，斬其饑卒，如切草芥。鬥荐奮力殺出，單騎走入荊州，來見楚王。楚王大驚，欲棄城逃走。子西號哭諫曰：「社稷陵寢，盡在都城，王若棄而外奔，焉可再入？」王曰：「吾楚所恃爲險者江漢而已，今吴兵已據漢水，楚失其險，焉能束手待擒？」子西曰：「城中壯兵，尚有十餘萬，大王可親出，巡撫城池，激厲士卒，深溝高壘，火速求告漢東小國，以借救兵。吴深入我境，糧餉必然不繼，延至數旬，各國救兵若至，必能破吴。」

昭王便召子西守東門，鬥辛守南門，申包胥守西門，王孫由守北門，親自巡撫城池，激厲士卒。士卒踴躍數倍，皆願爭先。不移時，哨馬報：「吴兵已渡三江口。城外百姓，負老携幼，爭先奔入荊門，勢如山崩地震，波濤激怒之狀，其老弱被踐踏死者，枕籍積於道路，號哭之聲，徧聞十里之外。」昭王忙令殿前將軍鍼固引兵出城拒吴。

須臾，吴兵大至，鍼固不能抵敵，奔入城中。吴兵雲屯烏合，四方八面將荊州重圍三匝，日夜攻打不息。城上火瓶木石，堆積如山，吴兵不能近前。又過數日，吴王恐延日久，四方救楚之兵將至，乃令伯嚭告孫武曰：「元帥自離吴都，直渡漢水，擄米繁戰敗囊瓦，五戰而入荊郢，勢如破竹。今諸軍用力，將士爭功之時，累日攻一楚都不破，若待救楚之兵一至，元帥能保全勝乎？」孫武得詔，大驚流汗，即日召集諸軍，傳令子胥攻東門，夫概攻西門，鱄毅攻南門，姬乾攻北門，只許近前，不許退後，有能先登城者，即錄爲破楚第一之功，及攻入城，有能捉得米珎者，奏過吳王，封官爵至執圭，捉得楚一大夫，即封爲大夫。於是，諸將推力爭先，晝夜攻打城池。城中守將號令亦嚴，其大灰石炮，亂如雨下，有一近前者，輒被損傷。又過數日，城又不破，孫武大怒，策馬伏劍，親自巡於城下，督令士卒，火急攻城。

卻說南門主將鱄毅，膽量過於衆人，見四門攻城不破，親披重鎧，引數十果敢之士，各執鐵牌一面，長鎗一把，低頭大呼，相繼殺入南門城上。城上將磚灰磚石，對面亂打，鱄毅與從者皆被重傷，然毅咬住傷疼，殺奔向前，連斬數十守卒，從者不敢更退，亦隨後殺至上城。城外吳兵擂鼓吶喊，一齊擁上，楚將王孫由見吳兵登城，棄戈而潰，城上大亂，三門守將聞南城已破，各無鬥志，吳兵四門一齊打入。楚君臣將士，各自逃生，昭王聞吳兵入城，荒忙奔入後宮，告其母伯嬴曰：「吳兵入城矣。母速上馬外奔。」伯嬴曰：「吾聞婦人之道，送客不出門，弔喪不百里，吾爲萬民主母，豈忍以先王宗廟社稷一旦棄之。汝勿慮我，可與群臣速奔外國，起兵以復邦家，但季芊是我愛女，汝念手足之情，可引同出。」於是，昭王放聲大哭，遂與季芊及數文武，從西門突圍殺出，不知逃走何處。

楚昭王奔鄖入隨

卻説沈尹戌與子常分兵以攻吳寨，及至淮汭，聞子常敗走，吳兵入郢，乃投戈於地，大罵：「子常匹夫，欲專成功，反誤社稷。」遂自刎而死。其本部之兵，聞昭王至鄖，乃殺奔鄖城保駕。

時昭王方涉睢水，至雲夢澤，有草寇數百人，夜劫昭王之舟。昭王大驚，其寇以鎗刺昭王，王孫由忙以己身遮住昭王，背中被刺，流血不止。王呼曰：「誰爲我引走愛妹，毋令有傷，以憂吾母下。」大夫鍾建，即負季芈登岸，群寇登舟，盡劫所帶金珠，更欲殺王。

昭王君臣奔走無計，忽然岸之西北一彪人馬殺至，搶入王舟，盡斬強寇。王問曰：「卿等何人也？」衆曰：「臣等乃右司馬沈尹戌本部之兵。」王曰：「司馬今在何處？」衆卒曰：「司馬與子常分兵擊吳，子常不遵其計，以致戰敗，司馬及淮汭，聞吳兵入城，自刎而死，故臣等詢王所在，前來救駕。」昭王泣曰：「吾悔不能早用司馬，以致國亡，司馬今死，孤之罪也。」少頃，鍾建復負公主季芈而歸，遂奔至鄖城。

時鬥子旗之幼子名懷，每恨平王殺其父，常欲報仇而未能，及昭王去至鄖城，其兄鬥辛在朝爲官，亦從昭王走至鄖城。鬥懷夜見鬥辛曰：「平王殺俺之父，今吾殺其子。言欲殺昭王，以報父仇，不亦可乎？」鬥辛止曰：「君乃父也，臣乃子也。君之殺臣，豈敢仇報。吾聞違強淩弱者非勇，乘人之困者不仁，滅宗絶祀者不孝，動無令名者不智。今汝若殺楚王，犯此四失，決不可也。」鬥懷見辛不從，怒氣而出。鬥辛知懷有殺王之

意，次日告王曰：「鄖城低小不足容駕，臣聞吳之追兵將至，速投隨城，可拒強敵。」昭王從之，即發駕奔隨，

行出三十餘里，鬥懷仗劍欲刺昭王，追之不及，自刎而死。後人有詩云：

懷將削恨原爲孝，辛拒非仇本是忠。

二子之心雖有異，要其大志一般同。

楚王走入隨城，隨之百姓人民爭先迎王，各各推鋒制刀，願與王守。卻説吳王打入荊州，遍求昭王所在，哨馬報：「楚王走入隨城。」吳王便欲親自追之。孫武曰：「隨地僻在南蠻，其處險峻，大駕不可親追，但遣使者以禍福利害，曉諭隨城人民，教其有能捉得楚王來見者，加官重賞。隨人貪吾利祿，必然自擊楚王來降。」吳王依孫武之言，即時遣使入隨曉諭隨城人民曰：「有能捉得楚王來降者，加官重賞。」

時昭王聞吳兵至，匿於山林深處，有數小民欲謀劫昭王來見吳王請功者，鍾建巡知其意，收而斬之，密令隨城百姓，辭吳使曰：「隨乃小邑，不敢藏匿楚王，願使者回告吳王，別處跟尋。楚王決不在吾隨城。」使者回告吳王。吳王令遊騎緝探昭王所在，大駕長驅入楚宮殿，謂伍員曰：「不緣明輔之力，何能得入楚之宮殿？」於是，自處昭王正宮，盡妻其嬪妃，令公子子出處左令尹子西之宮，又令王族處王族之宮，大夫處大夫之宮，盡皆大辱楚人。

吳王駕前大夫唐仲節、姚元逢、鄧季遷、申伯圖、溫稽臯五人，不肯處楚臣之宮，吳王問其何故。五臣諫曰：「臣聞人之所以與禽獸異者，以其有禮義廉恥故也。先王制禮以遏人欲，使男女有別，夫婦有倫，閨門整肅，所以爲人。吾王今入郢都，覆滅楚祀者，皆因平王失正，納子婦而虧人道也。今王一入楚宮，淫瀆

後妃，又使臣下入其宮室，是以禽獸而教臣下，臣何敢從？萬望吾王速出宮帷，〔一〕封籍府庫，留兵以備楚叛，整駕東還，猶自可也。不然，楚之君臣聞處其室，必然激怒，前來復國，則百戰之功，一旦而休矣。」吳王大怒，令斬五臣示衆，遍遊六宮。當時伍員爲春秋豪傑，獨此一事不諫吳王。後人有詩嗟其瑕疵云：

吳國君臣入楚時，穢淫宮闈瀆人妻。
子胥振世英豪士，何事無官諫匪爲。

後仰止余先生觀到又有詩爲證：

吳國君臣，惟此五人。
孫武胥輩，俱皆獸禽。

吳王斬卻五臣，自是無一人敢諫，日夜遊玩六宮，及至一殿宮門閉而不開。王問嬪御曰：「此殿何人所居？」嬪御對曰：「此平王正宮皇后伯嬴之宮也。」王曰：「莫非無祥乎？」對曰：「然。」問曰：「在宮内乎？」對曰：「在。」吳王素知伯嬴美貌，入宮之時，遍討不見，及遊此宮，遂令左右打入宮門，搜出伯嬴，畢竟如何？

〔一〕「帷」，余象斗刊本作「惟」，據龔紹山刊本改。

伍子胥鞭撻楚王屍

伯嬴出而問曰：「爾等何人，妄毀吾宮？」左右曰：「吾乃吴王駕前武士也。」伯嬴遂出來見吴王，吴王欲處其宫，伯嬴持刀在手大駡曰：「吾聞天子爲天下之表，諸侯爲一國之儀，天子失制則天下亂，諸侯失制其國亡。夫婦固人道固人倫之始，今汝覆人家國，更欲陷人妻室，既失儀表，匹夫不若焉，焉得都爲大國諸侯？敢有入吾宫者，必仗手劍斬之。」言罷，復閉宮門不出，吴王慚愧而出，退於别宫。漢劉向先生有頌曰：

闔廬勝楚，〔一〕入其宫室，盡辱後宫，莫不戰慄。

伯嬴自守，堅固專一，君子美之，以爲有節。

吴王樂遊忘返，伍員自思，欲報楚怨，吴王耽樂女色，並不舉起平王之事。員號哭訴吴王曰：「臣之逃宋過鄭者，皆爲父兄之仇故也。今荷大王威福，五戰入郢，楚王遠遁，臣仇未報，臣料父兄之靈，必不自慰。」王曰：「平王已死，無忌亦斷棺斬首矣。明輔尚欲何爲？」員曰：「平王雖死，臣恨未消，乞大王許臣挖其塚墓，開棺斬首，方可少慰父兄之靈。」吴王許之。

〔一〕「闔廬」，余象斗刊本作「闔庚」，據龔紹山刊本改。

子胥即引本部精兵，遍踏豹西龍山，不見平王之塚。子胥大怒，下令曉諭郢都百姓，限在三日之內，有能指引平王塚處者賞，三日不首，盡屠合城人民。過三日，百姓並無來首之者。子胥大怒，將屠荊州百姓，忽報轅門外有一老叟扶杖來謁。子胥召而問曰：「子何以見？」老叟曰：「吾乃荊州城外野人，今聞明輔將屠全城人民，特來請問其故。」子胥曰：「吾乃楚之世家，與荊州百姓爲親姻鄰友，今抱大仇在身，令其指引平王之墳，三日之內無一出首者，吾所以深恨其無念舊之心故也。」老叟曰：「將軍必欲見平王之塚如何？」子胥曰：「吾將挖其塚而出其屍斬首，以削吾恨。」叟曰：「將軍之見差矣。吾聞君子不念舊怨，仇死則休。平王無道，將軍之祖、父，皆北面稱臣。今者既滅其宗廟，覆其邦家，怨仇已報，冤恨亦消，何必見咎於死者，而盡屠全城生民乎？」子胥叱曰：「平王棄子廢妻，殺忠聽佞，以致滅吾宗族，吾恨不亂斫其屍，以申此恨。汝乃牧野村夫，焉故相阻吾意？」叟笑曰：「吾特來泄平王葬所，前言乃試明輔之意如何耳。」子胥聞其說，即便降階長揖曰：「丈人憫員乃負屈之徒，〔一〕萬乞指示，没世不忘。」叟曰：「平王初死之時，恐明輔在吳借兵復仇，故將其棺沉於城東蓼臺湖內，將軍必欲得之，須向此湖搜索，方可見也。」

子胥即引兵至湖口，見湖水茫茫，青草並無，不知所向，乃命善游水之士數百，尋其鎮所，搬起棺槨。子胥即令毀之，其中並無屍骨，但錦衣所裹一棺銅鐵而已。子胥以老叟之言爲誣，叟曰：「此棺有二層，上設銅鐵，以疑後人，下層乃貯平王之真屍耳。」子胥令毀棺下層，曳出其屍驗之，果楚平王之身也。子胥一見平王之屍，怨氣冲天，手持九節銅鞭，踏於平王屍上，左足踐其腹，右手抉其目，即令左右取其屍，重鞭三百，

〔一〕「屈」，余象斗刊本作「曳」，據龔紹山刊本改。

悉毁其衣衾，棺木棄於原野。唐人胡曾先生有《詠史詩》云：

野田極目草茫茫，吴楚交兵兩岸傍。

誰料伍員入郢後，大開陵寢撻平王。

又五言詩云：〔一〕

棄疾昔爲君，傷殘是不仁。

妒臣求美玉，殺直寵阿臣。

愛地侵侯國，貪淫奪子親。

鞭屍當受辱，天使報前因。

子胥既撻平王之屍，問老叟曰：「子何以知平王葬處及其棺木之詐？」叟曰：「吾非他人也，乃石家之匠工耳。平王令吾石匠五十餘人砌造假塚，恐吾等漏泄，其機塚成之後，悉將吾等盡殺於塚，吾之子弟亦被其禍，獨老夫私逃得免。今日此報，亦爲吾子弟少申其恨耳。」子胥令取金帛酬謝老叟而去。畢竟後來如何？

〔一〕「又五言詩云」，余象斗刊本無，據龔紹山刊本加。

申包胥號哭求救

卻說申包胥時匿於城外野民之家，聞伍員鞭屍抉目之慘，使人謂員曰：「平王無道，子之祖、父皆北面而爲臣，今既鞭屍三百，何忍更抉兩目？臣之於君，豈可恥辱如此，豈非臣道之極乎？」員對使者曰：「爲我善謝申兄，吾日暮途遠，故倒行而逆施也。」使者歸以子胥之言告包胥。包胥知員不肯東還，必欲滅楚，遂西投秦國求救。既見哀公曰：「吳爲封豕長蛇，久欲薦食上國，故先虐我楚國，寡君失守社稷，逃在草莽之中，使臣下告急，萬乞大王念秦楚之舊，代爲興兵救厄。」秦哀公曰：「楚王無道，殄滅人倫，吳若不伐，別國亦將加征，吾何興兵助亂？」包胥曰：「吳人貪婪無厭，楚與秦界相連，今楚遭禍而秦不救，楚亡秦安能獨保無患乎？願大王熟思之，救楚之兵不專爲楚，是亦秦國境界之利也。」哀公曰：「大夫姑就館驛安下，容孤與群臣商議。」包胥對曰：「寡君越在草莽，未得所安，下臣何敢就館，又且救兵如救火，寡君望大王之兵，渾如大旱之望雲霓，焉能久待商議？」包胥請命愈急，哀公終不肯許起兵。於是，包胥乃不脱衣冠，立於秦庭，晝夜號哭，不絶其聲，七日七夜，水漿一勺不入於口。哀公憫之曰：「楚國有臣如此，吳人不知天道，焉可滅也。」乃爲賦詩曰：

豈曰無衣，與子同袍。
王於興師，與子同裘。

既賦罷，親慰包胥曰：「大夫不必痛楚，寡人即當代汝興兵南出矣。」包胥聞哀公之命，九頓首而出。哀公即日命子滿爲先鋒，子虎率中軍，姬輦爲元帥，大發精兵五萬，從武關而出。胡曾先生有詩爲證云：

楚國君臣草莽間，吳王戈甲未曾閑。

包胥不動咸陽哭，爭得秦兵出武關。

宋人范仲淹先生有詩云：

伍員被譖死無辜，報怨君仇節義疏。

笑擁吳兵侵舊楚，後人寧不責包胥。

秦將姬輦引兵殺出武關，揚聲救楚以聚楚人。

時子西、沈諸梁在荊襄界上，招集殘兵，及山前山後有豪傑之士，欲興復者皆歸於幕下，約二萬餘人，未敢輕出。聞包胥借秦兵至，各來相會於樊水，各各相見屯下營寨。子西告姬輦曰：「我主奔逃在外，吳兵日夜不退，敢煩大兵攻郢，我率本部接應，以安社稷。」輦曰：「我兵初入楚境，未精道路，若遇敵兵，與戰不利，必然摇動各方將士。不如汝引熟兵先戰，我兵繼後，首尾相應，必然大捷。」〔一〕子西然之，與沈諸梁引兵殺奔襄水來。

哨馬報知吳王，當時有人言昭王匿於隨城，吳王已遣孫武、伍員引兵圍隨，及聞秦兵與楚兵殺至襄水，遂調夫概引兵出敵。夫概引兵與楚軍相對下寨。次日，兩陣對圓，二將出馬。楚之首將子西，吳之首將夫概，

〔一〕「大捷」，余象斗刊本作「太捷」，據龔紹山刊本改。

拍馬殺進，鬥不十合，子西詐敗，夫概勒馬追上。子西以白旗左麾，秦兵陣上，突出一員大將，豹頭狐目，喊聲如雷震地，手舞雙刀，望夫概殺來。夫概視其旗號，乃秦將姬輦。夫概迎敵，戰任數合，楚兵大喊曰：「秦兵大至矣。」夫概遂望郢都奔回，見吳王甚稱秦兵勢銳，不可當抵。吳王驚懼，即遣使召回子胥、孫武，令其勿圍隨城，且回救郢，使者相望，道中不絕。

子胥與孫武尋夜而歸，吳王問二人進退之策。孫武曰：「兵者，國之威，威振則兵可息，征戰不止，必有後災。今吳以數萬之兵，長驅入楚，焚其宗廟，覆其社稷，鞭死者之屍，處生者之室，勢已極矣。宜與楚和，議定貢稅，火速班師，可保萬全。若夫以遠出之兵，糧餉困匱，又必欲久戀楚宮，而與秦爭利，臣必不敢保其萬全。」吳王將許令大軍收拾班師。伯嚭曰：「我兵自離東吳，一路破竹而下，五戰拔郢，遂滅強楚。今遇秦兵而便班師，何前勇而後怯哉，願得二萬兵，必使秦兵片甲不回。」吳王聽其言，與兵二萬退秦。子胥與孫武力止不可交兵。伯嚭不從，引兵出城，遇秦楚之兵，於西北九十里。次日，子西出馬，伯嚭大罵：「亡國匹夫。社稷已喪，尚敢求秦來救，汝不是吾對手，速退，令姬輦出馬。」子西大怒，輪刀直取，伯嚭拍馬來迎，戰不五合，子西望後逃回，伯嚭勒馬後追，姬輦引伏兵從山坡後殺出，子西、沈諸梁雙馬殺回，三馬將伯嚭困在垓下。

鱄毅見伯嚭被困，引一枝生力之兵殺入垓心，二人馬膊相並，突圍而出，秦楚之兵一齊追至。孫武知伯嚭必敗，令夫概引兵殺來接應，秦兵恐有埋伏，方且殺回。伯嚭引二萬兵出戰，及歸，僅以身免，其從者不上五十騎，自囚入見吳王待罪。孫武謂子胥曰：「伯嚭爲人矜功自傲，久後必喪吳國，不如乘此敗國之故，因而斬之，除卻後患。」子胥曰：「伯嚭雖有喪師之罪，然敵在目前，不可斬一大將。」遂奏吳王赦其罪過。不片時，哨馬連報：「秦兵將至城下。」吳王問孫武何計可破。孫武曰：「事急矣。非盡出大兵以拒，則往日破楚之功，將隨此而喪。」吳王即令夫概與太子子山同守荊州，親率大軍出城五十里屯下三寨，自居中寨，子胥守左寨，孫武守右寨，以爲犄角之勢，與秦兵相持數日，並未出戰。夫概自思：「吳王此行歸國，其位必不肯傳與己，大兵出征，國中空虛，若乘此逃歸，稱王奪位，據守東吳，豈不勝於久後相爭？」於是，夜領本部遂從西門逃歸。

伍子胥和楚班師

當時，吳王與秦楚之兵連日交鋒，互相勝負，未決雄雌。正召孫武、子胥共設破秦之計，忽太子子山令小卒來報：「夫概從夜逃歸。」吳王不知其故，子胥曰：「夫概此行，必有爭國之意。若不早歸，待其根蒂已深，難以動摇。」吳王曰：「外有強敵，内有篡賊，此事奈何？」胥曰：「外敵臣與元帥自當掃盡而還，王速分兵歸謀夫概。」於是吳王分兵十萬，引鱄毅、伯嚭等從漢水而歸。留唐、蔡之兵與孫武、子胥拒秦。

卻說夫概歸國，即位稱王，聞吳王殺回，乃率守城士卒出敵。吳王望見夫概遥謂之曰：「吾念汝爲手足之人，托重權，何得叛兄篡位，狗彘不若。」夫概曰：「汝何篡王僚也？」吳王曰：「王僚不守先人遺訓，亂次篡我之位，我故取之，汝焉得妄自爭奪，以啟外人談笑。」夫概不聽，拍馬直要來殺吳王。吳王以刀左麾，鱄毅殺出，連戰數合，伯嚭拍馬來夾攻，夫概敗走入城，堅閉不出。吳王不能入城，伯嚭獻計於王曰：「夫概部下之卒，皆王平日調用之人，臣請今夜行一間計，明日必有斬夫概而獻城者。」吳王從之。伯嚭號令，諸將黄昏時候，四門吶喊，詐以攻城之狀。

夫概恐士卒微少，不能守城，盡驅城中百姓，雜處軍伍之間相幫。衛守至三更前後，伯嚭與鱄毅遍繞城下呼曰：「汝城上軍民平昔皆食吳王之禄，今助夫概作反，明日速開城門，迎接吳王入城，姑恕汝等之罪。若更執迷不悟，不日伍員、孫武兵回，搀入城池，滅爾宗族，挖爾墳墓。爾思其利害何歸。」城上軍民聞説此語，各各拋戈折箭，相爭棄城不守。夫概禁止不住，恐生異變，尋夜開南門，單騎奔於楚界上。百姓爭開城門，迎接吳王車駕入朝。群臣稱賀，吳王即遣星使報捷於孫武、子胥。

子胥得旨謂孫武曰：「主上天兵一歸，掃除內亂，今吾與子，連兵在外，不能制敵班師，此事奈何？」孫武曰：「秦兵久出，諸將思歸，不如通使與之講和，令楚歲納貢稅，然後班師，可乎？」子胥曰：「楚人初得秦救，必然不肯講和納貢。宜先設計大破一陣，挾以兵威，然後方可議和。」孫武然之，即令伍員、蔡昭公、唐成公，各引本部精兵伏於漢江兩岸，又令各寨小卒謡攘，言夫概走歸爭國，稱王作反，吳王來召元帥班師，各要卷旗息鼓，收拾班師，待秦楚之兵追至，方許抽兵殺回。三將領計而去，各寨小卒俱皆謡攘前事，收拾將欲班師。

哨馬早報於楚將子西，子西告於姬輦，姬輦曰：「吳國若有內亂，召子胥班師，其兵必無鬥志，若率三寨之兵，乘勢追擊，必得全勝。」子西然之。遂各披掛，一齊追上二十餘里，吳兵偃旗息鼓，從小路緩緩而退。孫武在高埠處，望見楚兵追入埋伏之處，即以紅旗麾動，吳兵四面八方，一齊殺出。姬輦自謂驍勇無敵，雖然困在重圍，左馳右騁，前衝後突，略無懼色。子胥正與子西廝殺，望見一將在垓心中，縱横無敵，視其旗號，乃秦將姬輦，更不戀戰，拍馬直取姬輦。姬輦問：「來者何人，敢近吾前？」子胥大罵：「無名匹夫不識，吾乃鬥寶會上，力舉千斤重鼎，威震列國諸侯，明輔伍員是也。」姬輦聞名，心荒手亂，鬥不十合，刀法頗亂。子胥大喊一聲，挺起長鎗望姬輦一刺，姬輦翻於馬下。子胥近前便斬，子蒲、子虎雙馬救起，突圍而還。子胥亦不來追。

少頃，鬥辛、王孫由皆引兵殺至，救出子西、沈諸梁，屯於漢江左岸，次日，姬輦引敗兵來會，兵勢稍振。子西曰：「吳兵驍勇，況且孫武用兵如神，機變不測，不可與之久持，漸遣使求和，又作定奪。」遂令沈諸梁往吳寨見伍員曰：「自五霸以來，皆無滅國之意，故齊桓公存邢立衛，秦穆公三立晉君，後世人皆義之。平王之賢過於莊、穆，止因聽信無忌讒言，以致失德。今明輔出棺毀廟，鞭屍抉目，自人臣觀之，報怨已極，明輔之恨亦可去消，何不念先王之德，抽轉吳兵，復存楚祀，庶幾不失爲楚良臣。」子胥辭曰：「吾知楚爲故國，不敢太極，爭奈吳王有旨，務令滅楚班師。」沈諸梁曰：「明輔乃楚之存亡，係於掌握，不過立定盟誓，歲納貢稅，班師以復命吳王之命，有何不可？」孫武曰：「楚既肯立盟誓，議定貢賦，即便班師。」

於是，沈諸梁回與子西商議。子西遣鬥辛往隨城請問昭王。昭王曰：「苟存社稷，何惜金帛，姑與議定，待國安軍振，又作區處。」鬥辛即以王言來告子西。子西親詣吳寨，來議貢賦，子胥延入中軍，取酒與之，各敘款曲。子西告伍員曰：「所議歲納貢賦，一從公命，不敢有違，但蔡夫人既死，公子米勝見在吳國，乞明輔一言放歸，使米建之祀不絕，亦明輔盛德也。」子胥起謝曰：「令尹此舉，實仁者之心，員即告吳王送還米勝。」鱄毅曰：「楚人怨米勝父子入於骨髓，子西詐召歸國，將欲斬之，明輔焉可輕許？」子胥曰：「不然。令尹實仁明之士，與米勝骨肉之親，焉有詐召之意，吾已知令尹之心久矣。」遂受議貢文約，相送子西出寨。即日令大軍拔寨班師，子胥曰：「楚人多詐，不可不慎。」令孫武、蔡侯率輕騎於前，自與唐侯斷後，大軍遂望漢江而還。

伍子胥酬恩報德

當時，吳兵屯於江北，王孫由請勒兵追擊，子西止曰：「初與人盟，便欲背信，必召大禍，姑且歸迎楚王復國，君臣同心，待時報怨可也。」遂令鬥辛先入荊州灑掃陵廟，修葺宫殿，自率秦兵入隨迎駕。楚王即日與從行文武，駕返荊州。舟至成臼，時已日落，遂安舟於岸口，王見江中紅光燦爛，照耀波濤，王熟視之，其光自江邊而起，王怪之。次日，令從者於江邊巡之，收一物有如斗大，其色赤如紅日，王以示群臣，群臣皆不知其名爲何物，但曰：「此我王中興，楚國之祥瑞，可收而載歸，以符天意。」王悦，藏於舟中而歸，至國都入宫來，見伯嬴，子母相向而泣。昭王曰：「國家不幸而遭大變，至於蕩覆陵廟，重辱先王，此仇何日可雪？」伯嬴曰：「今日復位，宜先賞功罰罪，致楚中興，先安百姓，後圖雪恨。」昭王奉母命，即日收葬平王，祭祀祖考，然後升殿，加封子西、沈諸梁、王孫由、王孫圉、鍾建、鬥巢、申包胥等，其餘有功者賞，有罪者罰。

大夫宋木奏曰：「王昔渡入雲夢，賊刼王舟，非王孫由以背受擊，聖駕已危矣。吳兵作踐王宫，摽刼百姓，焚毁陵廟，鞭辱先人，苟非申包胥哭動秦伯，乞兵來救，則楚之社稷將入於吳矣。吳兵入郢，君臣奔竄，苟非子西，沈諸梁募兵於外，交結四方之義士，既戰且和，迎王復國，則聖駕終難還郢矣。此數子皆有社稷大功，不宜與衆同賞，可宜大加寵賜，以旌忠臣。」昭王然之，遂封子西爲鄖公，諸梁爲葉公，公孫由爲鄧公，申包胥爲唐公，賞賜愈厚。將嫁季芈公主。季芈曰：「妹聞女子之道，遠人正以重男女有別，〔一〕前者妹與兄王同舟渡淮，〔二〕盜劫王駕，鍾建曾負妾逃，妾今不敢他適。」昭王遂以季芈嫁與鍾建，封建爲大司樂，厚勞秦將姬輦，遣其歸國。

包胥歸家，謂其妻曰：「吾入秦乞師，乃爲社稷，非爲身謀，今楚王以重爵報我，我心不安，汝即善理家風，吾當逃名不仕耳。」遂逃入深山，不願立朝，昭王使人求之不得，旌表其閭曰「忠臣之門」。後史官有詩云：

荊州忠直士，吾獨美包胥。
初遇伍員日，先談復國詞。
吳兵屯郢城，哀慟求秦師。
戈甲初摇動，豺狼便掃除。
迎王復大寶，辭爵遁山居。
功業昭星斗，忠誠貫紫薇。
人去千古上，名播幾行書。

當時，楚遭吳兵摽掠，府庫空虛，倉廩無粟，昭王恭勤克儉，減禄以賑百姓，百姓安集如故。一日近臣奏：「吳使送公子米勝歸國。」昭王大怒，楚國傾危皆由米建之父子，欲有不納米勝之意。子西

〔一〕「遠人正以重男女有別」，余象斗刊本作「遠大夫以重男女有別」，據龔紹山刊本改。
〔二〕「淮」，余象斗刊本作「睢」，據龔紹山刊本改。

奏曰：「米建雖然得罪於先王，其子幼而無知，况且骨肉之念，王宜撫愛，以盡親親之義。」昭王遂召米勝，封爲白公，使奉米建之祀。由是，國人皆以昭王爲賢，故能復國。

卻説吴兵東返，子胥謂孫武曰：「吾昔亡楚過鄭，定公曾殺太子米建，此恨至今未消。今日楚仇已報，吾欲借此得勝之兵，移屯於虎牢，必伐鄭國，然後東還，元帥何如？」孫武從之。大軍望鄭而來，子胥與孫武聯轡而行，至瀨水，慘然不樂。孫武曰：「以吾得勝之兵，伐一小鄭，不啻猛虎入羊群，唾手而得，子何愀然不樂？」員曰：「吾非憂鄭不下，員昔避難渡淮，而至瀨水見一女子，浣紗於江口，懼其泄吾之跡，再三叮嚀，女子遂抱石投溺於江。吾甚悲之，曾題數句於石上，爲報德之誌。今吾父兄之恨已滅，而此女之德未酬，所以不樂。」遂掃開石上泥土，其詩宛然。孫武讀罷曰：「古之大丈夫，無德不酬，無冤不報。子欲報此女之德，莫過立祠致祭，以表誠心可也，何必怏怏不樂？」子胥然之，遂立祠於瀨水之上，〔一〕致祭而去。

大軍至虎牢，打戰書入鄭。時鄭定公已死，獻公在位，聞子胥領兵壓境，急問群臣：「誰敢引兵退吴？」時子産、子皮盡皆已死，無人敢對，獻公憂懷不已。忽近臣奏：「朝外有一漁家，揭榜願退吴兵。」獻公宣入，問其名氏。漁家曰：「臣乃江邊釣牧之徒，不敢通名，但請退得吴兵，以保鄭國足矣。」獻公曰：「卿欲用兵幾何？」漁者曰：「不必張弓挾矢，臣自有退兵之術。」獻公令其退兵以後，加升官爵。漁者拜謝出朝，遂携綸竿，乘夜釣於淮水之南。扣竿而歌曰：

蘆中人，蘆中人，憶惜當年漁丈人。
魚羹專濟窮途士，今日須回困鄭兵。

〔一〕「祠」，余象斗刊本作「詞」，據龔紹山刊本改。

時子胥大寨靠水扎於岸上，是夜風清月白，江水澄澄，乃出寨閑遊，聞江邊歌聲甚逼，因思蘆中人之事，始知此處乃昔日渡江之所。因召漁者曰：「汝是何人，能識蘆中人乎？」漁者曰：「汝記漁丈人乎？」員曰：「漁丈人是汝何人？」漁者曰：「吾父也。」員曰：「當日吾與漁丈人相逢於淮水，江中相呼於蘆花深處，四顧無人，兩心獨知，及吾登岸東逃，丈人即連舟而溺，是誰教子以識吾名乎？」漁者曰：「吾父覆姓閭丘，名亮，吾即其子閭丘成也。昔者明輔逃難於江口，吾父艤舟東渡，見子饑餒，曾命吾所持鱸餅蓴羹以餉子，子與吾父隱名相喚之時，吾已聞知，如何不識？」子胥躬身便拜曰：「子吾恩人也，何以至此？」漁者忙答曰：「近聞明輔東投，握吴國之權，掌百萬之衆，席卷荊襄，以酬素志。今又移兵伐鄭，鄭伯惶恐，將欲待罪轅門，誠恐誅戮，出榜令有能退解吴兵者，裂土封官。吾乃妄自忖度，明輔乃寬仁大度之士，故敢前來冒請，欲乞明輔體寬宏之德，罷伐鄭之兵，不知尊意如何？」子胥笑曰：「子原爲鄭而至，吾此行本欲踐平鄭地以雪舊仇。吾深感汝父之德，未能補報，鄭伯既許爾裂土封官，吾暫屯兵東界，子可入朝請職，待爾受封之後，吾始退兵。倘其失信推阻，吾即催兵攻城，掃鄭而歸。」成曰：「明輔一解鄭國，實滿城生民之幸，何必務保成受富貴乎？」員曰：「子爲富貴而來，此亦吾酬德之處，何爲不可？」成曰：「吾乃鄭之鄙民，世荷國恩，不忍社稷危亡，君因城陷，非爲富貴而來。明輔大兵一退，成即埋名隱姓，遠遁江湖，豈敢上書獻績而貪富貴乎？」子胥歎曰：「吾子內不失君，外不失友，潔身遠禄，實高世之士也。何敢不從？」遂取百金謝成，即日班師，成亦遜謝，遂携妻子遁於江湖。鄭伯聞之，使人遍求不得，乃旌其閭。

卻說孫武之兵回至吴都。吴王親自出城迎接入朝，君臣慶賀，賞功罰罪，封孫武爲大司寇，伍員爲相國，伯嚭爲太宰，厚待唐、蔡二侯，令其領兵歸國。孫武告吴王曰：「臣聞王者不矜功，霸者不失時。當今中國諸侯惟楚爲盛，楚自我兵一伐，吴之名震天下，主盟奪霸，正在此時。不如乘此兵甲之雄，威名之著，征伐天下，以圖中國盟主，有何不可？」吳王曰：「越爲國家邊患，不可不伐。若欲圖霸，必先伐越，而後及於列國。」孫武曰：「越雖近吳，然王孫駱曾屯兵於龍門山，截其來路，可緩而不可急。齊人強悍，日擾邊疆，不可以不先征。依臣之見，莫若先伐東齊，然後及越。」吳王從之，復命孫武爲元帥，鱄毅爲先鋒，發兵十二萬，即日東征。畢竟如何？

孔仲尼相魯服齊

當時，齊魯歲歲交兵，景公用晏嬰之謀，穰苴之勇，曾侵魯國汶陽之田。至是，魯定公用季桓子之言，升任孔子爲司寇，攝行相事，國中樂業，百姓安生。齊景公聞知大懼，謂群臣曰：「孔丘，聖人也。魯國任用，必謀於齊，卿等有何妙計，爲我閒之。」晏子曰：「臣聞親鄰睦近，國之大寶。魯公既用孔子，吾齊理合與其講和定好，庶無侵害。」景公然之，遂修書遣使，約與魯公會盟於夾谷，以尋舊好。使者徑投魯國，來見定公，呈上盟書，定公覽其書曰：

大鎮魯公閣下，伏惟吾齊與魯，實皆周之功臣子孫，故其地境相連，邦爲唇齒。近因小忿，致違尊顏，今思先君呂尚與周公姬旦，尚德比義，共輔周家，不忍自相攻擊，上辱先人。茲欲尋盟定議，以通兩國之好，敬於齊魯界上，夾谷山前，設壇立會，至期幸屈大駕，一臨本地，少敘舊好，荷荷不没。

定公覽罷，令使者退，容商議。使者辭出，定公問於群臣。仲孫、何忌曰：「齊人心懷奸詐，主公不可許往。」上大夫季斯曰：「齊人既以尋盟相會，不往示怯，往之是也。」定公猶豫不決。左班閃出一人，身高九尺，腰大十圍，河目海口，龍額龜脊。衆視之，乃曲阜人也，姓孔名丘字仲尼。定公曰：「司寇有何議論？」孔丘曰：「臣聞有文事者必有武備，有武事者必有文備，古者諸侯出疆會好，必具左右司馬相從。臣固不才，願保聖駕而往。」定公大喜曰：「仲尼從行，寡人復何憂？」遂與群臣往赴夾谷之會。

卻說齊景公與數文武將赴夾谷，乃巡遊境上山川，至臨淄，見一大山特立，吞吐雲煙，甚爲佳麗，問從者曰：「何山也？」嬖臣梁丘據對曰：「此牛山也。高聳寬平，連荒接野，其中多藏珍禽異獸，兼有怪木奇葩，東齊勝境無如此地。主公請登山遊覽可見。」景公下馬與數親近之臣徒步而登牛山，果見雲樹蒼蒼，岩泉滴滴，風送花香，雨滋草色，景公遍玩一回，顧謂左右曰：「信乎，梁丘之言爲不誣矣。」及登尖峰，遥視齊國山川，兼以城中宮殿崢嶸，樓臺壯麗，不覺淒然下淚。梁丘據與艾孔進曰：「主公覽山川勝概，固當歡爽不暇，何乃淒然下淚？」景公曰：「齊國山川城郭千年，秀麗如故，孤歎人生如夢，不能長享此勝概，所以悲泣。」梁丘據與艾孔二子乃景公讒諂之臣，見公憂死如此，二人亦相向而泣。

時晏嬰在旁獨坦腹大笑，景公責曰：「寡人登牛山而感人生易度，故傷心悲泣，而卿獨笑，何也？」晏子對曰：「臣聞仁者不貪生，勇者不畏死，假使賢者不死，則太公常守此國；使勇者不死，則桓公常守此國，設使二公常在，則吾主焉得享此富貴？今主公登山覽景，貪富貴之難得，憂人生之易亡，是不仁也。二子承旨而泣，是讒諛也。此臣所以獨笑君臣之失耳。」景公大慚，遂拂袖下山，登車行至數里，前軍來報，孔仲尼親從魯公赴會。景公大驚曰：「孔丘自至，必有機變，卿等有何計策，以備對拒？」大夫犂鉏曰：「孔丘知禮而無勇，可以刀兵劫之。」景公曰：「兩君合好，焉可以動刀兵？」犂鉏曰：「先令萊夷之兵雜列壇下，待二君合宴，詐遣夷兵舞劍助樂爲名，舞至座前，就擒孔丘並魯公而殺之，鼓兵入魯，則其國可滅矣。」晏嬰諫爲不可。景公不聽，遂令諸將依計行事。

及至夾谷，與定公相見，各登盟壇，揖讓相遜。正獻酬之間，齊大夫犂彌進曰：「筵前無歡不樂，請奏樂舞劍，以助君歡。」齊侯許之。於是，閃出數十萊夷，各各身着穿獸皮，面嵌金珠，俱執長鎗短劍，鼓噪上壇，交舞於二君之側。魯國司馬見萊夷有欺魯公之意，亦將出兵對敵。孔子止曰：「不可動兵。吾當以禮退此匹夫。」乃歷階而上告齊侯曰：「兩君好會，夷狄何敢如此？夷不亂華，裔不謀夏，此非明公本心，無乃有司者進之。」景公麾萊夷下壇，萊夷不下。晏嬰聞孔子之言，面有愧色，叱退萊夷。犂彌見計不行，復遣一起優倡侏儒奏淫樂於壇下，少頃登壇俳戲於座前。孔子又趨進曰：「匹夫熒惑諸侯，其罪當誅，請左右速斬此等。」齊人不動，魯將軍茲無旋伏劍驅優倡而下，盡行斬首，齊之君臣俱皆失色。二君將定盟誓，梁丘據書曰：「自今定盟以後，齊在征伐，魯當助我兵甲，有故違者，明神誅殛。」孔子亦書曰：「今定盟以後，齊不還我汶陽之田者，明神誅殛。」景公大懼，默謂群臣曰：「魯以君子之道輔其君，而卿等獨以夷狄之道教寡人，使寡人愧怍無及，盍還汶陽之田，方免吾辱。」晏嬰即書田券，退還魯君，各相辭謝而去。胡曾先生《詠史詩》云：

夾谷鶯啼三月天，野花荒草慢爭妍。
來遲不見侏儒死，空笑齊人失措言。〔一〕

景公被魯君臣恥辱一遍，又退汶陽之田，怏怏而歸。將及城郭，哨卒報：「吳遣伍員、孫武，發兵十二萬，漫山塞野殺奔北海而來，聲言欲併東齊。」景公問計於群下。晏嬰曰：「孫武，世之名將，善用兵機，兼以伍員有舉鼎之勇，所以大兵南渡破楚而還。今若伐齊，必有爭伯之意，吾齊所恃相救者惟魯而已。今魯用孔丘掌國，機變不常，我欲出兵拒吳，魯必乘虛來伐，內外受敵，社稷必危。不如修書遣使，投見子胥，與之求和。」景公納晏嬰之言，遂以金帛數車，修書遣晏嬰往吳。

時子胥之兵屯於瑯琊山下，晏嬰至寨，子胥延入各序賓主而坐。晏嬰將書及金帛度與子胥，告求講和之

〔一〕「措言」，余象斗刊作「措年」，據龔紹山刊本改。

事。子胥辭曰：「此吴王之命，非員敢專，大夫必欲求和，可見吴王，員不敢許。」晏嬰東渡吴江，入見吴王，將金帛及齊侯之書獻上吴主，吴王令退，容與群臣商議。晏嬰辭出，吴王問群臣可否。伯嚭曰：「吴乃周之親國，僻居江左，不能與中國諸侯交通者，以其未常與中國結婚故也。今齊既懼威風，前求和好，遣使報聘，告以世子名破秦未婚，請與大國結親。倘齊侯許婚，則吴從此可通中國，如其不許，必須發兵征服，不可與之講和。」吴王甚喜，厚待晏嬰，遣伯嚭同入東齊求婚。二人徑投齊城，來見景公，俱述吴王求婚之事，景公勉強以女許之。伯嚭謝恩出，安於驛。梁丘據告景公曰：「吴爲蠻夷之國，不通中原，豈可以千金郡主，遠嫁外夷？」景公曰：「此吴以兵威挾親，既不能驅東吴兵甲，與之相抗，又不受令以拒婚，是絶物也。」遂詔幼女伯姜出嫁於吴。伯姜郡主辭父登車，景公親送出城，不覺兩眼淚下，群臣在送者莫不揮涕，父子痛哭而别。伯嚭護引公主歸吴，吴王大喜，令設筵宴與太子成親，詔伍員、孫武班師。

吳越檇李大交鋒

當時，吳王以齊楚降服，四方寧靜，遂有荒遊之心，築姑蘇臺，建華政宮於都城，春夏則遊獵於城外，秋冬則治政於城内。縱遊畋獵頗及無度，孫武、伍員累上表請伐秦、晉，以圖伯業。吳王不從，孫武謂子胥曰：「子知天道乎？暑往則寒來，春還則夏至，今吳王矜齊、楚降服之時，耽淫玩樂，吾與子功成不退，必有後患。」遂上表辭官，吳王許之。孫武復歸齊國，隱居不仕，後數年而亡，著有《孫武兵法》，後世用兵者皆尊行之。史臣有詩云：

將軍一出冠群仙，破楚強吳勢赫然。
法正宮娥堪捍敵，至今傳誦十三篇。

又武成王廟有孫武贊曰：

吳何以強，將得其人。兵法既用，軍令乃申。
服齊阨晉，破楚敗秦。一十三篇，名隨時新。

當時，越王允常每有伐吳之意，只憚孫武行兵，不敢侵界。允常死囑其子勾踐曰：「吳王邊境之患，不可不慎，但孫武在朝，未可輕舉。」至是，勾踐聞吳王荒淫，孫武辭職，將欲起兵伐吳，鎮日操練士卒，將欲東伐。

時吳將王孫駱屯兵於龍門山，以扼越寇。哨卒報越王朝夕操練士卒，將入東吳，王孫駱令各寨堅守，即將其表入見吳王。吳王不聽，伯嚭曰：「越有大喪而欲出兵伐我，此天亡越國，不可放過。」吳王然之，遂調王孫駱爲先鋒，伯嚭、鱄毅爲左右翌，親率大軍繼後。伍員諫曰：「乘人之喪者不祥，因人之亂者無勇。勾踐雖有吞吳之意，但令王孫駱緊守關隘，足拒其兵，大王不可親征。」吳王不聽，留伍員與夫差守國，即日發兵出城征越，會兵於龍門山。

哨馬馳報於越王，越王曰：「先發者制人，後發者制於人。吾之謀慮不早，以致災禍先臨，班部中誰敢引兵出敵？」范蠡曰：「臣聞孫武辭官，伍員守國，闔閭此來無能爲也。大王火速親征，必得勝。」勾踐然之，遂以胥犴爲先鋒，諸稽郢爲保駕，大發精兵十萬，殺出越城，與吳兵相遇於檇李，相對二十里安營，令先鋒初交十陣，兩下各無勝負。然吳兵隊伍整齊，戈甲精鋭，越王望見，歸謂范蠡曰：「吳人兵勢甚振，不可久持，必得奇計，方可挫其鋭氣。」范蠡便戒先鋒本部之兵，各帶珍禽上陣，無者斬首，又取該死重囚五百餘人，各要袒衣露體，帶劍上陣，衆軍皆莫知其意，但奉令而行。

次日，兩兵陣圓，越王親自出馬，大叫：「姬光無故乘人之喪而犯界，何不出馬打話？」道猶未了，吳兵陣上，兩行校刀手擁出一員將，身穿黄金甲，蓋下蟠花袍，跨下飛龍馬，舞動長鎗，飛奔勾踐馬前殺來。勾踐視其旗幟，乃闔閭之號也。更不打話，拍馬交鋒，戰至二十餘合，勝負未分。越先鋒胥犴引本部兵衝出，其卒各帶一禽獸，殺入場中，盡拋禽獸於地，吳兵爭欲取之。鱄毅荒忙殺出，斬卻數十收禽之卒，曰：「此誘我爭禽獸而後亂擊，誰敢再取禽獸？」於是三軍勇力奮殺一陣，越兵不能抵對，敗走十餘里，吳王乘勢追及。越驅五百重囚，俱各袒衣加劍於頸，跪阻吳王曰：「吾主越王，謀不量力，所以冒觸王怒，今且進退無門，臣等願以死伐乞大王抽兵。」吳王大罵：「無名匹夫，焉敢阻吾戰興。」喝令斬之。吳兵爭斬越囚，忽然山後大喊，越將姑浮引兵從後抄出，諸稽郢、胥犴引兵殺回，將吳王困於檇李城下。鱄毅左衝右突，斬兵數十級，越將不敢近前。勾踐在城上，望見吳王，好一鱄毅，速令四下放箭。於是越兵弓弩齊發，矢石如雨，鱄毅與破秦前遮後擁，翼蔽吳王，破秦被箭傷死，吳王中箭倒於馬下，胥犴欲斬吳王，〔一〕鱄毅雖然身被重傷，奮力救護。伯嚭與王孫駱引生力之兵殺至，鱄毅翼蔽吳王突圍殺出，姑浮挺戈望吳王一刺，吳王損一足指，復翻於馬下，失卻一履。姑浮向前便刺，不知性命如何？

〔一〕「吳王」，余象斗刊本作「吳」，據龔紹山刊本改。

王孫駱、伯嚭雙馬救回，縛殺斷後當住越兵。越兵亦不來追，收吳王之履，盡奪刀鎗旗鼓而還。吳兵十喪八九，走入陘城，去檇李差七里。伍員與夫差聞王殺敗，亦引兵來救，君臣父子相向而哭。吳王曰：「孤自起兵破楚而來，未嘗敗戰，今悔不納明輔之言，挫於勾踐，折兵六萬，損一太子，何日能雪此恨？」伍員曰：「勝負兵家之常，王何深慮，但願大王善保龍體，回朝再整兵戈，一舉可破小越。」王曰：「孤率大兵出吳，今日十喪八九，有何面目再渡江東，但願公等盡心以輔夫差，雪吾此恨足矣。」又召夫差曰：「汝忘越人殺爾之父耶？」夫差哭而對曰：「父母之仇，不共戴天，吾何敢忘。」吳王曰：「吾兒有志如此，雖死何恨。」言罷，遂薨於陘城。後居士有詩曰：

吳越交兵檇李城，多謀能敗失謀人。
闔廬千乘難歸國，枉使夫差積恨深。

又史臣評曰：

闔廬爲人，寬厚恭儉，雖爲千乘之君，食不二味，居不重席，室不崇壇，器不雕鏤，宮室不觀，舟車不飾，衣服財用，擇不取費，親恤百姓，優憫士卒，故能任用孫武，交納伍員，一舉而破楚服齊，遂成伯業。然所惜者，任賢有二，謀不慮遠，末年頗好遊獵，一拒子胥之諫，遂殞身於檇李，又豈不爲賢明之累耶。

夫差制服發喪，收其降卒，般父之喪，歸葬都城之西海湧山下，然後即位。謂子胥曰：「先王曾以重仇屬孤，孤即欲興兵報檇李之恨，卿意何如？」子胥曰：「大王初登寶位，將士征戰疲苦，未可輕動，只宜定國息民，屯糧練將，待時而動，方能克敵。」夫差曰：「吾父之仇，夢寐不安，焉可苟延歲月？」子胥曰：「昔者先王伐越，臣曾苦諫，先王不納，故有是敗。大王志存雪恥，但東交齊、魯，念念勿忘可也，何必速就。」夫差然之，遂遣使入齊，借兵求好，又令大小群臣，但凡出入宮殿者，則呼曰：「夫差，爾忘越人殺父之仇耶？」於是夫差即應曰：「不敢忘也。」心憂志苦，一念常在伐越之間。後人有詩云：

越敗吳兵勢未休，夫差志苦更心憂。
君臣相警圖東伐，常記當年殺父仇。

吳使入齊，借兵求好。當時齊晏嬰已死，魯用孔仲尼爲政，國中大治。齊景公懼魯強盛，梁丘據奏曰：「孔子一秉魯國之權，從公會於夾谷，便取汶陽之田，若使久用於魯，吾齊必危。」景公曰：「奈何？」丘據曰：「臣聞季斯當魯國之權，盍用美人間之？孔丘聖人也，見色必然辭官去位。」景公納其計，選城中美女八十人，各服文彩之衣，使奏宮中之樂，又揀良馬三十匹，金帛二十車，遣使進於魯定公。定公意欲不受，季斯悦美女之色，勸公取之。群臣皆諫曰：「齊聞國家今用孔丘，〔一〕故遣此以聞吾政，明公豈可受此，以誤國乎？」季斯曰：「齊畏吾國征伐，故來進貢，如若不受，恐塞貢獻之意，受之是也。」定公遂受良馬金帛，以

〔一〕「今用」，余象斗刊本作「而用」，據龔紹山刊本改。

美女賜季斯，季斯受之，鎮日與定公飲宴，使美女歌舞，遂荒國政。仲由告孔子曰：「魯之君臣耽淫酒色，吾師豈可更立於朝乎？」孔子即日遂與數弟子出魯，投衛過匡。

當時，魯大夫陽虎作亂，嘗虐匡人，匡人常欲殺之，孔子之貌似陽虎，匡人見之，即聚衆徒將孔子圍困，絕食三晝夜，弦歌不息。冉有曰：「夫子既窮如此，尚何弦歌不息？」孔丘曰：「文王既没，則文在我，天既未滅斯文，匡人焉奈我何？」弦歌愈是慷慨，匡人相謂曰：「此孔仲尼，非陽虎也。吾等焉可以聖爲暴乎？」遂解圍而去。孔子乃與群弟子至衛，先謁故人蘧伯玉，伯玉延入相待。次日，欲薦孔子於朝。

當時，衛靈公之夫人名南子，宋國之女，常與宋公子朝相通，有淫污之行，聞孔子至衛，即遣使者召孔子，孔子欲往見之。子路不悦曰：「夫子以正道獻諸侯，盍以正禮自守，焉可見此淫污之婦？」孔子曰：「彼乃國君之夫人，我乃異邦之臣下，豈可拒而不見？彼雖失正，於我何哉？」遂與伯玉來見南子。

時衛靈公與南子同坐於朝，伯玉薦曰：「孔丘，世之聖人也，魯不能用而至衛，是天啟衛國之興也，明公請以國政任之，則天下諸侯皆朝於我矣。」靈公令暫退，容與群臣商議，孔子退居於伯玉之家。時南子與宋朝通，其子蒯聵惡其淫污，欲殺之，恐得不孝之罪，密召僕人戲陽速刺之。戲陽速常被蒯聵鞭撻，乃詐受命而出，竟以謀刺之事告南子。南子告靈公曰：「蒯聵欲殺妾，主公豈可容於國中？」靈公大怒，遂令甲士來捕蒯聵。蒯聵知禍發，遂單騎走奔於宋。於是，南子愈無忌憚，與宋朝交通不息，靈公又不禁止，反與南子同車揚揚而遊城市。孔子見之，歎曰：「已矣乎，吾未見好德如好色者也。」即日遂與弟子辭伯玉而適宋。

當時，宋司馬桓魋專秉國政，欲圖作反，聞知孔子入宋，恐宋公任用孔子奪己之權，乃先埋伏甲兵於界上，欲殺孔子。孔子與弟子行至宋界，因講禮儀，遂與弟子習禮於道傍大樹之下。桓魋仗劍殺出，令甲士伐樹壓之，子路挺戟欲殺。孔子止曰：「天生德於予，桓魋焉奈我何？」遂携弟子比行投鄭，桓魋亦不敢進。孔子至鄭，安於東門，鄭之人民見其形貌不常，相聚夾看，但不知是孔子。觀者謠於城市曰：「東門有人，其顙似帝堯，其項似皋陶，其肩似子產，自腰以下，不及禹之三寸，累累然一似喪家之狗也。」孔子聞之曰：「噫，誠哉。喪家之狗也。」弟子進曰：「欲知國君，必觀於民。今鄭民眼不識賢，其國君必無敬賢之心，可速行也。」遂出鄭，欲東渡於吳。

當時，吳王與子胥朝夕養兵練將，積草屯糧。一日，子胥告王曰：「臣聞越之大夫范蠡、文種，皆有安邦之術，若不早乘吳兵衆糧足而伐之，待其經營堅固，不可加兵。」吳王即令子胥旦夕操演水軍於三江口，以備調用。孔子北望，聞吳將伐越，遂邁轡北遊。不知竟往何國？

吳王分道伐越

子胥操練三軍慣熟，入奏王曰：「兵可用矣，大王不可遲疑。」吳王即調鱄毅引本部兵從檇李殺出，又令伍員領本部兵浮舟從石湖口殺出，自以伯嚭爲保駕，率大兵十五萬，總督水陸而進。越王聞吳兵分道東伐，問計於范蠡，蠡曰：「兵者凶器，戰者逆德，不可輕用。夫差苦志三年，志在雪恥，此來兵氣必鋭，不可與之爭鋒。依臣之見，莫若分兵拒守，然後求救，方能保得全勝。」勾踐笑曰：「闔閭服齊破楚，威振天下，與吾一戰，即敗亡於檇李，夫差豎子，何足道哉。」范蠡又曰：「闔閭敗亡於檇李，伍員不在故也。此來伍員親督三軍，機變不測，大王不可輕敵。」勾踐曰：「大夫平昔以經濟自負，今日何壯伍員之志而逡巡畏縮乎？」遂以姑浮爲征東將軍，率兵拒守檇李，自督水兵二十萬，浮江而進，相遇於太湖夫椒山，相拒三十里下寨。

次日，吳王親欲出陣，子胥曰：「越兵甚振，不可輕敵。調先鋒初戰一陣以試其强弱。」吳王然其説，調先鋒巫馬猷挑戰，越王使胥犴迎敵。巫馬猷殺敗而回，子胥知越兵强盛，不可力勝，乃堅固營壘不動。越兵累日挑戰，吳兵不出。吳王日督子胥出軍，子胥上表辭病。吳王大憂，親往中軍問曰：「越兵累日挑戰，明輔又沾疾不起，倘若大軍壓寨，何以處敵？」子胥本詐稱疾，以誘越人，恐驚吳王，但對曰：「大王謹練將士，小臣自有破越之策。」吳王默會其意，便歸大寨。各寨士卒謡謡攘攘，言子胥病重，大軍將夜遁歸。

哨馬報於勾踐，勾踐調胥犴攻打吳寨。范蠡曰：「伍員非病，必詐誘我，切不可打寨。」勾踐不從，急調胥犴出兵。胥犴連日攻寨，吴兵並不出敵。范蠡知吴設計，號令諸將，自今輕出者斬。但與相持，待其糧盡擊之，自得全勝。於是，越兵堅固營壘，亦不出戰，相持數月，吴軍之糧果盡。子胥意欲出戰，越兵甚鋭，意欲班師，又恐乘追，乃令各寨士卒，乘夜搬砂於寨内，夜中詐量砂，令軍吏計籌，量至天明，一斛一囊，積於營外。越人打探者聞其量一夜之糧，計其籌約有數萬斛。次日，遥望各寨之外，堆積如山。回報勾踐，勾踐王欲攻其絶糧，及聞吴兵多糧，遲疑不決。范蠡曰：「此亦子胥之計，吾料其糧餉當盡，何爲更有許多堆積？」少刻哨馬報：「吴兵前夜所量者果然砂石也。」范蠡大悦曰：「子胥匹夫，果不出吾所料。」遂調諸將，約次日攻打吴寨。子胥分兵出敵，連戰數陣，互相勝負。

一日，哨卒報：「姑浮引兵拒守檇李，被鱄毅出奇兵斬之，奪得糧米五百斛，令小卒以舟載送夫差，鱄毅將入越城。」范蠡聞知大驚曰：「吴兵絶糧死在目下，今又得此米，有如困龍得雨，不可緩圖。」即令偏將何夢祥，〔一〕引五千水兵，直進五部湖，截取吴之糧船，又令部將郭如皋保越王守大寨，自率大軍回救越城。子胥聞知，即令巫馬猷截住五部湖口，自率精兵攻越王大寨。郭如皋拍馬殺出，子胥以白旗一麾，伯嚭分兵夾攻，如皋首尾被敵，竟被吴兵困於陣内。越王乘高馬立於轅門觀兵，夫差大呼曰：「諸將何不爲吾斬勾踐，而苦戀一部將何益？」子胥舍如皋直取勾踐，勾踐走入大寨。吴兵一齊殺至，放火逼寨，軍糧器械，蕩掃無遺。勾踐單騎走出，伯嚭追及，大喊便刺。郭如皋、廖孟甫雙馬救向東走。小卒追報越王曰：「何夢祥往奪吴糧，被吴將所斬，盡收去降卒。」勾踐歎曰：「吾知久中子胥之計也。」走至會稽山下，前有一彪人馬殺至，越卒驚爲埋

〔一〕「偏將」，余象斗刊本作「褊將」，據龔紹山刊本改。

伏之兵，各各荒忙奔散。視之，乃大夫范蠡也。與越王相抱而泣曰：「臣領兵回救越城，至中途聞檇李之兵相拒不動，臣知子胥設計而調散我兵，荒忙殺回救駕，今果然矣。」越王曰：「後兵追至，卿可火速擋住一陣。」

時越王有大兵二十萬，被子胥用離兵之計，盡喪於夫椒山下，獨范蠡本部兵在。時伍員令伯嚭、王孫駱、巫馬猷率鐵騎追至，范蠡力不敵眾，保越王之駕走入會稽山下，畢竟後來如何？

勾踐敗棲會稽山

夫差號令諸將，毋得賣放勾踐。勾踐心甚驚懼。子胥又令伯嚭引一枝兵逼山扎寨，絶斷越兵汲水之道，困至三日，越兵焦竭，死者不計其數。越王下令曰：「孤早不納范蠡之諫，致有此敗。不拘親王宗族官吏軍民，有能退兵而保孤還國者，孤即分國報恩。」群臣諸將皆無敢答者。文種告王曰：「臣聞天雖未雨，蓑笠必爲早備，大王先不納范蠡之諫，至於事急而召謀士，何異雨至而求蓑笠乎？」王曰：「往者悔已無及，目下之急奈何？」文種曰：「能屈於一人之下者，必伸於萬人之上。吳兵聚如豹虎，焉能抗戰而脱，必須降辭柔語，奉表稱臣，或可免死。」勾踐遂修降表，令文種來見吳王求和。

文種下山，雙膝行至吳王轅門。吳王召入，問曰：「大夫此來何故？」文種頓首曰：「東海役臣勾踐，獲罪於王，今願傾心服德，奉表稱臣，求延性命，特遣臣待罪於王前，望大王哀矜而赦之。」吳王覽表，見其君臣降心屈服，〔一〕將欲許之。子胥拔劍叱文種曰：「昔者檇李之戰，吾之先王中箭而死，曾有一日之言乎？」復奏吳王曰：「此天以越賜吳，大王不受而放返，是違天也。天不可違，時不可失。况且諸將辛苦三年，得報此

〔一〕「屈服」，余象斗刊本作「屈」，據龔紹山刊本加。

仇，王又不察而赦越，臣不知計從何出也？」夫差曰：「然。」遂投表於地，叱退文種曰：「汝之君臣，今日必須引頸就戮。」文種恐懼而退，歸告越王。越王大驚，將欲拔劍自刎。范蠡搶劍止曰：「王何前日太剛，而今日太柔乎？臣聞吳之太宰伯嚭，乃貪利好色之徒。得美女寶器，先賂伯嚭，則講和之事成矣。」越王然之。

當時，唯從行宮女數十，王選其色美者八人，玉帶一條，寶瓶玉器一付，復令文種賫此先見伯嚭。文種竟至伯嚭寨中，先投所進之狀，伯嚭忻然出接文種。文種告曰：「寡君不量威力，與大國較戰，茲今困窮失計，太宰德尊雅重，倘能於王前方便一言，使寡君得延性命，後當銘刻圖報。」伯嚭曰：「諾。」

次日，嚭引文種來見吳王。吳王大怒曰：「匹夫死於目下，尚何來見？」種曰：「勾踐不自度德，妄修戰事，與大王較決雌雄，違天犯上，反受其殃。今者敗兵棲於會稽山，窮迫無投，其願降爲王之奴，以後官爲侍妾，外備負絏，內備灑掃，越之山川、土地與人民、府庫，悉願進於大國，但乞草命，苟延歲月，大王必欲滅越，請寬數月，歸焚宗廟，戮妻妾，毁金寶，與百姓訣別，然後赴刑。」吳王顧謂群臣曰：「越之君臣，降心屈服，孤甚憫之，將許其求成，卿等以爲何如？」太宰伯嚭進曰：「臣聞古者明王伐國，服之而已。今越君臣降心屈服，王請赦其求成可也。」吳王猶豫不決，子胥又諫曰：「不可。夫吳與越，勢不共存之國，三江環之，民無所多，有吳則無越，越勝則吳弱，此必然之勢。況先王閔勞，被越所傷，曾囑大王，無忘越王殺父之仇，其言尚如此耳。大王苦志三年，志存雪恨，諸將受盡瘡痍，得敗越兵。今若許越求成，是忘先王之仇，徒疲諸將之勞，舉三年之功，一旦而休。勾踐爲人，能守勞苦，今既獲而又放，何異焚機檻而縱猛虎，決江海以活蛟龍乎？」吳王不聽。子胥退，述夏少康與過澆之事，進諫曰：

臣聞之，樹德莫如滋言樹立有德，必使滋長，去疾莫如盡除去惡疾，必使盡淨。昔有過澆殺斟灌以伐斟鄩二斟，夏同姓諸侯，澆，寒浞子封於過者，澆用師滅斟氏，又斟鄩氏，詳見《通鑒》，滅夏后相夏后相，啟孫也，后相失國，依於二斟，復爲澆所滅，后緡方娠后緡，相妻，娠懷身也，逃出自竇自竇，穴遁逃而出，歸於有仍后緡，有仍氏女，歸其父母家，生少康焉相之遺腹，生子是爲少康，爲仍牧正仍，古諸侯國，少康爲其牧官之長，甚滓甚毒也能戒之能戒備其毒害。澆使椒求之椒，澆臣，使求少康欲殺之，逃奔有虞虞舜後爲諸侯者，少康逃而歸之，爲之庖正爲有虞掌膳羞之官，以除其害賴此以得除己害。虞思於是妻之以二姚思有虞君也，虞思自以二女妻，少康，姚虞姓也，邑諸綸綸虞邑，以綸邑處之，有田一成方一里，爲一成，有衆一旅五百人爲一旅，能布其德能宣布其德澤，而兆其謀而兆始其謀猷，以收夏衆收拾夏之遺民，撫其官職撫集夏之官職。使女艾諜澆女艾，少康臣使，諜侯，澆之謀隙，使季杼誘豷豷，澆弟也，季杼，少康子也，使計誘豷而致之，遂滅過戈少康滅澆於過，後杼滅豷於戈，詳見《通鑑》外紀，復禹之績以復夏禹舊日功績，祀夏配天祀夏祖宗以配天帝，不失舊物不失禹治天下之舊事。今吳不如過今吳之強，不能如過，而越大於少康而越之大，數倍於少康，或將豐之或者欲與越成，以豐大之，不亦難乎必爲吳之患難？勾踐能親而務施勾踐能親愛其民而務施恩惠，施不失人所加恩惠，皆得其人，親不棄勞惟親愛之誠，則不遺小勞，與我同壤越與吳同壤相接，而世爲仇讐世世爭戰，仇讐之國。於是乎克而弗取既克其國，而又弗取，將又存之將又與成，而安存之，違天而長寇讐違棄天與而滋長寇讐，後雖悔之後日雖復悔恨其失，不可食已不可消食而止其患。姬之衰也姬，吳姓，言國祚衰弱，日可俟也可計日而待。界在蠻夷介居蠻夷之地，而長寇讐滋長寇讐之禍，以是求伯吳欲以此求爲諸侯伯長，必不行矣此事必不可行。

吳王覽罷諫表，復有不許越成之意。太宰伯嚭曰：「臣聞誅降殺服，禍及三世。況越爲吳之鄰國，既肯臣服於我，則當赦而撫之，使其畏威感德，不敢再叛足矣。豈可盡滅其國乎？」吳王納伯嚭之言，許文種求成，遣其歸，引勾踐來降。子胥出營外歎曰：「越王得歸本國，十年生聚，十年教訓，不出二十年間，吳其爲沼乎。」文種歸報越王，越王不敢往見吳王。范蠡曰：「國之存亡，在此一決，王何遷延不往？臣願保大王同往。」

於是，勾踐與文種、范蠡數十從臣，各各肉袒膝行，至吳王大寨，獻上降表。吳王觀之，謂勾踐曰：「昔者，先王遭汝敗於檇李，死於陘城，吾每懷此仇恨，不刈檇汝之君臣，踐平越地。今觀汝表堪憐，姑置其罪，合從吾歸國，以備僉役。」勾踐君臣皆頓首曰：「大王此言，實下臣之幸。然臣之妻孥玉帛，皆在邦國，王請班師，容臣歸收妻孥金寶，然後入朝待罪。」吳王不許。伯嚭曰：「勾踐以數十萬兵，掃地喪於夫椒，縱使歸國，不能成事，王何禁止之深？王如恐其後叛，請以大將促守聖駕，宜早歸吳。」吳王納伯嚭之言，放勾踐歸國，令大將王孫雄、副將奚斯屯三萬兵於會稽，約勾踐三月不至，即許滅越而還。大軍拔寨班師。

勾踐入吴待罪

且説越王歸國，收拾庫藏寶物，八寶九鼎，山川地輿，一齊封付會稽山與王孫雄收下。次日，召集群臣曰：「孤承先人餘緒，荷諸大夫輔弼，競競業業，不敢輕爲。今在夫椒一敗，遂至國亡家散，千里而作俘囚，何其不幸若是耶？」言罷，雙眼流淚，群臣莫不揮涕。大夫文種進曰：「昔者湯囚於夏臺，文王繫於羑里，一舉而成王。齊桓公奔莒，晉文公困翟，一興便成伯。大王暫屈於艱危，去後必能振立。」勾踐曰：「孤今往吴，多凶少吉，實難進步。」於是，越王無意往吴者。又延數日，王孫雄促書連至，以爲日期將近，若不速行，大兵又復圍國。勾踐恐懼，即日祭祀宗廟，拜掃諸陵，將欲出城，登舟四顧，山河風景，城郭人民，復有躊躇不忍去國之意，悲啼不勝。范蠡謂同列曰：「吾聞主憂臣辱，主辱臣死。今主上有去國之憂，臣吴之辱，以吾淛東之士，豈無一二豪傑，與主上分憂任辱者乎？」於是駕前有六臣灑泣而出曰：「某等才力雖微，然在食禄之下，相國有何驅役，某等願從。」蠡視之乃是：上大夫逢同、司寇郈庸、太史計倪、大將軍嵇郢、參謀若成、司馬程皓。

越王見數臣慷慨向前，乃謂曰：「孤承先王大位，不能繼守，國亡身繫，而爲天下笑者，孤之罪也。然此一别，社稷不保，宗廟圻墟，投彼軀殼，往而不返必矣。爾諸大夫，各言爾志，與相國揀擇，誰可從難，誰能守國，庶幾少慰孤懷。」文種曰：「四封之内，百姓之事，蠡不如臣。四封之外，敵國之制，因義謀事，臨機應變，臣不如蠡。臣請守國，范蠡可從王行。」范蠡曰：「文種自處已審，足可任國，臣即當從駕東遊。然而六子之志何如？」大夫逢同曰：「知君祿之重，懷主德之深，恪守臣節，有國無家，臣之職也。」蠡曰：「子符可以治國。」諸稽郢曰：「保在一人之下，立於萬馬之中，視死如歸，見危授命，吾之能也。」蠡曰：「仲騏之志，可謂勇哉。」計倪出曰：「達星辰之顯晦，參鬼神之出沒，心上經綸，掌中造化，則臣之素志，其他非臣所知。」蠡曰：「神矣哉，伯元之通也。」程皓出曰：「理窮古今之奥事，達未然之機，星律陰陽，無不究極，素志如此，莫識其他。」蠡曰：「博哉，子齡之志也。」若成出而言曰：「舞三尺之龍泉，據萬丈之虎窟，富貴不能撓，戈矛不可奪，此臣之志，外則非臣敢任。」蠡曰：「勇哉，守全。」郈庸出曰：「言稱今古，是非詞權，人物臧否，品藻確當，議論無隱，此臣口舌之能，志則不敢自抑。」蠡曰：「子常可謂辨者也。」遂以計倪、若成、逢同三子與文種守國，以諸稽郢、郈庸、程皓從越王入吳。文種奉觴酬地，爲王贊曰：

皇天佑助，前沉後揚。
禍爲德報，憂爲福堂。
威人者滅，服從者昌。
王雖蹇滯，其後無殃。
君臣赴難，感動上蒼。
衆人悲哀，莫大感傷。
臣請薦脯，行酒三觴。

群臣咸拜於岸口，勾踐與夫人、太子揮涕以至中流，見鴛鴦交戲於青草湖邊，越王顧謂夫人曰：「飛禽尚且不失其偶，吾爲千乘之君，而夫婦去國，甘爲他人奴隸，豈非天耶？」乃擊楫而歌曰：

仰飛鳥兮烏鳶，淩玄虚兮翩翩。
集洲渚兮啄蝦，矯六翮兮雲間。
妾無罪兮負地，有何幸兮譴天。〔一〕
颰颯颯兮西往，尚知返兮何年。
心惙惙兮若割，淚泣哭兮雙懸。

夫人聞王之歌，不勝悲慘，亦賡而歌曰：

彼飛鳥兮烏鳶，已回翔兮翕蘇。
心專在兮啄蝦，何居食兮江湖。
排復翔兮遊颺，去不返兮嗚呼。
始事君兮去家，終我命兮君都。
今遭遇兮何辜，出我國兮入吳。
妻衣鶉兮爲婢，夫去冕兮爲奴。
歲悠悠兮難極，冤悲痛兮心惻。
腸肝結兮撫膺，嗚呼哀哉忘食。
願我翱翔兮矯翌，去我國兮有日，伸六翮兮誰識。

〔一〕「幸兮」，余象斗刊本作「幸」，據龔紹山刊本改。

不覺數日，舟至會稽山下，王孫雄即拔寨收拾，盡驅越之君臣前。至吴國引入見夫差，勾踐獻上寶物，引文武妻孥，盡皆肉袒叩首曰：「東海役臣勾踐，不度功力，辱王軍旅，待罪會稽，合義赦宥，奉至國家圖輿、金珠寶物、群臣妻子，引頸以待處決。」吴王曰：「孤與越本爲仇敵，特垂憐憫於爾，爾等君臣曾知恩否？」勾踐君臣皆頓首曰：「萬歲，臣知恩矣。」子胥告王曰：「吞舟之魚，蕩而失水，雖蝦族得以欺之。若復入於江海，雖網罟不能罷陷。勾踐爲人機險，今在危困之中，故諂辭令色，以陷大王，一朝稍得志意，焉能制伏。王不誅之，恐貽後悔。」王曰：「孤聞誅已降者，殃及子孫，非是愛越不誅，特畏天命而已。」遂詔王孫雄，於虎丘山下闔閭墓側，築一石室，將勾踐夫婦貶入此間，髡其頭髮，毁其衣冠，各要蓬頭跣足，汲水灌花，灑掃墳墓。群臣各爲奴隸，以備驅役，三日一朝，毋得違慢。勾踐夫婦當殿脱去衣冠，髡髮跣足，謝恩趨至虎丘。

范蠡在後，吴王召蠡問曰：「孤聞美婦不嫁破亡之家，能臣不佐絶滅之國。今越王無道，國已敗亡，社稷崩頽，身死世絶，爲天下笑，而其夫婦俱爲奴僕，來歸於吴，豈不鄙乎？吾欲赦子之罪，子能改過自新，棄越歸吴乎？」范蠡曰：「臣聞亡國之臣不敢語政，敗軍之將不敢語勇，安能輔佐聖王。臣在於越，不忠不信，今越王不奉大王之命，至於獲罪，君臣俱降，蒙王賜生，君臣相保，願備灑掃之役，趨走馬前，臣之願也，焉敢棄舊再仕乎？」言罷，伏地流涕，吴王知志不可奪，遂釋范蠡曰：「子若不移志，吾復置子於石室之中如何？」范蠡曰：「臣請如命。」蠡遂趨入石室，畢竟如何？

勾踐三年受吳辱

范蠡歸至石室與越王刈草喂馬，汲水灌花，夫人宮女則灑掃闔閭之墓。勾踐雖在困辱之中，其起居食息，君君臣臣，夫夫婦婦，並不踰禮。一日，吳王登臺遊賞，見勾踐方食，范蠡跪於馬糞之中，夫人立於側席，斯須不失，王顧謂伯嚭曰：「勾踐乃亡國之君，范蠡乃一介之士，雖在顛沛窮厄之中，猶不失卻君臣之禮，孤實傷之。」伯嚭自思前得越賂，未曾與謀，因奏王曰：「臣聞無德不酬，今王體好生之德，而赦勾踐越之君臣，豈土木之徒，而不圖報王之德乎？」吳王然之，將有赦越之意。子胥聞知，忙入諫言：「昔者，桀囚成湯而不誅，紂囚文王而不殺，天道好還，轉禍成福，桀反爲湯所誅，紂反爲周所滅，王今囚勾踐而赦之，惑之甚也。」吳王猶豫不決，又延數月。子胥又諫：「速殺勾踐。」吳王曰：「孤有小疾在身，且停數日，待吾疾愈然後處決。」

伯嚭聞知，密遣家人投石室報勾踐曰：「王信伍員之諫，將誅公等，特因染疾而止，公等速宜謀保。」勾踐召范蠡告之，范蠡曰：「大王無足憂慮，臣夜觀天象，越有三年失主之兆，過二十年將伯。吳有數年之興，不過二十年，其國將亡，王能暫屈節於目下，忍一時之恥，頃心以事夫差，則此囚不日可出。」勾踐曰：「君爲奴，后爲妾，君臣太子蓬垢受役，尚欲加誅，更何忍恥可事？」蠡曰：「臣觀夫差有婦人之仁，無丈夫之慮，王能因其疾篤之際，入朝問安，取其泄便之物而嘗之，彼必惕然見憫，反國之計在此機會也。」勾踐曰：「吾貴爲千乘之君，福享萬民之主，豈能含污忍辱而爲人嘗泄便乎？」蠡曰：「昔者西伯囚於羑里，忍辱而食子肉，故欲成大事者，不矜細行，今王欲謀恢復而圖雪恥，若恥小節，焉成大事？」勾踐即日投伯嚭府中曰：「吾聞主上抱疾不瘳，將欲求見問安可乎？」嚭曰：「主上正欲誅爾君臣，既肯降心問疾，何爲不可？」遂引勾踐入寢室見吳王，吳王曰：「勾踐亦來見孤耶？」勾踐曰：「役臣久仰龍體，欲見恨不能入。臣在東海曾事醫師，頗諳時序，願請王之泄便，與臣嘗之，即知疾之瘥劇。」會王如廁，勾踐隨取而嘗之，頓首起賀曰：「王之糞苦而酸，其疾不出數日而愈。」王曰：「勾踐仁人也。臣子之事君父也，孰肯嘗糞而決疾，爾暫處於石室，待孤疾瘳，當遣伊還國。」勾踐再拜，趨歸石室，與夫人汲水灑掃，復役如故。

數日，夫差之疾果愈，出朝謂群臣曰：「勾踐仁人也。焉可久辱，孤將釋其囚役，免罪放返，卿等有再諫者斬。」即日具宴，詔勾踐君臣出於石室，改換衣冠赴宴。勾踐得詔，忻然便赴。范蠡止曰：「心在越而身要戀吳，方可固人心志，否則此石室將爲吾之棺槨也。」勾踐然之，即具辭表上謝，言辭甚遜，稱不敢逃罪赴宴。夫差連遣使臣請之，勾踐君臣不改衣，復自延頸入見。吳王忙詔其沐浴加冠，待以客位，愈加敬愛。

時子胥在旁，見吳王忘仇待敵，甚有不忿，即拂袖而出。伯嚭因譖之曰：「伍員無人臣之體，傲慢朝廷，王其圖之。」夫差默懷於心，亦不出言，但令群臣暢飲。酒至半酣，勾踐越席曰：「臣本亡國囚俘，何辱大王降遇，今臣不揣庸陋，敢具一篇祝聖之詞，爲頌之。」吳王覽其詞曰：

皇帝在上，恩播陽春，其仁莫比，其德日新。威臨四海，德服群臣。嗚呼盛哉。士感太陽降福翌足，唯王延壽萬歲，長保吳國，四海咸來，諸侯並賓服。觴酒初升，永壽萬福。

吳王覽罷，喜不自勝，令勾踐安於客館：「次日，孤當送爾歸國。」勾踐拜謝出朝。明日，子胥入諫曰：「勾踐内懷豺虎之心，外飾溫恭之體，今王忘卻戴天之仇，而縱殺父之賊，何異置毛於炎爐之上，投卵於岩谷之下，欲其無患，安可得乎？」吳王大怒曰：「勾踐雖居困厄之中，君臣盡體，夫婦相敬，此不踰禮也；身甘爲奴，妻甘爲妾，群臣太子各執賤役而無怨言，是守職也；虛其帑藏寶物而獻於吳，面無慍色，是不爭也；寡人臥病，勾踐親嘗泄便而決瘥劇，是其仁也。夫人有四者之行，而必欲殺之，何其不仁之甚耶？有詔令在前，再諫者斬。相國幸毋多言。」又曰：「越王四行，實爲四餌，心在返國，不得其計，故飾外貌以感聖聰，大王不察其故而實信之，故臣不敢避死以負先王之德。他日宗廟坵墟、社稷榛蕪，其悔何及？」吳王不聽，曰：「孤意決矣，相國勿陳此諫，毋致君臣傷義。」子胥知其不可諫，出曰：「吳王不納吾言，所謂養虎於窮林，他日坐受自噬也。」遂稱疾不朝。

次日，吳王赦勾踐君臣返越，親設祖道，率文武餞於江口。酒至數爵，吳王謂勾踐曰：「孤之地土，與越連境，水陸交通，實弟兄之國，前者因失相愛，囚王三年，今日返國，幸毋蓄怨。」勾踐再拜曰：「臣乃該戮之俘，蒙王不誅賜返，尚當竭心圖報而不暇，焉敢蓄怨？」吳王親送勾踐登舟，相辭而別。胡曾先生《詠史詩》云：

越王兵敗已山棲，豈望殘生出會稽。
何事夫差無遠慮，更開羅網放鯨鯢。

越王歸至淛水之上，王顧望山川如故，花柳重新，乃與夫人歎曰：「孤已絕望宮闕，求辭黎庶，豈期今日復得返國而奉祀乎？」言罷，相向而哭。文種早知越王將至，率守國群臣，城中百姓，鼓舞出迎。淛水之上，越王歸城，先謁宗廟，次拜陵寢，郊天社地，安撫百姓，然後復位，次受君臣朝賀。越王謂范蠡曰：「孤實不德，以致失國亡家，身爲奴隸，苟非相國及諸大夫贊助，何能復至此位？」蠡曰：「此皆大王之福，非臣等之功也。但願從今以後，戰戰兢兢，以圖復怨，不忘石室之苦可也。」越王大悅，嘉納蠡言。於是修葺城池，造補宮殿，以文種治民財，以范蠡治軍旅，尊賢禮士，敬老慈愛百姓，城中四民樂業，安堵如故。〔一〕勾踐又懸熊膽於座側，每出入朝罷，輒以舌嘗其膳，以資苦志，又令近臣出入呼曰：「勾踐你忘會稽之恥耶？」勾踐即應曰：「諾。不敢忘也。」於是，勞心苦思，夢寐在會稽之間，努力以圖報怨。

時至炎暑，越王遣使入吳拜謝，及貢細黃葛布。吳王受之，謂群臣曰：「越王一歸國，輒行謝禮，況得黃葛亦貢於朝，可謂不忘人德者也。」於是，吳王不以越爲掛意，日聽伯嚭之語，不納伍員之諫，問群臣曰：「孤承刀兵初息，欲整臺榭，以利遊覽，卿等以何地可建？」伯嚭將吳都山川景致，盡作一圖以獻，不知所建，畢竟在於何處？

〔一〕「安堵如故」，余象斗刊本作「按堵如故」，據龔紹山刊本改。

吳王西子遊八景

伯嚭獻上畫圖曰：「吳都之下，其臺勝境，無如姑蘇，然前所築者不足以當聖御，王如崇臺利覽，莫如重建姑蘇臺，令其高可望一百里，寬可容六千人，極其壯麗，何所不樂？」吳王然之，欲築高臺。匠人奏：「難爲材木。」吳王遣使遍告列國以求材木，早有人以此事報於越王，越王謀於群臣，范蠡奏曰：「此天將啟滅吳興越之端，大王不可失也。」越王曰：「何謂也？」蠡曰：「夫差內不勤政，外不憂敵，而其侈心一萌，惟崇臺好色，此吾國家歲積軍糧，日繕兵甲，待其荒淫已極，一舉而滅吳，在反掌矣。」越王曰：「然。」范蠡又曰：「臣聞將有奪人之心者，必先投人之好，夫差既築臺而不得其材，王如采其良木，揀其美色，遣使奉貢吳王，得此二端，必然傾心悅受，而終身不疑，我主報怨之兵，而我得安靜而謀事也。」

越王大悅，使木工入龜山采木，得其高大之木二百餘株，又選越中美女五十人，內有一美女名西施者，乃西海濱漁家之女，儀容妖豔，體態嬌嬈，年方十四歲，管弦音律無不該博。越王見了材木美女，喜不自勝。即令木工將前材木，雕斫龍鳳之文，妝飾金珠之彩，即修表文，令文種帶入東吳上獻。文種即領貢物浮江而至，來見吳王，曰：「寡君自蒙宥罪復國，夙夜拳拳，每懷圖報，第恨邦微土薄，無足稱獻。今聞大王欲恢舊業，重建姑蘇，敬采良材二百株，美女五十人，聊充備用，乞賜加納萬幸。」吳王覽罷表文，大加宴賞，受其貢物，厚聘遣歸。

吳王自得良材美女，顧謂伍員曰：「相國每諫勿放勾踐，今勾踐歸國，傾心慕德，不遠千里而貢材物，豈有他謀而我伐乎？」遂令王孫雄引三千工匠，重建姑蘇之臺。務要宏壯華彩，依詔繩墨。子胥退具諫表，次日晨入呈上吳王。吳王覽其表曰：

臣聞奢者禍之基，淫者殃之本。昔者桀築夏臺而國隨亡，紂建鹿臺而身亦喪，此崇臺喪國之明驗也。況三代之季，皆由美色而傾，故夏因妹喜而亡，商以妲已而喪，周因褒姒遂至東遷，此又因色亡國之明鑒也。今王不度明德，外縱強越，内興土木，殫費財力，資益寇讐，大爲不可。且越人進貢財物，王自以爲傾心慕德，臣切以爲助桀爲亂。伏願大王罷臺榭，遠讒佞，黜美人，理國政，則社稷生民無疆之福，否則，臣隕首階墀，甘心就戮，上請無愧於先王，下不見辱於強越，臣之肝膽披露，乞惟聖德，照臣愚悃，萬死無恨。

吳王覽罷子胥之表，情實違忤，本欲加誅，又是先朝功臣，將納其諫，又慮臺榭不就，但含容受其諫表。子胥頓首而出。吳王召伯嚭商議，忽報：「列國聞吳與越和，遣使入賀。」伯嚭曰：「乘此機會，遣員往列國報聘，則此臺可成。」吳王大悦。次日，即以金帛，詔子胥往列國報聘。子胥心知爲伯嚭之計，然君命不敢違，承命出朝，謂太常被離曰：「主上惑伯嚭之説，重建臺榭，吾遠使列國，不能屢諫，子可盡職進諫，無致陷君王於不義。」被離受命，相辭而别。

吳王既遣子胥，即令王孫雄部引工匠建修臺榭，王孫雄令工匠務極宏壯，俱宜秀麗，上高可望三百里，下寬可容六千人，臺上雕梁畫棟，桷臺下金柱玉欄杆，四圍盡植奇花異草，畜養怪獸珍禽，又引太湖之水，圜繞於臺前，通舟往來，以備觀覽，左有香來溪，右有百花洲，雖三秋九夏，花香不絶，此臺見積三年之財，聚五年之力，方能有成。被離累諫，吳王斬以示衆。群臣始恐懼，不敢復言。吳王日遊姑蘇之臺，選後宮美女善歌舞者數十列於坐側。

時西施獨奪歌舞之魁，美貌又冠諸妃之右，吳王悅之，取入後宮，甚加寵愛，出入儀制稍同妃后，群臣皆諫爲不可亂卻宮苑，以使貴賤失敘，夫差不悅。又令王孫雄於靈岩山築西施洞，開玩花池，辟采香徑，鑿碧泉井，建館娃宮，遂挈西施，遊於八景八景，姑蘇臺、百花洲、香來溪、西施洞、玩花池、采香徑、碧泉井、館娃宮。春日則令數十嬪妃，擁西施於前，自與嬖臣伯嚭、奚斯並隨於後，遊於玩花池、采香徑，五十步一亭，八十步一榭，逢亭便宴，遇榭便歌。回顧百花妍媚，夫差親折插於西施之鬢曰：「子如月夜立在萬葩叢下，孤不知花貌類子而子貌類於花耶？」伯嚭進曰：「以臣觀之，西施之於花媚，又有甚焉。」夫差大悅，取酒賞嚭，以其善觀花貌也。唐人高啟有詩曰：

徘徊駐馬百花洲，日麗花妍玩未休。
西子嬌容今不見，教人賦罷枉凝眸。

本朝姚廣孝先生《題百花洲》詩云：

水灩接橫塘，花多礙舟路。
波江映晴霞，沙白寒棲鷺。
綠汀魚網集，隔渚菱歌度。
不見昔遊人，風煙自朝暮。

夏則駕一葉輕舟，載幾船簫鼓，與西施賞蓮於香水溪。令嬪妃裸衣，采蓮於溪內，西施與夫差撫掌而笑。西子酒酣，以手攀隔船之蓮，忽溺於溪。夫差急令嬪妃援起，夫差親自扶入舟中曰：「子之被溺，可謂落花隨水歟。」西子再拜頓謝，夫差即令奚斯於香水溪內，方圓環數丈，皆砌白石，別引清泉。每遇盛暑，令西子潔浴於泉内，其中泉水香馥不散，遂名曰「香水溪」。高啟先生亦有詩云：

粉痕凝水春溶溶，暖香流出洞溝宫。

月明曾照佳人浴，影與荷花相向紅。

秋則携西子登靈巖之山，處館娃之宫，朝歌夜弦，宴賞不息。西子晨則照池而妝，夫差並於肩後，親爲撩鬢施妝，顧謂西子曰：「以子之妍，雖映水亦生輝媚。」西子又頓首謝恩。高啟先生亦有詩云：

曾聞鑒影照宫娃，玉手牽絲帶露華。

今日空山僧自汲，一瓶寒供佛前花。

冬則隱於靈巖山西施洞，每遇霜朝雪夜，夫差與西施自着狐裘，令數十嬪御，引車尋梅，若遇崎嶇險道，車跡不能所通之處，然後方返。高啟先生亦有詩云：

梅雪爭清臘正濃，吴王車出館娃宫。

西施不惜芙蓉面，曾向靈岩冒朔風。

於是一年四季，夫差全不歸理政事。或登賞於姑蘇臺，或宴賞於館娃宫，弦管不絶，樂而忘返。及子胥報聘列國而歸，則臺榭俱成，國政皆荒。子胥忙具表章入諫於姑蘇臺下。〔一〕吴王全不少納。子胥出而歎曰：「吴之末，如桀紂之世，安能保其無亡乎？」遂稱疾不出，畢竟後來如何？

〔一〕「姑蘇臺下」，余象斗刊本作「姑蘇下」，據龔紹山刊本改。

楚昭王禮聘孔子

當時，楚昭王自復國以來，尊賢禮士，繕甲利兵，常欲報吳之仇，及聞夫差荒淫無度，與群臣商議東伐。葉公諸梁曰：「吳雖失政，然有伍員在朝，未可輕圖。」王欲東征，以報先王之恥，必得天下第一等人，講求治道，方可與圖大事。」王曰：「天下第一等人是誰？」諸梁曰：「東魯孔仲尼，當世聖人也。聞人之樂而知人之德，見人之禮而知人之政，每講學於洙泗之上，弟子從遊者三千，身通六藝者七十餘人。故昔日魯公略用於國，便返齊之侵田，可惜魯之君臣任賢無終，遂被齊人間出，去衛適宋，周遊列國。當今諸侯，皆不能用，今聞去陳適晉，大王誠能以禮聘歸楚國，授其大政，不待東征削恨，而王霸之業反掌可得。」昭王然之，即具聘禮，遣使入晉以迎孔子。忽一人階下進曰：「孔丘乃世之迂儒，不達時務，所以遍遊列國，諸侯各各拒而不納，吾王何自輕禮而敬迂儒乎？」昭王視之，乃下大夫宋木字汝材也。諸梁叱木曰：「仲尼抱經國之猷，一施於魯，便有成功，汝乃凡夫俗眼，焉知聖人之道？」二人議論不已。昭王曰：「二子且勿爭競，吾昔自隨渡江入郢之日，曾於江洲拾得一物，舉朝不識其名，吾聞聖人心生孔竅，識人之所不知識，先遣使臣往問異物名實，倘其能識，然後再聘。」群臣皆服其論，王即遣宋木賫前物究尋孔子所在。

當時，孔子將欲行道於天下，而天下諸侯皆不能用，去陳過衛，聞晉趙鞅略有納賢之意，欲携弟子入晉。

時晉室衰弱，政在六卿之家，而六卿獨趙氏最強，時晉項公在位，趙鞅謀奪晉室，先攻同列，晉有賢士二人，名竇鳴、犢舜華，每諫趙鞅不可強淩公室而欺同列，趙鞅怒其忤己，盡收二人而殺之。孔子至河，聞趙鞅殺二賢士，臨水而歎曰：「洋洋乎美哉，水也。丘之不濟此，命也。丘聞刳胎殺天，則麒麟不至其郊；破巢覆卵，則鳳凰不翔其邑；竭澤而漁，則蛟龍不處其淵也。」子夏進曰：「夫子何歎二士之深也？」孔子曰：「鳥獸之於不義，尚知避之，況於人乎？是以君子傷其類也。」子貢引轡西迴，行數里，前見一簇人馬來至，原是楚大夫宋木，木見孔子着逢掖之衣，戴儒者之巾，坐於車上，其引轡執靮者，皆寬衣大帶，俱有儒風，自思此必仲尼也。即下馬向前長揖曰：「長者無乃孔夫子乎？」孔子忙下車相見曰：「然。大夫從何而至？敢問高名？」宋木曰：「下官乃楚之大夫宋木也。寡君前經吳亂，渡江返國，偶於洲邊得一異物，未詳凶吉，敬令下官扣審其名義以決憂疑，夫子幸賜明教。」孔子令取物觀之。宋木出其物，果然負大光輝。孔子曰：「此萍實也，因可食焉，其味甚美。」宋木曰：「夫子此名固有處乎？」孔子曰：「昔吾過宋，道逢童子，謡曰：『楚王過江，得萍實，大如斗，赤如日，剖而食之，甜如蜜。』丘是以知之。」宋木拜辭孔子而去，孔子復歸於衛。

衛靈公聞孔子復至於國，謂蘧伯玉曰：「昔者孔子至衛，孤不能用，今聞又至，吾欲出城遠迎，授其大政，卿以爲何如？」伯玉曰：「主公此舉，實衛國之福，有何不可？」靈公遂與伯玉出迎孔子，入朝賜坐，講論國政，談及中間，靈公曰：「夫子天縱之聖，於天下事理，無所不知，然攻戰急利之事，坐作進退之方，夫子亦曾知歟？」孔子本欲行王道於當世，靈公卻以戰鬥爲問，故卻曰：「俎豆之事，禮樂之儀，則丘嘗學，若夫軍旅之法，攻戰之勇，非丘之所能知也。」遂拜辭出朝，謂弟子曰：「衛君問軍旅，固非仁明之主，不可久居此地。」即與弟子去衛，將適於曹。

卻說宋木歸楚，以孔子之事告昭王。昭王即剖萍實分賜群臣而食之，果然味甘如蜜。昭王曰：「仲尼聖人也。葉公所薦不差矣。」即以安車駟馬，遣宋木復聘孔子。宋木訪問往來之人，知孔子過曹徑投曹國而來，孔子尚未入城，宋木投見，將昭王所聘之書及禮物遞與孔子，孔子忻然就聘。子貢進曰：「夫子捨宋而奔楚，何也？」孔子曰：「楚王以禮來聘，吾合往答其禮焉。」於是返轡過楚。畢竟如何？

孔子遭厄於陳蔡

陳閔公聞知，乃以書約蔡成公曰：「孔丘，聖賢也。楚又大國也，大國而用聖賢爲政，則陳、蔡小國必危，不如同發甲士困阻孔丘，使其不得入楚。」蔡侯然之，遂發兵與陳兵期圍孔子。孔子行至陳、蔡界上，忽聞金鼓震天，二國之兵，將孔子師生重困於野。子路大怒，披甲挺戈見孔子，曰：「匹夫無故困辱夫子，由願奮力與之決一勝負。」孔子忙止曰：「焉有修仁義能免世俗之惡乎？君子咎己而不咎人，安可與之較戰，由速擲戈解甲，援琴而歌，明樂吾志。」子路抛戈釋甲，援琴三歌，孔子親爲之和，然後辭出。於是，七日陳、蔡之兵不退，內無糧餉，外絶援兵，弟子皆經餒病而不能起。獨有顏回、子貢、子路數人侍側，孔子愈增慷慨，晝夜弦歌不絶。子路悻悻然而進曰：「昔，由嘗聞夫子有言曰：『爲善者，天報之以福。』夫子積德懷義，久合於天，又何窮困如此？」孔子笑曰：「由也，汝以爲善之人，不至窮困，則伯夷、叔齊不餓於首陽；王子比干不至於剖心。爲善在人，生死系天，焉可因此而疑彼乎？且芝蘭生於幽林，不爲無人而不芳，君子修道立德，焉爲窮困而改節，遇不遇，時也，賢不肖者，才也。君子博學而不遇時者衆也，豈獨吾孔丘歟？」子路聞夫子之言，俯首退立於側。子貢曰：「今日窮困，蓋爲夫子道大，故天下不能容。然夫子盍少貶焉？」孔子又笑曰：「賜也，汝以吾道爲大，少貶以狥天下，何其志不廣而思不遠也。且良農能稼而不能穡，良工能巧而不能順，君子能修其道而綱紀之，焉能少貶而求容耶？」子貢拱手而退。顏回進曰：「夫子之道至大，當世諸侯俱不能用，然其辱在列國，夫子何病焉不容，然後見君子？」夫子忻然歎曰：「二三子，惟回之言是也。」

又一日，圍兵不退，從者皆饑餓不起。宋木曰：「木請歸告楚王，以兵來迎夫子。」孔子不許，子貢正將私與宋木歸楚求救。忽然野外喊聲亂振，陳、蔡之兵各各棄圍而潰。孔子正欲出詢其故，前有一彪人馬，擁一大將來見孔子。孔子與之相見，曰：「將軍何來而救丘難？」其人曰：「吾乃楚之大夫鬥巢也，奉王命迎夫子，不意陳、蔡之徒久困行軒，此巢有失救護之罪也。」孔子遜謝不已，遂與宋木、鬥巢同入荊州。

昭王聞知，率文武出城遠接五十里，迎入朝廷，以賓師之禮尊孔子。孔子辭不敢當，遂行君臣之禮。昭王曰：「楚乃荊蠻之地，辱屈聖駕，孤之罪也。」遂命設筵宴以待孔子。弟子相從，俱各誾誾侃侃，侍於座側，昭王有問，酬答如流。宴畢，孔子辭出。次日，昭王欲書社地七百里封孔子，使任國政，令尹子西諫曰：「臣觀仲尼，乃當世有德無位之聖人，況其子弟皆賢智之士，昨日侍宴，臣觀顔回，則才德兼純，仲由勇力出類，子貢則能辭善辨，冉求則敏達政事。孔子既得七百里之封，又加以群賢輔佐，德位兼全，文武俱備，他日霸權一舉，削我封疆，吾楚安能保卻千乘之國乎？」昭王曰：「然則孤實聘其入國，焉可委而不用？」子西曰：「孔子進以禮，退以義，大王不封其地，亦不慢其禮，但使其自知不用，則必飄然而去矣。」昭王然之。延數月，孔子見昭王不以政事相問，知其空有愛賢之心，而不能用，遂辭昭王去楚，將復適衛。

潛淵先生有詩一絶以譏子西云：

陳蔡兵迎禮意勤，欲封書社竟無成。
鄙哉令尹疏庸器，辜負君王愛道心。

孔子去楚將適於衛。時衛靈公已死，其子蒯聵又奔於外，群臣奉蒯聵之子名輒而嗣，是爲出公。孔子至衛，復停在蘧伯玉之家。出公將迎孔子入朝，使任國政，孔子惡出公輒不迎父蒯聵歸而自立，以其有失君臣父子之義，辭而不入。子路與子羔入朝願仕，出公以子羔爲士師，子路爲大夫，謂子路曰：「孔子聖人也。先君不能任用，故國中多亂，孤今初立，欲得夫子而任國政，卿試爲孤先達其意，然後自當設禮相迎。」子路出朝，來見孔子曰：「衛君虛席以待夫子，夫子倘任職得權，必先以何等爲治衛之首。」夫子曰：「蒯聵欲殺其母得罪於君父，今輒專位而不迎蒯聵，是又得罪於君父，君臣錯亂，父子無倫，爲名不正，爲言不順，吾焉肯仕於不義之朝？設使吾若仕衛，必先正其名分，定其父子，方可以行吾道。」子路次日入朝，以夫子正名定位之言告之，出公恐其廢己而迎父，遂不迎孔子入朝。上大夫孔圉常訪孔子，談及攻戰之事，孔子對曰：「軍旅之事，吾未之學也。」孔圉辭别。孔子歎曰：「夫鳥能擇木而棲，木豈能擇鳥而依乎喻衛國不可仕也？」遂辭伯玉，去衛歸魯。

魯大夫季康子名肥，季桓子之子，聞孔子返國，敬告魯哀公曰：「仲尼，魯之聖人也，魯不能用而與過陳越宋，遍投列國，此魯見笑於諸侯。今在衛返魯，萬乞主公可以安車遠迎，授以大政，則魯國安如太山也。」哀公然之，即率文武，備安車出郊遠接孔子。孔子辭曰：「魯爲父母之邦，況君主在上，臣何敢安車先入城？」哀公許之，遂命鑾駕先行，季康子迎孔子於後。入朝行禮已畢，哀公勞曰：「國有賢臣而不能用，孤之罪也。今聞夫子遠遊而歸，孤欲請教國家大政，不知其道何如？」孔子對曰：「文武之政，存於簡册，明公將欲行先王之道，舉文武之政而行之，有何不可？」哀公加納其説，將拜孔子爲上卿，孔子辭以年老，不能效用。時孔子年已六十三歲，哀公亦不敢強之，從其告老於家，但以冉求爲大夫，然國有大政事，必先遣使問於孔子而後行，畢竟後來如何？

子貢説吳救魯

孔子辭老於家，自歎曰：「吾之初志，將行先王之道於當世，而當世諸侯不能用，我今當裁述先王之道，傳法於後世可也。」於是杜門不仕，謝絶塵俗，删古人之詩，述先王之書，繫周易之辭，著《春秋》之法，晝夜不息。一日，門人琴牢自齊而歸，入見孔子。孔子問其齊之政事何如。琴牢曰：「田常乃是田乞之後，爲齊大夫，欲謀齊國，只憚其高傒之後、及晏平仲之後、鮑叔牙之後與管仲之後，此四家威權，不敢動手，故奏齊侯起兵伐魯，以邀邊功。今兵已屯於汶水之上，不日將至魯矣。」孔子大驚曰：「魯乃父母之邦，不可不救。」乃召集諸徒議曰：「諸侯攻戰，丘實恥之，今魯爲父母之邦，齊師壓境，勢如累卵，二三子誰敢出使，以止田常之兵也？」顓孫師孔子弟子，即子張，越席願往，孔子不許。端木賜願往，孔子許之。

子貢即日辭出，投齊來見田常。田常聞子貢至，謂左右曰：「端木賜乃孔門之高弟子，其來必欲以口舌救魯，爾等布列鎗刀，待其説及吾身，聽吾號令，欲斬即斬，〔一〕毋得故違。」諸將唯唯，列戈戟於兩行。田常親迎子貢，子貢見帳下列兩行校刀手，默知田常赫己，乃端莊容貌，徐徐而入，至中軍，各序賓主而坐。田

〔一〕「欲斬即斬」，余象斗刊本作「欲斬」，據龔紹山刊本加。

常曰：「先生辱臨敝邑，有何指教？」子貢曰：「賜聞憂在外者攻其弱，憂在內者攻其強，將軍圖憂於內，而又發兵伐魯，切與將軍憂之。」田常曰：「先生爲常何憂？願聞其詳。」子貢曰：「賜欲求陳利害，而將軍盛布戈矛於帳下，意者將軍疑賜爲魯遊說，此賜所以不敢盡告也。」田常忙令撤去劍戟，延子貢於上座，請問其伐魯利害。子貢曰：「當今諸侯，強者莫如吳，弱者莫如魯，將軍欲屈四氏之雄，必須伐吳，吳敗而將軍著大功於齊，四氏雖雄，焉敢抗拒將軍之勢乎？」田常曰：「吳有長江爲險，帶甲百萬，又兼以伍員、伯嚭行兵，常若驅東齊弱卒而攻，何啻以毛投火哉？」子貢曰：「吳國雖有長江兵甲，而夫差不能據爲雄險，此變難爲易之時，不可失也。」田常曰：「何謂也？」賜曰：「夫差自伐越以來，崇臺好色，與西施耽遊八景，不理國政，子胥出，百姓怨苦，將軍乘此荒亂，移兵東向，則吳望風而潰。」田常曰：「先生高見固是，爭奈吾兵已屯於汶上。」子貢曰：「兵隨將轉，將奉令行，將軍一麾則大兵東渡，何憂之有？」田常大悅，取酒款待子貢。

即日移兵伐吳。宴罷，子貢辭出，遂投東吳，來見吳王。吳王曰：「先生遠辱敝國，有何教益？」子貢曰：「齊兵伐魯，與吳爭霸，恐大王救魯，故先移兵伐吳，大王誠能救魯誅齊，使魯受盟於吳，其利大矣。」吳王曰：「先生之言固當，奈我與越王有仇，勾踐苦心養士，常有伐吳之意，我若出兵救魯伐齊，越必乘虛來攻我國，不如先伐越而後誅齊。」子貢曰：「不可。越之勁不過魯，吳之強不過齊，大王若置齊而伐越，則魯必受盟於齊矣。方今大王以扶傾濟弱爲名，欲圖中原盟主，若棄強齊而伐小越，非勇也。勇者不避難，仁者不困厄，智者不失時，義者不絕世，今大王出兵救魯，威加齊國，則天下諸侯必相率而朝於吳，吳之成霸在此舉也。大王必若疑越有伐吳之心，賜請東往見越，令其出兵以助吳國，有何不可？」吳王大悅，曰：「先生如肯令越助吳，孤何不救弱魯而誅強齊乎？」

子貢辭出投越，越王聞子貢至，親率文武出郊，迎入朝曰：「蠻夷之國，何幸得先生至此。」子貢曰：「吳王將起兵救魯伐齊而懼大王復仇，不知大王誠有復仇之舉否耶？」越王曰：「孤昔敗於夫椒，棲於會稽，妻子甘爲吳役，恥辱百端，憂苦萬狀，三年而後得歸，孤每臥薪嘗膽，焉能無復仇之舉，爭奈百姓未安，軍馬未足，所以鬱鬱於懷也。」子貢曰：「大王差矣。且夫無報人之志而令人疑之，有投人之意而使人知之，事未發而先聞，必主危殆。今吳王荒淫，百姓怨苦，委棄子胥而任子餘，此正越復吳仇之日，正可急圖，而不可緩舉也。」越王曰：「先生之言，有如金石，然寡人疏昧無謀，願聞指教。」子貢曰：「吳王矜傲，伯嚭恣貪，大王若能以甲兵、金帛、糧餉、器械降辭，遣使助吳王伐齊，吳王必以大王爲怯，不致防越，悉兵與齊爭鋒，吳敗則大王乘虛東伐，一驅而夫差可擒矣。」越王大喜，厚待子貢。

子貢辭出，復至東吳，見吳王曰：「賜見勾踐，説以利害之故，勾踐恐懼，即備兵甲，將遣使入吳矣。」吳王猶豫未決，忽報越使賫器物至，吳王召使者入朝，使者曰：「寡君聞大王有征齊之舉，他無所助，聊備甲兵一萬，糧餉千斛，公卿將士各奉金帛，以表行征之餞，乞惟寬宥以納。」吳王覽其貢表，不勝喜悦，令有司款宴越使遣歸，又送子貢出朝，約其起魯兵相會。

次日，聚集群臣謀議發兵伐齊。伍子胥諫曰：「越爲吳國心腹之疾，齊與吳國姻婭之親，今王不先伐越而伐齊，臣不知其計將安出？」吳王曰：「勾踐自歸國以來，歲歲入貢，服德稱臣，今聞我兵伐齊，又賫兵甲、糧器，舉朝將佐皆有金帛，懼威如此，卻又伐之，何其不仁之甚也。」伍員曰：「臣聞勾踐一自東歸，臥薪嘗膽，志在復仇，今乃歲納貢稅而稱臣者，是以柔服我也。若夫助兵甲器械，又舉朝士夫皆有金帛者，是以豢吳也。今王不察，反以越爲服德稱臣於吳，臣切以越爲香餌設鈎於吳也。夫攻疾必去其源，刬草必盡其根。王今有大怨在越，棄而不伐，他日勾踐養兵一振，艤舟東渡，譬猶草根再生，病源復作，雖欲除之，不可得也。」吳王不聽。

子胥歸，召其子伍封曰：「吳王不納我諫，國必至亡，國亡，伍氏爲吳大臣，諒不能保家屬。」伍封曰：「然則若何？」員曰：「齊國大夫鮑惟明者，與吾有生死之交，我即修書，令家人將爾寄托寄於鮑氏之家，倘吳亡我死，汝即改姓王孫氏，使主祭祀，亦伍氏先靈之幸也。」尋夜即修書一封，令家人密送伍封往齊。臨別，父子相向而泣，不忍分離，早有伯嚭之家人聞知此事，即告與嚭知。當時，嚭得吳王寵嬖，子胥每惡其讒佞，二人遂成仇隙，及聞子胥寄托家屬，便有傾陷之心。但不知後來如何。

伍子胥抉目待吳

次日，吳王宴群臣於姑蘇臺，文武皆在，獨子胥稱疾不至。王曰：「孤欲發兵伐齊，而伍員務請伐越，卿等之見，雖稱寡人之謀，然寡人昨夜一夢不祥，實有不欲伐齊之意。」伯嚭曰：「大王所夢維何，願聞其詳，臣等請占吉凶。」王曰：「昨夢身出章明宮，水入姑蘇臺，後宮鐘鼓震，祖廟草木青。」伯嚭頓首賀曰：「此大王克齊成伯之吉兆也。」王曰：「何以知之？」嚭曰：「身出章明宮，乃王駕出吳城也。水入姑蘇臺，乃齊服而來降也。後宮鐘鼓震，吳國威風著。祖廟草木青，吳新伯業成。以此占之，是知爲王之吉兆也。」吳王笑曰：「誠如子餘之言，寡人何慮？」遂決次日伐齊。

忽然臺下一人大聲曰：「伯嚭貴爲太宰，位在百僚之上，而進諂諛之言，王如何不察，社稷將危矣。」衆視之，乃左大夫展如也。吳王問其故，展如曰：「王之所夢，皆是不祥之兆也，而伯嚭妄獻諂言，反凶爲吉，王如不信，臣聞城東有一術士名公孫聖者，善測陰陽，能占夢寐，大王必請此人占之，方可斷其凶吉。」吳王納之，令王孫雄出召公孫聖，雄承旨直投聖宅而進，聖延入相見，曰：「大夫爲何而至？」雄曰：「主上昨夜得夢，滿朝文武皆不決占，令雄來請先生占斷吉凶如何。」公孫聖問：「所夢何事？」孫雄悉告其事。聖忙抛入後堂大哭而見其妻曰：「我命當盡矣。」其妻曰：「吳王有詔來召夫君，此正利見大人之時，富貴由此而得，夫君何爲又出此言也？」聖曰：「吾平生好直，今吳王所夢皆破國亡家之兆，我若循直而言，必然見戮。」其妻曰：「妾聞人君好直，則舉朝讜言之士；人君好讒，則舉國諂諛之人。今聞太宰伯嚭，尚且讒諂貪位，子何不反凶爲吉，以邀富貴乎？」公孫聖怒視其妻曰：「是何言也？性好忠直，而令作讒諂之士，吾寧就死，豈肯瞞心而作此徒，况吾頗讀聖賢之書，略知君臣禮義，雖使赴湯冒火，亦不敢辭，况敢背道而陷君父也？」遂拂袖而出，與孫雄同入朝來見吳王。吳王舉前所夢，令聖占之。聖頓首曰：「臣當萬死，乞大王容臣所由曰，章明宮乃大王聽治之所，而夢身出此宮，是身降而位虛也。姑蘇臺乃大王遊玩之所，而夢水入此臺，乃樂極悲生也。後宮鐘鼓震，必主社稷崩頹也。祖廟草木青，必主宗廟蓁蕪。四者，皆覆宗絶嗣大不祥之兆。乞大王罷伐齊之兵，振紀綱之治，則社稷生民幸甚。」吳王俯思不對。伯嚭徒旁出曰：「公孫聖以妖巫之術，妄誹聖夢，理合處斬示衆。」聖即叱嚭曰：「太宰食重禄，居首貴，不思盡忠報主，惟思蠹國害民，他日吳國滅亡，大宰能保獨無禍乎？」吳王大怒，曰：「匹夫廷辱大臣，有司押出梟之。」武士即將公孫聖推出朝外，聖仰天歎曰：「吳王偏暗，聽信讒臣，社稷不出三年矣。」

時子胥見伯嚭弄權，稱疾不出，及聞街市炒鬧，言斬公孫聖，止住武士，慌忙入朝面諫吳王曰：「臣聞法者明善，馭頑之器不可偏摇，刑法一摇，則民無所措手足。公孫聖無辜細民，大王必欲誅之，臣不知其坐何罪獄？」吳王以其妄誹聖夢，廷辱大臣之事告之。子胥曰：「伯嚭前受勾踐之賂，盡力保其歸國，今又納其寶物，故惑大王伐齊，賣國肥家，貪禄固寵，王何不察，反成爲其以斬小民？」伯嚭即奏曰：「伍員怨罔朝廷，欲與齊國相通作亂，故阻大王不可伐齊，王如不信，伍員近日曾托寄其子於齊大夫鮑惟明之家，此固謀反之明驗，臣焉敢賣國肥家乎？」吳王大怒曰：「伍員累累上表諫勿伐齊，由其意將謀反故也。」遂令武士押出，與公孫聖並斬回報。群臣各各諫曰：「伍員雖然與齊謀反，其跡未彰，且爲先朝老臣，功績最大，不可加誅。」吳王默然半晌，令勿斬子胥，止斬孫聖，但廢子胥官職。

子胥解還衣冠，即日歸家不出，群臣出朝。伯嚭私謂吴王曰：「伍員久結於齊，今王若不速斬，及齊兵一至，國中先亂，社稷難保。」吴王曰：「群臣皆諫爲先朝功臣，不可加誅，此事奈何？」嚭曰：「王如不肯以刑殺員，則當賜劍，使其自盡，以絶後患。不然更緩數日，員奔入齊，則齊難敵。」吴王然之，即收屬鏤之劍，令使臣賫送與子胥，使者至伍氏之宅，以劍付與子胥曰：「吴王令賜相國屬鏤一口，他無所辭。」子胥接劍歎曰：「吾知之矣。吴王信奸佞而斬忠臣，吾非敢辭，但恨吾死之後，吴國其亡乎。」謂家人曰：「我死，汝可抉吾之目，懸於東門，以觀越兵滅吴也。」又謂家人曰：「吾死之後，汝可插檟樹在吾墓上，檟樹可以成材，越兵必至矣。」言罷，自刎而死。家人悲啼不勝，亦自傷死。

使者取員之首級回報。〔一〕吴王問使者曰：「伍員臨死曾怨寡人乎？」使者曰：「否。但令家人抉其目懸於東門，〔二〕以視越兵滅吴。」吴王大怒，令取鴟夷皮作成一囊，貯伍員首級投於江中。

國人哀其忠直被誅，收其屍葬於胥山，爲之立廟，春秋設祭祀。唐胡先生有詩云：

子胥今日委東流，吴國明朝亦古坵。
大笑夫差諸將相，更無人解守蘇州。

東屏先生《詠史詩》云：

敗越夫椒績用收，越人謀我事堪憂。

〔一〕「首級」，余象斗刊本作「首殺」，據龔紹山刊本改。

〔二〕「家人」，余象斗刊本作「家」，據龔紹山刊本改。

靈胥墓櫝成材日，幎冒何人死抱羞。

宋乖崖張詠先生題廟詩云：

生能酬楚怨，死可報吳恩。
直氣海濤在，片心江月存。

隋王通先生《大江東詞》云：

吳山萬疊，望錢塘注目，寒波清徹。追想當初，傾猛楚，此地曾施英烈。破楚奇才，傾吳妙算，分鄭重圖越。誰知吳王，偏暗難顯豪傑。　愚迷誰比浮槎，蠢濁怪跡，淫志同辛蹶。雙動賢良沉綠波，肌肉盡遭魚鱉。負錐言，終朝暮視，使盡英明烈。空流痛淚，淚珠彈盡情血。

本朝玉山吳學先生有《錢塘潮詞》云：

錢塘發泄不平氣，萬雷怒奔聲動地。雪山白日倚天高，亂灑千秋子胥淚。江花自開落，江月閑升墜，悠悠千古恨，天終恨未消。

潛淵讀史至此有《古風》一篇云：

將軍本是衣冠族，聲名自幼馳英武。
寶劍橫揮敵萬人，雄才磊落超千古。
一旦平王殺父兄，襄流誓濟吞荊楚。
荊楚孤窮出奔時，茫茫四海欲何之。
越陳適宋羈縻晉，千里神駒困捷蹄。
征袍夜染泥途水，震耳晨驚戰馬嘶。

輕舟匹馬從東渡，吳漸高兮楚漸低。
嘉謨妙算爲吳籌，苦志勞心慕復仇。
一朝飲馬襄江水，楚國君臣俱失謀。
旌麾掃盡江南霧，五戰長軀拔郢都。
鞭屍抉破平王目，席捲冤仇復轉吳。
英雄再舉匡吳策，北服強齊東服越。
霸業未成西子至，姑蘇臺釁生民血。
忠臣忍見色傾城，儻官剴切披肝膈。
讒諂未除國未安，身軀先裹鴟夷革。
君不見，胥山月，東方升出西方没。
溶溶深夜滿吳江，照見忠臣寒骨白。
又不見，吳江潮，朝朝洶湧激波濤。
波濤怒激如山大，猶似忠臣恨未消。

潛淵居士先生有《胥山銘》云：

武王伐紂，子胥鞭平，爲人爲父，十死一生。
矯矯伍員，執弓挾矢，仗其寶劍，以謁吳子。
稽首楚罪，皆中紂理，蒸報子妻，殲鉏直士。
赫赫王閭，實聽奇謨，錫之金鼓，以號以誅。

黃旗大舉，石廣皆朱，戮墓非赭，瞻昭乃烏。
後王嗣立，執書不泣，顛越言潤，宰嚭讒輯。
步光蹤飛，姑蘇待執，吾則切諫，抉眼不入。
投於河上，自統波濤，晝夜雨至，懷沙類騷。
洗滌南北，簸蕩東西，夷蠻卉服，罔敢不來。
雖非命祀，不讓瀆齊，帝帝王王，代代明明，表我忠哉。

吴王既殺伍員，遂以胥門巢爲元帥，姑曹、王孫雄爲左右翌，以鱄毅爲先鋒，又遣王孫駱會魯兵，共伐齊國。〔一〕大兵至艾陵下寨。次日，魯大夫仲孫何忌、季孫肥帥師來會吴王。吴王召入中軍相見，禮畢，忽有哨馬馳入帳下，不知所報何事。

〔一〕「又遣王孫駱會魯兵，共伐齊國。」余象斗刊本作「又遣王孫駱會魯共兵，伐齊國。」據龔紹山刊本改。

齊兵艾陵大戰

吳王與季康子正議事間，忽有哨官來報：「齊將田常引大兵十五萬殺至。」吳王謂季康子曰：「今吳伐齊，因爲救魯而來，次日大夫可引兵先敵一陣，以觀齊兵強弱，然後我兵方可接應。」季康子領命而出。次日，即調先鋒顏羽引兵出戰，顏羽出陣，齊將國書曰：「魯與齊乃山東表裏，今不相和，反降吳而伐齊？」顏羽答曰：「汝齊侵陵魯國，故我投吳，今舉二國大兵而至，汝不下馬就戮，尚復多言？」國書拍馬直取顏羽，顏羽輪刀便敵，國書搶入懷心，斬卻顏羽。冉求、樊遲雙馬殺出，國書前遮後架，鬥至二十餘合，齊將閭丘明殺出相救。四馬交戰，冉求力不能支，望本陣逃回。樊遲獨困於陣，左股被傷一箭，翻於馬下，孟之反挺鎗殺入重圍，救出樊遲，齊兵一齊追至，冉求抽馬殺回，欲迎齊兵。

孟之反曰：「齊兵甚鋭，子不能敵，汝可保出樊遲，我自擋住一陣。」冉求力保樊遲歸寨，孟之反勒轉馬頭，架起弓弦，望閭丘明左目射一箭，丘明落馬，孟之反挺鎗刺死丘明，殺入齊陣，縱橫衝突，如入無人之境。齊兵披靡敗收軍，堅閉不出。孟之反奪其器械，緩緩而歸，魯兵踴躍，喝采曰：「好個將軍孟之反也。」孟之反聞衆軍聲揚己勇，故掩功績，乃抽矢以鞭其馬曰：「非吾之勇敢在戰後，乃馬不進也。」後人有詩云：

堪羡孟之反，英雄不伐功。
戰敗能爲殿，猶謙馬緩蹤。

魯兵初敗，季康子入見吳王曰：「齊兵甚鋭，不能對抵，昨日一陣，若非孟之反，魯兵幾無片甲。」吳王問計於群臣，伯嚭曰：「臣聞田常部下只有國書驍勇，可將吳魯之兵屯於艾陵，左右以作犄角之勢，大王親自出馬，國書若見，必然殺至，大王誘入寨前，使兩寨將士夾攻，國書必然被擒，國書一擒，田常不足破矣。」吳王然之。遂令二國之兵屯於艾陵左右。

次日，親自披掛出馬，大叫曰：「吳兵救魯，田常何不出寨納降？」國書視之，謂諸將曰：「此夫差也。更不生擒，尚待何日？」横刀望吳王便刺，吳王望本寨逃走，國書追之將近，吳營突出鏄毅，魯營突出孟之反，將國書夾攻三十餘合，國書不能遮架，被孟之反打落戈矛，鏄毅搶入懷中活捉而歸。田常急令諸將來救，吳、魯大兵皆出，斬齊兵如刈草芥，奪旗鼓似掃塵沙，屍横寨道，血染郊原，田常十五萬兵喪於艾陵，引數千殘卒歸寨，收拾班師。

吳王令諸將追之，伯嚭引胥門巢追及，田常下馬拜於道旁乞命。伯嚭曰：「汝立貢税文字，我奏吳王，赦爾草命。」田常曰：「貢税之議於在齊侯，常焉敢專，立乞饒歸國，奏齊侯奉貢税之表入謝。」伯嚭大怒。胥門巢囚田常歸見吳王。吳王喝令斬首，然後鼓兵入齊。田常頓首乞命，願立納降文字，將本寨軍糧器械盡獻於吳王，吳王受之，放田常，即令班師。伯嚭曰：「吳之興霸在此舉也，王何班師？」王曰：「何謂也？」嚭曰：「中國盟主惟在晉、楚，今楚已服，晉國君臣亦自作亂，王若乘此得勝之兵，屯於中國界上，傳檄以會諸侯，晉侯若至，請斬國書之首，號令列國，倘晉不肯受盟，則鼓兵殺入絳州，虜其君臣，則天下誰敢不從。」王曰：「太宰之見固是，然此兵合扎屯於何處？」嚭曰：「臣觀黄池之地，東連鄭、衛，西接晉、陳，乃列國之界，王可移兵，屯於此處，傳檄以會諸侯。」

吳王即令斬郤國書，相共魯兵，進屯於黄池，遣使遍告列國，約期赴會。郤說使者來至晉國，當時晉侯奄弱，趙鞅簡子獨專國政，衛公子蒯聵被逐在外，〔一〕欲殺其母南子，靈公欲殺之，蒯聵出奔投於趙鞅府中。及聞靈公已死，國人立輒，蒯聵告趙鞅曰：「聵雖得罪於君父，〔二〕而衛之大位當傳於聵，今父死，國人立輒，而輒專位，又不迎聵，使聵而受天下議談，此事奈何？」趙鞅曰：「公子不必憂疑此位，吾當發兵以送公子反國。」聵頓首謝曰〔三〕：「大夫誠能送聵返國，以正父子大位，則公名震於天下，而聵亦不敢少置也。」次日，趙鞅親率壯兵五千，甲士八百，送蒯聵歸衛。不知後事如何。

〔一〕「被」，余象斗刊本作「彼」，據龔紹山刊本改。

〔二〕「君父」，余象斗刊本作「君文」，據龔紹山刊本改。

〔三〕「謝」，余象斗刊本作「射」，據龔紹山刊本改。

晉兵送蒯聵至城下，衛出公即蒯聵之子輒也，大驚，謂群臣曰：「晉兵送吾父返國，吾必遜而出迎，敢拒而不納乎？」大夫高柴曰：「父子之道，人倫爲重，明公必須出城遠接，奉位尊父是也，焉可拒而不納？」出公曰：「子羔之言是也。」遂令正駕出接。忽階下一人連諫：「不可。」衆視之，乃大夫孔圉之子孔悝也。出公問曰：「孔悝之見何爲不可？」悝曰：「蒯聵得罪於君父，故先君棄此大位，不傳與子而傳於孫，今明公若以大位迎聵，是廢先君之命而得罪於社稷也。且晉人機變貪暴，若引趙鞅入國，必然社稷傾危。」出公曰：「卿言雖亦近理，然吾父已在城下矣。」悝曰：「但令四門堅閉，日久彼必自退。」出公曰：「爭奈國人笑孤不孝何。」悝曰：「但稱先君之命，焉爲不孝？」出公遂依悝，奏令四門堅守，不許輕放晉兵。

孔悝之母，蒯聵之姊也，靈公之女，嫁與孔文子，生孔悝。聞孔悝諫出公勿納其父，乃責悝曰：「蒯聵父也，輒子也，汝爲人臣，合正大倫，焉可教人而拒父？」悝曰：「吾食王上之禄，但知爲國而已，焉知其他？」孔姬令僕人渾良夫出見蒯聵曰：「衛國之政，皆是孔悝專握，夫人甚憫公子失位，故使良夫前召公子入城商議。」蒯聵曰：「承吾姊爲謀，無德可報，但四門不通，焉能入城？」良夫曰：「公子倘得歸國，能賜良夫數鍾之禄，則有一計可入。」聵曰：「子能謀我入城得位，即賜爾服冕乘軒大夫之職，又賜三道免死鐵券，令爾子孫世享富貴。」良夫大悦，即獻計曰：「自今孔悝守拒甚堅，但可密圖，不可揚入，公子可蒙衣而臥於車中，選晉之壯士二人，扮爲引車之僕，我向前入城，倘守城者問，但詐稱外迎親姻而入，如此則機不泄而事可圖。」

蒯聵大喜，即見趙鞅告其入城之事。趙鞅亦曰可，遂選壯士石乞、孟黶二人從之，聵與一壯士裝扮上車。趙鞅囑曰：「甚宜珍重，勿露根芽，公子入城之後，即便開城，與鞅接應，事無不克。」蒯聵受命，與良夫入城，西門守吏羅御拒之。渾良夫曰：「汝不識吾孔大夫之家人耶？」〔一〕御曰：「後車誰人也？」良夫曰：「大夫之親姻也。」御曰：「主上防寇甚嚴，必須驗之，方可入城。」良夫叱曰：「守城防寇乃吾大夫奏準之事，豈有自謀而自陷者耶？」羅御笑曰：「子言是也。」遂開城放車而入。良夫恐孔悝聽知，至黄昏與聵密入見孔姬，二人吞聲而泣，各序往情。聵曰：「承姊所謀，必須代成大事，不敢負德。」孔姬曰：「朝廷大政，皆在吾兒孔悝之手，汝且藏於吾室，待其退朝而歸，汝必以威挾之，方能成其大事。」聵然其説，令壯士石乞、孟黶各執利器，伏於座後，以待行移。

少頃，孔悝朝歸，孔姬召而問曰：「父母之族孰爲至親？」悝曰：「父則伯叔，母則舅氏。」孔姬曰：「汝既識舅爲母之至親，何故不納蒯聵？」孔悝復辭前日之事。孔姬曰：「今日不容不爲舅氏也。」即令聵出。孔悝一見，荒忙便拜。石乞、孟黶伏釰立於左右。聵曰：「孔悝今日尚執迷乎？」悝曰：「願從舅氏之命。」舅氏疑悝，請定盟誓。」孔姬曰：「孔悝盡心爲輒，不可與盟，但囚於蟠臺，待事已定，然後釋之。」聵即拘囚孔悝於蟠臺，即令石乞、孟黶、渾良夫率本府甲士。

〔一〕「設」，余象斗刊本作「識」，據龔紹山刊本改。

次早，鼓噪揚聲：「蒯聵入朝。」滿朝文武無措，急召孔悝。近臣報曰：「正是孔悝作亂。」出公慌忙從城東而走，群臣自相奔散。子路時爲孔悝之家臣，聞蒯聵兵變，孔悝被囚，即操戈殺入。高柴走出，遇子路曰：「門已閉矣。爾尚何往？」子路曰：「食其禄而避其患，非仲由之所爲。」遂殺奔蒯聵之後曰：「汝囚孔悝，安能得位？」石乞、孟黶雙馬來敵子路。子路奮力以戰二將，石乞力乏敗走，子路追之，石乞躲過，挺鎗一刺，打斷子路之纓，孟黶又刺一鎗，子路將死，曰：「君子死不免衣冠。」乃擲戈於地，結纓而死。史臣有詩云：

孝行著聞出孔庭，涵濡洙泗聖恩深。
休誇食禄無忘難，至死儒冠不絶纓。

石乞斬卻子路之首，懸於朝外，令群臣有不從者，依令治罪。群臣即奉蒯聵即位，是爲莊公。當時，南子已死，出公外奔，聵亦不究前故，但令放孔悝復職，封渾良夫爲下大夫，賜以鐵券三道，厚謝孔姬，重待趙鞅，以良民五百家謝之而送歸，即令醢子路之肉曰：「吾聞孔丘聖人也，試遣使賫子路之醢，饋與孔丘，觀其知否。」使者奉醢而行。

卻説高柴逃難出城東門，守卒拒之，不肯放開城門，高柴決意欲出。守卒曰：「大夫必欲急出，此有一條徑辟之路，可通城外，汝從此而出。」高柴辭曰：「吾聞君子行不由徑，吾必不往。」守卒曰：「大夫既不從徑道而出，此有空竇，隙之穴暫且容身。」高柴又辭曰：「吾聞君子正而不竇，吾必不隱。」正躊躇間，衛之出使者至，守卒開門，高柴從而出城。守卒曰：「大夫認得吾否？吾乃昔日犯罪之徒，告理於大夫座下，大夫曾刖吾左足之人也。」高柴慘然曰：「吾既刖爾之足，今日正是報仇之處，何爲又教我從徑而走，從竇而隱。」守卒曰：「大夫刖吾之足者，執公法也。焉敢懷咎而報怨乎？大夫速行矣。」高柴嗟歎，直奔東魯，來見孔子。

當時，孔子告老不仕，著述於家。時有叔孫氏之僕名商鉏者，采樵於城西，見一大獸，身似麇，尾似牛，商鉏以爲怪物，傷折其足，棄於西郊。百姓觀者如市，皆不識名。孔子聞知，與二三弟子亦往觀之，既見曰：「此麟也，此麟也。胡爲乎來哉？」悲泣不勝，反巾拭面。子貢從旁請曰：「夫子何傷麟也？」孔子曰：「麒麟，王者之瑞獸也。必須明王在位，教化風行，然後麒麟始出，今值周室既衰，明王不作，天下諸侯篡弑暴亂，而麟反出，爲人折足傷身，何其出不逢時，而致自斃，此吾所以泣之也。」遂令弟子掩而埋之，引轡歸家。後史臣有詩云：

唐虞世遠鳳麟疏，何事行行出魯都。
想是《春秋》褒貶筆，特因拭面泣麟扶。

麒麟麇身牛尾，其角有肉，其蹄不踐生物，有仁者之意，故又號爲仁獸，明王在位，麒麟方出，以昭仁政之祥瑞。

孔子既歸家，感獲麟之事，歎當時君臣之亂，遂取魯國史記，自隱公即位而始，作《春秋》一卷，定立貶褒以戒後世臣子。

忽一日，有人自衛而歸者，報衛有蒯聵之亂。孔子謂衆弟子曰：「衛國有亂，柴也必逃而歸，但由也可傷死矣。」弟子問其何故，孔子曰：「高柴知義，必然不死非難；仲由昧義，必爲孔悝而死也。」道猶未了，高柴果然奔歸，師弟相見，且悲且喜。衛之使者接踵而入見孔子曰：「寡君新立，敬命小使奉獻奇味，夫子請笑留之。」孔子再拜而受，則是肉醢也，遂令覆之，慟哭入於中庭。弟子咸問何故，孔子曰：「此仲由之肉，何忍不哭。」使至歸衛。

孔子一日曳杖遊於門外，因感慨而歌曰：「太山其頽乎。良木其壞乎。哲人其萎乎。」歌罷，趨入中庭，正席危坐。子貢進曰：「太山其頽，吾將安仰？哲人萎，良木壞，〔一〕則吾將安？夫子殆將病歟。」孔子曰：「賜也。明王不興，孰能宗吾，吾將死。」遂病，七日而卒。時年七十三歲。周景王四十一年夏四月己丑也。宋高宗御制贊：

大哉宣聖，斯文在茲，帝王之式，古今之師。

志則春秋，道由忠恕，賢於堯舜，日月其譽。

維時載雍，戢此武功，肅昭盛儀，海宇聿崇。

弟子散在列國者，咸哭而奔喪，葬於魯城北泗上，諸弟子皆服心喪三年而去。獨子貢廬於墓側，又守三年之墓而後去。

〔一〕「壞」，余象斗刊本作「環」，據龔紹山刊本改。

晉三卿攻亂同列

卻説趙鞅得衛五百户之良民，不奉入晉室，自將此民充入晉陽，使尹鐸爲晉陽大夫，以主其民。尹鐸臨行之際，辭鞅曰：「主公以鐸守晉陽，不知主公意欲保障乎，抑亦繭絲乎？」鞅曰：「二者之意何如？」鐸曰：「保障者，則輕刑減稅，使百姓家給人足，設使國有急難，則民知戰守，以爲我之保障也。所謂繭絲者，則煩刑重斂，殘苦百姓，國有大難，則民亡財竭，晉陽空如抽絲之繭也。」趙鞅大笑曰：「吾欲保障，子必爲我親愛百姓，堅固城郭，他日吾當以晉陽爲趙氏基本也。」尹鐸再拜赴任。荀寅謂范吉射曰：「我等皆爲晉之大臣，而趙鞅得衛民户，獨將充入晉陽，此必有吞同列之意，若不早圖，他日牙爪已成，難爲制奪。」吉射然其説。謀議次日設宴請鞅，埋伏甲士而殺之。范吉射之族弟皇夷者，素與吉射不睦。是夕，聞知此謀，密報趙鞅。趙鞅大驚曰：「然則若何？」皇夷曰：「先發者制人，後舉者爲人所制。明公豈不達此？」趙鞅即命長子伯魯、次子無恤，各引精兵，尋夜先攻荀、范二家，自率大兵繼後。

當時，荀寅、范吉射在軍中同榻共臥，而謀行兵之事，及夜半二人昏睡正濃，家人急報趙氏兵至，寅與吉射慌忙驚起。伯魯之兵喊聲大至，殺入中軍。寅與吉射從後營奔走，無恤從後寨截住去路，大喊一聲，斬荀寅於地下。范吉射抽馬欲從走寨，伯魯一劍斬爲兩段。吉射之部將豫讓者，投降於荀瑶，趙鞅即滅荀寅、吉射家口，入見晉出公。出公曰：「范氏、荀氏皆先朝功臣，雖有罪惡，不可滅其家口。」趙鞅作色曰：「荀、范二氏，欺陵公室，殘虐生民，滅族尚且難保後患，何况滅其家口。」然不拜而出。

晉出公謂群臣曰：「趙鞅傲慢如此，他日寧無吞滅晉室之患乎。」右軍都護趙稷，右司馬涉濱隨出公退朝，泣而告曰：「明公謂趙鞅有意吞滅晉室，以臣等觀之，韓虎、魏駒、智瑤皆有併吞之意。」出公曰：「四卿崛強如此，晉國山河無計可保。」趙稷曰：〔一〕「四卿虎霸晉國地土、人民已有大半，主公欲除之，必須密約鄭、齊之兵，打入絳州，四家可擒。若以城中兵甲攻之，力不能勝，反成召禍。」公曰：「四卿知吾召齊、鄭之兵，必然先起作亂，如何處之？」趙稷曰：「明公密寫借兵之書，臣與涉濱各帶一札，密投二國以借討亂之兵，則四家之暴固可盡掃矣。」出公大悦，尋夜密修簡札。

次日，令趙稷、涉濱各帶一札，詐稱出使。涉濱行至藍臺，趙鞅與韓虎、魏駒會宴而歸。途遇涉濱，鞅問曰：「大夫何往？」濱曰：「奉晉侯之命出塞。」趙鞅叱曰：「大夫此行，必有外通之事。」令左右搜之，涉濱強項不肯與其搜檢。忽然荀瑤與一簇軍吏拿捉趙稷前來，趙鞅忙下馬問其因由。瑤曰：「此匹夫與晉侯密召齊兵，以攻我等，被我搜出，敬送與公等同議此事。」趙鞅大怒，親搜涉濱，亦得召鄭之書，即令囚卻趙稷、涉濱，率四家甲士，鼓噪殺入皇城。出公聞知事發，仰天歎曰：「此天覆晉室也。」遂單騎出奔，遇荀瑤於城下。荀瑤大駡：「昏君，我等有大功於晉室，爾反召兵攻我。」揮劍斬出公於馬下。打入宫殿，滿朝文武，各相逃命，衆卿遂有滅晉之議。趙鞅曰：「不可。宜立新君，我等伏守臣職，方免鄰國刀兵。」衆卿然之，遂立昭公之孫名驕即位，是爲哀公。哀公見四卿強暴，戰慄不敢登位。趙鞅奏曰：「先君無道，無故召鄰國以

〔一〕「趙稷」，余象斗刊本作「趙鞅」，據龔紹山刊本改。

攻臣等，故臣等同欲誅同謀之臣，先侯自知失道，故殞其身，非臣等敢行簒弑。今者內亂既清，主公宜嗣大位，何必推延。」哀公方升宝座，趙鞅與荀瑶率文武朝賀，群臣或有不肯入朝之者，瑶謂鞅曰：「群臣有不朝者，必然謀陷我等，宜斬趙稷、涉濱，號令朝門外言：群臣不朝新君者，必與趙稷同謀，我必誅之。」趙鞅善其説，遂斬趙、涉之首，懸於朝外，號令群臣。群臣恐懼，悉皆入朝，哀公即以荀寅、范吉射之封邑，分賞四卿，大宴群臣。忽報吳王遣使至言：「請會盟於黃池。」哀公辭不赴會。鞅曰：「吳王伐齊破楚，將與中國爭伯，晉爲列國盟主，若不赴會，必失霸權。臣等願保主公會吳，萬無一失。」哀公方備車駕，同數文武直赴黃池之會。

時諸侯皆至，吳有矜傲之意，趙鞅密告哀公曰：「吳王矜伐齊之威，頗有爭伯之意。大王请先定盟，不可與其奪我中國之權。」哀公曰：「然。」諸侯既登盟壇，序爵而坐。吳王謂衆諸侯曰：「寡人先祖乃周室之長，公等皆周室諸侯，今日中國盟主，固當寡人主之。」趙鞅歷階而上，對吳王曰：「吳固周室之長，晉爲諸侯之伯，今日主盟還是寡君爲之。」吳王不從，晉哀公必欲主盟，二國君臣爭至日斜不決。忽吳有哨馬馳報曰：「越勾踐見王久出於外，乘虛殺入我國，彌庸引兵出敵，已被生擒，今群臣堅拒於笠澤，乞望大王速抽精兵歸保東吳。」吳王聞知，心下大驚。又恐諸侯乘此背叛，乃詐聲大罵曰：「勾踐歲奉貢稅，助兵伐齊，焉有此事？匹夫虛報边情，罪合當誅。左右何不梟之。」胥門巢仗劍斬卻七個哨馬小軍。晉之君臣曰：「吳王神采俱失，必有亡國之兆，與爭何益？」乃讓吳爲盟主，獻酬已罷，諸侯各辭而歸本寨。

是夜，吳之告急文書連次不絕，吳王召伯嚭議之。嚭曰：「尋夜班師保國。」吳王曰：「倘諸侯乘亂追擊，則我內外受敵，豈不危哉。」嚭曰：「臣設計可保萬全。」但不知其計如何。

勾踐三戰滅東吳

嚭曰：「今夜令各寨虛張火炬，詐鳴金鼓，以疑諸侯，我兵尋夜班師，方免追擊之患。」吴王然之，依計號令，尋夜拔寨東歸。及天明，諸侯請吴王辭别，則空寨而已。諸侯皆曰：「吴王矜傲太甚，可乘此亂追擊。」晉上卿趙鞅曰：「諸侯會好，不可背盟乘亂，吴王驕傲，彼自喪國，何必我等追之？」於是，諸侯相辭，各歸本國，獨陳閔公懼吴之威，乃領本國之兵，隨後救吴。

卻説吴王歸至蘇州，文武出郊迎接入城，朝賀已畢，群臣俱言，越兵勢勇，速宜謀議戰守之策。吴王問：「誰人屯兵拒越？」群臣曰：「王孫駱與彌庸出被擄，獨王孫駱一枝兵在。」伯嚭急奏曰：「大駕親征，方可退越。」吴王然之，伏令胥門巢爲先鋒，〔一〕展如、鱄縠爲保駕，大發水軍二十萬，殺奔吴江下寨。

時越王志存雪恥，與范蠡、文種協心治政，養兵練將，优恤下民十數餘年。至是方大率國内，得兵十萬，百姓願從出征者二萬餘人，合兵止有十二萬，然皆爲國報仇，各願爭先，所以一戰便擒彌庸，屯於笠澤之南，詐稱雄兵二十萬，戰船八十艘。及聞吴王抽兵出敵，范蠡獻一計曰：「吴兵伐齊，遠歸疲弊勞苦，必須速戰

〔一〕「先鋒」，余象斗刊本作「先絳」，據龔紹山刊本改。

一陣，可入東吳。」勾踐大喜，令蠡調兵。范蠡傳令后庸、皋如各領水軍二萬，啣枚夜渡於吳江左右，又令若成引馬軍五千，屯於没，以截吳兵歸路，又令大將諸稽郢、疇無餘各率蒙衝之艦五十艘，以備馳戰，諸將依計而行。

是夜天清月朗，水光接天，越王與文種、范蠡、計倪、程皓一班文臣，遊於舟中，仰觀天象。少頃，一派火光自北而南，流於斗宿之間，光輝燦爛，照耀江湖之面，波濤閃閃，如金鼇滚浪之像。王顧從臣曰：「此何物也？」太史計倪進曰：「此亡吳之災也。」王曰：「何謂也？」倪曰：「臣觀天象，考曆數，今年歲德在越，災火臨吳，今此災宿自北流於斗宿之間，必主吳亡越霸之明驗也。」越王笑曰：「果如伯元之説，則孤數年之恨，自是可釋矣。」范蠡進曰：「非特天象如此，臣以人事觀之，吳亦當亡。」王曰：「何謂也？」蠡曰：「夫差貪暴荒淫，百姓怨苦，軍士勞疲。今聞吳都又饑，野無顆粟，今驅饑困之民，勞疲之卒而東征南伐，其卒必無鬥志，有不亡國者鮮矣。」〔一〕

越王大喜，曰：「天時人事兩相困吳，而俺君臣安得不畏天命而敬人事乎？」遂取盞暢飲殆至五更，王親自披掛，左帶謳陽，右帶程皓，橫鎗立於戰艦之中，號令三軍，將數百水舟鼓噪而渡。吳兵見越兵渡江，擺開戰艦以待。吳王遥謂越王曰：「子忘會稽之事乎？会稽一敗，爾之君臣陷吾石室，吾哀連境之主，赦宥東歸，今乃不懷舊德而反興兵犯介，因我大將，陷我邊土，是何道理？」越王對曰：「吾自會稽一恥而歸，臥薪

〔一〕「亡國」，余象斗刊本作「忘國」，據龔紹山刊本改。

嘗膽，夢寐吞吳，今爾若不抛戈約降，必使吳都宮殿，變作屯兵之所。」〔一〕吳王大怒曰：「勾踐背義，諸將何不爲我擒之。」鱄毅引舟殺進，程皓迎敵，兩葉戰舟一來一往，交鬥江南，不分勝負。越將謳陽挩起弓箭，射斷吳船帆索，吳船順流而下，程皓復射一箭，鱄毅落水而死。

越兵大喊，數百戰船，一齊殺進。吳將王孫雄、胥門巢引勁弓弩射之，越船不能近前，相持至晚。范蠡將白旗一麾，諸稽郢身披重鎧引艨衝大艦數十艘，突入吳舟，〔二〕吳兵亂箭對面而射。稽郢之舟與吳舟尚隔一丈之水，勇身躍入吳舟，斬卻胥門巢，用力一招，疇無餘督進大戰船。船頭各拴鐵鎗數百枝，衝入吳舟陣裏，進退馳突，吳舟潰散。范蠡又麾后庸、臯如一齊圍擊吳兵，連舟覆水者二百餘艘，其驚潰傷落者不計其數。三江水面，屍浮河壅，血染波江，哀哭之聲，如激怒之潮。唐人高啟有題吳越交兵，有詩曰：

江上山不改，江邊臺已傾。
越兵來處路，江水尚哀聲。

伯嚭、王孫駱、展如等，各携小舟，殺入重圍，令吳王棄船而登小舟，飛奔於没下寨。敗兵漸漸歸至，吳王曰：「諸軍困乏，可就此地炊造充饑。」偏將軍姑曹曰：「此間殺氣勇勇，似有埋伏之狀，不宜停轡。」吳王猶豫間，越將若成截住歸路，吳兵饑困不能動走。越兵奄至，猶如切爪斫芥，諸將奮力，救出吳王。越

〔一〕「吾自會稽一恥而歸，臥薪嘗膽，夢寐吞吳，今爾若不抛戈約降，必使吳都宮殿，變作屯兵之所」余象斗刊本作「吾自會稽一恥而歸，臥薪嘗膽，夢寐吞吳」，據龔紹山刊本增。

〔二〕「突入」，余象斗刊本作「空入」，據龔紹山刊本改。

王又摧大兵一齊從後殺至，吳王回視殘兵，寥落不上數百餘騎，其步卒傷毀手足者悲哀慘戚。吳王在馬上歎曰：「吾自起兵以來，未嘗敗北，今以二十萬衆，喪於長江，豈非天亡我乎？」不覺雙眼淚下。前有一彪人馬，洶湧殺至，吳王曰：「死刻至矣。」諸將皆饑困不振，束手待戮。

及至，乃陳閔公引兵來救吳王也。吳王相見，且驚且喜。閔公輒令本兵獻上糧餉，保駕東回。未至蘇州，越兵曼山塞野，勢如風火迅雷，一齊追至。吳王調陳閔公引兵守石湖，自與敗兵奔入吳城，堅閉不出。越兵追至湖口，陳閔公引弓弩手擺於岸上，越兵不能登岸。范蠡令諸稽郢率輕騎從上流涉渡，閔公正欲拒之，越王大兵殺上石湖岸口，陳兵大潰，欲入吳城，城又不開，乃引敗兵奔歸。遇楚將公孫朝於江口擋住歸路。閔公問：「汝擋吾歸路何如？」公孫朝曰：「我惠王惡爾助吳伐越，所以令某起兵族灭爾國。」閔公大叫數聲而墜於馬下。公孫朝斬其首級，催兵打入陳城，盡收陳氏宗族族斬於城内，留兵以守其地，擄其寶物而還。

此春秋諸侯相併滅國，自楚滅陳之始也。卻説越兵不追陳閔公，直抵吳都，攻打吳城，吳王詔伯嚭督軍守城，自與西施宴於姑蘇臺。畢竟後來如何？

范蠡扁舟歸五湖

伯嚭不恤士卒，朝廷賞勞之物，並不頒賜於群下，士卒怨罵，拋戈棄甲，不願守城，城中百姓，自相潰亂，越兵乘勢攻開東門。王孫駱、王孫雄、奚斯、展如各各引兵塞城，擋住越兵。稽郢謂諸將曰：「放火燒民房屋則可進矣。」四門火起，號哭之聲，風火之勢，互相激怒，渾似地震山崩，軍民踐踏，填塞道路。諸稽郢向前斬卻奚斯，吳將各自逃奔。越兵打入吳宮，遍尋夫差不見。蠡曰：「必在姑蘇室。」令稽郢圍臺，吳王驚慌無措，携西子欲走下湖，越兵殺至，不能復走。越王謂范蠡曰：「吾咎其君，百姓無罪，焉可焚其房屋，失其老幼哉。」速令救火，安集百姓，然後定議滅吳。

范蠡然之，急令程皓、謳陽安集百姓。又令苦庸引兵重圍姑蘇，苦庸未出，夫差遣王孫雄至，越王問其來故，雄頓首曰：「昔者夫椒之戰，大王棲於會稽，寡君曾送大駕東歸。今者天災，吳國得罪於大王，寡君欲請會稽之議，而告求講和，今奉降表，但乞草命以延歲月。其君臣僉役妻子甘囚，一從大王之命。」越王覽罷降表，將許議和。范蠡曰：「昔者會稽之役，天以越賜吳，而吳不受。今天以吳賜越，大王敢逆天乎？且夫早朝晏罷，臥薪而嘗膽者非爲吳乎？使十餘年間積此伐吳之功，一旦而棄之，臣不敢奉旨也。」越王曰：「相國之見固是，然寡人已有哀矜之意，不忍滅吳。」范蠡曰：「大王不忍滅吳，臣奉旨處置吳國。」越王賜蠡之旨，蠡即引兵重圍姑蘇，數夫差之罪，令三軍焚臺，以逼夫差。夫差歎曰：「吾早不納子胥之諫，今日果至滅國，設使死者無知則已，倘如有知，则吾有何面目見子胥於地下乎？」即令左右以幎冒覆面，遂拔剑自刎而死。胡曾有詩云：

　　草長黃池千里餘，歸來宗廟已丘墟。
　出師不用忠臣諫，徒恥窮泉見子胥。

范蠡令取臺上寶物，擄其美女，焚卻姑蘇之臺，斬吳王首級，回報越王曰：「夫差喪國，皆伯嚭讒諂所致。」令斬伯嚭，滅其家族，以戒不忠。又令吳之群臣有願仕越者，復其原職，不願仕者，任其出處，焚吳氏之宗廟，掃盡其宗族，取其寶器，驅其宮女。留大將軍諸稽郢屯守吳都，開倉以賑吳民，大駕東歸，此越滅吳國也。胡曾《詠史詩》云：

　　吳王恃霸棄雄才，貪向姑蘇醉綠醅。
　不覺錢塘江上月，一宵西送越兵來。

又宋賢楊誠齋名萬里先生《題姑蘇臺》詩云：

　　插天四塔雲中出，隔水諸峰雪後新。
　道是遠瞻三百里，如何不見六千人。

唐人高啟先生《題館娃宮》詩曰：

　　館娃宮中館娃閣，畫棟侵雲峰頂開。
　猶恨當年高未極，不能望見越兵來。

本朝東屏先生《詠史館娃宮》詩曰：

　　初收奇貨錦裁新，百媚生輝曉夜春。

樂盡臥薪尝膽世，五湖歸載有妝人。

世傳吳王夫差在蘇州城南，築一酒城，釀酒與西施宴飲，及越王入吳，盡發其酒，以賞軍將。

唐人高啟先生《題酒城》詩曰：

酒城應與酒池通，長夜君王在醉中。

兵入館娃猶未醒，越人宜賞武夫功。

越王滅吳，擄其寶器及美女而歸，時西子亦在囚中。范蠡諫曰：「色傾人國，自古有之。吳王因耽西施之色，大王所以得滅其國，王何不鑒而蹈前車之覆乎？」越王不從，遂令大軍出吳都。范蠡退而歎曰：「越王爲人，長頸鳥喙，但可同患難，不可同安樂，吾之功成而身不退，安能保無後患乎？然不除西子，吾越復有覆亡之患。」乃設一計，及大駕至石湖，密令左右取輕舟於湖口，又令王之宦者，密誘令西子出於帳外，蠡令左右以輕舟載於煙浪之中，曰：「此傾人家國之物，不可少留。」遂溺西子於湖心，恐越王耽其色也。

次日，蠡謂越王曰：「大王外患既除，可與二三良臣，善營家國，臣請從此謝恩以出，再不願入越都矣。」越王大驚曰：「寡人辱承教誨，得削大仇，正當與子共享太平之治，子何棄寡人之速耶？莫非寡人有慢於子乎？」蠡曰：「臣聞爲人臣者，君憂臣勞，君辱臣死。昔者君辱於會稽，待罪於石室，臣所不以死者，爲吳未滅故也。今吳已滅，君恥已削，焉敢偷生於世？」越王曰：「相國疑孤不能保全君臣之義乎？相國且歸，孤即列土，〔一〕以封相國，使爾子孫久享大禄，相國必若堅迷不再，則身亡而妻子爲戮矣。」蠡再拜謝恩以歸本寨。

〔一〕「列土」，余象斗刊本作「列出」，據龔紹山刊本改。

遂從是夜乘輕舟，逃入五湖之中。胡曾先生《詠史詩》曰：

東上江山望五湖，雲濤煙浪接天隅。
不知范蠡乘舟後，曾有忠臣繼踵無。

東屏先生《詠史詩》曰：

鴟夷皮號諱誤軍，重寶輕舟破水雲。
君子謀成身退有，未聞禽鳥相人君。

潛淵讀史至此，曾有《古風》一篇：

縱横鴟鳥修修舉，使君發矢貫翎羽。
鴟鴞已墜縱横志，使君心契五湖水。
五湖風景五湖秋，樂與同遊險不遊。
古來王佐非周召，見幾不作功成羞。
君不見，伍子胥，狡兔死兮走狗烹，飛鳥落處良弓收。
敵破謀亡皆類此，何必睠睠思故土。
一葦扁舟一竿竹，清風凜凜高千古。

乃變姓名，自號爲「鴟夷子」，遣僕遺書一札與文種，飄然寄跡於湮浪之中，蓋後人莫知其終焉。《史記》云：「范蠡自五湖至海，齊人用之，官至丞相，後又棄官遁隱，故名爲陶朱公，耕畜置家巨萬。」

次日，越王不見范蠡，詢之蠡之部下，曰：「昨已入於五湖矣。」又以溺西子之事告之。越王曰：「噫。此寡人之過也。」大駕歸至浙東，群臣迎接入朝，行賀已畢，大封諸將，宴賞群臣。群臣謝恩出朝，文種得范蠡之書，拆而視之曰：

蠡聞功成身退，天之道也。功成不退，身之殃也。今吾與子，膂力廟堂，雄成霸業，理合拂袖而歸。且越王爲人，長頸烏喙，但可同守患難，不可同享安樂，譬諸狡兔死，〔一〕走狗烹，飛鳥盡，良弓藏。〔二〕敵國既破，謀臣即亡，蠡思每每及此，是以棄名利於富貴之場，樂綸竿於江海之上。同寮誼重，敢不盡布，惟子明鑒，乞早圖之。

文種讀罷，曰：「范蠡誠高世之士，吾不及也。」即日稱疾不朝。越王謂群臣曰：「孤初未滅東吳，文種、范蠡盡心獻策，各效謀謨，殆至東征未還，范蠡即棄寡人而遁，今者文種又稱病不朝，二子何其輕名高節乎？」計倪曰：「文、范二公，國難則出，國安則退，實有清風高節，乞明公旌獎，以勸後人。」越王然之。次日，將親往問文種之病，右將軍皐如與種有仇，因而奏曰：「文種素有謀叛之意，大王何不詳密，今王若入其宅，必召不測之危。」越王叱曰：「昔孤在吳三年，國中大柄皆居文種掌握，此時不背寡人而叛，今日焉有是意？」皐如曰：「文種素得君民之心，彼若謀反，一舉而得。大王不信，問病之日，種如出迎聖駕，則無此意，如不出迎，則其反意明白。大王何必疑爲妄言。」〔三〕越王默然。即日便往問文種之病，皐如忙使家人告文種之家人曰：「主上疑爾文氏謀反，今日詐來問病，诚欲擒文種歸朝矣。」家人忙報文種，文種罵：「昏

〔一〕「譬」，余象斗刊本作「襞」，據冀紹山刊本改。
〔二〕「良弓」，余象斗刊本作「良工」，據冀紹山刊本改。
〔三〕「妄言」，余象斗刊本作「妄」，據冀紹山刊本改。

君，果不能與之同享安樂也。」遂令家人埋伏刀斧於門下，先誅無道，然後別立新君。頃刻報：「王駕至。」文種隱而不出，越王至其宅，見種不出，遂有疑心。計倪曰：「相國抱危篤之急，焉能出接大王，大王不可狐疑，失君臣大義。」及至中堂，又無人出納，及觀兩廊，似有埋伏之狀，遂與數從臣趨出歸朝，即發兵滅文種之族。計倪率群臣忙奏曰：「文種反形未彰，豈可輕滅功臣之族？」越王不從。計倪又曰：「種有大功勞，未蒙重賞而得重罪，恐後忠臣義士盡皆去越矣。大王必欲滅文氏之族，臣等願以家口保文種之族。」越王默思良久，令斬文種，赦其家族。

晉智伯求地謀反

計倪又曰：「古者刑不及大夫，文種功蓋越國，貴冠當朝，罪惡未彰而梟其首功，爲大王仁明之累。」越王大怒，叱退群臣，令武士斬文種之首，懸於朝外。自是國中百姓議論紛紛，文武累有辭官告老之表。越王既誅文種，次日上表辭官者甚衆，而國人議論紛紛，皆有哀矜之意，越王恐生異變，問太史計倪曰：「文種謀反，孤所以殺之，群臣百姓何故皆有不忿殺種之意？」計倪曰：「大王東滅強吳，威馳天下者，范蠡、文種之謀故也。范蠡深慮功不保終，所以不及封賞而遂逃亡，今乃封爵初下，便聽讒譖而殺功臣，何能安集衆心，而使其無憂慮乎？」王曰：「然則若何？」計倪曰：「必須追贈范、文之功，將擄吳之金寶悉散於群臣，斬卻佞臣，然後入周朝王，則內可安邦國，外可服諸侯，而越伯成矣。」越王大喜，即詔環會稽山下之地周圍三百里封爲范蠡之地，封其子孫世享厚祿，追封文種爲大相國，以侯禮收葬其屍，斬卻臯如。盡散金寶於群臣，出榜以安百姓。百姓大喜，群臣悦服。又以吳王平日所侵鄰國之田，遣使奉還，又封吳之人民户籍，山川地輿，令使者賫貢於周。

時周元王在位，覽表大悦，即遣使以吳地土賜越，命越王爲侯伯，得專征伐，齊魯宋鄭皆奉幣而朝之。時晉室衰微，政在四卿之家，哀公（晉有六卿，先年趙氏、魏氏、韓氏、荀氏四家爲黨，遂滅荀寅、范吉射，四分其地）聞周王賜越王專征主盟，意欲修先朝伯業，詔荀瑤、趙無恤趙鞅之子，即趙襄子，趙鞅已死、韓虎、魏駒四卿商議。當時知瑶威權獨盛，欲兼併三卿而吞晉室，倡言不可伐越，三卿必請出兵爭伯，不可失盟主之柄，荀瑶不許，告哀公曰：「越勾踐破吳之後，兼有吳之兵甲地土，又且天子賜其主盟，豈可與其爭伯，明公必欲與其爭伯，必先許臣以掌大政，募將選兵，積草屯糧，先理家國，然後方可與兵伐越。」哀公然之，即詔荀瑶兼總國家大政，凡三卿以下大夫、庶士皆要服其調用。荀瑶謝恩出朝。

次日，召集從弟荀開、荀寬、荀國、荀果、荀霄、謀士絺疵、武士豫讓等議曰：「吾欲兼併韓、趙、魏之三家而吞晉室，恨無大柄，今晉侯令吾兼總國家大政，朝中文武，盡在吾之掌握，欲行謀叛，爾等有何妙計，試爲我獻之。」謀士絺疵進曰：「欲謀晉室，先除三家，主公何不乘晉侯之命，先令三家各要割地百里，民户一萬，充入公室，以備應用，三家若肯割地還朝，則其勢弱，易爲圖謀，有不肯者，矯以晉侯之命，率大軍先除滅之。此時荀氏獨振，而三卿削弱，晉侯之位反掌可謀矣。」荀瑶大悦，即令荀開、荀寬、荀霄往韩、赵、魏三家求地。〔一〕

卻説荀開往韓氏韓虎、韓康子府中，韓虎延入廳堂問其來故。荀開曰：「吾兄奉晉侯之旨，令三卿之家各割地土百里，民户一萬，充入公室，以應伐越備用，請公先割，無致違旨。」韓虎默知其意，但應曰：「大夫辭退，明日吾當奉地界來見智伯。」荀開辭出，韓虎召集群下曰：「荀瑶欲挾晉侯以弱三卿，故請割地爲名，吾欲先除此賊，卿等以爲何如？」謀士段規曰：「智伯貪而無厭，彼挾晉侯之命而削吾地，吾若與其動兵，是抗晉侯也，不如姑且從之，彼得吾地，必又求於趙、魏，趙、魏不從，必然攻擊，吾得安坐而觀其勝敗。」韓

〔一〕「荀開」，余象斗刊本作「荀間」，據龔紹山刊本改，後同之。

虎然之。

次日，令絺疵進地界於荀瑶，荀瑶大喜，賞絺疵遺歸。少頃，荀寬與魏駒之臣任章，亦奉地界以進，荀瑶亦賞之遺歸。荀霄回報言：「趙無恤不肯割地。」荀瑶大怒，即欲攻之。絺疵曰：「不可。必須矯稱晉侯之命，率韓、魏之兵以攻之，則彼屈我伸，無有不克。」荀瑶然之，即令荀開、豫讓各率甲士五千圍趙氏之宅，又約韓虎、魏駒起兵助戰。

卻説趙無恤正與謀士張孟談議論智伯之事，〔一〕忽聞門外鼓噪喧天，家人報智伯之兵殺至，無恤慌忙上馬出敵。三家之兵蜂屯議聚，孟談曰：「寡不敵衆，主公速宜逃難。」無恤曰：「逃入何處？」孟談曰：「昔先君令尹鐸守晉陽，堅築城池，厚恤百姓，先君以晉陽爲趙氏基本，令國家有難，必投晉陽。今主公宜速往奔，不可往奔别邑。」無恤即率從臣從徑道走入太原，智伯盡焚趙氏之宅，勒二家之兵以追無恤，畢竟如何？

〔一〕「張孟談」，余象斗刊本作「張談」，據龔紹山刊本改。

智伯決水灌晉陽

無恤走至晉陽，晉陽百姓感尹鐸仁德，各各推鋒掣劍，迎接無恤入城，皆願出敵。無恤見百姓親附，欲出城決戰。張孟談曰：「不可。彼衆我寡，一難敵三，臣觀晉陽城池高固，糧料可支十年，不如深溝高壘，堅守不出。」無恤納其說，親自巡撫四門，激厲百姓軍民，互相保守。

荀瑤引韓、魏之兵重圍晉陽，朝夕攻打。三卿每每謀議，百般效力，終不能攻問其城。韓虎之謀士段規告虎曰：「晉陽城破，其地一入於荀瑤，是知用力者，韓、魏也，得也者，荀氏也。我等徒疲財力而與荀氏爭地，何不收兵西歸，任其自相攻戰。」韓虎曰：「子言是也。」遂約魏軍班師。絺疵告荀瑤，先攻韓、魏，然後攻晉陽。荀霄諫曰：「趙氏未除，又攻韓、魏，是速禍也。不如約其共滅趙氏，之後三分其地，彼必貪得效力。待趙滅，又設他計，以圖二子。」荀瑤善之，即召韓虎、魏駒至於中軍，告其滅趙分地之故。韓、魏大喜，皆願相助。荀瑤遂置酒於錦屏山，與韓、魏議攻晉陽，酒至半酣，三子起望晉陽，城郭厚大，池壘高深，自相歎曰：「似此城池堅如鐵甕，何日可破？」已而荀瑤笑曰：「吾計得矣。」韓虎、魏駒問智伯何計可攻，荀瑤以手指晉陽城下晉水曰：「吾知亡趙氏者，晉水也。」二人皆曰：「欲攻堅城，非水不能得也。」即令三寨之兵決晉河之水，以灌晉陽。荀瑤曰：「晉水雖可灌城，然天時尚未及也，先令三軍督造鐵枋閘板，建立晉水岸畔，待秋末冬初，霖雨大降，然後四方堤決，方可一溝而下。」韓虎、魏駒皆服其妙算，號令士卒建造器物，以備攻城。不數月，秋霖果降，晉水汪洋，三寨之兵，各將鐵枋閘板，堤決城下之水，灌入晉陽。

時城中雖被久困，百姓樂業，民不凍餒，且晉陽之城，尹鐸經理深厚，水雖浸入城内，而城不動。過數日，水勢愈高，城不没者三版，城中房屋盡皆没溺，沉灶生蛙，而百姓皆構巢而居，懸釜而炊，亦無叛意。無恤召孟談曰：「事急矣。百姓雖無叛意，吾亦不忍見其没溺如此，先生何計退得此兵？」孟談曰：「臣聞亡不能存，居不能安，則非丈夫之事。臣請今夜出城，説韓、魏之兵反攻智伯，方免此厄。」無恤曰：「水高數丈，不没城者，止三版，子雖生翌，亦不能飛出晉陽。」孟談曰：「臣自有計，吾主不必憂慮，但主公令諸將造船隻，利兵器，專待以擒智伯可也。」無恤許之。

是夜，孟談與五六從者取樹木結成桴筏，放於城下，乘桴浮至左岸，密入見韓虎曰：「趙氏、韓氏皆爲晉室開國功臣，故其封土連境，邦爲唇齒。荀氏貪暴而滅趙氏，趙亡則韓、魏勢孤，明公能背荀瑶之約，與魏公反攻荀瑶，三分其地，豈不保卻長久之富貴乎？」韓虎曰：「吾知老賊之心，吞食三家久矣。爭奈無人與我同謀。趙公既能誠心期我，焉有不從？汝可告知魏公，使其同謀合策，以圖大事。」孟談頓謝，出投魏寨，亦將前事細説一遍，魏駒亦許。

次日，韓虎與魏駒共見荀瑶曰：「晉之城將陷，西北二門頗近秦地，明公速移兵屯北岸以備逃亡。」荀瑶然之，即令二寨各造船隻，令韓虎守東門，魏駒守南門，自率大兵移屯西北二門。約次日用舟攻城，韓、魏辭出。絺疵進曰：「臣觀韓虎、魏駒各有叛意，乞主公早圖韓、魏，而後攻城。」荀瑶曰：「何以知之？」疵曰：「三家約滅趙氏，共分其地，今趙氏亡在旦夕，而韓、魏各無喜色，豈非心生異變所致歟？」荀瑶笑曰：「先生之言過矣。吾約韓、魏共攻趙氏而分其地，今晉陽目下將拔，豈可用其力而獨取其地哉？」智果又曰：「臣觀韓、魏數日以來，頗有矜傲之色，必與趙氏同謀，吾兄不可不慎，絺先生之言是也。」荀瑶又笑曰：「吾弟疑人太過，水淹晉陽城，不没者止差三版。三家縱有同謀，從何而通？」絺疵又曰：「主公不攻韓、魏，亦不可移屯西北。臣觀西北二方，其地低下，河水一退，必有没溺之患，主公不可不察。」荀瑶叱曰：「西北界近秦地，吾不親守，無恤必走入秦，汝何進此妄言，摇惑吾之心志，莫非爲趙氏謀乎？」絺疵出而歎曰：「智伯自誇己見，而不用我之謀，不三日而爲韓、魏擄矣。」遂逃入深山不出，智果見絺疵逃去，亦從，是夜奔出，不知竟往何處？

豫讓漆身刺無恤

殆至三更，荀氏寨内軍卒驚起喧呼，及天明水浸營壘，已没丈餘，荀瑶忙令諸將巡檢四方閘板，卻是韓虎、魏駒之兵堤決河水，灌浸荀寨。荀瑶急令諸將登舟。須臾，波濤洶湧，軍糧器械飄蕩無遺，韓、魏之兵各乘輕舟殺入西北大寨。城中聞外吶喊振天，無恤令大開四門，各乘小舟殺出，三家之兵圍繞荀瑶大寨。荀氏之兵雖有船隻，亦無器械，盡被殺溺，其没水者不計其數。荀瑶見事勢危迫，招集兄弟宗族，欲奔入秦，韓虎擋住去路，斬荀開、荀霄，豫讓步戰韓虎，救出荀瑶，走不數里，趙浣、趙藉追及夾攻一陣，生擒荀瑶，豫讓奔入山，方得脱难。趙浣囚智伯歸見無恤，無恤將荀氏宗族掃地盡除誅，與韓、魏三分其地。先時，晉都山西，地方千里，爲諸侯之伯，至是，晉哀公獨有绛州，曲沃二邑，其餘皆入於韓、趙、魏之家，時人謂之「三晉」。無恤數智伯之罪，斬首號令，將其頭顱漆爲泄便之器。

豫讓匿在山中，聞知啼泣曰：「士爲知己者死，女爲悦己者容。吾受智伯厚恩，今國亡族滅，而頭顱爲人作泄便之器，吾心何安？」乃更姓名，詐爲囚徒，挾短劍潛入無恤厠中。無恤如厠，豫讓近前，欲刺之，無恤心驚，忙令左右捉之，乃智伯亡臣豫讓也。無恤問曰：「子入吾宫，行此反意，何也？」豫讓正色曰：「吾來行刺，欲爲智伯報仇。」左右便欲殺讓，無恤止曰：「智伯身死無後，而豫讓欲爲其報仇，真義士也。吾但謹避其鋒，焉可殺之。」令放豫讓。豫讓歸家，終朝思報君仇，未能就計。其妻勸其再仕韓、趙，不必勞心復仇。豫讓拂衣而出，思欲再入無恤之家，不得其由，乃漆身爲癩，削鬚去眉，詐爲乞丐於市中。其妻使人遍處跟尋，欲勸其歸家，忽遇於途，其妻見讓曰：「此子聲音似吾之夫，何其形貌損陋若是耶。」豫讓見之，忙自吞炭，詐以爲啞，再乞於市，其妻雖見，遂不能辨。讓之友人認見，留於家中，勸曰：「子負雄才，何不詐投趙氏，必然見用，此時欲行報仇之舉，唾手而得。何必漆身吞炭以毀己之身體乎？」豫讓謝曰：「吾既臣事趙氏，更欲謀刺，是二心也。此吾漆身吞炭，必欲與智伯報仇者，正將愧後世爲人臣子而懷二心也。子何教我行此二心之事耶？」遂復乞於城南。忽見一簇人馬冠蓋相擁，百姓奔走言趙公出狩已歸。讓默喜曰：「此吾復仇之日也。」遂伏於橋板下，將刺無恤。無恤行至板橋，坐下之馬，悲嘶退後，無恤連鞭數策，亦不前進。孟談進曰：「臣聞良騏不陷其主，今此馬不度板橋，必然此處隱伏奸細，主公請令搜之。」

無恤忙令將士遍搜板橋前後左右五里，果見豫讓伏於板橋石穴，左右曳出，解見無恤。無恤怒曰：「子先事范中行，二人死而子忍恥偷生，反事智伯，不爲范氏報仇。今智伯已死，子何爲其報仇之深耶？」豫讓曰：「是何言也？君待臣如手足，則臣待君如腹心，君待臣下如草芥，則臣待君如寇讎。讓昔事范氏之時，范氏止以平常之恩待臣，故臣止報平常之義。及事荀氏之時，智伯降恩厚祿，待臣如國士，故臣當以國士報之也。」無恤歎曰：「子爲智伯，名已成矣。吾前赦子亦已足矣。今日必難赦子。」令甲士圍繞豫讓，令豫讓自盡。讓曰：〔一〕「臣聞名主不掩人之義忠，臣不愛死以成名，前者蒙君赦臣之死，晉國豪傑盡皆稱君之德，今日臣不敢偷生，但請君衣與臣擊之，以寓報仇之意，可乎？」無恤義其言，即脫下錦袍傳與豫讓。豫讓拔劍在手，怒目

〔一〕「曰」，余象斗刊本作「讓曰」，據龔紹山刊本改。

視袍，有如無恤之狀，三躍而斫之，曰：「吾今可以報智伯矣。」遂伏劍而死。胡曾先生《詠史詩》云：

豫讓酬恩歲已深，高名不朽到如今。

年年橋上行人過，誰有當時國士心。

無恤見豫讓自刎，心甚悲之，令收葬其屍而還。軍士擊起所斫之袍，皆有鮮血，呈與無恤。無恤慘然大驚，即日染病，將死，謂其子趙藉曰：「三卿滅荀氏，地土寬饒，百姓臣服，宜乘此時，約韓、魏而滅晉祀，奪其大位。便若遲疑數載，則時勢反覆，鄰國兵變，則趙氏之祀不保矣。」言罷而死。趙藉再拜受命，收葬父喪，即以父囑之言告知韓虎，韓虎告魏駒曰：「篡晉之事，宜付小兒輩所處，吾儕合守晉氏臣節，以免後世公論。」駒曰：「韓公之言是也。」於是二人遂令其子韓虔、魏斯與趙籍謀議篡晉之事。三人約在本年春花朝令節，請晉侯遊於綠野，埋伏甲士刺而殺之，共奪晉位。張孟談諫曰：「晉乃周室至親之國，今欲奪其大位，必須交通鄰國，以事爲名，方免諸侯征伐之患。」趙藉曰：「鄰國各守其正，誰肯助臣逐君乎？」孟談曰：「今齊國田和世掌齊邦之權，將有篡弑之心，三公欲行此事，必須交通田和，約其共舉大事，縱使鄰國征伐，則連四家之兵相爲救護，如此外可掩刀兵，內可固根本，則天下諸侯誰敢不服？」三子大喜，遂修書遣任章往齊，見田和通謀篡弑。不知後來如何。

吳起殺妻求將

卻説田和，世主齊國，威權厚施，恩惠於民，民皆親附。田和出入朝廷，齊康公每降階迎送，雖有管晏故族不能制伏，及得三晉接書，撫掌大悦，便欲回書，約議篡弒。從弟田居思諫曰：「齊與魯近聞吾奪姜氏之國，必爲興兵伐我，不如假奏齊侯，言昔日齊與吳戰於艾陵，損兵折將，皆因魯國助吳之故，今則吳滅魯孤，速可興兵報怨，於是回三晉之書，約其起兵先伐魯國，先服其志，然後歸而篡位，方免征伐之患。」田和大喜，即回書約三晉起兵相助。次日，即具伐魯之表，奏知齊康公。康公即令田和率兵伐魯，下大夫管廷岳諫曰：「田和專秉國政，素得民心，今若更委大兵出征，必然生變於外。」康公躊躇不決。田和左手仗劍，右手扯住廷岳曰：「吾乃傾心爲國，匹夫反謂吾爲生變。吾與匹夫共立朝廷，試問舉朝文武，問吾二人孰爲生變？」群臣見田和威挾廷岳，各各面如菜色，手足無措，但曰：「相國忠義，人所共知。」田和又扯廷岳出朝，外問百姓誰爲忠誰爲佞。百姓皆曰：「相國忠義，人所共知。」田和遂斬廷岳之首，入朝號令，曰：「敢有諫勿伐魯者梟首。」滿朝君臣鼓慄失色，康公但曰：「相國請卜日出兵，寡人實無疑意。」和曰：「小臣家世相齊，盡心報國，廷岳妄倡誹謗，縱使明公無疑之心，臣有何顔立於廊廟。」言罷，悻悻而出。康公降階自送田和，掩淚退入後宮。次日，田和即以從弟田會爲先鋒，田居思爲副將，自率大兵五萬，殺奔汶水下寨，打戰書入魯。

時魯穆公在位，最敬賢士，拜公儀休爲相，敬孔伋爲師，泄柳、申詳爲友，文雅雖備，而攻戰之具不足。

一聞齊兵伐魯，朝中大駭，君臣失計。子思告曰：「重禄之下，必有英雄。明公何不降詔，令群臣能退齊者，加官重爵，必有豪傑之士應詔。」穆公即降詔宣問未訖，階下一人身長九尺，貌壯聲雄，連叫：「臣敢引兵出敵。」衆人視之，乃衛國人氏，曾參弟子，姓吳名起，官爲魯中軍大夫。穆公即拜吳起爲帥，令孟孫能副之，與兵二萬拒齊。次日，吳起升帳會集將卒，而將卒有不赴點者一萬餘人，吳起將欲盡誅示衆，又恐生變，乃具表申奏穆公。穆公大怒，令近臣遍訪將士何爲不聽約束。諸將訴曰：「吳起乃齊之女婿，今督大柄，必然與齊相通，故某等恨誅，所以不願立其帳下。」穆公聞諸將之説，默然不語，亦有疑起之心。吳起聞知，恐穆公奪去將印，即斬妻之首級入見穆公，曰：「主公疑臣有通齊之意，願以姜氏之首獻。」穆公慘然不樂曰：「將軍赤心爲魯足矣。何必割恩忍愛？」遂令起復舊職，督兵迎戰，而心亦疑起爲殘忍之人。次日，吳起升帳，號令將卒，無一違逆，即便鼓舞三軍，殺至汶水下寨。

時田和兵威甚振，聞魯兵至，便督三軍出戰。田會曰：「魯兵初至，何出敵之速耶？」和笑曰：「魯兵遠勞，我兵屯久，兵法所謂以逸待勞，正此勢也。豈可緩攻？」田會大悦，引兵鼓噪，殺奔魯寨。時吳起之兵，安營未畢，而田會殺至，各各驚慌無措。吳起曰：「齊人欺我疲苦，以逸攻勞，吾何怯哉？」遂自披掛殺出，孟孫能副之，三將戰不數合，吳起大喊一聲，斬卻田會，齊兵披靡，走回本寨。吳起大殺一陣，盡奪器械而歸。田和見初戰不利，又損一弟，堅守不戰，速遣使者追三晉救兵。吳起親自巡按營壘，撫受將卒，得一美味，輒令遍分群下，士卒有被刀箭所傷其背者，起即親爲吮瘡，所以軍中鼓舞，咸願爭先，日夜攻打齊寨，齊兵恐懼不出。起謂孟孫能曰：「田和連日不出，必待救兵至，我當分爲兩寨，以備相救。」

不數日，魏斯果引大兵殺至，田和延入中軍告曰：「吳起用兵，有孫武之法，變態萬狀。我兵初戰，損弟折將，所以日望將軍救至，今韓、趙之兵不起，而公獨來，何也？」斯曰：「吾等有大謀議，恐三家俱出，國中必然生變，所以韓、趙守國，我兵獨來。」和曰：「煩公速議出敵之策。」斯曰：「明日分兵夾攻，觀其强弱，然後設計以破之。」田和納其説。次日，與魏斯親自披掛，各引本部挑戰。吴起见晉兵救齊，令孟孫能敵齊兵，自敵晉兵，四馬鬥不十合，吴起詐敗，魏斯追上五里，吴起賣一破綻，將魏斯打落馬下，部將樂羊殺出救回。吴起正追之間，回見孟孫能被齊兵困於陣内，起即捨卻魏斯，殺入齊陣，救出孟孫能，左馳右突，齊兵望風而潰散。魏斯收軍歸寨，嘔血不止，諸將救治半晌，方得痊起，謂謀士李克曰：「吴起驍勇出類，何計可破？」李克對曰：「吴起不特驍勇，其用兵料敵雖孫武再生，莫能過也。」斯曰：「然則若何？」克曰：「臣请設一反間之計，定教吴起反魯来降。」斯曰：「然。」

次日，李克制謠言一首，將百斤黄金遣人密散與魯國百姓，令其傳誦不絶，魯之愚民受其金者，果教童稚誦於城市，曰：

恨吴起，忍殺妻，不爲魯，反爲齊。

近臣將謠言奏聞穆公。穆公曰：「吴起殺妻求將，豈肯反魯助齊？」公儀休曰：「吴起昔事曾參，母歿而不奔喪，故曾參絶之。今仕魯，忍心殺妻求將，豈不忍背魯乎？臣聞率兵初至汶水，連敗齊師，今延歲月，未聞捷表，助齊之事，疑惑有之。」公曰：「然則奈何？」儀休曰：「臣請持節往鑒吴起虚實，待其謀反，臣必制肘，方免後患。」穆公許之。儀休即持節至汶水，吴起延入中軍。休曰：「主上以將軍久戰，不決勝負，故遣休來評議。」吴起驚曰：「齊、魏之兵，連戰連敗，正欲來日大戰，以定齊魯興亡，主上何謂不決勝負？」即令諸將披掛出敵。儀休恐其與齊交通，連阻以爲不可。

自是，吴起每欲出兵，儀休即持節制之。吴起歎曰：「此必朝廷疑我，故使我大功不就耳。」李克聞儀休鑒制吴起，乃乘夜潛入其寨，説起曰：「吾聞良禽擇木，賢臣擇主。將軍抱負韜略，赤心爲魯，而魯公反生疑異，將軍能保全功乎？今魏公容賢納士，將軍誠能棄魯歸魏，則萬鍾之禄，不日可致，又何必以高明達士屈於昏暗之國哉？」起曰：「先生之言極是。吾何惑焉。」遂從是夜同李克奔歸魏寨。魏斯出帳延接，握手相歡，過如故交，即以大將之權付之。

次日，吳起操練魏兵，將攻公孫儀。公孫儀歎曰：「話不虛傳，匹夫果然反魯降齊。」言未訖，寨外金鼓震天，魏兵攻寨。儀休恐懼，令孟孫能堅守營壘，自走入魯見穆公，曰：「吳起果然背魯降魏，今反來攻我寨。」穆公曰：「然則若何？」休曰：「田和此來，止爲艾陵之戰，若奉金帛謝罪，必然退兵。」魯公即以金帛數車與儀休求和，儀休乘夜投見。田和曰：「寡君以齊魯舊好之邦，不敢務較功利，備至微禮，乞尋舊盟，議定自今以後，魯不得更助他國，以侵齊界，吾始與盟。否則，不必議。」儀休曰：「願從公命。」於是，田和設宴請魏斯至寨，同議和好。次日，收拾班師。

新刊京本春秋五霸七雄全像列國志傳卷之七

書林 余象斗 校評

敘列國傳下卷曰，六卷以上，演左氏春秋傳記之義，其事則説五霸，七卷以下，因呂氏史記詳節之規，其事則説七雄。七雄者，秦楚齊燕趙韓魏是也。當是時，列國猶存者，如宋，如魯，如衛，如鄭，比比尚多，然獨以七雄爲説者，何也？蓋是時，兵甲地土，七國爲最，攻戰併吞，七國爲上，其他小國盡聽七國號令而已。故以七國之事爲正。小國有干於事者，則因而引之，否則不能全舉。其後小國滅亡，或不能引者，則亦置而不取，况當時尚有周王在上，然其政令無權，事不相干，故略而不悉，但有是事干於七國，當引之處，則出某王而已。余恐观者或責備於其中，所以告明於首，幸鑑。

起自周

○按先儒史記列傳

威烈王初封韓趙魏

話説魏斯征魯班師，韓虔、趙籍出迎，歸府共曰：「魯已服齊，篡晉之事可舉，不如就本月望日廢逐晉侯，三分其地，各自稱侯號國。」翟璜進曰：「凡事必須先立其本，其本既立，後難奪搖。當今諸侯，雖有吞併，亦未嘗有陪臣自敢顯然逐君爲侯者。公等欲圖大事，理合具表載寶，上請周天子聖旨，賜土封侯，則名正言順，上可朝賀天子，下可同盟隣國。不然則篡弑之舉，根本不立，天子倘令諸侯連兵問罪，誠以一晉之地，能當列國之兵乎？」三卿笑曰：「先生之言雖是，爭奈晉與周同宗之國，安肯奪宗國而封異姓乎？」璜曰：「昔者秦之先祖嬴非子特因牧馬蕃息，孝王尚且列土以封之，及至平王東遷，關西之地，悉棄於秦，况三卿爲晉之功臣，焉有不許之理？」三卿善之，即具表章以重寶遣璜入周請旨，璜乘夜行至洛陽，入見天子。

時周威烈王在位，覽罷表文，叱璜曰：「三卿與田氏皆齊晉之臣，焉敢請旨自立爲侯？」璜對曰：「武王克商，大封親族功臣，使其各主本地，以貢方物，晉衰微、齊奄弱，皆不能統率生民，以供王貢，向使晉無三卿維持，齊無田氏羽翼，則爲秦楚所併久矣。又焉得至於今？陛下宜列二國之士而賜四家爲侯，使其匡扶周室，以制秦楚，則非惟四家之幸，是亦周家之幸也。」

當時，諸侯強僭，天子無權，威烈王被翟璜説動一遍，即受寶物，降詔遣使，賜三卿、田氏各升侯位，國以原封爲號，會盟吊賀，皆得交通於列國，翟璜謝恩歸國。

卻說使者賫詔封田和爲諸侯，田和謝恩已畢，即以天子詔書率群臣廢齊康公，迁於海濱，便建田氏宗廟，郊天祭地，登大位代姜氏而爲齊侯，後爲田氏齊也。姜氏齊自太公呂尚受封之後，田和乃陳公子陳完奔齊，田和即位，是爲齊太公，大宴群臣，遣使告知列國，又遣使入謝三晉。

當時，王使封趙籍爲趙國侯，都邯鄲。韓虔爲韓國侯，都宜陽。魏斯爲魏國侯，都大梁。三卿謝恩已畢，即日廢晉靖公爲庶人，三分其地，晉自唐叔虞受封三十九世，至是其國遂亡，變爲韓趙魏三國也。各登侯位，立宗廟，祭天地，遣使入謝天子，及聘鄰國。

時周威烈王二十三年春正月也。東屏先生讀史至此，亦有一絶，以歎周綱蕩然。詩云：

衰周上係一主尊，名器誰將假横門。
威烈自愚貪寶玩，蒼姬去事復何爲。

三國之君，惟魏文侯賢而好士，拜孔子弟子卜商字子夏者爲師，與田子方、段干木爲友，以李克、翟璜爲謀主，以吴起、樂羊、西門豹爲將。當時，三國封侯，列國皆來聘賀，獨中山侯不至，文侯謂群臣曰：「寡人受天子列土封侯，雖秦楚大國尚行聘賀，中山侯又何欺我太甚，獨不行禮入魏。孤欲興兵征討，以示國威，卿等誰敢引兵出征？」翟璜奏曰：「舉一人智謀出类，勇力超群，右將軍樂羊是也。」文侯曰：「樂羊智勇雖備，爭奈其子在中山侯幕下爲將，父子相疑，焉得成事？」樂羊出班奏曰：「圖王霸業，各有其主，焉有父子相疑之事乎。主公若許臣出征，願立軍令狀爲約，不能掃盡中山，使其甘心服罪，誓不回軍。」文侯狀其言，即拜其爲元帥，令西門豹爲先鋒，大發精兵五萬，與伐中山。樂羊奏曰：「中山在趙之東，必先假道於趙，然後方可興師。」文侯修書遣李克往趙假道。李克受命，徑投邯鄲，見烈侯呈上文書，告明事故，趙侯令克暫退，容與群臣商議。

克出，趙侯謂群下曰：「中山在吾境東，今魏欲伐之，孤欲不許，卿等評議何如？」右大夫趙利曰：「用兵攻中山者，魏也；安坐得中山者，趙也。主公又何不許？」趙侯曰：「何謂也？」利曰：「中山在我界東，魏雖攻而不能取，必爲我趙所得也。可許之。」趙侯聽利之言，許李克復命。李克回告文侯，文侯大悦，即令樂羊出師，大兵過邯鄲，直抵中山五十里下寨。畢竟後事如何？

趙魏爭奪中山

中山侯聞知大驚，即令堅城池。部將邳如龍出曰：「魏兵侵犯吾界，豈可拒而不出？臣願領五千兵，必擒樂羊建功。」中山侯與兵五千，如龍領兵直攻樂羊大寨。樂羊披掛迎敵，數合不分勝敗。西門豹拍馬夾攻，如龍力乏敗走，魏兵大喊，追至城下，斬卻如龍，將中山城重圍三匝，朝夕攻打，城中糧多，百姓堅守不出，樂羊攻至一年不下。魏之文武有妒樂羊者，告文侯曰：「樂羊智勇雙全，攻一中山，延至二載而不克，今不速召班師，必然生變於外。」文侯不從，但遣使督樂羊火速攻城。

樂羊得詔，即日親自仗劍勒馬，立於矢石之下，督令四門急攻。城中木石將盡，中山侯驚慌無措。謀士苟耿曰：「樂舒乃樂羊之子，在朝，大王可綁舒於城上，挾其父子之情，樂羊不忍其子受誅，必然退兵。」中山侯善其計，即召樂舒曰：「爾父苦困中山，汝可往城上説退父兵，復官重賞，倘若魏兵不退，必先斬爾，然後鼓兵出馬。」樂舒即脱衣受綁，與五六刀手押從城上大叫：「父親救命。」魏兵忙報樂羊，樂羊視之，大罵不肖：「父子各爲其主，汝既不能致死，尚敢向前挾我乎？」架滿弓弦，望樂舒左目射之，樂舒叫屈下城，見中山侯曰：「吾父志在爲國，不念父子之情，臣請快死，大王自謀戰守。」中山侯曰：「此非卿罪，孤即具表出降，免致生靈受苦。」苟耿曰：「樂羊亦人也，豈有不認父子之情哉？請斬樂舒爲肉羹，進於樂羊，樂羊不食此羹，必有忍愛之心，其兵不日即退；倘若食此羹，其心殘忍，必然不肯解圍，然後出降未晚。」

中山侯令斬樂舒，煮成肉羹，遣使者送至樂羊帳下，樂羊受之，乃肉羹也。大罵：「匹夫，醢吾之子，挾吾退兵，吾何不食？」乃盡飲其羹，斬卻來使，督令三軍攻城。中山侯聞知，恐懼曰：「樂羊既忍心食子，豈有退兵之意。」遂入後宮，自縊而死，群臣即開城出降。樂羊留兵五千，以守其地，擄其寶物而還。文侯親迎入朝曰：「將軍爲國建功而喪子，實孤之過也。」即設宴以賞伐中山之功。李克進曰：「中山在趙之界內，今雖伐之而不置主守，久後必爲趙國侵奪，徒費財力。大王速至中山主守，然後方可議賞。」文侯曰：「然。」即封太子爲中山侯，以田文、魏斯贊爲相，與兵五千，即日赴任。

文侯謂群臣曰：「寡人初立魏國，便得中山，卿等以孤爲何如？」群臣皆頓首，曰：「仁智之君也。」忽左班一人揚聲出曰：「大王得一中山，不封與弟而封其子，何謂之仁？」衆視之，乃下大夫任座也。文侯大怒，欲誅任座，任座趨出。翟璜曰：「大王誠仁智之主，何怪任座而欲誅之？」文侯曰：「任座訕寡人之短，焉得爲仁智？」璜曰：「臣聞君仁則臣直，向任座之直，乃大王仁智所激也。」文侯大悦，即降階親延任座，封爲上大夫，又謂李克曰：「先生常謂『家貧思賢妻，國亂思良相』，今寡人初立，秦楚強橫，吾欲拜一大材者爲良相，先生何不爲我薦拔一人？」李克曰：「知臣莫如君，君審其人平日交遊何如，即可爲相，臣焉能薦拔？」文侯曰：「然則魏成可也。」即拜魏成爲相，樂羊爲鎮魏大將軍，吳起爲西河守，西門豹爲鄴郡守，其餘文武各升一級，群臣謝恩出朝。

卻說太子與魏斯贊往中山赴任，行至邯鄲，忽然金鼓振天，一簇人馬擋住去路。魏擊問曰：「汝何人也，敢阻吾道？」爲首一員大將，厲聲進曰：「吾乃趙國大夫趙利也。吾主以中山乃趙國疆界之地，爾君何得無故侵奪。今日速退，萬事俱休，若欲往守中山，教你一命不存。」魏擊大怒，拍馬直取趙利。趙利戰至五六合，抽馬走入趙城。魏擊勒馬連追，謀士田文忙諫曰：「吾兵深入趙地，不可交戰，速宜抽兵，啟奏父王，又作定奪。」魏擊不從，令攻趙城，趙侯更不出戰，止堅閉不出。

及延過數月，使者賫遺詔言魏侯已薨，群臣請太子歸嗣大位，魏擊得遺詔，放聲大哭。田文曰：「不宜號哭，以引趙兵，只宜掩旗息鼓，密密從夜班師。」魏擊然之，留數十弱軍，虛張旗幟，詐鳴金鼓，大兵遂從是夜逃歸。群臣出郊，接擊入朝即位，是爲武侯。武侯謂群臣曰：「國家初得中山，而趙人占之，孤欲興兵恢復，方可滿卻先人之志。卿等誰敢引兵前進？」翟璜奏曰：「欲伐趙而取中山，非吳起不可爲帥。」武侯即率大兵十五萬，直抵西河，〔一〕令吳起伐趙。

吳起聞詔，具樓船迎接於西河界口，武侯登舟，至中流四顧，山擁水繞，乃謂群臣曰：「美哉。山河之固，魏國之寶也。」王鍾進曰：「此魏國之雄，霸王之業也。」吳起對曰：「霸王之業，在德政之隆，不在山川之險。主公不修德政而徒恃山河之險，則舟中之人，皆吾敵國也。」武侯起謝曰：「善哉。」大兵遂登岸入城，議論伐趙。田文曰：「趙乃三晉同封之國，今爲數十里地而傷舊好，必然見笑於隣國。大兵屯於井陘，臣請入趙，說其利害，必割中山歸魏，倘趙不從，然後交鋒未晚。」武侯曰：「善。」即令吳起將兵屯於井陘，再遣田文入趙。

田文與數從者入趙，趙侯問曰：「大夫遠臨敝邑，有何見諭？」田文曰：「魏復中山，今大王據而不割入魏，豈欲與兄弟結怨乎？」趙侯曰：「中山在吾封疆之内，魏侯無故侵犯我界，焉謂我結怨於兄弟也？」田文曰：「當今諸侯東齊西秦，北燕南楚，地方數千餘里，尚且強横吞併。韓、魏、趙相共止有一晉之地，而中山

〔一〕「抵」，余象斗刊本作「抽」，據龔紹山刊本改。

近燕，今日不征，他時必爲燕邦所併，大王焉得謂魏犯趙界乎？且秦、楚見吾三家滅晉，久有吞噬之意，公等合宜自相親睦，繕甲利兵，以制秦、楚且不暇，又何自相攻擊而取亡乎？」趙侯慌忙降階長揖曰：「使無大夫明教，則寡人幾至結怨於隣國也。然則今日備禦之計，何者爲先，大夫不吝金石之教，是亦三國之幸也。」田文曰：「依臣之見，大王將中山還魏，交聘往來，議立盟誓。自今外國攻趙，則韓、魏相救，攻魏則趙、韓相救，如此則三邦連勢，威服列國，秦楚雖暴，何足懼哉。」趙侯大悦，即割中山疆界與文，遣使叩謝魏侯。

吳起棄魏死於楚

田文歸至井陘，以地界獻於武侯，又將趙侯願相結盟之事報知，武侯大喜，即時遣使報聘，大軍班師東歸。以田文之功爲第一，拜爲上卿。吳起自負雄才，不得爲相，乃謂文曰：「吾有披堅執鋭汗馬之勞，而不得居相位，子徒以口舌説復中山之地，便居大位，武侯何其不明之甚耶。」田文以吳起之言告知武侯。武侯曰：「吳起何爲出此怨言？」田文曰：「吳起爲人殘忍刻薄，曾受業於曾參，母死而不奔喪，故曾子拒而不納。及歸於魯，殺妻求將，魯人疑之，故又背魯降魏。今又怨怒大王，王不早圖，必爲國患。」武侯然之，謀待吳起入朝，擒而殺之。

吳起聞知，即從是夜單騎走入於楚。田文忙告武侯曰：「起若奔楚，則必用兵攻魏，速遣大將追而斬之。」武侯令王鍾引輕騎追起。王鍾追及江邊，則起已渡河矣，抽兵復命。武侯曰：「然則若何？」田文曰：「必遣使將吳起之過，啻告楚之宗族，使其自相猜忌，吳起必死於楚。」武侯即錄其過，遣人入楚。

當時，吳起入荊州，楚悼王聞其智勇俱全，親自迎接入朝，問曰：「久聞將軍名譽，今日幸得承教，將軍請展謀謨，與孤富國強兵，則亦孤之願也。」吳起頓首曰：「臣乃亡國之將，不足談智，然承大王賜問，不敢有違。楚國地方數千里，帶甲百餘萬，合宜世霸諸侯。今乃服屈於晉，又敗於吳，非是甲兵不利，米穀不多，皆由公族食祿太重，自相弄權所致也。正如削奪宗族之權，減其爵祿，使其不得干預朝政，則國內重而外戚可振矣。」王曰：「然。」將與群臣計議奪宗族之權。

於是悼王之叔沈茂春聞知，召諸昆弟正欲上表訴不可奪公族之祿，而魏侯遣人遞書至，茂春視之，乃錄吳起之過簡，遂入奏楚王曰：「臣聞國家有公族，譬猶樹有枝葉也。枝葉不繁其樹必枯，百足之蟲至死不仆，以其扶者衆也。今大王聽吳起讒言，而欲削奪公族之祿，何其愚也？吳起，衛人也，受業於曾參之門，不奔父母之喪，故曾子絶之，及降魯國，又殺妻以求將，故魯君棄之，今又背魏歸楚，妄進讒言，離我宗族，大王不可深信。」悼王大怒，曰：「吳起有經邦大策，魯、魏不能任用，故其獻與寡人，將欲雄霸荊襄而強大南楚，爾等不肯削祿，必欲專大謀而反耶？」茂春恐懼，出朝。吳起謂悼王曰：「事機不密，其禍先泄。今公族不肯削祿，明日必然作亂，大王火速發兵處置。」悼王然之，正欲發兵，忽然納喊連天，近臣奏：「公孫茂春率宗族作亂，大兵殺至朝聖門。」悼王急召吳起，奮武士儀仗，力敵茂春，打死數十小卒，茂春之子米騮架弓射中吳起，吳起倒翻殿上，米騮近前斬之。悼王走人後宮，茂春追及，刺於宮中。遂率群臣立悼王之子即位，是爲肅王。後人有詩歎吳起曰：

術抱姜公經济策，才追孫武俊豪名，
只緣残忍非忠孝，致使經營不保身。

東屏先生《詠史詩》云：

殺妻求將豈人心，母没如何喪不臨，
詩詠關關忘返哺，哀哉此輩不如禽。

武成王廟吳起贊曰：

兵盡其法，士盡其力。

西河建功，魏侯守國。
無以恃險，弗如在德。
致君一言，干戈乃息。

史臣評曰：

吳起爲人好色而貪，然至用兵則臥不設席，行不騎乘，凡有甘苦，輒與士卒同分，故得人之歡心，而與孫武齊君列矣。然其喪母不哀，殺妻求將，皆由殘忍貪得而遂致不能以保其身。悲夫！

肅王即位，謂群臣曰：「先王無大過咎而茂春妄行篡弑，不斬何以懲衆？」遂收茂春、米騮及相同作亂者七十餘人，盡斬於市。又錄其子孫各復原爵，曰：「有罪者，我不寬其刑；無罪者，焉可廢其職？」於是滿朝文武及宗族百姓，皆憚其威而感其德。王又曰：「吾楚素號霸國，焉能束手以聽他人約束乎？」大夫屈華曰：「當今諸侯田氏，新代姜氏而有齊國，僭稱王號，不可不伐。王若復霸，必先伐齊。」王曰：「善。」即詔屈華招兵畜糧，以備出征。畢竟如何？

齊威王正國朝周

早有人報知齊威王，威王乃田和之孫，齊國自此僭稱王。威王初立，國中軍民未安，政事未治，聞楚起兵來伐，問群臣曰：「誰敢治兵出守？」臣下無一敢對。威王大怒，左大夫鄒忌奏曰：「大王高爵重祿以養群臣，一旦國家有急，無一出班任事者，皆由刑賞不施，以致群下朦朧貪位而已。大王必先考察在朝得失，賢者用之，不肖者黜之，又遣使臣遍訪外郡官員臧否，召其入朝，有功則賞，失職則罰。所謂正朝廷以正百官，百官既正，大王何憂無人出敵乎？」威王大悅，下詔令群臣各修本職，期在三日之後考文演武，以定賞罰。又遣使者遍訪外郡官員得失，經數月間，在朝文武各遵約束，無一不能之士。威王大喜，即宣各郡主守官員，不拘大小，皆要入朝考功獻績。不數日，東齊管下七十五城官員，皆入營丘朝見畢，序班以俟考問。

即令殿前列兩行刀斧手，扇五口大油鍋，然後逐一考較。及考至即墨，召其大夫宋尚賢曰：「自汝居守即墨以來，群臣有謗汝不能者甚多，然吾密遣使臣察汝之政，則田野開辟，人民富足，官事清閑，東方寧靜，此汝敬守本職，不以金帛賄吾左右，所以謗汝者多也。」遂將即墨城中萬户以封尚賢，以其平日謗尚賢者二人烹於油鍋。又召阿邑大夫毛軾曰：「自子居守阿邑以來，群臣有譽汝賢能者甚多，吾密遣使者察汝之政，則田野不辟，人民貧餒，楚魏累侵疆界，汝不能取，有曠本職，此汝以金帛賄吾左右，所以譽者多也。」即令將毛軾及平日所譽者皆烹之。舉朝文武鼓慄失色，曰：「主上賢明，吾等焉敢不敬執事。」於是威王罰數十不肖之臣，大設筵宴，封鄒忌爲太師，段干綸爲大司馬，檀舒守南城，田盼守高唐，黔夫守徐州，張丑總督内政，種首巡綽皇城。即日便欲發兵伐楚。淳於髡曰：「昔者齊桓公霸諸侯者，以其尊周故也。當今諸侯強鶩，不知朝周，大王誠能率三晉之君入朝天子，則大義堂堂，而桓公之業可續矣。」威王大喜，即遣使者約三晉之君會獵於郊，使者星夜投告三國。

時魏武侯已死，其子名瑩初立，僭稱爲王，即魏惠王。即會趙成侯、韓昭侯至郊。時威王亦與數文武先至迎接，相見序爵而坐，獻酬已畢。魏王謂齊王曰：「大王期會孤等，莫非續鬥寶之會耶？」威王言曰：「寡人此會公等，欲入周朝王，非鬥寶也。然亦邦微地淺，無足爲寶。」魏王曰：「寡人敝國微小，然有光明寶珠十枚，黑夜出行，置珠於車，前後數百步光輝如晝。齊乃千乘之國，豈無寶乎？」齊王辭曰：「寡人雖無大寶，然有四件小寶，與大王者不同。」魏王曰：「何寶也？」齊王曰：「檀舒、田盼、黔夫、種首四臣出鎮外邦，秦楚不敢加兵於齊，此寶可照千里，豈待數百步而已哉？」韓昭王起曰：「然則魏王所寶者明珠，齊王所寶者美臣，所以二公之寶者不同也。」魏王滿面羞惶，心下含怨。宴罷，齊王欲率三晉君臣朝周，魏王被齊王面辱，乃佯有疾不往，齊王亦不強行，自與韓、趙二君入周，不在話下。

且說魏王歸國，謂群臣曰：「齊王辱孤太甚。孤欲親征，與其較一雌雄，卿等有良策，試爲我獻之。」大夫公孫座奏曰：「齊有四美，兼以田勝、田忌，皆有萬夫不當之勇，不可輕伐，必得善用兵者，運籌畫策，方可興兵。」魏王降詔，問國中有能薦一美士者，封其萬户。忽階下一人進曰：「大王欲掃強齊，必待臣薦一人，可爲主帥。」衆視之，乃陳留人氏，下大夫徐甲也。但不知所薦者畢竟是誰？

魏徵龐涓下雲夢

王曰：「卿所舉者何人也？」甲曰：「大梁城東龐衡之子龐涓者，現在洛陽水簾洞鬼谷子處學業三年雲夢山水簾洞在河南汝淮，鬼谷子姓王，汝州西南世居清溪鬼谷洞，世傳晉平公時人，嘗入雲夢山採藥得道，不老匿谷，因號鬼谷子，當時名士如孫賓、張儀、蘇秦皆從學焉，兵機武藝爲世第一，大王誠能遣使請其下山，授以元帥之職，則破強齊不啻如風掃浮雲矣。」魏王從其說，即令徐甲賫詔以聘龐涓。徐甲領旨徑投雲夢，不在話下。

且說龐涓在水簾洞學業，時齊國孫武之孫名臏亦同在焉，臏寬厚重信，而龐涓暴戾不仁。鬼谷傳得異人三卷天書，讀之能驅雷鞭電，喚雨呼風。見孫臏忠直，每欲授之，又恐龐涓相爭。故一日，帶孫、龐出遊，至廣城澤畔，鬼谷坐於白石之上，顧謂孫、龐曰：「汝二子伴吾遊學三年，並未得聞其志，今日清閑，合各言出己志，吾方可因人授業。」孫臏拱手向前曰：「吾願明王在上，政治隆昌，使耳不聞金戈鐵馬之喧，目不見烽火煙塵之亂，而臏得爲太平草木，涵濡雨露，以樂天年，此臏志也。」鬼谷佯曰：「乃爾怀安處士，不足以處當今之世。」龐涓大聲出曰：「奉一人之命，握百萬之權，用戰必勝，用攻必取，使天下諸侯雲從賓服，此涓之志也。」鬼谷佯笑曰：「處戰國之世，非龐生不足以成大事。」遂令道童擺沙石，列成陣勢，召龐涓曰：「此戰國諸侯併吞之勢，他日得志行權，但依此圖征伐，則列國可併爲一矣。」龐涓頓首曰：「弟子不知其術，願先生發縱指示。」鬼谷曰：「天下地勢，西北爲雄，東南次之，他日仗劍下山，先收西北，以爲建本之基，然後席捲東南，則天下斂手而服。」遂以兵書三卷授與。龐涓拜謝，引車歸洞，朝夕讀此兵書，試演不倦。孫子不諭其意，反疑鬼谷不以兵書教己而以教龐涓也。

會徐甲到洞，鬼谷延入草堂，各序禮畢，問曰：「大夫何國上臣，辱臨小洞，有何見諭？」徐甲曰：「下官乃魏國大夫徐甲也。久聞先生高徒龐涓者，從遊有年，兵機出類，今奉王詔，聘召下山，議論國家政事。」鬼谷大喜，忙召龐涓，諭曰：「大丈夫幼勤其學，壯行其志，今本國魏王有詔召子，子宜抱策下山，匡扶社稷，上不負所學，下不愧所徵，則丈夫之志足矣。」龐涓辭以學業未成，不可任用。徐甲再三勸諭，龐涓即辭鬼谷、孫臏，同徐甲下山入魏。鬼谷即以三卷天書授孫子，令其朝夕講讀，以備諸侯聘召，不在話下。

且說徐甲引龐涓至魏，入見魏王。魏王降階迎接，問曰：「寡人處戰國之世，地狹民貧，累被齊國侵辱，久仰先生名譽，經國大猷，幸爲寡人籌之。」龐涓對曰：「臣雖不才，然伐齊則如囊中取寶，霸魏則似決水朝東，何難之有？」魏王大悦，即封涓爲征東大元帥，與兵二十萬，議謀伐齊。龐涓曰：「臣聞欲取左則交右，此戰國牽制諸侯之道也。今強秦在魏之西，見吾大兵東伐，必然乘虛而虜魏也。不如卑詞厚幣，遣使入秦結好，牽制其勿動兵，候待伐齊之後，鼓兵西攻，則秦亦可破矣。」魏王曰：「善。」遂問誰敢入使西秦，忽一人摩拳擦掌，自外而入曰：「臣願往使。」衆視之，乃大梁人氏，姓朱，名亥，官封殿上都校尉。魏王曰：「朱校尉使秦，無有不可。」太子申曰：「夫使命者，代宣王命而結兩國之好，必得能言之士，方且不辱君命。臣聞觀朱亥勇有餘而辨不足，恐非奉使之士。臣舉一人乃衛人，姓公孫，名鞅即商鞅，能言善論，見爲上大夫公叔座門下之客，父王必以衛鞅同朱亥入秦，庶幾不失魏國威儀。」魏王納其奏，即以金帛數車與衛鞅、朱亥，同使西秦。公叔座諫曰：「衛鞅有大才，王當舉用於朝，使其同議國政，必能裨補教化。若遣鞅入秦，必然不返爲秦謀，魏恐爲後患。」魏王笑曰：「衛鞅不過口辨之士而已，公叔以其堪處大任，不亦悖乎？」遂不從座之諫，復詔速行。二子謝恩出朝，即日西入函關。

當時，秦孝公名梁，承先朝穆公、襄公諸君之遺業，地廣軍盛，威振西方。然中國諸侯，如楚、燕、趙、魏、韓、齊之類，以秦僻在西土，俗近夷風，常常不與會盟。孝公問群下曰：「昔我穆公，修文演武，東平晉亂，以河爲界；西霸戎狄，拓地千里，天子頒賜金鼓，海内諸侯咸西入貢。夫何至今，中國諸侯，以夷狄待秦，不通會盟？吾欲遍伐列國，以強秦邦，卿等誰有奇策獻與寡人謀之？」右庶長甘龍、左司空杜摯奏曰：「秦地雖廣，僻在西方，海内英雄豪傑，皆在燕、韓、趙、魏，主公欲振霸業而服諸侯，必須出榜遍招天下遊士，但能出奇計以強秦者，列土封官，則天下豪傑皆西歸秦。於是賢才衆，〔一〕必能強國。」孝公大喜，即出榜於邊關，以招賢士。畢竟如何？

〔一〕「衆」，余象斗刊本作「衆聚」，據龔紹山刊本改。

公孫鞅徙木立信

衛鞅素有大志，每欲將經國奇謀獻與魏王，魏王鄙而不用，及是出使，與朱亥行至函關，見秦之招賢榜，便有仕秦之意。及至咸陽，入見孝公，獻上金帛。孝公問曰：「魏王所遺寡人金帛，何也？」衛鞅曰：「寡君以秦魏連疆，久失音問，故遣小臣貢至微禮，聊備起居之敬而已。」孝公受其禮物，令賜衛鞅、朱亥宴於殿上。朱亥爲人威形壯大，况飲食猶似豺虎，一舉筯肉食無遺。孝公望見，壯其量大，乃戲之曰：「使臣尚能再飲乎？」朱亥對曰：「丈夫死尚不怕，何懼酒肉乎？」孝公再賞豚肩斗酒，朱亥頃刻食之。衛鞅與秦之文武獻酬接論，對答如流。孝公自思得此二士，必能定國。

次日，二人入朝謝恩，孝公問曰：「孤聞雲輔龍行，風從虎生。吾秦乃霸大之國，二公皆經綸之器，倘不以魏爲念，委質爲秦，輔寡人以展其志，孤必封官列土，使妻子富貴，高大門閭，豈不勝爲魏之下寮乎？」衛鞅久有降秦之意，聞孝公之語，但俯伏不對。朱亥乃厲聲曰：「臣聞父教子孝，君教臣忠，未聞有君令臣叛者也。明公欲臣降秦，有死而已。」孝公欲赫其降服，故不斬首，令囚朱亥於虎圈。武士即押入圈，圈中有二虎，見朱亥入圈，爭欲啗之。亥即怒髮衝冠，揚鬚睜目，大喊一聲，如雷震地，其虎咆哮數聲，逡巡遠伏，亥在圈中立一晝夜，二虎不敢近視。

孝公聞知，次日取出，令其降服，朱亥不肯，孝公喝令斬之。大夫景監曰：「圖王爭霸，各爲其主。主上豈可殺人賢使而塞來聘之路？且臣睹衛鞅有管仲之才，主上誠能尊禮任用一衛鞅，足可定伯，何必務求朱亥乎？」孝公俯思良久，令取金帛厚待朱亥，遣歸。即拜衛鞅爲左庶長，問曰：「寡人已曾揭榜文於朝外，卿既見矣，有何奇策以強大秦國者，試與我獻之。」衛鞅曰：「臣欲獻帝王之道於君，君必不行。當今海内鼎沸，群雄角力，非伯道不足強國，然非富國強兵之法，則霸道又不行矣。」孝公曰：「何爲國可富而兵可強？」鞅曰：「國無定法，皆由賞罰不行。今分百姓五家爲保，十家相連，一家有罪，九家俱要首發，其首發者重賞，其隱匿者腰斬，百姓既不相犯。使其男務農耕，女務蠶桑，多致粟帛者則收入官府，免其差役；其懶惰不勤者，並收其妻子爲官奴婢。凡有征戰，不論軍民，能斬一敵，即賞官一級，有退一步，即夷三族。及百姓凡有私下爭鬥者，不論曲直，並皆斬首。朝自公卿以下，一人有罪，坐其妻子，此法既行，民知務本力農，又勇於公戰，而不敢私鬥，官府充足，民無懶惰，此富國強兵之大略也。」孝公將其條陳之法細詳一遍曰：「卿法固善，但恐百姓溺於故習，不樂奉行耳。」鞅曰：「是何言也？夫民不可與謀始，而可與樂成。今法一立，有功者雖讐怨必賞，有罪者雖強横必罰，如此行過三年，秦邦不強，兵甲不盛，則鞅請甘罪。」

孝公嘉納其策，令鞅編定法律，施行於邦内。衛鞅退縮數十餘條，呈上孝公，公令在次月朔旦施行。鞅曰：「信者治國之器，今邦内百姓世守常法，一聞新法，必有不肯奉行之者。宜先立三丈之木於城南門，令民有能移徙於北門，則賞金百兩，於是民知信而奉法耳。」孝公輒令立木於西門，出令定賞，百姓不知其故，皆不敢動手徙木，過三日又出令，能徙此木於北門者，賞金五百兩，百姓又不動。有一賢民者出曰：「秦法素無重賞，今日忽行此令，必有計議，決不失信於民。」即令子弟移徙於北門，孝公即令有司賞以五百精金，百姓咸皆驚懼。

至朔旦，果頒新法。百姓行至數月，皆有不便，欲相訴於朝，又恐見誅。衆老者曰：「主上惑衛鞅以變法度，必不肯許。不如訴於太子孝公之子名駟，令太子轉奏朝廷，有何不可？」衆皆然之。訴於太子，太子極惡衛鞅變亂常典，激動良民，遂令百姓循行舊法，不必拘守新律。經數月，民有罪者，十家不首，衛鞅大怒，欲斬十家之民，其民皆曰：「太子令吾守舊而已，誰敢斬吾？」鞅告孝公曰：「法之不行，自上者撓之，今太子私結下民，擅禁新法，刑當處斬，但太子不可加刑，請治其傅。」孝公大怒，喝令黥其傅公子虔，斬其師公孫賈，其訴法之百姓三千餘人，盡流於海濱，畿内百姓，各皆依法而行，不敢異議。衛鞅又告哀公廢井田方一里之田爲一井，中畫井字，界爲九區，一區之中爲田百畝，中百畝爲公田，外八百畝爲私田，八家同井各受私田百畝，而同養公田之租，以奉上而自耕私田而食其力，三代之良法也，開阡陌田間道路南北曰阡，東西曰陌，蓋謂井田，道路多而田畝狹，開阡陌則道路少而田畝廣矣，更爲稅法井田則借民力助耕公田，而不復稅其民之私田，至秦廢之，而但稅其私田，每畝科糧幾多也，孝公皆準其言。行至期年，國中強富，路無盜賊，民皆安生，不在話下。

齊田忌大敗投趙

且說朱亥歸魏，具告魏王拘留之事。魏王大怒曰：「吾不先伐强秦，亂砍衛鞅，誓不回軍。」龐涓諫曰：「能屈一時之辱，必申長大之策。齊有内患，不先伐齊而先攻秦，非長久之計也。」魏王然之。令涓調兵伐齊，龐涓點集諸兵，以朱亥爲先鋒，大發精兵十五萬，直奔桂陵，打戰書入齊。齊威王問群臣：「誰敢引兵守桂陵？」公子田勝、田忌出班願往，太師鄒忌素與田忌不和，因告齊王曰：「臣聞魏用龐涓爲帥，妙算出神，田忌非其對手，請召田盼、檀舒督兵出守可也。」田忌讓鄒忌曰：「太師以忌非涓之對手耶？何壯敵國而小忌也？此行吾若不能生擒龐涓，盡掃魏師，願以頭顱賭。」齊王壯其志，遂與精兵五萬，令守桂陵。鄒忌又曰：「大王必欲以田忌守桂陵，須令公孫閈爲其主謀，節制其兵，方不致敗。」齊王遂命公孫閈與田忌同至桂陵二十里，相對下寨。田忌問閈：「用何計出戰？」閈令哨馬探魏兵勢强弱，哨馬回報，魏兵老弱，不滿十萬。閈曰：「魏兵勢弱，如此何必説奇？將軍可速戰數陣，便能建功。」

次日，田忌披掛，出陣大叫：「龐涓野夫，何不出馬打話。」魏將朱亥挺鎗殺出，忌問：「來者何人？」亥曰：「吾乃獨使西秦，威伏兩虎，魏將軍朱亥也。」田忌大罵：「無名匹夫。非吾之對敵，可令龐涓出馬。」朱亥大怒，輪鎗直取田忌，戰不數合，朱亥詐作力乏，佯馬北走。田忌勒馬追至十餘里，桂陵左右，鼓角齊嗚，兩彪軍分道，從馬後殺出。〔一〕田忌回視，左徐甲、右巴寧，縱横桀驁，劍戟如林，田忌困於垓心，不能得出。田勝忙欲殺出相救，公孫閈受鄒忌之囑，恐田忌成功，故阻田勝曰：「宜守大寨，不可輕出。」田勝恐失田忌，不聽閈言，拍馬殺入重圍。

時忌身披重傷，猶自奮起精神，力敵三將，及得田勝助戰之兵馬，跡相繼殺開血路。巴寧截戰去路，田勝奮力戰至二十餘合，魏兵不退。田忌拍馬共攻，朱亥挺戈望田忌一刺，忌即抛盔棄甲，仰翻馬下。徐甲用刀便砍。田勝左衝右突，魏將方且不敢近前。

忽然，東南角上一彪人馬，直殺至垓心，爲首一員大將，打起趙將旗號，原是齊公子田嬰詐扮趙兵來救也。魏將聞趙兵救齊，列開以待廝殺。田忌、田勝乘勝殺出，徐甲追上，田嬰擋住一陣，魏兵方止。朱亥收田忌盔甲歸見。龐涓又令軍士挑向齊寨，大罵索戰。田忌、田嬰再欲整兵出敵。公孫閈曰：「公等非龐涓之敵明矣。不如乘夜班師，又作區處。」田勝亦勸回軍，田忌不從曰：「吾曾甘誓，不能捉龐涓，願斬頭謝罪。今損兵折將，豈可黑夜逃歸？」田勝曰：「龐涓兵機奇妙，吾等非其勍敵，姑且班師，再整軍馬，以決雌雄。」田忌不聽，令田嬰守桂陵，自入趙求救。

龐涓見齊兵堅閉不出，疑其有詐，乃令朝夕攻寨。公孫閈謂田嬰曰：「田忌在齊，號爲名將，一戰便挫於魏，抛盔棄甲，而爲勇者笑，公等必欲守孤城而抗鋭兵，何其愚也。」田嬰曰：「吾知齊魏不敵久矣，然田忌往趙求救，吾豈可棄城而逃哉？」言未畢，魏兵在外索戰。田嬰出馬，魏將分道殺至，田勝望見，忙出救護，戰不數合，龐涓自引大軍從寨後殺出。齊兵望風而散，田勝正欲抽兵回救大寨，魏將朱亥打入大寨，四

〔一〕「從」，余象斗刊本作「縱」，據龔紹山刊本改。

面八方盡是魏將。田嬰弟兄肩膊相挨，奪命從東南走出。朱亥、徐甲一齊趕上。

忽哨馬報：「田忌求趙救兵殺至。」龐涓急令諸將勿追齊兵，乘此勝勢，大戰趙兵。諸將一齊殺回，遇田忌領趙兵於桂陵之南，更不扎寨，一鼓便戰。趙將馬如龍便當先迎敵，朱亥大喊一聲，斬卻如龍。趙兵望風崩潰，龐涓曰：「兵貴神速，諸將乘夜直至邯鄲。」田忌引敗兵走入趙城，再乞起兵，趙成侯不允，曰：「魏兵甚鋭，吾趙不足當抵。」乃遣使賚金帛與龐涓，願求退兵。龐涓日令攻城，忽報趙使至，涓即召入，問曰：「吾魏與趙素無仇怨，今日何得助齊攻我？」使者曰：「寡君一時不察，誤起助齊之兵，今日折兵損將，不敢妄訴，聊奉勞軍之禮，萬乞解圍班師。」龐涓曰：「吾不攻趙，只令送出田忌，方且班師。」

使者回告，趙侯問群臣曰：「可否？」太子奏曰：「春秋之世雖亂，然無重辱公孫之禮，今田忌乃齊王之弟，豈可甘作魏囚？臣請見魏師，以解此圍也。」趙侯許之，太子出城至魏寨，龐涓延入中軍，序禮而坐。太子告曰：「吾聞王者不絕世伯者不絕功，齊桓公威征強楚，召陵一盟，隨即班師，而後世以爲美談。今將軍一戰威權便屈齊兵，名震當時，誰不敬仰？若釋田忌而旋師，使天下愈稱公義，豈不美哉。」涓曰：「不除田忌，終爲魏國之患。」太子曰：「田忌一戰便挫於魏，盔甲見被將軍所奪，更有何能，以成大事？」龐涓然之，取酒款待太子，相辭而別。龐涓即拔大兵，移屯桂陵。

卻說田勝引敗兵回見齊王。齊王便欲親征，鄒忌諫曰：「龐涓用兵如神，故臣前諫田忌非其對手，今果敗兵誤國。大王不可親出，以陷聖駕，不如暫割桂陵一城，遣使求和，侯在養蓄鋭兵，又圖報怨。」齊王不從，群臣皆曰：「太師之議極是。大王請割地遣使，暫安社稷。」齊王不得已詔田駢至桂陵求和。田駢領旨直投魏營，呈上地界，請求退兵。龐涓辭魏王之命，不敢擅許。田駢曰：「管仲，齊桓之伯臣，存邢立衛，後世稱德，豈不聞兵法云『將在軍，君命有所不顧』，願將軍不絕齊祀，受地而歸，則列國懼威德，誰敢不朝於魏？」龐涓被田駢說動一遍，即受地界，留巴寧以守桂陵，即日班師。

王敖破牌薦孫子

卻説趙太子歸國，趙侯即將送田忌歸齊。田忌曰：「臣與鄒忌不和，故使公孫閈誤臣，此敗無顔更入於齊，大王不棄卑微，臣願執鞭引駕，以圖報魏之仇。」太子奏曰：「鄒忌竊弄齊權，公子實難歸國，父王可處重任，與其併力破魏，俟其得勝建功，然後送其返國可也。」趙侯即拜田忌爲上大夫，令其同聽國政，不在話下。

卻説龐涓得勝歸魏，魏王親率群臣出接。龐涓呈上田忌盔甲，併桂陵地界。魏王大喜，曰：「魏有龐涓將軍，如山有猛虎。列國雖雄，烽火煙塵，必不敢近吾境也。」遂封龐涓爲鎮魏飛虎大將軍，兼總内外諸軍事，令在都城建造府堂，賜其帶劍出入，龐涓謝恩歸府。朱亥、徐甲一班武將，參賀已畢。徐甲進曰：「將軍受魏玉隆遇，威馳天下，諸侯聞名，俱各敬服，當在府前設一大牌，刻頌大言，使列國使者至吾魏邦，見此威權，方能懾服心志。」龐涓大悦，曰：「徐甲之言，極稱吾意。」遂書二十八字，令木工大刻於碑曰：

魏國城中一大蟲，威名獨鎮列邦雄。
忽朝牙爪乘風動，天下權威在掌中。

將牌鎮立府前，令軍吏守把，百凡將相過其牌前，各皆下馬，城中百姓，鬼伏神驚。

時魏王賢士名尉繚者，亦鬼谷之高弟子也，善理陰陽，深達兵法，只是隱而不仕，與弟子隱於夷山，聞知龐涓立大言牌於都城，遂問群弟子曰：「龐涓之術未及孫子，今乃不避先進，妄自尊大，傍若無人，他日孫子下山，用於鄰國，魏邦必危。吾欲破其大言，舉進孫子，汝等誰願一往？」右班一人，布袍草履，動地談天，越席願往。衆視之，乃衛人王敖字溥若也。尉繚子許之。

王敖即辭下山，袖藏細斧，扮爲遊士，直至龐涓府前，將大言牌連讀數遍，取出細斧，將牌劈破，高叫：「龐涓無名豎子，焉敢妄自稱尊而欺海内無英豪耶？」軍吏即欲綑縛王敖。王敖怒目視曰：「誰敢動手？」乃端莊容色，直入府堂。左右以敖之事告龐涓。龐涓大怒，曰：「爾何人氏，敢破牌以毁吾言？」喝令梟首。敖曰：「且勿動手，吾聞盛名之下，難以久居，故智者不誇能以速禍，勇者則晦武以收功，今足下初出大梁，僥倖一敗齊兵，輒欲揚威耀武，恐喝諸侯。吾知列國賢能，隱匿山谷者，一聞足下大言，必然爭投秦楚以圖足下，足下敢欺天下無全才乎？吾乃尉繚先生弟子王敖也，吾師學業鬼谷，有同宗之意，誠恐足下盛名挫於望外，故進此言，足下必欲見責於敖，敖何敢辭。」言罷，脱衣受戮。

龐涓慌忙虚席迎上廳堂，遂待以賓客之禮，曰：「不聞先生明教，則涓幾至自損也。敢問當今賢能之士，隱匿岩谷者幾人？」敖曰：「英才遍天下，豈能獨一舉哉？且足下與孫子同業三年，自以兵機默較長短，則他人可知也。」涓曰：「先生以孫子之術爲何如？」敖曰：「當今第一流人物也。」龐涓鼓掌大笑曰：「適聞先生明教，有若春雷轟耳。今以孫子爲當世第一，則先生之言豈不謬哉。」敖曰：「何謂也？」涓曰：「吾與孫子同三年之業，其賢愚智慮，吾已素知，孫子爲人怯懦遲鈍，昔者言志於廣城澤畔，鬼谷譏其不足以處當今之世，故以兵書授我而不授臏，〔一〕今先生甚羡孫子，不亦謬乎？」敖曰：「足下之料過矣。自從足下入魏以來，

〔一〕「授」，余象斗刊本作「受」，據龔紹山刊本改。

鬼谷以三卷天書授於孫子，孫子得之，呼雲喚雨，策電鞭雷，若使行兵演武，則草木成陣，砂石皆兵，豈吾俗機常法所能對敵？」龐涓大驚曰：「孫子之術一高於此，何日得睹其用，實涓之幸也。」敖曰：「足下宜將孫子之能薦於魏王，使王聘其下山，同僚治政，如此則魏有太山之安，公無毫末之損，而天下諸侯必然相率貢於大梁矣。」

龐涓大喜，欲留王敖於府，敖辭入山甚急，涓即相送而別。自思欲薦孫子入魏，恐奪己權，不薦則又恐用於鄰國，不如先奏魏王，聘其下山，奪其法術，然後絕之。次日，具表入朝，魏玉覽罷，即遣使命賫禮入雲夢，以聘孫子。畢竟如何？

孫子下山三服袁達

卻説孫臏在水簾洞内，朝夕侍於鬼谷，講求術法。一日，越席而問曰：「胎息之事、神仙之術既聞命矣。敢問兵機戰略，其道何如？」鬼谷曰：「夫儒者用世，未嘗不知兵略，然用兵之道，上達天氣，下達陣勢而已。夫天子之氣内黄而外赤，猛將之氣外赤而内白，反此則成凶兆矣。而陣勢之説，不外遁甲變化而已。」孫子曰：「國之興衰，亦預知否？」鬼谷曰：「亦觀星象而已。周伯者，國之瑞星；天堡者，國之災星。國將興，周伯黄光；國將亡，天堡流墜。」孫子再拜受命，旦夕觀演，歲月既久，學術精通。鬼谷每勸其遍謁諸侯，辭不下山，及聞魏使賚禮物至，飄然便有就聘之志。鬼谷曰：「子何忘林麓之趣而入利名之場乎？」孫子曰：「先生每令臏謁諸侯，今魏王以禮相聘，先生又何説此？」鬼谷曰：「龐涓爲人暴戾妒能，今其建功於魏，吾恐二子必難並立矣。」臏曰：「彼雖暴戾妒能，吾必以忠信待之，焉失其義？」鬼谷曰：「吾觀天文，子之星象甚晦，吾試爲子演其度數，觀其吉凶，何如？」孫子謝曰：「諾。」安置使者。

是夜，縛一草人，置孫子年庚於草人腹内，燃動四十九盞明燈，鬼谷行法已訖，即以清水噴其草人，揮劍一斬，草人仰臥於地，斷去十足趾。鬼谷視之，曰：「此無大患，但防刖足之災。」即以錦囊秘藏一計，授孫子曰：「謹受此物，若龐涓有妒忌之心，事至危急，則宜拆此，以通應變，倘若成功之後，即宜拂袖歸山。」

孫子再拜受命，與使者下山，同數十從者，徘徊行至黑陽山下。〔一〕忽然一彪草寇，塞其去路，〔二〕當先兩員賊首，自稱九仙山左寨主袁達，右寨主獨孤陳是也。「爾等何人？且留買路之資。」孫子欠身告曰：「吾乃鬼谷弟子孫臏也，受魏王聘召下山，囊中並無金帛，且容車馬一過，何如？」袁達曰：「魏王既聘，必有金爲禮，何不擲下而去？然吾劍無情，斬你猶閑，且掩卻鬼谷之高名。」孫子大怒，口雖柔辭推阻，心中默演法術，以手麾退從者，佯馬走入林中，袁達、獨孤陳雙馬追入深林，不見孫子。頃刻天昏日暗，遍林樹木盡成將卒，金鼓振天，二將困於陣中，不知所向。孫子高叫：「袁達、獨孤陳，知吾術乎？」二將迷而不見，但乞赦死，「吾輩再不敢阻行軒。」孫子曰：「吾之路費已盡，爾等能資盤費車馬之勞，則赦爾死。」二將對曰：「諾。」孫子即收雲撤霧，頃刻天晴日朗，草木如故。

二將出林，跪獻黃金駿馬，願送行軒。孫子受其金馬，辭其匆送，相辭而去。行至碧楊橋，天色已晚，漸投草店安歇。孫子謂使者曰：「強人無義失信，吾料袁達二將，今夜必然復來，爾等宜將橋邊大石擺作八堆，按作休生傷杜景死驚開八門遁甲之陣，準備捉此二賊。」從者依其號令，排列石堆，各伏短劍，伏於橋左。及至三更，袁達二將果然追至，聞碧楊橋口喊殺連天，似有兵馬迎敵之勢，不敢近前，令小卒以火照之，則並無人馬，止有大石八堆而已。袁達驚曰：「此又孫子困吾之陣矣。」獨孤陳曰：「吾兄何畏怯，豈有石陣能困吾乎？」遂拍馬殺過，袁達從之。及入石，果然四面八方殺聲復振，二將左衝右突，不能得出。孫子又高

〔一〕「孫子再拜受命，與使者下山，同數十從者，徘徊行至黑陽山下」，此文余象斗刊本無，據龔紹山刊本補。

〔二〕「塞」，余象斗刊本作「寨」，據龔紹山刊本改。

叫曰：「二賊背義失信，今則難救汝罪。」喝令從者斬之。袁達二人迷在石陣，但望空哀丐，孫子本要心服二將，復令小卒從生門入，引其從開門而出。袁達等叩頭謝曰：「自今不敢冒犯先生。」孫子取酒與其壓驚，令其毋得再居山寨，別作生涯。唯唯而退。

次日，車馬行至博浪城外，駟中安歇，從者喜曰：「今夜可得安樂矣。」孫子曰：「爾等不知此賊今夜必來，何得無憂？」從者曰：「然則若何？」孫子即安置衆人歇息，自於駟堂階下密將絆馬索縱横布列，自剔孤燈廳上看書。將半夜，二賊果然接踵而至，雙騎密訪孫子所在。只見駟門大開，四壁無人，惟見孫子孤燈讀書。二賊喜而相謂曰：「匹夫此夜必死吾劍矣。」遂揚聲大喊，殺入廳堂，蹈入條索圈中，二將俱被捆倒，手足不能起伏。孫子大罵：「背義賊徒，堂堂六尺之軀，不思立功垂名，固乃甘心落草，陷害良民。」自伏劍下階，欲劈二賊之首。二將哭告曰：「先生三擒我等而不揮劍，吾等中心悦而誠服，從今不上山寨，願從執鞭引轡。」孫子曰：「汝等既改前非，肯從吾遊，他日建功立業，爲大國名將，豈不勝於無名強寇哉。」遂釋二人之縛，二將再拜願從。孫子取赤旗二面，密計二帖，令其各收旗帖，出駟拆帖讀之，乃令插赤旗於荆山，候在明年春末夏初，南風乍作，即許殺至大梁城外，接應車馬。二人自相歡喜，即引九仙山寨上散卒，隱於荆山而去。

次日，從者起見孫子曰：「先生昨夜果捉二賊乎？」孫子曰：「此賊果至，然被吾恐嚇而去，料今不來矣。」從者曰：「先生真是神機妙算，誠可敬仰矣。」車馬遂望大梁而進。

龐涓謀刖孫子之足

孫子入魏，惠王聞臏至，即率群臣延入朝廷而勞之曰：「久仰尊名，無由得遇，今者辱屈高軒，奇才妙略，願聞明教。」孫子對曰：「臣乃齊之牧夫，未達治體，然受業師指教，讀先祖遺書，頗諳天文地理，略知虎豹龍韜，今承大王威德，龐涓智術，加以富國強兵，群臣效順，王如東阨強齊，北制韓趙，有如伐朽摧枯，何難之有？」魏王大喜，顧謂群臣曰：「寡人初得龐涓，如得左臂，及聞孫先生之教，又如左右臂全，何憂魏國不霸。」即封臏爲中軍大夫兼參軍務機謀，建造府堂，與龐涓會宴往來，但不露一圭角。龐涓自思王敖之言，未及見孫子手段。一日，請臏宴於春苑臺，因談及兵機，孫子對答如流，及孫子問於龐涓數節，涓不知其所出，乃起謝曰：「吾兄止別一年，高談闊論固非愚弟所能及也。」自是，龐涓遂生害臏之意，而孫子亦行保身之術，兵機智略亦不輕泄。

會天大旱，都城赤地千里，草木焦黃，百姓哀告，龐涓密奏魏王曰：「孫參謀善能呼風喚雨，大王何不詔臏行雨，以甦下民？」魏王然之，詔孫子祈雨。孫子領旨，令壯士築壇於城西北，布四十九號青旗，設明燈香燭，齋戒沐浴，跣足入朝，請魏王親自行香，王令整駕臨壇。群臣諫曰：「萬乘之尊，豈可屈從術道？」王笑曰：「是何言也？昔者成湯以六事自責，剪爪禱於桑林，苟有利於社稷生民者，吾何惜卻一行？」遂與文武至壇，行香已畢，孫子蓬頭散髮，手仗寶劍，登壇作法。須臾，雲生西北，風起東南，大雨淋淋，遍滿魏都，縱横千里之外，水深一丈，百姓鼓舞大悦。魏王在壇下率群臣謝雨回朝。

次日，王宣孫子入朝，加封爲鎮魏大國師兼參軍務事。龐涓見孫子果有呼風喚雨手段，自思：「當善事以傳其術，然後方可除之。不然，孫子一投鄰國，則魏國危矣。」朱亥進曰：「將軍與孫國師有同學之義，既薦入朝，極爲甚美，焉可脱其術而陷其人哉？」龐涓大怒，令斬朱亥，徐甲諫曰：「將軍無故斬朱亥，則此謀泄矣。」龐涓沉思半晌，矯稱朱亥故違軍律，決杖四十，黜爲庶人，朱亥罷職歸家。涓乃問計於徐甲，徐甲恐軍中耳目漏泄，乃具一計進於龐涓。龐涓一閲，大喜，即日請孫子會宴。孫子至，龐涓延而賀曰：「吾兄一展妙術，便救遍國生民，誠爲可賀。」孫子謙謝不已。飲至半酣，涓曰：「吾兄自登雲夢三年，今又入魏國一載，豈無故鄉之思乎？」孫子掩淚曰：「每欲歸齊，省親祭祖，爭奈羈縻外國，不能如意，正此躊躕，如之奈何？」涓曰：「何不上表辭歸？」孫子然之，相辭而别。

次日，孫子未進辭表，而徐甲先奏魏王曰：「孫子，齊人也。其兵機智略雖然高大，臣察其心，必有爲齊之意，若不早禁，他日亡魏歸齊，悔之無及耳。」魏王曰：「孫子焉有是事？」言未訖，孫子果然上表辭歸。王曰：「卿入魏，寡人喜而不寐，今者未展奇謀，何欲歸齊之速耶？」臏曰：「臣自登雲夢入魏，都已經四載，親情在念，暫欲歸省祭祀，隨即回朝，以備僉役。」魏王不許。孫子退朝，王召龐涓曰：「卿薦孫子，智略雖高，今者足跡未穩，便有歸齊之意，徐甲每奏其通齊謀魏，寡人不信，適間孫子果上辭表歸省，卿料虚實何如？」龐涓曰：「臣察孫子忠，諒必無此意，然自數日以來，通齊書信，往來不息，但不知其故。」徐甲復奏曰：「當今諸侯吞併，一才一藝之士亦獻本王，各爲其國，况齊乃孫子父母之邦，又抱經國大猷，豈肯背齊而事魏乎？」王曰：「然則奈何？」徐甲曰：「大王但許龐涓默察其虚實，倘孫子果有此意，即便斬首回報。」惠王大驚，曰：「孫子乃賢人也。入魏未久，反形未彰，便欲殺之，寡人豈不得妄殺賢士之名乎？」徐甲又曰：「孫子一棄魏，便爲齊而伐魏，今王忍而不殺，豈不爲齊國惜寶耶？」魏王沉思良久，即令龐涓默察孫子行移，量度監禁，龐涓領旨歸家，密令徐公明、張一桂二人部五百壯士，陰埋東門城外，或齊有迎孫子動靜，即許斬首建功。又遣心腹之士五十人，遍巡皇城内外，不在話下。

卻說孫子見魏王不准辭表，怏怏不悅，請涓會宴，以陶情話。涓至謂孫子曰：「吾兄何爲怏怏不樂？」孫子曰：「歸心似箭，而魏王不准吾表，所以不樂耳。」涓曰：「何不暫寄問省之書，〔一〕俟魏王意悟，復辭一表，有何不可？」孫子曰：「謹奉教。」即修書遣僕歸齊。涓辭而歸，即召徐甲往東門，截捉孫子之僕，詐寫通齊之書，換其省問之書，入奏於王。魏王覽罷大罵：「匹夫，果有通齊伐魏之意。」即詔龐涓斬孫子回報。龐涓忙入孫子之宅，佯聲大哭，曰：「吾兄赤心爲國，不知魏王信讒，搜兄家書，言兄通齊作反，令涓處斬回報。此交誼情深，何忍殺兄？」孫子曰：「主上既以臏爲作反，吾當趨朝訴明本心。」涓止曰：「主上怒威正熾，兄如入朝，則不能保全矣。吾當代兄訴奏其枉，吾兄不必憂慮。」涓即入朝，奏魏王曰：「孫子雖然謀反，其事未成，念臣與臏同學三年，有交誼之契，乞赦臏死，但廢其官職，刖其雙足，與臣全卻朋友之情。」魏王許之。龐涓拜謝，以王命告臏。孫子痛哭受刑，龐涓亦佯悲啼，有不忍之狀。臏曰：「君必刖足回報，豈可拘私恩而廢公法哉？」龐涓即刖臏之足趾，並其官誥印綬封奏回報。孫子被刖倒於地下，從者慌忙救治，不知性命如何？

〔一〕「問省」，余象斗刊本作「間省」，據龔紹山刊本改。

孫子被刖詐風魔

當時孫子被刖，但處龐涓之宅，自思鬼谷之言有驗，取出所遺錦囊，拆而讀曰：「龐涓妒忌，必不能容，事至危迫，速宜佯狂免禍。」孫子即時倒翻地下，佯作嘔吐之狀，不省人間之事。龐涓回奏魏王歸，欲挾孫子傳其天書，及至宅見孫子，散髮横臥於庭，口吐鮮血，不省人事。詢諸左右，左右曰：「自刖雙足，即中此疾。」龐涓急取湯藥救治，臏即佯爲不飲，或談笑自若，或悲啼不勝，或朝出而不還，或夜臥於市上。龐涓恐其佯狂，令左右試以酒食密遺之。

時孫子宿猪犬圈中，左右詐曰：「吾哀先生被刖，故進此食。」孫子知是龐涓遣來，怒目睜瞜，將食抛於地下，乃取糞土自吃。少頃，復仆於地，口吐津涎，狂言妄語，左右歸告龐涓。涓曰：「此真中狂疾，焉能再成大事？」遂令左右勿禁，從其出入。

一日，孫子遊於城西僻道，拍手閑吟曰：

孤高百尺一株松，蔽雲遮日觸蒼空。
枝柯茂盛乘吳楚，根荄盤桓燕趙宫。
綠葉枝枝迎彩鳳，青柯曲曲臥蒼龍。
若逢天地光明照，散漫清香七國中。

有一樵夫無耳目，手中握定無情斧。
靠崖砍倒棟梁材，枝葉不堪蓋茅屋。
既好哭時又好笑，日日朝朝街上叫。
淺潭三尺錦鱗魚，誰人肯把絲綸釣。
人不採時我不採，到處只嫌天地窄。
若把困魚救出來，敢與蛟龍爭大海。

又詩曰：

浩氣漫漫滿胸臆，皇天何事困男兒。
世人再莫登雲夢，雲夢學成反自迷。

時朱亥被廢爲庶人，見孫子笑談自若，乃踵其前，聽其閑吟，知其非狂，以手拊其背曰：「先生得非真狂乎？」孫子佯而不答。亥又曰：「先生無隱，吾乃都校尉朱亥也。因諫龐涓勿害先生，故被黜爲庶人，先生果中其陷也。」孫子見四顧無人，忙揖亥曰：「校尉念臏在困阨之中，幸垂救援。」亥曰：「途中耳目所聚之處，可到吾宅，以議他圖。」孫子即隨亥歸家，日議謀歸計，不在話下。

卻說徐甲告龐涓曰：「吾覌孫子行移，非真中狂，將軍不行防備，倘使一旦歸齊，終爲吾患。」涓曰：「吾已遣徐公明、張一桂先防城東出入，孫子雖有駕雲之足，焉能脱得吾之牢籠？」徐甲曰：「將軍遠見，誠非俗料能及。」少刻，緝探軍報，朱亥隱藏孫子於家。龐涓大怒，即率三千鐵甲圍繞朱亥之宅，喊捉孫子。孫子告朱亥曰：「校尉勿驚懼，速出迎接，吾自有躲身之策。」朱亥出迎龐涓。龐涓叱罵曰：「匹夫，恨吾免爾之官，欲與孫子謀反耶？」朱亥正色對曰：「將軍且息虎威，請搜吾宅，如有孫子，亥即甘罪。」龐涓即令將士遍搜。

時孫子即用神術，牽一朵黑雲，將身蓋立於西廊下，魏兵遍搜不見。龐涓曰：「孫子善能演晦。」令將朱亥之蒼頭子細盡行檢點，並無隱伏，即便抽回，但令四門堅守。朱亥送龐涓上馬，回至宅上，則孫子復在堂上。朱亥訪問其故，孫子曰：「此鬼谷神術，非龐涓所能達也。」朱亥敬服曰：「先生齊人也，何不歸國，投策於王，以復龐涓刖足之恨。」孫子曰：「吾慮每及於此，但龐涓守禦甚嚴，難以通透。」亥曰：「何不修書歸獻齊王，令其設計迎接先生歸國？」孫子曰：「書可修，何人可遞？」亥曰：「吾令家僕附帶，則龐涓不知禁備。」孫子然之，遂作家書，令亥僕投齊，自復隱於朱亥宅上。亥曰：「吾聞龐涓頗達天星，倘观先生之宿未没，又來搜索，此時能保無危乎？」孫子曰：「吾有疑涓之策。」是夜，在亥園後，布壇作法，口含清水，望本星一噴，揮劍望西北一招，黑雲隨起，掩卻本星。

時魏國飢荒，貧民餓死於途者無數，孫子復取餓夫之屍，刖去雙足，以己衣冠於其上，令左右密夜擡其屍於龐涓府外，以疑其心。卻說龐涓自搜孫子以來，常夜仰观天象，見其星宿不没，鬱鬱於懷。忽一夜又望其宿，則泯然不見。次日，謂徐甲曰：「吾料孫子必中惡死矣。」徐甲曰：「何以知之？」涓以星没之事告甲。甲曰：「孫子善能呼雲布雨，豈無掩星手段？」龐涓復自遲疑。忽有小軍報，孫子死於府前。龐涓令徐甲驗之，果實孫子也。涓大喜，曰：「天滅孫子，吾復何憂？」令左右收其屍，自是不復更疑。

卻説朱亥之僕，帶書投齊，見孫子之父孫操。孫操得書，放聲大哭，曰：「吾次日入朝，奏齊王。」齊王問於群下，太師鄒忌曰：「國有賢臣而令見辱於鄰國，大不可也。王速發兵，轉迎孫子，以報桂陵之恨。」孫操曰：「龐涓欲陷臣之子，若發兵迎接，必不得回，不如遣一有智略之士，詐稱進貢香茗，設計密載而歸，可保萬全。」齊王大悦，即令上賓淳於髡進茶於魏。畢竟後來如何？

茶車竊孫子歸齊

淳於髡領旨，帶茗三十六車，至大梁，入朝進上貢表，魏王大喜，即宴淳於髡於偏殿。酒及數巡，王問曰：「昔日桂陵之戰，齊國喪師折將，田忌不敢東歸，齊王亦怨寡人乎？」髡對曰：「大王威德著於天下，自桂陵一戰，列國君服，寡君焉敢蓄怨？如蓄怨則無此貢矣。」魏王大笑曰：「先生之言雖是，然齊有孫子者，學業雲夢，寡人往歲曾聘下山，委以國事，不意其與齊通謀，故寡人疑齊王有報怨之舉。」髡頓首曰：「臣國並無此意，大王何出此言？」魏王曰：「此特往事，孫子亦死，寡人但因來貢之由而問也。」髡辭出於客館。是夜，思設一計，次日謀見孫子而竊歸，不在話下。

卻説朱亥之僕得回書歸告孫子，孫子諒己災星未滿，不可輕動，殆及春末夏初，南風乍作，乃告朱亥曰：「吾料救兵目下將至，即當出城密察虛實。」朱亥囑其珍重行跡，不可露出根芽。孫子謹受，相辭而出，扮爲遊客，密訪細民，言有齊使淳於髡進茶至魏，現在公館。孫子即扮作奴隸，入見於髡。髡見其語話異衆，乃屏開左右，密問：「子非孫操大夫之令郎乎？」孫子默默點頭。髡曰：「先生何能至此？」孫子具情實告。於髡曰：「吾此舉實奉齊王詔迎先生，吾觀魏城防禦甚嚴，先生何計能出？」孫子曰：「吾聞大使進茶，曾有幾車？」淳於髡曰：「茶車三十六輛。」孫子曰：「若有數輛茶車，何憂吾不得出？」遂藏於茶車內出城。

次日，髡入朝謝魏王，欲辭歸齊。魏王詔龐涓檢點茶車，親送齊使出城。孫子聞知，即披甲執旗，立於第一輛車傍，扮作守轫之卒。龐涓設祖道，餞於城之門，淳於髡迎而戲之曰：「髡非奸細，何必檢點回車？」涓笑曰：「此非防公爲奸細，但魏有常典，不拘往來車馬，皆要盤詰回報。」於是，龐涓被髡一言所挾，即略而不檢，衆車遂擁出城，髡與龐涓盡歡而别。行不數里，城外百姓有認得孫子者，奔告龐涓。龐涓不信，頃刻哨馬又報，孫子乘茶車出城。龐涓大驚，即點鐵甲兵出城乘追。

卻説袁達、獨孤陳奉孫子之令，隱在荊山，插赤旗於山上遊望，專候南風一動，然後下山接應。忽然一夜風生習習，袁達次早視之，旗飄轉南，忙與獨孤陳率兵殺至大梁城，將近九十里前，有一起軍馬殺至。袁達手輪大斧，正馬相迎，喝問：「來者何人也？」當先二將曰：「我等魏將徐公明、張一桂也。奉龐涓將軍之令，防禦孫子逃齊，近聞孫子已出城，故來追訪，爾等何來，曾見孫子否？」袁達大怒，拍馬便戰，四將各持四般兵器，混戰三十餘合，不分勝敗。淳於髡督催茶車來至，張一桂抽馬來截，袁達搶入公明懷心，劈落其首。張一桂正欲來搜孫子，獨孤陳背後便刺横鎗。淳於髡不知其故，驚慌失色，潛入後車。袁達見茶車打齊旗號，忙問：「來者有孫先生否？」孫子揭帷視之，乃袁達、獨孤陳二將也。連忙進謂袁達速來救護。二將望見，下馬拜伏於道，曰：「違令救遲，達等之罪也。」孫子甚慰勞，進謂淳於髡曰：「此二將乃吾下山相從之人，先年遺在荊山，以候相救吾難，今日故來接應。」淳於髡曰：「先生誠非人間俗士，見識超神，未來禍福料定有如符節。」孫子遜謝，又謂袁達曰：「吾料龐涓必然部兵追至，汝可截後，以截其路。」袁達即欠身上馬，不斬龐涓誓不爲大丈夫。

遂行至三峰山下，後面金鼓振天，一彪人馬洶湧殺至。袁達回視其旗，果是龐涓之號也，抖擻精神，勒馬迎敵。龐涓追至，見達圓睛嚼齒，豹額虎鬚，輪柄斧鉞，斧横立三峰山下，渾似殺神，把守天關，亦不敢近，但問：「前者何人，敢阻吾道？」袁達高聲對曰：「吾乃孫先生部將袁達是也。久奉先生之令，隱伏荊山，專候接應，今日果然遇你匹夫。」龐涓大罵：「强賊，斬吾二將，不擒更待何日？」挺鎗殺進，袁達輪斧迎敵，戰至十合，袁達以斧斬其馬足，龐涓倒翻地下，徐甲奮力救起龐涓，望魏而走。袁達乘勢大殺一陣，獨孤陳奪其器械，保御茶車而歸。將近齊城，一起壯士向前，衆驚視之，乃大夫孫操也。

孫子忙跳下車，父子相持而哭，各訴舊情。淳於髡曰：「大夫焉知至此？」操曰：「先生久使於魏，吾恐小兒被難，故率家人前來防備。賴先生維持，得全其命，佩德不負。」髡曰：「皆大夫之福，非髡之力也。」遂令士卒擺列隊伍，奏凱入城。

龐涓巫魅陷孫子

齊威王聞知，率群臣出接入朝，曰：「寡人目不識珍，故使賢臣窘辱於外，皆孤之罪。」孫子頓首遜謝。齊王又問曰：「寡人不度德力，驅兵與魏戰於桂陵，損兵折將，田忌奔趙不返，孤實悔恥無及，願先生一言指教，以削前仇，是孤之幸也。」孫子對曰：「龐涓暴戾矜功，魏瑩貪得無厭，大王欲洗國恥，則結連韓、趙，迎歸田忌，蓄兵練將，待魏有隙，驅兵東出，則大梁破竹而下矣。」齊王大悦，即拜孫操爲上大夫，孫子爲中軍謀士，袁達、獨孤陳爲左右校尉，重賞淳於髡，而遣使往迎田忌，不在話下。

卻説龐涓引敗兵歸魏，便奏惠王言：「孫子歸齊，終成魏禍。許臣發兵攻齊，生擒孫子，以免後患。」惠王不從，曰：「齊始割城求和而欲征之，是失信於隣國也。不如息兵講武，待其有隙，然後發兵，庶幾吾有名義也。」龐涓歸府，怏怏不悦。徐甲曰：「吾聞將軍曾傳鬼谷陰魅之術，何不行之，以絶禍根？」龐涓然之，即在後園布一迷魂局，縛一草人斬去兩趾，安於局中，又書孫子年庚，置於草人腹内，燃七盞明燈於腳下。侵晨龐涓行符祝聖，射中草人一箭，滅卻一盞燈光，過七日又射一箭，復滅二盞燈光。徐甲在傍，見而請問：「此名何術？」涓曰：「此巫蠱滅蚉之術。」甲曰：「然則術之亦有名義否？」涓曰：「草人者，想敵人之身也。七燈者，按敵人之星也。人憑七孔而生，災因七星而滅，每至七日射一箭，傷其七孔也。七日滅一燈者，埋其七星也。殆至七七四十九日，敵人七星晦滅，七孔傷殘，縱不至死，亦爲廢疾之徒。」徐甲曰：

「將軍有此奇術，何憂孫子不死？」一面行演巫術，一面差人往齊打探孫子之生死。

卻說孫子自承封職以來，立朝未及一旬，偶沾疾不起，父母諸將舉衆驚惶。孫子強起而安衆心，及至七日，忽左耳殘傷，聾而失聲，百計救治俱皆無效。又七日，右耳復聾。孫子曰：「吾已被龐涓所魅矣。」父母曰：「然則若何？」臏曰：「昔者，鬼谷曾以此術授我。我厭其爲巫蠱之事，辭而未傳，然則書已傳於笥中，待撿其書，覌用何術可破。」

於是，令僕檢得其書而閲之。孫子大驚曰：「危矣哉。更延數旬，則吾爲泉下鬼也。」遂召袁達分付，在讀書軒下布一破巫局，縛一草人，置年庚於腹内，燃七盞明燈於脚下。親自演法作咒，安卻草人。左耳增一盞燈，過七日又安草人右耳，復增一燈。將滿四十九日，孫子病痊如故。全家喜曰：「若不早察，陰被此賊所陷。」齊王遣使問病，冠蓋相望。孫子雖然疾瘳，閉户不出，父母叩問其故，孫子曰：「既巫蠱以陷我，必然遣緝探者來訪吾之生死，吾若一出，探者必報龐涓，則龐涓復生他毒以害。」父母曰：「然則若何？」孫子曰：「先具表以安齊王之心，然後舉家發哀，詐稱吾死，以絶此賊後圖。」父母從之，即具安表以奏齊王，舉家號哭，城内謡攘孫子病死，龐涓緝探在齊者聞知，忙歸報涓曰：「孫子果死。」龐涓大喜曰：「孫子既死，七國人物復居吾之軀殼，吾復何憂？」遂遣緝探之士，默訪列國動静，欲舉征伐。

時齊威王遣鄒衍往趙迎田忌，趙肅侯欲留田忌。大夫成午曰：「當今魏用龐涓，恐喝齊、楚、韓、趙，韓、趙累年致貢，甚爲不忿。今孫子歸齊，正是伐魏之時，合宜送還公子與其備用，若是齊能滅魏，是亦韓、趙之幸也。」肅侯大悦，即遣壯士護送田忌歸齊，復遣成午往韓結好期約，同時伐魏。田忌與鄒衍谢恩出趙，不在話下。

且説成午至韓時，韓昭侯之左相申不害者，鄭人也，善談黄帝老聃之術，昭侯悦之，故厚寵爲相。不害

「真明主也。」

每請封父兄之官，昭侯不許，曰：「吾有弊袴一件，尚且藏於篋笥，以待賞卻有功之士，爾之父兄並無寸功點業，何可妄封官職？」不害曰：「官職重器，不封無功之士，猶可也。弊袴輕物也，亦不以賜左右，何其不仁之甚也。」昭侯曰：「吾聞明主愛一嚬一笑，不妄憂喜，今袴雖弊，豈特嚬笑而已哉？」不害頓首謝曰：

今成午至韓，韓昭侯召問其故，成午曰：「寡君以韓、趙、魏爲三晉之國，今魏用龐涓而恐喝韓、趙進貢，甚爲失義。近聞齊王欲伐強魏，故遣小臣會兵助敵，以釋前恨。」昭侯勃然曰：「吾忿貢魏久矣。爭奈兵微將寡，難以輕舉，齊、趙有意攻魏，孤何不從？」成午拜謝歸趙。昭侯遂絶本年之貢，以韓敏爲主帥，開募府招兵，準備會齊攻魏。魏之緝探者歸報龐涓。

龐涓次日即具表奏魏王：「臣聞憂在内者緩圖，憂在外者急攻。今訪得韓、趙連兵，欲助齊攻魏，不可緩圖。」魏王曰：「韓、趙致貢於我，今又加兵，何以示信於諸侯？」涓曰：「臣聞先發者能致人，後發者受人制。目今韓、趙連兵，田忌歸齊，〔一〕此謀魏之機也，豈可待其大兵壓境，然後興師？」魏王曰：「三國連兵，卿將出計以何者爲先？」龐涓曰：「兵法云，欲得強先攻弱，韓之兵勢不及齊、趙，況其今歲未貢，不如乘此爲名，先伐弱韓，則齊、趙必救，我即分道衝擊，則一舉而三國可破矣。」魏王與兵十五萬，復詔太子名申監軍，同議伐韓。不知勝負何如？

〔一〕「歸齊」，余象斗刊本作「攻齊」，據龔紹山刊本改。

孫臏救韓虜魏申

龐涓領旨出朝，次日升帳，召集諸將即申號令，以巴寧、龐葱涓之弟爲先鋒，徐甲、龐英爲左右翼，鄭安平爲總都，即日大兵出三山，〔一〕屯虎頭山。韓侯聞知大懼，申不害曰：「急召韓敏率兵出守青龍山。一面差使求救於齊、趙。」韓侯然之，即令張車爲先鋒挑戰，龐葱以本部兵直打韓寨。張車出戰，殺至二十餘合，不分勝負，兩下收軍。韓敏在高埠處，望見魏兵威勢甚鋭，號令將卒，每十卒共結一木柵，從青龍山下三里札一小寨，五里扎一大寨，俱調弓弩手守之，止許堅拒，不許出敵，候齊、趙救兵至，然後撤寨交鋒。衆軍依令而行，沿路樹大小寨柵三十餘所。魏兵不能進前。龐葱令步軍束乾柴，馬軍帶火箭，晝則鳴金納喊，詐若攻寨之勢，疲其軍力，費其箭矢，殆至三更，然後密以火攻，將卒奉令而行，果然一夜攻下五寨。韓兵恐懼，張車選勁弩手五百人，列於兩山，夾住前寨，戒令毋得妄動，魏兵復以前術攻之，被韓兵箭傷死者不計其數，相持數旬，不得進前。

卻説使者往齊求救，齊威王問於群臣，孫子上表請救。威王次日問鄒忌曰：「孤欲發兵救韓，以田忌爲

〔一〕「出三山」，余象斗刊本作「三山」，據龔紹山刊本改。

將，可乎？」鄒忌曰：「田忌敗兵於桂陵，拋盔棄甲，魏人鄙之，若以其爲將救韓，何異驅羊入豺群乎？」齊王默然不語。孫子力請拜田忌爲將，齊王以鄒忌之言告知。孫子曰：「是不知用兵之術也。龐涓乃田忌仇人也，使其爲將，激其勇怒，此正用將之道，奚爲不可？」齊王猶豫不決。公孫閈密告鄒忌曰：「太師必欲陷田忌，何不同保其爲將，救韓伐魏？勝則太師之功，敗則田忌之罪。」鄒忌次日轉保田忌爲將，齊王即封田忌爲中軍參謀，詔與孫子督兵救韓。

孫子承旨，次日升帳，田忌問孫子曰：「先生救韓，兵從何出？」孫子曰：「直去大梁。」田忌曰：「兵本救韓，何攻大梁？」孫子曰：「兵法有云，救遠必擊近，且龐涓聞吾已死，大兵悉出攻韓，必不防備守國，我兵涉渤海，抵大梁，出其不意，魏人喪氣落膽，則擒龐涓必矣。」田忌曰：「韓國受圍日久，倘被魏破，咎不在齊乎？」孫子曰：「韓地峻險，弓弩勁強，況有中不害謀事，吾料龐涓不能深入其地，決無陷城之理。」田忌連點其額，曰：「先生高見，鬼神莫測矣。」即以袁達爲先鋒，田勝、田忌爲左右隊，大發精兵二十萬，即日出城，望魏而進。

時龐涓以孫子已死，不懼東方關隘，故齊兵長驅直抵大梁。魏王聞齊兵將至，大懼，急令中軍都護劉猷與公子理率兵出守東平關，兵至南郊壇，遇齊兵殺至。劉狸列開迎敵，袁達輪斧便戰，不上五合，田勝雙馬夾攻，魏兵披靡，敗走入城。齊兵奄至，魏之軍民謠攘，孫子在齊爲軍師。魏王不信，率群臣登城遠望，齊兵盡打田忌旗號。魏王謂群下曰：「孫子不在，田忌無能爲也。」遂差星馬抽龐涓救城。

時龐涓日攻韓寨，千計不下，忽得魏王之書，顧謂太子曰：「田忌有勇無謀，韓城拔在目下，汝可速歸，急救大梁，我收韓即班師歸助。」太子忻然許諾，分巴寧、龐葱之兵殺回大梁。過外皇城，城外一起百姓擁太子馬頭而告曰：「殿下驅兵東敵，臣等有百戰百勝之術，願與獻上。」太子曰：「父老有何奇策？願聞其詳。」

父老曰：「殿下貴爲東宮，富有魏國，此富貴之極也。今捨富貴而欲邀功於鋒敵之下，勝則富貴無及，敗則萬世無魏矣，此是臣等百戰百勝之術，願殿下熟思之。」太子在馬上俯思良久，曰：「吾亦知東宮不可出敵，爭奈齊兵圍城，君父危迫，豈可不救。」言未畢，哨馬報齊兵到城甚急，太子速宜救駕。太子即驅兵至城下札寨。

時孫子令諸將盡改孫子旗號，令田忌、田勝挑戰，自乘小車與袁達在門旗下覌敵。次日，魏兵擂鼓摇旗，太子親自殺出，見田忌當先，其旗又是孫子之號，逡巡不敢近前。巴寧曰：「孫子已死，此是田忌挾詐其名，以威吾衆，殿下不必狐疑，速宜殺進。」太子拍馬直衝齊陣，田忌、田勝雙馬挑戰，巴寧亦横鎗殺出。四馬戰酣，只見齊陣門旗閃處，推出一輛逍遥車，孫子綸巾羽扇，高叫：「殿下别來無恙乎？」太子視之，乃孫子也。披靡大敗，巴寧忙止曰：「此田忌詐扮孫子，殿下何畏其如虎也？」麾轉太子殺向孫子車前，袁達、獨孤陳左右殺出，太子措手不及，被袁達活捉而歸。龐葱、巴寧奮力搶救，田勝、田忌四面殺進，二將各自奔歸本寨。齊兵攻打不息，龐葱謂巴寧曰：「齊有孫子，我等非其對手，切宜堅固營壘，我投韓國，請元帥抽兵與較勝負。」巴寧然之，堅守寨柵。畢竟如何？

孫龐排陣賭齊魏

卻說龐葱單騎投青龍山，以孫子在齊生擄太子之事告龐涓。龐涓不信，曰：「孫子死矣，此必田忌設詐，爾等落其圈套。」龐葱苦告，孫子果在。少頃，惠王與巴寧文書連次不息，皆言孫子攻城甚急，龐涓猶豫不決。忽報孫子遣使者至，龐涓召入，拆其書讀曰：

仝業友生孫臏頓首，致書於鎮魏大將軍龐涓契兄麾下，憶昔三年雲夢，連業同師情，雖交誼恩踰骨肉，擬約韜略既成，各事一主，聲名相望，平生願足。何期人面獸心，心遽生嫉妒，聘賢之詔初頒，刖足之刑便下。不行佯狂，焉得脱難？幸得皇天常祐於吉人，后土不窘於善士。茶車出魏，匹馬歸齊。獻大策於王庭，握總柄於邦國，迎還田忌復冤仇。今擁百萬之兵，勢如貔貅出穴。調千員之將，威似豺虎離山。長驅渤海，直抵大梁。滚滚旌旗，遮掩九天日月；林林劍戟，圜圍魏國城池。兩兵一接，活擄魏申。今奉尺書，先達守將，火速抽兵一戰，決定雌雄，否則倒戈拜降，梟首謝罪。上全魏國山河，下免生民塗炭。若夫執迷不悟，推阻不進，則雖鐵統大梁城，打破止在目下矣。戰書到刻，乞照不宣。時周顯王二十八年秋九月上旬，征魏中軍大謀主孫臏頓首書。

龐涓讀罷，心中大驚而佯曰：「孫子雖在，其刖足顛狂，乃人間之棄士，何足道哉？」即留弱卒數十，虛張旗鼓，以守本寨，乘夜班師。不數日，巴寧出接入寨，俱告孫子攻城之事。龐涓令諸將次日用心一戰，可破齊兵。

卻説孫子聞龐涓回兵，田忌便欲出攻，孫子止曰：「魏兵素號驍勇，每輕齊楚，今當以柔弱勝之。」田忌曰：「何謂也？」臏曰：「兵法有云，百里而趣利者蹶上將，五十里而趣利者損大兵。今龐涓捨韓而歸救魏，其銳氣已喪，更示弱以誘之，則魏兵片甲不歸矣。」遂令將士各自披掛，以待厮殺。

次日，兩陣對圓，田忌横矛勒馬高叫：「龐涓何不出陣？」龐涓見是田忌，左帶朱倉，右帶徐甲，洶湧殺出，大罵：「田忌匹夫，自桂陵一戰，盔甲尚在吾軍，今日焉敢强爲犯界？」喝令左右擒之。徐甲、朱倉雙馬殺出，田忌迎敵，不止十合。齊兵門旗開處，推出孫子，在車上欠身高叫曰：「龐涓契兄，别來無恙乎？」龐涓視之，唬得魂飛膽喪，背汗沾流，亦欠身答曰：「人言吾兄已没於齊，今日此出，小弟之幸也。」孫子笑曰：「三年仝業，尚忍刖足行巫，百計坑陷，今日何其承慮之深也。」龐涓滿面慚惶，但曰：「刖足巫蠱，皆魏王命令，非弟之過，吾兄何得蓄怨懷恨，與兵犯界？」孫子曰：「吾奉齊王之詔，此來决欲破魏建功，圖王爭業，各爲其主，豈爲無名犯界乎？」龐涓曰：「往事不必閑論，今兄在齊，吾在魏，試與兄賭國。」孫子曰：「何謂賭國？」龐涓曰：「各排一陣，爾能打破吾陣，則以魏降齊，我能打破爾陣，則以齊降魏，倘兩下俱不能破，則講和休兵，可乎？」孫子曰：「可。」

龐涓即將本寨軍卒分爲五隊，各樹五色旌旗，依山靠城排成一陣，問孫子曰：「識此陣乎？」孫子曰：「此乃五龍奔海之陣，焉有不知？」涓曰：「兄敢打陣乎？」孫子密令袁達、田盼、田勝、田忌、獨孤陳五將各引長鎗，步軍三千，各攻一方，自率大軍從龍口衝入，以白旗一麾，五方齊兵大喊，將魏兵圍作一團，龐涓反被困於垓心，其軍卒自相踐踏，死者不計其數。龐涓忙謂孫子曰：「可速收兵，吾即以魏降齊。」孫子抽兵，龐涓又集殘卒歸寨。孫子遣使去，言龐涓背約。

次日，涓復引兵出陣，孫子責其背約不降。龐涓曰：「今日爾排一陣，吾不能打，然後服心納降。」孫子即令九員大將，屯作九方，各服一色袍鎧，各執一般器械，又將兵卒少長相敵，強弱相兼，分爲八隊，穿插在九將之中，排成九宫八卦之陣。臏曰：「識吾陣乎？」涓回：「焉有不識？」臏曰：「汝敢打乎？」涓曰：「奚爲不敢？」龐涓乃暴悍凶人，本曉此陣當從乾門打入，見孫子孤車立於巽門，乃引諸將且望孫子殺進。孫子抽身一麾，九將往來穿插，塞住八門。孫子密演神術，頃刻天昏日暗，走石揚沙，魏兵困迷於陣，莫知所向。孫子心知龐涓未肯屈服，亦不勦滅，特設此以恐唬之耳。自晨至未，漸漸清朗，孫子令田勝一門略放緩守。龐涓引兵殺回本寨，查各部兵，十喪五六，旗鼓半折，填胸大怒曰：「吾自興兵以來，未損一兵，不折一矢，今日肯以雄名挫於跛足之夫乎？」

正怒之間，孫子遣使督降。龐涓大怒，喝將來使斬首。號令諸將改換鎧甲、器械，再欲出攻，龐涓中軍參謀韓隨進曰：「吾聞信智仁勇四者，行兵之具，缺一不可。元帥面許孫子破陣賭國，吾兵連輸二陣，又欲令斬來使，更欲出兵強戰，非守信之義也，何以克敵？吾料齊兵久出，糧必不繼，〔一〕請憑三寸之舌，往説孫子講和，兼察其糧料，孫子倘許，則與講和休兵，否則堅守營壘，出奇兵絶其糧道，不上數旬，則二十萬齊兵悉當死於大梁矣。」龐涓大悦，遂釋其來使，即令韓隨遊説。畢竟如何？

〔一〕「繼」，余象斗刊本作「斷」，據龔紹山刊本改。

馬陵道萬箭射死龐涓

韓隨扮作遊士，布衣短褐，直投孫子大寨，具帖謁見，孫子覽其名姓，顧謂諸將曰：「韓隨此來，非遊説即是奸細，吾欲决計以斬龐涓。此人既至，極中吾策。」遂令各寨作十萬火灶，盡匿糧米，詐囊砂草於各寨，然後召韓隨入寨。隨參孫子曰：「吾乃燕人韓隨是也。」孫子曰：「來此有何干議？」隨曰：「吾欲投雲夢學業，聞齊魏交兵，詢之乃謀主與龐元帥爲敵對，故從徑道來見謀主，欲有所請矣。」孫子賜其坐位曰：「韓兄既欲受業鬼谷，亦爲道契，有何教益？」臏願從命。」隨曰：「吾聞道以合爲資，友以義爲先。二公皆雲夢之派，何必自相攻擊，以致害道傷義乎？」臏曰：「龐涓失義妒能，故百計刖吾之足，吾何容忍？」韓隨曰：「龐元帥度量狹小，嫉妒同業，誠得大罪於謀主，然謀主乃仁人君子，恢弘大度，豈不聞古人有云，大海不拒於百川，以其能容故也。謀主體江海之量，捐睚眦之怨，釋甲休兵，講和尋好，使天下豪傑談公爲重義高賢，豈不美哉？若夫驅東海之兵，久羈外國，朝攻夕戰，必欲見其利害，吾恐兵疲糧盡，勝敗未知。且魏兵素號强悍，受困既久，一旦軍民激怒，同心效力而出，則謀主之平昔威望挫於輕敵之下，惟明者熟思之。」

孫子正色曰：「韓兄何言也？龐涓失義，雖三尺之童亦知唾罵。吾今擁二十萬兵，破大梁止在目下，而子亦以口舌戰退吾兵，豈非欲爲龐氏作説客耶？子以吾兵遠離，不可久屯，姑與子觀之。」遂携韓隨之手，遍遊各寨，觀閲器械糧料已畢，曰：「子觀吾之甲兵利鋭，米粟充盈，以此下魏，誰曰難破？煩兄拜復龐涓，刻在旬日，降表不至，必無魏矣。」韓隨兩腮通紅，但曰：「吾非說客，但恐足下有傷同氣之義，故進此言，謀主何見責之深耶？」孫子陪笑送出其寨。忽先鋒袁達突入，詐曰：「前部糧草已盡，乞謀主宜早處置。」孫子斥曰：「軍中粟積如山，何憂糧盡？」韓隨相辭而去，孫子遂令三軍乘夜班師。田忌請曰：「破魏在於目下，又何班師？」孫子笑曰：「吾所謂以柔弱勝魏，在此舉也。」大軍隨即拔寨東歸。

卻說韓隨歸寨，龐涓問其動靜，韓隨曰：「孫子外雖強大，話內有班師之意。」涓曰：「何以知之？」隨曰：「吾見其各寨囊砂，必是糧盡，士卒收拾，豈非班師乎？」言未訖，哨馬報：「齊兵密密旋師。」龐涓即欲追擊，龐英曰：「蹶足之夫，詭詐百端，不可輕追。」龐涓不從，率兵打入齊寨，見其囊砂狼藉，令查各寨火灶，大約有十萬。涓曰：「十萬火灶，焉能遠繼糧餉哉？」催兵急追將近五十里。孫子令獨孤陳勒兵回敵，不許取勝。又令軍中減爲五萬灶。獨孤陳且戰且怯，走退二十里。

龐涓追查齊灶，撫掌大笑曰：「吾知齊兵怯入吾境久矣。過三日兵亡大半，不追更待何日？」遂令棄卻步軍，率輕騎，又追一日。齊兵至蟠龍山下，孫子以地圖按之，前去八十里，有地名馬陵道，崎嶇險峻，樹木叢密，遂令田勝、田忌各引勁弩五百人，每人帶弩箭一百枝，夾伏馬陵兩邊，又令小卒砍大樹橫塞前隘，大書「龐涓死此樹下」六個白字於樹，候在樹下，火起，方許發弩。又令獨孤陳、田盼各引本部埋伏馬陵後五里，候奪器械。諸將奉計去訖，又令各寨減爲二萬灶，自與袁達斷後，緩緩而退。

龐涓追至馬陵道口，時天色已昏，查齊兵之灶，惟二萬而已。催兵進前，諸將咸曰：「前去馬陵險阻，恐有埋伏，不如姑待，次早追趕未遲。」涓問道傍百姓：「齊兵去此幾里？」百姓曰：「前軍昨已陸續而去，孫子之軍適去二十里餘。」龐涓謂諸將曰：「吾兵星夜追齊，止爭二十里地而得孫子，爾等何必狐疑？」遂催兵追至十餘里。龐葱回告曰：「前路隘險，馬難進步，乞容明日早趕。」龐涓叱曰：「功在目前，便脫鞍步趕，何如？」諸軍又追十數里。前軍回報：「有樹塞道，難以前進。」涓又叱曰：「先鋒何爲早不處置？」小卒曰：「樹有一行白字，昏暮難辨，請元帥驗之。」龐涓以火照而讀之，心中大驚曰：「中其陷也，速令後軍抽回。」田勝、田忌望見樹下火起，即令萬弩齊發，箭如雨下。龐涓曰：「遂成豎子之名。」身被重傷，死於萬弩之下。

胡先生《詠史詩》云：

墜葉蕭蕭九月天，驅羸獨過馬陵前。
路傍古木蟲書處，記得將軍破敵年。

潛淵《讀史詩》云：

萬弩森羅伏馬陵，深談孫子會行兵。
血漬重鎧流紅雨，傷布殘軀插箭来。
名利解開連業志，機關打破共師心。
英雄須信當懷義，莫學龐涓自殞身。

東屏先生有詩一絶兼歎孫龐之事云：

鬼谷同師昔未仇，功名心勝竟相尤。
假饒黠詐懷仁義，禍自潛消福自来。

龐英匹馬出入箭下，不見其父，將欲殺進。前卒回報：「元帥被箭傷死。」龐英抽兵救屍，金鼓振天，齊兵四面殺至，鄭安平保龐英、龐葱殺出，田盼、獨孤陳截其歸路。五馬交戰，田盼斬卻鄭安平，龐英、龐葱拼命而走。徐甲從後殺至，獨孤陳奔前大喊一聲，砍爲兩段，截住歸路，〔一〕魏兵各各伏拜投降。只有公子邛與朱倉二隻兵在後，聞前兵被陷，即引本部退守仙翁山。

孫子令義收旗鼓鎗刀，催兵殺回，公子邛、朱倉走入魏城。孫子下令斬魏申懸於高竿，攻打城池。魏王欲率城内壯兵出敵，公子赫曰：「孫子用兵如神，龐涓尚且陷落其計，父王焉可輕敵？」魏王躊躕之間，忽報齊使者田騈至，魏王令放吊橋接騈入朝，問其來故，田騈曰：「臣奉齊王之旨，孫謀主之命，言齊與魏相隣之國，不致太甚，但望大王收龐涓家屬出獻，即便退兵。」魏王曰：「龐將軍有大功於魏，寡人焉忍滅其家屬？」乃辭田騈，田騈回告孫子。

孫子令三軍攻城，時朱亥被龐涓所黜爲民，聞知是事，即具龐涓欲害孫子之由奏知魏王。魏王覽罷，大罵：「匹夫，挾私仇而誤大事，如何不敗？」遂詔收龐涓之家屬。時其妻妾各自刎死，其子龐英又被齊兵追迫，奔逃衛國，獨有龐葱在車，魏王即以金帛十車，遣朱倉解龐葱至孫子大寨。孫子大罵一遍，顧謂諸將曰：「龐涓無義，刖吾之足，吾豈不義而殺其弟乎？但訴明平生仇曲，令其妻子無怨而已。」遂受降表金帛，管待朱倉，又令取酒與葱壓驚，喝其回家，即日拔寨班師。

〔一〕「住」，余象斗刊本作「往」，據龔紹山刊本改。

無鹽女獻策爲皇后

孫子行不數日，將近齊國。時威王已死，其子宣王嗣位，聞孫子伐魏得勝回朝，率文武出城迎接入朝，大加宴賞。孫子獻功已訖，自思鬼谷分付之言，飄然遂有歸山之意。次日具辭表，解印綬，奏宣王：「臣憑區區小術，定齊伐魏，擄王子，斬龐涓，貴冠百僚，此布衣之極也。臣願解還冠帶，復歸雲夢，與鬼谷子同遊。」宣王苦留曰：「寡人初嗣大位，正得先生羽翼，以圖伯業，又何相棄之速耶？」孫子次日連上辭表，宣王不得已，賜其逍遥車一輛，良馬十乘，金帛各數車，詔滿朝文武，皆餞送於西門。孫子辭其賞物，獨受小車一輛，良馬一匹，拜謝出朝，辭父母出。城中車馬如蟻，冠蓋相望，孫子與衆同僚盡歡暢飲，相辭而去，滿城百姓咸皆稱羡。後人有詩曰：

雲夢三年師豹略，齊邦一出試龍韜。
功成便拂歸山袖，誰似當時孫子高。

武王廟有孫臏贊云：

孫子知兵，翻爲盜憎。
臏足銜冤，坐籌運能。
救韓攻魏，軍振威棱。

削諸醜類，伏弩馬陵。
功鏤鼎彝，書揆緘縢。
龍豹之韜，何愧典刑。

宣王自孫子去後，築漸臺，耽酒色，東狩西獵，以夜繼旦，獨聽鄒忌、公孫閈之言。淳於髡、田駢、鄒衍、慎到以下數賢臣，累具諫表，不能得通。一日宴於漸臺，忽有一婦人，白頭深目，長指大脚，卬鼻結喉，駝背肥項，少髮折腰，皮膚若漆，自外而入，聲言願見齊王。武士止曰：「醜婦何人也，敢見大王？」醜婦曰：「吾乃齊之無鹽人也，覆姓鍾離，名春，行年四十，銜嫁不售，人無娶己，所以求見大王，願入後宮，以備灑掃。」左右聞之，皆掩口而笑之，曰：「此天下強顏之女子也。」乃奏知宣王。

宣王召入，左右群臣見其醜陋，亦皆含笑。宣王問曰：「我宮院雖多，后妃已備，爾婦人貌醜，不容於鄉里，以布衣欲干千乘之君，亦有何奇能哉？」鍾離春對曰：「妾無奇能，特有隱言之術。」宣王曰：「汝試發隱術，與我猜之，其術倘中國家之政，則收入後宮灑掃，不然則梟首以示妄進者。」鍾離春得旨，即隱而不言，但揚目銜齒，舉手拊膝曰：「殆哉，殆哉。」宣王見其舉止，問於群下，群下皆莫知其隱何事。宣王曰：「鍾離女試發此隱，與我察之。」春頓首曰：「大王赦小妾之罪，妾方敢發此隱。」宣王即赦其罪。春曰：「妾揚目者，代王視烽火之變；銜齒者，代王問拒諫之口；舉手者，代王揮讒佞之臣；拊膝者，代王拆遊宴之臺。」

宣王大怒，曰：「寡人焉有四者之失？」喝令斬之。春曰：「乞容申明王之四失，然後就刑。妾聞秦用商鞅，西方大振，不日兵出函關，則齊先受大患。大王宴安自樂，不慎邊疆，此妾爲王揚目而視之。妾聞大王内耽女色，外荒國政，鄒衍、田駢累進諫章，拒而不納，妾恐賢去國空，所以銜齒爲王受諫也。且鄒忌、公孫閈内蔽聖聰，外譖公子田忌交作是非，搏擊善良，大王又以爲忠，妾恐其有誤社稷，所以舉手爲王揮之。

王築漸臺，琅玕白玉，翡翠珠璣，耽色淫酒以夜繼日，妾恐臺榭傾城，所以爲王拆之。大王四失，危如累卵，而王内惑於色，外蔽於讒，自謂社稷安如太山，不知深憂遠慮，妾今得明王，雖死何恨？」

宣王歎曰：「使無鍾離春之言，則寡人之國幾危矣。」遂令拆漸臺，毀雕飾，以車載春歸，立爲正后。春曰：「大王不納妾言，妾何敢以賤敵貴。」宣王即日立子爲太子，降郤鄒忌、公孫閈之官，進鄒衍、田駢、淳於髡、慎到爲上賓。即以無鹽之邑，封春之家，號春爲無鹽君。遂遣使入秦交聘，以安邊境。

漢劉向先生有頌云：

無鹽之女，干説齊宣。

分別四殆，稱國亂煩。

宣王從之，四辟公門。

遂立太子，拜無鹽君。

使者直投秦國，來見孝公。時衛鞅變法治秦已久，國中太平，百姓樂業，糧料充實，將士勇猛。及聞魏被齊破，鞅告孝公曰：「欲霸中國，不可以失此時。」公曰：「何謂也？」鞅曰：「齊用孫臏爲帥，斬龐涓，擄魏申，大破魏邦，乘此發兵東征，先擄魏瑩，再劫韓、趙，則霸可成矣。」孝公曰：「齊兵新疲苦，何不先齊而後魏？」鞅曰：「必請先魏後齊。」及齊使至，公即受其禮物，遣使報聘，遂議出兵伐魏，即以甘龍爲先鋒，以衛鞅爲主帥，總督大兵殺奔大梁而進。不知勝負如何？

衛鞅擄魏建功

魏王聞知歎曰：「吾早不納公叔座之諫，衛鞅今日果然爲患矣。」詔群臣議論戰守之道，群臣皆曰：「國家初遭齊伐，兵疲糧空，不可與之爭鋒，只宜遣使求和。」公子卬曰：「我魏素號大國，今若一敗於齊，更求和於秦，則他日焉能復霸？若得五萬兵與臣，臣請携衛鞅而後回朝。」魏王壯其志，即與兵五萬，令朱倉爲副，出拒秦兵，行至崤山札寨。

衛鞅聞公子卬至，即令五百弱軍張旗幟於函關，爲疑兵之計，又令老軍百餘扮爲崤山百姓，詐迎魏兵。公子卬問曰：「秦兵強弱如何？」百姓曰：「吾聞衛鞅初出咸陽之時，有兵十萬，聞將軍出守，故分壯兵六萬守函關，此特二三萬老弱之卒而已。」公子卬曰：「衛鞅死刻至矣。」即欲出打秦寨。朱倉曰：「不可，恐其行詐。」少頃，哨馬報：「秦兵將出函關。」公子卬謂朱倉曰：「若不先破衛鞅，倘函關之兵抄出，則吾首尾不敵，豈不危哉？」朱倉然之，各披掛引兵殺至秦寨。

衛鞅已先埋伏於寨前，自引數千弱軍出敵。朱倉大罵：「叛國之賊，何不下馬受綁。」衛鞅佯作驚慌之狀，抛戈便走。朱倉與公子卬追殺至寨，兩邊鼓角齊鳴，甘龍、杜摯左右殺出，四馬戰至二十餘合，鞅引鐵騎衝至，公子卬馬蹶前足，秦將爭殺向前，活捉而歸。朱倉乘勢走回，衛鞅催兵追至大梁，朱倉引殘兵歸見魏王。

魏王正與群下議論出守，忽报秦兵圍城，攻打甚急。魏王大怒，親督守衛將卒巡守城池。衛鞅在城下高叫：「魏王勿罪，臣之衣甲在身，不能施禮。」魏王大罵：「叛國之賊，不念舊主，尚敢重困我城？」衛鞅曰：

「非臣叛國，大王不聽公叔座諫，棄臣不用，臣今止知秦君之命矣。若不開城，兵決難退。」魏王大怒，令左右射之，將士亂拋矢石。甘龍架箭射中魏王左膊，魏王倒翻城下，群臣救入。

秦兵攻城愈急，城中洶洶，群臣或請出降，或請求救。魏王歎曰：「寡人失德，以致歲歲受兵，豈忍百姓死於鋒刃之下？」乃割河内七百里，令大夫施惠謝秦退兵。施惠賫地界下城，秦兵爭放亂箭，施惠忙叫：「吾出議降，不可放箭。」秦兵收弓，引見衛鞅。衛鞅曰：「秦霸令鞅不滅魏國，不得抽兵。何敢受和解圍？」惠曰：「吾聞良馬戀舊林，良臣懷故主，魏王雖不能用足下，足下顯事秦邦，銓掌生殺，既展丈夫之志，寧無懷舊之念乎？」衛鞅沉思半晌，即令三軍解圍，與施惠歸秦。

時秦孝公已病，召衛鞅入寢室，獻上魏地界。孝公曰：「本欲擄瑩，滅其社稷，再收韓、趙，爭奈寡人病篤，暫收獻地。」令待施惠，即赦公子卭同歸，候在再舉。又以商於十五邑封鞅（商於，地名，商在商州，於在鄉縣，十五邑皆近商於之地），號曰商君。商君謝恩歸宅，謂群下曰：「吾以經濟大才，欲事於魏，魏王棄吾不用，故吾決策歸秦，定以新法治民，民皆奉守，邦國大振，今又破魏而歸，封邑十五，丈夫之志可謂極矣乎？」衆賓客皆曰：「主公威德兼齊，誠可謂大丈夫也。」内有一士獨曰：「千人之諾諾，不如一士之諤諤。爾等處商君門下，食其重祿，豈可獻諂而陷主乎？」衆視之，乃商君幕下客趙良也。鞅曰：「先生既誚千人之諂，且以吾之治秦，與五羖大夫百里奚相穆公孰賢？」良曰：「五羖大夫人之相穆公，三立晉主，文霸中原，且其有奉勞不坐乘，暑不張蓋，親愛百姓如同妻子，及死之日，百姓悲哭，如喪考妣，澤流至今，人民思慕不忘。今君相秦八載，法令雖行，刑法大慘，故民見威而不見德，知利而不知義。太子恨公刑其師傅，怨入骨髓。一旦秦王晏駕，太子即位，公之危如朝露矣，豈可更貪商於富貴，而傲爲大丈夫乎？公之門客皆諂諛之士，不進苦言，吾恐明公迷於利祿之途，故爲呈白，乞賜詳省，可保後患。」商君默然不樂，只顧苟安，竟成大患。

商鞅四馬分屍

過數月，孝公果死，群臣奉其孝子嗣位，是爲惠王。惠王即位，商鞅自負先朝功臣，出入傲慢。公子虔初被商鞅刖足，每怨之而不能报，及惠王嗣位，虔即告曰：「臣聞大臣太重者國危，〔一〕左右太重者身危。商鞅立法治秦，秦邦雖治，然婦人童稚皆言商鞅之法，莫言大王之法。今又封其商於之地，位尊权重，若不早圖，後必謀反。」惠王曰：「吾惡老賊久矣。但先王之臣未敢遽除，〔二〕待其反形一露，即當梟首。」次日，商鞅果上辭表赴商於，惠王許之。

商鞅歸整大駕，儀仗隊伍略同諸侯，百官餞送者皆不敢言，旌旗遮城，車馬闐道，揚揚然擁出咸陽。公子虔次日以商鞅行移告知惠王，惠王大怒，即令子虔督三百武士，追斬商鞅回报。子虔領兵出朝，當時百姓惡商鞅酷刑，各各忿怨。一聞大兵追斬，俱願爭先，追者數百人。商鞅車馬出城已百餘里，忽聽後納喊振天，人报朝廷發兵相追。商鞅大驚，知是事變，忙跳下車，卸卻衣冠，扮作隸卒逃亡。追兵及至，不見商鞅，虔

〔一〕「大臣太重」，余象斗刊本作「太臣大重」，據龔紹山刊本改。
〔二〕「遽除」，余象斗刊本作「逃除」，據龔紹山刊本改。

諒其不能出關，且收其家屬，及輜重金銀彩帛，各數十車，奇飾之寶，不可勝計，令武士押入咸陽，自率數百壯士追鞅。

鞅走至函關，天色將昏，扮爲商旅投宿，店主求照身之帖驗之。鞅曰：「吾無照身帖。」店主曰：「吾邦商君設法，不許收藏無帖之徒，如有受者，與無帖之人同斬。」各官員退，商鞅悔歎曰：「我設此法，而今日乃及己身，所謂立法自斃耳。」又投他家，皆要驗帖，俱各不受，直叩關門。關吏曰：「商君設法，黃昏閉關，雞鳴放關，今夕已至二更，決不放關。」鞅復走回，正遇公子虔，即活捉囚之，宿於館驛。

次日，解回咸陽，百姓聞是商鞅，爭欲斬砍。虔曰：「爾等勿得動手，吾欲解見秦王。」百姓擁在囚車曰：「商鞅變亂新法，殘虐生民，我等恨不生啖其肉，何待留見秦王？」虔令斬首級回報。百姓又曰：「乞與小民親斬，以消此恨。」監者未放囚車，民爭先斬。公子虔喝令：「無得亂斬。」令取四車，係其手足，每車以強馬引之，須臾之間，屍首破裂，手足異處，百姓鼓舞大悅。虔即斬其首級回报，惠王大悅，斬其家屬，將其金銀彩帛悉散於群臣。

東屏先生《詠史詩》云：

商君苛法斬強秦，徙木捐金信繫人。
法峻仇深車四駕，商於何處易完身。

潛淵五言一律：

商鞅刻薄士，抱術富西秦。
徙木收民信，極刑制國君。
怨聲聚一口，車馬裂孤身。

自蹈當年法，皇天报應明。

群臣咸奏曰：「當今天下凌遲，民無定主，主公奄有西土，國勢雄於諸侯邦，即宜稱王尊位，以收天下民望。」惠王曰：「吾秦雖雄，周王尚在，豈可更稱二王而招後世公議？」群臣曰：「周王雖封疆瓦裂，尺土一民，莫非其有，故齊、魏並僭王號，以圖爭國。主公雄誇西方疆界，兵甲過於列國，若不稱王，以收民望，何以交盟中國？」惠王然之，即日建天子儀制，郊天祭祖，以即王位。群臣又曰：「中國諸侯莫強於齊、魏，然魏獻地，齊亦奉貢，大王即遣使遍告關外諸侯，各要割地入秦，大國至百里，小國數十里，如有違者，即發兵征伐，如此不數年，則秦地日強，而周可併矣。」惠王大悦，即遣各使以告列國。

當時，洛陽人蘇秦、大梁人張儀，同在雲夢山鬼谷處學業，聞秦王欲併諸侯，遂辭鬼谷下山。鬼谷曰：「二子欲棄喬松之永壽，而貪一旦之浮雲耶。然秦之術不及於儀，而儀則晚成而已。二子可宜協心佐國，以展其志，勿效孫龐，自相殘攻。」二子再拜下山，相辭而去。張儀遍遊楚魏，楚魏之君不納，竟隱於家。蘇秦既歸，收百金投西秦，來見惠王。不知後來如何？

蘇秦説六國合從

惠王宣問曰：「先生不遠千里而至敝邑，有何教論？」秦曰：「臣聞大王求諸侯割地，意者欲安坐而併天下乎？」王曰：「然。」秦曰：「大王東有函崤，西有巴蜀，南巫山，北胡貉，四塞之固，沃野千里，民殷國富，誠乃天府之國。戰車千乘，奮擊百萬，以大王之賢，地勢之雄，兵甲之衆，臣請獻謀效力，併諸侯，吞周室，稱帝而一天下，則猶反掌，豈有安坐而能成事者乎？」惠王初殺商鞅，心惡遊説之士，不納蘇秦，但曰：「孤曾聞毛羽不成者，不可以高飛；文章不明者，不可行誅罰。寡人雖有吞併之心，然止安坐而待，不必動戰。先生高才技術，姑退數年，寡人即當以禮來聘。」蘇秦乃退，即將古三王五霸攻戰而得天下之術，匯成十餘萬言，次日獻上惠王，惠王不納。

蘇秦快快不樂，百金盡費，着黑貂敝裘，担囊負笈而歸，父母責辱，妻紡織業，見其狼狽，不下機而顧。嫂方飲食，秦求之而嫂不禮。蘇秦歎曰：「妻不以我爲夫，嫂不以我爲叔，父母不以我爲子，非有他故，皆秦之罪也。」乃發憤讀書。忽一日，檢書篋中，得太公兵符一篇，讀之乃阴符之術，喜曰：「欲就丈夫之志，非此書不能致也。」於是晝夜不息，講求旨趣，欲睡則引錐刺股，血流遍足，曰：「苦學若此，焉有説人主不能出金玉錦繡而取卿相之位乎？」期年學術已精，將遊列國，自思：「當今諸侯，惟秦最大，可説列國從親合併孤秦。」乃出洛陽。

時六國諸侯，皆割地入秦，爭先拜投。蘇秦乘夜北投燕國，燕文侯久聞蘇秦之賢，即率群臣迎入而問之曰：「燕乃小國，先生幸臨，請求教益。」秦曰：「大王列在戰國，其地雖方二千里，兵甲雖滿數十萬，然耳不聞金戈鐵馬之聲，目不見覆車斬將之危，靖安無事者，王知其故麼？」燕侯曰：「不知。」秦曰：「燕之邊界不被刀兵者，以趙爲外蔽也。今大王不結趙而反割地事秦，何其愚也。」燕侯曰：「然則若何？」秦曰：「依臣之見，莫若與趙從親而連列國，秦不敢求燕之地，而燕可久安矣。」燕侯謝曰：「先生高論，極稱寡人之意，爭奈無一善說之士與趙侯議從。」秦曰：「臣願見趙侯，更連列國。」

燕侯大喜，即以高車駟馬，壯士從行，送秦至趙。趙肅侯降階相迎曰：「上客光降，有何明論？」蘇秦曰：「臣聞天下布衣賢士，皆仰大王高風重義，故臣有匡邦之策，願與大王獻之。」趙侯曰：「願聞明教。」秦曰：「趙國地方二千里，帶甲數十萬，戰車千乘，粟支十年，然當秦國之患，亦獨趙也。」趙侯曰：「何謂也？」秦曰：「今強秦不敢加兵於趙者，恐韓、魏以襲其後故也。然韓、魏無名山大川，一旦秦兵大出，蠶食二國，二國降秦，則趙勢孤矣。臣嘗考地圖，料胸臆，列國之地過秦萬里，諸侯之兵過秦十倍，設使六國合一，併力西攻，則秦必破矣。常人之見，以秦恐喝諸侯，必須割地求和，依臣之見，大王誠能約列國君臣，會於洹水，交盟定誓，秦攻一國，則五國共救之，如有敗盟背約者，則率列國而征之，如此結爲兄弟，親爲唇齒，秦雖強暴，必不敢東出函關矣。」趙侯曰：「上客有意存天下，安諸侯，實社稷長久之計，敢不奉教。」遂封蘇秦爲武安君，賜以餙車十乘，黃金千鎰，白璧十雙，彩帛十車，壯士五百人，護送先生遊說：「韓、魏、齊、楚列國若許，寡人即當期會洹水。」

蘇秦拜辭，直投至韓。韓王延入問曰：「先生奉燕、趙之命而來，有何高論？」秦曰：「臣觀韓地，北有鞏洛、成皋，西有宜陽、商阪，地方九百里，帶甲數十萬，強弩勁箭皆從韓出，何爲甘心北面事秦，割地進貢？臣料秦人狼虎也，貪求無厭，韓地有盡而秦慾不足，諺云：『寧爲雞口，無爲牛後。』夫以韓地之強，大王之賢，臣事秦王而有牛後之名，切爲大王羞之。」韓王忿然作色，援劍而砍案曰：〔一〕「寡人雖死，決不肯甘心事秦，先生倘能連結諸侯，願奉社稷相從。」

蘇秦即投大梁見魏王，時魏初被齊、秦所伐，惠王每欲復仇，乃卑禮厚幣以招天下賢士。鄒人孟軻乃子思弟子也，聞惠王招賢，抱仁義道德之道，自鄒至梁來見，惠王待以賓師之禮，乃問軻曰：「夫子不遠千里而見寡人，亦有富國強兵之術，以利吾國乎？」孟軻對曰：「大王何必以利言哉？蓋治天下者，惟以仁義而已矣。」惠王曰：「魏國本晉之舊邦，強霸馳名，夫子素知，夫何寡人之身，東敗於齊而喪長子，西没於秦，没地七百里？寡人含羞無及，每欲東征西伐，以洗前恥。夫子有何奇策幸與寡人籌之？」孟子對曰：「地方百里而可以王天下，大王誠能行仁政，推恩於人，不特復仇雪恥，雖明王之政，亦可並追。」惠王意欲求復仇之策於孟子，而孟子舉仁政答之，惠王不語。孟子退朝，料惠王不能行己之道，遂去魏適齊。

及蘇秦至魏，見惠王曰：「臣覌魏邦，東有鴻溝，南有昆陽，西有長城，北有河外沃野千里，民屋相連，是故魏天下之大國也。大王天下之賢士也。今乃聽讒佞之計，割地西河，以事強秦，臣竊爲大王愧之。」惠王曰：「孤實不忿事秦，但迫於時勢。」秦曰：「何謂也？」惠王曰：「寡人地土雖寬，然經齊、秦所敗，兵甲不充，所以含羞慚屈耳。」秦曰：「大王之言差矣。臣聞勾踐以敗卒三千，能滅夫差；武王以弱卒三千，能誅商紂。今大王武夫不下二十萬，蒼頭壯士亦滿十餘萬，焉謂甲兵不充？臣今奉趙侯之命約從列國，大王誠能許臣愚計，與六國從親，專心併力以抗強秦，則魏有太山之安矣。」惠王曰：「寡人不肖，未嘗得聞明教，今

〔一〕「案」，余象斗刊本作「按」，據龔紹山刊本改。

上客以大策安天下，敢不奉命？」

蘇秦辭魏至齊。當時，孟子至齊，宣王問五霸之術，孟子對以仲尼之徒，不道桓文之事，遂退於外館。及蘇秦入見宣王，宣王謂秦曰：「久聞先生名譽，無由得會，今乃辱臨敝邑，願聞明教。」秦對曰：「大王之國，東有琅琊，西有清河，北有渤海，南有太山，乃四塞之固，地方三千里，帶甲數十萬，粟如丘山，兵如雷電，連衽成帷，揮汗成雨，韓魏之畏西秦者，以其地界相接，迫於強暴故也。夫齊與秦隔山阻河，秦雖欲伐，深入狼狽，又恐韓魏或襲其後，此秦不能害齊明矣。大王威望著於天下，又何以強大之國，西向事秦，豈不爲天下笑哉？此必大王謀臣之過也。今臣奉趙君之命，約從六國，以擯孤秦。大王能下聖斷，許臣愚計，則齊萬幸矣。」宣王謝曰：「寡人不敏，上客以妙策安諸侯，寡人即當以國相從。」

蘇秦辭謝，直投於楚，累通見表，三日而不得見，遂驅車馬歸趙。楚威王聞知，親自出朝追請曰：「寡人聞先生之名，若聞古人，今乃不遠千里而來，不賜教而去，寡人之不幸也。」蘇秦對曰：「楚國之食貴如玉，薪貴如桂，謁者難得見王，則猶小鬼，不能見天帝也。今臣至楚都三日，通表三上，大王不一賜見，欲令臣食玉炊桂而同小鬼，伺候天帝，小臣不敢奉聞，故驅馬東回。」楚王曰：「噫，此寡人之過也。」遂延秦入朝，賜坐而請教。秦曰：「楚地西有黔中，東有夏州，南有洞庭，北有汾涇，地方五千里，帶甲百餘萬，甲車千乘，粟支十年，此霸王之資也。威武一張，則諸侯相率而南朝於楚矣。今乃以霸王之國，賢明之主，稱臣事秦，臣切爲大王不取也。當今諸侯之雄，秦楚而已，秦強則楚弱，楚強則秦弱，二國不能並立，其勢瞭然。今臣奉趙侯之命，約縱列國，以擯孤秦，大王許臣愚計，與六國從親而抗秦，則楚日盛，諸侯來朝必矣。否則秦兵將西下黔中，南出武關，則鄢郢動搖，楚不能保。且天下之勢，從橫而已，合從則楚霸，連橫則秦霸，惟大王熟思之。」楚王曰：「寡人每慮及此，無與同謀之者，今先生能連山東列國，以擯孤秦，則寡人必當從命。」蘇秦辭謝歸趙。畢竟如何？

六龍會蘇秦佩印還鄉

蘇秦歸趙，以五國所許合從之事告趙侯，趙侯大喜。即修契會文書曰：

小鎮趙言頓首書上，大國諸侯麾下，伏自周綱既解，五霸迭興，故雖以攻戰吞併爲功，然亦以扶傾濟弱爲名。夫何桓文去遠，世降風漓。當今諸侯爭城以戰，殺人盈城；爭地以戰，殺人盈野。吾每痛恨，不能拯民〔一〕於水火之中而措天下於太山之安，往者秦用商鞅，富國強兵，出令函谷，恐喝諸侯，列國爭先割地，以求自安。吾竊料虎狼之秦，貪得無厭，一旦蠶食山東，仰吞周室，諸侯地削兵微，必然束手受其鞭策，此吾又爲列國而痛惜也。今有洛陽蘇季子以合從之策，獻與寡人，寡人反覆以玩其言，甚爲得計，故不自揣，敬與洹水之上，説六龍之會，敢屈聖駕，庶幾列國宗社可保萬全，萬乞至期不爽，足慰愚衷。

時周顯王三十五年冬十月，趙言再拜書

趙遣使命遍告列國，約在十月朔旦取齊，即率群臣先至洹水，築壇布座以待諸侯。不數日，齊宣王、楚

〔一〕「而來……不能拯民」，余象斗刊本缺葉，據龔紹山刊本補。

威王、燕文侯、魏惠王、韓惠王各帶文武，陸續而至。趙肅侯延入相見，各登盟壇，序爵而坐。蘇秦歷階而上，啓告諸侯曰：「公等皆周室諸侯，山東名國，各負强地雄兵，互相馳譽，秦固周室牧馬賤夫，挾虎狼之威，據西京之險，蠶食列國，公等能以北面之禮，長事秦乎？」諸侯皆曰：「不願事秦，願奉先生明教。」秦曰：「合從擯秦之策，往者悉陳於諸侯矣。今日但當刑白馬，歃誓血，立定盟書。自今以後，列國從親，結爲兄弟，以趙爲主，務期患難相恤，車駕相通，秦攻某國，近者出兵助戰，遠者發兵助威，或絶秦之糧道，或截秦之救護，五國相連，如臂附指，屈伸疴癢，一切同知，如有背盟故違者，許五國共征之。」六王皆起曰：「謹奉教。」秦遂捧盤請六王歃血載定盟書，六國各收一禮，然後就宴。趙王告諸侯曰：「蘇秦以大策奠安六國，宜封高爵，俾其往來六國，固結合從，方昭孤等殊寵。」五王皆曰：「趙侯之言是也。」於是諸侯合封蘇秦爲從約長，掌六國相印，金牌寶劍，總轄六國官民，又各賜黄金百鎰，良馬十乘，旗旄武士擬同王者，許其衣錦還鄉，然後遊説六國，蘇秦謝恩。後人有詩曰：

三寸舌能安六國，一篇詞可擯孤秦，
丈夫得志還閭里，金璧炫熿耀故親。

諸侯宴罷，各歸本國。蘇秦承六王封賜，旗旄千百，車騎馳道，前遮後擁，冠蓋相續，輜重儀仗，擬同王者，沿路官員，望風迎拜。將至洛陽，周顯王聞知，歎曰：「蘇秦能安六國，以擯强秦，周家之幸也。」亦遣使賫黄金彩帛，迎接於郊。蘇秦西向謝恩，即具表遣使，入謝天子。車馬遂望仁和里而進，父母長樂設宴，遠迎三十里，妻嫂俯伏，拜迎於道傍。蘇秦曰：「嫂何前倨而後恭乎？」嫂曰：「見季子位高多金耳。」蘇秦歎曰：「嗟夫，共一人之身，貧窮則父母不子，富貴則妻嫂畏懼，而何外人乎？使吾身有洛陽負郭田二頃，安能佩此六國之相印乎？」遂徒步引父母之車而歸。於是散千金以賜宗族朋友。秦昔去燕，借一人百錢以爲路費，今日得富貴，當以百金，命僕遞去償之。趙侯命使臣賫詔到洛陽，秦命安排香案，迎接使臣。詔曰：

嘗謂臣子立輔世之功，國家有賞爵之典，此古今之常禮，天下之通義也。邇者秦王不軌，有併吞六國之心，丞相多謀，行從合群雄之計。戰勝犀首，大有奇功，無可獎勸，以勉將來。今加封丞相蘇秦爲武安君，其父封爲光祿大夫，其母封爲太夫人，其妻周氏封爲賢德夫人，兄弟伯叔各給榮身。武安君速宜就職，未可稽遲，叩頭謝恩。

秦接罷詔書，即日拜辭父母曰：「今秦蒙趙王封賜一家官爵，恩榮甚大，本欲盡孝膝下，以樂天年，奈王事靡盬，不遑寧處，大丈夫既已得志，忠孝不能兩全，賴有仲子在堂奉養，方且放心，吾當赴趙詣闕謝恩，以盡臣子之心。」父母咸曰：「此言是也。汝可速行就職，毋得遲延。」於是蘇秦即命從者推輪送車，望官道進發。

行不數日，已至趙國，欠伸盡禮，入見趙王。趙王曰：「卿今遠來，有勞跋涉，昔寡人封子以武安君職，足以顯卿之功威否？」蘇秦對曰：「諺云『家貧求仕，觀兵示勇』。今蒙封賜，小臣才淺名微，何足以當此職？而大王與臣顯者，欲以示霸他國，以爲國家計耳。」趙王聞語大悅，曰：「卿深知寡人之願也。」即賜金花御酒，蘇秦頓首謝恩。

時顯王三十八年秋九月。近臣奏曰：「禍事已至。」趙王問曰：「何如？」近臣又奏曰：「忽有邊報稱言，魏、齊二國，受秦千金反間之計，負卻前盟，合兵四十餘萬，屯於夾谷山口。未知主何意見，一路關隘守防緊急，未能深入。望乞我王早爲定計。」趙王聽罷大驚，汗流沾背，隨即召蘇秦上殿而讓之曰：「昔者合從結好，以擯孤秦者，起自寡人也。燕王先許通好立盟者，誠子之功也。是以既盟之後，咸歸於好，諸王共立子爲謀主，得以遊説六國，使諸侯按甲休兵，毋得侵伐。數年之間，賴以寧靜。今乃一旦魏、齊興兵構怨，謀反寡人。卿今遠來，必然預知其事，何計可以待之？」

蘇秦一聞王語，滿面羞慚，半晌無語，乃佯對曰：「此乃疥癬之意，大王何足掛慮？臣昔通好於燕，燕王固知強秦難與爭鋒，仍令臣説於齊、楚之間，始得六國安寧。今則二國妄自稱大，不遵約束，輒乃行兵犯界。臣想燕亦預知其謀，先有敗盟之意，欲霸諸侯，自料一時未能成事，故陰使二國動兵，就於其中取事，實乃狐假虎威也。可令小卒探其虛實，臣再出使於燕，牽率韓、楚、趙、燕之兵，先攻齊魏，後逐孤秦，以四服二，誰敢不從？齊魏之輩，何能爲用哉？」王曰：「善。然則將何策以當之？」秦曰：「臣自建功以報大王，王請勿疑。」

蘇秦退居於本府，即遣人致書，探問消息，月餘之間報捷，知齊、魏此兵非有他意，止是疑兵示強於秦而已。又數日，燕國報言，既已立盟，别無異意。蘇秦見二處俱各無事，便欲使燕報齊，脱爲歸計。正在沉吟，忽報有故人張儀自魏而來求謁。蘇秦聞之，大驚曰：「張儀與我同師異業，才高於我十倍。吾以合從，儀以連横，每以相反，此人見用於時，必破我合從之盟，實乃心腹之大患也。拒之則不義，納之則損我名譽。」事在兩難，猶豫不決，乃從而歎曰：「我蒙肅侯賜我武安君，一怒而諸侯懼，安居而天下息，豈懼一張儀哉？臨期應變，自有奇計。」乃誡門下人不爲通報，又使儀不得見者數日。

儀知蘇秦之計，遂賂數錢，門下始爲通報，引見蘇秦。蘇秦降階而接，喜曰：「數年闊别，渴慕殊深，千里下顧，神交氣合，可驚可喜。敢問吾弟，何故一寒如此？」儀曰：「自兄分散，遇運多艱，家業零替，破甑生塵，欲從事於諸侯，恨無人以薦用，回思故舊，料不我忘，故不遠千里而相投，冀圖升斗而見用，幸惟不拒，咸德不忘。」蘇秦見儀屈身狼狽，令其坐於堂下，賜以僕妾之食，因而數讓之曰：「以子之才能，乃自令困辱於此，吾寧不能言，而富貴子不足收也。」張儀只得含羞謝辭而去，止宿於店。

店主林公曰：「君何人也？」儀曰：「吾魏張儀也。曾與蘇秦同師，胸有韜略，奈時乖蹇。今聞蘇君身貴，特來上謁，欲其念舊薦用，不料反見辱怒，正無去路。」林公曰：「良禽擇木而棲，賢臣擇主而事。戰國之時，輕文重武，蘇君專事遊説，合從六國，身榮名顯，目今能苦趙者獨秦也。子今意氣揚揚，懷才抱德，何不以連橫之策而入秦，〔一〕則必見用於秦，酬冤報德在此一舉，何愁蘇君之辱怒哉？」張儀頓首謝曰：「非公之語，則吾幾失計也。」乃遂辭林公而入秦。

潛淵先生讀史至此，有詩贊曰：

誰道張儀不足爲，時乖未遂豈男兒。

他年恢復中原後，著績凌煙更有誰？

張儀者，魏人也，始嘗與蘇秦受業於水簾洞鬼谷先生門下，蘇秦自以不及儀。張儀已學遊説諸侯，嘗從楚相遊，已而楚相亡璧門下，意疑張儀，曰：「儀貧無行，此必欲盜吾之璧。」共執張儀，掠笞一百。儀雖死不服，楚相又與之飲，儀罷歸家，謂妻曰：「嘻，予讀書萬卷，意欲遊説諸侯，安知今日受此之辱哉。」復謂其妻曰：「視吾舌尚在否？」其妻笑而答曰：「舌在也。」儀曰：「足矣。」蘇秦已説趙王，而得相約從親，然恐秦之攻諸侯敗約，後負念莫可使用於秦者。乃使人微激張儀曰：「子始與蘇秦善交，今蘇秦爲相當路，子何不往遊以求通子之願也？」張儀乃求謁於秦云。

蘇秦知儀已往秦國，即命其舍人曰：「張儀，天下賢士，幼與同師，吾殆弗如也。吾今幸得先用，而能秦

〔一〕「何不」，余象斗刊本作「不」，據龔紹山刊本改。

柄者，獨張儀可耳。然家貧，無因以進，吾恐其樂小利而不遂，故召而辱之，以激其入秦。子爲我陰奉之。」乃言趙王，發金幣車馬，使人微隨張儀，與同宿舍人，稍稍近進之，奉以車馬金幣，所欲用，爲看取給而弗告。張儀不日至秦，不知入秦後事如何？

張儀計秦遊説六國

卻説張儀遂得以見秦惠王。惠王降階迎接儀曰：「久仰高名，無由以會，今得先生一臨，天教秦國復興，當救民於水火之中，致君於堯舜之化。秦國望先生久矣。寡人愚魯得賜教之，實爲萬幸也。」儀對曰：「臣智術短淺，非敢當此，但欲大王信大義於天下，儀得效其尺寸耳。」惠王曰：「周室傾頽，王綱解紐，自戰國以來，豪傑並起，跨州連郡者，不可勝數，計欲恢伏中原，爭奈未得其人。蘇秦小輩，固乃遊説六國，合從諸侯，以擯孤秦。先生博覽之士，有何妙策，與孤籌之？」

儀曰：「大王東有函崤，西有巴蜀，南有巫山，北有胡貉，四塞之固，國富民殷，誠乃天府之國，而不知存恤，志能之士思得明君。大王既王室之胄，信義著於四海，攬召英雄，保其險阻，賂以千金，反間敗其盟約，内修正理，候其有變，則命一上將，從而征伐，先以攻韓，次以挾梁，百姓各簞食壺浆以迎王師，韓梁一爲秦有，六國隨即旋踵而能併也。誠如是，則霸業可成，天下亦能一統矣。」惠王拱手而謝之曰：「先生之言，如雷灌耳，使寡人撥雲仰面以覩青天。」但懼力未及耳，即封儀爲客卿，與其謀謨帷幄，終日議論天下之事。另撥一府與儀居住，時常供送物件飲食，待之甚厚。

蘇秦舍人乃辭而去。張儀曰：「賴子得顯，方且報德，何故去也？」舍人曰：「臣非知君，知君者乃蘇君也。蘇君憂秦伐趙，恐先生敗從約，以爲當時憂君莫能得秦之柄，故感怒君，使臣陰奉，給君之資，盡是蘇君之計謀也。今君已用，請以歸報。」儀曰：「嗟乎，此吾術中而不悟，吾不及蘇君明矣。吾又新用，安能謀趙乎？為吾謝蘇君幾言，蘇君之時，儀何敢言？且蘇君在，儀寧渠能乎？」舍人歸而報秦曰：「張儀得志於秦。」蘇秦曰：「張儀既相秦，必敗吾合從之盟，為趙苦也。」

靜軒楊先生讀史至此，作詩曰：

二子原無負郭田，相隨遊說業相連。
後來心事成冰炭，彼此從橫各一偏。

時蘇秦在趙，自以天下無敵，偶值齊、魏屯兵谷口，謀伐趙，故始知張儀入秦，行千金反間之計，又被肅侯之讓，大有慚色，乃詐言父死奔喪，脫身去趙。於是，從約漸解，及趙使至秦，張儀聞而大喜曰：「蘇秦去位，吾無憂矣。」張儀既得志於秦，一飯之德必酬，睚眦之怨必報，未遇之時，曾被楚相以盜璧之由，笞辱一百，此恥如何可雪。乃對惠王曰：「臣初到秦，未有寸功，不敢妄動，三軍暫停數月，先作文檄，遣使入於楚國，示以威武，唬其來降，然後興兵攻韓伐魏，此以餌釣魚之計，乞王聖鑒。」惠王曰：「孤之願也。」儀作檄，命使遞至楚國。楚相召入，拆其書讀曰：

嘗謂賢者之有益於人之國也，燁然為邦家之明光，巍然為太平之象，覌國家之盛衰，每係賢才之有無，非獨為善類之福，亦且隨矣。嗟夫，憶惜當年從飲，豈知肉眼無瞳，不識親賢，乃楚相獸心人面，反遭笞撻，是張儀運蹇時乖。目今秦王親賢遠奸，寬仁納諫，豈若楚相奸雄無義，心自狐疑，當日疑偷亡璧之珍，今且要堅守城池之地，不日即兵臨楚界，須教瓦解冰消。今奉尺書，早達楚相，否則倒戈拜降，梟首謝罪，上全楚地，以免生民之塗炭。文檄到日，乞照不宣。

周赧王三年秋九月日，征楚中軍大謀主張儀書。

楚相讀罷大驚：「吾楚苦也。」楚相不覺墜地氣絶身亡。使者歸報張儀，儀知楚相自死。次日入朝見秦王，奏曰：「臣今願往六國遊説諸侯，以敗從約之盟，使六國各歸於秦必矣。若無此能，則斬臣之首級。」秦王見奏大喜，曰：「孤平生之願遂矣。」命光祿官賜御酒、金花、車馬，親送出城郭。

月軒讀史作詩曰：

遭辱隣邦怨未休，誓將遊説顯諸侯。

相秦空有連衡計，只爲身謀不爲周。

時周赧王四年春三月。張儀引十數從人，高車駟馬，行至楚國。楚王召入，敘君臣禮畢，賜繡墩與坐。王曰：「客卿至此，必有益於楚耶。」儀曰：「非也。欲辨從約之盟而已。」王曰：「請聞其説。」儀曰：「臣有鄙語，敢陳王前。夫自三皇五帝，開天立極以來，天下者非一人之天下，乃天下人之天下也。且休説遠者，昔武王以子牙爲帥起義兵，成八百年之基業，始以同姓，繼以同功，俱得受封，各侯一國傳至於今，不幸奸雄並起，宇宙瓜分，強以勝弱，大以吞小。今六國不顧秦得天時地利人和三者爲先，而聽蘇秦合從，共欲擯秦，無異於驅群羊而攻猛獸，則不敢與共敵，其理明矣。臣特爲王思之，今王不事秦，秦劫韓驅梁而攻楚，則楚有燒眉之急。然秦以爲言者，獨以楚耳。大王若閉關而絶齊，不與盟約，請獻商於之地，廣闊六百餘里，望乞大王聖鑒。」王曰：「善哉言乎。金石之論也。寡人許以事秦爲上，煩先生善爲致辭，以達秦王。」儀即拜辭而去，王賜以金帛車馬，命使送出楚地。張儀喜不自勝，徘徊顧盼，遂令車馬依次而行，不數日已至韓國，遣人進報。畢竟何如？

張儀遊説諸侯事秦

卻説韓王謂群臣曰：「張儀至韓何也？」下大夫司馬子文進曰：「此是秦惠王吞餌之計，故遣張儀爲説客。」韓王問子文：「當何以答之？」子文曰：「先於殿前立一大鼎，貯油數百斤，下用炭燒，待其油沸，可選身長面大勇士一千人，各執刀在手，從宮門前直擺到殿上。卻喚張儀入見，等待此人開言大説，則責以摇舌鼓唇，欺君慢上之事，故而烹之，看其人如何？」韓王從其言，置油鼎中，令武士排列兩邊，各執軍器，卻召張儀入見。

儀整齊衣冠，隨引進入到宮門下，看時兩行武士，威風凜凜，各執剛刀、大斧、長戟、利劍，直擺至殿階下。張儀已知其意，並無懼色，引至殿前，見油鼎内熱油正沸，左右武士，以目視之，儀微笑而已。引至簾前，張儀長揖不拜。韓王交捲起御簾，大喝：「張儀何等匹夫，不拜何也？」張儀昂然而對曰：「上國天使不拜小邦。」韓王大怒：「汝不自料，掉三寸之舌，來説吾也。汝便是子牙再出，管仲復生，亦不能動吾萬分之一也。可速身入油鼎。」儀笑曰：「人皆以韓多賢，誰想懼一張儀也。」韓王怒曰：「吾何懼汝匹夫也？」儀曰：「既不懼張儀，何愁來説汝等也？」韓王曰：「汝欲效蘇秦作説客耶？欲吾絶五國而向秦是否？」儀曰：「吾是秦一儒生，爲汝韓國利害而來，何故陳兵設鼎於殿前以懼一使，何其局量之不能容物也？」

韓王被張儀一説，叱退左右武士，賜坐而問之曰：「以秦之利害，六國之便益若何？先生勿惜剖露。」儀曰：「大王肯與秦和？肯與六國和？」韓王曰：「孤誠願與秦和親，然恐五國相挾，不自全耳。」儀曰：「大王命世之英，白起、孟賁、烏獲一時之傑，欲攻不服之國，大王但以合從之盟爲實，則無以異垂千鈞於烏卵之上，必無幸矣。大王不事秦，秦必領兵百萬，勢如貔貅，據宜陽，塞成皋，則王之國分矣。爲大王計，莫若事秦而攻楚，以全韓國，生靈亦免塗炭也。願大王宜細思之，臣將就死於大王之前，以絶説客之名也。」言訖，摳衣下殿，欲望油鼎内跳。韓王急令左右扯之，請入後殿，待以賓客之禮。韓王曰：「先生之言，正合孤意，孤欲事秦，先生肯主之乎？」儀曰：「今早欲烹小臣亦大王也，今又欲使小臣亦大王也。大王尚自狐疑未定，何能取信於天下乎？」王曰：「孤之不明，願先生教之。」

於是，韓王留張儀住數日。韓王問於群臣曰：「今張儀來韓，不辱君命，豈無一人入秦而告之乎？」子良曰：「須惟一親人可爲王使。」子良同太子敬弼入秦爲質，求通和好。静軒先生讀史至此有詩贊曰：

合從六國未爲奇，秦用連横破魏齊。
妙算鬼神應莫測，令人千載説張儀。

韓王即賜張儀黃金百斤，車馬十駟，以爲行客之贐。張儀拜謝，一面申報秦王。隨即奔向臨淄而来，迤邐之間，已至齊國。近臣奏曰：「今有張儀事秦，奉使於楚，説楚通和敗盟，再至於韓，挾韓太子敬弼入質，今又使齊，亦欲效作韓、楚之説，以解從約，休與入見。」王曰：「有事來見，何以絶之？宣入看其言，可則從之，不可則遣之，就借彼口回秦達知，有何不可？」隨即宣入。張儀拜舞已畢，王問曰：「先生此來，必有事故。」儀曰：「臣仰大王天威，故不避斧鉞之誅，將來告大王合從之事。近者蘇秦詭術，以從約者固六國之利也。臣以爲六國之弱，實以難支，於秦何也？秦師動以百萬，挾天子以令諸侯，戰將謀士，不計其數，今六國乃不自料，糾合衆兵，與秦鬥智角力，譬如燕雀雖衆，咫尺之飛，一鶚衝霄，扶摇萬里。正所謂多見其不知量也。大王恃齊蔽於三晉，地廣兵強，雖有百秦無奈之何，臣請爲王辨之。今秦楚通好，結爲兄弟之國，脣齒之邦；韓獻宜陽太子入質；梁效河外；趙王入朝，割河間以事秦。大王不事秦驅韓、梁、趙，他時雖欲事秦，不可得也。未知聖鑒若何？」齊王自思曰：「昔者太王避狄，勾踐事吳，此二人後去俱成大業，只得許以事秦爲上。」儀拜辭而退。靜軒先生讀史至此，有感贊一詩云：

戰國合從纔二載，干戈便舉陷生靈。
張儀一説齊韓伏，從此秦朝霸業成。

張儀與從者數十人，喜氣揚揚，月餘之間，行至趙國。時儀名聞於外，趙王知儀又與蘇秦同師鬼谷，乃令人召其來見。儀入見趙王，施禮畢。趙王問曰：「客卿世之高士，不遠而來，亦將有以利吾國乎？」儀曰：「非敢爲利，特以辨説盟約之弊而已。」王曰：「何以言之？」儀曰：「伏自上世諸侯，各君其國，各子其民。夫何戰國之世，干戈不息，強併弱，大吞小，皆由君德衰微，人心離散，不識時勢，以致如是。大王收率天下以拒秦，秦兵不敢出函谷關者十五年，大王威行於山東，衆所皆知也。今楚與秦爲兄弟之國，脣齒之邦，而韓、梁稱東藩之臣，齊獻魚鹽之地，此斷趙之右臂也。譬如斷右臂而與人戰，決不勝耳。又且失其黨而孤居，求欲無危得乎否？」趙王曰：「先生將何策代孤謀之？」儀曰：「臣爲大王籌，莫若與秦王面約，常爲兄弟之國，脣齒之邦，方得國家無事，臣非欲爲餔啜，以覓小利而來，實爲社稷計耳。」趙王大喜，曰：「昔者孤之不明，致書立約，使諸侯合從，是以構怨於秦，孤知難與其爭鋒者久矣。欲伸通好之義，爭奈未得其人，今得先生一至，使趙重於九鼎大吕，一惟先生之命是從。」

儀乃辭趙王而歸，北至燕國，燕王召入，以禮待之。燕王曰：「客卿至此，欲來作説客乎？」儀曰：「非敢爲説，特爲陳辨利害而已，不知大王肯容納否？」王曰：「既非爲説，止爲辨別其事，何所不容？」儀曰：「大王肯與六國和乎？肯事於秦乎？」王曰：「六國和者，盟之實也，安有事秦之理哉？」儀曰：「臣敢爲王言之。夫爲國者，先以修齊治平爲本，次在識時勢也。今秦國論其文則有許祿、子車、仲衛之輩，謨謀帷幄之中，決勝千里之外；論其武則烏獲、白起、賁育之徒，戰則必勝，攻則必取，所向無有不捷，况兼山川之固，兵甲之利，足食足兵。燕之城低壕淺，地瘦人貧，兵不滿萬，將未有名，而不事秦者，臣以爲王之不智也。」

王曰：「寡人事秦，則五國連兵共伐寡人，以一何以抵其五哉？」儀曰：「目今韓、趙獻地，齊、楚諂親，而大王尚自迷執不知，臣恐六國以王爲孤注也。昔人有言，燕雀處堂，子母相哺，呴呴相樂，自以爲安矣，灶突災火，棟宇將焚，燕雀顔不變，不知禍將及也。今大王不悟秦強，則禍必及于己，可以人而同燕雀乎？秦興甲兵以出雲中、九原，驅趙而攻燕，則易水、長城非大王所有也。」王曰：「先生之言，金石之論，寡人願獻常山之尾五城求和，先生以爲可否？」儀曰：「以小事大，順天應人，焉有不可之理？」王即立割地文券一紙，金帛十車，以爲進質之禮，遣使隨儀入秦。

儀即拜辭，歸見惠王，呈上文券、金帛。惠王大喜，曰：「六國合從，寡人深慮，今得吾子之力，數日而盟約即解，子有大功于秦，使寡人之計成矣。」即擢張儀爲參謀之職，總督軍國重事，得專征伐，位居大夫之上，而解散從約。後來如何？高季迪讀史題儀秦詩云：

二子全操七國權，朝談從合暮衡連。

天公早爲生民計，各與城南二頃田。

孟嘗君養士出關

張儀既散六國從約，歸報秦王，不在話下。且説齊國〔一〕孟嘗君田文乃宣王庶弟，田嬰之子。田嬰受緡王之封爲薛邑大夫，有子四十人，而孟嘗君最少，其母怀孕五月而生，既長大，身長十尺。田嬰惡之曰：「此子長與門齊，將不利於父母。」孟嘗君曰：「人生在世，受命於天乎？將命於門乎？若是受命於門，即爲高大其門，又何害焉？」既而孟嘗君問父曰：「大人用事而相齊，至今已久矣。齊國未見有增益，而膝下之私家富累萬金，吾恐於理有所未宜也。」於是，田嬰遂愛孟嘗君，而立爲世子，使接賓客，而賓客日衆，名聞於諸侯。田嬰卒，田文嗣爲薛邑大夫，而號爲孟嘗君。孟嘗君在薛招致諸侯之賓客，及有罪之人而逃走來者，於是天下之士皆歸於孟嘗君。秦人馮驩聞孟嘗君養士而至齊見之，孟嘗君置馮驩於館驛，使吏待之。

孟嘗君謂驛吏曰：「客何言？」驛吏曰：「馮先生甚貧，惟有一劍，每彈其劍而歌。」歌曰：

長鋏歸來兮，食無魚。主人不顧兮，竟何如？賢士遠遊兮，徒奔趨。作歌寫情兮，衷曲舒。

孟嘗君遂將馮驩遷之幸舍，使人以魚待之。孟嘗君又問舍人曰：「客何言？」舍人曰：「馮先生既食魚，

〔一〕「言之……且説齊國」，余象斗刊本缺葉，據龔紹山刊本補。

別無所言，惟彈其劍而歌。」歌曰：

長鋏歸來兮，無馬車。主人不知兮，長嗟吁。賢士遠遊兮，聞名譽。作歌寫情兮，情有餘。

孟嘗君遂於馮驩而與之車馬。居期年，孟嘗君爲齊丞相，而門下養士太濫，而不愼加簡擇。且所入有限，而不足以供賓客之用，使其家衆馮興放錢於薛邑之人而納其息，其借錢者多不能還，又至費用不敷，乃使馮驩趲。馮驩至薛邑，多釀酒買肥牛，而殺牛置酒以召諸借銀之人，會飮於庭，而能還者與不能還者皆至，飮酒酒醉乃出其借約，逐名而呼之，完者不言，而不完者將借約焚之，遂告之曰：「孟嘗君所借錢於民，以民無錢用也，所以使之納利者，所以資之奉賓客也。而今惟置酒一會，更不計較，且將約字焚之。有君如此，負之不可。」

孟嘗君聞馮驩焚借約，召馮驩而責之，曰：「彼民不還錢，先生催趲。先生既以牛酒召其會飮，而又將借約焚之，不亦過乎？如先生所行，而文之費用愈至於不足也。」馮驩曰：「驩不召其會飮，則還者不還者不能一一盡知，富者貧者不能一一能識。驩既識之，驩既知之，則彼必不數年而無有不還，無有不富矣。」後之五年，而民果皆還，民皆富而孟嘗君之費用有餘，此固足以見其爲養士之報也。

後秦楚二國見齊國相孟嘗君，國勢日盛，乃各使人毁孟嘗君於齊王，曰：「名高者不甘於居人之下，權重者行樂於任己之爲。今孟嘗君名高於君，權重於國，必不能善於其國也。」齊王因秦、楚之毁，遂廢孟嘗君爲庶人，諸客皆去，而馮驩獨謂孟嘗君曰：「大丈夫於世，但患無能，不患無用。驩今還秦國而薦君於秦王，秦王必使人來迎君，而齊王有不復重乎君哉？」馮驩遂西還於秦國，而説秦王曰：「今天下之遊士，馮軾結靷而西入秦者，無有不欲強秦而弱齊；馮軾結靷而東入齊者，無有不欲強齊而弱秦，是秦之與齊爲相雌雄之國也，勢不兩雄，而惟雄者能得天下。」秦王遂跪於馮驩之前，曰：「請教何如，乃可以爲雄而不爲雌？」馮驩曰：「王亦曾知齊王之廢孟嘗君否乎？」秦王曰：「聞知矣。」馮驩曰：「使齊雄於天下者，孟嘗君也。今齊王已毀廢之，其心愈必怨齊，怨齊必背齊而入秦，則齊國之機謀盡露之於秦，而齊國之地可得而取也。又豈但爲雄而已哉？大王可急令使者載幣發書，陰迎孟嘗君來秦，不可失時而使齊國覺悟也。」秦王大喜，乃具黃金百鎰，爲書而使，行人卞通遂以車十乘，迎孟嘗君。

書曰：西秦王嬴某謹再拜書於大邦相孟嘗君足下，竊以天下明君，必擇臣而資；天下良臣，必擇君而事。足下之德，即高出於群倫，齊王之心，何大昏於衆口。以忠爲佞，以直爲奸，鶚薦九空，惟患無三秋之健翮，鵬搏萬里，殆將展一旦之修翎。區區久懷翹仰之私，深寓同朝之念茲者，謹具菲儀，於筐篚聊表寸忱，敬緘奉尺楮於封函，略申鄙意，幸膏爾車而秣爾馬，速走來旌惟臨我國，而造我朝顒覌降旆，大朋之切切至祈之語，諄諄不宣。

大周赧王十一年十一月十一日謹。

馮驩又啓秦王曰：「臣請先行以達大王之意，而使其必來庶乎，可也？」馮驩先至齊而乃說齊王曰：「天下之遊士，馮軾結靷而東入齊者，無不欲強齊而弱秦，馮軾結靷而西入秦者，無有不欲強秦而弱齊。夫秦之與齊相爲雌雄者久矣，勢不兩雄。臣竊聞秦王遣使車十乘，黃金百鎰，以迎孟嘗君，臣恐孟嘗君既西入於秦，則天下歸於秦，秦爲雄而齊爲雌，則臨淄即墨之地危矣。大王何不先秦使之未至，而復相孟嘗君，益與之邑，以謝前者誤聽毀言之非，孟嘗君獨相，則秦雖強，豈可以強迎人之相而用之哉？」齊王曰「善。」乃先使幸臣王用卑禮厚幣迎至，而復相其位，具益之以千户之邑。秦之使者至，聞孟嘗君已復相位，而歸報秦王曰：「孟嘗君已復相齊矣。」不數年，秦王又遣行人卞通，賫黃金百鎰，與書一通，以車十乘，迎孟嘗君。書曰：

西秦王嬴某謹再拜奉書於大邦相孟嘗君足下，竊以后之非賢，固無以隆其治，賢之非后，亦無以大其施，故夢卜求賢，切切於高文稼平事王，惓惓於禹稷。某也不自揣尺書已奉於昔年，足下雖未臨，寸衷猶誠於今日，幸念渴仰之心，於斯爲至，毋勞固辭之語，於此或施，諒高明必欲效伊尹之儔，思愚下固當成唐虞之治，幸毋遐棄，俯賜慨然，不宣。

大周赧王十六年六月初六日謹具。

孟嘗君以秦王之迎至再至三，不可不往。於是而別齊至秦，而以狐白裘爲質，秦王遂拜之以爲相國。居未久，而秦之奸人白武，曾爲孟嘗君之客，而孟嘗君見其言語詭邪，行藏陰險，不甚禮貌之，日懷怨恨，後返秦，秦王嬖幸，錢黨薦武，使之侍衛左右，見秦王以孟嘗君爲相，乃譖之於秦王曰：「臣昔在齊，亦嘗客於孟嘗君之門下，今至秦，大王立之爲相，臣不勝之喜，即具酒肴以賀之。孟嘗君留臣飲酒，彼此皆醉，而孟嘗君告臣曰：『齊王待我亦甚厚，大王迎之再三，不來意有不美，來而輔佐，必要先齊而後秦，終使秦國爲齊國所併，然後不負齊王之大恩，感感於無窮者也。』」

秦王遂大怒，曰：「此簒亂之種，存有此心，惟欲爲其簒亂之國謀事。寡人不知乃反，反以爲賢，而再三迎來，立爲相國，幾乎壞我大事也。」喝令左右囚之，將欲殺之也。孟嘗君以百金買秦王奶婆賈阿張，入宮求秦王愛妃媚姬，解秦王之怒而釋其囚。媚姬曰：「妾聞孟嘗君有一狐白裘，價值千金，天下無二，願得其裘，即爲解釋。」

孟嘗君只有一狐白裘，已獻於秦王矣。客有能爲狗盜者鄭戎，即夜扮作狗入秦庫中盜出狐白裘，而獻之於媚姬。秦王入宮，姬言之於秦王曰：「天下有不幸之君子，亦有至奸之小人。我聞孟嘗君，君子人也，王迎而相之。被白武者真是一小人，有怨於孟嘗君而譖之，王豈可信小人之譖，而遂壞及於君子？」秦王乃升殿，而命左右釋孟嘗君之囚。孟嘗君既得出囚中，遂將前馳，駟過關之符驗，改其姓名曰姜武，盡力疾趨，直至函谷關宿，關法雞鳴出客。秦王既釋孟嘗君之囚，隨即悔之，命左右趕之，追者將至，而雞尚未鳴，客有能爲雞鳴者謝冠，假作雞鳴，而關前關後群雞皆鳴，關吏遂開關，而孟嘗君得出關而歸齊，凡此又足以見其養士之报也。

君子讀史而作詩曰：

孟嘗養士已多年，恩義人人性本天。
雖然狗盜雞鳴者，函谷關中亦顯然。

新刊京本春秋五霸七雄全像列國志傳卷之八

後學思齋余邵魚編集
書林文台余象斗評林

子噲傳位子之

卻説燕國姬姓，乃召公奭之所封也，三十餘世，傳至於子噲。有一大臣，身長八尺，腰大有圍，肌肥肉重，面闊口方，手掉飛燕，走如飛馬，淮西人也，姓子名之，見任丞相之職，爵居一品，爲天子之股肱，權總百官，爲朝廷之耳目，廟堂寵任，朝野聞名，威振六邦，才兼文武，常有敗罔之心，子噲受其制挾，結連黨伍，敗壞朝綱，敕賞封爵，聽其裁處。子噲每慮有此佞臣，觀其動靜，常有篡國之心，旦夕侍立左右，懼之如坐針氈，滿朝文武，盡其牙爪，更無一人，與朕分憂，仗義討賊，國勢之危如此，不如以位傳於子之，免遭逆弑之苦。

一日升殿，乃謂群臣曰：「寡人即位以來，七國爭雄，征戰之秋，強以併弱，大以吞小，寡人年踰七十有五，實已老耄，倦於政事，太子懦弱，難以治國，欲效堯舜之道，將江山社稷傳與丞相子之，汝諸大臣以爲何如？」纔方道罷，唬得滿朝文武汗流沾背，緘口無言。獨有太子在旁奏曰：「父王所言，大乖道理。爭奈盤古以來，惟五帝官天下，至三王即家天下，以父子有親，君臣有義，子承父位正也，臣即君位逆也，今不愛其親而愛他人者，生亂之道也。況天下者，亦是大事，願父王思之。」子噲怒曰：「腐兒無知，敢以言語訕我，汝有何德，以居大位？」顧以父子之情，不忍加誅，即喝令左右武士趕出外郡，不容在國。

太子仰天歎曰：「吾死無葬身之地矣。未知在於何日，無道昏君，離間骨肉，絶義疏恩，大位輕以付人，不久禍必臨身。想昔晉文公出奔外國，後能成其霸業，只得暫出避難，以圖後計。」於是，含淚而出，奔往他國。

靜軒先生讀史至此，有詩歎曰：

太子纔離國，君臣一日休。
乾坤成畫餅，江空水自流。

當時上大夫孫操聞知此事大驚，即具表入朝。至次日，燕王升殿，文武班齊，孫操出班奏事：「小臣誠惶誠恐，稽首頓首，臣有短表，冒奏天顏，願王察焉。」

其表曰：

蓋聞天之生民，作之君，作之師，立君所以治民，立師所以敷教。人生日用之間，不過君臣、父子、夫婦、長幼、朋友。五倫者，各有一定之理而已。君臣之間，義同父子，内則父子，外則君臣。況我王太子，仁孝日彰，可爲民望，況子之有何德行，將國傳於他人乎？願王詔歸太子於本國，戮子之於市朝，以免諸侯興兵問罪，則誠群臣之幸，亦國家之大幸也，伏乞我王聖鑒。

燕王覽罷諫表，大怒曰：「匹夫，肉眼無瞳，不識時勢。吾意決矣，汝勿多言。昔堯讓位於舜，舜傳於禹，吾今傳位於子之，有何不可？若再諫者腰斬。」孫操大罵：「子之賊臣，焉敢篡國，故違逆理。鄰國聞知，教你性命難存。怎保社稷而享富貴？」子之大怒，喝令武士擒下孫操，梟首示衆。

卻有下大夫鹿毛壽出班奏曰：「不可，方今齊國正強，孫操之子孫臏，況且在水簾洞鬼穀處，〔一〕日演兵機

〔一〕「況且在」，余象斗刊本作「況且」，據龔紹山刊本改。

謀謨，姜呂六韜三略，况兼部將驍勇，若斬孫操，其子孫臏得知，歸齊借兵報仇，誰敢出敵，願大王權將孫操囚之。」

卻說孫操囚於獄中，修書一封，密遣門下人送至水簾洞與孫子得知。時孫子援得父書，拆而讀之曰：

自子離齊之後，周遊列國，避名隱跡。父在燕國，王上昏魅，倦於政治，子之權重，挾其篡弑，將太子趕於外郡，以大位傳於子之。吾諫不聽，被子之囚吾於獄，性命旦夕。汝可歸齊，借兵速救，如若遲延，則父子不能相見矣。父孫操書。

孫子看畢，大哭罵曰：「無道昏君，屈陷吾父，稍有疏虞，則吾難免不孝之罪。」於是，即整行裝，饑餐渴飲，夜住曉行，行不數日，至齊。入見齊王曰：「燕國之王子噲，讓位於丞相子之，趕逐太子，拘囚吾父孫操，大王知否？」齊王曰：「齊燕乃唇齒之邦，通達不絕，安有不知之理？每欲興師伐罪，特恐構怨諸侯，有背洹水之盟，列國相率攻齊，則齊國危矣。是以遲疑不決。」孫子曰：「大王錯矣。夫亂臣賊子，神天共怒，人人得而誅之，况我王乎。目今從約又解，燕之君臣無義，父子無恩，人心離散，國中大亂，圖王霸業，在此一舉。大王興一旅之師，以討賊爲名，打入燕境，伐其君而吊其民，一以代臣與父復仇，二以掠其地土，如拾芥耳。」

齊王大喜，即令孫子仍爲軍師職，居丞相之右，定計伐燕。次令章子領兵，元帥操練三軍，袁達爲先鋒，李牧、獨孤陳爲副將，大發精兵二十萬。次日，即離齊地，行兵之次，但見：

悲風動地，殺氣騰空，劍戟森嚴。明閃閃，青天飛雪，旌旗繚繞；暗沉沉，白晝如昏人，銜枚馬結尾；急煎煎，星移電走，虧上弦刀出鞘；磣呵呵，鬼哭神愁，旗門下立。幾個雕頭繡體，拳拳髮落腮胡，長長大大攀不倒的壯漢將，臺上坐幾個銅肝鐵膽，胡羊鼻，銅鈴眼，兇狠狠，生得醜的將軍，大者鉞，小者斧，般般盡會，長的鎗，短的劍，件件皆能。坐下如玄武真君鎮北極，面前只少一面七星旗；立起似李天王上聖降凡間，手裏只少一個降魔神。是時金鼓震動天關，人如猛虎，馬賽飛龍。一路關隘俱無攔截，勢如破竹。不數日，大兵即至燕地，易水下寨。孫子遣卒遞戰書報與子之。子之即時開拆讀其書曰：

臏聞仁義禮智，國之四維，四維不張，國乃滅亡。舜禹非有道之君，桀紂豈不仁之主，皆由亂臣賊子害義辜恩。今子之行逆天之謀，子噲顧爲臣之禮，趕太子於外國，囚吾父於獄中，冠履倒置，五倫失序，神天共怒，人人得而誅之。今承王命，旌掛虎節，腰懸金印，特賜鐵鉞，領有雄兵四十萬，名將一千員，旌旗蔽日，劍戟如霜，水陸並進，船騎兼行，前臨易水下寨，先擒無道昏君，次醢逆臣，安民定衆。早早捧璽獻城，免致生靈受苦。齊大軍師孫臏書。

子之覽罷大驚，謂群臣曰：「今齊兵已至易水下寨，誰可領兵出敵？」有左大夫鹿毛壽出班奏曰：「齊用章子有萬夫不當之勇，孫子軍師有鬼神不測之妙，足智多謀，不可輕敵。願我王御駕親征，方可收服孫子。」子之依奏，遂令左大夫鹿毛壽爲元帥，市彼爲先鋒，燕龍、燕虎爲左右副將，燕彪爲保駕大將軍，即發精兵十萬直到易水，平地對圓下寨。忽有哨馬前報燕兵已至易水下寨。

孫子次日引衆將出陣，遥望燕國，兵對陣開處，當先出馬一員大將，頭戴一頂朝天鳳盔，身穿縫奕袍耀日水晶鎧甲，腰懸水磨斬妖劍，手持丈八長鎗。燕國華陰人也，姓市名彼，威風凜凜，指孫子而言曰：「吾國與汝自來無仇，何敢興兵來犯吾境。」言未了，齊陣撞出一員猛將，頭戴一頂耀日金盔，身穿白錦袍光明鎧甲，腰懸打將鐵鞭，手持宣花月斧，齊國雁門馬邑人也，姓袁名達，面如重棗，體若奔狼，烈火之性，高聲大罵：「簒國逆賊。早早出降，退位以還太子，放出孫主，免致生靈受苦。」子之聞言大怒，親出答曰：「燕王老耄，倦於政事，太子懦弱，不能治國，是以將位傳之於我，法古爲治，欲效堯舜之化，非有簒弑之心。孫操豎子，不尊約束，辱罵朝廷，卻有欺君之罪，是以囚之。況乃各自其國，汝等無名小將，無故興兵犯上，正猶蟲飛滅火，自損其身，羊入虎口，百命無遺。」子之言未畢，袁達出馬搦戰，子之內令市彼出迎，兩馬相交，雙鎗齊舉，戰到三十餘合，勝負未分。燕將石丁拍馬助戰。齊陣上獨孤陳接住，兩對陣前廝殺。獨孤陳詐敗而走，石丁追趕，看看趕上，被獨孤陳用拖刀計斬於馬下。齊兵掩殺一陣，燕兵大敗，走入城內，堅閉不出。孫子傳令衆軍朝夕攻城。

卻說燕王謂群臣曰：「齊兵困城甚急，何計可退？」大夫鹿毛壽出班奏曰：「齊兵驍勇，又兼孫子足智多謀，難與爲敵，我王可修國書一封，即遣使命往秦、魏、趙、韓四國求救，許以割地相酬，則危可解。」子之允奏，遂修書遣使，假裝商人，藏書出城，求救去訖。齊兵攻城半月不下，燕兵又不出戰，孫子令衆軍辱罵不息，激起燕將市彼摩拳擦掌，怒髮衝冠，領卻精兵三千出城，放過吊橋，陣前搦戰。孫子陳兵於野，〔一〕親自立馬於門旗下，高叫曰：「來將莫非市將軍否？」彼曰：「既識吾名，何得無狀之甚？」孫子曰：「吾有片言，汝等靜聽，嘗聞良禽擇木而棲，賢臣擇主而事。鳥尚如此，何況人乎？子噲乃塚中枯骨，狗彘不如。子之簒國之賊，屍位朽木。將軍世之英雄，國家棟樑，顧乃屈身事之，縱有大功，亦貽笑於外國，有污高名，事在危急之際，見機而作，棄燕歸齊，不失封侯之職，愚迷不肯，挫進城池，玉石俱焚，悔之晚矣。將軍宜細思之。」

〔一〕「陳兵」，余象斗刊本作「陣兵」，據龔紹山刊本改。

市彼聽罷孫子之言，似夢初覺，如醉初醒，遂下馬降於孫子，大開城門，即引齊兵入城。子之聞知，大驚無措。齊兵殺入朝內，先擒子之來見孫子。孫子厲聲叱曰：「你這匹夫，屈陷忠良，離間骨肉，皆因逆賊亂國篡位，罪惡盈天。」喝令群刀斧手砍爲肉醬，衆軍各賜食之。移時綁燕王子噲至，孫子罵曰：「老賊，鼠貓之輩，狗彘不如，常人求其富貴而不可得，汝卻不能安於王位，以重器輕付於人，趕逐太子，顧乃爲臣，可恥之甚。構怨諸侯，禍起蕭牆，是可忍也，孰不可忍也，本欲車裂汝屍於市，以謝天下。顧以君侯大義，姑饒極刑，難免一死。」隨喚武士推出斬之，傳首號令四門。袁達急向獄內，救出孫操，父子相見放聲大哭，操曰：「不得吾兒，則老命休矣。」又令章子殺入宮庭，擄掠嬪妃繡女，盡收庫內珍寶，洗蕩燕宮一空。正是：

六宮化爲芳草地，四苑變作戰爭場。

當時，燕國止存太子，文武群臣不殺，其百姓有命者赴寨投降，死者屍横暴露，即收燕國降書並地理圖，令將下拘各郡，定限十日，俱要降服。數日之間，各郡盡來獻印拜降，裝載金寶數車，班師而還。果然鞭敲金凳響，人唱凱歌聲。後泉觀此詠詩歎曰：

孫子行兵天下奇，燕王讓位甚癡迷，
等閑欲效唐虞事，千載令人笑子之。

又一絶：

子噲爲臣自古無，豈知天意有榮枯，
移時禍起蕭牆內，萬姓歌歡遍滿途。

孫子引大軍到近齊城，宣王排駕遠接三十里，孫子望見齊王，慌忙下車伏道而言曰：「臣不能速平燕國，使主上旦夕懷憂，臣之罪也。」齊王扶起，隨駕而回，設太平宴，重賞三軍。齊王遂問上大夫孟軻曰：「今燕國或謂寡人勿取，或謂寡人取之，何如？」孟子對曰：「取之，燕民悅，則取之，取之而燕民不悅，則勿取。」王曰：「今燕國求救於諸侯，則何以處之？」孟子對曰：「臣聞七十里爲政於天下者，湯是也，未聞以千里畏人者也。天下固畏齊之強也，今又倍燕地，而不行仁政，是動天下之兵也。王速出令，反其旄倪，止其重器，謀於燕眾，置君而後去之，則猶可及止也。」王不聽。孟子默思而語：「齊不納賢之諫。」棄政而去。齊王曰：「大賢去國，乃寡人之過也。」

孫子埋名隱跡

周赧王三年春三月，齊宣王偶值一病不起，遂托孤於大臣，數日而薨。群臣立其太子法章登位，號湣王。湣王荒於酒色，不治國事，納國姑爲妃，國姨爲后。群臣諫者，加以極刑。孫子見其信聽讒言，恐有一日禍臨不測，自思全身遠害之計，暗出齊城，潛身歸於雲夢山中，修術養性，埋名隱跡，滿城之人跟尋，不知去向。從人報於齊王，齊王曰：「寡人無福，不得此人侍於左右，以授教矣。」

且說燕國群臣立太子平爲君，是爲昭王。昭王即位，滿朝文武盡皆山呼萬歲，拜舞禮畢。昭王封孫操爲上大夫，鹿毛壽爲下大夫，衆官各加一級。昭王廣施仁政，納諫如流，輕納糧稅，重賞三軍，大宴群臣，各各謝恩出朝。即位數月，仍復吊死問孤，卑禮厚幣，以招賢者。問郭隗曰：「齊因孤之國亂，而襲破燕，孤極知燕小，不足以報，誠得賢士與之共國，以雪先王之耻，孤之願也。先生視其可者得身事之。」隗曰：「古之人君，有以千金使涓人求千里馬者，馬已死矣，負其馬骨，百金而返，君怒，涓人曰：『死馬之骨，猶買之，況生者乎，馬今至矣。〔一〕不一年而千里馬者至三匹。』今王必欲致士，先從隗始，況賢於隗者，豈遠千里哉？」

〔一〕「馬今」，余象斗刊本作「馬金」，據龔紹山刊本改。

昭王曰：「然。」遂於是卜日擇地，築黃金臺於城南之陽，置千金於臺上，以延天下之士，先以郭隗而師事之，拜爲上卿，遂出黃榜招納賢士。

卻有齊國鄒衍，趙國劇辛二人，聞知燕國招賢納士，二人遂同往至燕，燕城外果有招賢文榜。看畢，遂揭其榜，使人奏曰：「今有二賢士，揭榜來投本國。」王曰：「宣二人至殿。」禮畢。王問曰：「卿千里而來，有利於吾國乎？請聞其說。」二人曰：「小臣齊國人氏，姓鄒名衍。臣乃趙國人也，姓劇名辛。今聞大王出榜招納賢士，欲與先王報仇，臣等不佞，願效死以助力。」王大喜曰：「謹奉教。」遂封鄒衍爲上大夫，劇辛爲中大夫，同任國政。二人謝恩受職。燕王以黃金臺招納賢士，不數月，天下賢士皆遠而來。胡曾先生有詩爲證：

此乘用馬到燕然，北地何人復禮賢。
欲問昭王無處所，黃金臺上草連天。

更有徐景山先生有《黃金臺賦》爲證：

春秋之世，戰國之燕。爰自召公，啟土於前。傳世至今，已多歷年。慕唐虞之高風，思揖遜於政權。援子之以倒持，流齊宣之三涎。昭王嗣世，發憤求賢。築崇臺於此地，致千金於其巔。以招夫卓犖奇特之士，與之共國而雪冤。於是始致郭隗，終延鄒劇，或盈糧景從於青齊之郡，或聞命星馳於趙魏之邑。智者獻其謀，勇者效其力。儲積殷富，士卒樂從，結援四國，報仇強敵，談笑取勝，長驅逐北。寶器傳於臨淄，遺種魂於莒墨。紋篁植於薊丘，故鼎返乎磨室，內以攄先世之宿憤，外以褫強齊都之戰魄，使堂堂大燕之勢，重九鼎而盤，乃知士爲國之金寶，金乃世之常物。將士重於珪璋，視金銀如沙礫，惟昭王之賢稱，重千載猶一日。是宜當時見之而歆羨，後世聞之而歎息。居者被其餘光，過者想其遺跡。因酌古以寓情，惜臺平而事實。

卻說樂毅者，乃樂羊氏之後也。賢而好學，曾受業於黃伯陽之門，精通六法，熟諳兵機，每自比於管子，欲與之儔。一日，喟然歎曰：「吾有此經濟之才，何其時之不遇，而人之不我知也。夫人幼而學之，壯而行之，揚名於天下，固其宜也。當今亂世，枉尺而直尋者，衣紫腰金，膠柱而調瑟者，簞瓢陋巷，與其藏珍而待價，孰若出仕以求榮，懷才抱德而遇明君，得以大展其驥足，顯親揚名，生平之願足矣。」仰瞻天文，遥觀將星昏昧，無賢佐主，遂乃辭師下山，負劍囊琴，涉水登山，饑餐渴飲，夜住曉行，不一日行至齊國。齊之近臣奏曰：「外有賢士特來見主。」王令宣進，通名拜舞禮畢。王乃問曰：「先生不遠千里而來，有何妙策，以利吾國？」毅對曰：「毅乃鄙人，非敢爲佞，特欲救民於水火之中而已，大王之所問利者，小臣不敢當此，但素懷富國強兵之術，濟世安民之策，薦賢除佞，濟弱扶傾，是其志也。臣雖不才，得侍於王左右，願施犬馬之力。」

時齊王荒於酒色，閉塞賢路，又見毅有凜凜之威，侃侃之言，忠義之氣見於詞色，若其重用，必有忠諫逆耳之謀。乃佯言曰：「我托先君盛德，立齊爲上國，今則太平，何用征夫？先生暫退旅館，待與群臣商議，可以來聘。」樂毅面有慚色，乃辭出朝，歎曰：「無道昏君不足與謀，此非立身之處，異日寸進，得伸大志，先以破齊爲始。」隨即收拾行裝，離卻齊國。

數日之間，至於魏境，見其山列翠屏，水洒銀鏡，真乃魏國山河之美也。麗泉有詩云：

翠屏銀鏡勢參差，忽見飛泉豁所思。
魏國山河名手筆，難題卻憶古人期。

毅至魏國城内，館於魏王嬖人公孫罕者，因嬖人得以引見魏王。魏王宣毅入見，拜舞已畢。魏王知樂毅之來意，乃問之曰：「先生來自山綿代谷，千有餘里，所至非一日也，其來遠奔，必有甚經世濟俗之策，以教於寡人乎。」毅曰：「遠則兼善天下，窮則獨善其身，君子之所取也。然不遇盤根錯節，何以別利器。士之處世，若錐處於囊中，其末立見，使臣得處囊中，乃脱穎而出，非特末見而已。臣之初年，嘗受業於異人，得兵書數卷，演而習之，上可以呼風喚雨，中可以役鬼驅神，下可以爲國救民。大則可以圖王伯業，小則可以全身遠害，若夫經天緯地之才，則臣非所能也。」王曰：「先生之志則大矣，但寡人國小，不足以行先生之事矣。昔者寡人東敗於齊孫子之手，斬卻駙馬龐涓，擄卻太子，〔一〕死於鋒鏑，西喪鄢陵之地七百餘里，南辱於楚，國勢衰微，先生任用何策果能張大其國，以無敵於天下，寡人之願也。」毅曰：「臣聞七十里爲政於天下者，湯是也。湯一征自葛始，東面而征西夷怨，南面而征北狄怨，曰徯我後，後來其無蘇。今大王地有千里之餘，其所入者，足以供國之需，惟在廣施仁政，卑禮厚幣以聚天下英豪，兵多將眾，廣積糧儲，勢壓泰山。臣領一旅之師，先伐於齊，次伐於燕，何愁六國不服？」魏王大喜，遂用樂毅，封爲大夫之職。

時毅居於魏國，日往月來，倏忽數月，見魏王寢卻軍旅之事，稍有慢意，遂有去國之心，又聞燕昭王廣布仁德，屈身下士，築黃金臺，以招賢士，欲伐齊以報冤。自思：「吾先至齊國，湣王失政將吾不用，方始至魏，今魏王達而不決，不足與謀，不如投入燕國，佐昭王興兵滅齊，有何不可？」遂乃棄魏潛身入燕。

昭王在黃金臺上設宴，禮待郭隗、鄒衍、劇辛數人。酒至三巡，門使奏曰：「今有一賢士自魏而來。」王曰：「宣至臺下。」禮畢，昭王問曰：「久仰尊名，無由得會，今得一見，如撥雲霧而睹白日，然燕國衰弱，受人之敵，先人受齊之恥，眾所咸知。先生懷才抱德之士，有何妙策可以張大孤之國乎？」毅對曰：「臣見大

〔一〕按：「之術……擄卻太子」，余象斗刊本闕，據龔紹山刊本補。

王之所言者，志在復仇也。據臣之見，事猶反掌之易。」王曰：「計將安在？」毅曰：「先君受齊恥辱者，皆因喪德以致，如是凡人君天下者，要在上合天意，下順民心而已。大王若躬行仁政於天下，薄其稅斂，省其刑罰，則民心歸服。號令嚴肅，賞罰分明，則軍心畏服。將得其人，與諸士卒同其甘苦，則勇而效死矣。量入爲出，裁省冗費，積之數年，則國富矣。此四者俱備，加以仁政布於天下，若有急難，民之助於王者，有若子弟之衛父兄，手足之捍頭目，雖欲禦之不可得也。今齊國湣王無道，荒於酒色，苦虐其民，人心離散。大王往而征之，則齊民皆引領而望大王救於水火之中，若大旱之望雲霓也。王師一出，簞食壺漿以迎王師，何愁仇之不復，恥之不雪哉。」

昭王大悦，遂封毅爲亞卿之職，任以國政，終日共論天下之事。及舊一班文武官員並皆重用，又以黄金千斤，蜀錦千匹，賜與郡之賢士，依次而贈，以下各各分等頒賜。殺羊宰馬，大賞士卒。開倉賑濟百姓，人心大悦。昭王欲將城内有名之田宅分賜諸人。〔一〕樂毅諫曰：「昔者霍去病以匈奴未滅，將士安用爲家，何況今日國仇未報，不可求安也。須待天下都定，六國安寧，然後各還鄉里，歸耕本土，乃其宜耳。燕國人民初遭兵火，田宅皆可歸還百姓，令其歸業，方可令出賦役，自然歡心，不宜奪之於私恩也。」昭王聞之大喜，使鄒衍定擬刑法，鄒衍頗重其刑，郭隗曰：「昔湯王治世，恩德尚及於禽雀，願先生寬省法以慰民望。」鄒衍曰：「君知其一，不知其二。昔秦朝用人，商鞅酷法，萬民皆怨，匹夫大呼，天下土崩。湯武寬仁，可以弘濟。今燕國暗弱，自其父以來，有累世之恩，文法淩替，互相承奉，德政不舉，威刑不肅，君臣之道盡廢矣。

〔一〕「有名之」，余象斗刊本作「有名賢」，據龔紹山刊本改。

凡人寵之以位，極則賤，順之以恩，分則竭，以致喪國，實由於此。吾今威之以法，法行則知恩，限之以爵，爵加則知榮，榮恩並濟，上下有節，爲治之道，於斯明矣。凡爲政者要識時務也。」郭隗拜服。自此，軍民安息，燕國地面，分兵按察，悉皆平寧，路不拾遺。

時周赧王三十年丙子七月下旬，燕昭王升殿，謂群臣曰：「昔齊率其民衆，以殘我國家，夷我宗廟，國爲墟棘，燕之與齊，不共戴天之仇，幸賴群臣扶孤。身即位以來，身不安席，口不甘味，上事群公，下撫百姓，願與齊戰於濟西之野，以雪先王之恥。況今齊國滅宋，地廣千里，驕矜強暴，天地不容，卿等計將安出？」有大夫鄒衍出班奏曰：「樂毅精古今兵略之方，明進退孤虚之職，若加總督之權，能令天下爲一家，望大王捧轂穀，拜毅爲師，東向伐齊，易如反掌。」

燕王聞知大喜，遂問樂毅曰：「寡人意欲伐齊，雪先君之恥。鄒衍舉卿總督軍馬，若何？」毅答曰：「文官武將皆大王故舊之臣也。毅年幼不才，不稱其職，恐負所托。」昭王曰：「鄒衍保卿，孤亦素知卿之德，今拜汝爲大都督，卿勿推阻。」毅曰：「倘文武中不伏者如何？」昭王取所佩之劍賜之曰：「如有不遵令者，先斬後奏。」毅曰：「臣受恩已久，固不敢辭，大王來日聚文臣武將以賜之。」鄒衍曰：「古之命大將者，必當築壇會衆，以白旄黄鉞，印綬兵符，囑曰：『閫之内者，寡人主之，閫之外者，將軍主之。』然後名正言順，事必成矣。大王遵此理，選日築壇，三日完備，大都督假之以節，則衆皆伏矣。」昭王乃命連夜築壇，三日完備，大會百官，請毅登壇，加爲平西招討、北燕大都督，假節鉞，賜以寶劍印綬，令掌六十四州兼淮隴諸路軍馬。毅領命訖下壇。昭王撥孫龍、孫虎爲護帳。軍馬比及未行之際，先已遣劇辛、伍仲二人爲奉使，獻金帛約會秦、趙、韓、魏之君，近則許以割地相酬，遠則惟以金帛致意。借兵圖齊，以分其勢，志在復仇。

至是報言：秦遣白起，助兵二十萬；趙遣廉頗，助兵一十萬；魏遣畢昌，助兵二十萬；韓遣張奢，〔一〕助兵二十萬。四國之兵，共計六十萬，約會河西之界。燕王大喜，隨即令樂毅總督調遣軍馬，劇辛副之，撥石丙爲先鋒，許貴、黄賁在帳前各領三千軍馬爲左右護衛，鄒衍爲參謀，孫龍爲都救應，留郭隗監國，燕王御駕親征，提大軍四十萬，共合四國之兵，一百餘萬。燕王命水陸並進，船騎雙行，浩浩蕩蕩，殺奔齊國，前到倉州二十里下寨。不知勝負如何？

〔一〕「韓遣張奢」，余象斗刊本作「韓張奢」，據龔紹山刊本改。

燕昭王伐齊報仇

卻說倉州節度使柳金龍，聽得燕王親提大軍一百萬，戰將千員，勢若太山，人人失色，膽喪心驚，不敢出戰。尋夜走至景州，見太守劉元獻，且說燕王興兵侵境之事。劉元獻曰：「食君之祿，終君之事，臣子之職也。兵來將對，刀來斧敵，大丈夫以馬革裹屍，死於疆場足矣。豈可束手受戮乎？」遂與金龍引兵三萬來敵。燕將石丙出馬，三人戰不三合，元獻、金龍大敗，走入齊城。毅令四國之兵，前至連陽縣下住寨柵。遣使報與齊王，齊王升殿，聚集文武群臣。忽有柳金龍、劉元獻二人入告齊王曰：「今燕王拜樂毅爲元帥，約會秦、趙、韓、魏四國之兵一百餘萬，共來伐齊，倉州景州一路關隘，勢如破竹，臣等不能抵敵，臣該萬死，望乞我王聖鑒，早爲定計。」齊王聞言，唬得汗流沾背，手足無措，謂群臣曰：「燕兵侵犯吾境，卿等有何高見？」鄒文簡曰：「臣食君祿久矣，並無報效，願舍殘軀，出城迎敵。」齊王大喜，即封鄒文簡爲元帥，齊東爲先鋒，淳於坤、于簡爲左右護衛，親提大軍三十萬出城，前至黃山一百二十里下住寨柵。

鄒文簡與齊東共議進兵之策，齊東曰：「燕兵遠來，利在速戰，可宜堅守營壘，不與之戰，令一曉將抄於東北陳谷而出，掠其糧料，旬日之間，軍必疲困遠遁，因而擊之，必擒樂毅置於麾下矣。」文簡曰：「燕兵不識地利，況是以逸待勞，來日可嚴整隊伍，大展旌旗，用一奇計而伏之，燕兵不戰而自走也。」於是，當晚傳令，來日四更造飯，平明進兵，務要隊伍齊整，人馬威猛，旗旛金鼓，各依次序。

當日，使人先下戰書，次早兩軍相近，列成陣勢於黃山之下。燕兵望見對陣齊兵甚是雄壯，三通鼓已罷，文簡乘馬而出，上手是齊東，下手淳於坤，兩個先鋒押住陣腳，探子出軍前請對陣主將打話。燕兵陣中，門旗開處，石丙、杜昭分左右而出，各持兵器，立於兩旁，次後燕將一對對分列在門旗影裏，中央擁出一員主將樂毅，乘白馬而出，猶如天神之狀，望見對陣三個麾蓋，問左右曰：「此何人也？」答曰：「認旗上中央紅須老者，乃是鄒文簡，上首是先鋒齊東，下首是護衛淳於坤。」

毅曰：「老賊自來，死期至矣。」於是，勒馬挺出陣外，請齊陣主將打話。文簡亦縱馬出曰：「來將莫非樂將軍否？」毅曰：「既識吾名，何不早來束手投降，輿櫬待死？尚敢興兵拒敵。」文簡答曰：「久聞將軍大德，今幸一會，既知天命識時務，何故興此無名兵耶？」樂毅曰：「吾乃奉詔討賊，復仇雪恥，何爲無名？」文簡曰：「天數有變，神器更易，天命歸於有德之人，此必然之理也。曩自威烈以來，天下爭衡，人人稱霸，強者虎吞於天下，弱者入貢以稱臣。昔爾子噲君臣，禽獸之輩，宗社有累卵之危，生靈有倒懸之急。吾之先王，掃清六合，席捲八方，萬里傾心，四海仰德，是以從而伐之，正當其理，實乃天命所歸也。況亂臣賊子，諸國人人得而誅之，况我齊乎？嗣君以膺大統，應天順人以臨萬邦，豈非天心共人意乎？今將軍蘊大才，抱大器，自欲比於管子，強欲逆天理背人情而行事乎？豈不聞順天者存，逆天者亡，今我大齊帶甲百萬，良將千員，量汝約連四國之兵，人心不一，可速倒戈卸甲，以禮來歸，不失封侯之位，愚迷不肯，教汝羝羊觸藩，進退兩難。」

樂毅馬上笑曰：「吾以汝爲元臣，必有高論，豈期出此言也。昔吾燕先君禪位，欲效唐虞之治，蓋因天運循環，有泰有否，偶中爾齊國豎子之計，皆是朝堂朽木爲官，禽獸食祿，狼心狗幸之徒，紛紛秉政，政使夷滅宗廟，宮室丘墟，痛入骨髓，誠不共戴天之仇。何况汝主昏君，以國姑爲妃，國姨爲后，荒於酒色，閉塞賢路，罪不容誅，傾國之人，思食其肉。今燕新君嗣位，建築黃金臺，卑禮厚幣以招天下賢士，從之者如歸市，尊賢使能，俊傑在位，君明臣良，治具畢張，咸稱明主。目今國富兵強，操練有方，天乃有意與其復仇於齊也。吾今仗義興師，汝既爲屍位之臣，只可潛身縮首，苟圖衣食，安敢於軍伍之前妄稱天數耶？汝這匹夫，咫尺歸於黃泉之下，何面目見齊之先王乎？戰此無名賊將，割雞焉用牛刀？」隨喚石丙，手挺仙花銅斧，直殺奔陣去。齊陣淳於坤，挺鎗迎敵，兩馬相交，雙器並舉，鎗去斧來，鬥上六十餘合，齊兵大敗，遠退數十里。樂毅方始收兵，殺死齊將極多，大獲勝捷，兵各收聚。

齊大夫呂擒虎進曰：「愚料石丙有勇無謀之輩，不足懼也。來日都督再領兵出，可先伏兩軍於左右，都督臨陣先退，把石丙賺到伏兵之處，都督卻登山指麾四面軍馬，只看石丙到處，重重疊疊，圍之可擒矣。」文簡從其言，便差帳前神武將軍薛禧，征西將軍董則，分左右各引三千軍埋伏去訖。文簡再整金鼓旗旛而進，石丙、杜昭引軍而出，昭王馬上與石丙曰：「昨日齊兵大敗而去，今日又來，必有詐謀，將軍宜提防之。」石丙曰：「量乳臭小兒輩，待有何謀？吾今日必當擒之。」見齊軍門旗影裏，鄒文簡引諸將出陣搦戰，石丙挺斧躍馬而出，齊軍中副將軍潘遂出迎，二將交馬，戰不二合，遂便走入陣。只見齊軍入陣，裨將一齊來迎，卻容文簡先走，石丙挺斧殺退八將，乘勢追趕，杜昭隨後驅兵掩擊，石丙深入重地。杜昭急收軍時，兩邊下伏兵已出，左有薛禧，右則董則，杜昭兵少，救急不及，石丙被齊兵圍在垓心，東衝西撞，軍馬越厚。石丙手下止有百餘人，衝殺到山坡直上，見鄒文簡卻坐在山上，手挺鹿尾，指引三軍，如石丙投東則望東指，傍邊撥發官則望東指之，軍馬皆望東圍，因此永打不透。石丙引軍殺上山來，半山中擂木砲石亂打下來，不能上山去，因此難退。山上弩箭如雨，燕兵傷折數多，石丙從辰直殺到酉，不能得脫，漸漸燕兵折其大半。石丙交且在垓心少歇，至半夜月明，可以殺出。卻纔下馬少歇，月華初上，四下裏齊兵殺到，但聽得叫：「石丙早降。」軍雖不敢近前，怎禁矢石如雨，石丙急上馬迎敵之時，見四面火鼓駢集，漸漸逼近，八方交射，人馬皆不能出。

石丙仰天歎曰：「吾今死於此地矣。」忽聽得東北角上喊聲大振，齊兵紛紛亂竄，石丙看時，一彪軍殺入，爲首一員大將，素袍銀甲，持點銅鎗，乃虎威將軍孫龍也。與石丙相見，説：「都督恐將軍有失，特差某引五千精兵，前來接應。聽知將軍受困，故已殺退重圍，陣中正遇齊將董則攔路，已刺殺了。」石丙便與孫龍殺出西北角上來，見齊兵大亂，又一彪軍從外殺入，當先一員上將，騎紅鬃馬，使大桿刀，乃龍驤將軍孫虎也，來見石丙曰：「奉都督命，恐將軍有失，特差某將精兵五千，前來接應。卻纔陣上，逢齊將薛禧，被吾一刀斬之，梟首在此。都督大軍在後親自來也。」石丙曰：「汝二將軍已建奇功，何不趁今日捉住鄒文簡，大事便定矣。」孫龍聞言便領軍去了。孫虎曰：「將軍慢來，我幹功去。」孫虎引兵捉鄒文簡去了。石丙尋思他：「他兩個是吾後輩之人，幹了大功，我是國家大將，朝廷棟樑，不如二小輩耶？吾當舍殘軀報答先帝之恩，幹此全功，捉鄒文簡去。」於是領軍便行，隨後樂毅親自亦領大軍前來。且看鄒文簡姓名如何？

泯王逃齊奔即墨

當時齊王被三路軍殺來，殺得大敗，隨後杜昭也來接應，殺得屍横遍野，血流成河。鄒文簡無謀之人，更兼年紀衰耄，見軍大亂，引了帳前數百人，徑奔齊城而走，餘軍無主，各自逃生。

次日，樂毅對衆曰：「鄒文簡，齊之元臣，若擒此人，勝斬百將，今日待其出敵，吾排下七星八卦陣，使其來破，不曉進退坐作之法，必擒此賊矣。」探馬報來，金鼓振動，鄒文簡横鎗立馬於陣前，厲聲言曰：「昨者誤中詭計，今日與汝挑戰，以決雌雄。」樂毅曰：「有智鬥智，無智鬥力，量汝之力不足爲也，既爲上將，略曉兵機，吾布下一陣，汝曾識否？」文簡曰：「汝之陣乃七星八卦陣，安有不識？」毅曰：「既識吾陣，敢用何以破之？」文簡曰：「用黑殺天王陣破之。」毅曰：「雖是如此，你敢打入乎？」文簡曰：「既識其陣，豈無破法？」隨即擂鼓摇旗喊聲，勒馬直撞入於燕陣。毅將皂旗一麾摇動，狂風大作，黑霧遮天，不辨高低上下，文簡左衝右突，不能得出，被燕兵捉住來見樂毅。樂毅令將檻車收了，毅親督大軍，共率四國之兵，混戰一晝夜，齊兵大敗，殺得屍横遍野，血浸成河。齊王大驚，手足無措，即引敗兵走入齊城，堅閉不出。樂毅收軍下寨，大宴勞賞四國之兵，〔一〕烹牛宰馬，款待秦將白起、韓將張奢、魏將畢昌、趙將公子，酬勞軍卒時，韓趙二國收兵先還本國。樂毅曰：「齊王堅閉不出，可速乘勢進兵攻之，待齊王悔前之非，改過撫民，則難圖矣。」遂進兵齊城下寨，每日令兵攻城。

卻說齊王大憂，内無糧草，外無救兵。齊王思欲出奔，未有其計。獨有淳於坤曰：「大王赦罪，小巨願舍殘軀，萬死不辭。大王賜臣衣袍服之，扮作大王之狀，出自南門，而大王從北門則脱難矣。」樂毅至夜，觀見城内龍鳳日月旗，正是齊王出城，遂傳下令：「如若有賣放走了齊王者，斬首號令。燕兵捉得者封賞。」是夜，齊王引兵果出南門，燕兵守把捉住齊王，細認卻是淳於坤着王御衣。衆軍問曰：「齊王安在？」坤曰：「齊王脱袍之計，已出南門去矣。」樂毅引兵入城，尋齊王不見，遍問百姓，俱言亂軍中走往公子田文處，即墨城。樂毅引燕王入臨淄城，夷滅齊之宗廟，燒其宮室，擄掠庫藏，出榜安民，遂排大宴賞勞諸軍，封樂毅爲昌國君。麗泉有詩贊云：

樂毅行兵天下奇，約連四國共圖齊。
復仇雪恥酬先帝，報應分明在早遲。

又有一絶云：

百萬貔貅氣若虹，果然樂毅冠群雄。
未幾去位成虚事，枉卻當年爲建功。

〔一〕「勞賞」，余象斗刊本作「撈賞」，據龔紹山刊本改。

燕王伐齊得勝，遂引鑾駕歸還本國。卻令樂毅，追捉齊王，剿滅回報。時樂毅夜坐帳中，仰觀帝星正照即墨城，遂留劇辛守住臨淄，自引兵至即墨城普村下寨。

卻説齊王奔往即墨，前至大林，忽有一彪人馬，鑼鼓震天，殺出救駕，乃是吳起、吳廣、吳能，見齊王。王曰：「若非將軍賢昆仲，朕命休矣。」後有燕兵追趕甚急，吳廣出陣，石丙當先，二人戰上三十合，吳廣大敗，齊王奔走即墨，石丙隨後趕至即墨。田文忙叫開門，田單上城望見，卻是齊王，田文遂令開門迎入，齊王上城，被燕兵放箭，望齊王直射，齊王落馬，吳廣近前，救王上馬，即離即墨，又撞石丙，便殺吳廣，吳廣擋住，殺上數合，吳廣大敗，齊王單馬脱走。

三日，腹中饑餒難忍，忽見一婦人在溜河洗衣。齊王問婦人曰：「中路饑渴，與吾一飯？」婦人即進與之，食罷，問：「客官姓甚名誰？」王曰：「我乃齊王也。」婦人罵曰：「無道昏君，吾之錯矣。汝深居九重，受人間未曾識之富貴，錦衣玉食，不思稼穡艱難，惟以貪索無厭，迷荒酒色，萬民受汝重斂，至於填死溝壑，人人共爭食汝之肉。何反以飯與汝食之？」齊王曰：「他日寡人歸朝，須報此一飯之恩。目今燕兵追我，逃奔於此，人困馬乏，娘子指引何處可藏？」婦人曰：「向東有一林，林内有一塔，此塔中你去藏之。」後兵趕至，問婦人曰：「你見一個官人來此？」婦人向東一指，兵馬直至林内，高叫齊王。齊王聞之，唬得魂飛魄散，不敢微應。追者至曰：「我乃是吳廣、吳能。」齊王且喜而出。廣曰：「這裏不可隱藏，燕兵近矣，必捉我王，不如且去莒城。」即走十餘里。石丙果至，飛馬挺斧來殺吳廣，吳廣大敗。齊王見敗，單馬望西北便走，行至天晚，問一野人曰：「前去地名何處？」野人曰：「只爭五里地之路，便是蒲城普天村也。」齊王想：「有大夫蘇代，因吾不納其諫，貶卻在此。」隨即奔往投之。

初更左側，蘇代忽聞莊外有叩門聲急，令人探問，見齊王單馬立於月陰之下，迎入莊内便拜。齊王泣訴前事，更兼腹内饑餒，蘇代隨即進上飯食。代母周李夫人出見齊王，大罵：「你爲一國之主，不理國政，迷於酒色，以國姑爲妃，國姨爲后，有失人倫，生靈塗炭，恨不得以車裂汝之屍於市，以謝天下，何乃逃匿於此。」喝令左右捉縛。齊王大驚，蘇代告其母曰：「爲臣死忠，爲子死孝，雖是無道，君臣之義不可廢也。」夫人曰：「無道昏君，自汝即位以來，貪虐荒淫，殘傷百姓，高臺廣室，剝民膏脂，以充國用，阿諛諂佞之臣，盈滿於朝，賢明正大君子，退居於野，是以人心離叛，今日死無葬身之地，固其宜也。縱是粗糲之食，寧喂於狗，何甘於汝而食之乎。」齊王聞之，淚下如雨：「想吾富貴，豈知有今日之苦。」欲待不食，腹中饑餒，食之。古人有言，君子不吃嗟來之食，廉士不飲盜泉之水。

半晌之間，莊客來報，外面兵來，圍了莊門。蘇代曰：「把齊王藏了。」燕將石丙直入莊廳，謂蘇代曰：「大夫藏着齊王，快送出來。」代曰：「任將軍搜尋，若藏莊内，即與同罪，吾亦欲誅此昏君久矣。豈敢藏乎？」當時，齊王走在代後門倉内，忽人報曰「齊王從後牆而走」，石丙領兵便趕，不見齊王。

卻說齊王走至一大林中，忽一聲鑼鼓震天，飛馬而來，自言：「可惜東齊國王，死在田野之間。」追見齊王，其人下馬便拜：「小臣乃蒲城縣令高龍是也。自燕兵混散齊兵，臣領五百軍在此屯駐，守住險固，不能安業，臣願保駕。」邀齊王入蒲城，將近，小軍報曰：「後有燕兵石丙趕至。」高龍曰：「大王勿憂，臣即領本部軍兵，可捉石丙。」齊王大喜。高龍挺鎗飛馬迎敵。忽見塵頭起處，一彪軍出，乃是吳廣、吳能二人，合兵共入蒲城。王問：「你三人兵少，如何保駕？」三人曰：「我王勿慮，自有退敵之策。」

卻說樂毅下寨，夜觀帝星，正照蒲城，令石丙領兵速至蒲城下寨。四門圍繞，朝夕攻打。旬日之間，終是小城難保，軍士糧絶，蒲城百姓要捉齊王獻與樂毅，免一城之災難。高龍大怒，顧謂眾曰：「此非臣子之禮，盡忠報國，有死而已，何可妄爲？」次日，齊王跳入井中覓死，吳能急救上來。吳廣、吳能、高龍五人領五百兵，是夜開門，遂保駕殺出混戰。是夜，折兵一半，殺散兵卒各自奔走。樂毅令石丙尋趕齊王。齊王自引數十騎，奔於鄒堅，堅不納，齊王遂走入莒城。莒城令王孫賈進拜曰：「臣失救駕，罪該萬死，而孤城糧少，燕兵勢雄，難與爲敵，臣請出使求救於楚。」齊王即遣王孫賈入楚求救，楚王遣淖齒將兵十萬，前來救駕。兵至莒城，王孫賈引入見齊王。淖齒曰：「介胄之士不拜，請以軍禮見大王。臣奉楚王命，領十萬鐵甲軍馬，前來救駕。」齊王曰：「卿等鞍馬驅馳，朕無可賜，楚王是朕恩德之人也。今朕狼狽於此，將軍救拔朕軀，不失封侯之位，可速定謀退敵。」齒曰：「樂毅無謀之輩，不足爲也，一戰必擒此賊而斬首矣。」

卻說樂毅引兵至莒城，聞知楚遣淖齒領兵十萬救齊，遂修書一封遞與淖齒。曰：

燕國元帥樂毅謹其再拜奉書於楚國淖丞相麾下，今齊王無道，失政虐民，吾奉燕王之命，會約諸國於齊西，一以雪吾國先王之恥，一洗列國被齊侵淩之暴。今聞將軍督兵救齊，助桀無道，如書到日，望擒齊王獻吾軍前，與將軍共分齊地，則感幸矣。不可相違。燕國樂毅頓首拜書。

樂毅遣人賫書送入淖齒軍中。淖齒得書，拆而讀之，自思：「俺軍甚少，彼軍甚眾，不能與久抵敵，不如捉齊王獻與樂毅，共分齊地，豈不美哉。」近人報說，齊王即引數十人投東，由東海而走，尋太子法海，不知今在那裏。齊王走至東海，卻被淖齒趕上，捉住齊王，喝令眾軍，將齊王獻與樂毅。軍人捉齊王來見，樂毅大喜，遂出寨與淖齒相見。禮畢，請齒上帳，賓主而坐，以酒款待。齒令推過齊王。樂毅叱齊王曰：「汝令國舅鄒堅等殺君父，一罪也。汝娶國姑姨爲妃后，有失人倫，二罪也。逐貶賢良，不聽忠臣之諫，聽信讒佞，不理朝綱，淫亂酒色，三罪也。」齊王唯唯無言，只訴乞命而已。樂毅令石丙斬卻齊王並鄒妃二人首級，掛於樹上，令軍士亂割肉食之。有人認者便是伊家同罪施行，又令軍士看守王屍。樂毅與淖齒敘議軍事，聞畫邑人王蠋賢，令軍士不可搖動，令使去請蠋來相見，蠋不肯往。燕人請蠋曰：「來且封侯，不來屠盡。」蠋曰：

「吾聞忠臣不事二君，烈女不更二夫。齊王不用吾諫，退耕於野。今國破君亡，吾不能存，卻之爲不義，從之則不仁。」遂自縊死。燕人歸報樂毅，毅曰：「王蠋之死，吾逼之也，可憐忠烈之士。」遂具衣衾棺槨而葬之。

樂毅整軍，禁止侵掠，禮逸民，寬賦除暴，安齊之民，以淖齒守據臨淄而鎮齊地，祀齊桓公、管仲於郊，封王蠋之墓，六月之間，下齊七十餘城，皆爲郡縣。

有樂毅廟贊云：

桓桓昌國，乘時厲翼。干戈效用，疆場底績。
西卻秦兵，東下齊壁。完趙保燕，孔武之力。

且說齊湣王既被淖齒獻於樂毅而殺之，齊大夫王孫賈回家見其母，而母問曰：「今者齊亂，王在何處？」賈曰：「不知。」其母曰：「汝朝出而晚來，則吾倚門而望，汝暮出而不還，則吾倚閭而望。汝今事王，王走汝不知其處所，汝尚何歸？」孫賈告母曰：「齊王被淖齒獻與燕王殺之。」母曰：「豫讓吞炭思報智伯之仇，汝何不聚義兵以復齊王之仇？」賈因母言，遂當齊市高聲大叫曰：「淖齒亂齊國殺湣王，有欲與我共誅淖齒者，袒其右臂。」市中五百人，各執刀斧，助王孫賈入齊宮室，尋獲淖齒而殺之。

湣王子法章，先是見淖齒獻父於燕王，遂變改姓名爲太史家雇工，太史之女見法章相貌非常而奇異之，竊衣與之衣，竊食與之食，而因與之私通。及淖齒被王孫賈殺死，而王孫賈隨即跟尋至莒，詢問太子下落。法章對莒人言曰：「吾乃湣王之子法章是也。爲因樂毅亂我齊國，故變姓名，貨賃於此，汝等可速扶我歸國。」莒衆曰：「吾輩罪該萬死，肉眼無知。」於是莒人與齊故臣田單、田文、田忌等及王孫賈奉法章而立之，是爲襄王，保莒以抗燕。麗泉讀此有詩詠云：

王孫爲人志果剛，力誅淖齒立襄王。
齊桓輔合何爲盛，至此令人倍慘傷。

藺相如完璧歸趙〔一〕

卻説周赧王三十二年，趙惠文王者，武王之子也，當得楚和氏之璧，璧玉也，謂之楚和氏之璧者，蓋以楚人卞和得玉璞於楚國荊山，奉獻於楚厲王，厲王使玉人相之，玉人曰：「石也。」厲王以卞和爲詐，刖其左足。楚武王即位，卞和又奉獻於楚武王，武王使玉人相之，玉人曰：「石也。」武王又以卞和爲詐，而刖其右足。至楚文王即位，卞和乃抱璞而哭於荊山，淚盡而繼之以血，楚文王使人問之曰：「天下之人被刖者多，子何如此之哭？」卞和曰：「我非哭其刖也，夫寶玉而呼之曰石，貞士而名之曰詐，我是以哭。」遂使人剖其璞，果得美玉，故謂之楚和氏之璧。

趙惠文王因會諸侯於楚，得之，秦昭王久聞而慕之，至此，乃使人持書於趙，願以十五座城易璧。

西秦王嬴某謹再拜奉書於大邦長趙王閣下，竊以講睦修和，乃古今之令德，貴鄰賤物，誠爾我之嘉謀。每欲少致殷勤，恒爲多方廢弛。量仁人能察鄙情於纖，悉不遂懷嫌，思愚鹵嘗膽盛節於悃，誠終當弛愛。頃者風聞，良臣勉勵，寶藏克盈，彼和氏之所悲，爲我心之所欲。倘大德無私而見惠，必深懷

〔一〕按：此節目余象斗刊本闕，據龔紹山刊本補。

有感而弗忘。十五之座城，願之以奉易，萬千諸望，施之以慨然，幸不違求，當圖趨謝不宣。大周赧王三十二年二月初二日謹具。

趙王見書，遂送使者就公館，而與大臣商議曰：「璧者，我趙國之寶也，彼必欲求之也。城者，彼秦國之重也，我不能得之也。與之，恐不得城而徒然見哄於彼，不與，恐只爲璧而加兵於我。與其受加兵之禍，孰能幸見哄之安。」於是，從厚款待使者，而使人奉璧以往然，又恐所使不得其人，亦終不能以免禍。於是，下詔於國中，以求可使之人。詔曰：

吾聞明君每重於交鄰，賢士恒長於輔國。遠賫辭命必求可使之人，高致言辭方動所通之主。我惟難於知識，爾則易於推尋，幸薦其賢，毋孤所望。

宦者令繆賢遂趨朝薦藺相如於趙王，而奏曰：「臣頃者伏睹詔書，見大王之事，事則大矣，大王之言，言則誠矣。臣思今日實爲難處，諸臣之中，求可使者，惟有藺相如。臣如何知其可使，臣曾有罪欲逃往燕國，相如止臣勿逃，臣曰：『臣之所以欲逃往燕國者，以臣曾與燕王相會於境上，燕王握臣之手，而與臣言曰：願與結交，因此臣欲逃往燕國。』相如曰：『趙強燕弱，而足下又方寵愛於王，所以燕王欲與足下交，今足下得罪於王，而逃往燕，燕王非惟不以前日相待足下，且畏趙怒而加兵，必反執足下歸之於趙。今爲足下計，不如肉袒請罪於王，庶或見赦。』臣從其計，而大王果赦臣罪，臣以此乃知其人雖是勇士，實有智謀，可使也。」於是，趙王召相如來見，問以奉璧往秦之事。相如奏曰：「秦強趙弱，誠然不可不與之璧。臣今奉璧往秦，若秦王無意與城，臣當完璧以歸，則曲在秦而不在趙矣。」

趙王於是遣相如奉璧入秦，獻於秦王曰：「吾君趙王，承大王書教，欲得此和氏之璧，而願易以十五座城，不敢逆命，以絶和好，是以命臣奉璧獻於大王，而易十五之城，幸大王勿自食前言。」秦王觀璧而歎曰：

「真天下之至寶也。」傳璧以示內宮美人及左右，皆呼萬歲，以賀秦王。秦王得璧，遂無意與城，相如即近前而謂秦王曰：「此璧雖美，還亦微有瑕玷，臣請大王將璧來與臣，臣一一指示於大王，大王方纔知之，不然大王不能辨也。」秦王遂命取璧與相如指示。相如得璧，遂退倚殿柱而立，怒髮衝冠，謂秦王曰：「大王初之欲得此璧也，使人持書於趙王，許易以十五座城，趙王遂以爲大王君子，必不自食其言，乃齋戒五日，使臣奉璧而獻於大王。大王見臣之來，禮節甚倨，大非交鄰之道，且臣觀大王無意與趙王城，所以臣與大王取璧而歸，大王若以威勢劫臣，臣之頭即與璧俱碎於此殿柱矣。」相如手持其璧，眼看殿柱欲擊。秦王恐其擊碎而終不得全璧以爲用，乃謂相如曰：「寡人失禮執事，幸勿見罪之深也。寡人既許十五城矣，豈敢自食其言，以重得罪於執事？」遂召有司，將地理圖來，按圖一一指示十五座城與趙。相如度秦王之意，只要哄得其璧，而實無意與城，乃謂秦王曰：「城之與否，隨在大王，請大王且齋戒五日，亦如趙王奉璧與大王之禮，臣乃敢獻璧。」秦王知相如堅執，不可以威勢劫之，遂依從之，齋戒五日，而館相如於廣成傳舍。

相如則使從者李文，身穿毛布，懷藏其璧，從直路歸之趙國。秦王齋戒已完，乃宣相如展禮於殿上，求相如與璧。相如謂秦王曰：「臣之璧只説大王哄臣以易城，使人懷之以歸矣。所以然者，亦以秦強趙弱，璧與大王，而大王終不與城，臣將如何與大王取璧乎？臣奉璧而來，不得城而歸，又無璧以還趙王，將何面以見趙王乎？大王必欲得璧，請先將十五座城與趙，若不奉璧以獻大王，而大王即將臣加之以萬死。大王若欲平白得璧，必不可得也，雖然今臣惟知有死而已。」秦王顧左右而言之曰：「今我縱殺相如，終不得璧，而反有以斷絶二國之和好，不如因而厚待之。」

後秦又使人持書於趙王，願與會於西河嬴池。書曰：

西秦王嬴某謹再拜奉書於大邦長趙王閣下，竊以講信修睦，已大著於前人；赴約會盟，猶相期於今日。觀光陰之迅速，宜情義之綢繆，量君子必與我而同心，知仁人將隨時而有感。顧彼西河之滸，已爲可樂之鄉，於那澠池之濱，又賓宜歡之地。齊驅並駕，共飲同遊。暢數日之襟懷，昭一生之和好。遥瞻來旆，藴衷曲之倦倦。亟駕行車，毋心思之冗冗。不宣。大周赧王三十三年三月初三日沐浴謹具。

趙王畏秦不敢即往，而惟自狐疑。藺相如與廉頗上表請行。表曰：

臣亞卿廉頗大夫、臣藺相如，誠惶誠恐，稽首頓首上言，伏以聖王御世，萬國修和，賢士當朝，一人悦豫。恭維大王陛下，聰明睿智，文武聖神，襲累世之華勳，爲萬邦之翹楚。兹以澠池之會，在彼存信睦之心，而西河之行，在吾奮陽剛之德，誠爲不爾，怯必疑焉。苟使能然，弱無議也。有臣二人，之輔相憂，渠萬衆之紛爭，伏願秣馬膏車，望名區而至。止擁旌馳旆，指勝地以奔趨。彼此情投終始，無差殊之待，邇遐意戀後先，有切至之交。臣相如等，無任瞻天仰聖，激切屏營之至，謹奉表稱上以聞。

趙王覽表罷，遂命駕啟行，相如廉頗夾輔左右，而與秦王會之於澠池。秦王飲酒醉曰：「寡人素聞趙王好音樂，而今日之宴雖有侏儒俳優之類，其樂不足以聽聞，而寡人之情蓋不歡欣於是也，請趙王一人以鼓瑟。」趙王遂援瑟而鼓之。秦之御史進前書曰：「某年某月某日，秦王與趙王會飲於澠池，而趙王鼓瑟。」將以記秦王之辱趙王也。相如遂進請於秦王曰：「竊聞大王善爲秦聲，請大王擊缶以歌之。」秦王怒形於色曰：「爾小臣耳，今敢何如爲言？」相如近前執缶跪曰：「臣五步之内，敢以頸血濺大王矣。吾君鼓瑟而大王乃不擊缶何耶？」秦之左右欲殺相如，相如張目叱之曰：「爾君不義而爾等何復成之乎？」左右皆靡。秦王雖忍不殺相如，而亦勉強從事，心甚不悦。相如顧趙御史而命之進前書曰：「某年某月某日，趙王與秦王會飲於澠池，而秦王擊缶。」亦將以記趙王之辱秦王也。秦之群臣皆曰：「請趙王以十五城爲秦王壽。」相如亦曰：「請秦王以十五城爲趙王壽。」秦王罷酒，終不能加兵於趙，趙亦盛設兵以待秦，秦不敢動。趙王歸國，以相如功大，拜爲上卿，位廉頗之右。君子讀史作詩曰：

秦王兩侮趙邦君，趙有相如輔國臣。
完璧更兼強擊缶，豈宜輕視謂無人。

相如既位在廉頗之上。廉頗不忿，而相如解之，廉頗聞而肉袒負荊謝罪，遂爲刎頸之交。及樂毅復來攻齊，不知後來勝負如何？

田單火牛復齊

且説周赧王三十六年七月下旬，樂毅復來攻齊。時齊城惟莒及即墨不下，襄王乃命田單守即墨，而自與田文、田忌、王孫賈等守莒城。即墨之人，以田單爲將軍，田單恐樂毅兵強大，韜略精深，難以拒敵，乃上表於襄王，以請命定計。表曰：

齊宗室臣田單，誠惶誠恐，稽首頓首上言。伏以撥亂興衰，固在賢明之主。出奇破敵，尤存智慧之臣。茲以強燕肆暴之彌深，我齊遭殘之一甚，師旅猶大加於境土，戈兵尚橫厲於邦家，苟無妙算神謀，難保身亡國破。恭惟大王陛下，聰明睿智，文武聖神。世味備嘗，離險難而登天闕；人情盡識，察變故以總乾綱。實大有爲之君，真不世出之主。尚圖思患預防以爲計，況適逢危抵敵而定機，幸集兩班之文武，而決一朝之謀略。削除大寇，奠宗社於泰山，殄滅横災，安基於磐石。離此屬邑，回彼朝廷，地久天長，永無杌陧，河清海晏，指日升平。臣單無任瞻天仰聖，激切屏營之至。謹奉表稱上以聞。

襄王覽表，遂集文武大臣，謀議建立退兵破敵之策。田單與田文、田忌、王孫賈謀定，而請襄王發田忌召孫臏來，田忌領詔以召孫臏。詔曰：

嘗謂國家喪亂，方知良將之當親。宗社奠安，必賴賢臣之挾輔。孤以燕兵之久困，齊士之難支，仰惟前上卿孫將軍，韜略精深，豐功以已著於昔日。經營周密，偉績尚冀於於今時。毋責毋嫌，是揚是奮。

田忌至雲夢，孫子聞報即出洞門，迎接公子田忌入堂。忌曰：「有詔在身。」臏曰：「辦香案。」開讀罷，二人禮畢序坐。忌曰：「樂毅復來攻齊，主公甚憂，故遣忌請先生速臨，方解齊圍。」臏曰：「今蒙聖恩，非敢不尊。」遂畫一卦與田忌，令之先行，且曰：「我自來救齊，先至燕國，然後來齊。」田忌辭別，回至莒城，見襄王禮畢。王同田文等問曰：「孫臏來否？」田忌曰：「孫臏來矣。他畫得二卦在此，令我先來，他臨必先至燕而後復齊。」襄王看卦乃離卦與坤卦，遂宣田單、田文、田忌、王孫賈等來看卦。單曰：「離爲火，坤爲牛，乃要用火牛陣。」襄王曰：「田文叔父門下客多，可爲多取民間水牛一千，令王孫賈與各市富民交厚，可爲多取油一千斤。田忌於民間荒野去處，多取蘆葦曬乾，預備至期應用。」

孫臏至燕時，燕昭王已薨，立燕惠王。惠王爲太子之時，曾與樂毅不睦。孫臏入見惠王，禮畢，惠王喜曰：「願先生憫孤之新立，乘齊之未平，而爲孤代樂毅將兵，以盡平齊國。」孫子曰：「臣聞樂毅曾與大王不睦，畏大王誅之，故不敢盡平齊國，來歸於燕，而惟以伐齊爲名，且齊人亦不畏懼樂毅，只恐大王又遣別將來，臣承大王美意，固當戮力效死以盡平齊國。但是齊國乃臣父母之邦，根本之地，且臣在齊宣王時，已受重恩，雖有不盡始終，亦不可背齊而平之。」惠王曰：「先生既不肯爲孤平齊，然而先生今日至燕何爲？」孫子曰：「臣之所以至燕而見大王者，惟以大王別有征伐，臣求爲將，以效尺寸耳。」惠王曰：「孤今惟以齊地未得盡平，而惓惓以兵事經營，更不欲啟釁召禍，以自損國威也。」孫子遂辭惠王，説回雲夢山去，其實潛歸齊國。

燕惠王信孫子之言，遂以騎劫代樂毅之職，而樂毅知主不能用，遂逃於趙。騎劫既代樂毅將兵，專攻即墨，田單聞騎劫已代樂毅將兵而至，不勝之喜，乃將牛一千頭，油一千斤，乾蘆葦一千把，入於即墨城中，以成火牛之陣。先以戰書遺騎劫，使之惑亂其心。

齊大將軍田單書通於燕將騎劫足下，竊聞否極泰來，乃自然之天運，福多禍至，亦必爾之神機。今我襄王，鑒前非而修德，天命千龍出海，助其兵威。況爾惠王，恃昔盛而恣情，神驅萬火燒空，滅其將體。勝敗昭於呼吸，興衰著於轉旋。爾是何人，敢來抵敵。日謹具。

騎劫見書，乃仰天而笑曰：「危矣哉，田單也。自古至今，未見有天遣龍來助陣者，且龍爲天下之神物，一龍尚不可得，況有千龍乎？我非三歲孩童，信你這般謊説，他既哄我，我亦哄他。」亦先寫戰書遺之：

燕大將軍騎劫書復於齊將軍田單足下，竊聞天運方亨一時，難否泰之論，人爲莫及千載，惟敗亡之趨。今我惠王聖明，以智將而代愚將，此兵威之視昔，必有百之增焉。況爾襄王昏昧，以詐人而用譎人，必國勢之猶前，無半毫之異也。死生存於瞬息，凶禍現於須臾。尚何妄言，成茲拙見。

田單見書，亦仰天而笑曰：「死矣哉，騎劫也。神謀妙算，爾何知之，兵不厭詐，以虛爲實，以實爲虛，定要驚得你魂飛魄散，敲地僵屍，信實燕則可保，信虛燕則危矣。」於是，田單引兵開門出戰，騎劫勒馬當先，二人戰上數合，田單佯輸詐敗，走入齊城，堅閉不出，再不復戰，任從騎劫挑戰數罵，只是不出城，內議辦火牛之計。

卻説騎劫下令諸將日夜穿城，田單一面砲石抛打，一面將油灌浸蘆草，剉爲短把，縛於牛之尾上，牛角縛鎗，牛之前足縛刀，牛身以布裹之，盡爲五色龍文，盡搜城中鑼鼓銅器敲打，內穿城百孔，一孔將牛十頭，待燕軍穿城困倦，上城呼曰：「田單自知兵力寡少，不足以敵，擇日請降。」且命城上勿下砲石，夜將牛尾燒燃，〔一〕牛尾燒熱，痛不可忍，急奔燕軍，且火光如晝。燕之軍中，看牛皆是龍形，觸之無有不死。且城中以

〔一〕「燃」，余象斗刊本作「然」，據龔紹山刊本改。

五千軍持刀劍隨之，鑼鼓銅器之聲，震動天地，燕兵大敗，積屍滿野，血流成河，燕人遂殺騎劫，獻屍於田單。田單命傳首至莒城與襄王及田文、田忌觀之，田單遂乘勝連戰，盡復齊七十餘城，奉襄王歸於臨淄。襄王以田單有大功，封爲安平君。有詩云：

田單計定火牛奇，又值燕人易將時。
乘勝長驅城盡復，襄王自此有全齊。

范雎脱廁報仇〔一〕

是時，周赧王四十五年。卻説魏人范睢者，大梁人也。素懷經濟大才，六國咸稱辨士，諸子百家皆能窮其妙，六韜三略，靡不得其精。幼與中大夫須賈爲友。時有姓魏名齊者爲魏國丞相，須賈因薦睢於丞相府中，以爲門客。雖已見納，未能擢用。而魏齊丞相乃魏之柱石也，擅專國政，掌握兵權。

忽日，適值探子飛報：「秦國穰侯都督白起先鋒，親率大軍十萬屯於上方谷口，未知主何意。」魏齊大驚曰：「秦國累欲併吞六國，未有奇謀，今屯兵谷口者，其有意於魏乎？吾魏兵微將寡，兼以與秦鄰近，倘或興師犯境，早晚難保，必須交鄰結縱救援，方得無事。」乃謀於中大夫須賈曰：「當今秦國倚其強勢，挾天子以令諸侯，動以百萬行師。今吾魏國勢弱難與爲敵，欲使子出使於齊，資以金帛獻於齊王，與其結好，歃血誓盟，凡有急難，互相解救，子其往之。」須賈曰：「食君之祿，當終君之事，臣不敢辭，但臣才微智短，恐辱君命，有負丞相所托，得一謀士同行方可。」齊曰：「惟君擇焉。」須賈曰：「丞相門下，志略之士，莫如范睢，文武全才，廟廊重器，使其使於四方，不辱君命。」魏齊於是令人召睢謂曰：「汝處門下，並未有見，須賈稱

〔一〕按：此節目余象斗刊本闕，據龔紹山刊本補。

汝全才，教吾使子以爲輔行，通好齊國，以抗秦兵，事諧報捷，即以奏聞重用。」睢曰：「鯫生才劣，不敢當職，只可役令而已。」齊曰：「須大夫薦子不錯，子其勿辭焉。」

次日，奏於魏王，特命須賈爲正使，范睢爲輔行，賫金百斤，白璧十雙，車駟十乘。二人領命，隨即整飾行裝，驅馳車馬，離卻魏地，不日至於齊國。令人報知齊王，齊王宣入，拜已畢，獻其金璧。齊王曰：「卿等遠路，馳驅跋涉千里貢獻，有何見諭？」須賈曰：「臣奉王命，以今國非一統，地裂七雄，狐⿰犭兵猿攀，弱肉盡爲強食，龍爭虎鬥，小邦皆爲大併，特獻金璧，以爲進質薄禮，願大王歃血盟誓，永以爲好。倘秦一日生變，互相救援，臣等没世感德。」齊王曰：「爾魏何等之主，敢以誓盟之言，以陳於寡人之前也？」睢見須賈一時未有以對，乃趨前而進之曰：「臣王乃仁義禮智雄略之主也。」齊王乃大笑。睢曰：「大王何笑乎？」齊王曰：「笑卿過獎失之甚也。」睢曰：「臣請一一奏知。」王曰：「卿言合朕，即准誓盟。」睢曰：「封無忌於信陵，仁也；凡政事一合於宜，義也；屈身於六國，禮也；魏之先王受辱，今卻忘仇致意，智也；撫有數州，虎視四方，雄也；以策交於大國，略也。以此論之，乃爲仁義禮智雄略之主也。」齊王曰：「魏王頗知學乎？」睢曰：「任賢使能，志存雄略，雖有餘閑，博覽書史，然不效書生尋章摘句而已。」齊王又曰：「寡人伐魏可乎？」睢曰：「大國有征伐之兵，小國有備禦之固。」齊王又曰：「魏難濟乎？」睢曰：「帶甲百萬，江漢爲池，何難之有？」齊王曰：「魏國如大夫者幾人？」睢曰：「聰明特達者八九十人，如睢之輩，車載斗量，不可勝數。」齊王歎曰：「使於四方，不辱君命，可謂士矣。如范睢者，不辱其君也。況又言詞可法，井井有條，汝諸文武側耳而聽，甚合道理，雖儀秦再出，亦不過如此。」於是，敕下光祿寺，安排筵宴，令丞相段干朋主宴款待。

次日，干朋見范睢有威可畏，有儀可象，與之談論，終日不倦，況是動止可法，口若懸河，言之入耳，如蜜之浸，漸漸而有甜味也。遂背了正使，單宴范睢，齊王又賜黃金一笏，以表好賢之意。

時須賈寓於馹館，見范睢私自出入，舉止異常，竊見齊王賜以金酒，賈又不與，乃疑睢以國政賣與干朋，恐妨於己，遂設以詭計，辭了齊王，先自逃歸，而睢實不知之。及賈歸國，告於魏齊曰：「范睢，賣國之臣也。與吾同使，卻乃背地受其金酒，與段干朋談論終日，實把魏國政優劣，披肝瀝膽，盡訴於齊，倘或齊國興兵伐魏，露其根腳，難以防敵，是以特先告知。」魏齊曰：「狼子野心之輩，誤國大事，誓除此賊。」賈曰：「睢恐丞相見罪，遲疑不敢歸國。」齊即令人緝縛，飛馳而至府下，魏齊問曰：「炫國政賊，爲何來遲？」睢對曰：「齊王重排筵席款待，是以歸遲。」魏齊曰：「其宴非待使之宴，乃買國政之宴也。齊王既已重排筵宴，正使無分，偏爲輔行而設，吾今亦以待汝，有何不可？」即令左右剉草雜豆一盆，牽馬一匹，與睢同食，仍令獄決瘠痛打一百，皮開肉綻，血流滿階，自辰至酉，體無容針之處，拆齒扯脅，六問三推，范睢伏於階下，真個有屈無伸，怎禁刑上加刑，連聲叫屈，詐爲死狀。左右報曰：「丞相略息虎威，范睢死矣。」齊即令鄭安平、楊安二人，以草席卷裹屍首，抬棄馹前廁中，使醉人更遺尿於口，騷氣逼人，欲以懲戒其後。鄭安平此人懷惻隱之心，見睢屈勘打死，實爲可憐，身體微動，知其未死，乃移於潔淨處。夜至更深，卻於戰場拾取死人，換以睢之衣帽，加於屍上，以爲脱身之計，而睢匿藏於安平家内，得以不死，更令變其姓名，稱爲張祿，國都無有知者。

及秦大夫王稽奉使於魏，聞睢之事，乃問於左右曰：「范睢何如人也？犯着甚罪？如此死之苦也。」適值安平跟隨魏齊相謁王稽於馹館，知其問及此事，遂乃私告於王稽曰：「范睢爲人文師顏孟，武計孫吳，動止可法，口若懸河，輔行使齊，齊王見其辨口，乃賜之金及以牛酒，正使須賈含羞逃歸，而譖於魏齊，丞相疑睢以國陰事告齊，故必置之死地，可惜空有大才，而不得大用也。」稽曰：「死者不能復生，此人失於計較，既知事敗，何不勿歸魏國，先自逃於吾秦，得免其禍矣。今秦求賢如渴，何愁不得大用乎？」安平曰：「亦命之乖也。今安平家一故人，姓張名祿者，亦大梁人也，勝於范雎十倍，大夫若肯薦用，必有利於國矣。」稽曰：「可引相見？」安平見稽實有薦賢之心，遂以雎得未死之故告之。

至夜分時，扶雎見於燭下。稽謂雎曰：「先生苦情，吾已知之明矣。然鄭安平家非汝容身之處，爲今之計，莫若吾以車子藏汝出城，臣事吾秦，以子之才，必得近幸，汝意如何？」雎曰：「深荷顧垂青盼，〔一〕脱離顛沛，惟恐秦王不納，進無去路，退則無以爲家，其時將安所適？況又疑懼太深，難以謀事，變成是非，累及大夫，畫虎未成反類狗也。」稽曰：「當今秦王，欲併六國，廣招天下賢良之士雲集，況又秦王寬仁大度，兼以王稽薦賢爲國，有助於王，安有不容之理？」雎曰：「誠如是，倘得寸進，再生之恩，銜環報德。」次日，王稽遂辭了魏王，安排車仗鞍馬二十餘人，護送出城，藏雎於車內，只做交聘之物，從者推輪，送車雲飛，直望西路而行，迢遞數月，至於秦國。

時昭襄王即位，文武班齊，王稽入朝，奏王曰：「臣奉使於魏，見有一人，姓張名祿，此人有先見之智，包海之量，運籌決勝，先遭須賈之譖，後致魏齊之笞，今離魏地，臣引歸國，舉爲國用，併吞六國，萬無一失。」王令宣入張祿問曰：「王稽薦卿於寡人，有何奇術，可以吞併六國，一統天下乎？」張祿對曰：「戰國以來，大小強弱之不一者，皆以天時地利人和之失耳。得賢者昌，失賢者亡，理之必然也。當今之世，七國爭雄，惟秦最強，山川險固得地利也，兵甲之利得人和也，特以用賢不當，故不能併吞六國，何以見之？官非其人則不能驅邪拆佞；將非其計則不能略地功成。大王四貴專權，擅行國政，攘侯用事，卻乃不奏，國舅

〔一〕「青盼」，余象斗刊本作「清盼」，據龔紹山刊本改。

詐傳聖旨，魏冉元臣佯爲不知，權臣在內，以致忠臣不能立功於外。據臣之計，齊楚之遠，則以幣帛交鄰聘國；三晉之近，則以兵甲不時攻之。君子立朝，小人居野，不半載餘，視天下其如運諸掌矣。」昭襄王大悦曰：「張祿，世之高士。何寡人得遇之晚也。」乃封睢爲客卿，教以遠交近攻之策。王之得睢，如魚之得水，日與王談論天下之事，大稱王意。

時攘侯魏冉用事，睢每説於昭襄王，貶罷其職，而睢代爲丞相，號稱應侯，入朝不趨，履劍上殿。麗泉詩云：

范叔何爲賣國臣，更名張祿仕於秦。
魏齊獻首攘侯罷，果是雄才敵萬人。

周赧王四十五年，范睢既仕於秦，得專征伐，歲加兵於三晉，名揚六國，威鎮諸侯。至是，魏國懼其豪霸，仍遣中大夫須賈，賫貢金帛，出使於秦。須賈奉命，不日至秦，寓於咸陽驛中。范睢喜曰：「須賈到此，交聘鄰國，死期近矣。」遂裝作舊日規模，下步行至館驛。須賈一見，大驚曰：「范叔固無恙乎？吾以汝爲魏齊丞相打死，爲何得命在此？」范睢曰：「彼時將吾屍首擲於河側，深得漁翁之力，救得一命，僥倖得以至秦。今蒙張祿丞相養爲門客，恩深似海，適聞大夫到此交聘，特來相訪。」

時值臘月，冷氣逼人，睢乃假爲戰兢之狀。賈曰：「范兄薄衣蔽體，一寒如此，吾之所着者新厚之衣，特脱一領與兄遮寒何如？」睢曰：「大夫所着者，吾何敢當。」賈曰：「古道衣衫不整，朋友之過，何忍吾兄之寒如此。」隨即脱一綈袍與之。睢曰：「深感賢契溫暖之德，難以補報，但不知大夫到此何幹？」賈曰：「因秦用張祿爲丞相，前月下戰書來，要索我王城子，商議到此講和。在先魏王留下六顆夜明珠，四顆獻與秦王，二顆送與張祿丞相，買求善言，敢問吾兄行館何處，未及拜謁。」睢曰：「吾爲丞相門客，就於相府廊下居住，丞相大小之事，一一與吾謀矣。」賈曰：「既如此，煩吾見明日千萬方便。」睢曰：「丞相事忙，不如今日吾代大夫引轡而往，不亦可乎。」賈曰：「深蒙指引。」范睢遂爲賈御車至於相府曰：「吾先入相府，爲大夫通報相君。」

須賈待立門下，候久不出，乃問於門下曰：「向者范叔通於相府，久不出者何也？」門下曰：「向者吾相張君私行到驛中訪友，何得爲范叔乎？」須賈大驚，知其見欺，乃解帶脱衣，膝行入府謝罪。睢坐於堂，責讓之曰：「絶義逆賊，禽獸不如也。吾今以德報怨，不似汝譖吾受非刑之苦也。鄰國來使可待以厚禮，與其歸國，使其見我大國之威儀。」遂令左右，大排筵席，邀請諸侯賓客，羅列而坐，分次而飲，置剉豆草一盆於前，牽馬令賈與同食之。

時賈慚羞滿面，氣填胸臆，伏於地下，只得並馬啖而食之。睢又責之曰：「爾所以得不死者，以咸陽馹中綈袍相贈，戀戀尚有故人之意耳。猴鼠之輩，殺之無益，放你歸國，報與魏王，速斬魏齊首級來獻，不然且屠大梁城子。」賈含羞滿面歸於魏國，告於魏齊。魏齊驚慌，私奔於趙，藏匿故人趙平原君家，後范睢興兵伐趙，誘執平原君歸國，囚於獄中，遣卒致書於趙王曰：「不得魏齊之首，則吾不出王弟平原君於關矣。」魏齊知無去路，乃自刎而死。趙王取齊首級，藏於匣內，令使送秦以贖平原君復於趙國。使者獻上首級，范睢喜曰：「釣不設餌，何以得魚，不執平原君，何以得魏齊之首。今吾仇已得復，恥已得雪，志已伸矣。」睢既得志於秦，一飯之德必償，睚眥之怨必報。秦王用睢策，歲加兵三晉，斬首數萬，卒併六國者，范睢之策也。麗泉詩云：

須賈讒言起禍胎，范睢屈勘受哀災。
王稽若不潛歸國，空負遠交近攻才。

當時，秦王稽大夫爲因引薦范睢，不意反權傾於己，位居其上，遂與諸侯共謀伐秦之故，事敗棄市。秦王臨朝而歎曰：「内無良將，外無強敵。」當時惟蔡澤謂睢曰：「四時之序，成功者去。」睢乃稱病而免，蔡澤代之，不在話下。

卻説趙惠王一日升殿，左有文官藺相如之徒，右有武將廉頗、公孫乾之輩，群臣山呼，拜舞已畢，分班而立。趙王顧謂廉頗曰：「前日秦遣上將王齕、王翦親率大軍二十萬，侵犯寡人之國，深煩將軍破敵之力。今特封卿爲下大夫中將軍之職，以表朕意。」頗上言曰：「事君以忠，臣子之職，臣何敢望賞乎。且臨洮之捷，亦賴陛下洪福，臣何力之有。」於是，頓首謝恩而起。

卻説客卿班首有秦王之孫名異人者，乃秦王太子柱之子，昭王之孫也。秦王志圖吞併，因索趙連城之璧，趙王用藺相如計，卒全璧歸趙，秦王氣奪，因此二國修好，以異人爲質，異人留趙已經三五寒暑矣。時正立於階下，趙王猛思昔日奪璧之辱，遽呼異人而叱之曰：「汝質朕國，須有通好之義，不曾有慢於汝，汝祖父何其不仁之甚，又屢舉兵犯境。是可忍也，孰不可忍也。」言訖，喝令武士押出斬之。其時，唬得異人魂不附體，無言可答。當有藺相如出班諫曰：「不可。目今秦國國富兵強，若斬此子，遂成大隙，必復加兵來攻，趙國不寧矣。莫如赦之，永質在此，不成仇隙，亦不敢加兵，元元得安，趙國太平也。」王曰：「善，從卿之言。」遂質異人，命公孫乾爲監守使，領異人歸第。王乃謂公孫乾曰：「卿宜堅監此子，不可縱之歸秦。」

於是，公孫乾領異人出朝，行至街上，前排頭踏各執藤棍，後列軍牢齊把荊條，百姓濟濟嚷嚷觀看異人。卻見那人叢中立着一個官人，生得面如傅粉，口若銜丹，身長七尺，年紀三六，頭戴青紗角巾，身穿綠絹員領，腰繫一條絲滌，腳穿一雙絲繡鞋，陽翟人也，姓呂名不韋。看着異人，乃自語曰：「此人有天子之表，龍鳳之姿，可爲繼之君，此乃奇貨，可以居之也。」遂問眾人曰：「此被監的人是誰？」百姓對曰：「其人累代金枝玉葉，秦朝龍子龍孫，乃是秦昭王太子柱之子名異人，質於趙國。爲因前日秦復兵犯境，趙王怒欲殺之，左右力諫而止，所以拘繫於此也。」又問：「那監押將軍是誰？」百姓又答曰：「其人乃本國大將公孫乾。」百姓自相謂曰：「此人何人也？」有識者曰：「此人是陽翟大賈呂不韋也。」其人天資穎悟，〔一〕智識高明，兼能風鑒，見那異人真天子之相，連聲道曰奇貨可居也。」當時，公孫乾同異人歸去訖。麗泉詩云：

　　異人原自相非常，質趙令人動容傷，
　　天運循環生子政，故教六國事秦強。

卻説呂不韋見了異人，遂潛跡回家，見父問曰：「富者殖利幾何？」其父説曰：「放錢五分，種田七分，爲客十分，其利有算而已。」不韋又問父曰：「貴者殖利幾何？」其父説曰：「貴者其利不可盡算也。」不韋又曰：「放錢勞心，種田勞力，爲客風霜，其利有算。今秦皇孫異人者，兒相此人，龍準龍顏，必有天子之位。目今質於趙國，兒欲以千金賂趙王權臣，救還秦國，以圖富貴，其事若何？」父曰：「可，其利萬倍，富貴無窮矣。」

於是，不韋至次日拜辭父親，將金玉往邯鄲城。只見和風吹路道，細雨潤香塵。不一時，來到公孫門首，致意通報，相引而入。於是不韋入內，當廳就拜，公孫乾亦半揖還之。施禮已畢，分坐，待正飲茶訖，不韋欠身而起曰：「小可呂不韋，陽翟人也。因祖旅江湖，人違鈞顏，今因回家，道經於此，久仰尊名，特來拜見將軍，無可效芹，轉有黃金三十兩，不足爲儀，聊表微忱，望乞笑留是幸。」乾曰：「識荊之初，既辱高軒，何必以厚儀，而贐之人之無功，不敢受祿，謹用返璧。」不韋曰：「此非遠方之珍，豈足爲禮，望賜笑留爲幸。」乾喜受訖，設酒以待，因問不韋曰：「先生貴庚？」不韋答曰：「小子年正三旬。」乾言曰：「汝小我五歲，

〔一〕「穎悟」，余象斗刊本作「穎誤」，據龔紹山刊本改。

從今以後，兄弟相呼，休得見外。」於是，不韋拜乾爲兄，二人同飲大醉，公孫乾留不韋宿。至次日，乃是端陽佳節，公孫乾在後廳排宴，十分整齊，款待呂不韋。怎見好處，但見：

門懸綠艾，户掛青蒲。水晶簾卷蝦鬚，錦繡屏開孔雀。從人笑樂白玉杯，美酒浸香蒲，小童歡捧黃金盤。角黍堆碧玉，食烹異品，味獻時鮮。弦管笙簧，奏一脈清音雅韻；綺羅珠翠，排兩行舞妓歌兒。當筵歌，口啟櫻桃；對席舞，腰摇嫩柳。消遣壺中閑日月，遨遊身到醉乾坤。

不韋西遊説立嗣

公孫乾與呂不韋，慶賞佳節數日，及不韋見皇孫異人在隔居閑坐，明知秦國皇孫，佯作不知，故問於公孫乾曰：「隔居閑坐者其人是誰，相貌不俗，量莫非將軍之公子乎？」乾曰：「非我小頑，乃秦昭王皇孫異人，在此爲質子，趙王令我監管在此也。」呂不韋曰：「原來此人是王子王孫。」即起身道曰：「小弟斗膽，一事敢與賢兄言之，幸勿見阻。」乾曰：「願聞從命。」不韋曰：「弟請異人入席同飲不妨麽。」乾曰：「賢弟要他相陪，即令他來。」於是，就請異人入來。異人施禮畢，坐在一傍，輪杯換盞，飲至半酣，公孫乾起身如廁，不韋低聲而謂異人曰：「今秦王老矣。太子愛華陽夫人而無子，殿下之兄弟二十餘人，今殿下居其中，不甚見幸，太子即位，殿下不得爭爲嗣矣。况汝爲質於此，何日得歸於國？」異人聽説，〔一〕潸然出淚，心如刀刺，肉似錐剜，涕而言曰：「吾亦知此，但未有脱身之計耳，奈何。」不韋曰：「能立嫡嗣者，獨華陽夫人耳。韋雖家貧，願以千金爲殿下西遊行計，而見太子與華陽夫人，説彼立汝爲子，再來救殿下回秦爲嗣，你意若何？」異人言曰：「必如君策，秦國與子共之。」不韋即將出金五百兩，與異人而言曰：「汝將此金交結趙國當權及公孫左

〔一〕「聽説」，余象斗刊本作「聽」，據龔紹山刊本改。

右賓客，吾來日往西去也。此事爾我知之，甚勿漏泄。」異人謝而言曰：「得先生垂憐，猶死生而再骨肉，銘心鏤骨，何敢忘所自乎。倘得還秦爲君，生當任公擇地而封，〔一〕死定名標麒麟而謚，子孫世世襲封侯爵，必不忘也。」言將盡，公孫乾至，各人又飲了數杯，不韋起曰：「小弟力不勝酒耳，來久，今就告回。」公孫乾曰：「賢弟再耍幾日。」韋促要行，乾留不住，只得親送出門，相辭回府，去訖。

不韋至家數月，收拾黃金五百兩，收買奇物玩好，自與家人去秦，望西而行。饑餐渴飲，夜住曉行，行了數日，不覺早到咸陽，故人鄭子莊相引，寓於城郭，看華陽夫人的姐姐家中安下。至次日，請主人相見，各施禮畢，不韋曰：「小子乃邯鄲人，姓呂雙名不韋，奉皇孫異人之命，特來拜訪皇姨丈也。山城寂寥，無以可貢，輒有黃金十兩，略爲拜見之儀，伏乞笑納爲榮。」皇姨丈曰：「有勞貴步，下顧寒舍，素無一面之識，重賜黃金，何以克當，我欲卻之不恭，受之有愧，只得汗顏領受矣。」於是，皇姨丈大喜，隨即大設筵席相待，酒至半酣，不韋起言曰：「始間所告未盡，今者剖明，有皇孫異人，質於趙國，多多拜上皇姨丈，又有黃金五十兩，寄與皇姨，以爲買果食之物，聊效獻芹之忱，令吾面授，托請一見，拜還前金。」

由此皇姨丈叫皇姨出來，不韋施禮，將金授與皇姨。皇姨大悦而言曰：「此物雖是姨孫奉妾，有勞足下遠送，生受跋涉，今皇孫在趙，還思回國不思也？足下必知其詳。」不韋答曰：「在下與皇孫公館對居，有事整與吾説，吾亦盡知其詳。近秦王舉兵攻趙，趙王欲將皇孫來斬，百姓盡知其事，各以命保存。」皇姨曰：「百姓何保他？」不韋曰：「自皇孫入趙爲質，盜賊屏息，五穀豐登，萬民復業，趙地太平，爲此民感其德，又每

〔一〕「任公」，余象斗刊本作「仍公」，據龔紹山刊本改。

遇秦王太子夫人聖壽元旦之日，及朔望時節之辰，必清齋沐浴，焚香朝秦而拜，自責不能得報生養之恩，民又愈感其賢。後因趙王見秦屢次加兵，趙王怒，將皇孫去斬，倖得金龍護體，眾官知是真命天子，舉保莫能傷身。今溥天之下，〔一〕率土之濱，無人不知皇孫之賢。」皇姨曰：「皇孫有此賢德也呵。」不韋又言曰：「今皇孫在趙，夙夜涕淋。思國君夫人之恩無報，因此修書一封，及寶三件，令吾前來，與國君夫人上壽，就傳他八拜國君夫人引忱，來日托煩皇姨引覲。」

皇姨曰：「此事容易，妾翌日引足下去見。」不韋乘間問皇姨曰：「秦夫人有幾位王子？」皇姨曰：「無。」不韋曰：「今夫人寵而無子，不以繁華時蚤自結於諸子中賢孝者，舉以爲嗣，誠恐他日人老花殘，色衰愛弛，國君別寵，富貴不長耳。」皇姨曰：「正由斯而猶豫也。」不韋曰：「吾有一計，能令夫人無子而有子，亦能終身寵於秦矣。」皇姨曰：「何計可以教妾？妾教夫人必有重賞足下矣。」不韋曰：「今皇孫異人賢孝，而自知是夏姬所生，又是中子，不得立以爲嗣，夫人誠以此時拔之而立，是異人無國而有國，彼必感夫人之重恩，豈敢遺忘也。誠能於是，是夫人無子而有子，生則爲后寵於秦，薨則立於太廟正祀矣。」皇姨曰：「足下之計極妙。來日具此以告夫人，夫人必重賞足下矣。」言罷，各自歇息。

至次日，皇姨引不韋入宮見華陽夫人。皇姨先進，夫人見皇姨進來，各敘禮畢。夫人曰：「多時不見吾妹，渴心生塵，無人來請，今何自至？」皇姨曰：「今有質趙皇孫異人，將夜明珠、照顏珠、溫涼盞暨書一封，令呂不韋傳他八拜，特來與夫人國君上壽，見在宮門之首，未敢擅進，托我引來，故自至耳。」夫人言曰：

〔一〕「溥天」，余象斗刊本作「傳天」，據龔紹山刊本改。

「令他進來。」不韋至宮，四拜畢，夫人命起，立在一傍。不韋將書同三件珍寶遞與夫人，夫人受了大喜，言曰：「今國君出獵未回，其書待他歸來開讀。」不韋言曰：「小人臨辭皇孫，皇孫令小人傳他八拜來拜國君夫人，小人就此下拜。」夫人曰：「汝且退回店中安下，待國君回來，令人喚汝，可來同拜未遲。」於是，不韋退回去訖。

夫人謂皇姨曰：「今國君有子二十餘人，皆非我生，況異人亦夏姬之子，難得此子如此孝心，質居千里之外，以我爲念，將寶物來慶壽也。」皇姨乘間仍將前不韋與言異人之賢孝行之事，說了一遍與夫人。聽訖，夫人聽見大悦曰：「此子再生，使我得之可也。」皇姨又言曰：「妾聞不韋之言説異人之賢，名聞天下，更夙夜泣思國君夫人矣。異人亦以國君夫人爲天爲地。目今夫人寵，奈何而無子，使我代汝憂矣。」夫人曰：「正爲此事，夙夜無寐而煩惱也。」皇姨曰：「何不以繁華時自結於諸子之中賢孝者，舉以爲嗣也。誠恐他日人老花殘，色衰愛弛，國君解愛寵，即休矣。常常雖欲一言，尚可得乎。今聞不韋譽異人之賢，況又如此孝心，不辭千里之遥，而令人將寶物與夫人上壽，依妹之計，不若立此人爲嗣。否則吾姊雖寵，徒有羅錦千箱，食前萬丈，一旦身死，死後無嗣，不能正祀太廟矣。夫人依我之言，異人必知自出中子，不能爲嫡，誠能於是若以此時拔之而立，是異人無國而有國，定感夫人之德，夫人無子而有子也，則生死寵於秦耳。」夫人曰：「其事甚合我意。奈異人見質於趙，怎能得回？」皇姨曰：「可同不韋畫策救回。」

正議之間，宮人報曰：「國君回矣。」夫人接至同坐，皇姨前進施禮，國君命坐。國君猛抬頭見夫人俯首，淚眼微橫，〔一〕秋水愁眉，淡蹙春山，端的玉容寂寞淚欄杆，梨花一枝春帶雨。國君因問夫人曰：「何如煩惱之甚？」夫人乘間言曰：「妾有一言，未敢冒干殿下。」國君曰：「但說不妨。」夫人曰：「妾今無嗣，欲向東宮處螟蛉一子，殿下不允。」國君曰：「是何言歟，我今有子二十餘人，不問那個，隨夫人自選一個爲子。」夫人曰：「諸子皆有母，惟異人無母，況此子爲人賢孝純厚，若得爲子，是妾平生之幸也。」國君曰：「異人見質於趙，怎能得回。且夫人何以知其賢孝？」當時，夫人將皇姨之言，一一說了一遍，及將上壽寶珠遞與國君。國君大喜，曰：「吾兒有此孝心也。」夫人又將書進上，開封而讀其書曰：

不肖兒異人沐浴百拜稽首頓首於雙親安國君暨華陽夫人殿下千秋齊年。兒自別膝下，靡時不意在於左右，無奈雲山飄渺，道路阻長，所感不能奮飛耳。兒今身在於趙地，心不離乎秦疆，思親假寐而求歡，莫不涕淋而惆悵。兒每思生雖夏氏養，幸夫人而得至於今日，質此何由得報也。由斯夙夜愁懷不已。兒感國君夫人生我養我，而不得在於左右，冬溫夏扇之奉，是如空然生子也。兒亦思有雙親在宮中，不能得披彩衣之樂，報生養之恩，因此未嘗不三歎而流涕也。知我如此，不如無生兒矣。無有效意，輒具夜明珠一顆，照顏珠一顆，溫涼盞一雙，敬今呂不韋傳我八拜，前來上壽。伏望雙親休以不孝之兒爲念耳，善保龍體，候登九五之位，勵精求治，立致太平之日，萬壽無期，此兒之願。今因魚便，貢上尺素，敬傳八拜，敢效華封之三祝，及通問安之微忱。兒爲此冒干龍威，不任激切屏營之至。

國君讀罷其書，涕零如雨，夫人亦垂淚不已。國君淚言曰：「何計能救此子回秦也？」皇姨言曰：「今有

〔一〕「淚眼」，余象斗刊本作「流淚」，據龔紹山刊本改。

使命呂不韋，妾觀其人足智多謀，若與同議，必能救回矣。」夫人曰：「可令人喚來商議。」

於是去請不韋，〔一〕霎時，不韋至宮，拜伏於地，言曰：「願殿下千秋，夫人齊年。」國君令平身。不韋又曰：「小人傳皇孫八拜，今當就此拜還。」於是便拜。拜訖，國君夫人兩淚雙淋。國君拭淚謂曰：「久聞足下大名，如雷灌耳，幸交我見，今日見矣。我與夫人商議欲立異人爲嗣，尤恐質於趙國，無計脱離，敬請益於足下，足下何計教於我也？」不韋曰：「殿下肯立爲嗣，小人不惜千金之業賂趙當權，必能救回公子，誠恐殿下戲言耳。」國君曰：「汝若不信，就刻玉符約誓爲嗣，委足下爲使去救也。」不韋曰：「謹領尊命。」

於是，不韋辭歸店内，至次日又來宮，國君將玉符度與不韋，不韋受訖言曰：「來年五月内，救皇孫還朝，殿下可命一員大將，引兵沿途接應，以防不虞。〔二〕」國君曰：「我自令將軍馬前來接應，汝可用心，勿使有誤。倘救得吾兒還秦，汝之富貴非輕，同其休戚。」言罷，將銀百兩以賜不韋，充爲路贐。不韋拜受，辭離就行。麗泉有詩云：

誰似商人呂不韋，肯將金寶換金魚。
華陽一進强秦計，何用男兒苦讀書。

當時，呂不韋登山越嶺，歷盡風霜，不覺來到邯鄲。先歸家内見父，説了一遍，父親大喜，不韋即便入城到公孫府前，令人通報。不一時，公孫乾即自出迎，兩人交拜，分賓主而坐，待茶完，公孫乾曰：「賢弟遠

〔一〕「不韋」，余象斗刊本作「不」，據龔紹山刊本改。
〔二〕「不虞」，余象斗刊本作「不危」，據龔紹山刊本改。

路驅馳，有勞跋涉，顧垂清盼，有失遠迎，幸勿我責。」不韋曰：「久仰臺顏，未嘗少替，小弟此番買賣不濟，無甚物相送，止撰得玉帶一條，溫潤無瑕，送與將軍，以表寸忱。」乾乃大喜曰：言曰：「甚感賢弟，價值多寡，即刻奉還。」韋曰：「何用價也，敬留來奉賢兄。」乾受訖，遂做酒相待，二人笑飲。酒至半酣，乾醉歸內，言曰：「賢弟從容慢飲，我令異人來陪賢弟，我略假寐一時，便來相陪。」

於是，乾入去了，不韋將玉符與異人而言曰：「吾去西遊，見你國君夫人，說立你爲嗣，令吾傳此玉符，與你爲執，你不必懷憂，我自有計，救你還秦。」異人謝曰：「倘得還秦，必不忘恩。」二人語話未完，乾又至言曰：「賢弟何爲不飲？」韋曰：「酒多矣。小弟告回，來日再會。」因是，回歸到家，與父言曰：「兒欲謀取強秦天下，無計可施。今聞邯鄲城内，朱家有一女名姬，生得絕美，不如娶來與兒爲妾，待其有娠，兒與朱氏明說此計，誓不相負，獻與異人，異人今在客中無妻，必然納也。倘生子，必是我子也。異人過後，必定我兒登基，再改姓號，卻不是吾家天下也。」父曰：「其計大妙。」

於是，令人將百金去朱家説親。〔一〕朱家聞不韋家中大富，因此就肯受了財禮，約與擇日，就還其親。媒人回説，親事已成，不韋大喜。至次日，令人去接新人。到晚，一行人簇着轎子前來門首，下轎入門。那新人生得十分美麗，怎見得美處，但見：

齊直直髮兒，曲彎彎眉兒，炯清清眼兒，直隆隆鼻兒，香噴噴口兒，紅拂拂腮兒，美甘甘臉兒，尖纖纖指兒，短細細腳兒，穿一雙翠繡鞋兒。

〔一〕「説親」，余象斗刊本作「説」，據龔紹山刊本改。

不韋計取朱姬女

當時不韋接入洞房成親，不可盡形而言。不覺時光似箭，日月如梭，自成親之後，豈料又過了三個月日矣，朱氏有娠，不韋亦知，遂實告知朱氏：「吾娶你是計也。」朱氏曰：「如何是計？」韋曰：「吾欲謀取強秦天下，故娶你。待你有娠，進與秦王皇孫異人。異人今質在此，無妻，必然納也。倘生此子是男，異人必立爲嗣，異人過後，此子必然登基，你可念夫婦之情，説與此計而同謀秦之天下，你敢肯乎？」朱氏曰：「夫婦之情，既然如此，怎生不肯，計將安出？」不韋曰：「吾來日設席請異人和公孫乾來家飲酒，令你勸酒。異人見你有貌，必然求你爲妻，吾將你與他爲妻，卻不可忘前之情也。」於是，二人當天發誓。至次日，呂不韋敬去公孫乾府中，乾接入後廳，各施禮畢。乾曰：「賢弟有甚貴幹，多時不來寒舍。」韋曰：「小弟上莊收些薄税，因此久失奉訓。」言訖，飲茶。茶罷，韋曰：「小弟無甚效意，敬備蔬酌，有勞賢兄驥足，就同異人去我寒廬少敘片時，未知尊意如何？倘肯賁臨，則小弟蓬篳生輝也，望乞勿阻爲榮。」乾曰：「既賢弟有請，如何不去，不當打擾府上也。」

於是，公孫乾與異人、呂不韋三人上馬，前來至門首，呂公接入草堂，各施禮畢，然後入席飲酒。只見席上珍饈百味盈滿，筵前笙歌兩邊排行。當時，孫乾、異人就入席，吃食兩套，酒至三巡，不韋令二青衣丫環，引朱氏出來勸酒。異人見那朱氏，生得十分俊俏，怎見好處，但見：

雲鬟輕挑蟬翠，娥眉淡掃春山。朱唇點一顆櫻桃，皓齒排兩行皓玉。猶如織女下瑤池，好似嫦娥離月殿。輕移玉步擬徹，金蓮千般嬌嬈。萬種風流，懶臨席邊，佇羞對樽前言。縱有丹青描不成，每對銀燈看未全。

朱氏到席前再拜。乾問：「何人？」不韋曰：「吾之小女也。無可以敬將軍，當出妻獻子。」朱氏擎酒進前，先勸公孫乾，後勸異人，異人接酒，左盼右顧，目不舍離，朱氏亦以秋波送情勸酒，見了入內，去訖。公孫乾飲得大醉，俯首撞眠。異人執杯謝不韋酒而言曰：「念生身質此處，客館寂寥，欲求朱氏爲妻，未知公意如何？」韋詐沉吟不應。異人又曰：「肯念客中孤苦而遺之，生當銜環，死定結草，誓不敢忘。」韋佯怒而言曰：「既中殿下意，〔一〕即就獻之，何以報乎？」於是，令人抬送朱氏與異人先回去訖。公孫乾酒醒，不韋親送回府。

麗泉單詠朱氏詩云：

一點櫻桃啟絕唇，兩行碎玉嚼陽春。
榆錢不買千金笑，元是昭陽官裏人。

〔一〕「既中殿下意」，余象斗刊本作「既中殿下」，據龔紹山刊本改。

朱氏生政於邯鄲

異人娶得朱氏之後，不覺半載餘矣。是時乃秦昭襄王十八年歲次。申辰正月旦，朱氏産一子，生得隆準長目，方額重瞳長眉，背上生鱗，出世有齒，容貌甚奇。異人大喜，取名爲政。不說朱氏生子，卻說公孫乾思念不韋數月不來，正欲令人去請，不韋亦至。乾見遂與攜手同入後廳，施禮分坐。乾曰：「間别數月，如隔三秋，〔一〕况予飽食終日，無所用心，欲與賢弟下幾着棋解悶，懸望不至，正欲令人來請，幸汝自降，我心不勝之喜。」不韋曰：「小弟下棋生當，正欲請益，既然如此，與賢兄下幾盤，如輸三盤者，請罰一個東道。」乾曰：「可。」於是，二人下了半日，不韋連輸三盤。韋曰：「小弟輸也。來日請賢兄同異人偕去南門池閣内飲酒。今天色炎熱，其處清凉，一則少敘間闊之情，二則當以避暑。」乾曰：「正合吾意。」不韋辭離，異人送出門外。韋將還秦之計，説與異人，異人大喜。

不韋到家，令父收拾家財，亦令人入邯鄲城内朱家説知此計，朱家亦收拾家財，亦令人去異人處接朱氏同子政到家。是夜，都搬在吕不韋家中安下。至次日，不韋令其父帶家小及朱氏一簇車馬先往咸陽去訖。卻説不

〔一〕「三秋」，余象斗刊本作「三週」，據龔紹山刊本改。

韋只留左右僕價二十餘人，在城外池閣内排設筵席，筵席完備，令人去請，不半時辰公孫乾同異人齊到，韋即出迎入閣内，各施禮畢，分次而坐，輪杯飲酒，此時正當六月，天氣天色炎熱。怎見的，古人有篇古風云：

祝融南來鞭火龍，火雲焰焰燒天紅。
日輪當午凝不去，萬國盡在紅爐中。
五嶽翠乾雲彩滅，陽侯海底愁波竭。
何當一夕金風生，與我掃除天下熱。

公孫乾與異人、不韋三人同飲，況不韋、異人佯醉不飲，只勸公孫乾，觥角籌交錯，不覺飲得酩酊大醉，不韋隨扶乾於閣後涼床内睡了，便叫公孫乾手下左右人員各賞酒一瓶，俱灌醉了，扶去閣内睡着。不韋同異人將公孫乾馬騎了，解其劍佩了，二人出外閣門，直奔往咸陽去訖。正是：

踏碎玉龍飛彩鳳，斷開金鎖走蛟龍。

不韋同異人馬快，趕着朱氏家小同行。正是歸心忙似箭，快馬走如飛。公孫乾至晚方醒知覺，一簇人馬已逃五十里之地矣。忙喚左右問曰：「不韋何去？」皆言不知其因，令人往呂不韋莊上去看，回來道：「揭家走入咸陽了。」欲要去趕，奈天色已晚，日落西沉，不得已悶悶回家。至次日入朝，公孫乾出班奏曰：「臣蒙聖旨，監守秦王皇孫異人，昨失管被他逃回咸陽，今早方知，奏聞我王。」趙王大驚曰：「此人還秦，使我曉夜不安耳。」由此大怒叱乾曰：「令卿仔細監管，如何走了。汝即引兵前去捉回，如捉不獲，斬首示眾。」

於是，孫乾領兵即出朝門，親率精兵五千，隨後就趕了數日，看看趕上，乾高叫異人曰：「趙王令我請殿下還趙。」異人佯笑答曰：「吾料趙王不能容物，方漸回秦，你休趕我，前有伏兵，倘若不退，軍中無情。」公孫乾恨不得一步趕着，催軍急追至近，異人謂不韋曰：「後軍追緊，前無救兵，怎生奈何？」異人正在慌忙之際，驚得手足無措，魂不附體。忽見正西上一隊軍來。欠身言曰：「吾乃秦將軍章邯，奉國君之命，來救殿下。介冑在身，不能施禮，望乞恕罪。」言罷，引軍向西北角上，湧出一簇人馬，旌旗蔽日，劍戟如霜，認旗上書着五字「秦大將章邯」。其人拍馬向前，排開一陣，公孫乾慌忙引兵趕至。章邯横鎗勒馬，問曰：「來將何人，願通姓名。」乾曰：「吾乃趙國大將公孫乾也。因皇孫異人私離趙國，我今奉旨特來拿還。」邯言曰：「吾乃秦國大將章邯，你三合中間贏得我，把皇孫與你歸趙，三合輸與我，連你性命無還。」乾聽罷，舉劍殺向前來，章邯亦持鎗迎敵，兩馬相交，雙器並舉，戰上五十餘合，公孫乾氣力不加，撥回馬便走，章邯隨後趕追數十里方回。

不說公孫乾敗回趙國，且說章邯保着異人還秦，至晚來到咸陽入城。次日，異人被楚服入宮，朝見太子。卻說國君與夫人正在宮中納悶，忽見異人歸國，二人喜不自勝，笑而言曰：「吾子歸矣。」於是異人先拜國君，後拜夫人，言曰：「不肖之男，久違龍顔，不能得勾披彩衣取雙親之樂，勝如芒刺在背不安，僥倖回來，伏望雙親海容赦兒不孝之罪矣。」國君曰：「若非不韋爲使報說，險失賢孝之兒耳。」夫人喜與國君言曰：「妾乃楚人也。當自子之更其名曰子楚。」國君曰：「善。」於是，子楚跪告國君夫人曰：「蒙祖皇屢舉兵來攻圍邯鄲，趙王幾欲殺我，全賴不韋將金五百兩，賂與趙之當權與守者，得命而歸，若非此人，豈得至於今日。再生之德實感此人，伏望殿下，重賞不韋。」國君從，喚不韋曰：「吾兒之命，感得先生，今將城西饒田一百畝及宅子一所賞汝，候明日奏知父王，封贈官職。」不韋曰：「承賜。」拜謝而出。

卻說子楚與朱氏就在華陽夫人宮中居住。忽一日，秦王升殿，太子安國君出班奏曰：「臣子異人，先因奪璧之仇，爲質於趙，屢遭趙王辱罵，欲殺異人，幸得陽翟大賈呂不韋，以金五百兩買賂趙之當權監守之人，僥倖脱亡歸秦，皆此人之功。伏望陛下封賞此人。」王曰：「依卿所奏。」就宣呂不韋至於階下，不韋山呼禮畢。王曰：「朕皇孫異人得卿救還，封卿爲東宮局承之職。」不韋叩頭謝恩。秦王謂章邯曰：「朕恨趙王辱罵寡人，封卿爲大將軍，領兵二十餘萬，前去伐趙。」

於是，章邯謝恩出朝，引兵就行。只見紅旗閃閃，赤熾翻翻，人如流水，馬似流星。來到韓國陽城西南三十五里，負黍亭下住寨。探馬飛報陽城縣令，繆名聞知，忙點民兵四萬出迎。當時，章邯出馬謂繆名曰：「我奉王命伐趙，借此經過，與你韓國無仇，何故引兵相攔。」名曰：「吾韓與趙實是唇齒之邦，唇亡齒寒，你今伐唇，齒又何安，爲此拒兵。實不相瞞，若要過此負黍，除非軍生兩翼，馬能駕雲。」章邯大怒，持鎗直取繆名，繆名輪刀來迎，兩馬相交，戰二十餘回，章邯賣個破綻，繆名輪刀破入，章邯躲過，番身一鎗，刺殺繆名落馬，四萬餘人盡皆除伏。章邯入城，下令安民，已訖，引兵入趙，取得趙邑二十餘城，直至趙國大城下下寨。

次日，趙王升殿，群臣奏曰：「今有秦王命章邯爲將，領兵二十萬，前來報皇孫質之仇。今兵臨於城下。」王驚謂公孫乾曰：「此禍是汝放異人以致如此，可速引兵迎敵。」於是，乾出朝領兵十萬出城，與章邯交戰三十餘合，乾大敗，被秦將斬首九萬餘級，遂飛報趙王。趙王懼，問群臣曰：「何計可退此兵？」上大夫藺相如奏曰：「臣有一策，名移禍計，可退秦兵。」王問曰：「何計？」相如曰：「可差使命入西周報與赧王，說秦王意欲一統天下，彊霸諸侯，先伐趙國，後征西周，赧王既知，安得不驚，必然發符遣使，連合諸侯攻秦，秦必抽兵西回，我王可以高枕無憂矣。」趙王大喜。即遣穆仲爲使入西周去，畢竟如何？

秦伐周一統天下

周赧王五十九年七月下旬，周王升殿，近臣奏曰：「今秦遣章邯爲將，親率大兵二十萬攻趙，不能敵，特遣穆仲爲使前來求救，陛下可發兵救趙。今有燒眉之急，王若不救，趙必亡矣，趙亡必來攻周，願陛下思之。」周聽知，心中憂懼，宣穆仲入朝，拜舞已畢，穆仲曰：「今主上被秦兵攻急，特遣小臣前來求救，願陛下會合諸侯攻秦，若何？」周王曰：「卿且先回，朕聚合諸侯，隨後領兵前來。」穆仲拜辭歸國，周王隨即發檄，各國諸侯起兵救趙。正商議間，飛馬來報：「秦命相國呂不韋發兵往趙，令章邯移兵攻周西路，又遣右將軍謬姓樛，領兵十萬攻周東路，二路軍馬目今俱會於鎬京之北下寨，〔一〕願陛下早爲定計。」周王聽知，唬得魂不附體，手足無措，問於群臣：「何計可破？」眾皆默然無答。忽有一人，面如重棗，口若懸河，官帶征西將軍之職，河西人也，覆姓司馬，名坤字文元，近前奏曰：「七國諸侯俱周之子孫，功臣之苗裔，本自爲一。威烈以來，強以併弱，大以吞小，各君其國，各子其民，王綱解紐，禮樂征伐並出於諸侯。目今之秦，國富兵強，難以爲敵，陛下兵衰將老，莫若降之，免動刀兵，乃社稷之幸也。」王曰：「那料文武創業八百餘年，

〔一〕「鎬京」，余象斗刊本作「鎬涼」，據龔紹山刊本改。

至此一旦休矣。自古國家無有不破，所恨在朕也。朕若不降，軍衰將寡，生靈枉罹塗炭。」於是，即引文武入秦，頓首受罪，盡獻其邑三十六，户口三萬。秦王大喜，受其獻降，時周民東亡。秦遣大將章邯領兵十萬入周，取其寶器數百事入秦，乃遷西周公於畢狐聚。麗泉歎詩曰：

文武崩來八百秋，紛紜逐鹿戰未休。
彊秦徒得楚獲盡，誰知江山卻姓劉。

當時，周既降伏於秦，秦王喜不自勝。一日，顧謂群臣：「朕欲吞併六國，以何國爲始？」群臣奏曰：「魏與秦爲鄰，地隔千里，兵不滿百，將非其人，厚斂於民，君弱臣佞，從而征之，無有不勝之理。魏國既爲我有，則餘地如拾芥矣。」秦王大喜。於是，即令章邯爲將，領兵五萬殺奔魏國而來。離魏一百二十里之地吳城下寨。吳城守將糜名引兵出迎，列開陣勢，兩馬相交，雙鎗並舉，戰不三合，被章邯斬於馬下，遂領軍入城屯札。有韓王聞秦動兵，恐來伐己，乃自朝於秦，秦王大喜，復其爵邑而還。

庚戌秦五十六年秋，秦王病重，詔章邯班師返朝。於是，章邯回兵，是夜秦昭襄王薨，文武百官舉哀，哭於白虎之殿，至辛亥年十月立秦安國君柱即位。三日而薨，百官亦舉哀，孝事未完，東宮局承呂不韋言曰：「天下不可一日無君，今孝文王已喪，太子可以爲君，而鎮諸侯萬民。」太子楚曰：「今孝文王雖薨，肉尚未冷，何敢就登大位。朕欲以孝治於天下，朕豈可失於孝乎。願守服三年，再登大位。」群臣服其議，皆莫敢言。不韋又言曰：「今天下諸侯紛紜，咸有覬覦強秦之心，若不早登大寶，分兵拒隘，恐秦地更屬他人，况天子之服，以日易月，上古有之，殿下何故不明。」於是，子楚即位，群臣山呼，上國號秦莊襄王。

壬子元年，報入燕國。且說燕王設朝，文武群臣山呼訖，王謂群臣曰：「朕憾齊人占聊城，朕欲興師，誰敢領兵？」中將軍陳人出班奏曰：「臣願爲將，以復其城。」於是，燕王封陳人爲上將，與兵十萬。是日，領出兵就行，前至聊城北三十里下寨。陳人與裨將言曰：「來日我引兵挑戰佯敗，你伏兵東山之下，待彼過後，出兵取城，吾再殺回，兩下夾攻，可以成功。」裨將領命訖。齊將蒙靡果然以兵出迎，與陳人戰於城下，鬥不三合，陳人佯敗慌走，靡以兵來趕，過東山之前，燕軍見靡過了，殺奔入城去訖。靡催兵正趕之際，忽守門軍人報道：「燕兵殺聊城。」靡聞大驚，急回復聊城。陳人催兵來趕，兩下夾攻，靡致遭擒，陳人入城安民，將靡斬訖，寫表奏知燕王。燕王大悦，封陳人爲大將軍，將兵屯於聊城。探子飛報入齊。不知後事如何？

田單興兵復聊城

齊王升殿，百官班列，公子田單出班奏曰：「今被燕王，以陳人爲將，領兵拔了聊城。目今兵屯聊城，伏望我王，火速興兵，不然兵臨城下，將至濠邊。」齊王懼而言曰：「卿可爲將，點兵與戰。」於是，田單領兵十萬，前至聊城東五十里屯札。次日，引兵直逼城下，陳人已知，點兵十萬出城，與戰三十餘合，田單兵少，大敗而還，陳人引兵入城。

卻説田單大敗歸寨，悶悶不悅，無計可施，坐於寨中，忽有軍人報曰：「寨門外有一隱士，自稱前來與公子畫策而取聊城。」田單速請其人入寨，禮畢。田單問曰：「先生辱臨，必有識見。」隱士對曰：「生姓魯名仲連，聞知公子與陳人相持，猶豫不決，特來獻策。」田單曰：「久聞先生大名，今幸識形，不知先生以何計教吾，願聞其命。」仲連曰：「燕王用人多疑而信譖，陳人忠勇有謀而無成，不如令奸細人以間諜遥言私入燕地，傳説陳人屯民兵聊城，殺退田單，欲自爲王，彼聞必信，定削陳人之兵權，公子以兵下寨逼城，燕王既來減陳人之兵，陳人恐我攻城，必不肯以兵還燕，燕王愈驚，致此使彼君臣相疑。然後小生作書，書内陳説利害，而矢與陳人，陳人見驚，必然自殺，不須公子汗馬之力而得聊城矣。」田單大悦曰：「先生神機妙算，想行必應。」於是，田單使奸細之人入燕，謡言傳説陳人謀反之事。

燕王設朝，群臣聞知百姓謡言陳人謀反，果入奏知燕王。燕王言曰：「朕料此賊必反，今此果然。」王謂百官曰：「今兵權盡在他手，何計可獲此人？」群臣奏曰：「我王可傳詔命前去軍前，只說秦國動兵，恐來伐燕，令彼星火分兵十萬與使前來保城，若分兵至燕，我王親引此兵，一鼓可擒陳人矣。」王曰：「善。」即發使命前去聊城見陳人。陳人接着按讀畢，正欲分兵，忽守城軍人來報：「今田單引兵攻城。」陳人猶豫不決，欲分兵恐不能制，欲拔兵全還，怕失其城，無奈只得謂使臣曰：「公且先去奏知燕王，待我殺退田單，引兵前來保燕，若分兵去，必失此城。」使回，將此奏知燕王。燕王懼而言曰：「此跋扈反者的實，既若不反，必然分兵。」又謂群臣曰：「此賊謀反，汝等何計可擒？」群臣皆莫答。群臣曰：「我王休憂，只管收兵，守住險隘，不與糧草，任縱他在聊城反亂，必不能入於燕矣。」王曰：「善。」遂分兵守住各處關隘，不放一卒入燕。

卻說陳人守城歲餘，見城中糧盡，差人去燕王處乞糧，被把隘兵拿住，言曰：「你陳人反燕，又來脱糧。」就將使命殺之，只令一卒報與陳人。陳人自謂曰：「吾遭齊人之間諜矣。」於是，悶悶不已。

卻說田單令魯仲連作書曰：

江西逸士魯仲連，沐浴百拜，致書於大將軍陳麾下。切聞之，智者不倍時而棄利，勇士不怯死而滅名，忠臣不先身而後君。今公行一朝之忿，不顧燕王之無臣，非忠也。殺身亡聊城，而威不信於齊，非勇也。功廢名滅，後世無稱，非智也。故智者不再計，勇士不怯死。今死生榮辱，尊卑貴賤，此其一時也。願公之詳計，而無與俗同也。且楚攻南陽，魏攻平陸，齊無南面之心，以爲亡南陽之害。不若得濟北之利，故定計而堅守之。今秦人下兵，魏不敢東面，横秦之勢合，則楚國之形危，且棄南陽，斷右壤，存濟北，必爲之。今楚魏交退，燕救不至，齊無天下之規，與聊城共據期年之敝，即臣見公之不能得也。齊必決之於聊城，公無再計。彼燕國大亂，君臣過計，上下迷惑，栗腹以十萬之衆，五折於外，以萬乘之國，被圍於趙，城削主困，爲天下戮笑。公聞之乎？今燕王方寒心獨立，大臣不足恃，國敝禍多，民無所歸心。今公又以聊城之民，距全齊之兵，期年不解，是墨翟之守也。食人炊骨，士無反北之心，是孫臏吳起之兵也，能已見於天下矣。故爲公計，不如罷兵休士，全車甲，歸報燕王，燕王必喜。士民見公，如見父母，交遊攘臂而議於世，功業可明矣。上輔孤主，以制群臣，下養百姓，以資說士。矯國革俗於天下，功名可立也。意者亦捐燕棄世，東遊於齊乎。請裂地定封，富比陶衛，世世稱寡，與齊久存，此說一計也。二者顯名厚實也，願公孰計而審處一也。且吾聞效小節者不能行大威，惡小恥者不能立榮名。昔管仲射桓公中鈎，篡也，遺公子糾而不能死，怯也。束縛桎梏，辱身也。此三行者，鄉里不道也，世主不臣也。使管仲終窮抑，幽囚而不出，慚恥而不見，窮年没齒，不免爲辱人賤行矣。然管子拜三行之過，據齊國之政，一匡天下，九合諸侯，爲五霸首，名高天下，光照鄰國。曹沫爲魯君將，三戰三北，而喪地千里。使曹子之足不離陣，計不顧後，出必死而不生，則不免爲敗軍擒將。曹子以敗軍擒將，非勇也。功廢名滅，後世無稱，非智也。故去三北之恥，退而與魯君計也，曹子以爲遭。齊桓公有天下，朝諸侯。曹子以一劍之任，劫桓公於壇位之上，顏色不變，而辭氣不悖。三戰之所喪，一朝而復之，天下震動驚駭，威信吳楚，傳名後世。若此二公者，非不能行小節，死小恥也，以爲殺身絶世，功名不立，非智也。故去忿恚之心，而成終身之名。除感忿之恥，而立累世之功。故業與三王爲爭，名與天壤相敝也。公其圖之。

於是，仲連將書縛於箭矢上，在城上高叫曰：「吾乃逸士魯仲連，爲陳將軍之利害，直來上言也。」言罷，將箭射上城去，仲連即回。

郤說燕陳人拆書讀畢，自言曰：「吾該休矣。」陳人乃泣三日，謂軍民曰：「非我不盡忠也。燕王信譖，使我有國難奔，有死難逃。」言罷，自殺而亡，城中自亂。

於是，田單引兵殺入城去，定亂安民。令裨將守聊城，自引兵還齊。齊王大喜，曰：「是卿之功也。」單曰：「非臣之功，若無魯仲連畫策爲書，安能復得聊城。」王曰：「仲連安在，朕必以重爵封之。」單曰：「今在午門外，不敢擅進。」由此令人去宣，不一時仲連入朝，山呼禮畢。王曰：「取聊城乃卿之功也。封卿爲上大夫，食爵一邑。」仲連奏曰：「吾與其富貴而詘於人，寧貧賤而輕世肆志焉。」奏罷，不受封爵祿，遂逃之海上隱居。麗泉單贊仲連辭曰：

載質皇皇慮失時，齊時胡獨宦情微。
曾聲大義師侯國，恥見咸陽作帝畿。
高蹈滄溟言果踐，清風蘭雪詠偏宜。
勝燕未幾歌松柏，莫怪先生蚤識機。

莊襄王發兵征趙

當時事聞魏國，魏國安釐王問子順曰：「天下還有高士否？」子順曰：「世無其人也，抑可以爲次，其魯仲連乎。」王曰：「魯仲連彊作之者，非體自然也。」子順曰：「人皆作之，作之不止，乃成君子，作之不變，習與性成，則自然也。」言訖，罷朝。

卻說秦王感呂不韋救己之功，以不韋爲相國，封文信侯。此時，東周君又恨秦王徙彼於虢國，與諸侯謀伐秦，事敗，秦王使呂不韋帥師前去，又遷東周君於陽人，聚奪其兵權而回，周遂絶不祀。癸丑二年，秦謂群臣曰：「朕今國富兵強，欲伐趙國，卿意如何。」群臣對曰：「陛下聖意不錯，宜舉兵伐之。」秦王即宣武安君至殿，命其領兵去征。武安君曰：「邯鄲實未易攻，且諸侯救援日至，怨秦日久矣。今秦欲破長平軍，而秦卒死者過半，國内空虛，遠絶山河而爭人國都，趙應其内，諸侯攻其外，破秦軍必矣。今臣身染微恙，恐負王命，候待秋高馬肥，臣略康健，即行矣。」秦王見武安君辭病不行，遂以王齕爲領兵元帥，章邯、王翦爲左右將軍，領兵二十萬，前去伐趙。

於是，二將領兵分爲五隊而行，見旌旗蔽野，人馬飛騰，不日行至趙地。趙之郡邑，咸莫敢當，望風歸降，於是，兵不血刃，取得三十七城。軍至太原，太原郡守納降，章邯入城安撫百姓，軍亦屯於城外。〔一〕卻説趙王設朝，群臣奏知：「今秦以章邯爲將，取趙之邑三十七城，自今軍馬屯太原。」趙王大懼，言曰：「此事如之奈何？」藺相如奏曰：「臣有一計，可保趙國。」王曰：「何計可保？」相如曰：「今之計，莫若深溝高壘，分兵守住險要，彼必不能進也。然後發使去衆諸侯處求救，待其師老糧盡，然後以奇兵擊之，必然勝也。」於是，趙王分兵守拒險隘，不與之戰。畢竟如何？

〔一〕按：「群臣曰我王休憂，只管收兵……軍兵屯於城外」，余象斗刊本闕，龔紹山刊本闕部分，據龔紹山刊本、楊美生刊本補。

平原君合從於楚

次日，趙王宣平原君趙勝至，命其求救合從於楚、魏，約退秦兵。平原君與食客門下有勇力文武備具者二十人與偕，平原君曰：〔一〕「使文能取勝，則善矣。文不能取勝，則歃血於華屋之下，〔二〕必得定從而歸。」得十九人，餘無可取者。門下有毛遂者，前有自薦於平原君：「今少一人，願君即以遂備員而行。」王曰：「可當。」平原君謂毛遂曰：「夫賢士之處世也，譬如錐之處囊中，其末立見。今先生處勝之門下三年左右，未有所稱頌，勝未有所聞也。先生當自詳之也。」毛遂曰：「臣乃今日請處囊中，使遂蚤得處囊中，乃穎脱而出，非特其末見而已。」平原君乃以備數十九人相與目笑之。言訖，平原君自與十九人辭王往楚，平原君比而至楚。楚王亦自出迎，入内坐定，平原君與十九人論議，皆服，平原君與楚合從，言其利害，日出而言，至日中不決，十九人謂毛遂曰：「先生可上。」毛遂按劍歷階而上，謂平原君曰：「從之利害，兩言而決耳。今日出而言從，日中不決，何也？」

〔一〕「曰」，余象斗刊本作「去」，據龔紹山刊本改。

〔二〕「歃血」，余象斗刊本作「插血」，據龔紹山刊本改。後不另出注。

時楚王見毛遂言，而叱平原之曰：「客何爲者也？」吾乃與而君言，汝何爲者也。」遂聽説按劍而前曰：「王之所以叱遂者，以楚國之衆也。今十步之内，王不得恃楚國之衆也，王之命懸於遂手，吾君在前叱者何也。且遂聞湯以七十里之地王天下，文王以百里之壤而臣諸侯，豈其士卒衆多哉。誠能據其勢而奮其威。今楚地方五千里，持戟百萬，此霸王之資也。以楚之彊，天下弗能當。白起小豎子耳，率數萬之衆，興師以與楚戰，一戰而舉鄢、郢，再戰而燒夷陵，三戰而辱王之先人。此百世之怨，而趙之所羞，而王弗知惡焉。合從者，爲楚，非爲趙也。」楚王方答曰：「唯唯。誠若先生之言，謹奉社稷以從。」毛遂曰：「從定乎？」楚王曰：「定矣。」

毛遂謂楚王之左右曰：「取雞狗馬之血來。」左右取至，毛遂奉銅盤而跪進之，楚王之左右歃血而定從，次者吾君，次者遂。遂左手持盤血而右招十九人曰：「公等可歃此血於堂下。」言訖，進盤次序歃血而言合從。歃血罷，毛遂謂十九人曰：「公等諾諾，所謂因人成事者也。」衆笑而已。楚王既約定與兵合從，平原君與毛遂、十九人歸趙，言曰：「勝不敢復相士敢矣。自以爲不失天下之士，今乃於毛先生而失之也。毛遂先生一至楚，而使趙重於九鼎大吕，毛先生以三寸之舌，彊於百萬之師，勝不敢復相士。」遂以爲上客。

平原君既返，楚使春申君將兵十萬來救趙難。未及至，而秦兵攻城甚急，趙王欲降秦，平原君趙勝甚患之而獨憂。是時，邯鄲傳舍吏子李同知其意，説平原君曰：「今君之憂，懼秦兵强，君誠能令夫人以下編於士卒之間，分功而作，家之所有，盡散以饗士，士當危苦之時，易得耳。方可拒秦。」於是，平原君從之計，得敢死之士三千人，李同領其衆出戰，殺退秦兵三十餘里，平原君收兵在城外屯住，秦兵亦莫能進寇。麗泉詩云：

歃血捧盤一語中，因人成事豈能通。
平原門下三千客，誰似毛生自薦功。

公子竊符救趙

卻説趙先使人往魏來救，魏公子無忌者，魏安釐王異母弟也，封爲信陵君，賢而好客。是時，有隱士曰侯嬴，〔一〕年七十，家貧，爲大梁夷門監者。公子聞之，往請，欲厚遺之，不受。公子於是乃置酒大會，賓客坐定，自從車騎，虛左而迎侯生。侯生知其來，攝敝衣冠相見，公子請生上車，生固讓，欲以觀公子之色，公子見其不上，尤執轡愈恭。侯生載，又謂公子曰：「臣有客在市屠中，願往車騎過之。」公子從其請，引車入市，侯生下見其客朱亥，睥睨，故久立與其客語，激察公子顔色愈利。當時，魏將相宗室賓客滿座，待公子至，舉酒望而未至，及市，人皆觀公子執轡從騎，竊罵侯生，侯生視公子色終不變，乃謝客就車。至家，公子乃引侯生坐上坐，徧賓客，賓客皆驚，酒酣，公子起，爲壽侯生前。侯生謂公子曰：「今日嬴之爲公子足矣。嬴乃夷門抱關者也，而公子親往車騎自迎，不宜有所過，故過之，然欲就公子之名，市人皆以嬴爲小人，而以公子爲長者，能下士也。」侯生又謂公子曰：「臣所過屠者朱亥，此子賢者，世莫能知，公子可往請之。」於是，公子往請之，朱亥故辭謝而不之至，於是罷會。

〔一〕「侯嬴」，余象斗刊本作「侯羸」，據龔紹山刊本改。後不另出注。

次日，郤説趙使至，見魏王，説平原君求救之事，望念夫人之故，早發三軍前來救應。魏王聽從，使將軍晉鄙將十萬衆，前來救趙。兵至鄴，秦王聞知，使使告魏王曰：「諸侯敢救趙者，已釋趙必移兵先擊之。」魏王恐，使人止晉鄙留軍壁鄴，持兩端以觀望，又使客將軍新垣衍，間入邯鄲爲探，因見平原君引見趙王。趙王聞魏不來救，心中憂悶，當日新垣衍謂趙王曰：「秦欲爲帝，趙城發使尊秦昭王爲帝，秦必喜，罷兵去，圍自釋。」誠趙王未及發使。

是時，魯仲連適遊趙，聞魏將欲趙尊秦爲帝，乃即見平原君問曰：「梁客新垣衍安在，吾請爲君責而歸之。」平原君曰：「勝請爲紹介。」連曰：「請出。」於是，垣衍出，連見新垣衍曰：「彼秦者，棄禮義而上首功之國也。權使其士，虜使其民，彼即肆然而爲帝，過而爲政於天下，則連有蹈東海而死耳。吾不忍爲之民也。吾將使梁及燕助之矣。」新垣衍曰：「吾乃梁人也，先生惡能使梁助之？」仲連曰：「梁未睹秦稱帝之害故耳。使梁睹秦稱帝之害，則必助趙矣。且秦無已而帝，則必變易諸侯之大臣，彼將奪其所不肖而與其所賢，奪其所憎而與其所愛，彼又使其女子妻妾爲諸侯妃姬，處梁之宫，梁王安得晏然而已乎。而將軍又何以得故寵乎？」於是，新垣衍起，再拜謝曰：「吾請出，不敢復言帝秦也。」於是，不復帝秦。秦將聞之，爲郤軍五十里。

平原君復遣使人之魏，魏不動兵。時平原君使者冠蓋相屬於魏，讓魏公子曰：「公子縱輕勝，棄之降秦，獨不憐公子姊耶？」公子患之，數請魏王遣兵，魏王畏秦，終不聽。公子計不獨生而令趙亡，乃請兵客約車騎百餘乘，欲以客往赴秦軍，與趙俱死。行過夷門，見侯生具告所以。侯生應曰：「公子勉之。」公子憂而出行數里，心不快曰：「今吾且死，而侯生曾無一言送我，我豈有所失哉。」復引車還問侯生，侯生笑曰：「臣固知公子之還也，公子欲赴秦君，譬若以肉投餒虎，何功之有。嬴聞晉鄙之兵符，常在王臥内，而如姬最幸，力能竊之。嬴聞如姬父爲人所殺，公子可使客斬其仇人之頭進如姬，如姬欲爲公子死而無所辭，公子誠一開口請如姬，如姬必許諾得虎符，奪晉鄙軍，北救趙而西卻秦，此五霸之功也。」公子聞從其計，使客斬如姬仇人頭，以獻於如姬。如姬果盜晉鄙兵符與公子。

公子大喜而行，又見侯生，侯生曰：「將在外，君令有所不受，即合符而晉鄙不授公子兵事，必危矣。臣客屠朱亥可與俱，此人力士，晉鄙聽從此事，則大喜矣，不聽可使擊之。」於是，公子泣。侯生曰：「公子畏死耶？」公子曰：「晉鄙嚄唶昔將，往恐不聽，必當殺之，是吾泣耳，豈畏死哉。」言訖辭出。於是，公子請朱亥，朱亥笑曰：「此乃臣效命之秋也。」遂與公子行，公子過見侯生。侯生曰：「臣宜從，老不能。請數公子行日，〔一〕以至晉鄙軍之日，北鄉自刎，以送公子。」公子不請，遂行至鄴，見晉鄙，與合符，疑之，欲無聽從之意。朱亥袖四十斤鐵錐，錐殺晉鄙。公子遂將晉鄙軍，勒兵下令軍中，曰：「父子俱在軍中者，則父歸。兄弟俱在軍中者，則兄歸。獨子無兄弟，歸養。」得選兵八萬人，進兵來救趙擊秦。當時，楚兵亦至，三路軍馬合擊，殺退秦兵王齕，幸存趙國。是日，趙王及平原君自迎公子於界。平原君召藺失爲公子先到，公子與侯生俱至軍，侯生果北鄉自刎。

卻說魏王聞知此事，大怒公子之盜其兵及殺晉鄙，公子亦自知。已卻秦存趙，乃使將兵歸魏去訖，而公子獨與客留趙。孝成王與平原君計以五城封公子，公子聞之，意驕矜，而有自功之色。客有說公子曰：「物有不可忘，或有不可不忘。夫人有德於公子，公子不可忘也。公子有德於人，願公子忘之也。且矯魏王令，

〔一〕「老不能請數公子行日」，余象斗刊本作「者不能謂數公子行日」，據龔紹山刊本改。

奪晉鄙兵以救趙，於趙則有功矣，於魏則未爲忠臣也。」公子聽言，於是立自責，似若無所容者。趙王掃除自迎，執主人禮引公子就西階，公子側行辭讓，從東階上，自言罪過，有負於魏，無功於趙，趙王待酒，至暮，酒罷，又獻五城。公子退讓也。公子竟留趙，趙王以城爲公子湯沐邑，魏亦復以信陵奉公子。

是時，平原君用魯仲連言不帝秦，秦兵既敗去，欲封魯連。魯連辭讓使者三，終不肯受。平原君置酒請魯連，酒酣起前，以千金爲魯連壽，魯連笑曰：「所謂貴於天下之士者，爲人排患釋難，解紛亂而無取，即有取者，商賈之事也，而連不忍爲也。」遂辭平原君而去，堅留不住。

卻說公子在趙，聞趙有處士毛公藏博徒、薛公藏於賣漿家。公子欲見兩人，兩人自匿不肯見公子。公子聞其所在，乃間步往。從此二人遊，甚歡。平原君聞之，謂其夫人曰：「公子妄從博徒、賣漿者遊，妄人耳。」公子聞知，乃謝夫人去曰：「平原君之遊，徒豪舉耳，不求士也。無忌自在大梁，時常聞此兩人賢，至趙恐不得見，今平原君乃以爲羞，其不足從遊。」乃裝爲去。平原君乃免冠謝，固留公子，方留在趙，十年不歸。今秦復來併吞，不知國事如何？

秦王興兵伐魏

卻說秦王設朝，謂群臣曰：「朕興兵伐趙，屢被魏王引兵爲應，由此朕甚恨之，今汝文武之中，誰人與朕建策，以兵伐之。」蒙驁奏曰：「食君之祿，終君之事，臣子之職也。臣雖不才，願將兵去伐魏。」於是，秦王遣蒙驁爲將，領兵十萬，前去魏國，離城三十里下寨。魏王設朝，各門大使奏曰：「今有秦王以蒙驁爲將，帥兵一十萬卒伐我國，目今軍馬離城三十里屯札，伏望陛下火速興兵與戰，不然必來攻城矣。」魏王大驚，即謂僞公、假公曰：「汝二人將兵出迎。」於是，二公引兵五萬迎敵，蒙驁亦領兵來攻城，相遇列開陣勢。更不打話，兩馬相交，僞公兵戰不十合，僞公欲敗，假公持鎗助戰，又十合，二公氣力不加，接回馬便走入城，緊閉四門不出。二公走入，奏知魏王曰：「臣該萬死。非臣不欲取勝而立功，年紀高邁，氣力不加，以致大敗，不能取勝。」

無忌以兵回救魏

時魏王憂秦兵強盛，不能抵敵，乃喟然歎曰：「如此，誰人可敵也？」二公曰：「今有公子信陵君無忌者，先爲大王不肯以兵救應趙，因致盜晉鄙之兵，往趙退秦，恐我王見罪，不敢回國，目今屯於趙地，望大王以書請回。小臣二人爲使，請公子回國，公子一見王書，必以骨肉爲念，遑遑歸之不及矣。公子一歸，即令作書，求救於諸侯，諸侯必應，會兵可破秦師也。」於是魏王爲書，令二公爲使，至趙見信陵君，俱說此事，將書度與，看畢。無忌曰：「吾不合矯王之令，奪晉鄙之兵而救諸侯，誠恐我回，王必怒吾也，吾今不回。」時有毛公、薛公見信陵君不肯歸而言曰：「公子所重於諸侯者，徒以有魏也。今魏急而公子不恤，一旦秦人克大梁，夷先王之宗廟，公子何面目立於天下乎？」語未畢，於是信陵君色變，趣駕還魏。

次日，信陵君見魏王，俯伏陛下，言曰：「臣該萬死。幸我王以至親之情而赦，今臣歸國，會盟諸侯，必破秦師矣。我王休慮。」魏王下座，持信陵君而泣曰：「是朕一時不明，致使卿不肯歸國，今卿休記恨朕也。」於是，封信陵君爲上將軍，信陵君謝恩出朝，發使往楚、燕、趙、韓、齊之國求救，五國聞知信陵君爲將，各遣兵五萬，前來救應。信陵君帥五國之兵出戰，蒙驁聞知無忌爲將，領兵前來挑戰，二軍混戰，從巳至午，秦兵大敗。信陵君親提寶劍，直取蒙驁，蒙驁以鎗來迎，二人戰三十合，蒙驁大敗而走，魏兵趕至華州河外而回。信陵君犒勞五國之兵，各還本國去訖。信陵自將兵屯札於河外，以防不虞。〔一〕蒙驁將殘軍奔還秦國，奏知秦王。王曰：「五國如此無禮，朕誓必伐六國也。」言訖罷朝。

是時，秦與六國不睦，秦王悶悶不悦，染成一疾不起，至次日遂薨。百官吊孝，停屍於梓宫。不韋同文武立子政爲秦王，群臣上賀，秦王謂不韋曰：「朕感卿救先君之恩，故朕得至於今日，朕今稱卿爲仲父。」乃拜爲相國，呂不韋謝恩退朝。立母朱氏爲皇后。

秦始皇帝名政，嬴姓呂氏。初，秦昭襄時以庶蘖質趙，不得意，有陽翟大賈呂不韋見之，視爲奇貨，以五百金與之結賓客，五百金買奇珍入秦，爲求立爲太子。不韋計納邯鄲美姬朱氏爲妾，知有孕，獻之莊襄，以爲夫人，以昭襄四十八年正月旦生政於邯鄲。莊襄立夫人爲皇后，不韋爲丞相。始皇既立，恃嬴秦之富強滅六國，遂併天下爲一統，專以刑威立國，焚書坑儒，暴虐不道，二世而亡。政即王位二十五年，並天下，即帝位凡十二年，壽五十。

〔一〕「不虞」，余象斗刊本作「不危」，據龔紹山刊本改。

趙王興兵取燕邑

卻說趙王一日升殿，顧謂李牧曰：「朕思武遂、方城二邑，乃趙附庸之邑，何如屬燕，朕今封卿爲上將軍，可領兵去取二邑。」牧曰：「臣願往取武遂、方城，以屬趙也。」於是出朝，引兵直至武遂城下下寨。守將燕臣，點兵出城，與李牧對陣，二人戰不十合，牧斬臣於馬下，遂引兵入城安民。李牧謂下將軍公孫乾曰：「吾料方城守持其城者，不比其弟燕臣也，難以力攻，吾用一計，可得此城。吾先發使人去了，詐稱燕臣求救，保於武遂，彼不久引兵必來也。你可領一軍，抄小路先去，取了方城，待他來時，吾自引兵擊之，彼兵若回，兩下夾攻，可殺此人也。」於是，乾引兵去抄小路取方城去訖。

卻說方城官正坐間，軍人飛報：「武遂有使前來。」官令進，開書看，是求救兵之事，遂點軍一萬即行，晚至武遂，離城一十里下寨訖。卻說公孫乾始至一更到方城城下，已知官去，遂詐作官軍回來叫門，城中無主，不防，開門接入，方知是趙兵也。公孫乾不用張弓隻刀，得了方城屯札。卻說李牧探知方城軍到，是夜遂引兵出城，劫燕軍寨，官兵不曾持防，趙兵入寨，就寨邊殺起，混至天明，燕兵十去其七，引敗軍急回城下，城中乾以兵來迎，措手不及，被乾斬於馬下。李牧入城，安撫百姓，寫表申奏趙王。趙王大喜，言曰：「吾有此人，不愁強秦也。」

李牧者，乃趙之北邊良將也，嘗居代雁門備匈奴，以便宜置吏，市租皆輸入幕府，爲士卒費，日擊數牛饗士，習騎射，謹烽火，多間諜，爲約曰：「匈奴入盜，則急收保，有敢捕虜者斬。」於是數歲，無所亡失，匈奴皆以爲怯。邊士日得賞賜而不用，皆願一戰。於是，大破殺匈奴十餘萬騎，滅襜襤，破東胡，單于犇走十餘年，不敢近趙邊也。

是時，天下冠帶之國七，而三國邊於戎狄。秦滅義渠，始於隴西、北地、上郡築長城，以拒胡。趙武靈北破林胡，築長城，自代並陰山下，至高闕爲塞。其後燕破東胡，卻千餘里，亦築長城，以拒胡。及戰國之末，而匈奴始大。

楚王合從伐秦

卻說楚王設朝，謂春申曰：「朕欲伐秦，恨兵衰將少，不能行兵也。」春申君曰：「合從五國，可以伐秦也。」於是，發使往四國，趙、魏、韓、燕之處，約盟合從，以伐強秦，使去各國，約訖。趙以公孫乾爲將，引兵五萬前來。韓以陳憚爲將，引兵五萬前來。燕以傅捕爲將，引兵五萬前來。楚王爲從長，以春申君爲軍師而用事，亦引兵十萬前來，都至秦壽陵城下下寨。至次日，五國之兵攻城，城破，守將王齕引百騎殺出東門還秦。卻說五國首將，引兵入壽陵，安民賞軍。次日，引兵前至函谷山下屯住。

卻說秦王升殿，群臣拜舞畢，王齕敗回，急入朝奏曰：「今楚、趙、韓、魏、燕，共五國興兵五十萬，來伐秦也。目今軍至函谷山下下寨，臣獨力不加，致失壽陵而回，奏知陛下，伏望陛下赦臣罪也。」王曰：「勝負乃兵家之常事，非卿之過也。」問於群臣曰：「誰人可退五國之兵也。」言未畢，王翦出班奏曰：「假臣三十萬兵，足以破五國之兵也。」王曰：「就封卿爲大將軍，領兵三十萬前去函谷關，破五國之師也。」於是，王翦出朝，即點兵三十萬前至函谷關東一百二十里下寨屯住。

次日，王翦令蒙驁曰：「將軍可引精兵十萬，分作二隊，伏於函谷關百里内之東西，待五國之兵上關過半截之，可以取勝也。」又令章邯：「可引兵十萬，伏於函關之左右，待五國之兵過，你可先搬山上石頭，把關築斷，待我殺來，兩下夾攻，可斬五國之將也。」於是，二將引兵去埋伏了。遂遣使往關上，叫守關將蒙武下關挑戰，佯敗棄關誘敵。

卻說蒙武得書知計，遂引兵下關挑戰。春申君當先出馬，與蒙武相迎，戰不十合，武佯詐敗棄關而走，五國之兵都搶過關。章邯伏兵見過了，把關壘斷，將兵分二隊，屯列關之兩邊。

卻說春申君引五國之將兵，直趕至一百里内，忽聽得前面金鼓齊鳴，當頭撞出一員大將，引兵攔住去路。大聲言曰：「來兵何處軍馬，那路諸侯？」當時春申君出馬言曰：「吾乃楚大將春申君也。爲你秦王不道，屢攻諸侯，爲此吾從合五國之兵，來伐秦也。汝乃何人，願聞姓名。」王翦曰：「吾乃秦之大將王翦也。」言訖，輪鎗便殺將來。春申君亦持刀去迎，戰不十合，春申君大敗而走，王翦領兵後追，五國之兵，莫能抵當秦兵，各自逃生。五國之兵敗走，未曾過半，蒙驁引二隊伏兵齊殺出來，合兵同趕，五國軍馬敗至函關，關上築斷。軍人報春申君曰：「今函關壘斷，無路可出，又有伏兵攔路，如之奈何？」

春申君急傳令曰：「五國之兵可盡力殺退前面章邯，然後盡脱衣甲，填堆爲嶺，可度過關也。」春申君同李牧、無忌三將當先，言曰：「當吾者死，避吾者生。」殺退章邯、王翦，往山谷而逃。遂令三軍盡棄衣甲爲路道，須臾走過關也。王翦與蒙驁、章邯、蒙武四將合兵殺來，趕至三百餘里，方且鳴金收軍回秦。是日，屍横遍野，血染成河，帶傷未死者，不計其數，四國諸侯收其敗殘之兵各還本國去訖。

卻説春申君回楚，楚王叱之曰：「汝尚敢回，言汝爲軍師，軍行山谷而不知防伏兵也。」春申君汗顔謝退。於是，楚益疏春申君。王翦收軍還朝，秦王大喜，排宴賞賜諸將。當日，秦宗室大臣諫秦王曰：「諸侯之國，人來仕者，皆爲其主遊説耳。請陛下一切逐之，不可用也。」於是，太索逐客。有客卿楚人李斯，亦在逐中行，直上書於秦王曰：

臣聞吏議逐客，竊以爲過矣。昔者穆公求士，西取由餘於戎，東得百里奚於宛，迎蹇叔於宋，求丕豹、公孫支於晉。此五子者，不產於秦，而穆公用之，並國三十，遂霸西戎。孝公用商鞅之法，移風易俗，民以殷實，國以富強，百姓樂用，諸侯親服，獲楚、魏之師，舉地千里，〔一〕至今治疆。惠王用張儀之計，拔三川之地，西並巴、蜀，北取上郡，南取漢中，包九夷，制鄢、郢，東據成皋之險，割膏腴之壤，遂散六國之從，使之西面事秦，功施到今。昭王得范雎，廢穰侯，逐華陽，強公室，杜私門，蠶食諸侯，使秦成帝業。此四君者，皆以客之功。由此觀之，客何負於秦哉。向使四君逐客而不納，疏士而不用，是使國無富利之實，而秦無納賢之名也。

今陛下致昆山之玉，有隨和之寶，垂明月之珠，服太阿之劍，乘纖離之馬，建翠鳳之旗，樹靈鼉之鼓。此數寶者，秦不生一而陛下悦之，何也？必秦國之所生然後可，則是夜光之璧不飾朝廷，犀象之器不以爲玩好，而趙國之女不充後宮，駿馬駃騠不實外廄，江南金錫不爲用，西蜀丹青不爲采。所以飾後宮、充下陳、娱心意、悦耳目者，必出於秦然後可，則是宛珠之簪、傅璣之珥、阿縞之衣、錦繡之飾，不進於前。而隨俗雅化，佳冶窈窕，趙女不立於側也。夫擊瓦扣缶彈箏搏髀，而歌嗚呼嗚快其目者，真秦之聲也。鄭、衛、桑間、韶、虞、象、武者，異國之樂也。今棄擊瓦而就鄭衛，退彈箏而取韶虞，若是何也。快意當前，適觀而已矣。今取人則不然，不問可否，不論曲直，非秦者去，爲客者逐。則是所重者在乎色樂珠玉，而所輕者在乎人民也。此非所以跨海内、制諸侯之術也。

臣聞地廣者兵多，國大者人眾，兵強則士勇。是以泰山不讓土壤，故能成其大。河海不擇細流，故

〔一〕「地」，余象斗刊本作「也」，據龔紹山刊本改。

能就其深。王者不卻眾庶，故能明其德。是以地無四方，人無異國，四時充美，鬼神降福，此五帝三王所以無敵也。今乃棄黔首以資敵國，卻賓客以業諸侯，使天下士退而不敢西向，裹足不入秦。此所謂籍寇兵而賫盜糧者也。夫物不產於秦，可寶者多。士不產於秦，願忠者衆。今逐客以資敵國，損民以益仇，內自虛而外樹怨於諸侯，求其國之無危，不可得也。

朱后淫寵於嫪毐

秦王覽書畢而言曰：「險失天下之人才也。」遂除逐客之令，復李斯之官，及用其謀，兼併天下。

卻說太后心淫不止，呂不韋恐覺，禍及己，乃私求太陰人嫪毐以爲舍人，太后聞，欲私得之，呂不韋乃進嫪毐，詐令人以腐罪亡之，拔其鬚眉爲宦者，遂得侍太后。太后私與之，絶愛，有孕，太后恐人知之，詐卜當避時，徙宮居雍，嫪毐常從，賞賜甚厚，事皆決於嫪毐。

始皇九年，忽一日朱后與嫪毐飲酒大醉，御衣夫人季氏進酒，見其不謹，淹酒於地。嫪毐一見大怒，責叱季氏，季氏含羞出宮，陡遇六宮大使趙高，具説嫪毐假爲宦官，與后私通之事，高大怒。乃見始皇，告嫪毐實非宦者，常與太后私亂，生子二人，皆匿之。始皇未敢造次，及毐與太后私謀曰：「王既薨，以子爲后。」於是，秦王覺，下吏治，具得情實，事連相國呂不韋。王大怒，夷嫪毐三族，殺太后所生兩子，而遂遷太后於雍。王欲誅相國，爲秦先王功大，及賓客辨士爲遊説者衆，王不忍致法，免相國。

有齊人茅焦説秦王迎太后，而納文信侯就國河南。歲餘，諸侯賓客使者相望於道，請文信侯，秦王恐其爲變，宣至金階，而謂文武曰：「不韋雖有救先君之恩，别無汗馬血傷之勞，何其位百官之上，假令有大功之人，更封何爵也，厥禮不該，吾必徙之。」群臣莫敢對，不韋俯首而已。王令其速退，不韋辭出，王遂賜不韋手書，曰：「君何親於秦，號稱仲父，諱之也。」又曰：「卿無大功，妄居尊而有欺朕之意，其語不可露矣，罪不容誅也。朕思爾有救先君之恩，不忍加誅，故令汝徙蜀安居，勿違朕意，可即速行。」不韋見手書，含淚自度，稍慢恐誅，歎曰：「吾今年老，何能往蜀。」遂自飲鴆而死。

不韋之事聞於韓國，韓王安懼秦之勢大，欲遣人入秦納地，請爲藩臣。令韓非爲使，非不肯，言於王曰：「韓國雖小，軍糧積多，足以自守，何必屈膝爲他人臣下。臣觀秦王，不能容物，只可同憂，不可共樂也。」王不聽，遂另差使入秦納地，請爲藩臣。使去訖。卻說韓非歎曰：「忠言逆耳不利於行，豎子不足與謀矣。」

秦王計併吞六國

辛未秦十七年。卻說秦王登殿，有群臣奏曰：「今有韓國遣使前來，納地請爲藩臣，使命見在朝外，乞大王聖鑒。」隨即令宣進，納上表章，秦王大喜，謂使曰：「朕受其地，就封韓王舊爵，令彼堅守韓地，朕即再撥上將引兵來與同守韓地也。」將銀一百兩賞其來使，拜辭而去。王喜謂群臣曰：「韓地合朕有也。」群臣賀曰：「陛下洪福以致自來耳。」王曰：「亦天命所致耳。」於是，秦王喚内史秦勝而謂曰：「朕封卿爲潁川郡守，卿可領兵五萬，前往韓國，只說朕使汝前來，同韓王守邊也，防其無備，出其不意，到城即把韓王全家殺了，改韓地爲潁川郡，你可就鎮守其地。」秦勝出朝引兵五萬前往韓國。

卻說朝使先回，韓王問曰：「其事如何？」使曰：「秦王大喜，就納封大王永爲韓國之主。」王曰：「其事成矣。」使又曰：「秦王恐大王獨力不能以當諸侯，又差秦勝引兵前來相助守韓國也。」王曰：「如此，韓地安若泰山。」言未盡，守門軍人報：「秦勝引兵到。」於是，韓王令開門接勝引兵入城，韓王出午門來迎。勝喝聲下手，韓王措手不及，被勝擒下，監入於内，將韓氏全族遷之遠去。卻出安民賞軍，改韓地爲潁川郡，而自鎮守。不知韓王性命如何？

秦王復仇伐趙

至次日，秦勝表奏秦王，秦王大喜。令光祿司排宴賞設群臣，王與群臣言曰：「朕今只恨趙國質先王之仇，餘者朕不懷矣。」王剪出班奏曰：「臣雖不才，願領兵伐趙，一鼓而擒矣。」秦王大喜，即封王剪爲元帥，領兵二十萬殺奔趙國，直至邯鄲城下下寨。

是時，癸酉十九年，趙王聞知大懼，謂群臣曰：「今秦遣王剪伐朕之國，卿等有何奇計退得秦兵？」李牧奏曰：「大王可發使於諸侯處求救，待諸侯兵至，然後小臣親持大兵裏應外合，必能殺退秦兵矣。」王欲發使，有大夫郭啟奏曰：「待諸侯之兵至，城必破矣。大王休用迂闊之計，不如今夜引兵，乘其無備而劫彼寨，〔一〕必然大勝。何必紛紛召外兵乎。」李牧曰：「王剪乃世之名將，豈不知備？」時趙王不聽李牧之計，依郭啟之言，遂與郭啟分兵二隊，候一更盡，出地劫寨。

卻說王剪中寨正坐間，忽一陣風過，急出觀之，以歲日月方合占之，乃是三刑之風也，自謂曰：「主賊來劫營也。」於是，傳令裨將曰：「汝將兵分作四隊，二隊伏於邯鄲城下，待趙軍劫我寨回，你可混殺入城爭

〔一〕「無備」，余象斗刊本作「備」，據龔紹山刊本改。

門，與後軍過也。後二隊伏於寨之左右，待他兵入寨，專聽砲響爲號，混殺入寨，吾自將兵伏於寨後接應。」分撥已定。是夜一更將盡，月色微明，趙王開城門，引兵殺入寨來，卻見是空寨，急欲回軍，只聽得一聲砲響，三路伏兵殺來，趙王與郭啟拼死殺出到城門，又撞秦兵殺一陣。方欲進城，秦兵混殺入城來，後軍又到，不及閉門，秦兵都殺入城，擒住趙王嘉，亂軍殺了郭啟，至天明始鳴金收軍安民，已訖。遂因趙王嘉入秦見秦王。秦王大喜，謂趙王曰：「汝質朕先王，今日汝亦爲朕擒也。朕不忍加誅。」遂將趙王廢爲庶人，遷於韓地居焉。於是重賞王剪，犒勞三軍不提。

荊軻入秦行刺

卻說燕太子丹嘗質於趙，趙王與丹極善，及敗，虜質於秦，秦王不禮，數辱罵焉。丹大怒，自謂曰：「大丈夫何必久於人下乎。」遂逃歸燕，怨秦王，恨欲報之。適秦將樊於期得罪於襄王，時逃之歸燕，燕太子受而舍之。太子聞衛人荊軻之賢，遂卑辭厚禮令請而見之，與之論策。太子謂荊軻曰：「吾欲使劫秦王，反諸侯之侵地，不可，因刺殺之，未得其賢者也。」軻曰：「臣願往。今行而無信，則秦未可親也。今秦所恨者樊將軍也，誠得樊將軍之首，與燕督亢之地圖，奉獻秦王，秦王必喜見臣，臣必刺之，乃有以報太子怨也。」

太子曰：「此計善也。先生可代吾與樊將軍說。」於是，軻乃私見樊於期而言曰：「今聞秦王購將軍首金千斤，邑萬户也。今太子與我爲計，願借將軍之首獻秦王，秦王必喜而見吾，吾左手把其袖，右手揕其胸而刺之，則將軍之仇報，而燕見陵之愧除。」於期曰：「臣感太子之恩，朝夕恨無報之，秦王之仇，臣之日夜切齒腐心也。」言訖，遂自刎。軻將首級見太子而謂太子曰：「必以利匕試人即死者方可行也。」於是，太子豫求天下之利匕首者得之，遂使工人以藥粹之，以試人，血濡縷，人無不立死者，方用，由此將罪人來把首刺下，其血出如絲縷之細，立見即死。於是，荊軻執匕首，藏圖之袖内，將樊於期首級及督亢地圖往秦，有詩云：

時臨叔季國傾危，從散金臺悔莫追。
假刺報秦謀固淺，復仇雪恥事當爲。

樊生徒試烏江劍，軻老終施博椎。

封建數窮天剪滅，事機宜失不勝悲。

軻行之至易水，軻自料此去死不再還矣，乃自歌曰：

風蕭蕭兮易水寒，壯士一去兮不復還。

於時，白虹貫日，燕人畏之。

軻至咸陽，秦王聞知軻進樊於期之首級與燕督亢之圖，心甚大喜。披朝服設九賓而待見之。王令宣入，於是荊軻奉圖以進於王，圖窮而匕首見，軻急因把王袖而揕之，未至身，王見，驚起，袖絶，王急避，荊軻逐王，王環柱而走，原來秦王先有法令，群臣侍殿上者，不得操尺寸之兵。因此左右無器，只以手共搏之，且曰：「王負劍，負劍。」王遂拔劍擊荊軻，斷其左股，遂令解體以徇眾。於是，秦王大怒，即遣蒙驁領兵三十萬，前去伐燕，兵至易水下寨。畢竟如何？

秦令蒙驁伐燕

卻說燕王設朝，群臣奏知此事，王大驚，親引兵二十萬與戰，易水之上下寨。蒙驁勒馬直奔燕寨，二將交鋒，戰上十合，燕兵大敗而走，蒙驁驅兵追殺燕兵，片甲不回，燕王引敗兵走入城去，堅閉不出，秦兵逼城下寨。燕王城內大懼，而謂群臣曰：「秦兵強大，何計破之？」群臣曰：「此禍皆是太子生來的也，不殺太子以首獻秦，安能解此圍也。」王曰：「其計雖妙，安忍殺其太子也。」群臣曰：「王更有子，何惜一也。今事急矣，若不如此，社稷須更休也。」於是，喚太子丹，淚泣而言曰：「朕安忍殺汝，若不殺汝，則燕之宗祀絕矣。況此禍是汝生來的。」太子淚，無言對。於是王令將太子丹斬訖，遣使將其首級獻與秦王，請罪休兵。王怒曰：「除是燕王自獻其首，方且罷兵。」於是，使回去訖。

當時，秦王問於將軍李信曰：「朕恨楚王主從，合五國之兵來伐寡人，朕欲取荊，將軍度用幾萬人而足。」信曰：「不過二十萬人。」遂將前事問王翦，王翦曰：「非六十萬人不可。」王曰：「王將軍老矣，何怯也。」言訖，遂使李信、蒙恬爲左右將軍，領兵二十萬前去伐荊訖。秦王又曰：「楚魏合從，今雖伐楚，亦要伐魏。若不伐魏，必爲之救助也。」於是，目顧群臣而言曰：「朕欲伐魏，誰可爲將也？」群臣奏曰：「觀諸將之中，惟有王翦之子王賁可爲將也。」王即召至而謂賁曰：「今群臣舉汝爲將伐魏，汝宜用心立功而還也。」王賁曰：「臣蒙群臣錯舉，若不立功，不敢生還，誓必伐魏，以報陛下也。」言訖，王壯其言，遂與兵二十萬，大將三十員。於是，賁即引兵就行，直至魏都城下下寨。

卻説魏王設朝，各門守將急入奏曰：「今有秦王以王賁爲將，領兵前來伐我國，目今軍至城下團團圍繞攻城，其勢甚鋭。」魏王大驚曰：「汝等何計可退秦兵？」群臣言：「臣觀王賁膏粱之子，兼以年少，必不知兵，莫若假降，待其懈怠而擊之，則王賁可擒也。」於是，遣使至秦寨説降。

王賁見訖，笑謂使臣曰：「既魏王請降，吾即退兵，離城九十里下寨，汝奏魏王，來日親來犒賞三軍，寫表令使與吾回兵還秦，面見秦王。」賁謂諸將曰：「魏王欺我年幼，故來詐降，待我不備，以兵來攻我也。」眾將曰：「何以知之？」賁曰：「兩軍未戰，來降者必詐也，我今將計，汝等將兵八萬分作二隊，埋伏於城十里之外，上山砍柴，每軍要柴一擔等候，彼今夜必盡起城内之兵，來劫我寨，待他兵過了，你引伏兵，搬柴於地下，堆起爲路取城，我以餘兵於九十里外埋伏，待魏王引兵來，我必擒住也。」計行已定，裨將引兵十萬埋伏，砍柴去訖。賁自拔寨，引兵離城九十里外埋伏。先使回奏於魏王説彼退兵於九十里外，侯賞而回。魏王笑説曰：「豎子果中吾之謀。」於是，謂群臣曰：「今夜朕自盡起城内之兵，去劫秦營。汝等披掛俟候同行。」至晚，魏王領兵出城。

魏王詐降劫秦寨〔一〕

正值黄昏左側，魏兵離城五十里去訖。卻説秦伏裨將，見魏兵過了，喝聲彩曰：「王將軍神見也。」遂引兵搬柴至城下，三四處堆起。彼及得知，秦軍盡上城爲路，操鼓持上城，占住魏城。時魏王引兵至九十里外，不見秦寨，心疑急回，只聽一聲砲響，四下伏兵齊起，殺奔前來，魏王落慌而逃。走至天明，至一所在，只見王賁領一簇軍馬排列在彼，攔住去路，正欲走回，後軍趕來，只得拼死殺進前，王賁當先迎戰二十餘合，被王賁把魏王拖下馬來，衆軍齊上，將魏王拿住，鳴金收兵，復奔魏都城來，裨將開門，接入王賁，入城公坐，令將魏王押來見王賁，賁叱曰：「你欺我年幼，何如被擒也。」發令斬訖。又令收魏王親族，盡行滅絶。

是時，乃丙子秦之二十三年，魏亡。王賁遂以魏地爲郡，安民定守，引兵復歸咸陽。至次日，秦王升殿，問於群臣曰：「今出邊上之兵，不知勝負如何。」言未畢，只見探子報來，奏於秦王曰：「今有王賁伐魏得勝還朝。」不一時，王賁即至，山呼拜訖，奏曰：「小臣托賴陛下洪福齊天，幸滅魏爲郡。今日得勝而還。」秦

〔一〕按：此節目余象斗刊本闕，據龔紹山刊本補。

王大喜而言曰：「自卿去後，朕憂汝之年幼，今觀此適，有老成之材。」於是，即封王賁爲右將軍之職，賁謝恩退朝。不知後事如何？

李信以眾征楚國

卻説秦將李信領兵至楚地，楚王負芻設朝，群臣奏曰：「今有秦王以李信、蒙恬爲將，領兵二十萬，前來伐楚，望大王火速點兵，否則元元爲其塗炭耳。」王謂項燕曰：「你可引兵二十萬前去迎敵。」項燕曰：「臭口小兒不能成事，小臣若往，一鼓而擒矣，何足懼哉。」於是，引二十萬精兵前與秦兵隔五十里下寨。項燕謂三軍曰：「今秦兵李信、蒙恬，吾觀其人，無謀也。吾今與戰，汝等各宜佯敗而回，伏於僻處。彼必分兵會取城父，俟其分軍往西壁。西壁山狹，汝等三日不得頓舍，分軍後隨而擊，必然大勝也。」三軍唱曰：「願從將軍之令。」於是，項燕引兵來迎，李信、蒙恬雙雙出馬，戰不二十合，燕佯敗，落慌而逃，信、恬追殺二百餘里而回，至寨，信謂恬曰：「吾今與將軍分兵各領十萬，會取城父，你從東路去，我從西路來，兩軍各於城父城下。」恬曰：「諾。」於是二人分軍而行，信先將兵入西壁而去。

卻説項燕探知，乃勒兵回來，問百姓曰：「信去幾日也？」百姓曰：「止去三日之程。」燕曰：「不遠。」遂傳令與三軍曰：「今信去不遠，限汝等三日不得頓舍，漏夜趕上，違令定斬。」言訖，按寨就行。不三日，望見前兵旗旛，燕急謂三軍曰：「前面就是西壁，其處山惡路狹，可以速趕而殺，必能取勝也。」傳令已訖，三軍操鼓殺進。李信措置未及，况又山徑小路，莫能隊伍而戰，因致大敗，領十數騎抄小路走回，是日殺死七名都尉、八九萬大軍，屍横遍野，血流成河，項燕連夜引兵過西壁，直至城父。

卻說蒙恬領軍先至，見西壁兵來，只說是李信兵到，不曾持防。項燕兵一到，就殺入寨，恬軍大敗，退九十里，遇着李信，方且下寨。至次日，二將只得帶領殘兵，犇還咸陽，入覲秦王，奏説敗兵一事。秦王大怒，欲斬信、恬二人，群臣奏曰：「勝敗兵家常事，況項燕有萬夫不當之勇，足智多謀，非信、恬之對手，莫若赦此二人性命，與其立功贖罪，衆臣之幸也。」秦王怒氣方息，於是乃召王翦至而謂曰：「是朕一时不明，誤聽李信之言，以成今日之敗，愧見將軍耳。今請將軍與朕復仇，將軍若何？」王翦奏曰：「老臣悖亂，大王必不得已而用臣，非六十萬人不可復仇也。」王曰：「就與卿兵六十萬，代朕欽行。」於是，王翦將兵欲行，見帝請田宅園池甚衆。始皇曰：「將軍功成，則富貴無比，何憂貧乎。」言訖即行。秦王親送至霸上而還。戊寅二十四年，王翦引兵至荊，復使使還，奏帝請美田者五輩。帝與之，使人回。或問曰：「將軍之乞貸亦已甚矣。」翦曰：「不然，夫秦王猜而不信人。今空秦國甲士而專委於我，我不多請田宅爲子孫業以自豎，頓令秦王坐而疑我矣。」衆服其論。

卻說項燕謂衆部將曰：「王翦不比李信、蒙恬之輩，此人胸中有百萬之兵，只宜堅守，不可與戰。」言訖，即分兵守禦險隘，翦見不出，亦堅壁不戰，日休士卒，洗沐而善飲食撫循之，與士卒同其甘苦，相持半載有餘。遂問：「軍中戲乎？」軍中對曰：「方投石超距。」翦曰：「可用矣。」

卻說項燕屢亦將兵挑王翦戰，王翦不出，項燕謂裨將曰：「翦今不出，汝等將兵緊守住隘，待我親自引兵東抄王翦之後，兩下夾攻，可以取勝也。」傳令已罷，引兵前往去訖。卻說王翦密已聞知，謂三軍曰：「養軍千日，用在一朝，今探得項燕引兵投東，抄吾之後，彼兵若到，我後卻難敵也。今夜分兵二路，一往尋小路，抄敵人之前。一以兵戰，奪敵人之險。吾自持一軍追殺項燕，約會合兵於楚都之下，不得有違將令，違者必斬。」計料已定，分撥已訖，遂自引兵二十萬來迎項燕，三軍混殺，項燕大敗一陣而走。前又殺過抄路之兵，攔住去路，不能進前。王翦又催兵趕着，兩馬相交，戰不十合，項燕措手不及，被王翦殺死於軍中。當翦喝令而言曰：「楚兵若肯投降者免戮，如不降者盡行誅殺。」言罷，衆將見前後皆有伏兵，連忙俯伏在地請降，王翦見了，手撇了鎗，下馬扶起裨將而言曰：「將軍既降，何必下禮。」於是，楚軍都見，歡聲願降。王翦即令鳴金收軍下寨，殺牛宰馬，犒勞楚之將兵。酒至半酣，佯謂楚將軍曰：「吾奉秦王之命，前來伐楚，吾今無計可施，汝衆將軍何計捉得楚王。吾必奏知秦王，必然重賞將軍也。」楚部將言曰：「敗兵之將，不可言計。蒙將軍置人腹心，若有用處，不辭盡命，而肯向前。」翦曰：「既如此，將軍可引吾佯作項燕之兵，前去叫楚王開城而入，此便是將軍之功也。」楚將曰：「願從將軍之令。」王翦大喜，於是，楚軍在前，秦軍在後，前至楚都城下叫門。守門將認得是自家楚兵，遂開城門。王翦揮手招軍，殺入城内，百姓盡皆閉門。

卻説楚王在宫，聞知急報，秦兵入城，遂引后妃出外欲降，正遇着王翦，被王翦拿住，傳令鳴金收軍。王翦遂升帳，寫榜安民已訖，將楚王負芻革爲黔首，徙置異邊。次日，以其地改爲楚郡，分兵定守。王翦遂自領軍回秦，入見秦王，具奏滅楚，秦王大喜，加封王翦侯爵訖，乃謂王翦曰：「朕使蒙驁領兵伐燕，整歲而不見功也，朕欲用卿再領兵去助戰，卿意如何？」王翦奏曰：「今臣年邁，偶罹疾作，不能行兵，臣令小兒王賁引兵代臣，必可伐燕也。」王曰：「善。」遂令王賁爲將，領兵前去伐燕。

是歲，乃己卯秦之二十五年。卻説王賁引軍至遼東，合蒙驁之兵，殺奔燕都城下。燕王僖親持大兵，出城來迎。兩馬相交，戰不二十餘合，被王賁用箭將燕王射番落馬，衆將向前擒獲，王賁鳴金收兵，入城寫榜，安撫百姓，分軍定鎮。於是，勒兵執燕王家屬，還見秦王。秦王大悦，遂將燕王廢爲庶人，徙置遠邊。次日，秦王復以王賁爲將，引兵伐齊。是日領兵，出朝就行。不知勝負如何？

王賁詐稱巡撫燕地

卻說庚辰秦之二十六年，王賁領兵詐稱巡撫燕地，從南攻齊，猝入臨淄，民莫有敢格者，遂得齊人數邑之城，將兵直抵齊都，離城一百餘里下寨。次日，齊王設朝，群臣奏知：「秦兵犯境。」王曰：「今朕城郭不完，甲兵不堅，怎能興兵出迎，汝等大臣，有何妙策以教寡人？」群臣奏曰：「今我齊都，積有三十年之糧，亦有數萬之精兵，不如堅守，勿與他戰，待其師老，然後以奇兵擊之，可保此城。」齊王曰：「其計甚善。」遂分兵守鎮各處險隘，並不動兵。於是，王賁見其堅守不出，悶悶不悦，遂生一計，遣使詐稱秦王之處頒有詔命，誘説齊王曰：「齊王肯降，約封五百里之地，如若不從，必起傾國之兵來征。朕觀六國之王，今去其五，何愁一邑之城不平。」使傳假詔至齊，齊王讀詔訖，心中憂甚，遂與群臣商請降於秦，即帶文武百官，親入咸陽，朝見秦王，出城欲行，被王賁引兵漏夜而臨，將齊王百官盡行拿下，領兵入城，安民定守，卻將齊王家屬，徙置共城。行至松柏林間，糧盡無食，全族餓死而亡。王賁領兵歸秦朝，奏秦王，秦王大喜。重賞王賁，王曰：「今六國皆降而滅。廣排大宴，以會群臣，天下一統屬秦。」

圖書在版編目（CIP）數據

福建通俗文學彙編 4. 春秋五霸七雄列國志傳 / 涂秀虹主編；（明）余邵魚著；鄧雷點校 .-- 福州：海峽文藝出版社，2024.5

（八閩文庫 · 專題彙編）

ISBN 978-7-5550-3221-2

Ⅰ . ①福… Ⅱ . ①涂… ②余… ③鄧… Ⅲ . ①章回小説—中國—明代 Ⅳ . ① I242.4

中國版本圖書館 CIP 數據核字（2022）第 229634 號

福建通俗文學彙編4 · 春秋五霸七雄列國志傳

作　　者：涂秀虹主編
　　　　　（明）余邵魚著　鄧雷點校
出 版 人：林濱
責任編輯：余明建
出版發行：海峽文藝出版社
經　　銷：福建新華發行（集團）有限責任公司
社　　址：福州東水路 76 號 14 層
發 行 部：0591-87536797
印　　刷：雅昌文化（集團）有限公司
廠　　址：深圳市南山區深雲路 19 號
開　　本：787 毫米 ×1092 毫米　1/16
字　　數：664 千字
印　　張：51.5
版　　次：2024 年 5 月第 1 版
印　　次：2024 年 5 月第 1 次印刷
書　　號：ISBN 978-7-5550-3221-2
定　　價：215.00 元